大專用書

臺灣地方新聞理論與實務

王天濱　著

三民書局　印行

國家圖書館出版品預行編目資料

臺灣地方新聞理論與實務 ／ 王天濱著. － 初版 －
臺北市：三民，民89
　　面；　　公分
參考書目:面
ISBN 957-14-3325-X（平裝）.

1. 新聞學

890　　　　　　　　　　　　　　　　89014769

網際網路位址　http://www.sanmin.com.tw

© 臺灣地方新聞理論與實務

著作人　王天濱
發行人　劉振強
著作財　三民書局股份有限公司
產權人　臺北市復興北路三八六號
發行所　三民書局股份有限公司
　　　　地址／臺北市復興北路三八六號
　　　　電話／二五○○六六○○
　　　　郵撥／○○○九九九八——五號
印刷所　三民書局股份有限公司
門市部　復北店／臺北市復興北路三八六號
　　　　重南店／臺北市重慶南路一段六十一號
初版一刷　中華民國八十九年十月
　編　號　S 89083
　基本定價　拾元陸角
行政院新聞局登記證局版臺業字第○二○○號

ISBN　957-14-3325-X　（平裝）

學理與經驗的結晶
——序王天濱《臺灣地方新聞理論與實務》

用一百年生命成就「一輩子新聞記者」的曾虛白教授，立下了資深記者的典範。徐鍾珮女士曾說：「雖然到晚年纏綿病榻，我們去探望他時，他談的始終是國事，個人的病痛絕口不提。」

作為一個曾虛白的學生，我更可以為徐鍾珮女士這句話作見證。曾老師是全方位的新聞人，他也做過官，但是他最得意的封號，應該是「一個一輩子的新聞記者。」

由於這種信念，他獻身新聞教育，也培養了不少「一生新聞人，一世新聞人」的學生，間接也造就了許多優秀而一生貢獻給新聞界的青年人，進一步提升臺灣新聞記者的水準。

王天濱就是這樣一位令人欣賞、令人欽敬的後起之秀。他從世新畢業後，就投身記者工作，並從基層的地方做起，歷二十年的光陰，總是在第一線衝鋒陷陣。

由於「做然後知不足」，於是他又以在職進修的身分，繼續在中國文化大學新聞研究所攻讀碩士學位；然後再以豐富與精湛的學養，寫成這本《臺灣地方新聞理論與實務》的書，洋洋灑灑三十七萬字，這是一本理論與實務兼具的書，不僅理論基礎深厚，更涵蓋了作者的親身經驗，彌足珍貴。

約三十年前，筆者在商務印書館曾出版《新聞採訪的理論與實際》一書，雖然迄今仍為青年讀者所歡迎，被許多大學列為採訪學必讀參考書，但書中大多談論中央政府與首善之區的採訪與寫作，而未究及地方新聞。

但事實上，由於近三十年的社會變遷，傳媒普遍發展，兼以交

通便利、教育普及、新聞學上臨近性的新聞價值日益重要，所以地方新聞也更為閱聽人所注意；地方新聞的採訪生態自然與臺北迥然有異；一般採訪寫作書籍也難以應用於地方新聞工作，本書的價值就更為凸顯。

我常對新聞傳播系學生說，報紙就是最好的教材。過去許多新聞科系設有「比較新聞學」課程，不僅比較各國的新聞特質與學理，更重要的是比較各國與各重要媒體的新聞實務處理，本書針對地方新聞採訪與寫作，以國內相關媒體實際案例舉證，並加解說、評析，可以使理論與實務脈絡相通，讓讀者不但知其然，也知其所以然，這也更顯示出本書與眾不同之處。

記者與新聞來源的互動，也是本書作者特別重視的焦點。記者固不能缺乏新聞來源，但如何避免為新聞來源所控制，二者的關係究應如何釐清，各自善盡職責，而又彼此尊重，使「公關人員」與「新聞記者」各守其分，作者的神來之筆與獨特見解，不僅是學理，也是寶貴經驗累積。

本書當然是新聞與傳播科系學生之良好教材，也是目前線上記者的有益參考，願為之介，也希望受到各界重視。

鄭貞銘

民國八十九年六月十五日生辰日正維軒

自 序

　　時光飛逝，學校畢業迄今，從事新聞工作匆匆將近二十年歲月，筆者退伍後，於民國七十年在高雄縣路竹、茄萣、阿蓮、田寮四鄉跑新聞時，年僅二十出頭，是當地最年輕的記者，如今在許多場合中，「義不容辭」的被一批批稚氣未脫的年輕同業尊稱為「王大哥」，只能訝異時間在彈指間即消失無蹤。

　　或許是想留下記錄，也可能是基於一股「使命感」（很像是國人形容李登輝先生對海峽兩岸與國內政治工程「不斷堅持」的用語），因此以個人親身採訪寫作經驗寫下這本拙作，全書約三十七萬字，期望對國內有志於此的新聞傳播科系學生以及線上從業人員，帶來若干實務上的啟示與觀念上的啟發。

　　市面上已有不少同質書籍，此書與相關書籍比較，有以下特色：

一、它是針對地方新聞採訪與寫作的專書：

　　以往國內有關新聞採訪寫作的書本，幾乎都假定新聞傳播科系學生未來畢業後，將到臺北市的媒體總社採訪組工作，內容以臺北市中央部會為採訪對象；卻不知，國內新聞科系畢業生進入媒體後，除了極少數，十之八九都被派往臺北市以外的縣市與鄉鎮地區採訪，所從事的就是「地方新聞」工作；以往的這類書籍，難以應用在地方新聞實務上，本書專談「地方新聞」。

二、它理論與實務並重：

　　書中除了談論如何進行地方新聞的採訪與寫作之外，還深入涉及地方新聞的理論層面，讓讀者了解地方新聞的背景意義。

三、它涵蓋範圍廣泛：

　　在理論部分，包括地方新聞、地方報紙、社區報紙、地方記者等各個範疇。在實務部分，除了全面性的介紹新聞寫作的基本觀念之外，並進一步區分不同路線的地方新聞，逐一談論如何對各個路線新聞進行採訪與寫作。有關地方公共關係與地方新聞攝影，也一併包含在內，內容完整。

四、它以眾多舉例印證實務：

　　書中針對許多新聞採訪與寫作部分，以國內媒體實際案例舉證，並加以說明、評析，讓讀者一目瞭然，不但知其然，也知其所以然。

　　筆者在地方新聞第一線工作已十九年餘，在國內新聞實務資歷上來說，固不是「菜鳥」，但也非「老鳥」，應該算是隻「中鳥」，比筆者資深的新聞前輩無以計數，為達成經驗傳承，本書內容除了來自個人的工作經驗之外，還大量引用文獻資料，期望藉著新聞前輩寶貴的工作經驗，順利完成經驗轉移。

　　因此，本書可以說是國內眾多新聞工作者的經驗之談，也是集體智慧的結晶，具有薪火相傳的特殊意義與效果，彌足珍貴。

　　一腳踏進新聞圈迄今，始終未曾後悔，一路從鄉鎮新聞（高雄縣路竹等四鄉）跑到都市新聞（高雄市、臺南市），從地方性報紙（中華日報、民眾日報）跑到全國性報紙（中央日報），從綜合性報紙（中央日報、中華日報、民眾日報）跑到專業性報紙（民生報），從報紙跑到雜誌（時報週刊），從南部跑到北部，從特約記者(中華日報、民眾日報)跑到召集人（民生報），一路走來，始終如一，從未與地方新聞脫節，並且跑遍所有不同的各個新聞路線，筆者可說是一位不折不扣的地方新聞工作者，並且以做為一位「地方記者」為榮，希望目前在全國各地衝鋒陷陣，以及未來陸續加入地方新聞行列的同業，都能本著筆者在書中敘述的理念，為提升地方新聞品質努力不懈。

　　很感謝恩師鄭貞銘為本書所作的序，文中對筆者的稱讚之語，

令我汗顏不已；感謝民生報提供良好的工作環境，讓我得以不斷學習，報社長官豐富的實務經驗，讓筆者成長許多。

國內有許多資深且優秀的地方記者，如果能將他們的工作經驗留下來，必令後輩新聞工作者受用無窮；此書旨在拋磚引玉，期待其他新聞先進不吝獻出自己寶貴經驗，共同提升國內地方新聞品質與地位；筆者才疏學淺，書中疏漏之處，在所難免，尚祈指正。

最後，筆者願將本書獻給最親愛的家人，感謝他們默默的陪伴我走過人生各段歷程；特別是老邁的父母，總是相信我所做的一切，如果今日我有一點點小表現，必須完全歸功於他們。

王天濱

民國八十九年九月一日記者節於桃園

臺灣地方新聞理論與實務

目　　次

理論篇

實務篇

第一單元　採訪部分

第二單元　報導部分

附　錄

理 論 篇

第一章　地方新聞

　　民國七十六年，政府宣布解除戒嚴，結束了近四十年臺灣之非常時期狀態，基於貫徹實施民主政治之時代潮流，政府遂訂定或修正若干法令，使人民得以享受憲法所保障之集會、遊行、言論、出版與結社之自由。復因經濟國際化及社會多元化之發展，乃促成臺灣資訊自由化時期之來臨。❶民國七十七年元旦，政府開放報紙登記與增張，使三十餘年的報禁至是撤銷，此後新報如雨後春筍般勃興。民國七十年代是臺灣地區報業的飛躍發展期，隨著民主政治的進展，報業局面豁然開闊，並感受強烈競爭的衝擊。

　　民國四十年政府限制新報登記，至民國七十六年並無增減，一直維持三十一家，但民國七十七年報禁開放後，報紙數量開始逐年激增。依新聞局統計，截至民國八十八年一月十二日，立法院三讀通過廢除「出版法」止，國內登記的報紙共三百六十七家，顯示國內報紙競爭空前激烈。❷報禁開放後使國內報紙發行量激增，隨著

---

❶　王洪鈞，〈臺灣新聞事業進入新紀元〉，《中華民國新聞年鑑》八十五年版，頁三。

❷　民國十九年十二月十六日公布施行的出版法，八十八年一月十二日經立法院三讀通過廢止。出版法最為人詬病之處，在於第五章「出版品登載事項之限制」，以及第六章，不經法院、行政機關即可逕行裁定的行政處分。

　　　出版法第三十四條規定：「戰時或遇有變亂、或依憲法為急速處分時，得依中央政府命令之所定，禁止或限制出版品關於政治、軍事、外交之機密，或危害地方治安事項之記載。」若有違法，第三十六條規定，主管官署從警告、罰鍰、禁止出售散布進口或扣押沒入、定期停止發行、撤銷登記等各種處分。此種不確定的規定，限制國人表達意見的基本權利。出版法第二條也界定「新聞紙」與「雜誌」的定義，

報紙發行量增多，令人注目的是，鄉鎮地方報份大量增加。據聯合報七十六年初統計，該報地方報幾占發行總額的百分之六十，這一發行數字或能顯示，報紙發行已深入小市民間，民眾關切公共事務日益普遍。❸

換言之，「加強地方新聞報導」是我國報禁開放後，絕大多數報紙的主要發展趨勢，報紙透過加強報導地方新聞，讓當地民眾深入了解居住所在地與附近地區發生的消息，以便將新聞融入其生活中。亦即，透過報紙地方版所刊登的新聞，地方上的讀者可以將新聞內容用來做為日常生活的參考，不致與現實脫節，地方新聞對地方讀者而言，具有實用價值。顯示地方新聞與各地民眾關係愈來愈密切，對讀者的重要性與日俱增，不容忽視。

第一節　何謂地方新聞

壹、地方新聞意涵

何謂「地方新聞」？就字面上來說，好像簡明易懂，可是如果要具體的解釋，將會發現一時之間很難將它表達清楚；從表象而言，「地方新聞」是相對於「全國新聞」，從這裡衡量，似乎只要區分「全國新聞」與「地方新聞」，就可清楚了解何謂「地方新聞」；問題是，如何區分「全國新聞」與「地方新聞」？

使得雜誌不准有「記者」的職稱。

民國六十八年四月一日第二次修正的「出版法施行細則」，對第十條與十二條再度擴大解釋，對經費與學歷做規定，第二十七條，基於戰時節約用紙的原則，確定「限張」法源。第二十九條則建立出版品的「檢查制度」，讓媒介出版自由受到極大干擾。

❸ 賴光臨，〈檢驗七十年代報業的發展〉，《中華民國新聞年鑑》八十年版，頁六十四。

　　目前多數民眾、甚至媒體從業人員都認為，發生在臺北市總社的新聞就是「全國新聞」，發生在臺北市以外、或是發生在鄉下地方的就是「地方新聞」。簡單的說，新聞界慣稱的地方新聞（或地方媒介），是指臺北市的外埠新聞、外埠媒介。❹其實是一種觀念的偏差，對全國新聞、地方新聞更是一種粗糙的區分概念。

　　臺北市是我國首都兼院轄市，中央機構林立，許多重大事情都發生於臺北市，臺北市新聞占據全國新聞版的數量甚多，可是並非臺北市所有發生的事件都很重要，並且都刊登在全國版上；相反的，國內報紙全國版所刊登的新聞，其中有很大部分是地方新聞，由於內容重要，所以將「地方新聞」放在全國版上，讓全國讀者都能看到，使「地方新聞」成為「全國新聞」。

　　進一步而言，國內各家報紙都闢有臺北市版，刊登臺北市發生的大小新聞事件，本質上與臺中、臺南、高雄、桃園等所謂的「地方版」沒有兩樣；亦即，就臺北市民來說，刊登在臺北市版的就是臺北市的「地方新聞」。

　　因此，不是發生在臺北市的新聞就是全國新聞，其重要性較低的新聞，照樣登在臺北市「地方版」上，成為地方新聞；相同道理，也不是發生在臺北市以外的就是地方新聞，其重要性高的新聞，會被刊登在全國版上，而成為「全國新聞」。

　　從以上看來，地方新聞會依其刊登版面的不同而有不同的界定。其實，國內新聞界本身對地方新聞的界定也難有絕對標準；例如，保育觀念未興盛以前，屏東地方記者報導滿州鄉民捕殺過境候鳥，往往只是地方版季節性的花絮新聞，但臺北記者在官方安排下，集體南下採訪，不但在全國版見報，還被視為宣導保育的力作。再如大選季節，各黨派知名度極高者分赴各地站臺造勢，無論前往採訪

---

❹　陳世敏，〈代序——瞭解我們的社區〉，蘇蘅主編《新聞學與術的對話 IV——臺灣地方新聞》，政治大學新聞系，民八十五年，頁一。

者是當地記者或是隨要員南下的臺北市記者，這種因人、因事而不可能不報導的地方盛事，又如何能單純的視之為地方新聞？再如南部農民北上示威抗議，若出現在立法院前，似乎只是與立法院有關的利益團體造勢的動作，但它是地方新聞的擴大延伸，應無疑義。**❺**

　　我們如果從現行報紙的發行版面進一步探討，即可發現，其實所謂的「全國新聞」，不是指臺北市的新聞，係指非刊登於地方新聞版，而是刊登於全國版的新聞，不只是臺北市新聞，還包括全省每一個地區所發生的重大新聞。如此，我們就可以清楚的呈現「地方新聞」輪廓。

　　在此筆者認為，地方新聞可以分成廣義與狹義的兩種解釋。就廣義的解釋，我們可以認定「每則新聞都是地方新聞」，此屬新聞事件的「發生地主義」。因為，每一個新聞一定有它發生的地方，不可能憑空存在，就算登在國內報紙上的美國紐約發生的一則重大訊息，它也是紐約此一「地方」的新聞。所以，這是以新聞發生地點為內涵而作的定義。在這種定義下，臺北市與本省任何地方所發生的新聞均無差別，都屬於「地方新聞」範疇。

　　至於狹義的解釋，則是就新聞的重要性衡量；所謂地方新聞是指「發生於國內某個地方，並且刊登於地方新聞版上的任何新聞事件」，此屬新聞事件的「刊登版面主義」。

　　具體而言，當一個新聞事件比較不重要，與全國人民沒有重大關連，但是對當地民眾仍具價值，所以將它放在地方版上，即是「地方新聞」。反之，如果新聞事件重要性夠強，引人矚目，報社將它刊登於全國版面，就變成「全國新聞」；如果事件的重要性十分強烈，連國外也感受到它的重要性，國外媒體廣泛報導，則進一步成為「國

---

❺　習賢德，〈臺灣地方新聞的另一種體驗：試析兩報三臺地方記者的人力結構及新聞品質〉，蘇蘅主編《新聞學與術的對話Ⅳ——臺灣地方新聞》，政治大學新聞系，民八十五年，頁一六六。

際新聞」。

　　這也是以讀者立場為內涵的一種解說方式，當讀者在地方版看見某一新聞時，他就認為這是「地方新聞」，當讀者在全國版上看見某一新聞時，則認為是「全國新聞」，當新聞被外電引用在國外媒體上時，即被認定為「國際新聞」。在此種定義下，臺北市與本省其他各縣市地區的新聞一樣，視刊登版面來決定是「地方新聞」、「全國新聞」抑「國際新聞」。

　　以民國八十八年發生的九二一大地震為例，主震發生在南投集集地區，本屬於不折不扣的地方新聞，但由於是臺灣百年來死傷人數最多、財物損失最嚴重的一次強震，使得此一地震事件放置全國版報導，使它從地方新聞變成「全國新聞」；此外，國外媒體也在地震發生後，廣泛的加以報導，它又進一步成為「國際新聞」。

　　換言之，如果這次的地震只是規模不大的小地震，它頂多被當成簡訊，成為地方版上一個不起眼的小地方新聞罷了。所以說，是否為「地方新聞」，筆者以為必須視該事件重要性與放置的版面而定；而非發生在臺北市以外地方的就是「地方新聞」。❻亦即，發生在臺北市以外的新聞，它可能是地方新聞，也可能是全國新聞，或是國際新聞，不能硬生生的說它就是地方新聞。

貳、地方新聞界說

　　地方新聞的界說，中外傳播學者與新聞實務界人士說法不盡相同，其中絕大多數都是以地理範圍或行政區域，做為界定地方新聞的標準。以下是幾個主要的說法：

　　王洪鈞將地方新聞放在省縣政治新聞類目之下，認為省縣新聞即是地方新聞，且地方新聞更以地方政治新聞為主，由於地方政治

---

❻　必須特別強調的是，為了比較上的方便，本書中所稱的「地方新聞」是指臺北市以外的臺灣省各地新聞。

影響人民生活最大，記者採訪省縣政治新聞應該不止於解釋，更應積極發掘弊端，剷除罪惡；省縣政治新聞的重心，包括民政、財政、建設、教育等四項，就新聞採訪觀點，也必須以此為採訪地方政治新聞之重心。❼

鄭貞銘以「地方政治新聞」來涵蓋地方新聞，指出其是指省、縣市政府所施行有關公眾的設施，以及當地民眾對政府施政的意見與反映。他同時認為，一般來說，市政新聞是地方政治新聞的典型，就市政新聞性質來說，它最能反映現實，同時它也是最使人關切的新聞。因為市政新聞的發生，是直接發生在讀者的本身，及接近人物的身上；人類心理都想知道和自己有密切關係的新聞。❽

錢震將新聞分類區分成數類，其中一類採區域之遠近加以分類，稱為區域分類，在此一分類之下，新聞共分為地方新聞、國內要聞、國際新聞等三個項目。❾

歐陽醇指出，凡是縣市、鄉鎮與村里所發生的動態或靜態新聞，不論新聞來源是政府或民間的，都叫做地方新聞；地方新聞的範圍很廣，舉凡政治、社會、經濟、文教、社團、交通、醫藥衛生，都可包括在內。❿

蘇蘅以報導的涵蓋範圍，做為地方新聞的界說；他認為，報紙新聞依報導所涵蓋的地理範圍，可分為「全國新聞」和「地方新聞」。⓫

吳滄海指出，臺灣的報紙，不論在臺北市發行的，或是在臺灣

❼　王洪鈞，《新聞採訪學》，正中書局，民八十六年，頁二三七至二三九。

❽　鄭貞銘，《新聞採訪的理論與實際》，臺灣商務印書館，民七十八年，頁一六三至一六五。

❾　錢震，《新聞論（上）》，中央日報，民五十六年，頁一四三。

❿　歐陽醇，《實用新聞採訪學》，華欣文化中心，民七十四年，頁三三七。

⓫　蘇蘅，〈臺灣全國發行報紙地方版新聞的比較──以中時、聯合、臺時、民眾的北市、北縣版為例〉，翁秀琪、馮建三編《政大新聞教育六十周年慶論文集》，政治大學新聞系，民八十五年，頁二二五。

省各地發行的，均有所區分；但和行政區畫分不同，除國都所在地的臺北市以外的地區，都被畫分在「地方新聞」的範圍裡。**⑫**

馬魁爾(McQuail)則從功能論著眼，　認為地方新聞具有經濟功能，可反映地區性結構，針對民眾需求進行行銷，帶動地方經濟成長。**⑬**

法蘭克林與莫非(Franklin & Murphy)認為，地方新聞是「在當地發行的報紙上，所刊登以該區域為觀點的事件」；換句話說，針對當地發生的新聞事件，從地方民眾的立場來進行新聞報導，就是地方新聞。**⑭**

兩人進一步將地方新聞界定為兩個特徵：其一是依新聞事件發生地點，看其是否在某些方面適於以區域的觀點來看，並視報紙在當地有無發行而定；其次是從全國與國際性新聞是否有地方角度來看。亦即，新聞並非真正事件的結果，而是新聞人員生產過程和工作慣例，而突顯事件地方角度的結果。**⑮**

由以上各人觀點來看，地方新聞顯然偏重於地理因素，亦即所刊登的新聞愈接近讀者生活區域，即被畫分為地方新聞，具有空間的接近特性。在此種情況下，地方新聞的報導主題與內容顯然與全國性新聞是有所差異的。

換言之，地方新聞報導主題的選擇和引起讀者興趣的程度，都與全國新聞有異，而以新聞是否含有地理鄰近性(geographical proximity)，為區分全國或地方新聞的判準。**⑯**

---

⑫　吳滄海，《臺灣的地方新聞》，瑞泰出版社，民七十六年，頁一。

⑬　McQuail, D. (1992), *Mass Communication Theory: An Introduction*, Beverly Hills, CA: Sage, p. 33.

⑭　Franklin, B. & Murphy, D. (1991), *What news? The market, politics and the local press*, London and N.Y.: Routledge, p. 60.

⑮　同上注，p. 3。

⑯　蘇蘅，〈臺灣全國發行報紙地方版新聞的比較——以中時、聯合、臺時、

　　因此，是否為地方新聞？要從讀者居住的地理位置來衡量，當
所發生的新聞事件是在其所居住的區域內，對他來說，就是地方新
聞；反之，則非地方新聞，可能是其他地方的地方新聞、或是全國
新聞，也可能是國際新聞。舉例來說，臺南市發生一起火警，對臺
南讀者來說這是地方新聞，如果這件火警發生在臺中市等其他地區，
對這些地區讀者來說，雖然還是地方新聞，但顯然的對臺南讀者卻
非地方新聞。

　　也有學者認為，從新聞題材的結構上來說，地方新聞至少包括
兩項主要因素，一為地理距離(geographic distance)，一為地方化(lo-
calization)。前者指新聞機構決定要不要刊登新聞，會以和新聞來源
距離遠近來判斷；後者指新聞報導是否有地方角度。⓱因此，地方
新聞不僅包括在地的觀念，還應考慮新聞報導角度的地方化，也就
是地理區域、社群生活與心理認同，三者並重。⓲

第二節　地方新聞演進

壹、地方新聞緣起

　　從新聞傳播歷史的演進來看，報紙內容的改變是一種漸進式的
過程，早期的報紙（實即期刊），在版面上呈現的內容，意見占十之
七八，真正的新聞只占十之一二而已。也就是說，報紙最早在歐美

　　民眾的北市、北縣版為例〉，翁秀琪、馮建三編《政大新聞教育六十周
　　年慶論文集》，政治大學新聞系，民八十五年，頁二三○。

⓱　Morton, L. P. & Warren, J. (1992), "Proximity: Localization vs. Dis-
　　tance", *PRnews Release*, 69. (4) pp. 1023–1025.

⓲　蘇蘅，〈地方新聞解析：談理論及實務研究整合的途徑〉，蘇蘅主編《新
　　聞學與術的對話Ⅳ──臺灣地方新聞》，政治大學新聞系，民八十五
　　年，頁四十三。

出現，並非為了傳播各地方所發生的訊息，供民眾知曉，也非報人辦報，而是印刷廠的老闆對於時政「有話要說」，自己寫文章對時局發表意見、予以褒貶，再利用自己印刷廠內的機器將文章印行出來，供大眾閱讀。

　　所以，英文的 "press"，原始意義為印刷機，因為在十七世紀中葉到十八世紀中葉將近一百年時間，歐美的黨派報紙經營者十九為印刷店老闆(printer)，他們就是早期的「報人」。❶❾

　　基於上述背景，報紙有了雛形之後，首先發展成為「政黨報紙」，報紙主人對於政黨有特定立場，可以在報紙上發表支持某政黨或反對意見；這種新聞報導的觀念與作法，與目前要求媒體遵守客觀、中立的新聞專業意理大相逕庭。

　　由此可知，報紙一開始並無真正的新聞，當然更不可能有地方新聞，在古時，以及早期的近代報紙上，地方新聞簡直沒有地位可言。就中國的「邸報」而言，其所記載的內容幾乎全是皇帝之諭旨、大臣之更動和軍國大計等，不但沒有地方新聞，更不知地方新聞為何物。

　　就羅馬的「新聞信」而言，其內容多為政府的文告、命令、軍情等，雖然也有決鬥一類的新聞，但也是全國性的。至於早期的近代報紙，則多記述戰爭消息，此外，宮廷生活、王朝遞嬗，也是重要材料，這些也非地方新聞。

　　全球報紙開始注意地方新聞，大體上是因工業革命、人口集中、都市膨脹，亦即是在都市中產生了一批新的平民階級以後才有的事。當時在歐美開始流行大眾化報紙，或「一分錢」報(Penny-paper)，都是為適應此一新的平民階級的需要而產生，使報紙不得不刊登與平民有關的新聞。

　　有關這一主體的新聞內容，多是法院裡許多小訟案或小糾紛，

❶❾　程之行，《新聞傳播史》，亞太圖書，民八十四年，頁九十二。

如酗酒、鬥毆、夫妻失和等事件，所謂「地方新聞」此時才在報紙裡正式登場。❷

貳、臺灣報紙地方版緣起

臺灣的報紙一開始並無地方版，早年由於報紙的新聞版面有限，全省的新聞都容納在僅有的幾個版面內刊登，每一版都是全國版；因此，並無所謂地方分版的情形。臺灣報紙是於民國四十年代出現地方分版。

中華日報於民國三十五年二月二十日在臺南創刊，社址設於臺南，於三十七年增刊北部版，成為南、北兩版，成為國民政府遷臺後，臺灣報紙最早的地方分版。❷這是就地方報紙而言，至於全國報紙最早的地方版，是民國四十二年聯合報在臺南發行的南部版，但因客觀條件未具備，於四十四年停辦。❷

在報紙出現地方分版以前，全省各地讀者見到的新聞內容與版面完全一樣。例如，民國四十年九月十六日開始發行的全民日報、民族報、經濟時報聯合版（聯合報前身），共有八個新聞版，第一版是國內外要聞版、第二版國內與大陸新聞版、三版臺北市版、四版國際新聞版、五版國內金融與工商經濟版、六版社會新聞版、八版副刊，第七版則是全省綜合新聞版，刊登的是臺北市之外的全省各地新聞。

---

❷　錢震，《新聞論（上）》，中央日報，民五十六年，頁一四三。

❷　蘇蘅，〈臺灣全國發行報紙地方版新聞的比較──以中時、聯合、臺時、民眾的北市、北縣版為例〉，翁秀琪、馮建三編《政大新聞教育六十周年慶論文集》，政治大學新聞系，民八十五年，頁二二六。

❷　蘇蘅，〈臺灣全國發行報紙地方版新聞的比較──以中時、聯合、臺時、民眾的北市、北縣版為例〉，《臺灣傳播問題的生產與消費層面：傳播者、新聞記者》，政治大學新聞教育六十周年學術研討會，民八十四年，頁二四一。

　　從性質來說，第七版可以說是地方新聞版的前身，不同的是，它的新聞是全國見報，也未區分新聞性質，包括體育、法院、警政、藝文、縣市政、甚至地方簡訊等五花八門的內容，都集中在這個版面刊登。

　　更早時候，例如民國三十八年的中央日報，其中第三版刊登的是除了臺北市以外的全省各地新聞，以性質來說，屬於地方新聞版，但是篇幅很小，只有上面半個版，下面半版全是廣告。到隔年，該報將地方新聞移往第八版，並設計刊頭「通訊版」，成為地方新聞版的代名詞，新聞全國見報。

　　報紙出現「地方」概念，和當時政府的政策實施，造成的整體特殊大環境有密切關連；因為早年政府對印報的白報紙採取核配政策，報紙售價按政府規定統一調整，由於紙價昂貴，各報負擔沈重，但新聞界又不敢隨便加價，怕對發行有不良影響。此外，民國三十九年政府公布臺三九教字第六五一六號訓令，規定報紙每日只能出版對開一張半，在篇幅受到限制下，各報也無法開闢地方版；有的報社為了爭取地方讀者，只好申請設立地方分版，就近印報，以增加地方發行量。例如聯合報，即把原臺南鯤聲報變更登記為聯合報南部版，於民國四十二年十二月出刊，以另闢財源。❷❸

　　報紙希望開闢地方版的原因，一則因為當時地方讀者已有閱讀在地新聞的需求，另外是此時正好是「尹仲容時代」的開端，臺灣經濟高度成長，報紙也有闢版來刊登地方廣告的需求，受限於限張政策，報紙只得採取分版一途，以滿足不同地區讀者與廣告商，對地方新聞和地方版的需求。❷❹

---

❷❸　陳國祥、祝萍，《臺灣報業演進四十年》，自立晚報，民七十七年，頁五十二。

❷❹　蘇蘅，〈地方新聞解析：談理論及實務研究整合的途徑〉，蘇蘅主編《新聞學與術的對話Ⅳ——臺灣地方新聞》，政治大學新聞系，民八十五

民國四十四年四月二十一日，行政院以臺四十四教字第三五八一號令頒有「戰時新聞用紙節約辦法」，重申三十九年第六五一六號訓令的內容，即是各篇幅不得超過對開一張半。在現實急切需要情形下，只要政府政策一寬鬆，報紙立即在地方版面政策上做立即反應。例如，民國四十七年九月，政府針對「戰時新聞用紙節約辦法」放寬報紙篇幅限制，取消每日只能發行對開一張半的限制，聯合報、中國時報、自立晚報都馬上在同年增加地方版。❷❺

根據當時的一項研究統計發現，各報擴版後省市地方新聞都有增加，但增加情形並不一致，主要由於各報立場不同、性質不同、及讀者的對象不同造成；整體而言，都以較多的篇幅來報導地方新聞。❷❻

參、早期地方新聞特色

報社擴充地方新聞版，如果能在新聞內容上加強，積極的服務地方與社區，則是一件可喜的事；問題在於，臺灣早年報紙開闢地方版、增加地方新聞篇幅，並非是為了服務地方讀者、滿足當地讀者知的權益，而是大多著眼於發行；在這種心態下，連帶影響地方新聞內容，地方版新聞內容嚴重失調，新聞品質未得到嚴格控制，為人深深詬病。

臺灣地方新聞過去在媒體中常居配角，除因四十多年來臺北市是中央政府所在地，多數新聞機構均將總社設在臺北市的地理因素

年，頁四十至四十一。

❷❺ 蘇蘅，〈臺灣發行全國的報紙如何界定地方新聞——以中時、聯合、臺時、民眾的北市、北縣新聞為例〉，《臺灣傳播問題的生產與消費層面：傳播者、新聞記者》，政治大學新聞教育六十周年學術研討會，民八十四年，頁二四一。

❷❻ 項斯嘉，〈擴版後臺北各報版面分析〉，《報學》第二卷第四期，臺北市編輯人協會，民四十八年，頁四十三至四十四。

外，媒體本身較不重視地方公共事務議題及社經地位相對弱勢者的
訴求，亦迫使地方新聞、地方記者、地方版編輯等名詞，與次等的、
聊備一格等概念成了同義詞；而新聞機構吝於對基層鄉里投注充裕
人力與資金，也是造成地方新聞格局有限，地處偏遠的閱聽大眾，
只能享受次等資訊服務的主因。❷

　　早年期間，報社通訊組由於地位無法與總社採訪組相提並論，
所能享受的資源極少，因此產生許多問題。一位在通訊組工作的人
員認為，至少包括以下十個缺失：地方版面篇幅有限、地方記者待
遇過低、人才難覓、管理不易、地方記者與報社聯繫不足、新聞內
容枯燥繁瑣、新聞稿件傳遞速度太慢、截稿時間過早、業務人員與
通訊記者權責不清、編輯工作環境複雜等。❷

　　此外，當時臺灣的報紙因為不重視地方新聞，只好以地方上的
各種社會事件，例如犯罪、色情新聞等填充版面，使地方新聞儼然
是不受報社注意的新聞孤兒，地方新聞版的功能大打折扣。從該年
代地方新聞從業人員口中，以及各種相關研究報告，我們可以明顯
發現地方新聞普遍存在以下問題：

一、不受重視

　　報禁開放後，報紙的競爭白熱化，地方新聞角色和地位十分重
要，可是早年地方新聞只不過是報紙的一種點綴品，不受報社重視。
當時我國報紙不論大小，普遍注意國事，報社與讀者普遍留有一種
印象，認為只有國家大事、世界大戰才是新聞。❷在地方上擔任一

---

❷　習賢德，〈臺灣地方新聞的另一種體驗：試析兩報三臺地方記者的人力
　　結構及新聞品質〉，蘇蘅主編《新聞學與術的對話IV——臺灣地方新
　　聞》，政治大學新聞系，民八十五年，頁一六五。

❷　丁文治，〈地方通訊的十大難題〉，《報學》第一卷第八期，臺北市編輯
　　人協會，民四十四年，頁四十九至五十一。

家報紙的記者，也是像個不被重視的「客人」。❸

在此因素下，臺灣的報紙都寧願走全國性大報路線，具體的做法就是「重國家事」而「輕地方事」，有關國家政策措施、政治人物的作為、中央單位的種種宣示，就算和社會大眾沒有直接關連，也一律認為是重要新聞，以重要版面和明顯篇幅擴大處理；至於地方上所發生的事件，即使與民眾生活有密切影響，也只是輕描淡寫，有登就好，不會去深入報導。

因為對地方新聞不重視，連帶使早期臺灣的地方新聞版內容十分雜亂，可說是一個大雜燴與拼盤的結合體，定位並不清楚。在內容方面，除了各地發生的事情之外，地方版也刊登其他性質的新聞；以民國三十九年間，當時頗具影響力的中央日報為例，原本應該刊登本省各地新聞的「通訊版」，還大量夾雜報導許多不相干的其他新聞。

光是該年五月間，中央日報通訊版所刊出的其他新聞至少有：〈防空廣播講座〉、〈大陸饑荒內幕〉、〈陷後紹興〉、〈不堪回首話皖中〉、〈俄人統治下的鎮江〉、〈香港人滿為患〉、〈毛匪澤東千抽萬稅〉、〈青島不復東瑞士〉、〈興匪暴政在濮陽〉、〈記香港摩星嶺下的難民〉、〈鐵幕下的湖南〉，以及日本、大陸西北、閩南等地的見聞與專題性的新聞。

另外，雖然地方新聞有專屬版面，但是報紙時常異動版面位置，甚至有時推出專題報導時，版面不夠利用，就犧牲地方新聞版面刊登專題報導，讓當天的地方版不翼而飛，報紙也不以啟事對讀者做解釋說明，顯示地方新聞被報社、甚至讀者視為可有可無的篇幅。

❷⁹ 潘家慶，〈地方報紙的特性與功能，並檢討中國地方報發展的困擾〉，《報學》第三卷第八期，中華民國新聞編輯人協會，民五十六年，頁二十九。

❸⁰ 應鎮國，《採訪與報導》，臺灣學生書局，民六十六年，頁二五〇。

　　民國六十年間的一項研究發現，國內的大、小報紙與廣電媒體，把國際和國家大事唯恐落後的競向讀者報導，卻忽略自己落腳的環境，所以儘管臺北市幾家大報都發行地方版，每版的範圍包括兩三個縣市（如桃竹苗版，高屏版），結果卻是「留下興趣特殊，人數較少的各種不同的小眾所關心的事情，沒人去報導、去評論」。❸❶

　　全國性報紙如此，地方性報紙也不遑多讓，把這種作法發揮得淋漓盡致。例如，民國五十四年二月七日，花蓮更生日報頭條新聞是〈永珍再度發生戰鬥，對外通訊昨告中斷〉，那段時間頗為熱門的〈本地禮貌小姐選拔〉卻被放在第三版上。❸❷對於地方報而言，此種作法確是值得商榷，因為對地方讀者來說，最關心的是發生在自己生活周邊的事情，就算是國外某地發生洪水，淹死幾十人，也比不上自家門前水溝不通來得重要。

　　民國六十六年，國內學者進行全國大眾傳播研究調查工作時，發現與讀者近身利害攸關的地方消息，總括來說報紙內容還是供不應求。❸❸顯示報紙所刊登的地方新聞，仍然無法滿足地方讀者的需求，國內報紙對地方新聞的忽視行為，仍未見顯著改善。

　　國內地方新聞工作者吳滄海指出，地方新聞版在有些報社，被視為可有可無的版面，而且報社對地方版的觀點，都只著眼在發行上，並非重視如何在地方新聞上發揮新聞事業應有的功能。❸❹此種報社對地方版觀念的偏差，才是早年地方版發展的阻礙。

❸❶　黃森松，《鄉村社區報紙與鄉村社區發展——兼論小眾媒介是否能在臺灣鄉間生存》，政治大學新聞研究所碩士論文，民六十四年，頁五。

❸❷　潘家慶，〈地方報紙的特性與功能，並檢討中國地方報發展的困擾〉，《報學》第三卷第八期，中華民國新聞編輯人協會，民五十六年，頁三十。

❸❸　徐佳士、潘家慶、趙嬰，《改進臺灣地區大眾傳播國家發展功能之研究》，政治大學新聞研究所，民六十六年，頁三六一。

❸❹　吳滄海，《臺灣的地方新聞》，瑞泰出版社，民七十六年，頁五。

二、社會新聞充斥

早年報紙對地方新聞缺乏應有的重視，唯獨社會新聞除外；當時國內報紙以第三版為社會新聞版，全國各地較重大的打打殺殺案件、色情新聞，都集中在第三版報導；除此之外，較不重要的地方社會新聞，則放在地方新聞版處理，使地方版儼然是第三版的縮影。

學者認為，地方版充斥社會新聞，有當時的時代背景；因為在戒嚴時期，傳播媒體在言論上受到限制，難以褒貶時局，民營報紙在內容上無法全面發揮評論時政的功能，只好在社會新聞上作誇大的渲染，以爭取讀者眼光，而地方新聞更是不受拘束的園地，使得地方新聞內容多以聳動的社會新聞或犯罪新聞為主。❸❺

報紙地方新聞充斥社會案件現象，在民國四、五十年間十分明顯，並非特例，即使經過十多年以後，一直到民國六十年間，社會新聞仍是地方新聞主流內容，這些現象在學者研究中都獲得具體證實。❸❻

---

❸❺ 蘇蘅，〈地方新聞解析：談理論及實務研究整合的途徑〉，蘇蘅主編《新聞學與術的對話Ⅳ——臺灣地方新聞》，政治大學新聞系，民八十五年，頁四十。

❸❻ 有關的研究與發現如下：
一、施肇錫，《臺北市各報處理罪惡新聞之比較研究》，政治大學新聞研究所碩士論文，民四十八年。研究發現，日報地方版為人詬病的是社會新聞太多，即使報社編輯也承認，「報社為了迎合地方民眾口味，對地方版社會新聞的核稿尺度也比較從寬處理」。
二、民國五十年，執政黨中央黨部第四組所主持的「新聞研究社」針對屈尺分屍案進行「怎樣報導犯罪新聞」做研究時也發現，銷行全國的若干日報重視地方版新聞的程度，甚而超過地方報紙對地方新聞的處理。見陳世敏、潘家慶、趙嬰，《臺北市主要日報地方版內容分析》，中華民國新聞評議委員會，民六十八年，頁七。
三、另一項有關報紙新聞內容的研究發現，社會新聞在民國四十年代

　　胡遜、朱俊德兩人於民國六十六年在一篇〈地方版問題多〉的文章中強調,「今天地方版給人印象最深的就是社會新聞太多,有人認為是因為各報三版的社會新聞審稿尺度較為嚴格,所以轉移了陣地,到地方版來大行其道」。❸❼是對此一現象的具體反應。

　　社會新聞充斥地方版的另一原因,是報社為了發行業務,而投地方讀者之所好,因為地方讀者普遍喜歡社會新聞報導。祝基瀅在民國四十九年所做的一項研究調查發現,決定國內鄉村讀者訂閱某一報紙的最主要原因是「新聞報導的迅速與正確」,其次是「社會新聞」,後者比例高達 33.33%;每天必讀社會新聞的鄉村讀者,比例高達 43.23%,也居第二位,比必讀地方新聞的讀者(37.42%)高出不少。

　　對於這種現象,祝基瀅認為:「包括犯罪與災禍的社會新聞,是報導社會上不正常的現象,這類新聞可反映真實世界的一部分,故易引起讀者興趣,原是人之常情,在某種意義下,亦不能過於責難,因為報紙要深入社會,須先獲得讀者的愛好,而迎合讀者興趣,實

曾為各報所誤導,社會新聞一詞幾與犯罪新聞、色情新聞同義,民國五十年代以後雖有改進,但被扭曲了的社會新聞卻被移往較不受人注意的郊區版與各地方分版。見潘家慶,《新聞媒介與社會責任》,臺灣商務印書館,民八十一年,頁二〇七。

四、陳世敏、潘家慶、趙嬰研究民國六十七年五月間,臺北市主要五家日報地方新聞時發現,在分析包括犯罪、災禍、人情趣味等廣義的社會新聞時,此三類新聞總合,平均占五報地方版所有新聞的40%,比美國報紙高出二至三倍。而且地方版與非地方版之間的編採政策無顯著不同,說明了地方版似乎是現有其他版面的延伸,與純粹服務地方的地方報紙似無關連。見《臺北市主要日報地方版內容分析》,中華民國新聞評議委員會,民六十八年,頁一二〇。

❸❼ 胡遜、朱俊德,〈地方版問題多〉,《新聞評議》第二十五期,中華民國新聞評議委員會,民六十六年,頁三。

為促使愛好的有效方法。 問題在於報導的方法和界限是否適當而已」。❸

由此可以看出，連當時知識分子對於民眾喜歡社會新聞，都能持「體諒」看法，視之為「人之常情」，並認為報紙廣泛刊登社會新聞「不能過於責難」；由此更可以反映出，一般社會大眾對社會新聞氾濫是以何種心態視之了。

三、記者素質良莠不齊

早年國內報紙對地方新聞尚不重視時，地方記者素質良莠不齊，如果以行政地區區分，整體而言，在省政府以及縣、市地區跑新聞的地方記者，人力素質較高，大都受過相當程度的教育，甚至是新聞科系畢業生，為提升地方新聞水準貢獻不少心力。情況較嚴重的是鄉、鎮地區的地方記者，而且愈是窮鄉僻壤，地方記者素質愈是低落。

當時在報社通訊組（如今地方組前身）服務的報業人士錢塘江，在民國五十年中為文指出：

> 目前各報地方記者中，固然不乏受過很好教育，具有優良學識經驗者，但是一般水準很低，則為不可否認的事實。地方記者中，大概真正受過高中到大學教育的不多，以初中國民學校的程度居多數，在這種教育水準中，文字程度及工作經驗可以想見。❸

---

❸ 祝基瀅，《臺灣鄉村讀者讀報習慣調查》，政治大學新聞研究所碩士論文，民四十九年，頁二十八。

❸ 錢塘江，〈地方新聞報導的發展與改進〉，《報學》第二卷第八期，臺北市編輯人協會，民五十年，頁四十七。

　　當時報社為了發行業務，幾乎只要有能力在地方上推銷報紙的人物，都可以聘請為地方記者。因此，小學程度、甚至國小未畢業的地方記者四處可見，不少鄉下地區的地方記者是採兼職方式，本身在學校、公所、代表會、派出所、服務站上班，或是開設照相館、文具行等商店，甚至是菜市場的小販，以特殊關係取得記者證。

　　除此之外，報社對於在各鄉、鎮地區的辦事處主任，也都發給「主任兼記者」的服務證，讓他們辦報兼寫新聞，以利報紙的推廣；有些辦事處主任為了推廣報份，還會再向報社申請記者證發給有辦法推消報紙的人士，地方記者身分可謂形形色色、龍蛇雜處、各顯神通。他們有的甚至終年未寫一則新聞，只憑著一張記者證，即在地方上橫行無阻、作威作福、惡形惡狀，「記者證」成為他們的「護身符」，一般民眾不敢得罪他們，也令地方公、私機構人員十分頭痛，成為十足的「文化流氓」。

　　記者在地方上吃得開，其來有自。臺灣早在日據時代，記者即是特權人物，人民對記者極為畏懼，所以臺灣光復後，記者在社會上仍被視為特殊人物，因此出現所謂「車馬代」與「記者致詞」兩種怪異現象。

　　先說「車馬代」：當時一般民間不論公私團體舉行記者招待會，除了備酒席之外，還得公開準備一盤紅包，紅包內裝的是錢，上面寫著「車馬代」，也就是「車馬費」之意；宴席結束時，必由主人一一致送每位記者「車馬代」，當時本省籍的記者認為十分平常，都會坦然受之無愧，因為這是「日人遺風」之一。

　　有些單位發出記者會請柬時，恐怕所請的記者不到場採訪，事先都會特別托人分別打關照，並暗示「這次車馬代為數不菲呀！」這種現象，臺灣光復很久後還一直存在著，後來因為多數記者拒絕接受，漸漸的此種習慣也就式微了。❹⓪

　❹⓪　錢塘江，〈臺灣光復初期的採訪工作〉，《採訪集粹》，臺北市新聞記者

　　至於「記者致詞」：則是早年臺灣鄉下若干人民團體開會時，必邀記者參加，張貼在會場中的儀式節目表，除了主席致詞、長官致詞、來賓致詞之外，還有一項「記者致詞」，令前往採訪的記者尷尬萬分，不知如何是好。❹甚至一直到民國五十年左右，臺灣鄉下部分地區還有這種現象。❷顯現記者在鄉下民眾心目中的特殊地位。

　　由此可發現，臺灣地方記者早年時候，身分確實與眾不同，往往令人敬畏有加。一直到民國六十年以後，仍有部分地方記者扮演著令人頭痛的角色，此種不正常現象，還引起政府高層關切。

　　民國六十四年八月七日，行政院長蔣經國在中央委員會工作會議上，具體陳述地方記者在地方上的不當作為。他說：

　　　近據縣市長同志反映，在地方上感覺困擾者，一為地方記者，一為少數縣市議員，地方記者常向縣市長關說人情，若認為有開罪之處，即揚言於報上見，以資威脅。黨部對此一風氣應加注意糾正。❸

　　可以看得出來，當時臺灣縣市地區存在著「兩大害」，對縣市長的工作帶來困擾，地方記者的危害甚至排名在縣市議員之前，予人的觀感也就可想而知了。❹

公會，民五十四年，頁一〇六。

❹　錢塘江，〈臺灣光復初期的採訪工作〉，《採訪集粹》，臺北市新聞記者公會，民五十四年，頁一〇六。

❷　金生麗，〈臺灣採訪話舊〉，《報學》第二卷第八期，臺北市編輯人協會，民五十年，頁五十四。

❸　新聞鏡雜誌社編《為新聞界把脈》，華瀚文化公司，民七十八年，頁三。

❹　早年時期，不只鄉下記者令一般人敬畏有加，總社記者更是神通廣大，甚至撰寫的新聞還可指揮軍方作戰，如今看來委實不可思議。

　　中央日報早年知名軍事記者劉毅夫，民國三十九年五月一日開始

四、新聞品質低落

除了都市化程度較高的地區，早年的地方記者多數未受專業訓練，甚至未受一定程度的教育，完全以土法煉鋼方式採訪和寫作新聞，不講究新聞寫作格式，甚至文字不通，或是互相抄襲，地方新聞也就毫無品質可言。

新聞品質低落不一定與地方記者教育程度有關，有時是工作態度問題，大家交換新聞，造成新聞雷同度高；民國四十九年，地方新聞工作者楊海宴為文說明此一現象：

目前縣市記者大多是與同業聯合作戰的，分頭採獲的新聞，

當記者，當時海峽兩岸仍不平靜，尚有戰火，他前往舟山採訪，五月四日他以新聞稿作了一個轟炸對岸的計畫，以下是他的描述：至於五日轟炸寧波機場，那是我製造的新聞。當四日空軍飛機發現該機場後，我就做了一個詳細的轟炸計畫，「以臺灣起飛的九架B-24，用五百磅重的炸彈，轟炸跑道，以十八架B-25，用二百五十磅重的炸彈，轟炸機場附屬建築物，這些由臺灣起飛的飛機，到舟山與定海起飛的二十七架P-51戰鬥機會合，由P-51掩護進入大陸」。

這一計畫，四日下午帶到臺北，當時的參謀總長兼空軍總司令周至柔上將，批准了我的建議，當晚就有電話給我，到五日的早晨九時正，我睡在床上，聽到了B-24和B-25機群通過聲音，也聽到了P-51起飛的聲音，過了半小時，由寧波方向傳來沈重的轟炸聲音，再過半小時，聽到了P-51落地聲音，我打電話到定海機場問：「任務順利嗎？」那邊答：「好極啦！一切按著您的作戰計畫實施，謝謝您！」

我心裡有了底，穿睡衣、關著門、在屋內寫電報稿，又寫了特稿，當日由專機帶回臺北，第二天，在舟山引起了幾位同業對我專有新聞的抗議，我不懂得這一套，只好笑笑了事。

見劉毅夫，〈我的幾次採訪回憶〉，《採訪集粹》，臺北市新聞記者公會，民五十四年，頁一六四至一六五。

集中交換、共同抄發。這樣的好處是不必擔心漏發新聞（實際上漏了也不知道，因為各報發稿都是一樣的），用這種工作方式無疑與同業間的感情處得很好，但這樣的壞處就很多了，最顯著的一點是沒有競爭。……，其次，由於同業聯合作戰，不免彼此存有依賴偷懶心理，很容易形成混混算了的情形。**⑤**

另一位地方新聞從業人員，多年後在進行口述歷史時，具體的說明民國四十幾年他擔任新竹記者時的此一現象。他回憶道：

……做記者一定要寫，後來我自己也寫，不過大多是抄聯合報第三版的社會新聞，稿費也賺得很輕鬆。抄個二、三千字，只要換個話題就可以了，稿費很高，所以很好賺。**⑥**

報業人士錢塘江，在文章中證實此一情形。他寫出：

關於地方新聞品質的問題，須視記者採訪能力、寫作技巧而定。但今日各報的記者，除了縣市駐在記者的教育水準較高外，鄉鎮特約記者與通訊員，則多水準不齊。……在仔細比較各報的地方新聞時，還可以發現兩個現象，一是有很多的新聞內容、結構甚至文句，各報完全相同；另一情形是有些新聞各報互唱反調。據調查的結果，若干地區的地方記者為了不求有功，但求無過，因此實行聯合採訪、聯合發稿的辦法。各報的記者大家取得默契，放棄互相競爭，每天分工合

---

⑤ 楊海宴，〈縣市記者的工作特性〉，《報學》第二卷第七期，臺北市編輯人協會，民四十九年，頁九十七。

⑥ 陳望禎口述，〈新聞耆老座談會〉，《竹塹百年發展口述歷史，耆老座談紀錄輯》，新竹市立文化中心，民八十五年，頁五十一。

作，甲去縣政府，乙去警察局，丙去議會，找到資料回來，
大家集中一個地方，分別寫成新聞稿後，互相照抄一份。在
這種情形下所產生的新聞稿，當然是一模一樣了。❹

至於互唱反調的情形則完全相反；三、五個人各結成一個採
訪集團，每每利用新聞報導，互相攻擊。甲方如果有一條新
聞為乙方所無，乙方第二天便想出各種方法去推翻甲方所報
導的事實，有時不惜抹殺事實，捏造謊言。於是報紙便成為
這批少數不知真正在工作上去競爭，專在製造私人恩怨的記
者戰場了。這兩種情形均為不該有的現象，前者為敷衍塞責，
使報紙的內容平淡無味；後者則為愚弄編輯人員，更使讀者
無所適從。❹

文字不通是另一個現象；他寫道：

> 各報有一個差不多的情形，除了在編制內派駐重要地區的記
> 者及縣市的駐在記者外，其餘一般地方記者的來稿，能夠完
> 全通順者約五分之一，半通順者約五分之二，完全不通順者
> 約五分之二。❹

民國六十五年四月，中華民國新聞評議會舉辦的第一次新聞座
談會中，當時中華日報採訪主任林燕生在討論平衡報導與深度報導
時，提到若干不平衡的新聞報導中，以地方通訊記者或地方報導最
多。❺顯示臺灣地方新聞即使到了七十年代，品質仍有不少問題。

---

❹　錢塘江，〈地方新聞報導的發展與改進〉，《報學》第二卷第八期，臺北
　　市編輯人協會，民五十年，頁四十五。

❹　同上注，頁四十五。

❹　同上注，頁四十七。

　　民國六十六年，時任監委的沈宗琳在監察院總檢討會議中，建議促請政府儘速修訂及實施記者法；職業新聞記者出身的他，提出此建議的主要理由是：「地方記者中有少數人跋扈飛揚，素質良莠不齊，有待提高水準」。❺ 由此可知，早期我國地方記者由於普遍缺乏專業知識與道德，不但影響地方新聞品質，連帶也嚴重破壞新聞記者形象，甚至到達要以法律來規範的地步，情形不可謂不嚴重。

五、無法反映地方輿情

　　人力素質低落、良莠不齊，報社為了發行而設地方記者，加上新聞觀念不正確，以上種種因素，使得早年臺灣的地方新聞內容不是社會案件，就是地方人情稿，以及報紙自己認定的讀者想要的其他類型的新聞，無法充分反映地方輿情，與傳播媒介應該表達民意、為民喉舌的理念相去甚遠。

　　一項研究發現，早期因為臺灣的報社對地方新聞編採政策的偏差，帶來不少新聞後遺症。例如各種職業團體、各種社會階層、各小縣市與小鄉鎮，因而成為被漠視的新聞和意見死角，造成「意見自由市場」的闕漏；其他的不良病症還包括：地方上的問題沒人注意，無法解決；國家大政推行到小地方後，情形如何無從知曉；小地方的人失去地方意識，不關心也不參與地方上的事，地方政治難以改善；小地方的公共事務無人注意，「壞人」容易活躍其間，而使地方蒙害；小地方的人對小地方的事即使有意見，也沒地方可發表，造成下情難以上達。❺❷

---

❺　胡遜、朱俊德，〈地方版問題多〉，《新聞評議》第二十五期，中華民國新聞評議委員會，民六十六年，頁三。

❺❶　無夢，〈記者法、地方記者、地方政府機關〉，《新聞評議》第二十七期，中華民國新聞評議委員會，民六十六年，頁三。

❺❷　黃森松，《鄉村社區報紙與鄉村社區發展——兼論小眾媒介是否能在臺

　　報紙無法反映輿情的結果是報導內容與民眾的需求脫節；民國六十六年進行的一項調查研究發現，大眾媒介在內容方面，與閱聽人接觸媒介的動機或需要，有相當的差距。一般民眾認為，他們對於大眾媒介的需要，以增加新知見聞、知道國家和世界大事、了解地方事情為最重要。分析結果卻顯示，報紙所最重視的前三項內容分別是：社會新聞、副刊與財經新聞。❸換句話說，大眾媒介無法滿足民眾的需求，甚至對閱聽的需求，也未能作被動性順應，而自行認定閱聽人的需要，結果所提供的內容不但不符合民眾需求，連大眾媒介最基本的功能也無從發揮。

肆、地方新聞缺失的探討

　　地方新聞原本應做為服務地方民眾、教育大眾的工具，如今不但未負起應有的責任，內容反而嚴重偏差，地方民眾未蒙其利、先受其害；究其原因，除了如前所述，進一步分析，還有其他因素。

　　例如，國內學者認為，地方新聞過度重視犯罪災禍等聳動(sensationalism)新聞報導。究其原因，主要是經濟壓力造成，使地方新聞依娛樂性挑選而非依重要性挑選，但也因此使地方新聞扭曲事實或誇大不實。❹外國學者也認為，地方新聞會使媒介來誇大一些不尋常事件的重要性，以便據以生產報紙自認為具有市場價值的商品。❺也有人認為可以將犯罪、暴力、火警、意外等天災人禍的新

　　　灣鄉間生存》，政治大學新聞研究所碩士論文，民六十四年，頁五。

❸　徐佳士、潘家慶、趙嬰，《改進臺灣地區大眾傳播國家發展功能之研究》，政治大學新聞研究所，民六十六年，頁四一九。

❹　蘇蘅，〈臺灣全國發行報紙地方版新聞的比較——以中時、聯合、臺時、民眾的北市、北縣版為例〉，翁秀琪、馮建三編《政大新聞教育六十周年慶論文集》，政治大學新聞系，民八十五年，頁二三三。

❺　Gans, H. J. (1980), *Deciding What's News? A Study of CBS Evening News, NBC Nightly News, Newsweek, and Time*, N.Y.: Vintage Books,

聞視為煽情新聞，而基於銷售新聞的目的，使得地方新聞比全國新聞更加重視煽情新聞。❺

　　于洪海早年在研究臺北市中央日報等五家日報新聞內容雷同度時，發現臺灣由於地域小，交通便利，臺北發行的報紙當天上午即可深入每一鄉鎮，因此全國性報紙也相當於地方性報紙，使各主要報紙都以全國性的辦報方針為主，各報為普遍爭取一般讀者，新聞取捨多以國際性、全國性眼光衡量，新聞價值判斷一致，造成新聞內容具有相當程度的雷同。研究同時發現，由於報紙對地方新聞的不重視，使地方新聞重要性較少明顯對比，各報編輯在定稿時，難以達成一定的價值標準，使地方新聞在所有新聞類型中，反而是雷同度最低的一個。❺

　　地方版新聞不受重視、新聞內容品質低落等這些問題，主要是和地方版編輯、甚至和報社的編輯政策和制度都有密切關連。一位報社的副總編輯說：「報社的編輯政策為了迎合地方民眾口味，所以對於地方版社會新聞的核稿尺度也就從寬處理」，這可能才是地方版問題多的關鍵。❺

伍、地方新聞的堅持

　　雖然早期臺灣報紙地方新聞內容有不少問題，採訪人員也普遍水準低落，但是當時國內部分報紙在新聞的觀念中，似乎不是完全的忽略地方新聞的重要性。某些報社領導者對於地方新聞的地位予

　　　　p. 12.

❺　Adams, W. C. (1978), "Local Public Affairs Content of TV News", *Journalism Quarterly*, 55, pp. 690–695.

❺　于洪海，《目前臺北市主要日報新聞內容雷同程度及原因》，政治大學新聞研究所碩士論文，民六十一年，頁六十四。

❺　胡遜、朱俊德，〈地方版問題多〉，《新聞評議》第二十五期，中華民國新聞評議委員會，民六十六年，頁三。

以正面肯定，強調地方新聞的重要性，希望能夠加強地方新聞的報導品質與從業人員水準，顯示他們具先見之明與高瞻遠矚的眼光。

例如，民國五十三年，中央日報社長曹聖芬針對報社編採業務做檢討時，即強調新聞媒介對地方自治的重要性，必須加強地方記者的水準。

他指出，民主政治和新聞自由是相輔相成的，民主政治要靠人民來作裁判，而人民所作判斷的根據大部分來自新聞媒介，報紙是主要媒介之一。臺灣地方自治實施以來，包括選舉風氣、府會關係、當選者履行公務各方面，都沒有達到理想境界，正賴新聞界嚴守正義的立場、發揮輿論力量，加以匡扶，因此地方駐在記者地位日形重要，其所應具備的條件也就更加嚴格。地方記者不但要有足夠的知識和敏銳的觀察力，尤其要具備守正不阿、廉潔自持的道德修養，其報導和評論才能正確而公平，發生明是非、辨善惡的作用。❺⁹

從其談話內容中不難發現，當年臺灣地方新聞無法履行地方自治報導責任，報人對於地方新聞寄予相當厚望，因此希望地方記者不論是在知識、觀察力、道德修養、報導、評論等方面，都必須提升，才能發揮媒體應有的社會責任。

另外也可察覺，早年雖然報社本身知道地方記者的重要性，但在作法上並未落實，使得地方記者對新聞的表現不如人意，進而影響各報紙地方新聞整體表現，儘管少數報人深知地方新聞的重要性，企圖努力提升地方新聞從業人員工作品質，卻力不從心，經過相當歲月，一直要到民國七十七年報禁開放之後，地方新聞品質才有大幅度的改善。

除了報人，早年也有不少受過專業教育的新聞工作者，靠著對新聞採訪事業的熱忱，在地方上努力採訪與報導新聞；當時地方記

---

❺⁹　曹聖芬，〈如何使新聞工作專業化〉，《新聞評論選集》，中央日報，民七十四年，頁一七九。

者待遇偏低、交通不便、採訪責任區域廣大、缺乏良好資源，與目前地方記者工作環境有天壤之別；他們在一窮二白惡劣環境下，堅持新聞工作崗位，為提升地方新聞品質貢獻心力，功不可沒，精神令人敬佩。

例如，聯合報資深記者何振奮，民國四十一年間進入臺北縣擔任特派記者時，是該報全縣唯一的記者，待遇不如縣府人員，他毅然辭去公務員金飯碗職務，目的是能天天過新聞見報的癮。**❻⓿**

當時臺灣交通不便，通訊困難，不但沒有傳真機，連電話都少見，沒法每天回臺北總社寫稿的地方記者，在缺乏快速、便捷的傳遞工具下，為了將新聞稿傳回臺北，想盡辦法、吃足苦頭，這種現象，從北到南、從離島到本島皆然。

新竹記者黃乃因，多年後在口述歷史回憶中，描述早年地方記者工作的此種艱辛情景：

> 過去我們寄新聞稿是接火車、趕班車的。那時趕火車的經驗，是現在新聞同業無法理解的，那時到臺北是接五點鐘的火車，在這段時間內，要把新聞趕完，不管是多少字，趕不上只好用電話。用電話發稿的話，接電話的人，有時高興的話，多寫兩個字，不高興時不寫，有時會寫錯……。**❻❶**

前聯合報臺中巡迴特派員沈征郎，描繪他於民國五十三年進入中部地區擔任地方記者的情形：

---

❻⓿ 何振奮，〈那種愛報的心〉，張作錦主編《一同走過來時路》，聯經出版事業公司，民八十年，頁七十。

❻❶ 黃乃因口述，〈新聞耆老座談會〉，《竹塹百年發展口述歷史，耆老座談紀錄輯》，新竹市立文化中心，民八十五年，頁四十七。

進報社頭三年仍騎單車在龍井、大肚及霧峰採訪，一天騎二十多公里，輕鬆愉快，還有人指指點點。因為在鄉下還真少見大專畢業的記者。……五十年代外埠同仁沒多少人，臺中市只有陳祖華兄、王亞東兄與我三人。路線經常統包，廣及中部四縣市，遇大新聞還得包版。人少版面大，當時只靠火車帶稿，壓力沈重……。**㉒**

另一位早年進入聯合報擔任地方記者的張立志寫道：

在交通、電信均不便的情形之下，中午以前要趕火車稿，下午的重大新聞，趕發電報稿，並自己翻譯，一個字要譯成四個數字的明碼，也就是說，一則五百字的新聞，實際上要寫二千五百字，經常為了翻譯電報稿，連吃晚飯的時間也沒有，更何況深夜十二點以前，還要到警察局「巡邏」，因為三十三個鄉鎮市當天發生的大小新聞，都要你一個人去處理。雖然，既緊張又辛苦，但卻樂此不疲，因為，「黑手」出身的我，在學校唸的是機械工程，又無良好的國文基礎，卻不自量力一心想做記者，因為我對新聞工作有一份狂熱，這份狂熱也成為我四十年記者生涯的原動力。**㉓**

再往南，另一位記者鄭衡回憶：

我記得那時我在澎湖，有家報社要找我兼份工作，我甚至做

㉒　沈征郎，〈廿七年採訪豐富之旅〉，張作錦主編《一同走過來時路》，聯經出版事業公司，民八十年，頁七十六。

㉓　張立志，〈熬到爺爺了，還是記者〉，張作錦主編《一同走過來時路》，聯經出版事業公司，民八十年，頁二七五至二七六。

不下去，因為那時發送不是用文字，而是用電碼，電碼寫稿
是寫 0964321 這樣的數字。……民國五十多年被派到高雄，
為了搶新聞，又要趕時間，當時既沒傳真，用電話又怕寫錯。
所以那時我們被訓練到什麼程度？就是電話拿起來就可以報
導：本報記者××幾日電，把整條新聞講完。❻

　　民國四十二年擔任台灣新生報南版高雄縣橋頭鄉特約通訊員的
劉一民，連基本薪資都沒有，而是按稿計酬，新聞見報才有錢，每
則三到五元，情況更惡劣，他還是整天騎著一部破腳踏車，不止在
橋頭鄉境內亂鑽，而且經常越界到燕巢、梓官兩鄉去挖新聞，雖然
挖得非常辛苦，而且經常是一無所獲，他仍沒有絲毫灰心，反而愈
挫愈勇。❻

　　從以上不難看出，早年臺灣地方記者，不論在北、中、南地區
採訪，工作環境大同小異，幾乎都是面臨地大、人少、通訊差的困
擾，大專程度的地方記者在鄉下更是寥寥可數，偌大的縣市新聞只
由少數一、兩位記者獨挑大樑，工作負荷可想而知，他們每天東奔
西跑，難得休息，如果沒有對新聞記者工作的狂熱，加上相當的意
志力與刻苦耐勞的精神，實無以為繼。

　　在當時報社記者待遇不佳，採訪環境也普遍不好情形下，許多
地方記者以高度敬業精神努力採訪新聞，即使是為了一個人名，還
是全力以赴。

　　以下是另一位早期的地方記者，描述他如何為了一個人名，花
了許多時間打聽的過程，從中可以了解其工作態度如何：

---

❻　鄭衡口述，〈新聞耆老座談會〉，《竹塹百年發展口述歷史，耆老座談紀
　　錄輯》，新竹市立文化中心，民八十五年，頁五十四。

❻　劉一民，《記者生涯三十年》，傳記文學出版社，民七十八年，頁二十
　　七。

採訪新聞，有時為了一個名字跑了幾個鐘頭，我有這個經驗。
那是第二屆省議員選舉，國民黨內辦理提名登記。報社指示
必須取得全部登記名單，而宜蘭縣黨部自始至終卻高度保密。
負責辦理登記那個人，雖然是我多年朋友，也無法從他的口
中套出一個字來。

登記截止後，除了已知道的名單向社方報告，究竟有沒有漏
了，實在毫無把握。於是騎著單車繼續往各方打聽，兜了個
把小時，不得要領。又轉往縣黨部，和這位經辦人員蘑菇，
扯了半天，我要求他：「告訴我幾個人登記就好，名單不要你
說。」

他笑笑，仍一貫地搖搖頭，我故意逗他：「十個人登記是嗎？」
他搖搖頭。

「十一個嗎？」
他還是搖搖頭。

「那麼我知道是九個人登記。」

「你認為對的，就是對的。」他開腔了。這數字比我知道的多
一個人，是誰呢？我迷惑了。我了解，從這傢伙口中擠不出
油來，於是和他說「再見」，離開黨部。

走了幾個地方，打聽不出什麼名堂，只得再回到縣黨部，此
公雖守口如瓶，但畢竟彼此認識多年，看見我又來，並不討
厭。於是我又和他聊了起來。我把已知道八個人名單告訴他，
然後說「另外一個人，你只須告訴我住在溪南，或是溪北就
好了。」

他起初還是不說，經過不斷的疲勞轟炸，才勉強吐出一個字：
「北」。

「幹什麼職業呢？」

「別再旁敲側擊了，不知道。」他雖然臉上仍掛著笑容，但語氣卻斬釘截鐵似地。

在這種情形下，我只好再離開縣黨部，去碰碰運氣了，不料走到中途，單車漏氣了，趕緊找一家車店打氣，碰到一位市公所人員也在修車，看見我便隨口說道：「老陳，那個神經病的，是不是也登記選省議員？」

「神經病？」我大惑不解。

「就是那個林某某呀。」

「是做醫生的林某？」

「是呀，他今天上午到市公所託一個人填表，不過不知道他有否辦妥登記？」

我說，等一下，我先問一問就來，向車店借一輛車，立刻馳往縣黨部，一進門就朝著那傢伙大喊：

「你何必故弄玄虛，我查出了是林某某登記。」

「好厲害，好厲害。」

下面他還說了些什麼，記不清了，這六字無形中證實了林某登記。我明知道林某不會被提名，漏了也無所謂，但不弄清楚，感到不舒服，這時候心頭的愉快，卻不是言語所能形容……。

從這件採訪過程中，我們可以發現，早年的地方記者騎著單車四處採訪新聞，為了一選舉人的名字，到處打探，結果雖然是運氣使然，但是如果沒有他鍥而不捨的採訪精神，幸運之神也不會與他相遇。**⑥⑥**

不只是報紙記者，早期電視臺地方記者也是在艱難環境下，努

---

⑥⑥ 陳亞敏，《新聞採訪作業實例》，聯經出版事業公司，民七十六年，頁二○一至二○三。

力工作不懈。民國六十幾年在華視擔任新竹記者的陸寶琳，有一次在採訪火車車禍事件時，為了攝影，不慎從火車上摔下來，腿都摔斷了。當時傳送帶子不容易，為了搶時間播出，他忍痛開車將帶子送到臺北公司，拿到新聞部時，人就休克了。**❻❼**

也就是憑著這些新聞前輩的毅力與堅持，才使得臺灣的地方新聞一步步往前行，開創美好的明天。

第三節　地方新聞的特性

經過一段漫長歲月之後，民國六十年代開始，我國報紙之間的競爭逐漸轉向地方版，各報多半正式或非正式標榜地方版以服務地方社區為目的。**❻❽**從此，臺灣地方新聞日受讀者重視和喜愛，報社也逐漸對地方新聞投以「關愛的眼神」，不斷增加採訪人員與設備。

民國六十年以後，各新聞媒體派駐縣、市地區的地方記者人數已大幅增加，大專以上程度的記者四處可見，鄉、鎮地區的記者從民國七十年以後，人力與素質也明顯改善，與縣、市地區相差無幾；七十七年報禁開放以後，國內新聞的競爭從全國新聞延伸到地方新聞，各報紛紛增加地方版，媒體對擴充地方新聞人力、物力不遺餘力，說明地方新聞重要性與日俱增。

與其他新聞比較，地方新聞有以下特性：

壹、涵蓋性

如先前所述，我國報紙除了總社所在地的臺北市以外，其他地

---

❻❼　陸寶琳口述，〈新聞耆老座談會〉，《竹塹百年發展口述歷史，耆老座談紀錄輯》，新竹市立文化中心，民八十五年，頁四十五。

❻❽　陳世敏、潘家慶、趙嬰，《臺北市主要日報地方版內容分析》，中華民國新聞評議委員會，民六十八年，頁一一八。

區都被畫分為「地方新聞」範圍。換句話說，全臺灣人口，除了臺北市之外，都是地方新聞的讀者，由此可知「地方新聞」在臺灣的涵蓋範圍極為廣闊。

亦即，不論住在何地，讀者在閱讀報紙時，除了可看到全國版的新聞之外，一定也都看得到屬於當地的地方版新聞。例如，住在桃園的民眾，一定可以看到桃園版的新聞；住在花蓮的民眾，也一定可看得到專門刊登花蓮地區新聞的花蓮版；即使是臺北市讀者，也可看到報社規畫的「臺北市新聞版」，其實也就是「臺北市地方版」。

所以說，報紙的地方版幾乎無所不在，涵蓋全省每一角落。

貳、接近性

地方新聞發生地點與地方民眾距離十分接近，成為它的一大特色。

傳播學者鄭貞銘指出，衡量新聞價值有許多標準，這些標準雖是見仁見智，但有幾個項目是一般新聞學者所認為重要的原則，其中之一是事件的臨近性(proximity)，地點與讀者愈鄰近，愈能引起讀者關切，重要性也愈大。❻❾地方新聞因為與地方讀者接近，對地方讀者格外重要。

因為，儘管人們也想知道所居住地區以外的消息，以便了解外界動態，但地方民眾其實更關心自己本身，以及與自己有切身關係的消息，而且離自己生活處所愈近的新聞事件，愈引起民眾關心。所以，儘管中國大陸唐山曾發生死亡二十幾萬人的強烈大地震，九二一集集大地震死亡幾千人，兩者死亡人數懸殊，後者新聞卻更能引起臺灣民眾關心；發生在外國的大洪水新聞，也不如自家後面山坡發生土石流事件更令人注意。

---

❻❾　鄭貞銘，《新聞採訪的理論與實際》，臺灣商務印書館，民七十八年，頁七。

強調新聞接近性價值的說法不少。例如美國報人格萊說：「一般人所注意的是他自己，其次是他的鄰居」。⑩另一位美國報人小賓拉特(James Gordon Bennett Jr.)說：「在報館前死了一條狗，比在中國發生的一次洪水，還要使人感到興趣」。⑪美國另一位名報人彭斐爾斯(Tred G. Bonfils)指出：「香柏街（報館所在地）上的狗打架，比國外一場戰爭更有新聞價值」。⑫

學者與報社刊物，也一致強調新聞接近性的重要：

潘家慶以接近性說明地方新聞對讀者的重要性，他指出，在人類社會中，任何新發生的事件與觀念皆可能成為新聞，但讀者最關切的卻是以他們自己為中心的接近性新聞。⑬

歐陽醇以個人心理因素指出新聞接近性對讀者的重要性，認為每一個人對世界上事物最感興趣的是自己，一個人除了關心自己的思想、行動、家庭和服務機關外，其次是鄰居。⑭

彭家發認為，因為地方新聞多為讀者熟悉事物，其蘊涵隔壁新聞的親切感，尤其廣受老年人及婦女歡迎。⑮

蘇蘅說，從心理上來講，地方新聞是讀者對於「共同生活的事件和社區對此事件的自然反應與好奇心」，所以格外受到當地讀者重視。⑯

---

⑩　吳滄海，《臺灣的地方新聞》，民七十六年，瑞泰出版社，頁三。

⑪　Bond, F. F. (1955), *An Introduction to Journalism*, N.Y.: The Mac Mallan Company, p. 66.

⑫　鄭貞銘，《新聞採訪的理論與實際》，臺灣商務印書館，民七十八年，頁七。

⑬　潘家慶，〈地方報紙的特性與功能，並檢討中國地方報發展的困擾〉，《報學》第三卷第八期，中華民國新聞編輯人協會，民五十六年，頁二十四。

⑭　歐陽醇，《採訪寫作》，三民書局，民七十九年，頁五十五。

⑮　彭家發，《傳播研究補白》，三民書局，民七十七年，頁一九三。

　　曾任美國密蘇里新聞學院教育長的 Frank Luther Mott 認為，判斷新聞是否重要的標準之一，是最近一張報紙的當地新聞，因為讀者最先感到興味的是他們鄰居，以及他們自己的事情。**⓱**

　　《聯合報系編採手冊》在教導記者如何採訪省市地方新聞時，強調「注意地方性的意義，高雄市某一地區停水的新聞，也許比以阿爆發戰爭，更能吸引高雄市的讀者」。**⓲**

　　在此種情況下，未來報社地方版的新聞內容，應該以與社區大多數居民有關的訊息、意見、及喜好為主要取材標準，亦即要更重視家庭、鄰居等相關訊息；此外，各類新聞報導內容，也必須與讀者有切身的關係，同時經常報導地方上傑出的人、事、物，以滿足地方民眾對地方訊息的需求。

參、重要性

　　由於全省各地民眾都是地方新聞的讀者，報紙感受到此一事實，使得近年來國內主要報紙紛紛增加地方新聞版面，以便刊登更多地方消息供讀者閱讀。而不論是國內或國外所做的研究調查，也都發現讀者看報的主要動機之一，是為了想了解地方事物，地方新聞版受歡迎程度，也往往排在其他版面之前，明顯看出地方新聞普遍受到報社和讀者重視。

　　曾任聯合報總編輯的張逸東指出，根據若干次的讀者調查顯示，聯合報與中國時報的地方新聞，總閱讀率排名長期居高不下。**⓳** 以

⓰　蘇蘅，〈地方新聞解析：談理論及實務研究整合的途徑〉，蘇蘅主編《新聞學與術的對話Ⅳ——臺灣地方新聞》，政治大學新聞系，民八十五年，頁二十三。

⓱　朱信文，〈什麼是新聞?〉，《新聞學理論㈠》，臺灣學生書局，民六十二年，頁一一九。

⓲　《聯合報系編採手冊》，聯合報，民國七十二年，頁四十一。

⓳　張逸東，〈地方新聞與社區參與〉回應文，蘇蘅主編《新聞學與術的對

「地方政治新聞」來涵蓋地方新聞的鄭貞銘指出，一般來說，市政新聞是地方政治新聞的典型，它最能反映現實，同時它也是最使人關切的新聞。因為市政新聞的發生，是直接發生在讀者的本身，發生在和讀者接近人物的身上；人類心理都想知道和自己有密切關係的新聞。❽所以，地方新聞受到重視，可說是人性的自然反應。

地方新聞的重要性，未來勢必隨著報業競爭的白熱化而更形重要。例如卡繆(Garneau)即認為，地方新聞對於報紙的營運好壞有極大的影響力，報紙如果加強地方新聞的採訪報導，則會增加報紙的競爭力；反之，報紙忽略地方新聞，無法滿足地方讀者對地方新聞的需求，報紙勢必無法與同業競爭。❽

國內報紙實務界人士也持類似看法；甚至認為，國內報業爭奪戰如火如荼進行著，最後誰將登上報業盟主寶座，關鍵將繫於地方版內容的優劣。❽

肆、親切性

地方新聞的親切性，在於所報導的新聞具有「在地特質」，因此讓地方讀者倍感親切。

就地方讀者的生活角度來說，報紙上每天幾十大張的篇幅看來洋洋灑灑，但是除了地方新聞版之外，其他的新聞版面都屬全國版，刊登的內容大都是遠在天邊的事物，絕大多數與自己沒有直接的利害關係，充其量只能做為與家人、友人聊天的話題，就算不知道這

　　　話IV──臺灣地方新聞》，政治大學新聞系，民八十五年，頁十五。

❽　鄭貞銘，《新聞採訪的理論與實際》，臺灣商務印書館，民七十八年，頁一六三。

❽　Garneau, G. (1994), "Stop Blaming Illiteracy", *Editor & Publisher*, June 25, 127 (26) p. 27.

❽　嚴伯和，《地方報業面面觀》，中華日報，民八十一年，頁一三二。

些新聞，對自己也不會有太大影響。

　　地方新聞可就不同了，它所報導的東西就發生在自己生活周遭範圍內，不論是人物、事情、現象、物體等，都是地方民眾所熟知的。新聞報導內容可能是家門前的一條馬路、水溝或一盞路燈，也可能是自己小時候就讀的學校、幼稚園，或是自己小孩的學校、老師，也可能是每天都要去買菜的市場，新聞事物近在眼前，親切感十足，讀者與新聞報導內容沒有距離，是其他新聞所不及的。

伍、實用性

　　地方新聞與其他新聞比較，對地方讀者感受最強烈的應該是它具備的實用價值，這裡所說的實用價值，係指讀者不只可以從地方新聞獲得生活上必須要知道的訊息，更重要的是，這些訊息還可以做為日常生活上的實際利用；具體來說，地方新聞不僅可用來「閱讀」，而且可供「使用」。

　　舉例而言，地方新聞版在節日與假期來臨前，都會報導某家百貨公司、量販店舉辦拍賣、打折、歌友會、親子娛樂、文化教室等活動；或者某團體舉行的園遊會、跳蚤市場、聯歡會、交友聯誼、研討會、戶外旅遊、展覽會等，民眾可依自己時間與興趣，決定是否前往參加，安排假日時光。

　　此外，有關地方上的停水、停電、停氣、停話、整修道路、水溝疏通、消毒水噴灑等各種與民生有關的訊息，幾乎每天都會出現在地方版，是地方版不可或缺的主要內容，它讓地方讀者藉以「趨吉避凶」，成為一種可以被具體利用的「生活指南」。

陸、細瑣性

　　地方新聞版與全國新聞版所刊登的新聞性質，有相當的不同，全國版刊登的新聞，通常屬於比較重大的消息，即使是地方上發生

的新聞，被提上全國版見報，都顯示此一事件具有一定程度的分量與新聞價值。地方新聞則不然，它是屬於地方上發生的各種人、事、物消息，內容十分瑣碎，正由於此種細瑣特性，才能產生地方新聞對當地民眾的親切感。

地方新聞講的不是國家大事，即使地方首長與地方人物可以針對國家重大議題發表看法，通常也是報社上級的指示，以「連線報導」方式加以整合，然後刊登在全國版面上，屬於例外情況。否則一般來說，地方新聞內容大抵脫離不了地方上的繁瑣事件，特別是鄉鎮地區的新聞，更具有相當基層、瑣碎的民間社會脈動特性。

例如，地方新聞除了上述所說的停水、停電、停話、水溝疏通、路燈架設、道路整修等之外，尚包括村里活動、鄰里大會、農藥噴灑、地方議事、人物簡訊、人事異動、派系紛爭、車禍與火警等社會事件、學校活動、特產報導等，新聞事件分割得十分細緻，完整的呈現臺灣基層社會民間生命力的輪廓。

第四節　臺灣地方新聞發展趨勢

臺灣地方新聞的發展可謂一日千里，為了爭取廣大的地方讀者，報紙之間的競爭已經從全國版擴展到地方版，報紙在地方上所投注的記者人數有增無減，地方記者人力的增加，顯示地方新聞版也要相對增加，否則將無法容納每日大量的地方新聞稿件；除此之外，各報也嚴格要求、嚴謹把關新聞品質，使地方新聞品質大幅提升，如今各報的地方新聞，不論從何種方面來說，表現並不遜於其他版的新聞。

壹、地方新聞的轉變

民國七十年以後，特別是七十七年一月報禁開放以來，國內地

方新聞力爭上游，報紙與其他媒體絕大多數地方記者的採訪與寫作能力，比起總社記者並不遜色，為數眾多的地方記者每日撰發高品質的新聞稿，配合報社精心規畫和設計地方版，使國內報紙地方新聞地位更形重要，呈現一股蓬勃發展氣勢。

具體來說，臺灣地方新聞的轉變包括以下幾個方面：

一、版面篇幅增加

早年時期臺灣報業對地方新聞不重視的現象，隨著國內報界競爭的日趨激烈而有明顯轉變，特別是從民國七十年代以後，各報的新聞報導，因受國內外政經情勢的影響，普遍的改變了重點方向，其中為了適應地區競爭，在臺北市發行的報紙，紛紛加強外埠的新聞報導。[83]新聞報導數量增加，新聞版面篇幅也要相對增加，才能容納新聞的刊登，使得地方新聞版的篇幅比以往有明顯增加。

民國八十三年以後，全國性綜合報紙在地方報與地方有線電視紛紛加強地方新聞報導的壓力下，競爭從全國新聞版轉向地方版的趨勢相當明顯。八十三年六月十六日，聯合報首先宣布地方版全面改版，朝向「地方版新聞地方報紙化」發展，帶動其他報紙紛紛改版，以加強地方新聞的風氣。

在改版啟事中，聯合報強調，「關懷地方事務，發抒地方心聲」是該報處理地方新聞的準則，改版之後，地方版騰出更多篇幅，報導地方人與地方事，同時加強地方生活資訊服務。改版的具體做法，是將原有的八個版擴增為十八個版，除了原有的臺北縣、桃園新聞版外，另外十六個版是基隆市、宜蘭縣、新竹縣市、苗栗縣、臺中市、臺中縣、彰化縣、南投縣、雲林縣、嘉義縣市、臺南市、臺南縣、高市澎縣、高雄縣、屏東縣、花蓮臺東縣。調整後的版序與內

---

[83]　陳國祥、祝萍，《臺灣報業演進四十年》，自立晚報，民七十七年，頁一五六。

容是：十三與十四版各縣市新聞、十五版區域生活新聞、十六版區域綜合新聞。**❽**

　　中國時報也接著於同年七月十二日改版，擴充地方新聞質與量。在改版啟事中，該報表示，改版是從第十三版到第十七版，一共提供五個版面的地方訊息服務讀者。主要的部分是增加第十七版，提供與各縣市有關的都會資訊或鄰近縣市報導，讓地方讀者增加可能觸及的活動範圍，避免只限於過小區域的限制，「有效掌握自主權」。改版後的地方新聞版，包括焦點新聞、縣市新聞、鄉親鄉情的人物動態、綜合新聞，以迄都會或鄰近縣市狀況，每天文字量將達三萬五千字，外加多張圖片。**❽**

　　臺灣兩大綜合日報的此種作法，讓地方新聞版頓然熱絡起來，也對其他報紙帶來刺激，起而效尤。例如，自立早報在中時與聯合兩大報全力進行地方版改版工作時，立即著手增張擴版，主要變革仍是增加地方資訊；自立早報在八十四年二月八日產權易主後宣稱，將針對大臺北地區、大桃園以及基隆、宜蘭地區，提供更多地方政情、經濟活動、社區生活與人物新聞，並打算在北臺灣地方新聞增版完成後，展開中臺灣及南臺灣增版。**❽**

　　不只是綜合性報紙注意到地方版的重要，專業性報紙也意識到地方新聞對報紙發行與廣告的潛力和價值，陸續對地方新聞進行卡位，只不過其演進速度較為緩慢，動作幅度也沒有綜合性報紙來得大，其中動作最快與地方新聞版較具規模的是民生報。

　　民生報於民國六十七年創刊時並未規畫地方版，創刊一年多之

❽　聯合報，民八十三年六月十六日，第一版。

❽　中國時報，民八十三年七月十二日，第十三版。

❽　蘇蘅，〈臺灣全國發行報紙地方版新聞的比較——以中時、聯合、臺時、民眾的北市、北縣版為例〉，翁秀琪、馮建三編《政大新聞教育六十周年慶論文集》，政治大學新聞系，民八十五年，頁二二八。

後，民國六十八年七月十一日，始增闢地方新聞版，隸屬於影劇組；在版面配置方面，十批刊登地方性之娛樂新聞，另外十批刊登中、南部商業與電影廣告（大臺北地區讀者所看到的則全是本地電影廣告版），全省記者只有三人。民國六十九年五月，地方新聞版擴充版面，抽掉四批服務性廣告，增加地方新聞的報導，同時新聞內容也擴大到其他的育樂文化新聞，使地方新聞內容涵蓋層面更廣。

民國七十一年三月一日，地方版改組擴大編制，自成一個大版，陸續增加採訪記者與編輯員額，地方版自此邁向多元化編採方向，並奠定地方版塊狀區隔編輯法；七十六年一月一日，民生報編輯部一口氣增設三個組，除了醫藥衛生組與戶外活動組，原來的地方新聞版擴大成為地方組；同年二月十八日，地方新聞版由原來的一版，擴大為以綜合報導全省各地新聞的「臺灣省新聞版」，及以報導大高雄地區新聞為主的「大高雄新聞版」兩版。

民國七十七年一月一日，報禁解除、報紙增張，民生報從原來每日出版三大張增為六大張，共二十四個版面內容，地方版因應變革，除了原有「臺灣省新聞版」與「大高雄新聞版」之外，另外增闢「大臺中版」，而為加強服務南部地區讀者，一月五日問世的南部版上，首創「彩色雙頭版」的新聞報導方式。六月一日成立「大臺南」地方新聞版；六月二十三日，將原來四大張彩色印刷改成六大張全部彩色印刷，並增加體育、戶外、生活與地方版的篇幅；民國八十四年十二月十八日，增加成立桃竹苗版，除了花東等少數地區之外，全省地方新聞採訪組織架構終告完成。

民國八十五年一月一日，原屬於綜合新聞中心的地方組，改制升格為地方新聞中心。為加強地方性之消費新聞報導，民國八十五年五月一日，民生報編輯部家消中心在臺中、臺南、高雄等三個地方新聞版增加地方消費新聞版，做為該中心的分版，使全省的地方新聞版成為四個大版（地方版）、三個半版（地方消費版），其中地

方消費版以彩色印刷。民國八十九年七月一日，民生報改版，增加一個彩色地方版，週三為「週末好去處」，其他日子為「城鄉采微」專門刊登除了臺北市以外的全省各地新聞，為桃竹苗、臺中、臺南、高雄四個地方分版的延伸。

為凸顯民生報此次改版更加重視地方新聞的特色，總編輯郭俊良決定將地方新聞從原來的第一輪印刷延到第二輪印刷，版序並冠以 Cr1、Cr2、Cr3，每一地方的此三塊版連成一氣，成為國內報業創舉。❽

為爭取時效，目前民生報的四個地方新聞版由臺北總社統一編輯，透過衛星數據將版面傳到各地的印刷廠，臺北、林口、臺中、高雄四個印刷廠同時印刷，同步發行，讓全省讀者在同一時間收到報紙，滿足地方讀者先睹為快的需求。

除了民生報之外，國內另外兩家歷史悠久的經濟性專業報紙——經濟日報與工商時報，也基於爭取地方工商團體與工商人士讀者的需要，陸續開辦地方版，在臺中、高雄市成立採訪辦事處，也在桃園、新竹、彰化、臺南等各縣市聘請地方記者，採訪當地經濟新聞。

早在報禁開放以前，專業性報紙已體會出報紙的營運地點不能只限定在大臺北地區，大臺北以外的全省地方，才是報紙持續發展的命脈。

民國七十三年，林笑峰接任經濟日報總編輯時，就一直想要增闢地方版，他的看法是，地方新聞是當地工商界最關心的，有許多大企業的工廠都設在地方，在經濟不斷發展下，地方新聞應有其價值。民國七十五年十二月一日，在他爭取下，經濟日報經濟版分成南、北兩版，後來地方經濟版增加為北、中、南三個版，地方記者

---

❽ 邱文通，〈民生報改版紀事〉，《聯合報系月刊》第二一二期，民八十九年八月號，頁七十三。

也從最早的七人增為二十三人，以加強地方工商新聞的報導。**⑧**

後來他於民國七十九年四月，再對報社同仁強調他對地方新聞重要性的觀念：

> 我有一個信念，你如果關心到地方工商界，他們就會支持你。我們過去一直以大臺北地區為爭取讀者目標，但幾年前我就發覺必須跳出大臺北，才有我們持續發展的機會。**⑧⑨**

專業性報紙尚且如此重視地方新聞，綜合性報紙就更不用說了；目前，國內綜合性報紙地方新聞版的版面篇幅與以往實不可同日而語，以前綜合性報紙各縣市的地方版約是一至二個半版，如今已增為三至五版不等，有些地方性報紙，例如臺灣時報、民眾日報，報社所在地的地方版甚至達五、六版以上。最多的是中華日報，其臺南縣市版竟達九個版面之多。**⑨⓪**就全國性報紙而言，以中國時報與

---

⑧ 林笑峰，《記者生涯四十年》，文雲出版社，民八十二年，頁一三〇。

⑧⑨ 林笑峰，《新聞編採實務》，文雲出版社，民八十二年，頁二三一。

⑨⓪ 臺灣時報與民眾日報社址均在高雄市，因此特別著重高雄地區的新聞，以民國八十九年九月來說，民眾日報開闢六個高雄版：高雄焦點（二十一版）、高屏都會（二十二版）、高市要聞（二十三版）、高縣新聞（二十四版）、大高雄社會（二十五版）、大高雄社交（二十六版）；臺灣時報有五個高雄版：大高雄焦點（十三版）、高屏澎東（十四版）、高市（十五版）、高縣（十六版）、大高雄生活（十七版）。

社址在臺南市的中華日報，則將臺南縣市當成全力固守的地盤，由於無其他在地方報競爭，經營狀況比其他地方報良好，分類廣告更是一枝獨秀；至民國八十九年九月止，該報設計的臺南地區版面包括：台南焦點（二十一版）、南市要聞（二十二版）、府城采風（二十三版）、南縣要聞（二十四版）、南瀛風情（二十五版）、台南萬象（二十六版）、消費、生活（二十七版）、台南產經（三十版）、台南文教（三十一版）共九個版面。

聯合報為例，目前全省每天刊行的各縣市地方版多達十餘種以上，全部的地方分版達五十個以上，地方新聞量相當龐大。

二、記者素質提高

報社重視地方新聞之後，地方新聞記者素質與行情也隨之水漲船高，已非以往可比擬，國內專科、大學畢業生已成為地方新聞記者主力，國內外碩士學位的地方記者，也不罕見。

如今地方記者完全專業化，並成為報社的中堅分子，地方記者所撰發的消息，在報社中被視為與總社採訪組記者所撰發的消息同等重要，每天都有許多重要的地方新聞，出現全國新聞版面中。

報社面對地方新聞日漸重要的趨勢，也提高地方新聞部門地位，從早期的地方通訊組、地方組或通訊組，提升為如今的地方新聞中心，地位不亞於總社其他採訪單位。

三、新聞內容多元化

臺灣地方新聞版早期最為人所詬病的地方，是社會新聞充斥；當時地方新聞版延續報紙第三版的社會新聞取向路線，把社會新聞當做地方新聞主流，對社會新聞大肆渲染，舉凡地方上所發生的任何社會案件，包括搶劫、強盜、強姦、竊案、殺人等犯罪與色情案件，以及車禍、火災等意外災難，都以醒目篇幅刊登，使地方新聞版成為全國社會新聞版的延伸。

後來由於地方新聞版的不斷擴增，目前各報地方版除了刊載社會新聞之外，還有其他版面可資運用，為了填滿這些版面及配合時代需求，於是加強其他方面的新聞訊息，例如戶外旅遊、鄉里人物、地方特產、風土民情、商品消費、醫療保健、地方建設、輿情反映、停水停電等。

這些地方新聞取材廣泛、內容多元、豐富，使地方新聞版有如

縮影的地方報一般，而且內容也更加切合地方民眾日常生活的實際需要，提供民眾的生活指南，雖然無法完全取代社會新聞事件，但至少可和社會新聞分庭抗禮，為地方民眾提供另一種資訊糧食。

四、新聞品質提升

地方新聞品質的提升，在報禁開放以來更加清楚。報禁開放後，新興媒體如雨後春筍般崛起，報紙競爭異常激烈，為了爭取各階層讀者，報社對任何版面皆用心設計，除了提供多樣性內容、創新版面設計，並提高報紙可讀性，特別是地方新聞，無論在內容及處理上均見擴充。❹我國報紙的地方版新聞不論在質與量方面，都比以前明顯進步。

特別是在電子媒體大量參與地方新聞報導後，報紙對地方新聞的影響力江河日下，許多全國性的有線與無線電視購買 SNG (Satellite News Gathering，衛星新聞轉播車)，透過 SNG 的立即報導，全國各地發生的重大新聞事件馬上呈現在觀眾眼前，將電子媒體的即時性發揮得淋漓盡致，電子媒體的再三轉播畫面，早上發生的地方新聞，到當天晚上、甚至下午，幾乎全國人盡皆知。

在電子媒體威脅下，報紙的告知功能大打折扣，必須以深入報導方式來說明事件原委，讓民眾在看完電子媒體報導後，還有興趣進一步閱讀報紙內容，而不至於被大眾遺忘。

換句話說，地方新聞品質必須不斷提升、自我成長，才能免於被市場淘汰，地方新聞品質在強迫進步下，確實有明顯表現，不少地方新聞以調查性或深入報導方式，獲得新聞獎項，是以前不曾有的現象。

---

❹　王洪鈞，〈臺灣新聞事業進入新紀元〉，《中華民國新聞年鑑》八十五年版，頁八。

五、新聞與版面型態生動、活潑

報紙為了吸引地方讀者，除了在新聞品質做加強之外，還在版面設計上用盡心思，包括標題、欄位、照片、字型等，都比以前花俏、生動、活潑許多，視覺上頗讓人賞心悅目；有的報紙甚至還以彩色印刷，讓民眾閱報成為一種享受。

另外在新聞型態的表現設計上，也下相當功夫，不但以純淨新聞方式報導地方消息，還推出深入報導、專題報導、系列報導；多數報紙還設計各種專欄、圖表、表格，用活潑方式表現新聞，讓讀者耳目一新。

以桃園版來說，各家主要報紙所設計的欄塊令人眼花撩亂，包括：

聯合報：生活看板（登停水、停電、停話、停氣等）、地方公論（建議與批評性質的短評）、熱線與信箱（讀者以傳真或電話發表地方應改進意見，請主管單位答覆後刊登）、城鄉紀事（地方上的簡單事件）、社交圈（地方人物動態）、工商花束（百貨公司與工商業者的促銷拍賣等）、校園天地（學校內的有關活動）等。

中國時報：生活情報（停水、停電、停話、停氣、聯歡、研討會、展覽、旅遊、交友、聯誼等）、今天活動表（以表格顯示今天的藝文、休閒、保健、稅務、消費等內容、時間、地點）、地方動態（地方簡單事件集中刊登）、社會短打（小社會新聞）、就事論事（地方事的批評與建議）。

自由時報：桃竹苗博議（地方事的批評與建議）、民生焦點訊息（有關民生的小新聞）。

民生報：週二為美食廣場（介紹地方小吃）、週三為里巷春秋（鄉里人物動態）、週四為生活圈（停電、停水、停話、停氣等）、週六為消費櫥窗（百貨公司特賣與活動）、展演看板（室內與戶外的展覽

與活動）、週日為育樂交流站（當天的各地演出與展覽訊息），平日
還有地方簡訊（地方上的小新聞）等。

這些欄塊蒐集相關訊息一起報導，讓訊息更完整，有的每天登
出，有的採輪流方式刊登，加以美工設計，與一般新聞做區隔，往
往成為讀者視覺焦點，還可培養民眾的閱讀習慣，版面上和以往的
呆板、守舊，有如天壤之別。

六、參與媒體多樣性

以前國內報導地方新聞的媒體，以報紙為主，另外還包括少數
的電視與電臺等其他性質媒體，但是，每日報導的地方新聞數量與
影響，其他媒體遠不如報紙；隨著報禁解除、電臺與電視臺的開放
設立，各種媒體紛紛加入地方新聞報導行列，使報紙地方記者不再
寂寞。

目前參與地方新聞報導的媒體，除了報紙之外，還包括全國性
有線電視、地方性有線電視、全國性廣播電臺、地方性廣播電臺、
新辦地方報紙、社區報紙、地區性雜誌等，使得地方新聞表現空間
更加寬廣。

全省現有為數甚多的有線電視系統在各地營運，其中不少業者
均自行成立新聞部，製播地方新聞，以為競爭，各地中小功率廣播
電臺也紛紛成立，同時設置新聞廣播記者。廣電媒體重視地方新聞，
均顯著提升地方新聞的重要性。

七、編輯部走入地方

臺灣報紙地方新聞的編輯單位都是附設在總社的編輯部內，屬
於整個編輯部的其中一環，地方新聞的編輯人員多數不具新聞採訪
經驗，更遑論對地方新聞有多大的認識，甚至負責地方新聞版的主
管從未下鄉了解地方狀況，在編輯地方新聞時，只能依據自己的工

作經驗與學理上的新聞價值法則做判斷，據以決定地方新聞的取捨與版面安排。

因為不了解地方民眾實際需要與地方真正狀況，結果使得此種「從臺北看地方」、「從高雄看地方」，或者「從臺中看地方」的編輯方式，難免失之虛幻，與地方有所脫節，觀察事件的角度與地方民眾有某種程度的差異。

為了改善這種不切實際的編輯方式，國內報紙以實際行動進行修正；動作最快的中國時報，在民國八十三年十月二日宣布成立中、南部新聞中心，並於民國八十四年十月二日社慶時正式運作。❷

這種作業方式，也就是把原本在臺北總社的地方新聞編輯部移到地方來，在臺灣中部與南部地區各擁有一個編輯部，編輯部內各設一位總編輯，全盤指揮、決定當地新聞的版面安排與新聞內容取捨。

其最大的特色是編輯主管由資深地方新聞人員擔任，對地方事件有相當程度的熟悉與理解，且活生生的居住在地方上，可以直接感受地方新聞事件的重要與否，以往重北輕中、南的情況獲得改善，地方新聞不再受忽略，真正有價值的地方新聞放置一版與其他全國版的現象增加了，地方新聞地位大幅提升，地方讀者對地方新聞感受更加親切。

---

❷ 現任中國時報南部編輯部總編輯李彪，民國八十三年三月正式向中時董事長余紀忠提出建議，在現行第一落的全國版面做若干換版，以回應地方人對地方重要新聞日漸強烈的要求。六月間，此建議再次由社長王篤學提出，余紀忠召集發行人、社長、總編輯、業務總經理與李彪。聽取各種贊成與反對意見，並密集商討，做出成立中、南部編輯部的歷史決定。

見李彪，〈觀察臺灣的角度變了：中國時報成立中南部編輯部實務操作報告〉，蘇蘅主編《新聞學與術的對話Ⅳ——臺灣地方新聞》，政治大學新聞系，民八十五年，頁二一一。

八、發稿設施更加完善

以往地方記者的新聞稿件與照片，必須透過火車、航空托運，晚上發生的新聞只能以電話報稿，或到電信局傳真報社，十分不便。

為求發稿的迅速、便捷，報社極力走向科技現代化，在全省各採訪辦事處購買各種發稿與照片傳送設備。例如，聯合報在民國七十六年購置文字傳真機，在全省縣市與重要鄉鎮裝設一百七十部，取代以往的電話聯絡。 **❸**

隨著電腦科技的進步，民國八十年以後，電腦逐漸成為地方記者發稿利器，報社不是免費提供、就是以無息貸款方式，讓地方記者購買桌上電腦、手提電腦、照片掃描器、數位相機等，使地方記者採訪與發稿效率大力提升，地方新聞內容更為充實，即使深夜發生的事件，也可以在第二天見報，為地方讀者提供最新訊息。

九、在地印報

早年對於本省中、南部地區讀者而言，早些閱讀報紙可說是一種夢想。當時受限於法律規定，國內報紙只能在地印報，位在臺北市的總社清早將報紙印好之後，透過汽車、火車將報紙載往中南部與其他地區，再由當地送報生將報紙一一送給訂戶，民眾看到的「日報」往往變成「晚報」。

以聯合報為例，以火車運報到中部地區，均在十點以後，運到高雄、屏東地區，甚至是中午十二點到一點之間。 **❹** 等送報生把報紙送到家，民眾恐怕要二、三點才能看到內容，而且住得愈遠、愈

---

❸　賴光臨，〈檢驗七十年代報業的發展〉，《中華民國新聞年鑑》八十年版，頁六十七。

❹　王彥彭，〈沒有錯，不調職〉，張作錦主編《一同走過來時路》，聯經出版事業公司，民八十年，頁三十七。

偏僻，時間愈晚。有位屏東記者，描述民國四十多年屏東地區送報情形時說：「……每天報紙在下午二時以後方由火車運到屏東，鄉下的報紙郵寄，要到第二天才能看到……。」**⑮**

這種「日報」變成「晚報」，甚至「隔日報」的情形，當然不能滿足中南部讀者需求，為了搶奪中南部讀者市場，各報只好在發行方式上動腦筋。

根據報社發行部門人員回憶，民國四十四年前後，臺灣報紙在發行市場上競爭最激烈的日報，有中央、新生、聯合、徵信、公論、中華等六家，為了縮短運報時間，當時中央日報社長阮毅成與總經理閻奉璋，兩人曾計畫自購三、四架直升機，分別在每日上午七時將報紙運往臺中、嘉義、臺南、高雄等四地，報紙空投或降落後，再轉送各地，做到全省北、中、南同時發報的理想。後來由於在飛機的安全與保養方面有困難，致無法實施，只好退而求其次，租用民間飛機運報。**⑯**

這項全國首創的飛機運報構想，於民國四十四年十月二十五日實施。

中央日報向民間的「臺北飛行社」包租一架飛機，做為運報專機，機外並漆上「中央日報」四個大字，當天上午五時從臺北機場起飛，八時十八分抵達高雄小港機場，次日提早為七時四十分到達。此後運報專機降落的機場，包括臺中、臺南、小港等三處，再以專車將報紙沿縱貫公路拋下，一路轉接，大大提早中南部送報時間，報紙銷路急速上升。

不過，專機運報受到天候影響極大，到達時間不穩定，加上費

---

⑮ 張立志，〈熬到爺爺了，還是記者〉，張作錦主編《一同走過來時路》，聯經出版事業公司，民八十年，頁二七六。

⑯ 毛鳳樓，〈空運報紙十八年〉，《六十年來的中央日報》，中央日報，民七十七年，頁一七二。

用龐大，一年之後，民國四十五年十月二十五日，中央日報取消此種方式，恢復採用各報最普遍使用的陸上飛車運報方式。

各報往往為了多幾分鐘把報紙運往目的地，運報車競賽比速是常有的事，不顧生命，互別苗頭，車禍接二連三發生，傷人與自傷而賠償之事，每年必有多次。各報明知如此下去，禍患無窮，勢將引起地方人士與警憲干涉制止，只是彼此各懷鬼胎，欲罷不能。❾❼

各報比較之下，深知空運報紙比陸運不但時間快，安全性也高，民國四十七年十二月二十三日起，中央、聯合、徵信三家報紙找上遠東航空（原臺北飛行社），共同空運報紙，經費平均分攤，不久新生報也加入空運行列。到民國五十一年，包括國語、青年、公論、中華郵報、華報等北部報紙，紛紛申請加入空運，各報報份增加驚人。

空運報紙的機場，主要是南部的臺南、小港兩處，針對其他外埠地區，各報想出火車運報方式。各報與鐵路局接洽結果，鐵路局同意撥用一輛兩節的柴油火車，做為「聯合運報專車」，於民國五十一年三月一日起，每天早上四點十分自臺北車站發車，沿途停留桃園、中壢、新竹、苗栗、臺中、彰化、員林、斗六，約八時二十分到嘉義。火車進站時速度放慢，將報紙拋於車站內，各報分銷人員自行取拿分送，至此各報不再為搶運報紙而發生「流血戰爭」，是中國報業一大創舉。❾❽

火車與空運報紙方式，直到高速公路完工通車之後，情形才有了改變。民國六十七年十一月一日高速公路全線開通後，報社開始以大型運報車由北往南運，運報人員一路上將成捆報紙丟在交流道上，再由各地的小貨車或計程車，分頭將報紙運往各鄉鎮營業處，

---

❾❼ 毛鳳樓，〈空運報紙十八年〉，《六十年來的中央日報》，中央日報，民七十七年，頁一七四。

❾❽ 同上注，頁一七四。

再透過報僮把報紙送到客戶手上，讀者閱報時間大大提早。

以聯合報為例，特別成立天利公司負責汽車運報，高雄地區的報紙提早約四小時，臺中提早約兩小時到達，成效甚佳，臺北市各報後來共同租車合併運送報紙，此舉對當地報紙帶來極大震撼，不得不提早截稿，提早出報。❾❾

最重要的是，北部報紙提早送達中南部讀者手中，外埠發行量因此增加許多；例如聯合報早在高速公路局部通車時，於民國六十七年六月十六日搶先以卡車運送報紙到中南部縣市，短短三天，光只嘉義一地即增加報份五千份以上。⓿

民國七十七年電信局光纖網路開放租用，加上在地印報限制取消，為了爭取地方讀者，北部報紙不惜鉅資，在本省各主要縣市設立印報工廠，透過光纖網路將臺北總社編好的新聞版面傳送各印報廠，就近印報，就近送報。

如今，中國時報與聯合報在全省分設北廠、中廠、南廠，利用上述方法印報紙，城市與地方的距離因此被打破，報紙發行不再因空間受到影響，中、南部讀者如今都可以很快的拿到當天日、晚報，享受與臺北讀者同樣快速的資訊服務。

貳、讀者對地方新聞的依賴

早期中外相關調查研究發現，民眾對地方新聞一直情有獨鍾，究其原因，主要是讀者為了想了解地方事物，必須透過閱讀地方新聞才能迅速達成目的。隨著地方新聞質與量的提升，近年來臺灣讀者對地方新聞的依賴日深，地方新聞地位隨之水漲船高，讀者對它

❾❾　王彥彭，〈沒有錯，不調職〉，張作錦主編《一同走過來時路》，聯經出版事業公司，民八十年，頁三十七。

⓿　王惕吾，《常務董事會會議紀錄》（66～70年），聯合報，民八十二年，頁七十。

也就更形重視，兩者變成一種良性循環。

一九五八年《美國編輯與發行人》刊載一項調查報告指出，讀者閱讀的新聞以地方新聞居首位，占百分之四十八，比全國性政治新聞百分之二十三，超出百分之二十五，更比國外新聞超前百分之二十七。⑩

《美國傳播媒體之功能》書中也指出，美國報紙閱讀人口正逐漸減少，因為郊區民眾想知道全國性新聞，只要看電視報導即可了解，他們看報紙主要是要看「地方新聞」與「娛樂性的文章」。⑩

國內傳播學者在進行相關研究時，也有類似發現。李瞻早年在一項名為「臺澎地區報紙讀者看報習慣和報紙功能的研究」中發現，有逾九成(93.88%)讀者看報動機是為了「多了解一些地方事」，比率最高。⑩

另一項由徐佳士、潘家慶、趙嬰共同進行的研究發現，一般民眾認為，他們對於大眾媒介的需要，以「增加新知見聞」、「知道國家和世界大事」、「了解地方事情」最為重要，在十一個項目中位居前三項。⑩同樣的，由潘家慶、徐佳士等學者共同進行的「臺灣地區的閱聽人及媒介內容」研究，對臺灣地區民眾接觸媒介的基本動機做調查時發現，「了解地方事情」的動機，排在「知道國家和世界大事」前。⑩

---

⑩ 歐陽醇，《新聞採訪與寫作》，香港：碧塔出版社，民五十七年，頁六十。

⑩ 吳滄海，《臺灣的地方新聞》，瑞泰出版社，民七十六年，頁四。

⑩ 李瞻，《臺澎地區報紙讀者看報習慣和報紙功能的研究兼談政府行政消息和報業有關問題》，政治大學新聞研究所，民六十五年，頁一六四。

⑩ 徐佳士、潘家慶、趙嬰，《改進臺灣地區大眾傳播國家發展功能之研究》，政治大學新聞研究所，民六十六年，頁三六一至四一九。

⑩ 潘家慶，〈臺灣地區的閱聽人及媒介內容〉，《新聞學研究》第三十一集，政治大學新聞研究所，民七十二年，頁四十二。

　　民國八十二年，行政院主計處公布的〈國民生活型態與倫理調查報告〉，其中之「臺灣地區十五歲以上民眾閱報內容及綜合滿意情形統計表」指出，在臺灣省、都會區、都市化地區、非都市化地區、臺北市、高雄市等幾個不同的分類地區，受訪者閱報的內容與滿意度，地方新聞均排名第二位，只低於國內大事，遠高於國際新聞、財經工商、消費資訊、醫藥科技、體育新聞、影藝娛樂、家庭生活等類型新聞。

　　除了讀者表達對地方新聞的重要需求，新聞記者對地方新聞也顯示某種程度的重視。彭家發指出，我國早期新聞名記者李勇在《新聞網外》一書中提到，民國五十九年，臺北市一家民營報社曾要求全省各地派駐記者，就各地讀者對新聞的選擇情形，向報館提供意見，以做為新聞採訪決策的參考。回收的意見書中，地方新聞僅次於社會新聞而居次，地方新聞在記者心目中的重要性由此可見。**❿⓺**

　　從採訪路線來看，地方新聞是地方記者以社區為中心，建立對社區的生活與事件的結構，據以報導社區生活真實面。**❿⓻**地方記者長久報導地方新聞，不只提供讀者生活上的指導與參考，其實也將所採訪的新聞訊息融入自己的生活領域中，做為價值判斷、經驗分享的其中一種準則，甚至透過新聞採訪的延續過程與採訪路線組織架構，建立自己的人際關係網路（包括採訪對象與同業），地方新聞可說是構成地方記者生命歷程的重要部分，兩者間的關係密不可分，不只讀者對地方新聞依賴，記者本身更是如此。

---

❿⓺　彭家發，《小型報刊實務》，三民書局，民七十五年，頁三〇九。

❿⓻　蘇蘅，〈臺灣全國發行報紙地方版新聞的比較——以中時、聯合、臺時、民眾的北市、北縣版為例〉，翁秀琪、馮建三編《政治大學新聞教育六十周年慶論文集》，政治大學新聞學，民八十五年，頁二三〇。

參、地方新聞更形重要

從高層次來看，地方新聞是報紙的根，幾乎沒有那一類型報紙能全無地方基準，而凌空憑全國或國際新聞浮現問世。❿此正如筆者在本書一開始時所說，從廣義而言，新聞報導中的每一則新聞都是「地方新聞」，因為新聞一定有它發生的地方，差別的只是新聞重要性程度，重要性較低的放置地方版，重要性高的放全國版，十分重要的地方新聞，甚至超過國界，被外國媒體引用報導，成為「國際新聞」。所以，地方新聞無所不在。

一般人早年對地方新聞版或地方記者的常有刻板印象，認為地方新聞是新手訓練場、人手有限、資源不足、新聞視野不夠寬廣，甚至是「文化流氓」，但是在報社的努力經營下，近年來，地方新聞品質與地方記者水準已提升許多，只要報社對地方再多用心、勤加灌溉，相信未來地方新聞表現與發展會更寬廣，成績也勢必令人刮目相看。

一、報人重視地方新聞

從新聞發展歷史衡量，地方新聞的重要性並非是階段性的，而是長久不變的，且將隨著媒體競爭的白熱化而更形重要。國內報人早就看出來地方新聞對國內新聞發展的重要性，從早年的談話中，再三不斷強調地方新聞的重要。

錢震認為，地方新聞對於新聞事業實居於一種非常重要的地位，可以說任何新聞事業都應該要相當的重視地方新聞。❿

已故聯合報創辦人王惕吾，在民國七十七年一月國內報禁開放

---

❿　馬驥伸，〈觀察臺灣的角度變了〉回應文，蘇蘅主編《新聞學與術的對話IV──臺灣地方新聞》，政治大學新聞系，民八十五年，頁二二二。

❿　錢震，《新聞論（上）》，中央日報，民五十六年，頁一四三。

前夕，也特別強調地方新聞的重要，認為地方記者與地方新聞的水準，對報紙未來前途影響十分重大。民國七十六年，他在一項常務董事會上表示：「地方版不是報紙的尾巴，編輯部切不能存有地方版差一點也無妨的心理，要作到與二、三、五版等量齊觀，使人有賞心悅目的感覺。地方版的內容要求通俗易讀，卻不可馬虎。地方記者水準之提高，關係將來報紙前途至鉅，大家要正視這個關鍵問題」。⑩

民國七十六年十二月十四日，距離報禁開放僅半個月，聯合報已規畫好在元旦增張，王惕吾在當年常務董事會第四十四次會議上，再度重申地方新聞的重要。指出：「增張後，地方新聞的重要性更為顯著，如何開發新聞內容，是編輯部必須妥善規畫的重點」。⑪

二、地方新聞研究日趨重視

地方新聞近年來在國內媒體的地位不斷提升、對讀者影響力日漸強大，國內學者也注意到此一現象，民國八十年以後，紛紛以它為研究對象，有關的各種學術研究比一、二十年前增加許多，研究內容與角度包括：地方新聞內容分析、地方新聞從業人員分析、不同報紙地方新聞內容的分析與比較、專業性報紙不同地方新聞的內容分析與比較等。⑫這些研究都使地方新聞的特性更清楚而具體的

---

⑩　王惕吾，《常務董事會會議紀錄》(74～76年)，聯合報，民八十二年，
　　頁二六四。

⑪　同上注，頁三五五。

⑫　有關研究如下：

　　1.《臺北市主要日報地方版內容分析》
　　　　陳世敏、潘家慶、趙嬰三人，以民國六十七年五月三日至五月九日，中國時報、聯合報、中央日報、中華日報、台灣新生報等五報地方版為研究對象，研究發現各地方版新聞性質，以「公共事物」比例最高，至於廣義的社會新聞，包括犯罪新聞、災禍新聞與人情趣味新

聞的總和，五報平均比美國報紙高出二至三倍。

研究中另外發現，傳統上較強調社會新聞的報紙，其地方版也較重視社會新聞，說明地方版似乎是其他版面的延伸。整體而言，各報地方版共同特點是新聞多而意見少，可算是十分典型的單向傳播。

2.〈臺灣地方新聞的另一種體檢：試析兩報三臺地方記者的人力結構及新聞品質〉

習賢德根據台視、中視、華視、聯合報、中國時報等五家電子與平面媒體提供之地方記者名單，以郵寄問卷方式進行意見調查，以研究五家媒體地方新聞所呈現的類型與特色，是否足以反映人力配置、年資、素質、工作環境等條件所存在的落差。

統計發現，三臺在各縣市的人力配置均明顯不足，兩家報社在地方版的分工調度上，也略呈保守僵化，並未在制度上真正做到對地方新聞的重視；尤為明顯的是，五家媒體對地方新聞的選擇利用，仍有社會新聞掛帥的傾向，顯示臺灣目前地方新聞的開拓與詮釋，仍有待突破提升。

3.〈臺灣全國發行報紙地方版新聞的比較——以中時、聯合、臺時、民眾的北市、北縣版為例〉

蘇蘅以八十四年四月二十四日至三十日的報紙地方版為樣本，研究中時、聯合、臺時、民眾的北市、北縣版；結果顯示，四報的北市版重視政治與消費生活類新聞，北縣版則較重視政治與社會犯罪新聞主題，北市與北縣版的報導重點顯有差異；而北市與北縣版雖均重視政治新聞主題，但中時、聯合北縣版重視政治和犯罪新聞的比例相當，民眾的犯罪新聞類目比例為各類中最高，僅臺時的北縣政治新聞比率為51%，可見該報相當重視政治取向，其他三報則相當重視社會犯罪新聞。

4.〈報紙新聞多元之研究——以中國時報、聯合報、民眾日報、臺灣時報高雄市版為例〉

楊蕙萍在檢視民國八十五年，上述四家日報高雄市版新聞多元化與所有權關係後發現，四報在新聞則數、新聞、標題、照片面積都有差異，非報系在新聞數量取勝，在新聞、標題和照片面積上，也比報系搶眼；而政治議題是四報共同關心的焦點。研究另外發現，全國發

呈現出來，但也對地方新聞的表現與功能給予不少批評，對地方新聞未來所應扮的角色寄予更大厚望。

從研究對象分析，國內有關地方新聞的研究，都以綜合性報紙為對象，探討國內綜合性報紙如何報導地方新聞，相對的，對於專業性報紙有關地方新聞的研究卻寥寥無幾，截至民國八十九年初，只有一篇研究報告，兩者形成強烈對比。**⓲**

行的報系報紙，出現較多和地方民眾相關的活動、生活簡訊，以及社會災禍類新聞。

綜合研究發現，不同所有權的報紙，其新聞多元化有差異，報系新聞較符合多元化概念；此外，不同所有權的報紙改版前後新聞多元化有差異，但各報個別改版前後新聞多元化未必有差異。

5. 〈臺灣報紙報導地方新聞的比較研究——高雄市四家日報競爭與新聞多樣化的分析〉

蘇蘅此一研究旨在探討報紙競爭與新聞多樣化的關係，並以高雄市四家競爭最激烈的報紙：中國時報、聯合報、臺灣時報、民眾日報之高雄版做為分析樣本。

結果發現，這四家報紙在民國八十三年七月改版前後，確實出現新聞版面與內容更多樣化的現象，在報導主題與報導方式方面，四報趨於同質，較重視純新聞而不重視讀者投書，重視政治、社會新聞，不重視環保和農林漁牧新聞。整體來看，四報因為競爭，確實在改版前後出現不同的編輯政策、採訪路線和報導策略。

⓲ 〈我國專業性報紙報導地方新聞之研究——以民生報臺中、臺南、高雄版為例〉

王天濱八十七年研究中，以四種不同取向，引用新聞多元化概念來檢視民生報地方新聞版，以了解定位為我國專業性報紙的民生報，如何報導地方新聞。

研究結果發現，臺中、臺南、高雄三個地方新聞版，新聞主題最多的是服務性新聞，內容包括停水、停電、停話、停氣、招生、公告、各類活動等生活上的訊息，其他依次是：醫藥衛生環保、地方政府議會、道路交通、藝術文化、體育戶外休閒，最少的新聞主題包括社會、

　　究其原因，主要是目前國內專業性報紙雖然不少，可是除了民生報闢關有地方新聞版之外，其他專業性報紙都是採專業分版，並無地方版，讓學者無可分析的對象；從此一現象不難看出，地方新聞在我國專業性報紙不受重視的事實，在綜合性報紙將競爭戰場轉移到地方新聞的此時，我國絕大多數專業性報紙仍然冷漠對待地方新聞，未針對地方讀者開闢地方版，此種現象的確耐人尋味。

第五節　地方新聞的報導取向

　　地方版已成為各報競爭的新市場，地方新聞的報導與一般新聞取向有極大不同，除了要建立特色，更要讓地方讀者有強烈的依賴感，覺得每天必須要閱讀地方版，否則將若有所失，如此才是成功的地方新聞。

　　因此，筆者認為地方新聞的報導取向，要包括以下幾個部分：反映地方特色、加強多元化新聞報導、充實生活化新聞內容、加強深度報導、發掘人情趣味新聞、加強與讀者的互動聯繫。能做到這些，才是有特色的地方新聞，才能讓地方讀者產生強烈的依賴感，並對新聞內容產生共鳴。

壹、反映地方特色

　　每個地方有其不同的地理環境因素與時空發展背景，造就各地

　　勞工農林漁牧、人情趣味、其他；報導方式以新聞為主，其次是簡訊；消息來源以政府官員占最多；新聞產製來源以本地記者署名最多；新聞報導涵蓋地區集中在臺中、臺南、高雄等三個縣市本地；新聞都會化程度以都市地區最多，鄉間地區的新聞數量，遠遠落在都市之後。

　　從研究結果看來，民生報地方新聞採綜合新聞路線，然而，新聞主題最多的是服務性新聞，而非綜合性報紙最強調的社會新聞或政治新聞，顯示民生報地方版新聞取向與綜合性報紙有極大差異。

不同特色，此種地方上的特色正是地方民眾對地方產生認同感的基因，「人不親土親」足以說明這個道理。

地方新聞應把握地方不同特色，多發掘地方特有的事務、現象，包括人物、景色、產業、族群、習俗等各種風土民情，激發地方民眾對「生於斯長於斯」，做為自己安身立命之處的情感，增進對地方的認同感，並樹立報紙在地方上的權威，因為這種地方特色，其實也正是報紙地方版的特色，可以獲得當地讀者認同。

反映地方特色的手法很多，不一定要以新聞報導方式處理，其實報紙可以設計類似「每日一說」、「地方小百科」或「地方問答」小欄塊，主動蒐集資料為讀者刊登當地特有的訊息；例如當地最高的山、最老的人瑞、最長的河流、第一位大學生、第一位留學生、最老的樹、歷史最久的建築物、最貴的餐廳、年紀最大的鄉長、里長、最具經濟價值的特產等，相信會引起地方讀者莫大興趣。

貳、加強多元化新聞報導

目前媒體或基於發行市場考量，或迎合讀者口味，往往偏重於某些特定地區、某些特定人物的新聞報導，或強調某類聳動性的新聞議題，投讀者所好，造成內容的偏差，連帶影響大眾對事務的價值認知與判斷，對社會良性發展帶來負面影響；因此，報紙的地方版，宜以開闊胸襟及寬廣視野，加強地方新聞多元化的報導，除了新聞內容多元，還要注意新聞報導地區與族群的多元，確實反映不同地區與民眾的多元價值與利益。

報人王惕吾認為，一份報紙的成功，多元化的新聞取向是不可或缺的因素。他說：

　　報紙的讀者對象既然在不斷擴大，報紙也就必須更能適應多元化的需要，我經常要求編輯部的採訪人員，以及經理部的

業務人員，要不斷的探索什麼是社會大眾想知道的、應知道的，因此而主動的發掘新聞……。社會經濟的發展，創造了許多新的技術與行業，產生許多的消費和就業機會，擴大人們的工作和休閒的活動範圍，而這一切都必然要反映在大眾傳播方面，新聞事業必須有效的反映、溝通。⓬

換言之，多元化社會的媒體，應充分表達各種不同階層的心聲與反映不同利益，以達成媒體做為公共論壇之角色。對地方新聞來說，它每天面對的是地方上各階層民眾，平日少有發言機會，因此尤應對小老百姓的心聲特別注意，除了在新聞上做反映，也要針對他們的需要，提供多元化的新聞需求。

參、充實生活化新聞內容

多數讀者對地方新聞的內容，仍停留在社會新聞、政治新聞的認知，主要是報紙仍將此類全國版所重用的新聞，沿用在地方新聞上，地方新聞版內容充斥著犯罪、災禍、府會衝突新聞，往往忽略這類新聞是否真的是地方民眾想看，或者是報紙本身一廂情願的做法？

雖然這類新聞也是發生在讀者所居住處的附近，符合新聞學上的所謂「接近性」，但同樣是發生在住所附近，相信讀者對何時停水停電、挖修馬路、公車路線調整、百貨公司何時打折大拍賣、那裡可以吃到好吃的菜、何處舉辦親子園遊會，應該比沒完沒了的府會衝突、議員下鄉巡視、警方逮捕吸安非他命嫌犯等新聞，來得更有興趣。

換句話說，民眾可以透過生活化的新聞報導，做為日常生活指引，避開生活上的不便，提升食、衣、住、行的享受，讓自己獲得

⓬　王惕吾，《我與新聞事業》，聯經出版事業公司，民八十年，頁九十八。

實際好處，此種「自利」心態自古皆然，也是地方新聞應加強報導「生活化」新聞的主要理由。

肆、加強深度報導

有線電視臺合法化後，電子媒體如雨後春筍般的崛起，憑藉其無遠弗屆的傳訊優勢，快速而生動的報導新聞事件，對民眾來說，刊登在版面上的「新聞」，其實是前一天電子媒體已播送過的「舊聞」，面對國內此種傳播生態的巨大變革，報紙顯然不能再抱持「有就好」的心態，而應以「電子媒體所沒有的」深度報導，吸引讀者閱讀。

電子媒體的「快速、稍縱即逝」優勢，其實也是其致命傷，同樣一件新聞，電視新聞無法以長時間做深入報導，民眾知道的只是新聞表面，尤其地方新聞，除非重要性夠強，否則在電子媒體通常屬於較不受重視的一環，對許多地方民眾來說，不只想知道地方上「有什麼」新聞，更想了解「為什麼」發生這件新聞？報紙就應針對重大事件的來龍去脈、背景因素做深度報導與解釋，解民眾疑惑，讓民眾對報紙有濃厚的依賴感。

舉例來說，有一個人被本地的縣長、市長或鄉長看中，將出任某一重要職務，如果只是報導表面上的「某人將出任某職」是不夠的，地方讀者永遠不知道為何首長要內定他出任某職的原因。記者應該進一步追查相關內情，何以不選別人，而選他？真的是如同首長所說的，他「學經歷俱佳、經驗豐富、處事能力強」？還是有其他不為人知的因素？

比如，可能他個性軟弱，首長認為他比較容易被控制；也可能他只是人事布局中的一粒棋子，是障眼法，首長其實中意的另有其人，他只是做為煙幕彈而已；或許這只是一宗見不得人的交易；還是迴光返照，首長其實目的在逼他退位，耍出明升暗降的手法？

由於一般民眾平日難以接觸地方機關，對人事內情陌生，採訪

這些單位的地方記者不應只做人物介紹，把新任人員介紹給讀者知曉即夠了，而必須告訴讀者此一事件的真正原因。地方新聞如能做到深度報導，才能對地方讀者有實際意義。

伍、發掘人情趣味新聞

新聞是歷史的記錄，當社會上每日發生無數打打殺殺事情時，許多角落裡也發生許許多多不為人知的溫馨故事，報紙如果充斥著犯罪與暴力新聞，或是地方政治鬥爭，不但不能真實的反映社會面貌，後人透過報紙看當時社會，也會有所偏差。

許多報紙地方版喜歡刊登犯罪之社會新聞，主要是沿用舊觀念，認為是民眾想看的，因而投其所好；有的地方新聞則是國內高層政治鬥爭的延續，充滿地方派系紛爭與政治人物的傾軋，搞得烏煙瘴氣，讀了令人喘不過氣來，彷彿世界末日即將來臨。

雖然報紙也會刊登社會光明面等人情趣味新聞，但此類新聞的比重和社會新聞及政治新聞相去甚遠。或許有讀者喜歡看社會與政治新聞，但地方版刊登這些比重是否過重，進而排擠其他新聞的出現？則不無疑問。

為了真實反映社會現象，讓媒體忠實的做一面時代的鏡子，地方上的犯罪新聞與政治新聞似乎應適可而止，而應多加強人情趣味、特別是社會光明面的新聞報導，尤其是地方上小人物的好人好事、溫馨行為不在少數，他們默默行善，不求名利，有的出錢出力、造橋鋪路，有的白手起家、回饋鄉里，這類新聞報導會讓人覺得社會充滿希望，吸引更多人為改造社會盡一些力量。

陸、加強與讀者的互動聯繫

目前國內報紙地方版刊登讀者投書的新聞，數量十分稀少，甚至付之闕如，報紙無從了解地方讀者需要為何？有何問題必須解決？

因此，在目前的開放社會，報紙宜主動積極的加強與讀者的溝通連繫，多多設計「讀者投書」、「熱線信箱」、「民意論壇」等欄塊，挑起讀者與報紙互動的興趣，進而讓報紙了解讀者喜好，解答讀者迷津，讓報紙成為地方讀者生活的百科全書，以及讀者與採訪對象之間的橋梁。

第六節　新聞「編採合一」制

採訪與編輯是一體兩面的東西，記者每天把在外面採訪到的資料寫成新聞稿，由編輯將新聞資料予以取捨、整合、下標題後，再編出新聞版面，成為完整的一份報紙；因此，編輯不僅是名詞，也是動詞，透過編輯的作業，記者寫在紙上的新聞才能呈現在讀者眼前，兩者的關係十分密切，缺少其一，新聞事件就不能成為新聞。

因此，如何讓記者與編輯合作無間、充分配合，一直是報紙努力加強的重點，在時代潮流趨勢下，「編採合一」制應運而生，由於它具有比傳統編採制度更良好的優點，目前廣為國內報紙採用，成為主要的編採作業型態。

壹、「編採合一」意涵

顧名思義，編採合一制就是編輯與採訪合而為一，使各個不同的新聞類組，自成一個編輯與採訪作業單位。此種制度的產生，主要是鑑於傳統方式編採之間常發生問題，有心人士因此主張將編輯與採訪在編制上合而為一，以根本消弭編採間的衝突。[115]國內報業人士對編採合一制頗為推崇，認為對報紙編輯部門而言，實施編採合一制度是處理新聞最理想的方式。

---

[115]　鄭貞銘，《新聞採訪的理論與實際》，臺灣商務印書館，民七十八年，頁九十九。

因為，長久以來，國內報紙編輯與採訪係採取「分工、不合作」方式，記者新聞稿發到報社編輯部之後，再由編輯依記者所寫來的內容進行編排，版面事先未經安排、規畫，以致於時常發生編輯認為重要的新聞，記者只簡單交代；或是記者覺得重要的事件，寫了不少字數，卻被編輯丟棄不用，或只刊登很小篇幅，成為雙方衝突根源。

編採合一的最大特色是，負責調度記者和安排版面內容的是同一人，每一個新聞分版的編輯主管，同樣是該版的採訪主管，他就如同作戰領軍的指揮官，由他全權指揮如何作戰。

換句話說，對該版的主管來說，他可以決定當天的新聞內容與版面安排，包括那些新聞要採用、那些要丟棄、新聞何者做頭條、何者作次條、照片是否要刊登、其刊登大小與位置、新聞標題的內容詞句有無問題等等，均由他做決定，該版的編輯只能承其旨意來編版；當該主管認為某一事件重要，應該深入處理時，立即透過指揮系統告知線上記者，讓記者心裡有數，可以多花時間採訪該新聞。對記者而言，由於長官事先將新聞做大或做小的決定告訴他，在採訪與寫稿的拿捏有個準則，不會進退失據。

具體來說，編採合一制度的優點包括：每版不致有缺稿或稿擠之病、人員調度靈活、版面周轉靈活，尤其遇到重大新聞發生時，可做重點新聞表現、編採之間對彼此工作甘苦可增加了解，且對當日重大新聞可隨時交換意見、內外勤便於互調。⓰

進一步而言，實施編採合一制度目的，在謀求新聞採訪與編輯工作過程之簡化，使內外勤達成一元化，以便提高工作效率，加強科學管理。在理論上，編採合一制有不少優點，而且歐美各國多已採用，進行甚為順利。⓱國內實施編採合一，只不過係順應社會時

⓰　袁良，《中美報紙編採制度之比較研究》，政治大學新聞研究所，民五十一年，頁十。

代潮流，並非創見。

貳、「編採合一」的演進

　　國內最早實施編採合一制的報社是台灣新生報，早在民國四十五年六月一日起，台灣新生報曾試驗實施編採合一制度。

　　具體的作法是取消採訪組、編輯組的名稱，而依新聞的分類，分別將編採人員合併為若干小組，例如要聞組、省市新聞組、經濟新聞組等，每一組網羅採訪該類新聞的記者和主編該版新聞的編輯，共同負責該類新聞的設計採訪寫作與編排，並設組長主司其事，所有小組仍在總編輯的指揮節制下，但實施一年後，因故又恢復原有編採平行的制度。❿

　　據了解，新生報取消編採合一制的原因，是因為推行不久即發生弊端，所謂弊端，即採訪記者形成各自為政現象，新聞版面也形成「本位主義」。在用人不多情形下，當遺漏新聞時，則各組間互相推諉責任，導致新聞萎縮。究其原因，則為不能集中並機動使用採訪兵力之故。⓫

　　雖然新生報實施編採合一制度只是曇花一現，不過二十多年以後民生報實施此一制度卻頗具成效。

　　該報主管人員分析這項制度的優缺點時指出，民生報的編採合一制，核、改稿人員很固定，主管也都是專業主管，流動率很低，記者與編輯坐在一起，編輯既要下標題也要改稿，其好處是查證方

❿　鄭貞銘，《新聞採訪的理論與實際》，臺灣商務印書館，民七十八年，頁九十六。

⓫　鄭貞銘，《新聞採訪的理論與實際》，臺灣商務印書館，民七十八年，頁一〇〇。

⓬　于衡，〈略論採訪主任〉，《報學》第三卷第六期，中華民國新聞編輯人協會，民五十五年，頁二十五。

便，有助於把關，同時整個辦公室是一個小組，新聞在策畫階段時編輯要有所了解，因此能全盤掌握新聞流程。❿

比起往昔的編採分立制度，編採合一制確有其長處，使得國內報紙逐一採行這項制度；例如民國八十年四月一日，中央日報實施改版計畫時，曾試辦編採合一制，並全面調整編輯部組織體系。⓿因為編採合一可以具體而清楚的定位新聞版面,充分發揮新聞特色,報禁開放以來，許多報紙紛紛加入編採合一制，例如聯合、中時、自由等報紙均是。⓿

編輯和採訪是報社最主要、最基本的部門，所以需要合作無間；採訪是獲得新聞的手段，編輯是將新聞加以處理，二者如餐館的採買和廚師，編輯和採訪無論在理論上或體制上都該是一體兩面，不可分割也無所謂輕重。⓿編採合一制讓編輯與採訪確實的結合為一，因此能夠發揮編輯與採訪最大功效，這正是它受歡迎的地方。

參、地方新聞加強落實「編採合一」

地方新聞是新聞採訪單位其中一環，報社實施編採合一後，地方記者也免不了的必須遵照報社指示，配合此一制度，讓地方版的新聞內容更紮實，也更加符合地方民眾需求。

以往未實施編採合一時，對臺北地方採訪新聞中心來說，地方

❿　《國內媒體自我審查及自我評鑑現況調查研究報告》附錄二〈民生報副總編輯蔡格森訪談資料〉，中華民國新聞評議委員會，民八十三年，頁九十五。

⓿　崔岡，〈編採合一制的全面實施〉，《中華民國新聞年鑑》八十年版，臺北市新聞記者公會，民八十年，頁一○三。

⓿　胡文輝，〈臺灣報業編採實務現況及演變趨勢探討〉，《海峽兩岸報業經營研討會論文彙編》，臺北市報業公會，民八十四年，頁一六七。

⓿　鄭貞銘，《新聞採訪的理論與實際》，臺灣商務印書館，民七十八年，頁九十六。

記者就如同斷線風箏一般，根本不知道記者行蹤，也很少告知記者
當天要配合的新聞事項，只能就記者發來的新聞進行版面編輯；不
過隨著編採合一的實施與科技進步，地方記者的行蹤隨時都在臺北
總社長官的掌握之中。因為，如今地方記者幾乎人手一支手機，只
要透過手機，全省各地方記者不論人在何處，馬上都可聯絡到，隨
時下達指令。

　　由於地方記者人數眾多，基於聯絡上的方便與分層負責原則，
報社在落實編採合一時，都是透過層層指揮系統進行；首先總社地
方新聞中心人員告知各縣市採訪辦事處的特派員或召集人，將所要
規畫的新聞事項與具體做法交代清楚，例如那一個新聞事件要詳細
採訪、寫作重點為何、角度為何、特別要注意之處、要訪問那些單
位或人員、是否要另外寫分析或評論稿、字數多少、是否要附照片、
要附多少張照片、是否要其他路線的記者配合相關新聞稿、文稿是
否要合併、最慢在幾點傳來等。特派員或召集人接獲指示後，再聯
絡線上記者採訪。

　　如果當天地方上沒有重大事件，各縣市特派員也要了解記者所
採訪的新聞內容，回報總社，供版面編輯之參考。為配合總社編前
會議，回報時間每日通常兩次，時間不盡相同，視各報作業而定，
第一次約在下午三點以前，將當天較重要的事件提報總社地方採訪
中心知曉。第二次則在下午四點至六點之間，此時各記者已將當天
採訪的新聞內容寫成提要式稿單，說明新聞事件大致內容、多少字
數、附多少張照片等，特派員彙整稿單後，如發現某則新聞事件較
重大，有提全國版之需要，則在該新聞後面建議提何版面，再將全
部稿單以電腦傳送總社，由各中心長官在總編輯主持的編前會中討
論，做進一步決定。

　　報社對地方新聞也納入編採合一制的原因，除了如先前所說，
便於版面的規畫、減少記者與編輯衝突之外，另一主因是媒體競爭

日趨激烈所致。政府開放媒體以來，有線電視與無線電視臺大量出現，各家並且添購衛星轉播車(SNG)，發生大新聞時，即進行現場播送，事後並且再三重複播送新聞內容，徹底發揮電子媒體快速與聲光效果功能，第二天報紙如果再報導同樣新聞內容，根本引不起讀者興趣。

　　因此，報紙只能加強新聞事件深度報導，才能和電子媒體競爭；在此種情況下，臺北總社隨時有專人收看電視新聞報導，一旦發現地方上有重大事件，有必要深入追查時，即立即告知記者配合，相關新聞版並且預先做版面規畫；當然，發生重大事件時，特派員也不能等待總社聯絡，而要立即主動的向總社通報，並接受進一步指示，使編採合一制的功能性日漸強大。

　　報紙地方新聞編採合一制最大好處，在於它能讓具有重大影響的新聞事件，做到深度與廣度報導，特別是位於臺北市的中央機關宣布的重大政策，以及立法院所通過的重要法案，與全省各地有密切關連時，報社馬上請全省各地記者分頭採訪，再以連線報導方式刊登，內容深入且周延，即使電子媒體在前一天已不斷播報，報紙新聞仍具可讀性，這種連線報導方式在若干日報中，已普遍成為新聞報導的一種重要模式，有時候連續多天出現。❿顯示報社落實地

---

❿　例如，臺南成功大學發生學生宿舍遭學生盜打電話事件，電話費高達一千二百萬元，聯合報除於八十九年一月十一日在八版（社會傳真版）刊出發自臺南市的主新聞之外，另配合一則地方記者的連線報導，採訪全省各地大學是否發生類似案件？

　　八十九年一月十一日，立法院三讀通過「地方民意代表費用支給及村里長事務補助費補助條款」，全臺七千七百多位村里長每月加薪一萬一千元，另外近四千名鄉鎮市民代表，每月加薪三萬三千元。中國時報與聯合報即透過各地記者連線報導，採訪各地村里長、民代、地方財政單位人員、地方政府等有關人員對此法案看法，其中，聯合報一月十二日在第三版（焦點版）以「全省連線報導」方式刊登，反映

方新聞編採合一的情形，不僅數量愈來愈多，且頗得心應手。

不同輿情。

　　第三天，一月十三日，聯合報第七版（話題版），刊出發自臺北縣蘆洲市的一篇報導，表示該市成功國小學生人數達五千九百多人，超過永和市秀朗國小，是世界學生人數最多的小學；並且在同一版面以全省連線報導方式，刊登另一篇配合稿，文中顯示澎湖、臺東、花蓮、彰化、雲林、南投、臺南、屏東等許多縣市的學校，因招收不到學生而變成迷你學校，浪費教育資源，與主新聞形成強烈對比，提供讀者不一樣的訊息。

第二章　地方報紙

第一節　地方報紙意涵

所謂「地方報紙」，是相對於「全國報紙」而言，依目前一般性的說法，報紙如果以臺北院轄市為報社基地，對臺灣各地普遍發行，稱之為「全國報紙」；出了臺北市以外，以其他縣市為報社基地及主要發行對象的，則被稱為「地方報紙」。

但此種說法有其疏漏之處；例如有些報紙大部分只發行在臺北市附近，並未廣遍全臺，何以不歸為地方報紙？而那些在中南部就發行來說，應歸列為地方報紙的，也有部分北部版，顯見他們並不以地方報紙自居。❶雖然此種二分法較為粗糙，但卻是目前對臺灣地方性與全國性報紙的主要區分方式。

至於其他有關地方報紙的界說，依潘家慶的說法：「簡單來說，以一個小城鎮為發行對象，提供接近性的新聞滿足讀者，以實際行動服務讀者的報紙，即是地方報紙」。❷換句話說，地方報紙不同於全國性報紙，它主要的對象是當地讀者而非全國廣大民眾。

由於地方報紙的定位與性質和全國報紙明顯有別，所以其新聞內容取向也應不同於全國報紙。潘家慶認為，地方報紙應致力於「地方新聞」的報導，以良好新聞品質加強服務地方讀者，以與全國性

❶　馬驥伸，〈觀察臺灣的角度變了〉回應文，蘇蘅主編《新聞學與術的對話IV──臺灣地方新聞》，政治大學新聞系，民八十五年，頁二二二。

❷　潘家慶，〈地方報紙的特性與功能，並檢討中國地方報發展的困擾〉，《報學》第三卷第八期，中華民國新聞編輯人協會，民五十六年，頁二十五。

的報紙性質區隔開來。

第二節　早期地方報紙缺失

　　如前所述，地方報紙旨在加強地方新聞報導、服務地方民眾，殆無疑問，但是不少學者認為，臺灣的地方報紙並未發揮其應有的積極角色，對地方讀者的服務尚嫌不足。蘇蘅指出，在臺灣除了少數真正地方報（如花蓮更生日報、臺中台灣日報、臺南中華日報、高雄台灣新聞報）外，主要由全國發行報紙的地方版發揮告知地方事物的功能。❸潘家慶更是嚴厲的指出，從地方報紙的理論與實際來看，不僅過去在大陸上我國沒有地方報紙，即使今日在臺灣，我們也沒看見過一家典型的地方報。❹

　　徐佳士等學者進行「改進臺灣地區大眾傳播國家發展功能之研究」時發現，在調查九家日晚報紙內容時，綜合其結果以社會新聞報導比例最高，地方新聞居於第五，排在副刊、財經、全國性等新聞之後。而且地方新聞不一定為地方報紙的特色，有些全國性報紙發行多種地方版面，其在地方新聞之表現較地方報紙更加重視。❺

　　陳世敏、潘家慶、趙嬰在進行「臺北市主要日報地方版內容分析」時，引用當時的一項研究報告，顯示銷行全國的若干日報重視地方新聞的程度，甚而超過地方報紙對地方新聞的處理，尤其競爭劇烈的報紙之間，地方版新聞更是互別苗頭。❻

---

❸　蘇蘅，〈臺灣全國發行報紙地方版新聞的比較──以中時、聯合、臺時、民眾的北市、北縣版為例〉，翁秀琪、馮建三編《政大新聞教育六十周年慶論文集》，政治大學新聞系，民八十五年，頁二二六。

❹　潘家慶，〈中國地方報紙的設計〉，《報學》第三卷第九期，中華民國新聞編輯人協會，民五十六年，頁六。

❺　徐佳士、潘家慶、趙嬰，《改進臺灣地區大眾傳播國家發展功能之研究》，政治大學新聞研究所，民六十六年，頁三一八至三二一。

　　陳世敏、潘家慶、趙嬰等人強調，全國性報紙的地方版如就其以服務地方社區為目的而言，實質上的意義與「地方報紙」無異；以實際情況論，不管是地方報紙或是全國性報紙所開闢的地方新聞版，讀者對象主要是地方民眾，角色大同小異，地方新聞版可說是地方報紙的縮影。地方報紙讀者對象是某些固定的地方社區，他們的特性和需要因地方而不同，地方報紙應以地方的特殊需要安排內容，才有服務的實質；因此地方報紙本質上是一份獨立的報紙，各種新聞內容不宜偏廢。❼

　　從經濟結構觀察，地方媒介較能反映地區市場的產品特色，並能針對地方民眾的特殊需求進行行銷，照理應有發展空間；實際不然，早期臺灣未能像英、美等國發展具有地方特色的地方媒體，反而是全國報的地方版日益蓬勃，壓縮地方報發展空間，這主要和政府長期實施的報禁政策有關。在限張政策下，報紙只能在有限的版面另闢地方版，以分版刊載地方廣告與地方新聞。❽另一原因在於我們報紙跟讀者對真正的新聞價值觀念還沒建立。就後者來說，包括觀念的束縛：大家沒有地方新聞正確的觀念；環境的限制：沒有一個真正好的報紙能主動吸引讀者。❾

　　除了版面內容之外，地方報紙難以發展的另一原因是，臺灣由於地域狹小，交通便利，臺北發行的報紙當天上午即可深入每一鄉鎮，因此全國性報紙也相當於地方性報紙，地域性報紙很難有所成

❻　陳世敏、潘家慶、趙嬰，《臺北市主要日報地方版內容分析》，中華民國新聞評議委員會，民六十八年，頁七。

❼　同上註，頁一二〇。

❽　蘇蘅，〈臺灣全國發行報紙地方版新聞的比較——以中時、聯合、臺時、民眾的北市、北縣版為例〉，翁秀琪、馮建三編《政大新聞教育六十周年慶論文集》，政治大學新聞系，民八十五年，頁二二六。

❾　潘家慶，〈中國地方報紙的設計〉，《報學》第三卷第九期，中華民國新聞編輯人協會，民五十六年，頁六。

就。 ❿

　　報禁開放之後，地方報紙面臨的威脅更形嚴重；例如兩大報系在臺灣中南部主要都會區都設立印刷工廠，由臺北編排好的版面就近在當地印刷，出報時間與地方報紙幾乎相同，讀者很早即可拿到全國性報紙閱讀，地方報紙以往最大的「時間」競爭利器消失無形，市場情勢更惡劣，地方報紙對地方讀者的角色似乎更難扮演。

　　由於資源有限，地方報紙面對著強敵環伺，實很難有突破性作為，其面臨的壓力與挑戰包括內部與外部；除了發行、廣告業務之外，在內部方面則有編、採、譯等問題，例如：高手遭高薪挖角、升遷管道不暢通等；因此，地方報所在地的地方新聞版，版面雖多於兩大報系，但質並未相對提高。⓫

第三節　地方報紙特性與功能

　　從以上看來，臺灣的地方報紙似乎看不到未來，其實不然，地方報紙要是能用心經營，會比全國性報紙的地方版更能發揮對地方的影響力，這將是地方報紙競爭的最大本錢。潘家慶指出，全國性報紙除了強調顯著、影響性之外，根本沒辦法注意接近性。儘管大報也設地方版，但總有鞭長莫及之憾，因為編輯難於深入了解地方，做出來的報紙常令讀者有格格不入的感覺。⓬此外，全國性報紙重視社會新聞，而且地方新聞的供應低於地方民眾需求，也在徐佳士

---

❿　于洪海，《目前臺北市主要日報新聞內容雷同程度及原因》，政治大學新聞研究所碩士論文，民六十一年，頁六十四。

⓫　嚴伯和，《地方報業面面觀》，中華日報，民八十一年，頁三。

⓬　潘家慶，〈地方報紙的特性與功能，並檢討中國地方報發展的困擾〉，《報學》第三卷第八期，中華民國新聞編輯人協會，民五十六年，頁二十五。

等人的調查中得到證實。❸

　　孫如陵指出，地方報有都市報不及所在，其第一個好處就是空間的接近性，使報紙對讀者知道得比較清楚，了解得深刻，發為言論也來得特別親切，且新聞中的人物為讀者所熟悉，構成很高的新聞價值，皆為都市報所不及。❹潘家慶認為地方報紙具有三種特性：服務性、接近性、集中性，這三種特性通常是一般大都市報紙或全國性報紙所不容易兼顧的。地方報紙由於此三種特性，使它除了負有一般報紙共同任務之外，還要提供若干服務。❺

　　至於地方報紙的功能，潘家慶認為，除了一般大眾傳播媒介所有的報導新聞、娛樂讀者、影響讀者三大功能外，還有四項更具體功能：加強直接民權行使、普遍推行教育、促進地方各項建設、強化新聞事業力量。

　　美國北卡羅萊納大學教授兼報紙發行人 Byerly 認為，地方報紙對當地政府與民眾，負有相當的責任和義務，具體而言，地方報紙的任務有下列九項：

　　㈠推行地方福利與加強改進計畫。

　　㈡對地方問題與計畫提供思考角度。

　　㈢培養地方民眾對政府和選舉的興趣，以促進良能政府。

　　㈣報導其他新聞所未報導的地方新聞。

　　㈤提供本地人的廣告服務，推動地方商業繁榮。

　　㈥提供教育與娛樂等訊息給地方讀者。

---

❸　吳滄海，《臺灣的地方新聞》，瑞泰出版社，民七十六年，頁七。

❹　孫如陵，〈從報業特性論地方報〉，《報學研究》，臺灣學生書局，民六十五年，頁七。

❺　潘家慶，〈地方報紙的特性與功能，並檢討中國地方報發展的困擾〉，《報學》第三卷第八期，中華民國新聞編輯人協會，民五十六年，頁二十五。

㈦詳細的報導地方消息，並提出有關的背景解釋。

㈧加強地方服務，團結地方民眾力量。

㈨對當地政府之施政提供報導，並協助政府推動計畫。 ⓰

由於地方報紙特性之一是「服務的」，所以要從社論與社會服務上努力，讓讀者感覺報紙是和他們站在一邊的；根據調查，接觸報紙的鄉村讀者中，只有百分之十四點八四看社論，完全不看的有百分之三十點三二，因此社論必須與讀者本身有關，內容要針對本地問題詳加論列、建議，不可不著邊際的空言。而所謂社會服務，指的是一般較具體性的服務， 並包括一種所謂的 「社會運動」 (crusades)，這些服務工件在人力與物力許可下，應儘量設立服務部門，倡導改良運動，以及協助地方建設。 ⓱

至於臺灣發展地方報紙的主要困擾有兩點，一是觀念的束縛，造成我國報紙不論大小，普遍注意國事，重視世局，二是環境的限制，讀者的購買力、閱讀與購買習慣都是很大的限制，在一定面積中，讀者無法養活一家地方報。 ⓲

第四節　臺灣地方報紙發展趨勢

臺灣地方報紙未來展望如何？在地方報紙服務的新聞從業人員嚴伯和認為，臺灣地區島狹人多，都會區的地方報業在報禁開放後，面臨空前壓力，因各報內容同質性高，難以抗衡兩大報系強大的人力、財力和物力的攻擊，在岌岌可危的現況下，各地方報業須徹底

⓰　潘家慶，〈地方報紙的特性與功能，並檢討中國地方報發展的困擾〉，《報學》第三卷第八期，中華民國新聞編輯人協會，民五十六年，頁二十五。

⓱　同上注，頁十三。

⓲　同上注。

重新落實紮根，展現地方特色；地方報紙若無法改善品質，提高競爭力，現有市場將遭到兩大報系瓜分，而逐漸萎縮，成為弱勢的小區域性報紙，甚至裁員關門。**⓳**

他強調，地方報紙的未來發展趨勢年年都是關鍵年，因已沒有任何優勢條件足供地方報紙自我陶醉或墨守成規，兩大報系無時無刻不虎視眈眈，試圖全力攻占市場。他認為地方報紙未來發展趨勢，最主要的是地方新聞絕對強勢化，即再擴大目前各在地報的主要縣市新聞版面，並網羅人才，增加人手，以兩倍以上人員加強地方服務性新聞，同時質量並重，計畫採訪，扮演領導地方輿論角色，落實成為典型的地方報。此外還包括：新聞社會化、加強言論尺度，確實扮演社會公器角色、結合地方民眾，舉辦各項活動、改善油墨、紙張與印刷技巧，以提高品質等。**⓴**

另外，嚴伯和也認為，地方報的特色是地方新聞量很多，而且由於創刊早，成為當地家戶的基本報，常常老先生早上起床，第一份拿到的就是地方報。但是報禁開放後，整個環境改變，尤其在兩大報系南攻後，地方報的強勢已漸被削弱，地方報唯一的賣點，只剩下地方新聞與地方廣告。**㉑**

孫如陵指出地方報紙的內容缺失，主要在於還不夠地方化。他表示，我國若干地方報辦得慘慘無生氣，主要原因，或為忽略地方色彩。辦地方報而模仿都市報，追求「全國性」，是捨己之長而學人之短，難辦得有特色。若只渲染地方色彩，以「地方第一」為口號，則不僅為本地讀者所喜讀，即住在都市欲知某地事物的人，也要訂閱某地報紙。**㉒**

⓳ 嚴伯和，《地方報業面面觀》，中華日報，民八十一年，頁四。

⓴ 同上注，頁二十三至二十九。

㉑ 同上注，頁一一四。

㉒ 孫如陵，〈從報業特性論地方報〉，《報學研究》，臺灣學生書局，民六

　　換句話說，地方報一定要有其地方性之特色，地方性隨地不同，千差萬別，地方報如能把握而表現，必使地方報各有其特色，呈現出爭奇鬥艷的壯觀，這也是地方報有別於全國性報紙之處。

　　對於地方報紙因應全國性報紙生存威脅的手段，美國地方報紙的作法或可做為我們之參考。派瑞(Parry)是美國麻塞諸賽州佛萊明罕地方新聞報(*S. Middlesex News*)的發行人，他在紐約州發行人協會舉行的年會上，針對讀者興趣和生活型態都在變，地方報紙如何使它銷路持續上升此一問題，回答表示，其作法包括：側重地方新聞報導、儘量使報紙更合讀者口味、多用統計數字，尤其在體育新聞與氣象新聞方面、絕不向讀者說教，因為大部分讀者已在外面奮戰一天，希望在報上能提供一些輕鬆的東西。❷❸所以，輕鬆、強調地方新聞報導、合乎讀者口味，應是地方報紙努力的方向。

　　國內有關人士認為，報紙的任務很多，對地方報紙來說，它主要任務無疑的是促使當地成為一個更適合居住的地方，和幫助讀者過更好的生活，這不但對讀者有益，也必有助於它本身的發展。此種觀點，與美國地方報紙的作法不謀而合。❷❹

　　雖然地方報紙從業人員自認為報禁開放後遭受空前壓力，尤其兩大報系的南侵政策更是在地報生死存亡的關鍵，不過對全國性報紙而言，地方報紙的生存空間不但未受到明顯影響，反而往上發展。中國時報南部編輯部總編輯李彪，從報紙發行量的角度觀察，發現民國八十五年間，地方報紙如民眾日報、中華日報，分別在高雄、臺南有效擴大發行網，相對的，臺北的全國性報紙，包括聯合報、

　　　十五年，頁七至八。
❷❸　尹萍，〈美國地方報紙的經驗〉，《新聞評議》第二十六期，中華民國新聞評議委員會，民六十六年，頁六。
❷❹　易行，〈重視地方事務〉，《新聞評議》第三十期，中華民國新聞評議委員會，民六十六年，頁一。

中國時報在南臺灣不僅沒有進展，反被蠶食掉部分發行網。**㉕**

　　何以如此？原因頗耐人尋味。換句話說，在兩大報系夾攻下，即使地方報紙本身員工對未來遠景不樂觀，但南部地區之地方報紙報份不僅未下跌，反而上升，顯示地方報紙不但有其市場上的生存空間，並且還有餘力開發成長，這是由於強化版面內容的結果，還是發行策略的成功所致，抑或有其他因素？值得進一步探討。

第五節　社區報

壹、何謂社區報

　　從字面上來說，社區報的性質似乎不難理解，也就是在社區內發行，或是以社區為對象的報紙，但是由於「社區」的定義見仁見智，使得社區報的界定出現混淆，不容易具體說清楚。

　　亦即，多大的範圍是社區？某一個有固定名稱的群集住宅是社區，附近幾個社區的集合是不是也算社區？更大範圍來說，某一個行政區是否也可以叫做社區？例如，臺南市某一棟有數百戶人家的大樓，固然是社區，臺南市安平區是否也是社區？臺北縣淡水鎮某一社區大樓叫社區，整個淡水鎮是否也屬於社區的一種型態？

　　由於社區型態不一而足，使得臺灣社區報的發展呈現多樣化，有的以單一社區為發行對象，有的以數個社區為對象，有的以整個行政區為對象，有的則以整個縣市為對象，並無特定型態。

　　至於學者的說法，楊孝濚認為，社區報是一份在一個社區內發行，以報導當地新聞為主的報紙，形式上通常為四開小報，發行間

㉕　李彬，〈觀察臺灣的角度變了：中國時報成立中南部編輯部實務操作報告〉，蘇蘅主編《新聞學與術的對話Ⅳ──臺灣地方新聞》，政治大學新聞系，民八十五年，頁二一四。

隔雖不一定，但以週報為主流。❷彭家發對社區報紙的定義與此大同小異，認為社區報紙最簡單的一種解釋，係在社區內編印，以發行所在地新聞為主的報紙，發行間隔由兩日至一星期不等。❷徐佳士稱社區報紙為小眾媒介，他認為，社區報紙(community newspaper)是一種特殊型態的傳播媒介，通常是以週刊的形式發行。❷

菲律賓大學勞士班洛斯校區(Los Banos, Laguna)傳播發展教授馬士羅(Masloy)，在亞洲大眾傳播研究與資訊中心(Asian Mass Communication Research Information Center)支助下，對亞洲印尼等四國社區報紙做詳細研究，其對社區報紙的界定是:「在一國大都會以外每週發行的區域性或地方報紙，其中心地區發行量通常在兩千至兩千五百份之間。」❷

綜合以上說法，我們可以為社區報下個定義──「所謂社區報，是指在大都會以外的某個特定地區發行，以當地居民為對象，專門報導當地事物，以爭取當地讀者認同，大致上每週出版一次的一種小型報紙。」

具體而言，社區報是一種小型報紙，和一般報紙比較，它的特點有以下數點:㈠、以社區內之居民為主要發行對象;㈡、內容以社區所發生之消息為主;㈢、張數不多、開數不大;㈣、沒有一定的發行週期，主要包括週刊、半月刊、月刊三種。

❷　楊孝瀠，《社區報紙之功能及實務》，東吳大學社會學系社會研究中心，民六十七年，頁一。

❷　彭家發，《小型報刊實務》，三民書局，民七十五年，頁一。

❷　徐佳士，〈從一個實驗談起──社區報紙能在臺灣生存嗎?〉，聯合報副刊「各說各話」專欄，民六十二年十一月二十五日。

❷　彭家發，《傳播研究補白》，三民書局，民七十七年，頁二〇一至二〇二。

貳、社區報在美國

社區報在美國出現的原因，在於美國立國初期，居民侷限在農牧場地，聯絡不易，故一份報導地區人事，並附帶提供農牧知識的草根新聞(grassroots press)是廣受歡迎的。 至一七六〇年工業革命後，民眾大量湧進大都市，售價一分錢的「便士報」便應運而生。它注重地方與人情趣味新聞的作風，更加肯定小鎮報紙的存在價值，在小鎮報一直圍繞在市郊、小鎮、鄉村以及購物集中地等較小的特定社區內發行，提供鄰近地區新聞或各項服務，社區報紙(community newspaper)之名於是不脛而走。❸⓿

早期的社區報紙在美國， 當時大家都稱它是鄉村報紙(country newspaper)，只是一種流行在鄉間的印刷品。後來這種新型的印刷品傳進都市、都市郊區， 特別是小城鎮， 因此又叫做小鎮報紙(small town newspaper)或是草根報紙(grassroots newspaper)、 週報(weekly newspaper)。 ❸①

目前社區報紙的分類依美國現有的情況，一般計分三種：小城鎮報、大城社區報、都市郊區報。 ❸②

參、社區報的特徵

就社區報實際功用來說， 彭家發認為， 社區報有三大特性：

❸⓿ 彭家發，《傳播研究補白》，三民書局，民七十七年，頁一九二。

❸① 楊孝濚，《社區報紙之功能及實務》，東吳大學社會學系社會研究中心，民六十七年，頁十。黃森松，《鄉村社區報紙與鄉村社區發展——兼論小眾媒介是否能在臺灣鄉間生存》，政治大學新聞研究所碩士論文，民六十四年，頁九至十。

❸② 楊孝濚，《社區報紙之功能及實務》，東吳大學社會學系社會研究中心，民六十七年，頁十。潘家慶，〈美國的地方報紙〉，《報學》第三卷第六期，中華民國新聞編輯人協會，民五十五年，頁一三〇。

㈠**臨近性**，報導社區內所熟悉的人、事、物。

㈡**服務性**，以服務地方為鵠的，隨時反映地方意見、問題和解決之道。

㈢**集中性**，集中全力來教導某事或作出各項服務。**❸❸**

以上這三種功用是現行國內報紙所難以徹底做到的，即使地方報與全國報紙地方版全力設計版面，以加強其功能，也只能做到某種程度而已，無法像社區報般的淋漓盡致。

徐佳士強調，社區報的特殊面不僅是在內容與經營方式上，尤其它的傳播對象更是與眾不同；它以社區內居民為服務對象，專以社區內的新聞為報導的範圍，它在本質上屬於整個社區的居民，是一種以少數人（對大報而言）為重心的報紙。**❸❹**

肆、社區報的功能

在傳統的社區中，人與人間的互動行為一向是依賴口頭傳播，人與人的接觸通常是透過面對面的溝通方式來達成。因此在傳統的小社區中，「原級團體」(primary-group)接觸，便成為社區居民生活中的主要傳播行為。**❸❺**

但是目前的社區已不再像傳統社區般的封閉，居民的視野擴大了，人們往往生活於媒介塑造的世界中，為了要滿足個人的社會需求，就不得不假手於傳播媒介，尤其在社區中，屬於小眾媒介的社區報紙已被學者們證實為個人親身接觸的延伸。**❸❻**Schramm & Lud-

❸❸　彭家發，《小型報刊實務》，三民書局，民七十五年，頁七。

❸❹　徐佳士，〈從一個實驗談起──社區報紙能在臺灣生存嗎?〉，聯合報副刊「各說各話」專欄，民六十二年十一月二十五日。

❸❺　葉國超，《社區居民接觸社區報紙與其社區整合的關係──一項以美濃週刊為例的研究》，政治大學新聞研究所碩士論文，民七十年，頁二。

❸❻　Thomas, W. I. & Znaniecki, F. (1918), *The Polish Peasant in Europe and American*, 4, Chicago: The University of Chicago Press, p. 33.

wig 指出，社區報紙是寬廣的窗戶(great, wide window)，透過這面窗戶，讀者能夠看見社區中朋友與熟人的生活點滴，因此社區報紙的讀者容易團結(knitting together)在一起。❸

西恩(Sim)在他所寫的《草根報紙：社區報紙》(*The Grassroots Press: Community Newspaper*)書中，對社區報紙提出看法指出，人們真正關心的是他居住地方所遭遇的問題。❸因此社區報紙的使命就是報導社區的事物和問題，並關心該社區居民的切身問題。潘家慶進一步指出，社區報紙的存在不只是新聞報導而已，還有更積極的作用，亦即是社會服務；社區報紙的生命線就是社區服務工作，甚至是社會運動工作，社區報紙必須強化服務組，負責規畫各種社會服務工作，至少，在居民表達不滿與疑問時，社區報紙要努力做一個跑腿的，協助居民得到具體答案；換言之，社區報紙內容必須將新聞與服務合一。❸

社區報紙因與社區民眾關係密切，所以對於當地扮演著重要角色。它的典型功能，除了報導區內新聞之外，還應成為地區上的啟迪者，使當地住民了解該區處境，產生「歸屬感」(identification)，提升區內住民精神、理念與行為，進而產生社區意識。❹若就社會的人際關係加以分析，則社區報紙在大眾社會中的角色，更是資訊的回饋者，可提供互動的基礎，滿足個人的社會需求，伸延人際關係，維持區內安定，避免小社區關係的社會衝突。❹

❸　Schramm, W. & Ludwig, M. (1951), "The Weekly Newspaper and Its Readers", In *Journalism Quarterly*, 28, pp. 301–304.

❸　王石番，〈美國的社區報紙〉，《新聞學研究》第九期，政治大學新聞研究所，民六十一年，頁四二四。

❸　潘家慶，《新聞媒介與社會責任》，臺灣商務印書館，民八十一年，頁二二九。

❹　楊孝濚，《傳播社會學》，臺灣商務印書館，民七十二年，頁一。彭家發，《小型報刊實務》，三民書局，民七十五年，頁七。

社區學家加諾威士(Janowitz)認為，在讀者心目中，社區報紙具有四種共通因素：

㈠是讀者個人與社會接觸的延伸，它也重視社會和個人內涵的地區新聞報導。

㈡是日報的補充刊物，而非競爭對象。

㈢屬於非商業化的傳播媒體。

㈣社區報紙不屬於任何黨派，完全在謀求社會的進步和福利。❷

潘家慶表示，社區報紙在社區發展中，扮演著很重要的角色，在現代社會中，它至少具有下列四項功能：❸

㈠**彌補代議制度的缺點：**小報可以直接反映讀者意見，匯成本地民意，讓各級政府了解地方民情。

㈡**因地制宜的社會教育：**大報的教育功能無法兼顧讀者地理上的差異，社區報紙的教育內容最能切合讀者需要。

㈢**協助地方建設：**社區報藉著其服務性，成為本地社會的領導者，較小規模的地方性建設，可由其設計與領導來做為指導。

㈣**填補大報死角：**大報無法深入的地方，由社區報紙來報導、服務，真正強化新聞媒介的功能。

一家典型的鄉村社區報紙，就是該地區的發言人和代表者，同時也是該地區的精神、理想、行為、進步的象徵。它最主要的功能是強調該地與農村的報導，使當地居民或外人能了解自己所處的環境，而能產生共通的認同感。❹

❶　彭家發，《小型報刊實務》，三民書局，民七十五年，頁七。

❷　黃森松，《鄉村社區報紙與鄉村社區發展——兼論小眾媒介是否能在臺灣鄉間生存》，政治大學新聞研究所碩士論文，民六十四年，頁十。

❸　潘家慶，〈社區報紙對本系同學的一項新挑戰〉，《新聞學人》第三卷第二期，政治大學新聞學會，民六十三年，頁七十七。

❹　楊孝濚，《社區報紙之功能及實務》，東吳大學社會學系社會研究中心，民六十七年，頁一。

　　加諾威士(Janowitz)發現，芝加哥社區報紙藉著強調共同價值的新聞報導，且盡量避免報導價值衝突等新聞素材，主要目的是藉以維持地方共識。❹其他學者如 Lazarsfeld & Merton ❻、Wirth ❼等人，也認為媒介透過規畫強化的功能，以維持文化共識(cultural consensus)。

　　西恩(Sim)表示，社區報紙有形成社區決定的功能、穩定社區情況的功能、可以幫助讀者了解其居住的周遭環境、可以幫助解決社區居民的小問題、帶來社區意識，使民眾能夠在共同意識型態下，為社區發展盡一分心力。 ❽

　　社區報紙對社區居民具有獨特的魅力，主要在於其刊載的地方新聞多為讀者熟悉的事物，其蘊涵隔壁新聞的親切感覺，尤廣受老年人及婦女歡迎。 ❾

　　加諾威士(Janowitz)指出，在讀者心目中，社區報紙具有四個共同因素：

　　㈠社區報紙是每日報紙的輔助刊物，而不是和每日報紙競爭的刊物。

　　㈡社區報紙乃非商業化的傳播媒介。

---

❹　黃森松，《鄉村社區報紙與鄉村社區發展——兼論小眾媒介是否能在臺灣鄉間生存》，政治大學新聞研究所碩士論文，民六十四年，頁十。

❻　Lazarsfeld, P. F. & Merton, R. K. (1948), "Mass Communication, Popular Taste and Organized Social Action", Schramm, W. and Roberts, D. F. (eds.), *The Process and Effects of Mass Communication*, Urban: University of Illinois Press, pp. 554–578.

❼　Wirth, L. (1948), "Consensus and Mass Communication", *American Sociological Review*, 13, pp. 1–15.

❽　楊孝濚，《社區報紙之功能及實務》，東吳大學社會學系社會研究中心，民六十七年，頁四。

❾　彭家發，《傳播研究補白》，三民書局，民七十七年，頁一九三。

㈢社區報紙不含政治意味，不屬任何黨派，而是謀求社區福利
　　和進步的催化劑。

㈣社區報紙是讀者個人和社會接觸的伸張，因為它強調自治團
　　體的新聞報導，也注重社會和個人本質的地區新聞報導。❺⓿

　　根據紐約奧斯伯公司(H. D. Ostbeg & Associates)在一九七三年
所作的調查，發現屬於社區報紙性質的市郊報，不獨能深入報導地
方專題，也能提供地方人士及機構大城市報紙所無法提供的資訊。
所以在讀者心目中，社區報紙是日報的輔助讀物，而非競爭對手；
是謀求社區福利和進步的催化劑；　也是讀者個人和社會接觸的延
伸。❺❶

　　西恩(Sim)強調，　社區報紙是大眾傳播媒介中最不具社會影響
力，也是最默默無聞的，這是其缺點，但仍有不少人投身其中，主
要原因包括：社區報紙提供刊登意見，和擷拾良好意見的傳播工具；
社區報紙供給服務公眾的機會，那是一種最大的滿足──服務鄉里；
在本社區裡和所認識的人加入很多的活動；就本質而言，社區報紙
使人洞悉社區事物，因此報導新聞之際，經常不斷的學習；以及可
以在社區裡博得受尊敬的職位。❺❷

伍、社區報與地方新聞的關係

　　社區報所刊登的新聞內容,主要是某一特定區域內的新聞事件,
與地方民眾有空間上的接近性，能引發民眾的關心；換句話說，社
區報所登載的正是純正的地方新聞,沒有地方新聞也就沒有社區報,
兩者互為依存，關係密切。

---

❺⓿　王石番，〈美國的社區報紙〉，《新聞學研究》第九期，政治大學新聞研
　　究所，民六十一年，頁四一九至四二〇。

❺❶　彭家發，《傳播研究補白》，三民書局，民七十七年，頁一九四。

❺❷　同注❺⓿，頁四一七至四一八。

　　彭家發表示，以事件發生區域遠近來說，新聞可分為地方新聞 (Local News)、國內新聞(National News)、國際新聞(International/Foreign News)三類；社區新聞之濫觴，始肇於地方新聞之發展殆無異議。**❸**他強調，社區新聞屬地方新聞，地方新聞特質重在親切和富人情味，價值上應特重臨近性(locality/proximity)與人情趣味(human interest)。多取材與地方人士有關連之新聞問題，以及地方上大事故，尤其地方上之重大建設。**❹**

　　彭家發進一步指出，美國社區報生存命脈有兩大支柱，除了購物中心促銷廣告的需求，另外就是地方新聞備受重視。因為社區報紙在提供資訊、娛樂與形成影響力方面，一向秉持著為社區提供服務的宗旨，讓區民熟知地方新聞，並有交換區內事務意見的機會，以塑造社區歸屬感，並鼓勵區民參加社區活動。**❺**

　　從功能上衡量，社區報紙與報紙地方版對讀者所扮演的角色其實大同小異，主要都是提供地方新聞，供民眾日常生活之參考，亦即所刊載的內容具有新聞的「接近性」特質，只不過，社區報應該比報紙的地方版還要「地方」。

　　楊孝濚也提出各報地方版與社區報紙，其實是一體兩面的看法。他指出，雖然各大報有地方版，但限於篇幅，無法容納各地所有之地方新聞，使各大報地方版無法完全滿足地方讀者對地方新聞之需要，因此成立社區報紙是有其必要的。**❻**

　　由於臺灣地區各大報章，以往一向習慣於走國內新聞的路線，留下鄉鎮新聞的死角，社區報紙既能填補大報的不足，則其在傳媒

---

❸ 彭家發，《小型報刊實務》，三民書局，民七十五年，頁一。

❹ 同上注，頁二十至二十二。

❺ 同上注，頁一九二。

❻ 楊孝濚，《社區報紙之功能及實務》，東吳大學社會學系社會研究中心，民六十七年，頁一三七。

所產生的互補效果上，自不言而喻。由此看來，社區報紙存在的主
要目的在為社區民眾刊登地方新聞，以彌補各大報紙對地方新聞報
導工作之不足。

　　然而，很多情況往往只是理想，落實起來並不容易。吳滄海即
認為，由於社區報紙的出刊並不正常，要達到消滅大報在各地方所
留下的傳播死角並不容易，難見其預期成效，或許從強化大報的地
方版著手，讓這些報紙的地方版在報導地方新聞上更能兼顧各地居
民的需求，以「社區報紙」的精神，「社區報紙」的角度，「社區報
紙」的功能，來從事採訪與報導，將事半功倍，對當地民眾的守望、
告知、教育和娛樂的功能，當能獲更大的發揮。❺❼

　　事實上，我國報紙面臨強大競爭壓力下，早就將地方新聞當成
重點項目，全力加強地方新聞之採訪與報導，使社區報紙功能逐漸
被一般報紙取代。近年來各大報章逐漸重視地方分版，全力發展地
方新聞版，刻意報導地方新聞，並在內容上尋求更多新的娛樂性的
軟性題材，吸引年青的讀者群，提供消費、購物指南，以及彩色印
刷等做法，都給予社區報紙不少壓力。

陸、臺灣社區報的發展

　　社區報紙不但在美國極為普遍，就是在偏遠的非洲也有長足發
展，在許多研究中，證明它對社區發展有極大成效。❺❽但可惜的是，
在國內這種對地方建設具有影響力的社區報紙，卻沒有受地方讀者
重視的跡象出現，一般人對它的認識也不夠深入，使得社區報紙在
臺灣走起來格外辛苦。

　　臺灣社區報的發展，呈現幾個不同階段，如同潮汐般的，社區

---

❺❼　吳滄海，《臺灣的地方新聞》，瑞泰出版社，民七十六年，頁二。

❺❽　楊孝濚，《社區報紙之功能及實務》，東吳大學社會學系社會研究中心，
　　　民六十七年，頁一。

報在臺灣出現起起落落的情況，如今雖然消褪，但是它曾有過輝煌歲月，社區報在臺灣的發展軌跡，見證臺灣社會時代潮流的發展腳步，以及傳播媒體生態的演變。

一、源　起

我國正式倡言社區報紙功能的，是民國四十年六月，名報人姚朋在《報學》創刊號上為文撰述，始露端倪。他在題為〈論鄉村報紙──反攻後我國報業努力的一個方向〉一文中，對外國報業發展鄉村報紙的先例，有詳盡的說明，並極力鼓吹反攻勝利後，應在大陸上各個鄉野發展鄉村報紙。

他認為，城鄉生活方式不同，即使大都市的報紙能夠下鄉，也不能完全被農民接受，鄉村報紙如以適應當地民情風俗、知識水準的獨特風格出現，自然容易受歡迎；因為鄉村報紙可以用當地的情勢，實際的解決鄉民切身問題。❺❾

在此我們可發現，雖然名為「鄉村報紙」，但從其強調報導地方事物、適應地方民情之性質來看，所謂的「鄉村報紙」也就是目前我們所說的「社區報紙」。

二、萌　芽

民國五十四年元月，報人成舍我於其創立的世界新專內，發行小世界週報，為臺灣地區最早近似社區報的刊物。就實際運作來說，社區報紙從六十年間開始在臺灣萌芽出現。根據潘家慶的調查，臺灣地區報業自民國六十年代中期開始，已有了本質上的變化，服務鄉村、小城、社區等日報死角的社區報紙開始日益湧現。❻❶

❺❾　姚朋，〈論鄉村報紙──反攻後我國報業努力的一個方向〉，《報學》創刊號，臺北市編輯人協會，民四十年，頁八十六。

❻❶　潘家慶，《新聞媒介與社會責任》，臺灣商務印書館，民八十一年，頁

　　民國六十二年，在徐佳士、潘家慶、楊孝濚等學者極力鼓吹下，政大新聞系的學生實習報紙學生新聞，首先易名為柵美報導，專門報導木柵與景美地區的地方新聞，成為國內第一份服務地方性的社區報紙。**❻**

　　臺灣地區第一份以「全亞洲第一家草根報紙」為號召的社區報紙，以今日美濃為首，開日後臺灣地區社區報業先河。**❻**該刊創於民國六十三年七月十六日，是一份以鄉村社區——高雄縣美濃鎮為發行地區的社區報紙。當初政大新聞研究所學生黃森松，在老師楊孝濚的指導與協助下，集四十餘位美濃籍大專生，從七月十六日到九月三日間，試辦八期今日美濃，受到當地居民歡迎。民國六十六年二月十三日，今日美濃易名為《美濃週刊》。**❻**

　　臺灣出現社區報紙，主要與當時報業環境有關，尤其與各報紙地方版新聞質量不佳有直接關係。早年全國性報紙為爭取地方讀者，雖各設地方版，但版面有限，不能盡刊當地新聞而出現傳播死角，於是全省各地就出現了企圖填補此一傳播死角的社區報紙。**❻**

二〇八。

❻　民國七十一年，柵美報導為因應社會需求，進行版面革新，第一版為柵美民眾所關心的「要聞版」，第二版為柵美地方新聞，第三版為特寫，第四版為文教新聞，版面革新後的最大特色是擴大新聞採訪範圍。八十年，該刊增張，並改為地區性大專院校的校園報紙「大臺北報導」，每週出版四開兩張，發行量高達一萬二千至二萬份，為全國第一個全頁組版的刊物。

❻　葉國超，《社區居民接觸社區報紙與其社區整合的關係——一項以美濃週刊為例的研究》，政治大學新聞研究所碩士論文，民七十年，頁七。彭家發，《小型報刊實務》，三民書局，民七十五年三月初版，頁二十三。

❻　葉國超，《社區居民接觸社區報紙與其社區整合的關係——一項以美濃週刊為例的研究》，政治大學新聞研究所碩士論文，民七十年，頁八。

❻　吳滄海，《臺灣的地方新聞》，瑞泰出版社，民七十六年，頁二。

三、發　展

　　臺灣社區報的發展，與政府大力推動社區發展，以及社會環境的演變，地方民眾地方意識觀念增強，有密切的關係。民國六十八年到七十六年間，政府極力倡導地方人士開辦社區報紙，使臺灣的社區報蔚為一股風氣，數量急遽增加，成為臺灣新興的小眾媒體，是臺灣社區報的發展期，也可說是臺灣社區報的黃金歲月。

　　政府自民國五十七年頒佈「社區發展工作綱要」後，同年九月，臺灣省公佈「臺灣社區發展八年計畫」，六十一年修正為十年計畫，後來再延到七十年六月底結束，前後共計十年，全省共規畫建設完成四千餘個社區，這項社區基礎建設工程，奠定臺灣社區發展的利基，也為社區報的興盛，鋪下一條平坦道路。

　　民國六十八年三月一日，政府宣布雜誌登記解禁，五月二十六日，時任新聞局長宋楚瑜在中華民國雜誌協會第五屆第一次會員大會中，提出政府對社區報的鼓勵態度。當時全國雖然有一千五百餘家雜誌社，但以報導社區事物為導向的雜誌少之又少，他除了希望雜誌界以理性觀念報導和分析事實，嚴守道德規範、淨化出版品內容，並表示政府應輔導雜誌事業循正當途徑發展，表明政府開始注重鄉村國民精神生活，肯定社區報紙存在的價值。[65]同年十一月十日，宋楚瑜在第四屆雜誌圖書金鼎獎頒獎典禮上特別表示，新聞局今後將輔助青年朋友們創辦鄉鎮社區報紙，以反映基層民意，倡導大家參與社區建設活動觀念。[66]

　　在具體動作方面，六十八年七月，新聞局提出「輔導社區雜誌

---

[65]　〈宋楚瑜盼雜誌界，淨化出版品內容〉，中央日報，民六十八年五月二十七日，第四版。

[66]　〈中山學術文藝獎：雜誌圖書金鼎獎頒獎〉，聯合報，民六十八年十一月十一日，第二版。

發展方案」，具體擬定政府對我國社區雜誌的輔導方法；由於創辦社
區報紙成本較高，一般人怕無法獨力負擔一份小眾媒介的創辦經費，
因此民國六十九年，行政院新聞局國內出版處成立「社區報紙輔導
小組」，大力推展、鼓勵新聞相關科系畢業生，回鄉辦社區報，草創
之際，新聞局資助每家報紙新臺幣十五萬元，希望創辦人服務鄉梓、
宣導政令，不牽涉到地方派系，或作為政治工具。❻同年十月，新
聞局進一步輔助社區雜誌成立「全國鄉鎮社區雜誌聯誼會」，同時確
立社區雜誌以服務社區民眾為主旨的基本導向。

　　除了新聞局之外，內政部、文建會與等單位也加入社區報的輔
導行列，透過中華民國社區報紙發展協會統籌輔導款項；其做法是，
只要社區報企辦與推展地方文化導向有關的活動，企畫案先由中華
民國社區報紙發展協會初審通過，再依內容性質呈報文建會或內政
部或新聞局，獲得核可，即可得到經費補助，而且一年中企辦的活
動不限次數；不少社區報都以此種方式獲得補助，對紓解財務困境
不無小補。

　　在政府全力推動之下，臺灣社區報紙在當時有如雨後春筍般的
崛起。根據中華民國社區雜誌協會統計，民國六十八年一年之中，
有《雙和一週》、《屏東週刊》、《山城週刊》、《陽明山一週》、《港邊
報導》、《臺北一週》、《老濃週刊》、《海山週刊》、《鐵帖山週刊》等
創刊；另外，《中原週刊》等，申請轉為社區雜誌，此年內出現的社
區雜誌達三十九家。

　　六十九年創刊的，則有《今日臺東》、《高雄一週》、《中壢週刊》、
《山林週刊》、《大路竹週刊》、《嘉義一週》、《淡水一週》、《北門區
報導》（後來停刊，易名為《南瀛一週》發行）、《中港溪一週》、《桃
園週刊》、《南投一週》、《花蓮一週》、《豐原一週》、《三重傳播》、《臺
中一週》、《新泰報導》、《八卦山週刊》等十七家；七十年創刊的社

區報，有《台南一週》、《民生一週》、《南崗一週》、《霧峰一週》、《苗栗一週》、《基隆一週》、《東吳社區雜誌》等七家；七十一年有《月光山雜誌》、《諸羅週刊》、《城大龍一週》、《鹿港一週》、《彰南一週》等五家；七十二年有《花蓮週刊》、《臺中週刊》、《大新莊報導》等三家。

七十三年有《新竹週刊》、《臺中港週刊》、《欣風一週》、《新莊一週》、《陽明報導》、《雲農雜誌》、《大三重報導》、《大士林區報導》、《北海岸》、《中興週刊》、《飆贏雜誌》、《埔里一週》、《宜蘭一週》等十三家；七十四年有《彰聲週刊》、《鄉里週刊》、《眾人週刊》等三家；七十五年有《風雲報導》、《三和週刊》、《臺東週刊》等三家；七十六年有《彰化一週》、《稻崙報導》、《臺澎雜誌》等三家。

從以上可以看出，在政府有計畫的支持與鼓勵之下，臺灣許多地方基層人士，抱著服務鄉梓、發揚社區意識的理念，紛紛投入社區報的創辦行列，一時之間城鄉地區的社區報風起雲湧，甚至一個城市出現多家社區報。當時我國社區報紙，發行對象不完全以社區為主，而是依其所在地而有不同發行對象。楊孝濚將之區分成四種主要類型：一是以學校為主的社區報紙；二是以社區為主的社區報紙；三是以農村社區為主的社區報紙；四是以都市郊區為主的社區報紙。其中又以以社區為主之社區報紙為最典型，也最合乎社區報的定義。❻❽

四、轉　型

我國社區報最多時，達五十餘家，後來發展不順遂，家數一路滑落，到民國八十九年初，根據中華民國暨臺灣省社區雜誌協會統計，辦理登記的會員（較有規模，並且出刊在一年以上者），只有十

---

❻❽　楊孝濚，《社區報紙之功能及實務》，東吳大學社會學系社會研究中心，民六十七年，頁七至八。

五家。**❻❾**

　　臺灣社區雜誌的最大衝擊，顯然是報禁開放措施。民國七十七年元月報禁開放後，日報迅速發展，大眾媒體走向以市場導向為主的競爭時代，由於臺灣地區大眾傳播市場有限，日報為了生存，開始轉變加強社區事物的報導內容，不但替代了原先社區報的功能，日報每天出刊，傳播效果更為強大，使社區報的生存受強烈衝擊，陸續有社區報停刊，社區報為了因應此一局勢改變，逐漸修正服務導向，採取更主動的作法來因應社區需求。

　　由於社會型態與傳播環境的重大變革，從報禁開放之後，臺灣的社區報發展速度明顯趨緩，自民國七十七年到八十五年，創刊的社區報家數只有八家，分別是：《雲林雜誌》、《蘭嶼雙週刊》、《景美雜誌》、《臺中民意》、《大肚山報導》、《豐社雜誌》、《宏揚週刊》、《育才青年雜誌》。

　　民國七十七年，全國社區雜誌聯誼會由《台南一週》社長楊明井接任會長。全國社區雜誌聯誼會為配合政府實施人團法，民國八十五年三月十五日成立為社團法人「中華民國暨臺灣省社區雜誌協會」，由楊明井擔任第一屆理事長。

　　鑑於臺灣傳播環境的改變，聯誼會聘請專家學者擔任顧問，協助推展社區服務工作，並進一步計畫性地舉辦社區活動。七十八年起，規畫「鄉親大家好」系列公益活動，由社區雜誌在全省各地舉辦，每年訂定不同的活動主題；例如，七十八年是「鄉親大家作伙

---

❻❾　依中華民國社區雜誌協會統計，這十五家是：新店市《文山報導》、淡水鎮《淡海報導》、桃園市《桃園週刊》、中壢市《中壢週刊》、新竹市《新竹週刊》、新竹縣竹東鎮《宏揚週刊》、苗栗市《中原週刊》、臺中縣東勢鎮《山城雜誌》、臺中市《臺中民意雜誌》、臺南市《台南一週》、高雄縣美濃鎮《月光山雜誌》、屏東縣《屏東週刊》、蘭嶼《蘭嶼雙週刊》、澎湖馬公《臺澎雜誌》、臺中市《育才青年雜誌》。

來」；七十九年是「送愛心到蘭嶼」；八十年為「你我用點心、生活加點愛」；八十一年「人人有情、家家有愛，共創祥和社會」；八十二年「熱愛鄉土、關懷臺灣」；八十三年「關懷鄉土、疼惜臺灣」；八十四與八十五年都是「營造社區文化」；八十六年以「社區有愛」為主題，由社區雜誌在全省各縣市基層舉辦，每次活動時間長達五個月。

柒、社區報的經營挑戰

經營一份社區報並不容易， 菲律賓大學教授馬士羅(Masloy)指出，影響一份社區報紙成敗的關鍵，主要是創辦與經營者的水準經驗與領導能力；其他還包括：編輯人的水準與責任感、編輯政策與社區休戚程度、職工對社區新聞的酷愛與全心投入、社區人口、經濟水準、區民教育程度；至於印刷設備是否完善，資本是否龐大，反為次要。 ❼❶換句話說，經營社區報，軟體比硬體重要。

事實上，影響社區報的發展有許多方面，除了主觀條件之外，外在的客觀環境尤其不容忽視，處在臺灣瞬息萬變的媒體生態世界中，社區報的現狀與經營發展，顯然受到相當程度的挑戰。

一、發行社區報的困難

彭家發指出，在臺灣辦社區報紙的困難，除了社區意識缺乏、經濟困難兩大因素之外，尚有其他因素，包括：

㈠人手不足，人才留不住。

㈡地方基層干預、以及地方派系競爭激烈，使社區報紙發展受到相當程度的束縛。

㈢一般人仍受傳統新聞角度影響，認為「大報報導的，或國家大事才是新聞」，普遍輕視「本地新聞」。

---

❼❶　彭家發，《傳播研究補白》，三民書局，民七十七年，頁二〇二。

㈣有心辦社區報的人，耐心不足，受到挫折便心灰意冷，停止
　出刊。

㈤辦報者若非區內居民，由於地緣關係，所受排斥更甚，令辦
　報者見而生畏。

以上因素，使很多社區報紙不是「夭折」，就是斷斷續續出刊，真正
上軌道的並不多見。**❼**

社區報紙不易辦理，甚至連鼓吹發行社區報紙的學者也心知肚
明。民國六十二年，社區報紙《柵美報導》創刊後不久，潘家慶即
表示這是一項挑戰，同學要有充分的心理準備。

他認為，挑戰來自本地讀者與自己等兩方面。來自讀者的困難
包括：

㈠民性多半保守，不會與如此一個小報合作。

㈡民情多半冷漠，不太關心別人，地方報對他們沒有用處。

㈢讀者購買與閱報習慣早已權威化，對於一個根本「不像報紙
　的報紙」沒有興趣閱讀與購買。

㈣對新聞記者的刻板印象，要讓讀者認識社區報紙工作人員要
　花好一頓功夫。**❼**

實務界人士也對我國社區報紙發展持類似悲觀看法，但有不同
原因。張逸東認為，國內社區報紙逐一消失的原因，地方經濟不足
以支撐社區報紙的生存是主要因素，民眾缺乏足夠的社區意識，未
將社區報紙視為血肉相連、休戚與共的喉舌，也是重要因素。他甚
至認為，就臺灣當前情況來看，臺灣各地民眾的社區概念並不明顯，
甚至可以說不存在，因此直接影響社區報紙存活命脈。**❼**

---

❼　彭家發，《小型報刊實務》，三民書局，民七十五年，頁二十七。

❼　潘家慶，《新聞媒介與社會責任》，臺灣商務印書館，民八十一年，頁
　　二十七。

❼　張逸東，〈地方新聞與社區參與〉回應文，蘇蘅主編《新聞學與術的對

二、樂觀的看法

儘管社區報面臨許多挑戰，有人為它未來憂心忡忡，但也有人持樂觀態度視之，認為社區報紙遠景大有可為；楊孝濚即認為，在農村人口有急速外移現象的社會發展下，強調社區意識的社會報紙在我國應有發展之價值。

他強調，發展社區報紙是有潛力的，它在內容上必須強調地方色彩，以地區的新聞報導、地方評論、人情趣味新聞和地方性專訪和研究最被認為重要；社區報必須修正內容，使它合乎大家興趣，並且要有屬於自己獨特的新聞，不要和其他報紙重複，才能增加讀者的閱讀率。❼❹這些看法比照當前國內社區報的作法，可謂一針見血。

彭家發也說，社區報紙是不惹眼的長壽媒介。他進一步引用對社區報紙有深刻研究的西恩教授(Sim)的書中內容指出，未來社區報紙的發展是樂觀的，他深信若人的本性與慾望需求不變，社區報紙的基本功能也就不會改變，由於技術的改進與印刷器具的改革，未來社區報紙會更多，而未來的社區報紙也要力爭上游，成為地方事物的改革者，扮演特別的角色。❼❺

捌、社區報面臨的挑戰

臺灣第一份社區報從民國六十二年發行迄今，已將近三十年，這段時間社區報的發展有如潮起潮落一般，曾出現高峰，也曾有過低潮時期，期間雖有若干歷史悠久的社區報結束經營，但是仍有不

話IV——臺灣地方新聞》，政治大學新聞系，民八十五年，頁十四。

❼❹ 楊孝濚，《社區報紙之功能及實務》，東吳大學社會學系社會研究中心，民六十七年，頁八至十五。

❼❺ 彭家發，《傳播研究補白》，三民書局，民七十七年，頁二〇〇。

少對它寄予厚望的人士加入行列，成立社區報生力軍，此起彼落、
前仆後繼，讓社區報得以在臺灣不斷延續。

現存社區報在臺灣所面臨的挑戰，除了以上學者所說之外，主
要有以下幾方面：

一、報紙地方版的挑戰

從臺灣社區報目前發展所面臨的瓶頸來看，最大的衝擊顯然是
來自於報禁開放之後，報紙地方版版面的增加與內容的充實，加上
報紙時效性比社區報快速許多，使得社區報功能被報紙取代，可說
是社區報面臨的最大挑戰。

這實在是很矛盾的現象，臺灣社區報的出現，是因為報紙地方
版功能不佳，但是社區報發展最主要的挑戰，卻也同樣來自於報紙
地方版；然而，七十七年一月報禁開放之後，日報報頁增多，各報
紛紛廣闢地方版，增加地方新聞事物的報導，與報紙地方版性質十
分類似的社區報紙，功能被報紙地方版大量取代，這的確是不爭的
事實。

最具體的例子是，報禁開放之後，屬於地方報紙的臺南市中華
日報加強社區新聞路線，增加版面篇幅，大量刊登區里社區消息，
讓原本走區里社區新聞的《台南一週》受到巨大衝擊，認為新聞內
容難有發展空間，經過長達半年的市場調查，該刊最後宣布於民國
八十年一月十一日停刊，距離該刊於民國七十年一月十日創刊，正
好十年。❼⓺

❼⓺ 《台南一週》宣布停刊後，引起省新聞處極大重視，希望該刊能繼續
推動文化傳播任務，最後該刊採彈性做法，將原本的四張彩版刊物，
縮小成一張彩版，以政府機關為免費贈閱對象，繼續發行，原來的訂
戶費用全數退回，發行量則從兩萬份減到四千份。資料來源，中華民
國暨臺灣省社區雜誌協會秘書長（《台南一週》總經理）黃繼峰，民國

曾任中央日報總經理的吳駿指出，臺灣各大報的地方版辦得愈來愈好，等於是變相的社區報，但社區報每週出版一次，時效上無法與每日出版的日報相比，而且臺灣地區不大，對地區性小眾傳播的需要也不迫切；所以他認為，臺灣地區的前景並不樂觀。❼由於報社地方版未來只會愈來愈好，因此，未來臺灣社區報受到的衝擊恐會更加巨大，困境會更為嚴重。

二、人才難尋的挑戰

報禁開放後，新興媒體不斷出現，四處挖角，新聞科系畢業生不愁找不到表演舞臺。沒有太大利潤的社區報紙，乏人應徵使得社區報普遍面臨人力缺乏困擾。

待遇偏低、知名度不夠、成就感不足，使新聞科系畢業生很少以地方報為表演舞臺，國內社區報多數面臨採訪、編輯、發行、廣告等專業人才荒，其中最重要的編採人員，除了少數較具規模、待遇較良好的社區報還能找到專職人員之外，大多數都是兼差，由地方記者兼任，有的社區報甚至是「一人報」，由具有地方理念、熱心地方事物的人成立社區報，沒有其他人參與，社區報的任何事情都要自己來。❼

學者承認，世界上社區報紙並不很普遍，也不受人重視，大概是營利的想法掩蔽了公益報紙的理想。❼未來如何延攬編輯、採訪與發行專業人才，是社區報必須努力的地方。

八十九年四月口述。

❼ 彭家發，《小型報刊實務》，三民書局，民七十五年三月初版，頁三十。

❼ 例如，創刊於民國八十五年二月一日的高雄縣《阿蓮社區通訊》，創辦人蘇福男是自由時報高雄市記者，每一期的出刊，從採訪、撰稿、攝影、編輯到跑印刷廠，都由他一手包辦。

❼ 潘家慶，《新聞媒介與社會責任》，臺灣商務印書館，民八十一年，頁一五八。

三、編採品質的挑戰

臺灣社區報新聞內容良莠不齊，有很大的差距，有的採訪陣容堅強，發掘許多甚具可讀性的新聞，甚至成為報紙的新聞來源，社區報報導過後，再進一步追蹤報導；有的內容卻相當貧乏，令人倒盡胃口，這與人才缺乏有密切關連。

由於找不到專業人才，社區報往往由其他行業的人員兼差，有的如前所述，是一人公司，在人力不足、敬業精神不夠，加上面臨每週發行一次的稿源壓力，業者只能求正常出刊，無法講究新聞品質，使若干社區報的新聞內容乏善可陳，不是重複以往報紙報導過的內容，冷飯熱炒，甚至抄襲報紙內容，就是刊登政令宣導文章，例如防火宣導、節約用水、春安演習等，如同「公報」，內容了無新意，枯燥無味，一點也不吸引人，更乏可讀性。

除了新聞內容貧瘠之外，版面的編排也少有特色，社區報工作者少為大眾傳播科系出身，欠缺社區刊物編採經驗，絕大多數的社區報都是將文字稿和照片略為整理後，即交印刷廠全權處理，印刷廠的美工人員無法體會文章對社區居民的意義，編印出來的社區報總是缺乏一分地方感情，更遑論具有地方特色。[80]

新聞內容品質與編採人員素質有密切關連，要提升社區報編採品質，首先就得網羅專業編採人員，否則光憑著「一人報」或「兼職報」的水準，是無法改善社區報的編採品質的。

四、經費來源的挑戰

國內社區報普遍面臨經費問題，社區報此起彼落、新舊交替快

---

[80] 蘇福男，〈社區刊物傳播，帶動社區工作改造〉，《閱讀社區——臺灣二十四個社區營造故事》，財團法人青年社區成長基金會編著，中華文化復興運動總會青年社區成長委員會出版，民八十七年，頁一七六。

速，經費成為命脈最大關鍵，誰有充裕的經費，誰就可以延續發行。一些老牌社區報就因為經費困窘，最後落得停刊下場，能夠永續經營的並不多見。

為了經費來源，有的社區報以尋求訂閱方式維持出刊；有的結集社區組織或企業出資發行；有的則是由發行人自掏腰包勉強支撐，出一期，算一期；有的在選舉期間接受候選人的金錢支付，為某特定候選人刊登宣傳稿，甚至介入地方政治事務，明顯偏袒某些政治立場，鼓吹某政黨理念，言論偏激、旗幟鮮明，失去中立客觀精神，不但不能發揮結合地方認同、團結地方民眾功能，反而加速地方分裂。

類似的情形是，國內有少數鄉鎮市公所，或是地方上的農會、漁會等團體，以編列預算請專人或以外包方式發行地方刊物。但如同前述情況一樣，社區報一旦接受地方行政機關、社團的經費補助之後，在言論與新聞內容處理上很難不受影響。

社區報應該和一般報紙一樣，靠著發行與廣告籌組經費，此種自給自足營運方式，不但可保永續發展，還可使新聞內容、尺度不受外力干擾。但是發行與廣告卻是絕大多數國內社區報的致命傷，要如何擁有固定的經費來源，恐怕是當前社區報要面對與全力因應的一項很現實的挑戰。

五、網路發達的挑戰

網路在國內蓬勃發展，帶來大量訊息，在大都會區的各行各業紛紛以網路做為輔助工具，架設網站傳達訊息，地方也不例外，許多地方政府、機關、團體、學校、社區、村里辦公室、私人企業等，也都流行開設網站，將最新資訊公告在網路上。更新速度快，內容更豐富，民眾不論何時何地，想知道某地訊息，只要上網即可一覽無遺，不必等到社區報出刊，使社區報功能遭受強烈打擊。

也因為這種緣故，已有愈來愈多社區報和報紙一樣，也走上電子報模式，將社區報內容上網披露，社區報未來是否有必要以紙張印刷傳送資訊？令人不無疑問。

玖、臺灣社區報現況

民國七十年代是臺灣社區報最興盛的時期，特別是當時文建會努力宣導「社區總體營造」口號，要求地方民眾投入社區工作，結合社區力量，發揚社區精神，以改造社區民眾的精神與物質生活，確實吸引不少地方民眾擁護,積極辦理社區報以達成社區營造目的；但是，一陣風潮之後，社區報即一路消褪，而且營運情況極不穩定，起起落落。

一、經營模式

根據中華民國暨臺灣省社區雜誌協會統計，目前臺灣的社區報絕大多是週刊，少數是雙週刊，每年訂費少者三、四百元，多則一千二百元至一千五百元之間，發行份數有很大差異，少的上千份，發行量高的可達一、兩萬份。

發行地區主要以社區報所在地的鄉鎮或縣市民眾為對象，不過也有比較特殊的發行模式；例如美濃鎮的《月光山雜誌》，讀者除了是當地客家居民之外，還有不少是海外地區的美濃民眾，而且收費深具彈性，不會定期催繳，由讀者自己繳交，很多海外讀者數年返回美濃時，才一次繳清費用，頗具人情味。

臺灣社區報少有廣告刊登，收入幾乎全賴發行，而且，在政府未廢止出版法時，發行社區報必須事先向新聞局登記，新聞局、新聞處每年還會透過中華民國社區雜誌協會統籌對社區報加以補助，雖然只是幾萬元，好歹也是杯水車薪，勉強可以應燃眉之急。出版法廢除之後，發行社區報不必再向政府辦理登記，只須向地方政府

社會局報備即可，這筆補助也因此取消，讓社區報財源更加困窘。

　　一些發行不佳的社區報為了維持其營運，只好各顯神通，不是由發行人或社內人員自掏腰包，就是另謀財源，以其他收入來挹注營運。其中最主要方式，就是為當地機關、團體，例如農會、鄉公所等編輯社內刊物，將得到的兼職費用再投注於社區報的運作，經營上倍極艱辛。

二、發行範圍

　　美國學者對報紙的性質分類，就發行範圍來說，大致可分為發行於大城市(big city)、大都會(large metropolitan)、市郊(suburb)、小市鎮(small town)與社區等五類。 發行在社區的當然稱之為社區報紙，但發行在市郊與住民少於十萬人的小市鎮報紙，在性質上與社區報紙內容取向，實並無兩樣。 ⑧

　　隨著對社區意識的多樣化，臺灣的社區報發行型態也更加活潑與多樣，與美國的情況頗為類似，就發行地區範圍來說，大約有以下幾種類型：

　　㈠以**單一社區為對象**：這是一個集合住宅社區所發行的刊物；由於臺灣高樓大廈愈來愈多，而且從都市發展到鄉村，每一處高樓大廈住戶往往數百戶，甚至數千戶的大型社區也不少見，自成一個社區，為了凝聚居民意識，因此出現此種社區刊物，但是內容常流於公報，維持不易，品質待提升。

　　㈡以**數個社區為對象**：當一處社區只有幾十戶，無法獨力維持一個社區刊物的發行時，即結合附近數個社區，共同發行刊物，報導社區內事物，隨著臺灣社會社區意識的提高，此種社區報正快速增加中⑧。

㊶　彭家發，《傳播研究補白》，三民書局，民七十七年，頁一九○。

㊷　中華民國雜誌協會即在民國八十八年年中，結合各地的社區發展協會，

㈢以行政區為對象：此種社區刊物對於社區的界定屬於更高層次，認為社區不只是幾個大樓的集合體，而應該包括整體的生活環境；此種以行政區為對象的社區報，基本上認為，該社區的本質，包括歷史起源、民風習俗、語言、生活習慣、街廓建築等，都有異於其他區域之特有風味，自成一格，發行社區報有心理上特殊的意涵。

㈣以縣市、鄉鎮為對象：這是典型的社區報型態，臺灣長期發行的社區報幾乎以此為主，發行對象鎖定居住在當地的民眾。例如《淡海雜誌》、《桃園週刊》、《中壢週刊》、《新竹週刊》、《台南一週》等。

㈤以當地與跨地區為對象：其發行範圍不只是當地民眾，還跨及其他地區的相關讀者。例如《文山報導》發行區域包括文山、新店、烏來等；美濃《月光山雜誌》，發行地區除了美濃，還包括國內與海外地區的美濃人士；位在馬公的《臺澎雜誌》，除了以地方民眾為對象之外，還包括居住在臺灣本島的澎湖人士。

拾、社區報發展趨勢

一、走出社區

以往社區報都是固定在某一地區進行編採與發行工作，但是從最近情況來看，臺灣的社區報已打破此種「固定辦報」的傳統模式，

於南部七縣市舉辦編採研習營，培訓不少編採志工，之後以三個里為一單位，發行社區報，共發行二十一個社區報，免費贈送給民眾，此種編採研習營未來將逐漸推廣到其他縣市。資料來源，中華民國暨臺灣省社區雜誌協會秘書長（《台南一週》總經理）黃繼峰，民國八十九年四月口述。

而是走出在地，深入其他有必要的地方做編採與發行；例如，臺灣
九二一集集大地震發生後，在災區重建過程中，當地社區報多達十
餘種，其中還有遠從外地駐紮災區，以自己發行社區報的經驗，在
災區發行屬於該地的社區報，提供災民資訊與精神食糧。㉘

　　這種現象顯示「命運共同體」的精神漸入社區報人士中，不是
只有自己居住的鄉鎮、或社區大樓才是社區，而是將整個臺灣視為
一個社區，當臺灣某一部落發生災難或不幸時，原本在某處的社區
報即前進該部落發行當地社區報，讓社區報此種「凝聚民眾社區意
識」的功能，發揮到最大極致。

二、功能多元

　　以往臺灣社區報的業務只限定於社區報的採訪與發行，透過社
區報將社區事物傳播給社區民眾知曉，隨著臺灣社會發展趨於多元
與落實本土文化的要求，社區報為配合社會腳步，陸續規畫各種相
關活動，使業務日漸繁雜，功能也更多元。

　　例如，許多社區報與地方上的社區發展委員會、社區發展協會
等單位合作，推動成立在某單一社區內發行社區刊物，讓社區報往
更基層方向扎根；或是與新聞局或地方政府機關配合，在地方舉行
座談會、討論會、刊物研習會、社區報研習營，培養社區意識發展
種籽；有的甚至遠赴臺東、花蓮、綠島、蘭嶼等偏遠地區，推展母

㉘　尚道明，〈災區辦報掀熱潮，傳遞人間溫暖情〉，《新新聞週刊》第六六
　　八期，民八十八年十二月二十三日至二十九日，頁六十二。
　　　　文中指出，至八十八年十二月，在地震災區發行的社區報共十一
　　種，包括：《中寮鄉親報》、《中寮鄉新願景》、《石岡仔鄉親報》、《石岡
　　人》、《清水溝報》、《舊街路》、《MIHU快訊》、《德芙蘭通訊》、《豐原學
　　區報》、《故鄉重建》、《九二一災盟通訊》。其中《舊街路》、《MIHU快
　　訊》、《德芙蘭通訊》、《豐原學區報》是災民自己辦報之外，其餘都是
　　外地進入災區辦報。

語教學，進行語言文化傳承，使社區報不僅是平面媒體而已，而是一個具有活動力的文化工作隊。

三、網路傳播

臺灣網路發展一日千里，已廣為平面與電子媒體利用，在上面架設網站，宣傳訊息。社區報看中網路訊息傳播無遠弗屆特性，也開始設置網站，將當期的社區報內容登在網站上，成為「社區電子報」，[84]使傳播功能更強大。

其實，報紙地方版與社區報在訊息傳布上，都面臨同樣的傳播「死角」──只有住在當地的居民才能看得到當地地方版的新聞，其他地區民眾則無緣見到；亦即，當一位宜蘭民眾搬到臺中市，他即使想看宜蘭版的新聞，以了解家鄉發生何事，卻不可能；因為在現行國內報社分版制度下，他只能看到臺中版的地方新聞，除非家鄉發生重大事件，新聞登在全國版面。

為了彌補這項缺失，國內許多報紙都已上網，把各地方版新聞登在網路上，社區報也比照辦理，讓全省民眾、甚至海外地區的鄉親，也可上網閱讀，得知社區動態。例如《台南一週》，民國八十九年開始即積極策畫走上電子報，等運作順利之後，即不再以紙張發行。

---

[84]　例如，基隆《暖暖代誌》、南投《再造工作站》、臺中市《頂橋仔文化生活圈》、《美濃社區電子報》、高雄縣《阿蓮社區通訊》等均是。

第三章　地方記者

　　「地方記者」是相對於「總社記者」的稱謂，對於報紙等媒體來說，地方記者是地方新聞最重要的一環，沒有地方記者，就沒有地方新聞。

　　地方記者站在新聞採訪的最前線，對一個稱職的地方記者而言，地方發生的各種大小事件，地方記者應該是最先知道的；而且不同於總社採訪組記者，發生大事件時往往有其他路線的人力支援，可以大打團體仗。特別是駐地於地區的地方記者，一個人經常要負責幾個鄉鎮地區的採訪工作，除非遇上墜機、大地震或其他重大災難，一個人應付不來必須請求支援，否則通常時候，地方記者都是單打獨鬥，自負新聞採訪成敗，工作壓力頗大。

　　如果將新聞採訪工作比喻成打仗，地方記者就如同是外放的士兵，除非遇到特別重大的戰況，否則絕大多數時間，不管在叢林中、在沙漠裡、或者在野地上，他都必須要單兵攻擊，面對各種可能的狀況，做出合理的評估與適當的研判之後，再據以擬定因應措施，採取對自己最有利的行動，克敵致勝，達成上級交付的任務。

　　換言之，地方記者對於有關新聞的工作，都要靠自己；從地方新聞採訪對象關係的建立與維持、新聞議題的擬定、資料的蒐集、採訪人物的連繫、採訪工作的安排、採訪的進行與記錄、採訪資料的整理、交通工具的使用與路程的規畫、新聞事件的拍照、沖洗與傳送、新聞寫作時角度的選擇、新聞稿件的寄發與傳遞等，都要憑一己之力獨力完成，無法假手他人，若說地方記者要有神通廣大、三頭六臂的條件，並不為過。

第一節　地方記者分類

地方記者是地方新聞工作者的通稱，如果進一步詳細區分，地方記者可依照其職稱、採訪地區、採訪路線、媒體特性、工作性質、工作時間等不同標準來分類。

壹、依職稱

在地方上工作的記者，以職稱區分，包括特派員、召集人、駐地記者、特約記者等不同職稱，且各有不同職責，分述如下：

一、特派員

特派員是地方新聞採訪單位的頭頭，為地方記者與總社間的橋梁，其任務性質主要包括行政與新聞採訪兩大範圍，具體來說則有以下：

㈠統籌新聞採訪工作

這是地方特派員最主要的任務與功用，他要長期性的指揮與調度當地所屬記者，進行地方新聞採訪工作。

為了達成此一目的，平常時間，地方特派員必須每天仔細瀏覽自己媒體與其他媒體的新聞內容，進行分析與比較，從中了解自己團隊與其他團隊的優缺點與新聞特色，改進缺點、發揮特長，讓自己所報導的新聞切實符合地方讀者需要，成為最受歡迎的媒體。

當地方上發生重大新聞事件，例如死傷嚴重的火災、車禍、地震、空難、集體中毒、暴力事件與抗爭、重大刑案時，特派員必須在第一時間內掌握初步情況，立即回報總社，以便於總社做版面規畫，並承接上級指示，做必要的採訪指揮與調度。

特派員也要從日常新聞中，隨時掌握新聞事件的發展狀況，有

需要時，指揮記者做進一步的採訪，並適時將具體建議呈報上級，做為版面調整之參考。除此之外，特派員也要視實際狀況，機動調整記者採訪路線或區域，遇有同仁發生工作爭議時，更要加以調解與排除，以免影響團隊士氣。

(二)核閱文稿

報社特派員通常每日中午過後即陸續進入採訪辦公室上班，此時各地方記者逐一將當天新聞提要單，透過個人發稿電腦傳回辦公室特派員電腦內，由特派員詳閱提要單；對於重要性、特殊性之新聞，特派員應提出規畫建議，包括同質新聞之合併、各地連線報導、漫畫建議、提版建議等，供上級編輯新聞時參考。

地方記者開始發稿後，特派員對所轄記者撰發之新聞要進行審稿、核稿，除了最基本的更改錯、漏字之外，最重要的是必須查看內容是否有誤及不妥之處、寫作角度是否違反自己所服務媒體之立場、報導是否偏頗、是否應查證而未查證、有否違反平衡報導與客觀、中立之新聞基本立場等，以便進行進一步的處置。

地方記者每天發稿量甚大，有時難免兩位以上的記者發出內容雷同的新聞，例如不同的地區同時停水、停電、數條馬路一起整修、不同百貨公司同日舉行周年慶、不同商家同一時期舉辦折扣與特賣會等等，特派員要將這些文稿加以改寫，合併成一則新聞，以方便版面安排、美觀，與讀者閱讀方便。

在審稿過程中，特派員如發現新聞內容有含糊不清、語意不明，可能誤導讀者、甚至違反法令，或對報導對象構成誹謗，可能因此吃上官司時，特派員就必須馬上請主跑該新聞的記者做進一步的查證工作，有必要時則加以修改，或重新改寫，甚至暫時取消稿件的傳發，等查明具體事實之後，再做進一步處理，以避免自己媒體或他人受傷害。

(三)企畫新聞採訪

這是地方特派員應具備的基本條件之一，他應具備新聞企畫能力，在新聞淡季或特殊節日、活動來臨前，依當地特色與實際狀況，機動規畫專題報導、系列報導、連線報導等，由記者們依規畫的主題進行採訪，以充實版面、提供地方民眾有用的生活資訊，落實地方新聞功能。

㈣執行上級交付任務

特派員在接獲上級各種工作指示，例如請地方記者對某一新聞做支援採訪或拍照、交代某一主題進行全省連線報導，或是其他與新聞有關的各種事情，特派員就要依任務特性與路線、性質等，指揮線上記者全力以赴，完成使命。

㈤行政工作的處理

這些行政工作內容十分繁瑣，包括：提報優秀同仁的採訪獎、督導記者繳交自評表、召集地方同仁舉行編採會議，及向上級呈報會議紀錄等，甚至地方同仁薪資與稿費單的核發、辦公室費用的核銷、更換年度自家媒體服務證、更換健保卡、同仁向媒體申辦各種貸款、同仁請假的核可與假單呈繳等，都必須一一處理。

除此之外，地方同仁發生特殊的採訪糾紛、家庭狀況、身體病痛時，特派員也要隨時向上級報告，有必要時擬定處置措施，以免影響工作。

㈥注意地方動態

一般來說，特派員並不採訪新聞，即使如此，他仍要與地方維持良好關係，尤其是政治、經濟、文教等各方意見領袖、各級首長等，以適時獲得新聞線索，提供線上記者採訪。

另外，當地方上發生足以影響媒體生態與其他的特殊事件，因內容獨特無法見報時，特派員也有義務向上級回報，讓上級長官知曉，以為因應。

例如，某地發行新的社區報紙，或地方上有新報出現，對自己

的報紙銷路可能造成影響，此時特派員就要注意對方發展，蒐集有
關資訊，分析己方所受到的影響。

特殊新聞案件則是另一種情況，舉例來說，地方上如果發生綁
架案件，採訪記者即使知道內情，為了保護人質安全，在人質未獲
釋放以前，新聞媒體通常不主動刊登新聞。特派員在此特殊情況下，
每天仍應指揮線上記者採訪、發稿，並將情況報告上級主管，此時
新聞稿件通常註明參考消息。其他還不宜見報的特殊新聞，也是依
此原則處理。

㈦代表自己媒體參與活動

具體而言，特派員是媒體在地方上的代表，除了基本的新聞採
訪之外，與自己媒體有關的發行、廣告、活動等事情也要兼顧。

例如，透過自己的特殊關係，做為報社與地方機關的橋梁，適
時引進合辦的活動；而當自己媒體在地方上舉辦活動，總社長官無
法參與時，特派員就成為代表參加的最佳人選。

從以上看來，廣義的特派員職責，是全方位的；因此，通常特
派員是從表現良好的資深地方記者中拔擢升任，因為他對地方新聞
與總社的工作較為全盤了解，較容易掌握一切，運籌帷幄於彈指間。

每個縣市都有特派員嗎？不見得，主要得視其發行策略與地方
記者人數而定，通常來說，綜合性的全國大報，因地方記者人數多，
且每個地方都是重點的發行地點，為方便人員管理與新聞採訪指揮
調度，都會在一個縣市設置一位特派員，專業性報紙則在重點地區
設置特派員。

例如聯合報、中國時報，北從基隆、南到屏東，每個縣、市都
有一位特派員。走專業路線的民生報，定位為都會型報紙，地方記
者不多，全省只有臺中市、臺南市、高雄市等三位特派員，但每位
特派員的管轄範圍分別包括：中彰投、雲嘉南、高屏澎，比聯合報
與一般報社大許多。經濟專業報紙的地方記者人數更少，地方特派

員相對罕見，例如經濟日報，基隆市與臺北縣地區均未設地方記者，所以未有特派員，桃園只有一位記者、新竹有兩位，也無特派員，只有臺中市與高雄市，記者人數較多，因此各設一位特派員。

除了特派員，有些報紙還設有巡迴特派員，統籌數個縣市地區，例如：雲嘉南巡迴特派員、高屏澎巡迴特派員等，係從特派員升遷，由於都是老資格，對地方事物甚為了解，因此依其敏銳的觀察力與新聞觸感，不定期針對地方特殊事件，策畫新聞專題報導，增加新聞版面的豐富性與可讀性。

也有人在升任巡迴特派員之後，認為權力被架空，再也無法直接調度、指揮記者採訪工作，失去昔日的舞臺空間，形同等待退休，頓然失落感頗大，因此往往掛冠求去，轉換其他跑道，例如做生意、當企業體的公關人員，甚或到地方電臺當節目主持人等，不一而足，造成地方新聞採訪人才損失，誠為此一制度美中不足之事。

二、召集人

召集人是地方新聞採訪辦事處的第二號人物；如果將地方新聞採訪單位比喻成一個學校班級，則班長是特派員，那麼召集人就等於副班長。

召集人任務有以下：

㈠輔佐並代理特派員

地方特派員不可能全年上班，他有事公出、或休長假時，這段時間有關的採訪業務與行政工作，由召集人代理。一方面，他要承接特派員未完成的任務，指揮其他人員做後續的處置；另方面，當上級有任務交辦下來時，他要轉知其他同仁，並督導完成任務。

如果發生重大新聞事件，召集人也要如特派員般的，立即向上級回報，並指揮與調度其他記者，展開新聞採訪工作，並審核文稿。

正常情況下，當地方採訪單位有特派員出缺時，大都從召集人

中拔擢，因為他對特派員的職務不陌生，很快就能進入狀況。

(二)採訪新聞

由於代理特派員並非長期性，因此在平常日子，召集人也如同一般的地方記者，有固定的新聞路線，每天要採訪及發稿。而且，他所主跑的新聞路線，通常都是較重要的單位，例如：地方政府、議會、司法、警政等，以示其能力與地位的不凡。

由於召集人是地方上的副主管，新聞採訪責任也就比一般記者來得大些，有時在新聞淡季，記者發稿量不足，影響版面時，此時特派員往往會要求召集人多發新聞，此時他就要當救火隊員，馬上提供新稿件供總社使用。

(三)提供意見

由於召集人通常是較資深、且新聞表現良好者，採訪經驗與地方人際關係往往不亞於特派員，所以是很好的參謀。地方上如果發生特殊事件，特派員常會徵詢召集人的看法，做為主要參考。

從以上可知，召集人是特派員的副手；然而，並非所有有特派員的地方採訪單位都設有召集人，有些地方新聞採訪單位只有三、五人，甚至更少，則通常只設一位特派員，特派員不在時，則指定較資深的記者擔任職務代理人。

三、駐地記者

駐地記者是地方新聞採訪單位最基層人員，也是新聞作戰的主力，人數最多，沒有他們，很多地方新聞版都要開天窗。

駐地記者的任務很單純，就是跑新聞，至多再加一項「夜間值班」。他們平日與各採訪對象接觸，每日固定時間發稿，遇有大新聞，則接受特派員或召集人的指示，到新聞現場衝鋒陷陣，有時甚至幾天不眠不休，所付出的精力有時令讀者難以想像，說他們是地方新聞的螞蟻雄兵，一點也不誇張。

「駐地記者」是除了特派員與召集人之外，地方新聞工作者的通稱，各家新聞媒體所賦予他們的正式名稱並不相同，包括「試用記者」、「駐在記者」、「派駐記者」、「特派記者」等，主要視其資歷長短而定。

一般而言，當一位新人甫分派到地方上採訪時，通常叫「試用記者」，試用期三個月到半年不等，試用合格則升為正式記者，名為「駐在記者」或「派駐記者」，再經一、兩年後，如表現不太差，則升為「特派記者」。

有些升遷制度較良好的報社，例如聯合報系，會考慮到特派記者即使表現良好，但各縣市的召集人與特派員有限，特派記者有時一輩子也難升遷至此，因此又有所謂的「資深記者」、「資深績優記者」、「高級資深績優記者」等名稱，依工作年資與表現（年度考績）提報評審，經總社長官組成的評審小組評審通過後，據以升遷，雖無特派員之名，但享有的待遇與福利，甚至比特派員還好。

不管名稱為何，駐地記者永遠是第一線的新聞採訪人員，除非休假，否則每天要發稿，新聞則數不一定，通常三、五則不等，遇有重大新聞事件，一天發上十多則新聞，新聞寫個七、八千、甚至上萬字，也不足為奇。

四、特約記者

雖然和「特派記者」僅一字之差，但其與總社之間的關係卻有極大不同。簡單來說，「特派記者」是報社編制人員，「特約記者」則非編制人員，兩者對報社所分擔的權利、義務有天壤之別。

特約記者是指報社約請某人擔任某一地區的新聞採訪工作。主要原因是，報社基於財力或人員編制考量，無法在某一地區聘請正式新聞記者，但這些地區的新聞又必須見報，為了服務當地讀者及發行上的考量，因此以特約方式，聘請具有新聞採訪寫作能力的人，

為該報社報導新聞。

　　一般來說，特約記者沒有固定薪資，而是按稿計酬，依照每月刊登的新聞照片與新聞則數統計稿酬；也有報紙每月會給特約記者固定的交通津貼，但金額不高，至多三、五千元；特約記者大都有自己的工作或事業，跑新聞純是為了興趣，其中以在職或退休的老師最多，少數則由在當地行政機關服務的人員或其他單位的記者兼任。

　　特約記者因為無法享有正式記者的待遇與福利，所以報社也相對無法有太高的要求，通常不必每天發稿，只求在地方上有重大新聞事件時，能提供基本的新聞稿，不要漏新聞就好了，因此其新聞的質與量與正式記者相去甚遠。

　　但是也有特例，少數特約記者，生活無後顧之憂，加上對新聞工作充滿熱愛，跑起新聞甚至比正式記者還有衝勁，新聞表現比正式記者有過之、無不及。❶

　　較特殊的是，國內報紙另一種變相的特約記者發稿型態，是由地方新聞業務單位負責人所掛名。國內每家報社在各鄉鎮市都設有辦事處或營業處，招攬報紙在當地的發行與廣告業務，負責人稱之為「主任」，報社發給他的服務證，職稱大都為「主任兼記者」。

　　這些辦事處或營業處主任雖無正式的「特約記者」之名，卻行「特約記者」之實。若干制度較不完善的報紙，為方便其業務的推行，會授予他們發稿的權力，在有必要的時候，例如為了做公共關係，或順利推銷報紙，營業處主任會撰發當地新聞稿與照片，刊登在地方新聞版上，屬於另一種形式的「特約記者」。但是，此種「主

---

❶　例如，民生報有位臺南特約記者陳慧明，已從高職老師職務退休，但早在教書期間，他擔任特約記者時，跑新聞即非常用心、投入，不但天天發稿，連假日也照發不誤，一天幾千字，從不休息，而且質量俱佳，佳作連連，在全省特約記者中十分罕見，足為模範。

任兼記者」並非真正的特約記者，所以絕大多數無底薪，而是按稿計酬。

　　由於特約記者與報社之間的權利義務關係較鬆散，有時一人往往身兼數報的特約記者。例如民國七十年至七十三年，筆者即同時兼任中華日報與民眾日報高雄縣路竹地區的特約記者，其他記者也有相同情形，在早期的都市與鄉鎮記者中並不罕見。

五、特約通訊員

　　早年臺灣鄉下的記者中，與報社權利義務關係較鬆散的除了前述「特約記者」，另一類是「特約通訊員」。

　　嚴格來說，特約通訊員層級比特約記者更低，特約記者至少還有「記者」名義，特約通訊員連「記者」名義都稱不上，顧名思義，他只能算是個通訊人員；因為早年臺灣報紙主管地方新聞編採業務的單位稱「通訊組」、「地方組」或「地方通訊組」，所以，特約通訊員即是負責寫地方通訊新聞稿的人。

　　雖然名稱不同，特約記者與特約通訊員待遇大抵相同，都是按稿計酬，新聞或照片見報才有錢拿。

　　民國四十二年，當時擔任台灣新生報南版（後改為台灣新聞報）高雄縣橋頭鄉特約通訊員的劉一民，事後回憶，當時該報特約記者與特約通訊員待遇沒有不同，有刊出「本報訊」三個字的稿費五元，登成「簡訊」的新聞，每則只有三元。❷目前臺灣報紙早已見不到此種名稱的記者了

貳、依地區

　　目前一般所說的「地方記者」，定義並不明確，不過大抵以在「中

---

❷　劉一民，《記者生涯三十年》，傳記文學雜誌社，民七十八年，頁二十七。

央政府所在地」——臺北市以外的記者為其通稱，如果再詳細加以區分，可發現地方記者採訪地區的都市化程度有很大的差異，有的是繁華的都市，有的則是偏僻的鄉村、甚至是離島地區。

一、都會記者

所謂都會記者，指的是在臺中市、高雄市大都會地區工作的地方記者。雖然被歸屬於地方記者，但其實生活作息一點也不「地方」，其都市化程度較高，比起燈紅酒綠、生活步調緊湊的臺北市，不會相差太多。

這些地區的新聞類型多，常有重大新聞事件，上全國版的新聞機會高，因此新聞採訪的緊張程度與工作壓力，是所有地方記者中最高的。

二、都市記者

都市化程度略遜於都會地區，在這些地區採訪的記者，可稱為「都市記者」，例如基隆市、桃園市、新竹市、苗栗市、嘉義市、臺南市等地的記者。

三、鄉鎮記者

以行政區來說，凡採訪的地區是「××鄉」、「××鎮」，則是典型的鄉鎮記者，他們是地方記者中人數最多的，遍布全省各地，有人煙的地方，就有他們的行蹤，即使再偏遠之處，只要發生新聞，就可看見一堆鄉鎮記者出沒現場，展開新聞採訪工作。

比較特殊的一點是，在大都會與城市工作的地方記者，由於行政區域廣大，機關單位眾多，所以都會畫分採訪路線，各有各的採訪單位，分配到的單位就是自己的責任區。唯獨鄉鎮記者，並無路線之分，在自己的採訪鄉鎮地區所有的機關、團體、公司、行號都

是其採訪對象，其區域內發生的任何事件，他都要負責採訪。換言之，這個區域內全部的大大小小新聞事件，都歸該記者一人所有。

參、依路線

這是地方記者最主要的責任區分方式之一，但誠如上述所說，鄉鎮記者並未畫分路線，所以路線畫分，是大都會與城市記者的專利。

依新聞路線，地方記者大致有以下幾種：

一、府會記者

「府會」是政府與議會的簡稱。主要是採訪地方政府與地方民意機關，與其有關附屬機構的新聞；包括府會關係、各級政府建設、規畫、政策、公共事務、議事、政黨有關之活動運作、政治、競選活動等。

具體單位包括：縣、市政府與所屬各單位；地政事務所、戶政事務所；縣、市議會、選委會；市、區、鎮、鄉公所；市、鎮、鄉民代表會；調解委員會、村里辦公室、各級黨部、民眾服務站等。

新聞實例：

桃園縣議會昨日舉行施政總質詢，縣議員舒翠玲特別贈送縣長呂秀蓮一本兒童讀物，希望呂縣長施政更能掌握竅門，呂秀蓮表現頗有風度，欣然接受這本刊物。

二、警政記者

主要是採訪狹義的社會新聞，亦即犯罪新聞；包括搶劫、綁架、竊盜、強姦、命案、強盜等犯行、暴力行為；另外還包括遊行、示

威、抗爭、遊民、車禍、火災、查緝、颱風、地震、淹水等各種衝突、犯罪、災難等新聞；及其他的社會事件、社會問題與社會現象等。

具體單位包括：縣、市警察局、分局、派出所、海防單位、港警所、航警所、鐵路派出所、刑警隊、消防隊、交通隊、憲兵隊等。

不過，一個稱職的警政記者，應做到能廣泛的採訪包括人情趣味在內的廣義社會新聞，這些新聞能讓讀者閱後產生驚奇、感動、愉快、溫馨、歡樂、有趣之心理情緒反應；例如尋人、義行、奇人異事、珍禽異獸等有關之報導。

新聞實例：

男子陳士亮昨日下午在桃園市寶山街，被武陵派出所員警據報埋伏逮捕，從其身上起出一把制式手槍與子彈三十發，偵訊後，依違反槍砲彈藥刀械管制條例移送法辦。

三、交通記者

採訪和道路、交通有關的新聞；包括鐵、公路、航空、海運、郵政、電力等各種交通事業單位與監理單位等，內容包括有關的硬體設施興建、軟體服務措施、監理業務的實施與調整、交通運輸規畫、票價調整等各種新聞。

具體機構有：火車站、客運公司、公車站、保養場站、車船管理處、航空站、航空公司、海運公司、郵政局、電信局、監理站、監理處等。

另外，屬於警察局旗下的交通隊，與縣、市政府工務局的工程隊，其行政業務包括交通標誌、標線、號誌規畫與設置、道路交通執法取締，和道路的修補、維護等，也直接和民眾的交通有關，因

此有的報紙會將這些機構畫分出來，屬於交通記者路線。

新聞實例：

在全體市民期待下，桃園客運十九路、廿路公車與中壢客運八德路線公車，昨日從八德市公所前出發，完成剪綵試乘典禮，今天清晨通車，讓民眾享受交通上的便利。

四、文教記者

採訪有關文化與教育的新聞；例如：古蹟、民俗、藝廊、博物館、宗教、廟宇等之活動、藝文展演介紹與硬體設施興建者；以及與學校有關的活動、各級圖書館、校務行政、聯考與放榜、教育政策、學校設施興建、學術研討會等。

具體機構有：縣、市政府教育局；幼稚園、托兒所、國小、國中、高中、高職、專科、學院、大學等各級學校；補習班、文化中心、圖書館、畫廊、藝廊、書局、出版社、美術館、博物館、聯招會、社教館等。

另外，有些社團，例如救國團、張老師、生命線、家扶中心、協談中心、婦女會、獅子會、扶輪社、宗親會、同鄉會，以及各種地方上的立案團體，平日沒有特殊性的新聞，難以單獨畫分成一個路線，有時會歸類於文教路線。

新聞實例一：

高雄區高中聯招首日，天氣陰雨不定，考生及家長飽受其苦，進進出出都要雨衣、雨傘加安全帽，十分狼狽，也造成教室走廊擠滿避雨的人，考場外交通打結的現象。考生狀況也不少，有太過緊張尿失禁的，有找不到試場的，也有未帶准考

證的。

新聞實例二：

曾獲全國中學教師書法第一名的府城青年書畫家鄭淙賢，今天起返鄉舉辦書畫展，展出歷年得獎作品及近作，希望和鄉親分享書畫之美。

五、體育記者

採訪體育、戶外、休閒新聞；包括各種體能競技、球類比賽、選手選拔、運動單項委員會等體育新聞，及登山、健行、風景區、遊樂場等與民眾戶外休閒有關的活動。

具體機構有：縣、市政府教育局體健科；地方上與學校內的體育館、體育場；各運動單項委員會、風景管理所、各公民營風景遊樂區、相關體育團體、訓練營、體育老師、各類體育選手、人物等。

新聞實例：

已有十二年歷史的民生盃慢速壘球賽，昨日在高雄市旗津壘球場開打，首日進行社會乙組競技，火力旺盛的茂宥工具隊以連續兩勝戰績，篤定晉級決賽。

六、醫藥衛生記者

採訪醫藥、衛生等新聞；包括維護民眾身體健康之有關訊息、注意事項、體檢、食品與水質的檢驗、飲食衛生、食物中毒、疾病疫情的防治、特殊病例的發布、特殊手術與藥物的治療、發表、義

診等。

具體機構有：醫院、衛生所、衛生局、藥房、健保局、慢性病防治所、家畜疾病防治所等。

新聞實例：

南投山區桿菌性痢疾有擴大的趨勢，今年到目前為止有三十七個確定病例，已較去年全年感染總數還多，南投縣衛生局對於尚未進入發病高峰期，即傳出如此多的病例表示憂心，特別提醒民眾注意飲食衛生。

七、環保記者

採訪有關垃圾、水、空氣、噪音各種公害，與其他的環境汙染、環保設施建設、動植物保育、環境清潔、環境保護等議題。

具體機構有：地方環保局、清潔管理所、清潔隊、資源回收站、民間廢棄物處理站與環境清潔公司等。

新聞實例：

大溪鎮資源回收成效全縣第一，環保署考核團昨日下午進行資源回收考核時，委員們對大溪的成效十分肯定，是全縣唯一通過考核的鄉鎮，可能通過複評，獲得環保署表揚。

八、工商消費記者

採訪金融、消費、公司行號等商業性的新聞；舉凡房地產行情、菜價、物價的波動；大賣場、百貨與一般商家的打折、促銷、特賣、周年慶等消費購物、商品展售，及任何與金錢有關，包括民眾日常

之衣、食、住、行、育、樂等商業動態者。

具體機構包括：公、民營銀行、保險公司、當鋪、建設公司、房屋仲介公司、信用合作社、證券公司、百貨公司、量販店、大賣場、商家、餐廳、旅館、美容美髮、精品店、遊樂場、超級市場、傳統市場、專賣店、寵物店、夜市、戲院、KTV、錄影帶出租店、租書店、飯店等。

新聞實例：

總統大選近來十分熱門，高雄市兩家百貨公司也搭上選戰熱潮，推出相關活動，包括誰是大總統的蛋糕彩繪DIY、人氣票選等，為總統選舉加添幾許輕鬆氣氛。

九、司法記者

採訪司法人員有關犯罪的調查、偵防、移送、起訴；法院的審理、開庭、判決等新聞。

具體機構包括：調查站、地檢署、各級法院、看守所、監獄、少年輔育院等。

新聞實例：

桃園地院上週審結中壢教會牧師唐台生猥褻女教徒案，法官將他處以三年半有期徒刑，桃園地檢署昨日再偵結其妻與妹妹被控妨害風化案，檢方認為兩人並未幫助唐某猥褻女教徒，依法予以不起訴處分。

十、農林漁牧記者

採訪地方農會、水利會、漁會、工會等之組織改選、人事異動、設施興建、農田、農產運銷、養殖、勞資、勞工問題等之新聞。

具體機構包括：地方農會、漁會、水利會、農改場、種苗場等。

新聞實例：

桃園區農業改良場為改良稻米品質，委託楊梅鎮農會在上田里林水松的農田，種植最新培育的臺梗十五號等五種新品種，研究是否適合當地的土質和天氣，將試種四期，從中選擇最優良的品種。

必須要特別說明的是，以上有關新聞路線的畫分方式，在全國各地新聞採訪單位中，並非單一的畫分方式，而是一種比較常見且通用的畫分方式。最重要的是要視記者人力而定，記者人數愈多，路線畫分愈細；人員愈少，相對的每人所要負責的路線愈多。

例如，有的地方將文教與體育合併成一條路線，或是將醫藥衛生與環保合併、警政與司法合併，農林漁牧也可能併由府會記者負責；如果人力夠多，也可能將衛生與醫藥拆成兩條路線，或是將其他路線再進一步區分成多條路線，分由多人負責採訪，全視人力多寡決定，沒有一定標準。

肆、依媒體特性

地方記者依所服務媒體的特性，大致可分成平面媒體、電子媒體與通訊社三大類，分述如下：

一、平面媒體記者

包括報社、雜誌記者，其中以報社擁有的地方記者人數最多。國內主要報紙，例如聯合報、民生報、中國時報、自由時報、中央日報等，在全國主要縣市與鄉鎮地區，均有地方記者，每一縣、市所派駐的記者人數，少者數人，多者十數人，視該縣市行政區域大小與人口數而定。

至於全國性雜誌的地方記者，並不多見，少數大型雜誌，例如《時報週刊》、《今週刊》、《獨家報導》、《美華報導》等，才會在臺中市、高雄市等大都會有派駐記者，採訪該都市以及周邊縣市地區的新聞，絕大部分的雜誌，都是以特約記者或自由投稿方式，彌補地方新聞的不足。

另外，一些地區性的雜誌，例如新竹地區的《園區生活雜誌》、臺南市的《鄉城雜誌》等，以及社區報紙，為了採訪當地事件，也都設有記者採訪地方新聞，形成另一種型態的地方記者，不過編制都不大，只有寥寥數人。

二、電子媒體記者

包括有電視記者與廣播記者，前者又分成有線電視與無線電視記者兩類。

早年國內只有三家無線電視臺時，地方上的電子媒體記者也只有這三臺的記者，其中不少是以特約方式僱用為其工作，例如請報紙在當地的攝影記者或開設攝影公司、會操作攝影機的人兼任電視臺記者，而且除了高雄市、臺中市之外，通常是一個縣市只有一位記者。

政府開放有線電視與廣播電臺後，電子媒體地方記者大增，各主要都市大都設有地方採訪記者。以有線電視來說，有線電視頻道

經營者，包括 TVBS、東森等，在桃園、新竹、臺中、臺南、高雄等主要都市地區都有記者。地方上的有線電視系統經營者，稍具規模與制度者，也都在公司內部設立新聞部，以數組人馬進行當地新聞的採訪與播報。

電視記者通常以「組」為單位，「一組」表示有一位文字、一位攝影記者，遇有採訪事件，兩人同時出動，臺中市、高雄市等大都會地區，新聞事件較多，有時電視臺會安排數組人馬。其他較小的都市，例如新竹、苗栗、嘉義、臺南，即使設有電視記者，也大都是「一人幫」──文字與攝影同一人，稱為「單機」。為了工作方便，只好採合作模式，遇到要請訪問者講話時，則由其中一人拿著所有電視臺的麥克風發問，其他人攝影，事後再加以剪接，帶子分給負責拿麥克風的記者一份。有的乾脆自掏腰包聘請助理擔任攝影工作，自己則做文字採訪，省得麻煩，成為一種奇特的單機作業模式。

廣播電臺方面，早期尚未開放市場時，有地方記者編制的不多，只有中廣、警廣、漢聲等大功率電臺，少數地區電臺則在電臺所在地聘請記者，採訪地方新聞，服務聽眾。電臺開放後，地區電臺如雨後春筍般出現，電臺的地方記者大量增加，但其地位多不受重視，聊備一格而已，有的甚至在採訪、播報之餘，還要主持節目，地位有待提升。

三、通訊社

報禁解除後，新報紙大量出現，通訊社也不遑多讓，民國八十年時，國內登記的通訊社達一百九十家，連同原有的三十七家，共達二二七，是我國有通訊社以來最多數量；但是不到三年即煙消雲散❸。

---

❸ 黃天才，〈新聞通訊事業〉，《90年代我國新聞傳播事業》，中國新聞學會，民八十六年，頁二十四。

目前，有能力供給綜合新聞的通訊社，只有中央通訊社；民國八十五年十二月二十九日，立法院三讀通過中央社改制成為國家通訊社。中央社在臺中與高雄市各設有一處分社，其餘在基隆、中正機場、桃園、新竹、苗栗、嘉義、臺南、屏東、花蓮、宜蘭、澎湖、金門、馬祖，設有辦事處，設有記者採訪駐地新聞，屬於中央社國內新聞部管轄。

伍、依工作性質

地方記者的工作性質與總社記者比較起來，顯得較複雜，主要是人數少、採訪地區分散，要獨挑大樑，所以多數時間，一個人要身兼多種身分，分述如下：

一、文字兼攝影記者

臺灣的地方記者幾乎都是此種類型；總社採訪組分工細密，有專門寫新聞的文字記者，另外有專門照相的攝影記者。但是地方記者絕大多數都是文字兼攝影，平日新聞採訪時，紙、筆、相機是最基本的隨身配備。也因此，地方記者通常都要具備攝影技巧，因為幾乎每天都會用到。

二、攝影記者

文字兼攝影對地方記者來說，雖然可多領些稿費，但有其不便之處，平時還好，一旦發生重大新聞事件，一方面要採訪，還要拍照，一陣手忙腳亂之後，往往發現因分身乏術而顧此失彼，不是採訪內容不完整，就是照片拍得有問題。

如今媒體競爭日益激烈，不只比新聞內容，也比照片品質。在此種情形下，有愈來愈多的報社在地方上設置攝影記者，不必寫新聞，而是配合文字記者拍照。有記者會等預發性活動時，前一天由

文字記者告知攝影記者前往照相，有突發新聞發生時，立即通知攝影記者趕往拍照，兩方各司其職，對新聞與照片品質都有不小助益。目前，聯合報、中國時報、台灣新聞報等，在臺中市、臺南市、高雄市等地，都設有專職攝影記者。

三、工商記者

此類記者並非真正的新聞採訪人員，只是報社為了方便廣告業務而設的記者。

國內主要報社在許多都市都設有廣告單位，聘請專門人員專責拉廣告，這些工商記者往往要配合報社的「專刊」，以及平日的廣告版面，為廣告客戶撰發新聞稿，以「廣告新聞」報導方式做廠商與商品介紹。

即使如此，報社對於工商記者與地方採訪記者仍嚴加區分身分，前者屬於總社編輯部的地方新聞中心、地方新聞組或通訊組，後者則隸屬於廣告組或工商服務部等不同名稱的廣告業務單位。

四、活動記者

活動記者的工作性質與工商記者相同，都有特定的業務目的，而非單純的新聞採訪人員。

顧名思義，活動記者的任務是辦理報社活動。目前國內媒體都十分重視形象的塑造與宣傳，策辦活動可以拉近媒體與讀者間的距離，進而提升良好企業形象。這些活動琳瑯滿目，花樣眾多，舉凡歌友會、戶外遊覽、藝文展演、體育比賽、戶外寫生等均是。

為了招徠人潮，活動的事先宣傳是免不了的，宣傳文稿的撰寫就落在活動記者身上，有時刊登在地方新聞版上，有時則登於事先規畫的活動特刊上，新聞前方署名「記者×××報導」，新聞形態外觀與一般新聞沒有兩樣。

陸、依工作時間

嚴格來說,地方記者常處於隨時工作狀況,遇有事件發生時,馬上要出動採訪,因此並無所謂的上下班時間,不過依其所服務的報紙出報時間,仍有其比較固定的採訪與發稿時間,依此可區分成日報與晚報記者,與總社一樣。

一、日報記者

日報的地方記者,採訪作業時間與臺北記者有極大差異,臺北記者通常下午以後才出門,開始進行一天的採訪,晚上再進入總社發稿。地方記者則通常早早出門採訪,中午時候當天的新聞已掌握大半,下午至多再到採訪單位繞一下,了解早上採訪到的新聞是否有最新發展、有無其他最新的消息,或是對若干不清楚的細節以電話詢問採訪對象,讓內容更完整。

中午過後,有些勤快的記者已開始到採訪辦事處傳照片、發稿,晚上六、七點,甚至更早,當天新聞已全部撰發、傳送完畢。

二、晚報記者

地方上的專職晚報記者人數不多,除了自立晚報之外,聯合晚報與中時晚報少有專任的地方記者,其中,聯合晚報只在臺中市、高雄市等都會地區設有專任的文字與攝影記者,其他縣、市與鄉鎮地區,幾乎都由日報記者身兼晚報的採訪工作。

由於警政、司法等路線工作量較重,隨時有突發新聞,重大新聞甚至要守夜採訪,聯合晚報才會對這些路線的日報記者支付四千元車馬費,新聞見報還有稿費,以為鼓勵,其他記者一律按稿計酬。

晚報的地方新聞截稿時間,大致在中午十一時三十分至十二時,如有重大新聞,則會延後,以刊登事件的最新發展。地方上的晚報

記者為配合發稿，必須很早就要獲得新聞線索，並取得結果，以便有充裕時間發稿、傳送照片。

第二節　地方記者必備條件

在地方擔任新聞採訪工作，與總社有相當的空間距離，除非有特別任務或是要開會，否則幾年回不到總社一次；而且總社掌管地方新聞採訪的長官，例如地方新聞中心主任、通訊主任、通訊組長等，也是久久才會下來與地方記者同仁開會、聚餐，因此，不必天天與長官見面、打交道，是地方記者工作的一大特色。

即使在地方上有特派員隨時掌控記者形蹤，但是目前各報地方記者發稿幾乎都採電腦化。除了一些都市、都會的地方記者才會到採訪辦事處發稿，絕大多數記者、特別是鄉鎮地方記者，都是在自己的轄區以手提電腦發稿、傳送，頂多輪到自己夜間值班時，才回到採訪辦事處值班。

換句話說，地方記者的工作，誠可謂是「天高皇帝遠」，總社長官或地方特派員平常大都透過行動電話與記者聯繫，很少碰面。在此情形下，地方記者的日常採訪必須要靠「自我管理」，如果不做好自我管理與約束，整個採訪工作將會有所偏差，甚至影響自己正常生活。

因此，做為一個良好的地方記者，至少要具備「高尚的品德」、「專業的精神」、「靈敏的新聞鼻」、「主動積極的工作態度」、「熟練的實務技巧」、「淵博的知識」、「深刻的觀察力」、「良好的人際關係」、「建立個人資料庫」幾個要件：

壹、高尚的品德

地方記者具體的高尚品德表現，應包括：清廉的操守、不畏權

勢、與採訪對象保持適當距離、避免個人恩怨影響工作等四方面。

一、清廉的操守

許多人都體認到，當今大眾傳播媒體力量廣大、無遠弗屆，所以一方面害怕它，平日與它保持距離；有必要時卻又想盡辦法要接近、利用它。早年時新聞記者被稱為「文化流氓」，即可看出大眾對記者的觀感。

即使在目前，民眾對記者工作性質已普遍了解，但仍有一些不正確的觀念，特別是地方上的政治與商業勢力，往往為了擊倒對手、或為了商業宣傳，以種種手法企圖收買記者，達成控制新聞的目的；在這些誘惑下，少數記者難免把持不住，出賣自己良心，與採訪對象沆瀣一氣，成為被利用的工具。

當然，也有極少數地方記者以自己媒體為工具，以「特權」或「對方有求於我」的心態，主動向採訪對象要求好處，讓其他記者背黑鍋，也影響記者整體名譽，行為實不足取。

二、不畏權勢

當地方上的商業與政治勢力，基於某種特定目的而無法利誘地方記者時，往往更換另一種面目，企圖以各種方式來威脅記者；例如出言恐嚇（打電話要記者小心）、暴力手段（派出打手襲擊記者、記者採訪時砸毀相機、搶奪底片、砸毀車輛或辦公器物等）、人情攻勢（透過熟識的親友，請記者手下留情）、法律騷擾（向法院提出不實告訴，讓記者出庭不堪其擾）以及各種軟硬兼施手段（派出道上弟兄，請記者「吃飯」）等；此種事例在地方上時有所聞，尤其在選戰與地方派系互相傾軋期間，更是層出不窮。

地方記者對這些威脅手法各有不同反應，有的認為跑新聞只是為了混一口飯吃，沒必要讓自己或家人受到威脅，在心生恐懼之餘，

只好與對方妥協，變更報導內容做不實報導，甚至乾脆三緘其口；當然，也有不少地方記者不吃這一套，特別是目前全國性的大報，報社都有聘請法律顧問，當地方記者有受威脅情事時，則由特派員呈報總社，交由法律顧問處理。

　　事實上，地方記者如果因受威脅而退讓，不僅影響所服務媒體的聲譽、讓新聞報導內容失真，對方甚至會予取予求，線上記者的採訪工作在未來將無法順利運作，連帶影響到當地其他記者的心態，打擊工作士氣甚大，不能等閒視之。

三、與採訪對象保持適當距離

　　地方記者由於發布新聞的權力，難免成為各方全力巴結的目標，因此，與採訪對象保持適當距離是有其必要性的，以免因為與對方走得太近，遭受人情包圍，影響新聞發布的立場。

　　然而，何謂「適當的距離」？表面上來看，「保持距離」與追求「與採訪對象建立關係」的新聞工作似乎矛盾；其實，對記者來說，這只是一種基本概念與工作上應有的態度，很難有具體的標準；因為，記者想要新聞工作深入，就一定要和採訪對象保持相當的良好關係，否則在訪問時，對方很難知無不言，言無不盡；可是雙方關係過於密切，記者變成採訪對象的「自己人」時，寫新聞時卻又容易失去立場；所以與採訪對象距離的拿捏，其實是一門藝術，也是學問。

　　具體而言，當記者本身發覺在採訪過程中，與採訪對象的關係有些變質，形成一種言語上難以形容，卻又心裡有數的狀態時，這時記者本身就要提高警覺，隨時提醒自己，在某些情況下要與對方保持一定距離。

　　此種與採訪對象關係上的「自覺」，是地方記者應具備的一種超然品德，也是避免地方人情包袱的預防針。

從新聞記者與採訪對象的互動，可以很容易明白雙方是否「走得太近」；舉例來說，記者如果三天兩頭與採訪對象聚餐、喝酒、上KTV唱歌、到國內或國外旅遊，費用且由採訪對象支付，顯而易見的，未來記者在寫稿時，將會有人情困擾的後遺症。

此外，有不少地方記者私下成為地方政治人物的軍師，例如，選舉時，為某候選人做文宣品、設計廣告、發新聞稿，包裝形象，酬勞先付一半，等當選後再付另一半；地方民代進行質詢時，為其擬定質詢稿，或設計如何在議堂上「表演」，爭取上媒體機會，形同幕僚；有的甚至與地方人士合夥開設公司或特種營業場所、插乾股、當公關，遇有警方檢查時出面擺平，這些都使地方記者身分嚴重偏差。

四、避免個人恩怨影響工作

地方記者在採訪過程中，難免會因各種因素而與採訪人物或採訪單位發生恩恩怨怨，記者切勿因此而將媒體做為報復工具，免得他人遭受無謂傷害，甚或自己惹禍上身。

有些地方記者因為政治理念或立場的不同，與地方政治人物交惡，每次對方有新聞時，則刻意做選擇性報導，故意以負面立場做報導，有好消息時，則不予報導；也有記者在採訪過程中不順遂，或者私利與採訪對象發生衝突，撰發新聞時趁機「修理」對方，不但造成對方名譽損失，也會為自己帶來官司，可說是損人不利己。

例如，一位南投記者家中開設茶行，對門也有一位茶行同業，雙方處於競爭地位，該記者因此請其親友向對方購買茶葉，並向法院指控其為贋品，該記者除自己撰發新聞，也發動同業發新聞。事後這家茶行經地檢署予以不起訴處分，茶行也提出檢舉，該記者最後被中華民國新聞評議會裁定「以新聞做人身攻擊，報導不平衡」處分，得不償失。

中國新聞記者信條第八條有云：「新聞事業為最神聖之事業，參加此業者，應有高尚之品格。誓不受賄！誓不敲詐！誓不諂媚權勢！誓不落井下石！誓不挾私報仇！誓不揭人陰私！凡良心吾未安，誓不下筆。」因此，地方新聞記者在其所服務之地區，應保持獨立超然立場，避免涉入私利紛爭，其理至明。

貳、專業的精神

「新聞的專業」不僅是一種態度，也是一種精神；基本而言，地方記者與總社記者所應具備的專業精神沒有兩樣，應包括正確、中立、客觀，這些是新聞工作者最基本的專業精神，也應該是做好一個地方記者首要的條件，分述如下：

一、正　確

中國新聞記者信條第四條說：「吾人深信：新聞記述，正確第一。凡一字不真，一語不實，不問為有意之造謠誇大，或無意之失檢致誤，均無可恕。明晰之觀察，迅速之報導，通俗簡明之敘述，均缺一不可。」

因此，忠實的加以記錄、正確的報導，是新聞記者不能推卸的天職；地方新聞記者有時為了配合截稿時間，新聞的查證工作難免受限，絕對的正確報導成為一種挑戰，但他必須要在自己能力範圍內，完成最周全的採訪與記錄，讓一條新聞達成最大的正確性，才是良好記者應有的工作態度。

二、中　立

新聞記者嚴守中立，抗拒外力的影響，進行新聞報導，是專業精神的重要一環。所謂「外力」，如前所述，有來自於政治、經濟、商業、人情等各方面，地方記者應深切了解，「公共利益」大於「私

人利益」，當兩者利益相違背，私人或某些團體要求記者做出某種類型的新聞報導時，即是侵犯新聞報導的中立原則，必須斷然拒絕。

三、客　觀

傳統的新聞學，其「客觀性報導」原則，包括記者不受證據、來源、事件及閱聽人的影響，只講求公平、平衡、公正及完全公開等崇高理想。然而，新聞報導是否能夠真正達成客觀或平衡的要求？學術界與實務界有不同看法。嚴格來說，新聞實務界人士較堅持其成品均為客觀之作，學界人士則較不苟同❹。儘管如此，站在地方新聞工作者的立場，仍應具備客觀的信念，從事新聞報導。

國內資深新聞工作者與新聞學者王洪鈞❺認為，客觀即可以別於偏見。客觀如同準確一樣的難得絕對，但記者必須了解新聞與意見的區別，即使一條偏重於解釋的新聞，其所以有價值，主要還是由於客觀。雖然地方新聞記者所報導的大都是屬於地方上的瑣碎小事，也應該秉持客觀理念，免得誤導地方讀者。

參、靈敏的新聞鼻

所謂「新聞鼻」，即是對新聞的感應度，能夠從日常發生的各種大小事件中，辨識其中具有新聞價值的能力；尤其地方記者每天所面對的都是地方上的小人物與小事情，如何從中發掘具有報導價值的新聞，讓「垃圾」成為「黃金」，而非使一件有新聞分量的消息成為漏網之魚，成為必須隨時努力培養的要件。

在新聞圈流傳著一個笑話，一位第一天上班的記者被派往演藝廳，採訪一位名音樂演奏家現場表演活動，結果記者一到場，發現

---

❹　臧國仁，《新聞媒體與消息來源》，三民書局，民八十八年，頁九十二。

❺　王洪鈞，《新聞採訪學》，正中書局，八十六年第二十二次印行，頁三十三。

該演藝廳發生大火，消防隊一陣慌亂的灌救才把火勢撲滅，最後表演仍然取消；這位記者從頭到尾目睹搶救情況，等主辦單位宣布表演取消後，才回到辦公室，兩手空空的向長官回報：「發生大火，所以今天無法發稿。」

雖然有人認為，這種情況太過離譜，一般記者不太可能發生；但在採訪現實中，的確有記者新聞敏感度太低，讓許多具新聞價值的題材擦身而過而不自知，十分可惜。

具體而言，地方記者所要培養的新聞鼻，至少包括以下：

㈠從眾多事件中，知道何者具有新聞報導價值的能力。

㈡從已掌握的新聞事件中，知道以何種角度報導才最有可看性、最吸引讀者的能力。

㈢從曾經報導過的新聞中，依其發展找出可再深入報導的能力。

㈣從表面上並非很重要的素材中，找到引出其他重要新聞線索的能力。

㈤從平靜的採訪環境中，察覺獨特的氣氛，進而找到新聞的能力。

靈敏的新聞鼻很少是天生就有，而是從不斷的工作經驗中體會、觀察、思考、聯想。地方記者獨當一面，在寫完一條新聞稿後，可以從其他報紙中參考他人的寫稿模式與角度，觸動自己的靈感，往往有意想不到的收穫。

肆、主動積極的工作態度

「勤快」是地方記者平日採訪的秘訣，也是新聞競爭的最大本錢，想要在新聞採訪中領先他人，就要在勤快中爭取主動。

曾擔任地方記者十餘年的經濟日報社長應鎮國❻指出，地方記

---

❻　應鎮國，〈地方新聞的採訪〉，報學叢書四種《採訪與報導》，中華民國新聞編輯人協會編印，臺灣學生書局印行，民六十六年，頁二五三。

者最容易犯的毛病，是因循成習，在主管單位鞭長莫及的情形下，每天只是發些「配給性」的新聞稿，就交差了事；稍微盡職的，也是被動而已，每天到機關團體逛逛，問問「今天有沒有新聞?」。關係好的，或許所代表的報紙還能做為利用的對象，對方也許告訴一點可以為對方宣傳的資料，或者將他們正準備發表的東西送一份給你；怕事的，或刁鑽的採訪對象，乾脆就說「無可奉告」。於是你只好空手跑出來。

再如例行的記者會，主辦單位先將撰好的稿子發出來，主持人到場讀一遍就結束了，事後或當場飽食一頓，記者只要把稿子加上「××訊」，就向報社發稿。

以上是有責任心的地方記者所不屑做的，那麼，應該要主動、積極；具體來說，地方記者應利用空餘時間，遍閱各種報紙、與相關媒體，從中發掘與自己採訪路線有關的新聞報導與資料，找出線索，再向採訪單位做進一步的詢問，而非只是向對方取拿新聞資料稿照發。

當採訪單位要舉行記者會時，記者應該事先打聽記者會性質，並最好取得主辦單位發布的資料，仔細研讀，從中找出具有報導價值的新聞點，了解自己想要的東西，於記者會中詳聽主辦單位的說法；某些特殊內容，最好等記者會結束之後，再私下向主辦單位詳加詢問自己想知道的部分，以免讓同業與你分享內容。

主動與積極具體表現在新聞記者工作上的，即是勤快，這是新聞成功的不二法門；尤其是主跑警政路線的記者，當別人深夜即已回家休息、或是清早還在睡夢中時，你仍然待在警察機關，不論是與警察閒聊天、喝茶、下棋，任何刑案發生時，你都會獲得第一手消息，果真如此，新聞將沒人能跑得贏你。

伍、熟練的實務技巧

一位良好地方記者的養成並不容易，常常要花費相當時間，取得豐富的工作經驗，才能獨當一面。地方記者應具備的實務技巧，至少包括順暢的寫作與良好的攝影技巧。

一、順暢的寫作能力

寫作是驗明記者當天新聞採訪的成果，新聞採訪的成功或失敗，完全看第二天報導內容，勝敗立見，沒有任何僥倖。

除非重大新聞事件，要上全國版，否則地方版新聞截稿時間通常比全國版早得多。地方記者一定要算好寫新聞時間，在截稿前完成稿子，並傳送出去，否則，即使當天你採訪到一條獨家新聞，卻無法在截稿以前寫完新聞，一切辛苦也是白費。

從上所述，順暢的新聞寫作能力，主要是指記者一定要在截稿以前，完成包括傳照片、寫新聞等在內的工作；不過，另一方面，也是指所寫的新聞，必須通順、流暢，讓讀者看得懂，否則為了配合截稿時間，寫新聞草草了事，內容不知所云、互相矛盾、漏洞百出、錯字連連、交代不清，讓人看了一頭霧水，甚至愈看愈糊塗，即使內容再好，也是失敗的作品。

因此，做為一位地方記者，必須要隨時提升自我寫作訓練，明瞭報社的作業時間，以截稿時間為基準，提前在截稿前交稿。要達成此一目的，記者要養成隨時有空就寫稿的習慣，不要拖到最後一刻再趕忙發稿。另外，在採訪告一段落後，利用開車或其他休息空檔，回想一下訪問內容，在內心裡構思寫稿時的新聞順序，例如那些做導言，第二段、第三段等其他段落如何安排，結尾如何處理，內心有腹案，下筆自然井然有序，如行雲流水般的一氣呵成，節省許多寫作時間。

二、熟練的攝影技巧

在總社工作，通常分成文字與攝影記者，各司其職。但是地方記者必須負責文字與攝影雙重任務，所以具備攝影技巧是必要的，以便隨時獵取新聞鏡頭。

以往地方記者在拍完照片後，還要將相機持往沖印店，以剪片方式剪下拍完的部分，未用的底片再裝回去，以便未來再用。至於已經拍照的底片，有的只有沖片，有的要進一步洗成相片，再通過底片或照片傳真機，將畫面傳回總社。除了每個月要花費一筆買底片與沖洗費，更浪費不少時間在等待過程中，遇有緊急突發新聞，面臨截稿時間，則形成相當的工作壓力。

如今各報社幾乎都採用電腦作業系統，地方記者每人一部數位相機，拍完後不必再沖洗底片，直接連上桌上型或手提電腦，將數位相機內的畫面叫出來傳送，減輕許多的時間壓力。因此，目前地方記者應具備的攝影技巧，應包括取景與傳送兩方面，缺一不可。

在科學進步下，儘管數位相機讓地方記者的工作如虎添翼，但是不能保證其內容品質。因此，地方記者取景時要隨時動腦，而非只要按下快門就好；攝影主題與新聞內容無法搭配，是許多地方記者的通病。

例如，報導某地大拜拜、食客人潮洶湧，或是百貨公司周年慶、客人擠得水泄不通，照片上的畫面卻是民眾三三兩兩；報導民眾釣到一條巨大草魚時，只拍魚在地上的照片，而非人抱在手上做對比；報導地方議會質詢場面火爆時，只見照片畫面是議事廳的大場景，各人排排坐，見不到民代或官員怒目而視、比手畫腳的畫面。這些都會降低新聞品質，也無法凸顯自己的新聞專業。

陸、淵博的知識

現代事物分工日細，新聞記者面對快速變遷的社會，必須隨時吸收新知，以免跟不上時代潮流腳步，讓所採訪與撰寫的新聞和時代脫節。早在一八八○年，美國紐約太陽報採訪主任丹那(Charles A. Dana)曾說過一句名言：「記者必須是個全能的人，他所受的教育必須有廣闊的基礎，他知道的事情愈多，他工作的路子愈廣，一個無知之徒，永無前途。」❼這句話對當前的地方記者來說，具有更深刻的意義。

在總社工作，每位記者各有不同路線，線上記者只要熟知與其路線有關的知識即可應付工作；地方記者、特別是鄉鎮市的地方記者，一個人全包地方上所有新聞，他必須對任何事情都要有基本的了解，從地方上的農業生產、漁業捕撈、派系糾紛，到國家與外交大事等，因為所撰發的新聞，往往要用到這些基本知識。

目前是資訊爆炸的時代，多元化的社會中各種新知層出不窮，而且快速流通在全國各地，臺灣地區城鄉差異日益縮小，很多在大都會廣為流行的新知識、新物件、新玩意，馬上也流通到各鄉鎮地區，這些東西都是新聞報導的好題材，地方記者如果不清楚這種現象據以報導，則無法掌握時代脈動，那麼其所採訪的題材就無法切合讀者需要，不能稱之為一個稱職的記者。

例如，近年來臺灣吹起兩股旋風，形成全民運動，一是買股票的民眾大量增加，形成「股票族」；一是上網民眾快速提升，形成「網路族」，這些族群在臺灣各地都不難見到，做為地方記者有責任將這些現象在當地的情形報導出來。所以地方記者應該熟悉相關的知識與術語，做為報導工具；例如在股票方面，何謂加權指數、漲停、

---

❼　應鎮國，〈地方新聞的採訪〉，報學叢書四種《採訪與報導》，中華民國新聞編輯人協會編印，臺灣學生書局印行，民六十六年，頁三十。

跌停、開盤、收盤、利多、利空、利多出盡、利空出盡、全額交割、地雷股、績優股、除息、除權、增資、上市、上櫃等，都要有一定的了解，以便報導當地民眾熱中股票交易，產生各種獨特現象的新聞。

在網路方面，地方記者也要知道其在國內的發展背景、上網人口數、網路功用、政府政策、上網方式等相關訊息；如果連記者自己都不會上網，甚至搞不清網路的特性與作用，又如何期待他寫出深入的網路在當地的使用狀況新聞？

除此之外，醫藥、工程、法律、商業、軍事等各行各業的專有名詞，以及政府最新的各種政策、規定、法令，法院的審理程序、地方政府組織與職掌、體育用語等，地方記者也隨時要注意蒐集，以免寫新聞鬧笑話把「原告」當「被告」、「蔥」「蒜」不分、指鹿為馬、或是把馮京當馬涼的無心過錯了。

例如，某一空軍基地舉行航空展，開放營區供民眾參觀，地方記者前往採訪，拍照並發稿，結果不少記者將民眾紛紛攝影留念的美國 F—16 戰機，誤寫成為當時最受國人矚目的法國幻象 2000 戰機；也有記者在報導賞鳥新聞時，將各種鳥類名稱亂寫一通，誤把「烏鴉」當「鳳凰」，造成鳥名大搬家，貽笑大方。要避免此種錯誤不難，只要向現場維持秩序的軍方人員，或是賞鳥的導覽義工詢問清楚即可。

柒、深刻的觀察力

所謂深刻的觀察力，可分成兩方面，一是以歷史家的眼光來分析事物的因果；一是用科學家的眼光來辨別人類行為的真偽❽。

有句話說：「今日的新聞是明日的歷史。」因此，今日的記者也

---

❽　應鎮國，〈地方新聞的採訪〉，報學叢書四種《採訪與報導》，中華民國新聞編輯人協會編印，臺灣學生書局印行，民六十六年，頁三十一。

就是明日的史家，紀錄著某一地區某時期所發生的事件，現代人看歷史，即可知以前的事物，而且這些事物都是有系統與有脈絡的連繫。也因此，記者眼前所面對的任何事件，都非孤立而單獨存在，而是與眾多事件環環相扣，成為一個事件的其中一環。記者就必須用史學家的修養與立場，觀察一件事件的因果關係，和它在整個歷史發展中所占的位置，如此新聞報導才有意義。

舉最簡單的例子，臺灣各地派系林立、涇渭分明，長年以來彼此傾軋不已，很多表面上看似單純的地方機構，如鄉鎮長、鄉鎮民代表、農會、漁會理監事、主席等之人事更替、選舉糾紛，與各種控訴，很可能就是幾十年來鬥爭的延續，放在歷史系統中來解讀，有其特殊意義，地方記者如能觀察到此一現象，寫起新聞自然深入而與眾不同。

另外，地方記者對地方人物的各種活動，也要以科學家的眼光，去分析其動機、目的、策略、手段。因為社會上有各式各樣的陷阱和騙局，實情並非表面上一般，足以影響記者的判斷，記者如果不能透過科學眼光觀察，很容易受騙，讓新聞成為對方利用的工具。

例如，有些派系或立場不同的地方政治人物，基於某些共同利益而結合，卻又不能公諸於眾，因此而大演雙簧，在議事堂質詢中搭配表演，不明就裡的記者往往上當，依照演出劇本報導，被牽著鼻子走還不知道。此外，地方上許多單位都會舉行記者會發布消息，記者要了解對方開記者會的真正企圖為何，是否如對方表面上所說，抑有其他特定目的？

換言之，地方記者該是個心理上的科學家，要知道人們如何去想，為何要這樣想；人們如何說，為何要這樣說，其目的何在？如此，則記者已接近事實邊緣，寫起新聞自然不會落入圈套。

捌、良好的人際關係

中國是個講關係、套交情的社會，人際關係良好，辦起事情往往事半功倍。地方記者擁有好的人際關係，有如在許多地方布下眼線，發生大小事都會有人通報，別人沒有的新聞，我有；別人也有的新聞，我不但有，而且比他還深入，跑新聞就成功了。

國內許多地方記者缺乏衝勁，工作態度消極，不努力採訪新聞，又怕漏新聞，因此與同業打成一片，時間一到就彼此交換當天個人所採訪的消息，連照片也每人一份，每天混日子。對於心態健全、有格調、能力強的記者來說，這種交換新聞的行為是不屑於做的，除了勤快採訪之外，就要全力建立良好的人際關係了。

身為地方記者，就是一家媒體在當地的代表，行為上要有分寸，既不能為了建立交情，而曲意逢迎、低聲下氣，也不能盛氣凌人、狂妄自大；而應保持謙恭的談吐、良好的禮儀、誠意以對，以不卑不亢的態度，與採訪對象打交道，廣結善緣之後，久而久之，採訪對象就會把你當做朋友，有事情告知你一聲，新聞線索自然源源不斷。

一般人常以為，新聞記者既然經常與人打交道，必然是長袖善舞、八面玲瓏、口若懸河，「見人說人話、見鬼說鬼話」。其實不然，有很多記者本身不善言詞，甚至比一般行業木訥的新聞記者，更不在少數，只因為他們以誠意待人，照樣贏得採訪對象的敬重與信任，交情反而能更長久。

由於地方記者身分特殊，難免成為各方人物巴結的對象，若干記者難免因此自我膨脹，趾高氣揚、目中無人，一有不順遂，即透過新聞「修理」對方，採訪對象為了避免為自己帶來麻煩，只好忍氣吞聲，助長這些記者氣焰，而記者本身不思反省，反而沾沾自喜，認為自己關係良好，在地方上吃得開，此種行為實在要不得，因為

有朝一日不再是記者時，根本不會有人理睬他，此絕非正常的人際關係心態。

玖、建立個人資料庫

地方記者每天採訪的新聞事件五花八門，鄉鎮記者尤其如此，所負責轄區內的全部新聞不論是何種性質、類型，全歸自己所有，如果不建立自己的資料庫，遇到重大新聞事件時，將難以查證新聞相關背景，無從了解新聞事件的來龍去脈，寫起新聞將十分辛苦。

目前國內各家報紙總社都會設立資料室，由專人將各種新聞報導剪下，分門別類存放一起，記者遇上大事件時，可以立即將資料調出，做為寫新聞的背景資料，相當省事、方便，地方記者無法有此種服務，資料的蒐集只能靠自己。

資料庫可以幫助記者在採訪前，準備所要採訪的主題，讓記者在與採訪對象交談時，言之有物，進而建立記者在採訪對象心目中的分量，寫起新聞也會更有深度；另外，也可以補充記者在採訪過後資料的不足，需要補充之處，立即可從資料庫中找尋。

對地方記者而言，資料庫中不只是存放文字資料，也要有照片資料，自己所拍攝的照片，包括底片與經過沖洗的照片，都要依性質加以區分存檔。文字資料不只剪貼自己所寫的任何新聞，也要剪貼別人所寫的相關報導，並註明見報年、月、日。對於地方上有關單位的出版品，例如縣志、鄉鎮市志、運動會記錄、選舉公報、各單位的工作狀況與業務簡介、規畫、沿革、地方名人與風景名勝、建築、古蹟的介紹與照片等，也都最好有系統的妥善保存，平日或許沒有用處，等那天有需要時，就可派上用場，讓新聞寫作事半功倍。

第三節　地方記者的挑戰

處在一個多元化社會中，發展日新月異，各行業的分工日益複雜，各種社會現象也更難掌握，使地方記者工作面臨重大挑戰，對盡責的地方記者來說，接受這些挑戰責無旁貸，應該全力以赴。整體而言，這些挑戰包括：道德、知識、智慧三方面。

壹、道德挑戰

如果說媒體是一種良心事業，記者則是一種良心工作，不論採訪能力好壞，都要具備最基本的道德觀念，隨時接受挑戰。

媒體力量強大，地方記者常年在地方上工作，四處充滿誘惑，如果心存歹念，與地方上的惡勢力結合、狼狽為奸，或受不了誘惑而以黑為白、倒因為果，不負責的亂加報導，將媒體做為個人營私工具，則新聞報導不但無法為地方帶來福祉，反而造成無窮禍害。因此，地方記者應該具備道德勇氣，本著良心進行採訪。

換句話說，地方記者在執行其新聞工作之神聖任務時，應該隨時謹記，他有維護地方民眾公共利益與社會福利的義務，如果私人利益與公眾利益相衝突，記者應站在公眾利益這邊。為維護良好的職業道德，地方記者在採訪時，也要隨時注意新聞倫理，不要為了搶新聞而傷害無辜大眾。

有的地方記者惡形惡狀，新聞採訪觀念停滯在個人自由的放任想法中，認為「只要我喜歡，有什麼不可以」，為了新聞不擇手段，甚至有意無意的做不實報導、人身攻擊、歪曲事實、侵犯他人隱私權、誹謗、渲染、誇大，嚴重汙染新聞品質，也影響地方記者形象；因此，如何本著道德，善盡地方記者社會責任，是每位地方新聞從業人員的責任。

貳、知識挑戰

民眾在日常生活中所關切的，不只是想知道「發生什麼事?」，而是想進一步了解這些事件的發生背景與對他們的意義。地方記者不只是報導表面上地方發生什麼事件而已，而要幫助地方民眾了解事件的意義與對他們的影響。

亦即，地方記者應該是地方民眾的導師，教導民眾了解所處的環境與複雜的社會，擴展他們的視野，培養時代觀念。美國報人裴理(John Perry)認為，「這是目前讀者未被滿足的最大飢渴。」❾所以，地方記者不只是事實的報導者，而應是事實的解釋者，要具備深厚的知識，尤其在知識爆炸的時代，地方記者要有良好的教育背景，工作之餘的充電、進修更為重要，隨時要汲取新知，以備工作需要。

參、智慧挑戰

臺灣從傳統社會到多元社會，要經過陣痛，這段時間，新舊觀念不同、價值標準互異，衝突日增，處在社會中的大眾，一方面生活在傳統世界裡，一方面也活在現實中，遭遇相當的矛盾，造成極大的痛苦。地方記者如何掌握社會脈動，解釋其間的各種問題，提出解答於廣大的讀者，並勇於舉發其中弊病，不只要知識，更靠智慧。

另外，地方記者在工作中，時常面臨各種困擾，包括有形與無形的誘惑、壓力、干擾、競爭，如何處理這些困擾，將阻力降至最低程度，讓自己能依道德良心報導新聞，也是一種智慧的挑戰。

---

❾　賴光臨，〈不必等到公元兩千年——談新聞事業的新開創〉，《媒介批評》，政大新聞系主編，臺灣商務印書館，民八十年，頁一三七。

第四節　地方記者生涯規畫

有人在同一地方跑一輩子的地方新聞，也有地方記者其未來有不同的發展，全視機運與個人努力而定。國內地方記者的生涯轉換，大致有以下數項：

壹、往總社發展

有些地方記者新聞表現獲肯定，逐漸被報社拔擢一路升遷，最後進入總社擔任內勤主管人員；有的則配合住家搬遷或採訪興趣，主動請調到總社，採訪其他新聞路線，例如政治新聞、醫藥新聞等，且都有相當不錯的工作表現。

聯合報社長張作錦表示，以聯合報來說，地方記者內調臺北，後來擔任主任、總編輯、社長階層者，記憶所及至少有十一人之多（主任級以下職務者未計）。後來由於臺北房子太貴，購屋不易，工作競爭太激烈，加上配偶就業與孩子就學等問題，多數地方記者不願回總社，使這項制度難以推動。❿

不過，從職位的缺額來說，總社的人事升遷管道比地方採訪單位暢通許多。一家報社在一個縣或市的採訪辦事處記者人數往往十餘人，但是主管缺只有一至兩人，除了特派員、就是召集人，有時候一輩子也難等到升遷機會，真可說是鳳毛麟角；相較之下，總社的主管缺額就寬鬆不少，是有心向上的地方記者不錯的選擇。

貳、轉換其他媒體跑道

新聞記者工作自由、上班時間有彈性，擔任記者一段時日後，

---

❿　張作錦，〈臺灣地方新聞從業人員研究〉回應文，蘇蘅主編《新聞學與術的對話IV──臺灣地方新聞》，政大新聞系，民八十五年，頁九十一。

對於朝九晚五的固定上班方式，多難以適應；因此不少地方記者即使要更換工作，也大都跳槽到其他媒體，從事不同型態的新聞工作，此種事例不勝枚舉。

尤其民國八十五年第四臺合法化後，地方上的有線電視系統業者紛紛出現，業者紛設新聞部，由於缺乏新聞人才，大量向地方挖角，不少地方上的報紙與電臺記者紛紛轉往有線電視工作，在當時掀起一股跳槽風氣。

網路出現後，網路資訊蔚為風潮，不僅國內各報紙紛紛架設網站，以電子報方式提供新聞供人閱覽。其他財團與媒體也相繼成立新聞網站，這些網站的負責人為了節省訓練時間，全力向線上記者招手，以高薪或配股的優渥條件，吸引許多傳統媒體記者轉換跑道，為記者開創一條全新的職業生涯選擇管道。❶

參、公　關

由於工作關係，地方記者很容易與地方人士打成一片，特別是長袖善舞者，常與地方的黨、政、商界要員稱兄道弟，三教九流關係均佳，所以一旦時機成熟，即是公關最佳人選。

地方記者轉任公關有兩種方式，一種是自行開設公關公司，承攬地方上公司機關行號的廣告宣傳、商品促銷與舉行記者會；另一

---

❶ 民國八十八年底、八十九年初，國內網路新聞網站大量出現，較大型的包括明日報、鉅亨網、東森網路多媒體、Smartnet等，吸引許多平面與電子媒體從業人員轉任，形成一股跳槽風潮；包括中國時報、中時晚報、聯合晚報、經濟日報、工商時報、《亞洲週刊》、TVBS等之副總編輯、主任、副主任、組長、召集人、資深記者、記者等，均轉換跑道。明日報表示，光是來自各報要到該報任職的有經驗記者，即超過七十人以上，其中許多是各報資歷非常深的新聞主管。見謝柏宏，〈網路媒體招兵買馬，記者流動新浪潮〉，《新新聞雜誌》六七一期，民八十九年一月十三日至十九日，頁九十二至九十四。

種則是公家機關或私人公司聘請為公關或新聞聯絡人，專門與媒體從業人員打交道，當有事情在撰發新聞稿時，比較能夠抓到核心重點，最重要的是，因為與同業舊識，進行宣傳時運作上較一般公關人員順暢，效果可能較好。

肆、其　他

包括老師、從商、從政、或從事公務人員、甚至出國進修等，徹底離開新聞行業，不一而足。其中，記者轉往政界發展的現象最明顯，而且表現通常不差。例如：吳敦義、周荃、李慶安，以及其他不少政治人物、民意代表，均為記者出身。

新聞記者轉行當政治人物的機要，從接收訊息的下游，直接到上游了解政策形成的過程，並以過去的經驗幫助政治人物負責新聞聯繫工作，可說是記者的另一種發展。例如，民國八十九年五月二十日，民進黨總統當選人陳水扁宣誓就職中華民國第十屆總統之後，從此民進黨接替國民黨為執政黨，新政府中出現記者被延攬為政治人物機要的情形，包括民報新聞網副總編輯廖志成，出任總統府副秘書長陳哲男的機要，臺灣時報記者郭碧純出任研考會主委林志嘉的機要，即是具體例子。❷

在地方記者方面，曾在臺南市跑新聞十餘年的民眾日報記者蘇恩恩，八十九年七月被臺南市長張燦鍙延聘為市府新聞室主任；現任臺南市文化局長許耿修，最早曾是中廣臺南記者，均是具體例子。

此外，本省許多鄉鎮與縣市地區，地方記者從新聞採訪中累積相當人脈之後，出馬競選鄉、鎮、市長等公職，或是角逐立法委員、國大代表、縣市議員、鄉鎮市民代表等民代，更是屢見不鮮。

記者轉換政治圈角色比較明顯的原因，主要是記者和政治人物

---

❷　陶令瑜，〈記者轉行當機要〉，《新新聞週刊》，第六九一期，民八十九年六月一日至七日，頁五十三。

此兩種身分，都同樣的必須面對群眾，對記者來說，心態上比較容易調適得當。

第五節　強化地方新聞團隊

地方新聞的形成，是許多人共同努力的成果，也是團隊合作的結晶，這支隊伍從上到下，包括總社編輯部成員與地方上第一線的採訪記者，缺一不可，新聞是好、是壞，隊伍中的每一人都有責任；而且，一個有責任感的團隊成員，應該努力讓新聞品質表現得更好。

具體來說，地方新聞隊伍中的成員，每個人隨時都要思索如何加強新聞報導品質。當然，要強化地方新聞並非一蹴可幾，它包括直接與間接的各種複雜因素。不過，最重要的是，首先必須強化地方新聞團隊，有了堅強的團隊，目標明確、力量堅實，就比較容易達成強化地方新聞品質的目標。要強化地方新聞團隊，可以分三個環節來講，即是總社地方版主管、地方特派員、地方記者，環環相扣，彼此互動。

壹、地方版主管

地方新聞守門人有多種不同關卡，但做最後把關的地方版主管人員顯然是最重要的一環，他必須依照報社整體編採政策方針，決定地方版的定位與新聞取向，尤其在愈來愈多報紙採用編採合一制之後，地方版主管人員因為可以直接指揮記者與編輯，整個地方版新聞理念可以藉其意志而貫徹，版面特性繫乎一人，其角色的重要性不言可喻。

筆者認為，身為報社地方版決策者身分，應注意下列事項：

一、加強與部屬的溝通

目前各報地方版主管不少是由臺北總社出身的記者擔任，對地方事務往往欠缺了解，策畫版面走向時是否會與地方脫節？一直是許多地方記者的疑慮，因此加強與地方部屬的溝通，即成為地方版主管拉近與地方距離不可或缺的重要手法。

進一步來說，問題也可能不在地方版主管人員由出身臺北的記者擔任，即使從地方記者升遷擔任，他也只是熟悉其所採訪的地方事務，對其他地方事務一樣不了解。因此，不論地方版主管人員是何種出身，重要的是必須隨時與地方同仁溝通，聽取線上採訪記者意見，尤其地方特派員都是來自於地方上的資深記者，對地方事務有深刻的了解且全盤掌握。透過不斷的連繫，地方版主管可以實際了解各地不同狀況，調整各地差異，使版面運作不致脫節。

亦即，地方版主任在衡量地方新聞時，應跳脫「從臺北看地方」、從上→下的模式，透過與地方部屬的密切溝通，多尊重與參考地方意見，採取「從地方看地方」、從下→下的模式來衡量地方新聞價值，版面運作上才不至於偏離實際太遠。

二、加強對地方資訊的蒐集

與地方部屬的溝通，固可彌補地方版主管與地方上的時空區隔，但仍有其缺失，因為地方記者在地方上時間一久，難免與地方勢力發生共生關係，對新聞的反映與建議可能失真，因此，身處臺北的主管必須隨時主動蒐集地方資訊，充分消化、了解地方，做為掌握地方狀況的參考。

目前國內資訊發達，訊息流通快速，且重要機關大都在臺北，人在臺北也可充分取得地方資訊，此種第一手資料有時連地方記者也拿不到，讓主管可以具體的熟知地方事務，對掌控地方版有具體

幫助。

三、深入基層

　　地方版主管因為時空距離，多數時間只能透過電話與地方部屬交談來了解地方，但所謂「百聞不如一見」，電話溝通仍會有隔閡；因此，總社的地方新聞版主管，每隔一段時間到地方走走是有必要的，除了直接和同仁面對面深入訪談，完整表達主管對新聞的理念與工作應配合事項之外，最重要的是透過眼睛的直接觀察，讓地方版主管深入了解地方不同特色，做為編務工作參考，這是下鄉接觸實質作用與最主要的意義。

四、充分授權

　　隨著增版擴張，整份報紙由總編輯完全掌握已不可能，地方版、專業版從授權而分權的趨勢也早已出現，地方版、專業版的編採合一、獨立自主為臺灣報業普遍趨勢。⓭整體來說，報紙組織隨著規模日大，分權已成為潮流，地方版也不例外。

　　一家報社地方版記者少者數十人，多者數百人，總社地方版主管要完全掌握記者，不但力有未逮，也沒必要，因此宜將權力下放，充分授權給各地特派員，信任特派員能力，由特派員就近直接指揮記者工作，如此一來，地方版主管只要充分掌握地方特派員，即可貫徹任務，事半功倍。

五、爭取地方記者在職訓練機會

　　臺灣社會發展日新月異、一日千里，做為為全民守望工作的記者，如果不能隨時汲取新知，很快就會跟不上時代潮流而被淘汰，

⓭　胡文輝，〈臺灣報業編採實務現況及演變趨勢探討〉，《海峽兩岸報業經營研討會論文彙編》，臺北市報業公會，民八十四年，頁一六七。

所寫出來的新聞當然也就與時代脫節，毫無價值可言；因此，地方記者除了必須隨時自我充電以外，報社也要加強在職訓練，此方面就有賴總社地方新聞主管來爭取與安排了。

地方記者到總社接受在職講習訓練，最大的困擾是當地的新聞採訪工作，會因為人手不足而造成指揮調度困難，進而影響版面的呈現，甚至如果發生重大事件，更會嚴重影響新聞品質。

其實這些困擾不難改善，地方記者可以不必上臺北總社參加講習，而由報社安排總社不同路線的資深記者下鄉，直接到地方對記者講習，如此既可減少地方記者的往返不便，也可節省報社龐大的開銷。❶

---

❶ 目前國內的幾家主要報紙都很重視地方記者在職訓練工作，常在固定一段時間之後，即舉行地方外勤記者在職訓練。例如聯合報地方版自八十三年六月十六日改版後，版面與稿量大增，加上地方新聞日趨重要，刊登全國版比率大增，而地方記者常年在外，進修較困難，因此該報在八十四年與八十六年兩度辦理地方記者在職訓練，由總社相關主管教授實務，並請政大新聞系所學者，講授理論與實務課程，地方記者普遍反應良好。

民國八十九年總統大選前，聯合報為了加強總統選舉地方新聞的報導與攝影品質，再度辦理地方記者在職訓練，與前兩次不同的是，此次由總社成立巡迴教學小組，利用週日授課，除北部地區少數縣市到總社上課之外，其他縣市依地區分為桃竹苗（在桃園市上課）、中部（在臺中市上課）、雲嘉南（在嘉義市上課）、高屏澎（在高雄市上課）四區，花蓮與臺東分別併入北部與高屏澎上課，從八十八年十二月十九日至八十九年一月二十三日止，分五梯次上課完畢。

上課內容包括新聞連繫規畫、政治新聞、新聞攝影、專欄及導言寫作四大項，每梯次上課時間六小時，並開放報系其他單位自由報名參加。

貳、地方特派員

一、加強地方新聞企畫能力

　　各地特派員是報社地方採訪單位龍頭，通常來說，往往也是當地採訪辦事處最資深記者，具有長期地方新聞採訪實務經驗，對地方事務瞭若指掌，對自己報紙特性也最清楚。因此，地方特派員應善用這些長處，加強企畫地方新聞深度報導，設計專題報導、系列報導，或將同質性的新聞規畫連線報導，以呈現不同地區的新聞特色。

　　具體來說，地方特派員對地方新聞的企畫能力，應涉及新聞的深度與廣度，前者旨在顯現報紙地方版對某一新聞議題的專業性，後者則在使地方版新聞呈現多元化內容，以吸引不同階層讀者注意。

二、與新聞對象保持適當距離

　　「文化流氓」是早期民眾對地方記者的印象，近年來雖然地方記者素質提高不少，但良莠不齊，地方記者群中仍存有少數害群之馬，憑藉記者身分耍特權。媒體工作者陳申青指出：

> 地方記者介入地方政經不一而足，方式是：當特種營業顧問，替立委、議員寫質詢稿、當民代顧問、拉企業廣告、用新聞換廣告、替建設公司申請執照、幫候選人助選、包攬選舉新聞廣告、向政府機關推銷物品、內線交易……。❶❺

　　熟知內情者都知道，這只是部分花招而已，誠所謂「戲法人人

---

❶❺　陳申青，〈淡水河以外的土地——漫談臺灣的地方新聞〉，《高雄傳播學院季刊》第二集，民八十三年，頁十七至二十。

會變，各有巧妙不同」，地方記者牟求不當利益花招百出，可謂醜態百出，特派員是地方採訪單位龍頭老大，強勢報紙特派員更是地方各種勢力拉攏對象，稍一不慎即容易介入利益團體與各方派系中，輕者影響報紙中立與客觀，嚴重時甚至沆瀣一氣，共謀不法利益，不可不慎。

因此，地方特派員與地方關係應保持適當距離，如同廣告詞的「有點黏又不會太黏」，以免介入太深，與地方勢力形成掛勾現象，一旦對方出事時在新聞呈現上有所顧忌，使報紙最重要的「客觀性」受到影響，則對報譽的傷害可就難以彌補了。

三、做報社與地方記者橋梁

地方特派員身處地方版主管與地方記者中間，因此應妥善扮演兩者的橋梁角色，一方面承接上級主管的任務指示，一方面將任務指示轉達給地方記者知曉，並督促記者完成任務。在整個過程中，應充分將上級的指示與記者的意見轉達給對方了解，以免發生任務模糊不清或對任務認知發生落差現象，影響執行效率。

四、建立採訪路線輪調制度

從「質」的角度來看，地方新聞普遍存在的問題是零碎、制式、視野狹隘、缺乏對趨勢發展的靈敏觸覺，及對結構性問題的多元思考，造成這原因的包括長駐當地習焉不察、久浸同一路線難以跳脫。❶換言之，記者跑同一新聞路線時間太久，會造成後遺症，因此地方特派員應建立起記者採訪路線輪調制度。

目前有不少報紙地方記者採訪路線制度僵化，有的記者跑某一

---

❶ 陳守國，〈臺灣地方新聞品質的另一種體驗：試析兩報三臺地方記者的人力結構與新聞品質〉回應文，蘇蘅主編《新聞學與術的對話IV——臺灣地方新聞》，政大新聞系，民八十五年，頁二〇九。

路線新聞，一跑一、二十年，此種「萬年記者」由於長久與採訪對象建立關係，新聞的採訪固有其方便性與權威性，但不免會發生上述後遺症。因此，地方特派員應評估地方記者人數、能力與路線特性，建立一套路線輪調制度，一段時日之後更換路線，不但可養成記者對新路線事務新鮮感，也可由於記者不同的價值判斷，發掘不同角度的新聞，增進新聞品質。當然，更換路線不宜太頻繁，以免記者才剛進入狀況，又要重新調線，失去其意義。

參、地方記者

一、加強專業技能

專業技能包括新聞的價值判斷、採訪與寫作能力、攝影技巧、對社會脈動的掌握程度、新聞靈敏度、資料與訊息的蒐集及應用能力等，這些平日都要自我加強訓練。例如，多蒐集報章雜誌、政府機關與自己路線有關的資料，並加以活用，從中獲得新聞線索，據以發展出獨立並有價值的新聞事件。

此外，多閱讀、比較其他報紙的新聞報導，觸發自己新聞感，並從相同新聞報導中，學習他人新聞切入的角度、段落的鋪陳、遣詞用字的表達、情境的掌控等技巧，並轉化為自己之用。

二、熟知報社特性

每家大眾傳播媒體都有獨特的個性，如同個人特質一般，如此才能顯示自己的與眾不同，有了明顯定位，才能做市場區隔，吸引特定讀者；例如，同樣是報紙，聯合報、經濟日報、民生報、中央日報，各家的特性並不同，新聞表現手法也有差異。

地方記者對自己報紙的特性，一定要有清楚而具體的了解，包括知道自己報紙定位為何、採訪與編輯政策方針、那些新聞是自己

報紙想要的、那些是不想要的、報社想要的新聞應採用何種角度寫稿等，讓自己辛苦的採訪成果比較容易具體呈現在報紙版面上。

不清楚自己報紙特性的記者，如同一位不稱職的採買，餐廳明明做的是素食，卻買來一堆雞、鴨、魚、肉，一點也不能用，白忙半天。

三、培養工作熱忱

地方記者採訪時日一久，由於所採訪的新聞對象與內容大同小異，格局也差不多，某些新聞甚至只要一問開頭，就知結尾，因此往往缺乏工作動機，變成「記者公務員」，一日復一日，缺少鬥志；因此必須培養工作熱忱，從新聞表現中自我激勵，並透過路線的輪調制度，從新採訪單位中獲得工作樂趣。

四、把握自我進修機會

在瞬息萬變的社會，各種新資訊每日如排山倒海般迎面而來，做為地方記者應該透過各種機會自我充實，以免作品內容與社會脫節，除了善加利用報章雜誌資料，彌補知的不足，更要進一步儘可能把握進修機會，充實專業知識、培養宏觀視野、訓練對事情獨特的分析與判斷能力、甚至發展第二專長；目前國內外有許多短期進修班、訓練班，地方記者可以利用年休假時間，參與進修。

除此之外，報社也要主動積極為地方記者謀福利，除了可增進地方記者工作的原動力，也能提升地方記者專業素質。例如，在地方採訪單位建立完善的圖書室或資料室，購買新聞專業書籍、訂購新聞性雜誌，以方便地方記者查閱資料，並開闊視野。國內報社在這方面來說，仍有待加強。

實務篇

第一單元　採訪部分

第四章　地方新聞採訪

　　採訪新聞是地方記者日常工作，除非請假或休假，否則採訪新聞已內化成地方記者的生活方式，一張開眼睛，就盤算著如何進行採訪任務，一直到夜晚休息為止；有時甚至連晚上休息時，腦筋還不停的思索著明天如何進行採訪工作呢。

　　新聞訪問的種類有三，即訪問事實、訪問意見、特寫訪問❶。「訪問事實」是記者對一件目擊或非目擊的事實，向目擊者、參與人，或相關單位主管採訪消息，這是地方記者寫一條最普通消息最常用的採訪方式，尤其對於災難新聞、法院新聞、犯罪新聞等，因為內容通常較複雜，且具爭議性，各方說法常不一致，記者更要多問幾個人，訪問主辦單位所調查結果，以蒐集最接近事實的材料。

　　「訪問意見」較「訪問事實」略為困難，因為泛泛之輩的意見，或訪問對某問題沒有權威感的人物，雖然容易，但不具新聞價值，不易得到有價值的意見。因為，一件事情發生後，記者所希望採訪的人物中，有的思想遲鈍，或是對事件不清楚，無法對此一事件發表談論；有的人不願被捲入具有爭論性的議題中，不肯發表意見；有的則因與該事件有特殊關係，基於保護自己的立場，根本就不願見記者；也有的將記者視為工具，在有必要的時候才會針對事件發言，事情如對自己有害，對記者則避之唯恐不及。因此，記者在採

---

❶　王洪鈞，《新聞採訪學》，正中書局，民八十六年，頁一〇〇。

訪意見時，通常要運用一些採訪技巧，或是套用交情，才能獲得想
要的內容。至於「特寫訪問」，則是對於特殊性的人物或事件，為了
配合新聞，以其為中心，所進行的深入訪問。

以上三種新聞採訪，在目的上與所接觸的問題上，及記者寫稿
的態度上都不相同，然而採訪的方法卻是大同小異。

第一節　採訪前的準備

有一句話說：「凡事豫則立，不豫則廢」，新聞採訪工作是一系
列事件的進行，其中包括許多環節，缺一不可，否則輕則影響採訪
工作效率，嚴重的話，甚至讓新聞的採訪無法進行，使記者空手而
回。因此，採訪前做好妥善的準備是有必要的。

壹、蒐集資料

蒐集資料是讓採訪單位透明化的最佳方式，也是身為記者的例
行公事。所要蒐集的資料包括「人」與「事」兩大類，前者是指與
記者採訪單位有關的主管與業務承辦人員資料，後者是採訪單位的
業務資料。

地方記者在開始工作以前，都會被其新聞主管（縣、市特派員）
分派路線，每一路線各有不同單位掌著不同職責，記者在採訪以前，
必須要蒐集其所採訪單位的各種有關資料，包括其業務性質、範圍、
以往紀錄、運作方式、處理程序、與其他單位的業務往來關係等，
讓自己對所採訪單位的功能、職掌有基本認識，才能順利工作。這
些資料不難拿到，通常可透過該單位的簡介、簡報、業務手冊獲得。

有不少新聞常發生在採訪單位下班、甚至休假日期間，記者必
須立即找到採訪對象詢問，此時對方家中電話、大哥大號碼即至為
重要，記者平時應透過各種管道蒐集這些資訊，以備緊急時之需。

　　除此之外，地方上重要首長的私人坐車與公家車輛的車型、車號，也是地方記者要蒐集的重要資料之一，尤其在發生重大事件、重大刑案，有重要會議要召開時，記者要隨時掌握單位主管行蹤，此時主管坐車樣式、車號為何，就變成採訪線索；地方上重要人物的照片，也是要蒐集的基本資料，記者可以在公開場合時拍下地方重要人物照片，做成檔案資料，才不會臨時要用而慌了手腳。

貳、了解採訪對象

　　所謂「知己知彼，百戰百勝」，做為一個地方記者，如對採訪對象知道愈多，了解愈透澈，工作起來愈得心應手，寫稿也會更深入；在紐約時報莫斯科分社任職期間，榮獲普立茲新聞獎的新聞記者哈里林‧沙里斯貝利(Harrison Salisbury)說得好：

> 好的訪問應該先要有萬全的準備。記者在採訪之前，應該做好準備的工作，充分了解受訪者的背景與個性，才能使訪問順利進行，不會中斷。如果受訪者是說故事的高手（其實每個人都喜歡談論自己，只要將他們導入主題），自然就會滔滔不絕。因此，記者只要偶爾從中引導，即可以得到第一流的報導資料。❷

　　在採訪對象之中，其中最重要的當然是單位主管，因為他是單位的負責人，熟知該單位各種業務，記者要想獲得該單位某些主要內容，訪問該單位主管大都會有具體收穫；除此之外，基層的業務承辦人員更是重要的一環。因此，除了主管人員，對於其他和業務有關的人員，記者也要用心認識和了解。

---

❷　徐炳勳，《套出真相——問與被問的攻防術》，卓越文化，民八十二年，頁二三一。

　　事實上，單位主管多數時候只明瞭某一事件的走向、趨勢、發展等粗略印象，只知道大概狀況，事件真正的細節與最新發展，業務承辦人員比單位主管更加瞭若指掌。尤其對於具有敏感性質的事件，單位主管因為身負領導責任，可能對記者的發問三緘其口，記者如果和業務承辦人員建立良好交情，往往可從其口中獲悉最新發展與不為人知的內幕消息，寫起新聞自然有分量。

　　記者要了解的這些採訪對象的資料，至少包括其學經歷背景、年紀、家庭狀況、交友情形、特殊專長與嗜好、著作、獲獎事蹟、個性等，了解愈多，平日與對方愈有聊天話題，可藉此套交情、拉近彼此間的距離，成為新聞採訪的利器。

參、掌握主題

　　很多記者到採訪單位採訪時，往往心中並無明確的主題，對於到底要問那些內容，根本是一片茫然，只好閒扯淡，聊些不著邊際的話，對方就此跟你打哈哈，當你開口問「今天有什麼新聞?」採訪對象也多以「沒事」來虛應故事一番，最後記者只好空手而回，浪費無謂時間。

　　因此，除非記者本身與採訪對象建立深厚關係，無所不談，確定對方會主動告知新聞事件，否則在進入採訪單位之前，記者一定要掌握想要知道的新聞主題，明白今天到底要問什麼主題，才不會將時間浪費在無意義的閒談中。

　　這種基本道理不但採訪記者要知道，有時連採訪對象也具同理心。

　　民國三十八年中央政府自大陸撤退來臺，三十九年四月二十四日成立政府發言人辦公室，負責人是在南京時代曾任新聞局長的前任外交部長沈昌煥，每天有許多記者圍在他身邊向他要新聞，但他對於當時記者的採訪方式頗不以為然。

有一次，七、八個記者把他圍在發言人辦公室二樓閒聊，有人問他：「今天有什麼新聞呀？」他就以挑戰的口吻說：「如果有人問我有什麼新聞，我要反過來問你們有什麼新聞，因為你們是新聞記者呀。」

他又說：「若是採訪時天天問對方有什麼新聞，可能對方永遠會答覆你沒有新聞。以我的經驗，外國記者採訪時，會先發掘要採訪的問題，然後就題發揮，所以往往發出的新聞很有分量。我歡迎你們自己發掘新聞，如果向我伸手要新聞，可能天天失望。」❸

要掌握這些新聞主題並不難，記者可以從最近的新聞報導中找線索，或是從該單位發布的有關業務簡報加以追問，也可以事先翻閱該單位以前的舊資料，從中鎖定主題，採訪該題目的最新發展；如此，記者就不怕沒有東西可問了。

肆、擬定大綱

對於一般性的新聞事件，記者只要在心中打好草稿，採訪中腦筋思索一番，即可知道要問什麼；但是對於內容與背景較複雜的事件，就有必要事先擬定採訪大綱了，以免採訪過程中顧此失彼，最關鍵的問題反而忘了問。

大綱的擬定有幾個原則：

㈠可以依照問題屬性來分類，將相同屬性的問題集中在一起，等這些問題問完後，再問另一類問題，如此記者在資料的獲得會較完整。

㈡要特別注意問題不要太長，一個問題不要包含太多內容，以免對方避重就輕而有所選擇，或是記不住而忘記回答某部分。

㈢擬定問題要單刀直入，直指核心。

---

❸ 金生麗，〈臺灣採訪話舊〉，《報學》第三卷第六期，中華民國新聞編輯人協會，民五十五年，頁一四五。

㈣問題不能太小或沒有彈性，讓對方一句話就答完；問題也不能太大而不著邊際，讓對方抓不到重點而無法回答。

㈤問題要清楚、具體，不能模稜兩可，讓對方誤解。

㈥重要的、具關鍵性的問題先問，次重要的問題與細節放在後面。

㈦問題最好是對方所主管的業務，或是所熟悉的範圍。

有的記者在採訪某些對受訪者較敏感的事件時，恐怕激怒對方，影響採訪進行、或認為對方不會回答，以至於自我設限，排除若干問題。其實，這些較具敏感性的問題可以放在採訪的最後部分，以若無其事的口氣詢問，或許對方的反應沒有自己想像的嚴重，照樣回答，讓記者有意外收穫，即使不成，也不會對新聞內容有太大影響，因為該問的都已問到了。

伍、約定時間

地方記者通常以閒聊、談天方式採訪新聞，很少有正式的訪問場面，不過如果採訪的主題是上級所交付的**專題報導**，具有急迫性，必須在某一特定時間前得到資料；或是採訪的主題性質特殊、複雜，無法在短暫時間裡獲得全部資料，此時記者就必須要事先與採訪對象連繫妥當，約定特定時間前往訪問，以免撲空。

當採訪時間確定後，記者最好能將採訪內容與訪問大綱告訴對方，讓對方心裡有所了解，並準備有用的資料。採訪當天，記者務必要提早出發，以免因為路上交通阻塞等突發狀況而遲到，讓對方留下不好印象，也縮短可用時間。記者最好比約定時間提早十分鐘到場。

地方上的縣長、市長、議長、百貨公司總經理、大型企業負責人等，因為事情繁多，時常開會、出差、洽公、外出巡視等，地方記者通常要透過其身邊的祕書、機要等約定採訪時間，其他的首長，

例如鄉鎮長、代表會主席、警察局長、分局長等，以及一般的中高級主管、基層人員，除非有客人或正在開會，只要人在辦公室，記者都可以直接入內進行採訪，不必事先約定時間。

陸、檢查工具

「工欲善其事，必先利其器」，記者採訪前，必須要備妥相關工具，要是缺少其中一樣，就會對新聞採訪工作造成相當的不便。

身為地方記者，對要準備的採訪工具比總社記者多得多，因為地方記者絕大多數是文字兼攝影任務，採訪工具就是涵蓋這兩大項，主要包括紙、筆、照相機等三大件。要注意的是，有些記者沒有帶筆記本的習慣，而是出發前隨便撕下一張白紙做為記錄之用，在寫完新聞後，即將紙張丟棄，萬一事後要查證某些資料時，紙張早已石沈大海，無處尋覓了。因此，記者最好隨身攜帶冊子型式的記事本，以便日後要查證採訪內容時，還可找到原來的資料。

至於筆，則要多帶幾枝，並檢查是否書寫流暢、是否快缺墨汁了？以免寫到一半寫不出來，使訪問中斷。照相機要隨時檢查電池電力是否正常？該換電池就要立即更換，免得遇到緊急事件要拍照時，缺乏電力而無法按下快門；即使電力正常，也務必要多準備一組電池備用，尤其目前地方記者大多使用數位相機，耗電量頗大，備用電池更是不可或缺。軟片與電池一樣，要隨時注意底片是否夠用？並多帶幾卷備用。

以上是指報社記者，電子媒體記者除了最基本的紙、筆，廣播記者另外要準備錄音機，電視記者要準備攝影機，採訪前，照樣要檢查機件是否正常？錄音帶、錄影帶、電池、電瓶等是否夠用？以免要錄音、錄影時，才發現機件故障或電力不夠，無法操作，可就要呼天搶地了。

第二節 訪問的技巧

　　做為一位成功的新聞記者,最重要的竅門就是「不斷的問、問、問」,因為記者面對各行各業,所謂「聞道有先後,術業有專攻」,記者不懂的地方很多,是很正常的現象,為了讓讀者能夠深入了解報導的問題,記者就要做為讀者的代言人,替民眾提出問題讓受訪者回答,解除民眾疑惑。所以,「訪問」是記者的天職,要想有一篇良好的新聞報導,首先就要做好訪問工作。

　　一個成功的訪問,可以挖掘事情內幕,探詢別人不知之事,如再加上良好的寫作,可以讓新聞報導更接近事實真相,甚至引起廣大讀者共鳴。反之,一個失敗的訪問,不但無法達成以上效果,反而會暴露記者的膚淺與短處,貽笑大方。所以,訪問是新聞採訪工作中的一項重大挑戰,身為記者應該從工作中汲取經驗,隨時自我鞭策,讓訪問技巧更精進。以下是記者訪問的幾個原則:

壹、解除對方緊張壓力

　　很多社會大眾對新聞記者存有一種偏見,認為記者「唯恐天下不亂」,要來採訪一定是想找麻煩;尤其對於長年住在鄉下地區的村夫村婦,平日難得和記者打交道,很可能是此生以來第一次、也是最後一次要面對記者訪問,更有濃厚的恐懼心理,因為緊張而表現出戒備森嚴態度,遇到此種受訪者,記者就很難從中獲得有用的消息。

　　對於此種社會大眾普遍的錯覺,記者該設法讓對方相信,新聞訪問並非要找麻煩,也無惡意,純粹是工作需要,因為事件發生具有新聞價值,想來了解實情,加以報導而已,並應該以誠懇的態度與語調,讓對方明白,如將實情說出來,對他有利無害。為讓對方

了解自己善意，記者可主動向他說明，那些可以報導，那些不會報
導，那些可以延後報導，讓他覺得記者站在他同一邊，處處為他設
想。

　　當記者在採訪前，發現採訪對象具有緊張情緒，此時記者要表
現出輕鬆的模樣，不要急著馬上訪問，而要以友善隨和態度，從題
外話開始閒聊，例如從其住家或辦公室的擺設、家人、親友生活情
形，或是最近大眾關心的新聞話題切入，讓他鬆懈心防，等緊張情
緒化解後，記者再適時導入正題。

　　當新聞見報後，記者可以主動通知對方，或是留下一份剪報，
並連同已沖洗的照片送一份給對方做紀念，建立關係，以便來日有
採訪必要時，為採訪工作鋪路。

貳、提問題由簡入繁

　　記者所要訪問的話題，可能很單純，採訪對象可以不加思索侃
侃而談；也可能相當複雜，讓對方一時無從答起；所以記者一開始
最好從最簡單，以及採訪對象最熟悉的話題談起，免得話題過於艱
澀，影響訪談氣氛與進行。

　　記者在開始談論採訪的新聞主題時，要避免一下子就落入盤根
錯節的內容中，讓對方理不出頭緒。而應該有系統、有邏輯次序的
從周邊情節引入，如同洋蔥剝皮一般，從外圍先剝起，最後到達中
心部位。

　　如此由簡入繁的提出問題，採訪對象不但易於思考、回答，記
者也可以對事件有連貫性的理解，執筆寫新聞時，比較容易組織整
個架構。

參、投其所好

　　如果採訪對象身分特殊、採訪的問題敏感，記者千萬不要一開

始就切入主題，而要投其所好，才能適時的釣出對方心底的話來。
這些話題可以包括對方的興趣、嗜好、專長、著作、長官、同事、
朋友、得獎事蹟等；例如，當你知道對方平日有爬山的習慣，可以
從爬山開始談起；或是你知道對方蒐集茶壺有相當歷史，可以從泡
茶或茶壺聊起，等雙方聊得熱絡時，再漸漸進入採訪主題。

例如，民國八十九年臺灣舉行第十屆中華民國總統大選期間，
中共為防止有臺獨傾向的候選人當選，不斷放話表示「不排除以武
力解決臺灣問題」，一時之間，臺灣海峽風雲十分險惡。當時在北京
採訪的臺灣記者，為求證中共國家主席江澤民是否會在大選期間對
臺灣動武，在事前經過多次沙盤推演，仔細推敲該用那一句話，才
能讓江澤民親自表態。

最後臺灣記者認為，以江澤民喜歡詩詞歌賦的特性，應該問一
句寓意深遠的詩句，才能打開他的話匣子；最後臺灣記者詢問他「兩
岸間會不會出現烽火連三月」的詩句，引導江澤民說出：「我們沒有
你說的這種感覺」，讓臺灣記者順利獲得想要的答案。❹

由於兩岸關係高度敏感，臺灣記者如果事先不了解江澤民的個
性、喜好、學養、偏愛等背景，投其所好，從他有興趣的詩詞問起，
解除他的心防，而直接詢問「大陸會不會在最近對臺灣動武?」相信
一定無法獲得他直接而具體的回答。

肆、留意受訪者肢體語言與周遭環境

這是親身訪問與電話訪問最大的不同，從面對面的訪問中，記
者可以直接觀察受訪者的表情、動作、神態、語氣，受訪者一舉手、
一投足，都是其內心世界的表現，這些肢體語言是記者寫作極為有
用的描述資料，除可讓讀者有身歷其境之感，也可以做為對方講話

---

❹ 杜聖聰、彭蕙珍，〈臺灣記者設計江澤民，兩岸烽火連三月出爐〉，民
八十九年三月九日，《勁報》，第六版。

是否真偽、是否有誠意的判斷。

　　受訪者家中客廳，或是辦公室、會客室、臥室、書房等空間，也是記者在採訪過程中要注意的，其空間陳設往往凸顯一個人的性格和作風；特別是某些內容特殊的對聯、相片、字畫、紀念品，對受訪者可能具有不同的意義，記者可從中找到蛛絲馬跡，有機會時詢問，或許會發展出另外一件感性的新聞題材，帶來採訪的意外收穫。

伍、儘可能以腦記代替筆記

　　許多記者受到電視、電影不正確的誤導，以為新聞採訪一定是記者與採訪對象雙方正襟危坐、神情肅穆，一人回答，另一人持筆猛記，甚至桌上還放一具錄音機錄音。其實，這是針對採訪主題內容較複雜的一種正式的訪問，地方記者一年碰不到幾次這種正式訪問，多數時間，都是採用非正式訪問，透過較傾向於「閒聊」的過程來得到新聞內容。

　　一般說來，受訪者如果能忘記其所說的內容是要當成新聞發表，就會較毫無顧忌的盡情談論話題，反之，受訪者如果看到記者逐字記錄，往往會有壓力，不敢暢所欲言。所以，筆記與腦記在採訪的效果上，有極大的差異。身為一個每天與市井小民打交道的地方記者應謹記，一般民眾對於「閒聊」與「正式記錄」的感覺有天壤之別，同樣是透露訊息給記者，前者給人感到較無壓力，後者則會令受訪者擔心留下紀錄，一旦說錯話，將變成呈堂證據，記者獲得的採訪效果絕對會大打折扣。

　　地方記者常年採訪新聞，對採訪單位的業務大致都已十分熟稔，而絕大多數的新聞其實是一種事件或現象的延續，記者想報導的是該事件或現象的最新發展與最新狀況而已，它可能是一個計畫案、或是已實施一段時間的方案，主要內容記者早已瞭然於心。

在此情形下，記者為避免造成對方心理緊張，不敢暢所欲言，對於採訪資料應用腦筋記住，盡量避免在採訪對象眼前做筆記，等離開對方視線後，再馬上將具關鍵性的資料寫在紙上，免得時間過久忘記。

如果對方所談到的內容，具有太多的人名、數字、地名、年代、時間等具體資料，記者恐怕無法全部記在腦中，可以表現出無所謂的態度，在對方不注意的時候，很快的、悄悄的記在紙上，並馬上將紙收起，解除對方戒心。

記憶時，不要鉅細靡遺把受訪者說的一切都記下來，而是要記憶其所說的內容主旨，了解其談話大綱比從頭記到尾更重要，受訪者所說內容並非都是我們用得到的資料，記者只要注意對方所說的關鍵性字眼，尤其是對方加強語氣的字句、用詞，如果記者不清楚其真正意思，可請對方再詳細說明，以免錯誤。

因此，記者平日應訓練用腦記憶的能力，而且，記憶是構思的基礎，當記者在與對方談話時，其實可以運用記憶的能力，把談話的重要部分打好腹稿，同時依順序排列新聞內容，即使當時無法以筆記下，事後也可以依照腹稿的脈絡，組合內容來寫稿。

陸、專心聆聽

好的採訪就是要挖掘真相、傳達訊息，但手法不一，因人因事而異。有時採訪者必須主動、積極的探索受訪者的內心世界；有時只要技巧性的提出問題，讓受訪者自行透露一切；有時又必須過濾人們的行為、語言，察看其真正意圖。不論如何，在採訪過程中，記者一定要「專心聆聽」，這點至為重要。

曾任美國廣播公司「夜線」節目主持人兼採訪記者泰德·柯布樂(Ted Koppel)認為，「專心聆聽」是一種所向無敵的採訪技巧。他說：

乍聽之下，這似乎理所當然，但事實上能夠做到的人卻少之又少。令人詫異的是，許多人在採訪前都已準備好問題，也排定問題次序，甚至很可能早就預設答案了，因此不再注意聆聽受訪者的談話。要知道，人們通常在訪問中顯露本性，如果記者不去留意這些蛛絲馬跡，將會錯失重要的訊息。❺

　　他說，如果採訪一個嚴謹的話題，記者絕對要遵守一個原則：在採訪過程中要全神貫注，因為沒有一件事比了解受訪者或從其口中探詢消息更重要，採訪者必須在對方發表看法的時候保持適當的沈默，不要輕易插嘴，因為這樣很可能輕率打斷受訪者原本要透露的重點，而讓他無法暢言下去。

　　我們有時候會在火車上或公車上遇到陌生人對我們滔滔不絕的情形，或許他們正要發洩情緒或者發表意見，讓我們插不上嘴，但對方一定會注意你是否認真仔細的聽他說話，如果你隨意的敷衍，對方馬上就會看出來，說話的興致會突然降低；如果發現你很專心聽他說話，對方一定會很努力的繼續和你聊天。同理心，把這種現象放在新聞的採訪上，也很適用。

柒、入境隨俗，並使用對方熟悉的語言字彙

　　語言是一種溝通的工具，如果使用不當的語言，不但無法溝通意見，反而造成傳達障礙。地方記者在採訪時，要注意使用與受訪者教育程度、生活環境貼近的語言辭彙，免得對方無法確實了解你的意思，回答錯誤，形成「雞同鴨講」。

---

❺ 徐炳勳，《套出真相──問與被問的攻防術》，卓越文化，民八十二年，頁六十一。

　　地方記者常年處在鄉間地區，碰到的多是販夫走卒，少有達官顯貴、高級知識分子，他們對於較高層次的語言辭句通常較難理解意涵，地方記者除非確定所使用的語言，對方能夠有相當程度的了解，否則在採訪過程中，最好少用一些曲高和寡的辭令與字眼，多用基層語言，如此才不會造成溝通上的誤解。例如問鄉下人「你今年貴庚?」不如直接說「你今年幾歲?」來得更具體清楚。「你的職業是什麼?」也比「你在那裡高就?」更容易讓對方了解。

　　不只是語言，有句話說「入境隨俗」，當地方記者被派往某地採訪時，也要設法努力融入當地民眾的生活中，掌握他們的生活習性，才能與民眾打成一片。例如，做為一個駐在清一色是閩南人的農村地區的記者，懂得閩南話是最基本的要件，對於與農作物與耕種有關的術語、節氣、時令、其他專有名詞等，也要積極學習、了解。

　　再譬如，當所採訪地區民眾主要以捕魚為生，當地記者當然就有必要了解居民的捕魚作息、魚類名稱、交易習慣、討海人的個性種種；與漁民在一起時，「大碗喝酒、大口吃肉」，甚至偶爾吃粒檳榔，絕對比文謅謅、拘謹的個性，更容易與對方稱兄道弟，可以很快的拉近雙方距離；如果是派駐在客家族群地區，記者學會一些客家語言，偶爾以客家話和民眾談天，讓對方倍感親切，採訪起來當然會更得心應手。

捌、從回答中找新問題

　　有的記者在採訪前，已擬好訪問大綱，一開始採訪就以大綱內容依序進行訪問，埋頭苦記，以為問到最後一題就大功告成，不知應變，其實這是訪問的最大敗筆。在採訪過程中，記者除了要仔細聆聽對方所說以外，更要從其回答內容中找尋線索，隨時加入新問題，說不定新問題比原來擬定的題目更具新聞價值。

　　美國國家廣播公司評論員約翰・章斯樂(John Chancellor)，擁有

豐富的採訪經驗，他特別指出：

> 有時候受訪者的談話還會激發你的靈感。一旦這種情形出現，即使它是八竿子打不著邊的漫談、閒扯，也趕快記錄下來，不要理會是不是合乎你的採訪主題。❻

　　新聞採訪是一件很靈活的工作，過程非僵硬一成不變。基本上，記者問問題是隨著訪問情勢而改變，如果受訪者在某處偏離主題，但內容十分吸引人，記者不應打斷，而應該任其自由發展，並對內情予以追問，等這部分表達清楚後，再回到計畫中的主題。所以，記者要注意與受訪者的互動，隨時檢視受訪者提出的內容，找尋新觀點、新話題，發現具有報導價值的線索，馬上進一步追問。

　　要想做到這一點，記者就要對採訪對象保持高度好奇心，當發現對方所說的內容有一些奇怪、不合情理、不符自己的認知、值得懷疑的地方，就要不斷的向對方追問「為什麼」，「為什麼這樣?」、「為什麼那樣?」，而不要認為一切「理所當然」，記者往往很可能因為不再追問下去，而失去一條重要的新聞線索。

玖、避免和採訪對象爭論

　　地方記者的採訪對象涵蓋各行各業，他們對事情的思想與看法絕對不可能與自己一致，即使自己認為對方發表的意見十分謬誤，也要尊重對方，不要當場與他爭論。要記得，今天我們的任務是來做新聞採訪，而非舉行辯論會，如果記者因為認知與立場的不同而與採訪對象爭辯起來，記者不但無法問到想要問到的內容，雙方更可能不歡而散，以後記者要想再向對方採訪，恐怕就要碰壁，減少

---

❻　徐炳勳，《套出真相──問與被問的攻防術》，卓越文化，民八十二年，頁七十九。

一個新聞來源。

也因此，記者的採訪工作不應預設立場，發現對方談話理念與自己相近，就心生歡喜而多問兩句，甚至加以奉承，對方與自己理念差距甚遠、話不投機，就少問兩句，甚至與對方辯論不休，如此將會影響自己對新聞內容的判斷。

特別是有關政黨立場方面，國內民眾普遍關心政黨政治，往往成為日常生活的聊天話題，地方記者去到任何單位、場合，都很難避免對方談到政治議題，如果此一議題非記者所要採訪的主題，只要隨意敷衍一番即可，沒必要浪費太多時間在無意義的閒談中。

另外，對於若干具敏感性的內容，對方要求記者保留不要發表時，記者應以委婉態度向對方溝通，全力爭取訪問內容完整呈現，不要隨便答應；如果對方態度堅決，力爭不成，記者不得已答應對方要求，事後也要履行承諾，不可反悔而照寫出來。記者食言而肥的結果，很可能是採訪對象對記者極度的不諒解、甚至對他帶來傷害，從此與記者行同陌路。

拾、注意災難事件訪問的遣詞用字

靜態性的訪問，是地方記者最常遇到的訪問類型，只要事先做好準備工作，採訪過程中，心情放輕鬆，並隨時保持警覺心，大致上不會有什麼問題。比較要注意的是動態性的新聞事件訪問，尤其是死傷人數特別多的災難事件，屬於突發狀況，情節重大，記者沒有充裕的準備時間，訪問進行中，記者得隨機應變，在遣詞用字時要特別注意與周邊悲傷氣氛是否切合？是否具有意義？是否只是為了問話而問話？不要問出令人啼笑皆非的問題，此時，臨場反應與工作經驗就顯得格外重要。

在眾多的媒體記者中，以電視記者的訪問最具挑戰性，因為遇到的災難現場動態訪問機會較多，且常常直接播出，不像文字或廣

播記者，事後可以修飾、整理訪問內容。

　　國內目前不管有線或無線電視臺，都有 SNG 衛星轉播設備，遇有重大新聞事件，立即將 SNG 轉播車開往現場進行連線，做現場播出，此時記者的採訪過程活生生的呈現在觀眾眼前，表現是好是壞，無所遁形，記者的新聞採訪功力在這時候表露無遺。偏偏國內不少電視記者人生歷練與採訪經驗不足，加上連線的緊張壓力，往往有不當的表現，偶爾有說錯話的時候。

　　民國八十八年九月二十一日，臺灣發生規模七點三級的大地震，造成二千多人不幸死亡，許多記者紛紛趕往災區進行採訪工作，各電視臺也都派出 SNG 前往採訪，將最新情況報導出來，結果鬧出不少記者問錯話的糗事。

　　例如，一位被埋在倒塌大樓多日的張景閎小弟弟被救出來後，一位知名無線電臺主播對著鏡頭說：「我們現在訪問到張小弟的阿姨」。接著他的第一個問題竟然是問受訪者：「請問，妳與張小弟是什麼關係？」

　　有一個場景是記者訪問三位稚齡孤兒：「小弟弟，小妹妹，你們的爸爸媽媽呢？」「死了」，「怎麼死的？」「地震死的」，「那你們將來打算怎麼辦？」「不知道」。

　　另一場景是：「各位觀眾，現在記者的位置是在中寮鄉 7–11 店門口，地震發生後，中寮鄉的三家 7–11 就被洗劫一空了」；實際上應該是「搶購一空」，是記者亂說的誤會。

　　災難現場其他不當的採訪話語，還包括：「現在讓我們回顧一下大樓倒塌的精彩片段」、「我們來看一下各鄉鎮公布的傷亡人數排行榜」，令電視機前的觀眾傻眼。此外，明明有人受傷急著送醫，記者還把麥克風遞過去，問對方有何感想？還有人命大，才被救難隊員從傾倒的建築物內扶出來，記者鏡頭馬上瞄準他，並問他「將來打算怎麼辦？」❼

　　以上這些都是新聞記者進行災難新聞訪問的錯誤示範，是身為記者應當努力避免的。

---

❼　吳光中，〈回顧悲慘畫面怎可說成精彩片段〉，民生報「影劇版」，第二版，民八十八年九月二十八日。

第五章　新聞那裡來

很多民眾往往很好奇的問記者,「你們的新聞到底那裡來? 為什麼你們那麼厲害,知道那裡發生新聞? 為什麼我們不知道?」

香港《新聞天地》雜誌上的一段話,可以解答民眾的問題; 在其封面上有兩行文字「天地間皆是新聞,新聞中另有天地」,說明新聞充斥在我們周遭,只要稍加留意,處處都是新聞,差別的只是新聞大小而已。

做為一個記者,每天都要寫新聞,不能以「今天沒事」做為不發稿的藉口。事實上,為人稱道的所謂「新聞鼻」,除了歸功於有人先天對新聞的靈敏度之外,絕大部分都可以訓練,記者只要保持警覺,隨時留意身邊的任何人、事、物,一定可以發現可供新聞寫作的題材,不怕找不到新聞線索。

特別是對於鄉鎮記者來說,一個人負責採訪責任區內全部的新聞,沒有路線之分,也不必擔心有人會來搶新聞,從某種角度來看,雖然責任重大,但從另一方面而言,卻是有無限的揮灑空間。

地方新聞線索那裡來呢? 只要注意以下幾方面,保證新聞線索取之不盡、用之不竭。

壹、注意特殊人物

「人」可以說是新聞中最重要的因子,因為人是各種活動的主體,世上的事件,絕大多數是因為人而產生,沒有了人,事件的發生也毫無意義可言; 從人的眼光來看,人們接觸新聞媒體,最大目的也就是想了解周遭的人們發生何事? 這些事情對他本身具有何意義? 所以說,身為一個人,最大興趣就是人。

在地方上採訪,一定要隨時查訪當地是否有特殊人物,可以做

為報導對象，只要用心，不難發現臺灣雖小，卻充滿各式各樣、各行各業的特殊人物，即使只是一個不起眼的小人物，照樣有新聞價值。

我們要注意的地方特殊人物，應朝下面幾個特點發掘：

一、特殊成就者

人類生下來，無不希望獲致成功，對於有特殊成就的人，不管在事業、學業、做人等各方面，都抱著崇拜與景仰的心理，很想知道他到底是如何獲得成功的？過程中是否有遇到挫折？如何克服？希望從別人成功經驗中獲得啟示，有朝一日也能出人頭地。

因此，對於地方上白手起家的大企業家、村內第一個獲得博士學位者、運動比賽成績非凡者、參加發明展獲得許多獎牌者、大學聯考狀元、因某成就獲得表揚者、有特殊比賽紀錄者，都是新聞報導的對象。

二、特殊職業者

俗話說「隔行如隔山」，在職業分工愈來愈精細的現代社會，行業已經不只「三百六十行」而已，而是多得令人數不清，其中有的職業性質十分特殊，聞所未聞，一般民眾很想知道這些行業的內幕，以及個中甘苦，如果記者能將之報導出來，一定很能吸引讀者。

例如，在臺南縣東山鄉有個家族專門捕捉野蛇為生，不論男女老少，個個都是捕蛇好手；麻豆地區有人養大批鱷魚，成為「鱷魚大王」；新化鎮有人在室內繁殖眼鏡蛇幾萬條，成為眼鏡蛇大王；也有人專門以品嚐酒與茶為生，他只要將酒或茶放入口中，很快的就會知道醇度與濃度，以及特色與品質為何。

其他的，如看守燈塔的人、鐵路平交道管理員、港口內的引水人、在海灘抓海蟲為生的人、偵探社人員、清道夫等，這些行業一

般人難以接觸，都是可以發掘報導的。

三、對地方有貢獻者

不一定只有大人物才能對地方有貢獻,地方上有不少基層民眾,平日默默行善，在功利社會中，更顯得愛心與義行的可貴。

例如，有的人白手起家，事業小有成就，就以捐贈土地、學校圖書館、社區活動中心、設立清寒獎學金、捐出白米或棺木等，回饋社會。有的人組成團體，造橋鋪路，成果斐然；例如，嘉義地區的嘉邑行善團，數十年來在臺灣各地興建幾千座橋樑，甚至比公家興建的還堅固耐用。也有不少臺灣籍或外國籍醫師，不求名利，在偏遠地區開設醫療院所，為窮苦鄉下人服務。這些人物都值得我們去探討、報導，一方面表揚他們的精神，另方面，也可為冷漠的社會添加人情溫暖。

四、特殊才能者

有人未受過教育，不但會寫文字，還會寫小說；有人心算速度比計算機還快；有人一目十行，且過目不忘；有人幾年前見你一面，幾年後再碰到你，馬上可喊出你的名字；有人會以樹葉吹歌曲；有的人會同時以左右手寫字；有的人千杯不醉；有的人未受專門訓練，自己學會畫國畫、雕塑或雕刻、寫詞譜曲、畫漫畫、寫書法、彈多種樂器、編織藝術品、發明物品等。

這些才能對受過長時間訓練的人來說，或許不算什麼，但如果靠自己努力進修學習，而能有這些表現，就值得報導了；更何況，有些才能是與生俱來，根本無法訓練，道理何在？連他自己也說不出來，將之報導出來，絕對令讀者嘖嘖稱奇。

五、顯要人物

地方上的顯要人物，一直是民眾急於想了解的對象，他們在社會上占有一定的階層，民眾不容易與他們接觸，記者可以投讀者所好，將他們的最新動態報導出來。

什麼才是「顯要人物」，不容易有明確的定義，通常來說，只要出現在公眾場合，就會引起一般民眾矚目，即可稱之為「顯要人物」；他們應該包括黨、政、軍等首長與達官貴人，以及工商巨賈、影視明星、運動員、學者、教授、作家、畫家、名女人等。他們的一舉一動，包括個人與家庭生活最新狀況、對時事的看法與批評，記者都可以經適當選擇之後，加以報導。

六、具有特色者

所謂具有特色者，是指他本身的生理構造、行為、習慣或某種作為，與其他人有差異，成為話題而具新聞報導價值。

例如，臺南市有一位民眾，整年不穿上衣，只著一條褲子，推著單車在街上賣東西，即使寒流來襲也一樣；高雄縣燕巢鄉有一位民眾，長年住在山上的一棵大樹上；有人數十年來，每天早上都要游泳。此外，體重過重的人、太高的人、太矮小的人、活過一個世紀的人瑞、一餐吃十碗飯的人、倒著跑步的人、留長髮二十年的人、收藏三寸金蓮的人、收藏古董機車的人、結婚七十年的老夫妻、五代同堂的家庭等，也都有其特色。

世界之大，無奇不有，在地方上不為人知有特色的人物太多了，只要用心觀察、細心打探，不怕沒有新聞寫作材料。

貳、注意季節變化

一般人所注意的季節變化，大抵上只是春、夏、秋、冬四個主

要季節的更替,除了這些以外,地方記者必須將季節變化做無限的延伸,隨時報導有關狀況,例如天候變化對人民日常生活與環境造成的影響,其中包括颱風、水災、乾旱、豪雨、龍捲風等各種異常現象的產生與其後遺症。

另外,也要特別留意中國農民曆所記載的各種節氣轉換,例如立春、雨水、驚蟄、春分、清明、穀雨、立夏、小滿、芒種、夏至、小暑、大暑、立秋、處暑、白露、秋分、寒露、霜降、立冬、小雪、大雪、冬至、大寒、小寒等,這些節氣對於農作物生產與民眾生活習性、消費、戶外旅遊都會有重大關連,是新聞線索的主要來源。

參、注意節日來臨

國內各種主要節日,與地方民眾的食、衣、住、行、育、樂都有密切影響,例如元旦、農曆春節、端午節、中秋節、母親節、父親節、教師節、中國與西洋的情人節、雙十國慶、耶誕節等。尤其遇有連續假期時,民眾的日常生活更是受到嚴重影響,由節日所引起的各種相關現象,都是新聞寫作的好線索。

舉例來說,節日來臨時,百貨公司與量販店會舉行各種特賣、折扣、表演等活動;餐廳、飯店會推出各種應景大餐與住宿優惠;風景遊樂區會安排各式表演節目、推出新興的遊樂設施,甚至以優惠票價作促銷;各地交通隊會進行交通管制措施與路線規畫,防止大塞車;鐵、公路與航空公司則擬定旅客輸運計畫,決定加班和預售票情況;市面上會出現大批應景商品,包括農曆新年的年貨、中秋節的月餅、端午節的粽子、情人節的鮮花、巧克力與燭光晚餐、母親節的康乃馨花卉與大餐、父親節的刮鬍刀、教師節、耶誕節、元旦的卡片;每年五月二十日總統就職日時,則是國內房地產業者推出房屋案的高潮;過年前,某些行業還例行性漲價,例如男子理髮、女子美髮、計程車、清潔公司等,這些都與節日有密切關連,

是地方新聞報導的好線索。

肆、注意地方產業經濟

所謂「靠山吃山、靠水吃水」，臺灣各縣市都有自己的地方產業與特產，形成一種地域性的經濟特色，當地許多民眾依賴這些地方產業為生，塑造出地區上特有的環境、生活習性、生態景觀，構成地方記者新聞報導的寫作線索。

以桃竹苗為例，地方的特有產業包括桃園復興鄉的水蜜桃、綠竹筍、茶葉、香菇、花卉、及產量高居全國之冠的耶誕紅；大園全縣第一的雞隻養殖業、水塘養殖、近海漁業；竹圍的濱海遊憩、漁港風貌；大溪的豆干、木器傢俱、陀螺、觀光果園、蘭花培植、窪地蓮花種植；觀音全縣第一的毛豬養殖、工業區、新興出現的蓮花池；龜山工業區；龍潭的龍泉茶；楊梅居全縣第一的鴨、鵝養殖、貨櫃倉儲；新屋鮮美的鵝肉；新竹的科學園區、貢丸、米粉、玻璃藝品；新埔的椪柑；苗栗大湖觀光草莓園；卓蘭的柑橘、葡萄、枇杷、桃、李；三義木雕；頭屋明德茶；公館的陶、紅棗、福菜、紫蘇；苑裡的草編等。

其他縣市方面，例如南投埔里茶葉、臺南縣白河蓮花、新市的科學園區、臺南市的擔仔麵與棺材板等各種小吃、麻豆文旦、關廟鳳梨、屏東西瓜、高雄縣美濃香蕉等，也均全省聞名；另外，西部沿海鄉鎮的捕魚、魚塭養殖等，是地方民眾主要經濟來源，也構成當地城鄉特色。

有關居民對這些特產平日的準備工作，以及產期所出現的各種現象，例如採收作業、面積的改變、產量的增減、價格的波動、相關的加工品、參與人數的起伏、產業的興衰、未來展望等，都對業者與消費者帶來影響，值得地方記者密切注意，隨時掌握最新發展。

伍、注意當地人文特色

　　每個人均為獨立個體，有著自己的特色；地方也不例外，每個地區的歷史背景、人民的生活方式、思想習性、風俗習慣、地理環境等均不相同，從而構成特有的人文景觀，演變出與眾不同的風貌，地方記者只要留意並掌握當地的人文特色，就有許多的報導題材。

　　例如：桃園復興鄉的泰雅族、排灣族、阿美族，其中泰雅族每年兩次的播種祭、豐年祭；八德市的眷村文化、榮民之家所顯現的新住民生活圈；永安宮前大埤塘的賞鳥新據點；平鎮市一百二十三處的水塘特殊景觀；蘆竹鄉的文化風；新竹縣的湖口老街；五峰鄉賽夏族的矮靈祭與泰雅族的祖靈祭；新埔鎮的義民廟與數量冠於全國的古宅；關西鄉的長壽鄉、古宅、熱門的大學新校區與高爾夫球場；寶山鄉的高級住宅區等均是。

　　以上僅以桃竹苗地區為例，本省其他地區也都各自有其不同的人文特色，這些人文景觀除了可做為新聞線索，也可能因為時代發展，造成人文景觀若干轉變，風貌與傳統大相逕庭，可能改頭換面、重新出發，也可能日益沒落、乏人聞問；此種轉變與發展趨勢也要留意，以新聞報導留下歷史紀錄。

陸、注意消費習性

　　民眾的日常生活離不開消費，每個地區民眾的消費習性，隨著它的環境演變而有不同。以大桃園地區來說，包括桃園市與中壢，到民國八十九年初，已有八家大型百貨公司營業，是臺北市以外，全國最多的縣市；新竹市也因科學園區高消費人口，引來財團進駐，不斷開設百貨公司與大飯店；除此之外，大型量販店也不在少數。

　　地方記者除了要報導這些大型商家對當地居民的消費習性帶來的影響之外，其對當地民眾生活方式與環境所造成的衝擊，也要特

別留意。例如，全國第一家購物中心──台茂購物中心，民國八十八年暑假期間出現在桃園南崁，開幕之初如磁鐵般的將各地民眾吸往該處，一時之間車水馬龍，不但搶走附近商家生意，還造成當地交通癱瘓，連帶使通往中正機場的車輛無法順利進出，一度引起搭機旅客與當地民眾抗議；此種因消費而衍生的各種併發症，也是新聞報導的對象。

除了大型商家，大學附近因學生消費客人雲集而形成的特殊消費商圈，自成一格，也要注意。例如，中壢七所大專院校、龜山六所大專院校、新竹市交大與清大、臺中東海與逢甲、臺南成大與臺南技術學院等形成的大學城，均因學生人數眾多與青少年的移入，對當地消費行為與族群結構帶來明顯變化。特別是許多新設院校與新設分校，為了節省購地費用，紛紛以偏遠的鄉村為校區，對原本保守的鄉間地區居民的消費、生活型態、人際關係都造成某種程度的影響，村民與學生、老師、教職員間的互動情形，都是新聞報導上的線索。

就內部來說，學校內的特殊社團、學生習性、潮流、消費特性、特殊風雲人物、特有的活動與比賽、特殊紀錄、學校的特殊規範、建築、發明研究等，都常有新變化與新流行，成為年輕人的熱門話題，也是當地記者應該深入採訪報導的。

柒、注意風景名勝與遊樂區

全省每個縣市都有它獨特的景觀與風景名勝，有的依山傍水，有的擁有山地部落，有的則充滿自然風景點與人工遊樂場，這些都是地方記者取之不盡的新聞報導來源。尤其隔週休二日制實施後，國內旅遊人口大增，每到假日，各地風景遊樂區擠滿人潮，讓各地的旅遊出現新興現象，也連帶對地方交通造成重大影響，其與旅遊有關的各種現象，身為地方記者必須隨時掌握報導。

　　這些風景點有大有小，有的全省聞名，有的少有人知，不論如何，都有它的新聞價值。以桃竹苗三縣市來說，桃園有市區的文昌公園、虎頭山公園；復興鄉的蝙蝠洞、東眼山、小烏來、羅浮、拉拉山、巴陵、角板山、石門水庫等；大溪鎮的慈湖、亞洲樂園、龍珠灣；觀音鄉因東北季風形成的沙丘景觀、白沙岬燈塔；蘆竹鄉的尋夢谷樂園、臥龍崗；龜山鄉的觀光茶園、市民農園；龍潭鄉的觀光茶園、休閒農場、小人國；楊梅鎮的味全埔心牧場、揚昇高爾夫球場、伯公山；新屋鄉的沿海防風林、林投樹、賞鳥生態。

　　新竹地區有湖口鄉的觀光茶園；五峰鄉的雪霸國家公園；市區的青草湖、古奇峰、南寮漁港休憩區；新埔鎮的九芎湖休閒農業區；新豐鄉的紅毛港休憩區、紅樹林、濱海遊樂區；橫山鄉的觀光果園、內灣風景線、萬瑞森林樂園；關西鎮的六福村、錦仙森林遊樂園、童話世界；寶山鄉的寶山水庫、猴園。

　　苗栗有獅頭山風景區、向天湖、三角湖休閒農場；頭屋鄉的明德水庫風景區；造橋鄉的香格里拉遊樂區；三義鄉的木雕博物館、西湖度假村；苑裡鄉火炎山遊樂區；卓蘭鎮的長青谷森林遊樂區；泰安鄉的泰安風景區；通霄鎮的青年酪農村、崎頂海水浴場、通霄海水浴場。

　　另外，臺中臺灣民俗村、雲林劍湖山世界、嘉義阿里山、臺南走馬瀨農場、高雄澄清湖、屏東墾丁國家公園、臺東知本溫泉，以及北橫、中橫、南橫等，也都是國人耳熟能詳的景點，不勝枚舉。

　　這些風景遊樂區有關的設施增減、票價調整、促銷活動、節目安排，以及參觀民眾對當地所帶來的交通、經濟、環境衛生、自然生態、噪音汙染等各方面的衝擊，都是地方新聞報導很好的線索。

捌、注意公關資料

　　國內公關活動日益盛行，公家與私人企業愈來愈重視對外公關，

為了提升形象與進行宣傳，公、私機構常會定期或不定期發布公關新聞稿，提供給線上記者做為新聞報導參考資料。一般而言，這些公關新聞稿都是發稿單位站在自己業務立場，所表達的對某些事件與情況的說法，記者固不能照單全收、有文必發，但也不能將公關稿丟棄，而要視為一種有用的參考資訊，從中找出可供進一步追查的新聞線索。

公關新聞稿性質五花八門，有正面性的事件宣傳、說明，也有負面性的解釋、辯解，記者拿到公關稿後，應該花一些時間詳讀內容，找出值得做為新聞寫作的要點，進一步詢問有關人員，增加新聞內容，即可把這些「自己送上門來」的宣傳資料變成一則新聞報導。

玖、注意例行性資料

所謂例行性資料，是指每到固定時間就會公布的官方資料，地方記者只要注意這些事件的週期，就可以在事前或事後取得資料，加以報導。

例如，許多縣市的交通隊都會統計每月、每季、每年當地發生車禍件數與死傷人數，以及取締民眾交通違規、拖吊車件數；警局刑警隊也會定期公布刑案發生類別、件數、破獲率等。各縣市政府的道安會報則是另一種較具新聞價值的例行性作業，每月一次的道安會報針對當地交通改善措施、計畫、方案等執行情形進行討論與檢討，內容具體，與民眾有密切關係，是地方記者值得妥善利用的新聞線索。

另外，縣、市政府主計單位也會調查公布年度的當地各種統計情形，包括民眾收入、支出、教育程度、電器用品、汽車、機車、報紙、雜誌、旅遊等使用狀況；每年農曆年前，地方衛生單位會抽檢年貨、中秋節前會抽檢市售月餅、端午節前會抽檢粽子、暑假前

與暑假期間，會檢驗游泳池水質衛生狀況；過年與過節前，地方交通隊會公布當地重要道路交通管制措施；當地的鐵、公路單位與航空公司，會發布加班車、加班航線情形，以及預售票發售時間；以上都屬於例行性的作業，記者可以在有關單位發布這些訊息前或發布之後取得資料，加以報導。

拾、注意事件未來發展

嚴格來說，新聞報導其實是事件的連續性組合，新聞事件不是單獨存在的，而是某一事件不斷演變與發展的結果；正如同一個人的成長一般，是不可能間斷的，以前的成長影響到目前，目前的成長也會影響到未來。當事件在演變過程中如果具有一定的新聞性，新聞記者就可將之報導出來。

因此，做為一個新聞記者，不是今日將某一事件報導出來即放手不管，而要持續不斷的注意事件的發展，當它發展到某一個地步，出現新的內容、呈現與先前報導不同的面貌時，就是再報導的時候。

以地方建設為例，不論是縣、市政府或鄉、鎮公所，它要對地方進行某項重大建設時，首先會委託工程顧問公司進行各種評估與規畫，包括環境、經費、用地取得、影響性等調查評估，再經過期中、期末報告，不斷的檢討與修正，決定此工程是否可行。如果決定興建，則進一步展開設計、工程招標、開標等，確定承包商後，未來還有一系列的動土儀式、施工興建、監工、驗收、完工、剪綵落成啟用等。

這是指一切都順利的情形，如果有地方人士反對，例如縣議員、市議員、鄉、鎮、市民代表或環保團體對工程有意見，則會透過各種場合表達反對之意，例如舉行記者會、審查會、公聽會，讓政府官員到場說明，甚至走上街頭抗爭，過程就更加複雜了。

即使進入施工階段，也不能保證一切順利；因為，可能在施工

中，工程車輛帶來的塵土與噪音引起附近民眾反感；或是工程地下土方開挖，造成土石鬆動，連帶使得附近民宅牆壁倒塌或龜裂；工程完工後，也可能爆發偷工減料弊案。以上種種，都是事先難以掌握的狀況，記者必須隨時注意事件發展，有必要時加以報導。

不僅是工程方面，其他與民眾有關的重大措施或方案，都會依時間而有不同的發展，例如交通取締措施、違規車拖吊方案、焚化爐的興建、垃圾場的設置、教育措施的實施、違章建築的取締、違規營業場所的整治、攤販的整頓等，均有其延續性，每一階段記者都可適時切入，進行報導，呈現事件最新狀況。

拾壹、注意聊天訊息

記者在與各行各業人士聊天時，不論是村夫村婦或政府官員，都要注意「聊天不只是聊天」，而是新聞線索的來源，靈敏的記者可以從對方不經意的一句話中，察覺到具有新聞價值的線索，據以追查，成為新聞題材。

特別是層級較高的政府官員、民意代表、機關首長，例如縣長、市長、鄉長、鎮長、議長、農會與漁會理事長，或是鄉代會主席等，他們的聊天內容往往涉及民眾關心的議題，從其明顯或暗喻的談天內容中，可能獲得新聞報導的靈感。

因此，記者在與任何人閒聊時，心態上應該和一般人不同，目的不是要消磨時間，而是從聊天中獲得有用的新聞線索，在聊天時一定要用心聆聽，免得漏失有用的訊息。

拾貳、注意他人報導的相關新聞

對報紙來說，臺灣每個縣市都有自己的地方版，報紙所刊登的地方新聞數量驚人，只要稍微留意，即可在已刊載的別人新聞中，發掘可做為新聞報導的題材，幾乎俯拾皆是，任憑取用。

特別要說明的是，別人已寫過的新聞只能做為自己進一步深入採訪的線索，而非照單全抄，而且一定要針對該新聞未曾報導的內容、或報導不清、或解釋不明、或資料不全、或內容可能有誤、或可以衍生其他新發展事件等方面，再做詳盡查訪，成為獨立的一篇報導，如果沒有新發現，寫出來的新聞與別人大同小異，則成為抄襲，將貽笑大方。

拾參、注意文書記錄、計畫方案

各種公文書信、會議紀錄、計畫案、規畫報告、期中報告、期末報告等，都有它要表達的具體內容，它可能是一個意見的溝通、觀念的解釋、方案的評估、地方建設的前置作業，甚至是一個事件執行之後的總檢討與得失的探討，它的內容可能很沈悶，充滿各種枯燥無味的數據，卻是記者的一個主要新聞線索來源。

例如，臺灣各縣、市政府都會委託專家學者進行地方綜合發展計畫規畫，內容鉅細靡遺，包含當地全部的各種軟、硬體建設規畫，可以說是一個地方未來發展的綜合指南，儘管其中有許多方面限於經費而無法落實實施，但對記者來說，仍具有相當的參考價值，可以從中全盤了解未來地方建設走向，並可以找出有用的資料，向有關人員進一步追問，將紙上計畫與實際執行情形，以及有關人員的說法多方搭配，即可擬出計畫的輪廓，成為新聞報導內容。

除此之外，各地方政府平時的一些中、小型建設規畫案，在規畫顧問公司提出簡報、期中、期末等報告時，記者都可以蒐集這些資料，在適當時機加以報導。

要特別注意的是，如前所述，這些規畫案常由於欠缺經費，往往成為紙上談兵，不太可能付之實施，成為地方政府畫大餅的一種宣傳技倆，記者要認清背後的事實，不可被利用，隨著地方政府的旗幟起舞。

拾肆、注意其他媒體訊息

在這裡，所謂「媒體訊息」要做擴大解釋，除了先前提過的其他報紙的報導之外，還包括電視臺、電臺、有線電視、雜誌、期刊的資訊，特別是在地發行的社區性刊物，例如社區報、社區雜誌、學校刊物、學生實習報等，以及電話簿、百科全書、字典、簡介、說明、小冊子等各種出版物均涵括在內，平日要隨時蒐集。

這些媒體常蘊藏著無限的新聞題材，只要多動腦筋、隨時留意、多加觀察，就一定能發現可作為我們新聞報導的材料。因為，這些資料儘管不起眼，但採訪人員或許有他自己的消息來源與特別門路，寫出題材相當不錯的報導，成為記者寫新聞的好線索。

特別是這些媒體可能因篇幅限制，或是本身定位問題，無法做深入與充分的報導，我們可以這些報導為基礎，進一步挖掘內容，做深入報導。

拾伍、注意廣告

這裡所說的廣告不只是報章雜誌上的廣告訊息，也包括一般常見的夾報式與傳發式宣傳品。一般讀者很少會注意廣告內容，其實，廣告是時代產物，反映社會脈動，廣告更是大千世界的縮影，內容充滿吸引力與各種陷阱，如果細心觀察，就可從中找到新聞線索。

除了一般的商品廣告與人事廣告，報紙與雜誌的廣告內容十分繁雜，可說是無奇不有，例如道歉啟事、陳情書、徵婚、徵友、警告啟事（如警告逃夫、逃妻、友人）、聲明（如聲明斷絕父子關係、聲明在外行為不負責等）、開會、演講、尋人、尋物等。

廣告的遣詞用字有的趣味橫生，有的緊張刺激，有的則充滿懸疑，如果涉及名人或不尋常現象，更是值得做深入追查的好題材；我們也可從商品廣告中，獲悉特殊商品上市、新店開張、商家打折、

降價促銷、舉辦活動等訊息，做為新聞採訪的參考之一。

另外，從媒體中的房地產廣告數量的增減與篇幅的大小，我們也可察覺當地房地產景氣是否復甦與衰退，進而向建築業者、房屋仲介業者詢問，寫成有關房地市場的新聞稿。

拾陸、注意網路資訊

國內上網人口每年大量增加，網路上充滿各種訊息，不但是學生找資料的好去處，更是記者找尋新聞線索的絕佳場所。在資訊爆炸的時代，做為一個記者，如果不懂得利用網路做為採訪輔助工具，可就太落伍了。

國內在網路上架設網頁的公、私機關、團體、個人，幾乎無法勝數，在地方上，包括縣、市政府；鄉、鎮、市公所；國小、國中、高中、專科、大學院校；警察局、派出所、藝文單位、醫院、風景遊樂區、民俗團體、公益單位、飯店、旅館等，應有盡有，甚至還有個人網頁，這些網頁上充滿各式各樣的資訊，只要仔細閱讀，則不難發現具有新聞價值的線索。

拾柒、自己本身

很多記者都忘記自己也是新聞線索來源之一，當我們發現一個新聞事件之後，要不斷的反問自己「為什麼?」例如，「為什麼會發生這個事件?」「事件的產生背景為何?」「為什麼事件會在此時、此地發生?」「為什麼人們要做這件事情?」「為什麼其他地方沒有相同事件產生?」「為什麼?」「為什麼?」……。

此外也要想想，還有那些相關的事件可能發生? 還有什麼要注意的? 是否可以根據此一事件，追蹤到其他新事件? 事件的發生，對於人們有何意義? 有什麼影響? 從自己不斷的思考中，可以引發新的新聞線索出來，成為報導題材。

第六章　地方新聞攝影

攝影是地方記者要具備的工作條件之一，臺北總社新聞採訪分工細密，「採訪」通常由文字記者負責，「攝影」另由攝影記者擔任；因此，總社的文字記者只要在採訪現場蒐集各種資訊，將採訪所得寫成文字稿即可，照片部分根本不必擔心，一切交由攝影記者處理。

可是臺北市之外的地方新聞記者，十之八九既要負責文字、也要負責攝影，可說是一人身兼兩職，沒有兩把刷子，往往顧此失彼；不是忙著採訪對方的說法，忘了攝影，就是只顧著取景，不知道對方說些什麼。

即使有辦法做到一心兩用，既能訪問到新聞重點，也拍下新聞照片，但由於攝影終究非地方記者所長，所拍下的畫面常常品質可議，無法呈現該有的水準，飽受上級長官責難；特別是，有些場景係突然發生，就算記者當場準備拍照，也因為事出突然，令人措手不及，無法拍到畫面，落得兩手空空，更使人扼腕不已。

從以上看來，不論是靜態或動態的畫面，地方記者都會隨時遇到，這也顯示出新聞攝影與一般的生活拍照，兩者之間的專業性大不同，切不可掉以輕心；地方記者除了平日要多閱讀新聞專業攝影書籍，汲取他人豐富的攝影經驗之外，在工作心態上也必須特別加強，以謹慎態度對待新聞攝影，才會有好的結果。

以下是幾點必須注意的事項：

壹、慎選裝備、注意需求

由於目前國內各報普遍實施電腦化，大多數報紙的地方記者都採用數位相機，它的最大好處是沒有底片，不用沖洗底片與照片，記者只要將留存在記憶卡內的畫面叫出來，即可透過電腦傳送回總

社，方便又省錢。

　　但是數位相機有其功能上的缺失，它的解析度、鏡頭、對焦、連拍、快門速度、感光度等，都還不如傳統的單眼相機與較高級的傻瓜相機，特別是其內建式的閃光燈，充電速度緩慢，往往要隔幾秒鐘之後才能充妥電力再拍下一張，充電過程中常漏失重要畫面，讓要搶鏡頭的記者為之氣絕；雖然市面上已有少數數位相機可外接閃光燈，但價格較高，非一般地方記者所能接受。

　　功能差的數位相機產品，用在一般生活照上還可應付，用來新聞攝影，可能就會誤了大事；因此，地方記者在選購數位相機時，不能以節省費用做為挑選數位相機的主要考量，最好多詢問專業人士意見，寧可多花點錢，選購符合新聞工作需求的產品；隨著科學發展日新月異，數位相機的汰舊換新速度極快，相信未來數位相機功能會更加強大，價格也更大眾化。

　　當然，傳統的單眼相機也不可廢，記者出發前要事先評估新聞事件性質，選擇最合適的相機。例如，如果要採訪運動會、選舉造勢、大型晚會、夜間活動等特殊事件時，由於面對大場景、特殊速度、特殊光線等特殊情況，最好以單眼相機取代數位相機，以免無法達成效果而後悔莫及，這也是「工欲善其事，必先利其器」的道理。

貳、預先構圖、模擬狀況

　　記者在出發前往採訪、拍照時，一定要預先了解現場是何種性質、可能會發生何種意外狀況、一旦發生突發狀況，要如何拍照等等，以免狀況發生時，因為毫無心理準備，以致手忙腳亂，如果可能，最好先到場觀察，尋找最適合拍照之處。

　　例如，如果是大規模的示威遊行活動，記者要先想好萬一發生流血暴動事件，要在何處照相？附近是否有高點可居高臨下取景？

所帶的攝影裝備是否齊全？是否有足夠的保護設施？如果自己被暴民包圍、要脅交出底片時，要如何處理？這些如能事先在內心模擬一番，事到臨頭時就較能沈著應付。

參、抓住焦點、主題明確

　　新聞攝影是一門專業學問，如何取景、構圖才能將要表達的主題凸顯出來並不容易，許多地方記者以為只要讓事件主角出現在照片中，就是新聞攝影，絲毫不去注意主角在照相中所具有的分量，結果新聞主角在相片中只有拇指般大，看也看不清楚，使照片不具新聞意義。

　　例如，九二一大地震發生後，許多學校房舍倒塌，學生無教室可上課，只好搭帳棚充當臨時教室，一位當地記者發新聞報導此一現象，所配合的照片卻是大批學生在操場嬉戲的畫面，學生後面的一個很小角落才是帳棚；此種即是主題不明確的新聞照片，正確的拍法是以學生在帳棚內上課為焦點，後面可以配合學生遊樂的情形無妨。

　　另外，有的記者新聞寫的是某風景區道路遇到假日時大塞車，但是所拍的照片卻只有幾輛車在路上，一點也看不出來大塞車的模樣；有的新聞報導某村落舉行大拜拜，當地民眾家家開設宴席，綿延數公里，十分壯觀，但是所拍的相片畫面，卻僅有三、五桌酒席而已，顯現不出壯觀景象。這些都是照片主題、焦點不夠明確，以致和新聞內容不搭調的結果，記者應該多走一些路、多等一些時間、多爬高一些，來求取最佳畫面。

　　因此，讓新聞主題明顯呈現在畫面中，可說是新聞攝影最基本的觀念；此外，除非周邊或背後景物對新聞主角具有某種特定意義，否則周邊與背後景物盡量單純化，免得新聞主題受干擾。

肆、隨時動腦、以腦代眼

所謂「一張相片，勝過千言萬語」，這是指一張成功的新聞照片而言，畫面內充滿感情，即使不用文字述說，任何人也都能感受到它要表達的意境。要拍得成功的新聞照片，絕非僥倖，而是不斷動腦、深思的結果。因此，記者在新聞場合中，必須要隨時觀察周邊環境，包括人、事、物等各方面，是否有獨特之處？從中發現異於表面上所見的畫面，拍攝起來才能令人感動。

此種從尋常景象去發現不尋常事物的功夫，除了經驗的累積，更是動腦的結果；換句話說，新聞攝影要「以腦代眼」，用腦筋去觀察別人所看不到的景象，而非用眼睛去看一般人都能看到的東西。

例如，一般人要表達車輛擁擠、交通大塞車的現象，大都只是走上天橋，從上往下拍車子塞在路上的鏡頭，長長一條有如一列火車；一位記者卻不採此種傳統手法，而是走近兩部車頭與車尾幾乎連在一起的汽車旁邊，趁著幾位小學生吃力的企圖從兩部汽車中間跨腳過來時，按下快門。照片中一方面顯示大塞車的嚴重，連學生也有恃無恐的從兩車中間走過來；另一方面也顯示，塞車造成小學生不守規則，橫越馬路，使交通更加混亂，的確是神來之筆。

另外，有記者報導某位讀國小的女生，為了幫助弱勢團體，將留了多年的漂亮長髮剪下來義賣，所拍的照片是剪髮以後的短髮外表；其實，讀者最想看的是其未剪髮時的模樣，記者應該在其剪下頭髮前，先拍照片；如果是事先剪下頭髮，當場拍不到，記者也要請家屬提供以前長髮的照片，予以翻拍，再與剪過的模樣做比對，讀者才能了解頭髮剪下前與剪下後的不同。

由以上可證明，新聞攝影動腦與不動腦的結果，照片品質有著天壤之別。

伍、第一時間、趕赴現場

記者的新聞採訪工作，其實就是與時間競賽，事件發生後愈早到達現場，對記者的新聞採訪與拍照愈有利，對於新聞攝影尤其重要。如果記者抵達現場時間太晚，現場可能已被破壞，所拍得的照片即屬於二手場景，並非現場，對極力講究「還原真實」的新聞工作來說，形同報導失真。

因此，當記者獲悉某處發生新聞事件時，必須儘可能在第一時間內趕到現場，爭取拍攝現場畫面時機，需知，文字內容在事後還可透過再一次採訪或其他管道加以補強，照片可就無能為力了。

陸、先求有、再求好

有些記者對於新聞畫面十分講究，不隨便按下快門，只是耐心的等待好畫面出現，殊不知有些新聞畫面稍縱即逝，不容得有第二次機會，特別是對於重大新聞事件，只要品質稍微可以，隨便一張相片都可能上全國版，甚至成為世界性的新聞圖片；記者身處現場必須懂得權衡事件輕重，記得緊握相機，在適當時機按下快門，先求有照片，再求有好的照片，以免痛失良機。

例如，早年美國總統甘迺迪，乘坐敞篷車遊行時，四周戒備森嚴，加上沒人想到會發生暗殺事件，以致沒有一位記者的相機緊盯著他，在他被暗殺的瞬間，只有一位看熱鬧民眾以早期 V8 攝影機錄下模糊畫面；儘管如此，各大通訊社為了獲得新聞圖片，仍對該卷底片競相喊價，最後讓該民眾發了一筆小財。說明重大新聞事件，即使是模糊的照片，也比沒照片好。

柒、裝備齊全、臨危不亂

記者在出發前往新聞現場拍照前，要評估新聞事件性質，分析

可能發生的狀況，攜帶最適合該場合的攝影裝備，而且配備務必要求齊全，包括各種鏡頭、不同感光度的底片、電池等，不只要確定相機內的電池電力飽滿、底片裝妥，也要記得多帶備用底片與電池。

如果認為新聞事件隨時可能發生讓自己來不及換底片的突發狀況，最好將剪片剩下的十幾張底片取下，換成全新的三十六張底片，以防萬一。此外，小型鋁梯最好也能準備，在人數多的場合，有鋁梯幫助，對搶鏡頭有意想不到的好處。

另外，在拍照過程中，要隨時提醒自己是「新聞記者」身分，目的是「拍照」，與一般觀眾不同，發生特殊狀況時，不可和一般民眾一樣驚慌而忘了拍照，到頭來一場空。

多年前，國內曾舉行一場飛彈試射演習，結果有一枚飛彈發射出來之後並非直接凌空而上，而是如同蜂炮般的四處亂竄，被安排在高臺上的許多攝影記者大驚失色，紛紛找掩體躲避，錯失拍照良機。在座的聯合報攝影記者龍啟文不慌不忙的緊盯炮彈蹤跡，以連拍器猛按快門，一口氣整卷照完。由於內容十分精彩，翌日聯合報在第一版以連續畫面刊出二十七張照片，此一照片為該記者奪得當年吳舜文新聞攝影獎。說明記者在攝影過程中遇到突發狀況時，一定要冷靜、動作快有優於別人的表現。

捌、勤拍照片、備而不用

有些照片可遇不可求，在平常時候，記者可以很容易的拍到這些畫面，一旦事過境遷，換了不同時空，想要拍到同樣畫面，有時比登天還難。因此，記者在平常要養成勤拍照片習慣，隨時拍、隨地拍、隨手拍，以備不時之需。

例如，若干地方名人的生活照片，就是身為地方記者要努力蒐集的對象，記者可利用公開場合，例如會議、宴席、表揚、園遊會或其他場面，順手將他們一一拍照，做成檔案，一旦這些人物不論

發生喜事、醜事，必須要上報時，就可派上用場，不必再花費大量時間找照片。

地方上重要的機關、學校、廟宇、觀光風景區、百貨公司、古蹟等建築外觀，也是拍照的對象，如果發生火警燒毀、地震倒塌、重建、改建、弊案或有關的事件，必須見報時，就可立即調出使用。

值得注意的是，地方記者多數使用數位相機，當記憶卡滿載時，往往將記憶卡內的影像資料全數刪除，以便重新使用，以致於無法留下以前記錄，是很可惜的做法。其實，可以多位記者合買光碟片與燒錄機，將這些影像錄在光碟片內，為自己留下新聞工作記錄，也可以成為永久的檔案資料，隨時取用。

記者應謹記「凡走過的，必留下痕跡」，不應讓自己的努力攝影工作成為空白。

玖、注意智慧財產權

有些採訪人物與採訪單位為了方便記者，往往主動寫好新聞稿、拍好照片，提供記者使用，記者也樂得大用特用，且對別人或其他單位提供的照片寫上自己攝影，表示是自己所拍，在智慧財產權日益受國人重視的此時，很容易為記者帶來麻煩，一定要特別留意。

自從有關智慧財產權法令在國內公布實施後，國內新聞界已發生多次記者以他人照片做為自己照片，刊登在報紙上，因而付出金錢賠償的事件；報社付給記者的照片稿費，每張只不過三、四百元而已，記者要付給對方的賠償金額，從數十萬至數百萬元都有，可說是典型的「因小失大」。

記者保護自己的方法就是「實話實說」，當他人或其他單位提供照片時，就註明照片是某人或某單位提供，不要掛自己的姓名，才能徹底的防止惹禍上身。記者在拍攝畫展相片時，也儘可能將參觀者拍入畫面，使成為新聞照片，不要只拍圖畫本身，因為很可能為

自己帶來想像不到的後遺症。

拾、隨身攜帶相機

好的新聞照片是不會等人的，也常常沒有任何徵兆，隨時隨地都會發生，所以，避免與好時機擦身而過的最好辦法，就是無論何時何地，身邊都要有相機。

早年國內一位記者在路邊飲食攤用餐時，正巧對面一棟大樓發生火警，當時消防車尚未抵達現場灌救，他順手拿起身邊的相機跑到大樓前方，朝熊熊火苗處拍了一張照片，由於火勢不大，很快被撲滅，後來有人發現地上躺著一個受傷民眾，原來是跳樓逃生的民眾，此位民眾立即被送醫救治。

這位記者返回報社後，請人將底片沖出、放大，發現這位跳樓民眾當時的跳樓畫面，竟然被他攝入鏡頭中，此種活生生的新聞照片可說千載難逢，報社第二天將照片登在頭版上，後來該張相片獲得國內新聞攝影大獎，這位記者獲得獎金三十五萬元。雖然此事說來有相當運氣成分，但如果他身邊未帶相機，就不可能有此幸運結果。

另一事件正好相反；一位攝影記者下班後開車在路上，眼前竟然發生歹徒搶劫銀樓事件，此種情形一輩子難得碰到一次，他目睹整個過程，當時車上卻無相機，以致無法將過程拍攝下來，最後只好眼巴巴的看著歹徒揚長而去，令他扼腕不已。

所以，為了避免事後後悔，身為地方記者，最好在機車上、汽車上、手提包內，都要放置相機，即使是最簡單的傻瓜相機也好，因為前面說過，「先求有照片，再求好照片」，這是讓自己不後悔的不二法門。

第七章　地方記者與公共關係

目前是個宣傳的時代，不僅私人企業需要媒體為他們做宣傳，以促銷商品或改造企業形象，政府單位也愈來愈了解宣傳的重要，時常要透過媒體為他們發表文宣，做政令宣導，讓社會大眾知道政府為民眾做些什麼；因此，每天媒體所報導的新聞事件，其中很大部分是從公家單位或私人機構所提供的公關稿而來，記者與公關人員的關係日益密切。

地方記者幾乎天天都要與各採訪單位的公關人員打交道，不論是間接或直接；這些公關人員存在於採訪單位的不同部門中，階級與職稱不盡相同，但是他們都有共同的目的——對於記者的詢問提供解答，儘可能滿足記者的需求，並與記者建立良好關係，以便自己的單位有醜聞發生時，記者能筆下留情，降低對自己服務的機構造成傷害；遇到對自己單位有利的事件時，也請記者能多美言幾句，儘可能在報導時多寫一些，對外界塑造良好形象。

第一節　公共關係的起源與發展

公共關係雖然是本世紀的普遍現象，其根源卻根植於歷史中，從某一方面來看，它和人類的溝通史一樣古老。在古代文明裡，如巴比倫、古希臘的羅馬，統治階層說服老百姓接受政府和宗教的權威，他們所使用的是人類迄今仍在使用的溝通技巧，包括：面對面溝通、演說、美術、文學、戲劇、宣傳，以及其他類似的溝通技巧❶。

當然，當時這些活動都未被稱做公共關係，但它們的目的與所

---

❶　莊勝雄，《公共關係策略與戰術》，授學出版社，民八十二年，頁三十六。

造成的結果，與今天類似活動十分相似。例如，古代雅典人在替奧林匹克運動會做宣傳時，他們所需的宣傳技巧與我們當今對任何一屆奧運會所做的宣傳技巧，幾乎完全一樣。柏拉圖時代的演說技巧，和我們今天所要求的，完全相同；例如，一定要先了解觀眾背景、絕不可低估他們、把可以啟發智慧的訊息告訴他們、改變他們的想法，或是堅定他們原有的信念。

　　公共關係(public relations)是一門綜合性的學問，是社會科學的一個縮影，就其活動範圍來說，它是現代公共行政與企業管理的核心問題，也可以說是人類社會活動的主要內容❷。

　　由於公共關係牽涉人類社會的複雜活動，所以它的定義並不明確。一九七四年，美國「公共關係新聞」(Public Relations News)，曾函請全國公共關係專家，共同為「公共關係」此一名詞確定一個定義，結果收到兩千多個答案，這些答案都是人言各殊，沒有一個是相同的❸。

　　整體而言，公共關係大致可包涵以下特性：

　㈠它是研究人類如何和諧相處的一種藝術。

　㈡它是大眾思想交通與情感交流的一座巧妙橋梁，目的在產生一個理想社會。

　㈢它是以態度、語言、文字影響大眾，而希望獲致良好印象的總稱。

　㈣它是一種管理的新哲學，基於大眾利益，估量大眾態度，協調內部政策，並擬定具體計畫，以促進大眾的了解。

　㈤它是首先找出事實，人們所喜歡的應該多做一點，不喜歡的最好少做一點。

　㈥它是使人喜歡與使人尊敬的一種藝術，也就是如何交友的一

---

❷　李瞻，《政府公共關係》，理論與政策雜誌社，民八十一年，頁一。

❸　同上注，頁三十六。

種藝術。

㈦它百分之九十要靠自己做得好，百分之十才靠宣傳。

㈧它是宣傳與社會責任的結合。

㈨它是良好行為配合良好的報導。

總之，公共關係目的在基於共同利益，促進自己與大眾的充分了解，以期建立信譽，進而爭取廣大民眾的堅定信任與支持❹。整體而言，公共關係人員可說是一個單位裡的化妝師，將單位最好的一面加以包裝，再呈現出來，對外廣為宣傳，讓社會大眾了解、進而接納，以達成其特定目的。

目前公共關係已變成一種專業，主要功能大致包括：新聞代理、宣傳、顧問三種❺。不論是那一種功能，公共關係人員似乎都要廣結善緣，努力和各界做好關係，其中最重要的顯然是與新聞記者的關係，因為記者是新聞宣傳的第一線，公關人員對該單位的形象包裝，到最後都免不了的要將各式的宣傳品，例如所企畫好的案子、點子、訊息，交給記者發布新聞，所以公關人員與採訪記者有最直接的關係。

第二節　我國政府公關的發展

我國政府公共關係起源於民國三十五年，對日抗戰勝利後，行政院設新聞局，負責新聞發布，由董顯光任局長。後來董顯光赴美，由副局長曾虛白繼任。這是我國政府公共關係之先導。

民國三十八年政府播遷來臺，三十九年四月二十四日成立政府發言人辦公室，由沈昌煥為發言人，掌理國內外宣傳事項等職責；

---

❹　李瞻，《政府公共關係》，理論與政策雜誌社，民八十一年，頁三十六。

❺　莊勝雄，《公共關係策略與戰術》，授學出版社，民八十二年，頁三十七。

民國四十二年，交通部在部長賀衷寒倡導下，在所轄的郵政、電信、航空、水運、鐵路、公路、港務、氣象等部門，設立公共關係單位，隨後經濟部在台糖公司、台電公司、中油公司等單位，也正式設立公共關係組織。四十三年一月一日，政府發言人室改為行政院新聞局，負責政府宣傳與公共關係工作，明訂局長為政府發言人。

民國四十七年四月二十三日，行政院公布「政府各機關及公營事業推進公共關係方案」，命令中央、省府與公營事業單位遵照實施。公共關係制度之建立，一時蔚為風氣。尤其行政院新聞局不僅本身為政府之公共關係單位，更透過「新聞聯繫工作會議」與「公共關係研討會」等方式，全面推展現代政府公共關係，對開創風氣、建立制度，貢獻很大。

但自從民國六十七年七月一日，政府為精簡機構，命令各單位之公共關係室併入秘書室，人事與經費失去獨立性，使政府公關工作的推展受到很大挫折。然而，公共關係為民主政治之一環，不可或缺，行政院因此於六十八年十一月六日，核准新聞局擬定之「行政院各部會處局署建立發言人制度方案」，頒布實施。七十一年七月二十八日，行政院再頒布「行政院各部會加強新聞發布暨聯繫作業要點」。以上兩項行政命令，是當前我國政府公共關係工作之重要依據。❻

政府的公共關係是政府與人民之間的一座橋樑，擔負雙向溝通的任務，其主要功能是：

㈠透過各種傳播管道，說明政府政策與改革措施的背景、理由與目標，爭取人民與國會的充分了解、信任與支持。

㈡了解新聞媒介的需要，提供誠懇而周到的服務，消除敵意，做新聞界的益友，爭取他們的善意與合作。

---

❻　李瞻，《政府公共關係》，理論與政策雜誌社，民八十一年，頁五十二至五十三。

㈢透過政黨協調，改善政黨的關係。

㈣透過民意調查，了解人民的態度、需要與願望，做為政府制訂與修正政策之參考。

㈤配合國家公共政策之研究，洞燭機先、未雨綢繆、防患未然，適時提出政治興革意見。

㈥接受人民的陳情與訴願，妥善處理，消除人民的不滿與不平。

㈦秉持開明、公正、公平的態度，維護社會正義與安定，培養人民對政府的向心力。 ❼

第三節　我國政府公關概況

民主政治是民意政治,政府政策必須要獲得人民的了解與支持,政府政策始能貫徹實施；因此，我國政府機關大都設有公共關係部門，做為政府機關與民眾的橋樑，將政府的種種作為與計畫，透過新聞媒體報導與其他的宣傳方式，告之社會大眾，政府公共關係因此是民主政治的產物，實行民主政治必須重視公共關係。

為做好與外界的關係與加強溝通管道，國內中央與地方各主要政府機構大都設有公共關係單位與發言人制度,專責對外公關業務,但是因為缺乏整體規畫，這些單位公關組織的名稱、編制、人員與業務等各方面，都相當紊亂，而且公關人員的職稱、主修的學科與背景也有極大差異。此外，整體來說，較具規模、組織較齊全、功能較完善的公關單位，幾乎主要集中於中央政府機關，地方上政府機關除了縣、市級政府、警察局之外，很少有專門的公關單位與公關人員，常由其他人員兼任，既不專職也不專業，造成地方記者新聞採訪聯繫上的極大不便。

國內傳播學者曾對政府一一九個單位的公關業務，做一次問卷

---

❼　李瞻，《政府公共關係》，理論與政策雜誌社，民八十一年，頁七十二。

調查，其中包括政府機構與國營事業。❽結果發現在這些單位中，
只有台電、中油與郵政總局設有「公共關係處」，由秘書處（室）兼
辦公關業務者有一一一個單位；另有五個單位只設發言人制度，而
沒有負責公關業務的專責單位。在發言人制度方面，有一〇六個單
位設有發言人，有十三個未設發言人。

在設有負責公關業務的一一四個單位中，負責人的職稱以「秘
書」最多，其次是「科長」，其他還包括：副首長、處長、參事、書
記官長、科員、研究員、編輯等各種不同的職稱。負責人主修的學
科，涵及文、法、商、理、工、農等不同領域，其中以公共行政最
多，其次是法律、政治，其餘還有：企管、財稅金融、教育、新聞、
農學、語文文學、會計、統計、機械、交通、歷史、三民主義等。

在設有發言人制度的一〇六個政府機構中，以副首長擔任該單
位發言人者最多，人數將近一半，其次是秘書，另外還包括處長、
專門委員、科長、書記官長與編輯等。主修學科也是以公共行政最
多。

至於國內政府機構設置的公關單位名稱，或發言人室附設的單
位名稱，也頗多樣化，從最通稱的新聞股（組）、公關室、公關股、
公關組等，到文書科、編譯股等都有，並未有統一名稱。這些單位
已進行的公關業務中，對象包含新聞界、社會大眾、國會員工、學
術界、社會團體、政黨等，其中與新聞界的接觸最頻繁，占業務的
八成五，而且係以定期或不定期記者會的方式。

從以上資料可得知，政府的公共關係人員與新聞發言人的身分、
專長、職稱、教育背景等，有著極大差異；而且，這些單位絕大多
數沒有正式編制，沒有任用專業人員，職級太低，缺乏獨立經費，
職權分散，且未充分授權。可以想見的，其公共關係的運作沒有具

---

❽　李瞻，《政府公共關係》，理論與政策雜誌社，民八十一年，頁三十三
　　至四十。

體目標，沒有方法，也沒有效率，公關效果勢必大打折扣。政府機關尚且如此，地方上各種性質不一的機關、團體、公司、行號等，其公關單位與人員的設置，情況就更紊亂了。

第四節　國內地方公關現況

目前國內地方上的各種機關、團體、單位，依照性質大致可分成：政府與民意機構、國營事業、私人企業、學校、政黨組織、民間社團等類別。不論是公家或私人機關，都不太重視公關活動，設有專門公關單位與人員的機關比例甚低。

如果純就公家與私人區分，整體來說，大型私人企業對公關比較重視，業務運作也較積極，平日公關人員比較努力和地方記者建立良好關係，公關文宣品質與發布頻率，也都比政府機構來得多與密集。

除了縣、市政府與縣、市警察局之外，絕大部分的地方政府與國營事業機構都沒有公關部門的設計，而是由單位主管或副主管兼任新聞發言人。公關部門在公家單位來說，屬於聊備一格、可有可無的附屬品，遠不如私人企業來得重視。以下分述之。

壹、政府與民意機構

除了臺北市以外地區，公關制度較完好的只有縣、市政府與縣、市警察局，這些單位大都設有新聞室或公關室，有專門人員負責公關業務與新聞發布。除此之外，其他政府組織與單位、各級民意機構，舉凡國稅局、國有財產局、調查站、地方法院檢察署、地方法院、退輔會、監獄、菸酒公賣局、監理站、鄉、鎮、市公所，鄉、鎮、市民代表會、文化中心、圖書館、學校、地政所、戶政所等，專責公關人員與單位均付之闕如，對於新聞的連絡與連繫，大都由

各單位主管、副主管，或是秘書級人員兼任。

貳、國營事業

　　國營事業其事業體系十分龐大，與社會大眾日常生活有直接而密切的關係，做的主要是服務工作；即使如此，對於公關與新聞聯絡專人與單位的設置，卻比政府機構還不重視，包括自來水公司、電力公司、天然瓦斯公司、電信局、鐵路局、公路局等，幾乎都未有專責公關單位與人員，而是由這些單位的主管、副主管、秘書等人，兼任新聞發言人。

參、私人企業

　　私人企業以營利為目的，著重形象建立與宣傳，以便贏得消費大眾口碑，進而購買其商品，獲取利潤。由於肩負事業體的營利績效重責大任，整體來說，私人企業是最重視公關業務的單位，其中尤以百貨公司、大型量販店、遊樂區、觀光大飯店最為重視，有專門的公關組織與人員，兢兢業業的從事公關活動。

　　除此之外，包括銀行、合作社、證券公司、戲院、餐廳、KTV、票券、投資公司、航空、保險公司、海運，甚至科學園區、工業區的大廠商，雖然有的事業規模極大，一年營業額十分驚人，但只有少數設有公關部門之外，絕大多數並無專責公關單位。

　　以桃園地區為例，大型百貨公司多達八家，市場競爭格外激烈，平日與假日的折扣促銷手法與各種活動十分眾多。為了讓消費者知道這些訊息，業者很密集的發布各種文宣稿，透過報紙與當地廣播電臺、有線電視加以報導。就因為文宣工作繁重，百貨公司大都設有專門單位與人員，負責這些業務，只不過單位與人員名稱互有異同。

　　例如，在桃園市與中壢市均有分公司的遠東百貨，前者由企畫

室負責公關業務，後者則由廣告課負責；在桃園與中壢各自有一家分公司的來來百貨，由企畫課負責公關；其他的百貨公司，負責公關的單位名稱都不一樣，桃園統領百貨是企畫處宣傳美工課；桃園新光三越百貨為文化館課；中壢太平洋崇光百貨屬於顧服課業務。位於桃園南崁的台茂購物中心，是臺灣第一家大型購物中心，負責公關業務單位是行銷課。

在遊樂區方面，龍潭小人國公關部門屬於行銷企畫部；楊梅味全埔心牧場為規畫課；桃園市海洋生物教育館為企畫部；六福村為行銷部宣傳課。

廠商方面，中壢市的福特六和有公關室，新竹科學園區內的台積電與世界先進積體電路等，均有公共關係部，設有經理、副理、專員等，負責新聞資料的發布、與記者聯繫、策辦藝文、展演等活動；另外，也有廠商由人力資源、財務等單位人員兼任公關與新聞聯絡業務。

肆、學校

在地方上的各級學校中，高中、國中、小學目前幾乎都未設有專門的公關人員，而是由校長或主任級人員兼任，只有部分大專院校設有公關人員，尤其是政府開放設校以後，新學校如雨後春筍般出現，新、舊學校爭奪學生的氣氛日益熱烈，為了打開知名度，以順利招生工作，愈來愈多的大專院校注重對外公關，學校內有任何新建築落成、講座、活動、展演、開班等，都會主動通知線上記者前往採訪，透過媒體進行宣傳。

即使如此，每所學校的重視公關的程度仍有差異，有的學校設有公關室，專責此一業務，有的則由秘書室負責。

伍、政黨組織

我國政黨競爭十分激烈，尤其每到選舉期間更形白熱化，但是每個政黨在地方上並未落實公關工作，包括縣黨部、市黨部等地方黨部主要機構，並無常態性的專責文宣與公關人員，記者有事情要訪問時，只能找主委詢問，鄉、鎮地區就更不用說了。

在國內每個鄉、鎮地區都可見到的民眾服務分社（站），是國民黨的地方基層單位，是鄉、鎮記者常要採訪的單位之一，但是也無公關人員，分社主任是理所當然的對外發言人。

這些地方上的政黨組織，只有到選舉期間基於新聞宣傳需要，才會進行臨時性的任務編組，設置公關或文宣單位，與記者做密切的往來，等選舉結束後，由於已失去功用，隨即解散，其公關運作只是曇花一現。

陸、民間社團

在地方上，民間團體充滿活力，不僅單位數量十分眾多，性質五花八門，而且活動力十足，在特殊節日時，都會策畫舉辦各式各樣活動讓社會大眾參與，成為地方民眾打發時間、培養人際關係、休閒的主要去處，但是多數民間社團也未有公關單位與人員的設置。

我國地方上主要的人民團體，包括各級農會、漁會、工會、工業會、商會、商業會、同業公會、水利會、同鄉會、宗親會、同學會、婦女會、獅子會、國際扶輪社、老人會、退伍軍人協會、社區發展協會、社區活動中心、捐血協會，以及其他各種專業性的團體，這些團體規模大小與會員人數差異很大，性質也各不相同，絕大多數都頗熱中策辦活動，例如園遊會、登山健行、捐血活動、會員聯誼、烤肉、婚友聯歡、晚會、開會、周年慶、成立大會等。

也因此，這些團體經常要透過地方記者發布新聞稿廣為宣傳，

讓會員或社會大眾知曉，以便參與這些活動。換言之，民間社團有很多機會與地方記者接觸，但是絕大多數也無專責公關人員。

第五節　公關新聞資料發布方式

當有新聞資料要發布時，地方上各公、私機構單位的公關或新聞聯絡人，就要設法將資料送交給記者。提供新聞資料的方式有多種不同方式，主要包括定期記者會、非定期記者會、傳真、專人送達、電話連絡，分述如下。

壹、定期記者會

最常舉辦定期記者會的是縣、市政府，大約每個月一次，由縣、市長主持，各業務單位主管人員列席，將最近計畫要執行、或已執行的較重要業務整理出來，在記者會上公布，有必要時，則由相關業務主管人員當場補充報告，並答覆記者詢問。

地方上的大型醫療院所，也時常以各科輪流報告方式，舉行定期記者會向記者發布新聞，有時一週一次，有時一個月一次，視當地醫療院所數量與業務情形而定；例如，臺南市的成大醫院、臺南醫院、國軍八一四醫院、新樓醫院、奇美醫院、郭綜合醫院等，即是以每週一次的定期記者會方式報告業務。為方便線上記者採訪，每家記者會的舉行時間都加以錯開，某家的記者會都是固定在每週的同一天舉行，採訪醫藥的記者在那一天，就知道當天是那家醫院有記者會。

此外，由各縣、市警察局主辦的「道路交通安全聯席會報」（簡稱道安會報），每月舉行一次，進行工作與業務報告，由縣、市長主持，當地各機構、單位均派員出席，常有重大的道路、交通計畫案、措施與統計資料，雖不常主動邀請記者參加，但記者也可前去聆聽，

屬於一種非正式的定期記者會。

貳、非定期記者會

　　某些機構平日沒有舉行定期記者會的習慣，但是當遇到重要事項要向外界發布時，則舉行臨時性的記者會；另外，一些機構平日雖然舉行定期記者會，但突然間發生重大事件，必須立刻對外說明或宣布，來不及等到定期記者會時間再發布，也會以此種方式發布新聞。

　　地方上舉行非定期記者會，常見於縣、市政府、縣、市議會、醫院、百貨公司、大賣場、文化中心等藝文單位、商家等，其中包括調查案、計畫案的公布；期中、期末報告的宣布；特殊病例與特殊手術的診治發表；周年慶、折扣戰、企畫活動、藝文展演內容的宣布；某商家的開幕營業等。

參、傳真

　　不論是定期或非定期記者會，通常都是內容較複雜，記者可能有問題詢問，主辦單位必須回答者，否則，一般性的新聞宣傳，內容單純而具體，只要一、兩張紙即可敘述清楚者，為了方便起見，發布單位都會將新聞稿以傳真方式，直接傳送到記者辦公室，供記者撰發新聞。

　　從新聞稿傳真時間的掌握，可以看出該單位公關人員或新聞聯絡人對新聞記者作業的熟悉程度，進而了解其專業程度；因為大多數報紙的地方記者都比總社記者更早發稿，有的甚至在傍晚五、六點即發稿完畢，離開辦公室，如果對方單位不能在此一時間將新聞資料傳真過來，則記者拿不到資料，根本無從發新聞稿，也就失去傳真的意義。

　　特別是，有一些內容有重大性、敏感性、爭議性的新聞資料，

具有擴大報導的價值，記者必須要先向上級報告，以便策畫版面，或進一步向對方單位詳細詢問細節、或請其他路線的記者支援採訪。這些都需要相當時間，如果傳真時間太晚，例如在晚上七、八點才傳來，不但造成記者作業不便，站在發布新聞的機構來說，也可能因此失去擴大報導的契機，不是應有的工作態度。

肆、專人送達

對於具有時間性、新聞資料內容一定要在第二天見報、內容較重要、或是附有照片、不能傳真的資料，新聞發布單位往往會由專人直接送資料給記者，而每位記者的辦公處所多分散，送資料者多次來回奔波，十分辛苦。

地方上較常見的專人送達資料方式，以百貨公司活動為主；例如，百貨公司在下午舉辦歌唱或選美等比賽，記者沒有時間前往採訪，或者其重要程度吸引不了記者去採訪，百貨公司公關人員為求此一活動能夠見報，只好自己拍照，照片沖洗之後，再由專人連同新聞稿馬上送到記者辦公室。

伍、電話連絡

此種方式是一種輔助性的說明，當記者對某一事件大體上有相當程度的了解，在寫稿中發現某些細節不清楚，有進一步查證的必要時，為節省時間，則以電話加以詢問，請對方回答；另外，當對方發布一則消息，或傳真一則新聞資料稿，記者認為有必要再加以詢問時，也往往透過電話採訪，加強新聞的深度與廣度。

第六節　地方記者與公關人員的關係

國內公、民營機構設置公關人員或新聞連絡人的用意，是希望

透過大眾傳播媒介工作者的新聞報導，為所服務的單位在民眾心目中建立良好形象，有好消息時多加宣傳，遇有壞消息時，記者則請筆下留情，少寫一些；換句話說，就是盡量「錦上添花」，不要「落井下石」。但是記者的立場，卻是在獲取與報導新聞，與公關人員的立場不相同，因此基本上，公關人員和地方新聞記者之間的互動、對角色的認知、彼此間的關係維護就顯得十分微妙。

如前所述，地方上並非每一公、私機構都設置有專職單位與人員，負責與記者的新聞發布和連絡，即使設有公關人員與公關單位，對公關業務的重視程度、與記者的往來密集程度，也有相當程度的差異。因此，公關人員與地方記者的關係呈現多樣化，並非只是一方給資料，一方就登新聞；或者一方要資料，一方就給資料的單純作為。

社會學者甘斯(H. J. Gans)將新聞記者與新聞消息來源的關係，比喻成有如舞會中一對跳舞的男女，彼此接近對方，並且希望對方配合自己腳步，雖然雙方都有引導對方的機會，但通常來說，新聞消息來源比較可能引導新聞記者。❾基博與詹森(Gieber & Johnson)也認為，新聞記者與消息來源由於雙方利害關係與立場的差異，交往互動模式有三種型態：對立（雙方關係完全對立）、合作（有時對立，有時不對立）、同化（完全合而為一）。❿

對地方記者而言，公關人員或新聞連絡人平日任務是提供該單位的新聞資料給記者參考，寫不寫操之在自己手上，對方等於是新聞來源的一種類型，所以記者與公關人員及新聞連絡人的交往模式，大抵也脫離不了以上兩種說法。

根據一項國內調查，公關人員與記者在接觸時，最大的困擾在

---

❾　Gans, H. J. (1979), *Deciding What's News*, New York: Vintage, p. 166.

❿　Gieber, W. & Johnson, W. (1961), "The City Hall Beat: A Study of Reporters and Sources Roles", *Journalism Quarterly*, 38(3), pp. 289–297.

於工作立場對立❶。公關人員雖然希望媒體刊登其服務機構的正面消息多多益善，但卻是期望在事情「成熟」時再報導，在事情尚未成熟以前，記者能先暫時不發表；然而，記者的天職是報導新聞，只要一有風吹草動，即使事件還在醞釀中，為了「搶新聞」，往往不得不提早發稿，根本沒有耐心等事件成熟再說。如果雙方對某些新聞沒有共識，則難免會因為一方想發布，一方想拒絕，而造成心頭上的疙瘩。

這種工作對立的產生，除了公關人員的職責與觀念造成之外，往往跟機構內部組織結構或主管人員對新聞記者的態度有關。具體而言，國內公家單位或私人機構的公關業務，存在以下缺失：

壹、機關內部單位不能配合

有些機關單位雖設有公關專責單位與人員，但此一部門並未受到應有的重視，其他部門未能與該公關人員或新聞連絡人密切配合，部門之間各自為政，不但不肯提供資料給公關人員，有時還直接跳過公關單位，對外發布消息，讓公關人員感到資料匱乏與處境上的極大尷尬。如果某一單位逕行發布的消息發生問題，往往又將責任推給公關人員，讓公關部門感受相當壓力。

貳、公關人員等級太低

有的機關雖設有公關單位，卻未賦予對方充分發言權。這些新聞發言人甚至因為等級太低，無法參與較高階層的決策過程，不能全盤了解這些決策過程具體情況與意義，很多事情內容並不了解，遇到記者提出問題，不是不能回答，就是不敢回答，還要向上級做進一步請示，無從提供詳細、正確的消息給記者，甚至所提供的訊

---

❶　曠湘霞，〈公共關係與新聞記者〉，《媒介批評》，臺灣商務印書館，民八十年，頁五十二。

息已經過時，其內容的可信度常被記者大打折扣，導致雙方的誤解。

參、內部人員心態不健全

也有機關主管或業務人員對新聞記者存著偏見態度，以為記者專門找麻煩，只報憂、不報喜，所以「保持距離，以策安全」，除了自己儘可能不要和記者打交道，也交代公關人員少和記者接觸，只要公關人員和記者多說兩句話，就再三告誡，心存挑剔，讓公關人員難以適從，甚至動彈不得。

有的公關生性保守，恐怕對記者說太多，要負責任，幾乎把所有稍具價值的資料都當做機密，對記者敬而遠之，對所有業務訊息噤若寒蟬，不得已遇上記者，只好打哈哈，不懂得利用媒體做宣導；有的正好相反，很會利用新聞媒體，想盡辦法和記者打交道，即使單位內沒有新聞價值事件，也時常發布新聞資料，發布資料之後也一定要求見報，甚至透過關係再三追蹤記者是否有處理其所提供的新聞資料，或者從上級施壓，令記者感受很大壓力，疲於應付。

聯合報總編輯項國寧即表示，許多政府機關雖設有媒體聯繫人員，但著眼點只是和媒體做「公共關係」，而非討論「公共事務」。如果著眼點是公共關係，則請客、吃飯、交誼、卡拉 OK 就可以達到目的；但如果著眼點是公共事務，則政府各部門首長和媒體聯繫人員，就應確實的溝通、解惑，協助媒體扮演好他們應該做的監督與告知的責任，如此才能政府、媒體、人民三獲其利。❷對於公關人員不正常心態的描述，可謂一針見血，尤值得政府公關人員深思。

肆、公關人員專業性不足

公關人員的素質有時也嚴重影響工作的運作；例如，有些公關

---

❷　項國寧，〈報禁解除與媒體發展〉，《蛻變、展望、新世紀──開放報紙媒體十周年專輯》，行政院新聞局編印，民八十七年，頁九十九。

人員不清楚「公關」的真正意涵與作用，也不懂什麼是「新聞」，無法掌握到新聞聯絡的重心，所提供的新聞常是無用的垃圾資料；有的對其內部業務情況不了解，記者詢問時，不是一問三不知，就是含糊其辭，講些不著邊際的話。有的新聞發言人，只管發言，不知和記者做雙向溝通，使公關業務效用大打折扣。

公關人員素質高低不一，造成公關運作上的障礙，記者本身也有良莠不齊的問題，使得公關人員對某些記者有難以招待之感。在公關人員眼中，部分記者存在著學識不足與個人修養差的兩大問題。

例如，一些跑專業路線的記者缺乏專業知識，又不好好進修，加強專業知識，對於基本問題認識不清，無法與公關人員與新聞聯絡人針對問題內容或新聞本質做有效溝通；有的記者專業知識不足卻又缺乏敬業精神，寫出來的新聞報導錯誤百出，對採訪單位造成很大困擾，讓公關人員十分頭痛。至於修養差的記者，除了平日耍大牌之外，還往往對公關人員做不當的要求，如果不能滿足其慾望，則挾其私人恩怨利用其媒體進行報復，甚至聯合其他同業一同「修理」，此種事例屢見不鮮。

有些記者視「特權」為理所當然，在採訪中要求採訪對象給予特別招待與好處。有的認為公關既有求於他，理所當然的在公關面前高人一等，講話粗聲粗氣、惡形惡狀，甚至出言不遜，讓公關人員敢怒不敢言。

公關人員、新聞聯絡人或是記者的角色如果偏差，將使得彼此間無法充分溝通，甚至造成對立、誤解，公共關係的運作與新聞報導之間會問題不斷，到最後，受害的將是以媒介內容為主要資訊來源的廣大閱聽人。因此，新聞記者與公關人員應該各自扮演好自己的角色，以開放的胸襟、誠摯的態度，彼此合作，提供迅速、正確、有用的資訊給社會大眾，共締雙贏局面。

第七節　公關人員的角色

公共關係的業務運作範圍其實十分廣泛，新聞資料的發布只是其中一部分而已，公關人員與記者也沒有一定的交往模式，純看個人如何運用，所謂「戲法人人會變，各有巧妙不同」，但基本原則仍應以誠懇的態度為之，以下是公關人員要扮演好自己角色的幾個要點：⓭

壹、發布新聞

不論政府機關或是私人企業的公關人員，都應該努力做好新聞發布工作，尤其政府的作為與廣大民眾息息相關，政府公關人員應選擇其中較重要的公共政策與行政措施，定期將資料傳送給記者，以為發布依據。

發布新聞時，特別要注意寫作要求，必須符合新聞寫作要領，維持資料品質一定水準，讓記者能夠一眼就很快抓住重點，大肆報導，達到新聞宣傳目標；對於重大新聞，更必須以專人送到記者手中，以免有所遺漏。

貳、提供事件背景資料

當單位發生重大事件時，除了立即發布新聞資料之外，還要針對該事件發生的原因、背景等加以說明，做為記者寫作之參考。特別是對於與民生有關的重大施政計畫、興革措施與規畫、重要方案、人事調動等，最好能夠事先提供背景資料，如果可能，可以附送檔案照片、統計數字、相關剪報等，讓記者可寫得更深入。

⓭　李瞻，《政府公共關係》，理論與政策雜誌社，民八十一年，頁七十三。

參、加強與記者的人際接觸

根據傳播效果理論，個人接觸最具有傳播效果，因此公關人員除了一般的記者聯繫以外，更要重視和記者的個別接觸。由於地方記者比總社記者更早下班，因此公關人員可以利用記者寫完稿子後，進行餐敘，如果興趣相同，週末假日也可相約打球、戶外郊遊、飲茶等，增進雙方情誼。

肆、記者招待會

分成定期與臨時兩種，臨時記者會在於宣布突發的重大事件，定期記者會除宣布例行性的工作狀況，另一目的是與記者建立雙向溝通，解答記者當場所提的問題。不論是定期記者會還是臨時記者會，公關人員都應做好完善的準備，記者會時更要態度誠懇。

伍、舉辦民意調查，了解民意動向

對政府而言，民主政治就是民意政治，政府制定政策、擬定計畫、規畫案件，都要以民意為基礎，為了了解民意需求，政府機構應該隨時舉辦民意調查，並透過媒體將調查結果公諸於世，做為施政參考。就私人企業來說，也要了解民意趨勢，才能真正知道消費者的消費習性、喜好、特性等，據以訂定經營方針與策略，達到成功的經營目標。

第八節　成功的公關條件

曾任總統府副秘書長兼發言人邱進益認為，政府發言人制度想獲得成功，有其基本要件。其內容對於地方政府機關、私人企業公關人員與新聞聯絡人，頗具參考價值❶：

㈠要做一位成功的發言人，必須獲得長官的信任，有隨時接近首長的管道與充分的授權。

㈡發言人以誠信對待新聞界，「知之為知之，不知為不知」，在任何情形下不誤導新聞界，與新聞界建立互信互重的基礎。

㈢發言人談話有的可公開發表，也有的僅供背景參考，如果是背景資料，報導時不能說明消息來源。

㈣新聞報導不是評論，不能夾雜個人主觀意見。

㈤新聞標題應與內容一致，編輯不應以主觀意識決定標題。

㈥新聞報導錯誤應即更正，政府有責任將正確消息告訴全國人民，希望新聞媒介配合。

㈦新聞媒介與記者不存預設立場，不要先有結論，再找資料，也勿斷章取義報導新聞，以免歪曲事實，誤導群眾。

㈧發言人以誠信對待記者，希望記者以誠意回應，不要以「惡意」或「嘲諷」回報發言人。

㈨健全的新聞事業，有賴新聞人員素養的提高，與新聞自律的成效，新聞道德與新聞法律的素養，尤其重要，而報業自評員制度，值得參考。

㈩記者報導在反映事實，媒介評論應符合事實，發言人之談話係根據事實，三者應以事實為中心，從不同角度，共同為國家利益與人民福祉而努力。

　　曾任行政院新聞局長邵玉銘，也提出政府發言人九項應注意事項，對地方上的公關人員也頗具實用價值❺：

---

❹　邱進益，〈為總統與新聞界搭一座橋：總統發言人的角色與功能〉，《報學》第八卷第四期，中華民國新聞編輯人協會，民八十年，頁十五至十八。

❺　邵玉銘，〈談政府發言人的運作〉，《報學》第八卷第四期，中華民國新聞編輯人協會，民八十年，頁二十至二十一。

㈠發言人要得到充分授權，熟悉本身的職掌業務。知之為知之，不知為不知，不在其位不發其言。

㈡誠實第一。如有敏感不成熟事件，應向記者說明無法告知。

㈢發布新聞應主動積極，掌握時效。遇有重大突發事件，應迅速反應，如召開記者招待會，或提供書面資料，藉助媒介說明澄清，減低民眾疑慮，袪除不實流言。

㈣充分準備背景資料，對人、事、時、地、物及數據，仔細查證確認，就事實發言，不可誇大或濫用形容詞，尤其不可，摻雜個人意見，以建立公信力，並與其他部門保持密切聯繫，以求發言一致，維護國家整體利益。

㈤要熟悉媒體特性。例如接受記者訪問，對報紙記者，要詳細深入；對廣播記者，要簡單扼要；對電視記者，除具體扼要外，還要注意本身的服裝穿著、語調、鏡頭角度及光線，強化訊息之可信度。同時，各媒介之截稿時間也要充分掌握，以便在時效內提供資訊。

㈥確立公平原則。不特別偏好某一媒介，或提供獨家消息，以免遭致反彈。

㈦每天仔細蒐集研讀各項相關訊息，一則掌握媒介報導動態，二則追蹤所發布的新聞是否正確刊播；如被曲解，應適時提出說明或更正。

㈧提供新聞界之資料，除一般書面資料外，新聞稿以適合媒介格式之用語發布，以便媒介採用。

㈨掌握媒介各級主管及跑路線記者異動狀況，隨時建檔，了解編採風格。

由以上可知，具體而言，機關、單位的公關人員與新聞發言人，必須具備細心與耐心，確實掌握本身業務，以誠懇的態度面對新聞界，開誠布公，如此才能與新聞從業人員建立良好的關係。

　　在記者方面，做為一個有責任心的新聞記者，不應該因為競爭激烈，對消息來源未經查證，或對發言內容斷章取義，或未能平衡報導，曲解原意，失去新聞的客觀、公正和正確性。

第九節　公關新聞與「假事件」

　　美國史學家柏斯汀(Boorstin)在西元一九六一年寫了一本觀察入微的書《幻象》，指出我們每日所接觸到的各種新聞，其中夾雜著許多「假事件」(pseudo-events)。根據他的看法，假事件是經由公關人員精心設計，它比自發性的真新聞還凸出，並且更能吸引人們注意。

　　雖然假事件與真實情況有相當差距，但由於它富有戲劇性、具有懸疑效果，內容生動又易於傳布，可以隨時重複，加深印象，使原本不重要的事情變得重要，成為一般人談論的事項，讀者反而更愛看；對於新聞記者來說，假事件新聞得來方便，也容易在版面上受重視，因而樂於採用，使假事件大量充斥在報紙新聞版面上。 ❻

壹、假事件的意涵

　　所謂「假事件」，柏斯汀對它下的定義是：「經過設計而製造出來的新聞；如果不經過設計，則可能不會發生的事件。」因此，舉凡記者會、大廈剪綵、遊行示威，乃至於電視上的候選人辯論會，都是「假事件」。奇怪的是，「假事件」通常比真實事件更吸引人。 ❼

　　「假事件」的發生有四大特徵：

　　㈠它不是自發性的，而是有計畫的，預先布置的，煽發的。

---

❻　李金銓，《大眾傳播理論》，三民書局，民八十二年修訂七版，頁五十八。

❼　翁秀琪，《大眾傳播理論與實證》，三民書局，民八十二年，頁一一三。

㈡它是為立即發表而布署的，是預發稿，寫好了待機而發，但問有無新聞價值，不問有無真實性。

㈢它所關心的主要是「有趣」，但「有趣」與否未必與真實情況符合。

㈣它常設置圈套，弄假成真，平凡之至的旅館開幕如經知名人士吹捧，說它多了不起，結果可能使它真的變成如此。　❽

「假事件」通常較具戲劇性，且常較一般社會真實事件來得有趣、刺激。對新聞工作人員而言，假事件極易報導，資料較易蒐集，新聞來源接受訪問的意願較高，且受訪者大都能夠侃侃而談，有親和力，可立即提供新聞工作者所要的重點。有經驗的公關活動策畫者更常「敏銳的掌握社會脈動，趁勢造勢」，甚至進一步的與新聞媒體聯合舉辦活動，將假事件轉化為新聞媒體本身塑造社會公益形象工作的一部分。　❾

「假事件」為何大行其道呢？原因很多，除了媒體組織本身因為截稿時間、版面及同業競爭的原因，媒介和政府、政黨間的共生關係也是很重要促因。政府、政黨製造假事件來為政府官員或候選人扭轉形象、打品牌，媒體為了填充版面，也樂得讓假事件充斥其間。假事件的道理始終被公關人員謹記在心，因此，他們不斷利用假事件來為形象做最精美的包裝、來製造議題。　❿

事實上，公關人員利用事件或活動來影響新聞媒體的歷史由來已久，例如，素有美國「公關之父」美譽的柏納斯(E. Bernays)，早在本世紀初即採用公關事件，協助美國通用電器公司舉辦慶祝電燈

---

❽　李金銓，《大眾傳播理論》，三民書局，民八十二年修訂七版，頁五十八。

❾　臧國仁，《新聞媒體與消息來源——媒介框架與真實建構之論述》，三民書局，民八十八年，頁一八四。

❿　李瞻，《政府公共關係》，理論與政策雜誌社，民八十一年，頁一。

問世五十年活動。他使用的方式，是在全世界同步舉辦電燈重新啟用儀式，由美國國家廣播公司播音員一聲「令」下，全球各地同時開啟電燈。這種同步方式廣受歡迎，在許多類似活動中被採用，也成為新聞報導（尤其是電視新聞）所樂於採用的消息。❷

　　從以上來看，只要不是自然發生的事件，例如各種天災、人禍，凡是經過人為刻意的安排、設計的事件、活動，一旦經由新聞報導，就是「假事件」。根據這些標準衡量，公關人員所撰發的新聞資料稿，內容幾乎都是經過人為設計的，目的在為其所服務的單位做宣傳，建立該單位在社會大眾心目中良好形象，也就成為「假事件」的其中一個主要來源。

　　以百貨公司為例，經由公關人員所發出的新聞稿，不外乎是周年慶、節日慶、促銷、折扣、特賣、展示、服裝秀、藝文教室活動招生、簽名會、歌友會、展覽、表演、親子趣味活動、比賽、發表會、新專櫃、新商品介紹等相關的商業活動，都屬於典型的「假事件」性質；學校公關新聞也是如此，包括會議、展演、新建築落成、招生、講座、考試、競賽、表揚、研究發表、人員交接等，也是「假事件」的類型。

　　除此之外，政黨、政府機關、民間社團等組織，以及各式各樣的公、私個人或團體的公關新聞，內容也幾乎清一色離不開以上範疇，目的總在為自己宣傳、造勢；我們可以說「公關新聞」與「假事件」，兩者之間幾乎是畫上等號。易言之，記者在面對公關新聞時，千萬不可掉以輕心。要知道，它與純淨新聞事件性質截然不同，記者有責任做好把關工作。

---

❷　臧國仁，《新聞媒體與消息來源──媒介框架與真實建構之論述》，三民書局，民八十八年，頁一八四。

貳、記者如何處理公關資料

地方上各公、私機關的公關新聞稿幾乎都以宣傳為目的，見諸媒體後變成新聞報導，等同於「假事件」。因此，當記者拿到這些資料後，就必須力求慎重，要以嚴謹的心態視之，不可以「有聞必錄」或「有稿必發」，成為被利用的工具，以下幾點是要注意的基本事項：

一、做好查證工作

不管是記者會散發的新聞資料，還是傳真而來的公關新聞稿，記者都要仔細查看，一方面要以存疑態度從中找出相關問題與錯誤之處，發現有疑慮之處，務必要進一步追問到底，徹底弄清楚其背景與所代表的意義，或許在查證過程中，記者可以發現其他更具價值的新聞線索，成為意外收穫。

有不少公關人員長久與記者打交道，熟知記者習性，也了解記者需求，往往對所要宣傳的事件誇大其辭，語不驚人死不休，宣傳稿中時常引用全省、全國「唯一」、「第一」、「獨家」、「首創」、「最早」、「最高」、「最大」等虛幻字眼；例如，「全省最低價」、「全國最高的蠟燭」、「全國最大的蛋糕」、「全省獨一無二的古董汽車」、「臺灣最貴的手錶」、「本省首創的騎馬結婚典禮」等，希望記者引用，以便刊登在顯目位置。

記者拿到這些新聞稿時，就應該要找有關單位或有關人員進一步查證其真實性，如果無法確定，則宜以保守方式處理，例如，將「唯一」、「獨有」之確定字眼，改寫為「罕見」、「少見」等較不確定之字眼，免得鬧出笑話。

另外，對於公關稿中的人名、地名、時間、數字、年份等數據，記者如發現有蹊蹺，也要再加查證，不要以為公關稿必然無誤，因為公關稿也是人所寫的，在寫稿過程中，也可能發生人為錯誤，記

者有責任嚴加把關，找出可能的錯誤。

二、注意平衡報導

平衡報導是記者應具備最基本的寫稿觀念，也是記者的護身符，當公關新聞資料有牽涉到另一方面的權益時，記者務必記得要根據公關新聞稿內容，詢問另一方面的說法，並將這些說法加進新聞報導中，做到最基本的平衡報導。

尤其是公關稿內容是有關兩造的糾紛聲明，或者案情已進入司法程序，記者更要特別注意可能引起的司法責任，不要以為新聞稿是根據公關稿撰發，有白紙黑字做保障，出了問題有別人負責，即未加考慮的人云亦云、照單全收，最後可能導致涉嫌誹謗或妨害名譽，吃上官司，為自己惹來麻煩。

三、站在群眾立場撰發新聞

每個單位撰發新聞稿，無不站在本身立場看事件，為了本身業務，這些新聞稿可能違反大多數民眾的權益，即使新聞稿內容沒有問題，記者為了維護社會民眾權益，也應該以全體民眾立場做為新聞撰發角度，為民眾說話，不可公關稿說什麼就寫什麼，成為不分公理、正義的應聲蟲。

例如，地方政府一年一度調高地方有線電視收費率，但是地方有線電視系統業者可能不滿調幅太低，影響其利潤，因此提出種種數據，以似是而非的理由反對地方政府作法，強調應該大幅調高費率，並以公關稿請地方記者寫稿聲援。由於此事攸關為數眾多的地方有線電視收視戶權益，記者不可以不分青紅皂白，附和業者立場撰發新聞，而要盡量以民眾立場看待此事，並訪問地方政府、專家學者說法，提出費率計算數據，讓社會大眾公評。

四、內容重新改寫

早期時候，少數地方記者懶惰成性，將各單位發來的公關新聞稿去頭除尾之後，再加上自己姓名，即成為一篇新聞報導而傳回報社，未善盡新聞記者應有的把關責任，沒有制度與責任心的報社，對此種情形也睜一眼、閉一眼，放任不管。

目前國內各新聞媒體地方記幾乎都以電腦發稿，再懶惰的記者最少也要把公關稿重新打在電腦上，才能傳回總社，上述情形不復可見，但仍有記者從頭到尾一字不漏的全抄，成為典型的「文抄公」，即使錯、漏字也照抄不誤。

其實，各單位的公關人員並非真正的新聞記者，對於新聞寫作模式只是粗略了解而已，其文稿內容往往不符合真正的寫作型態，也無法抓住新聞重點，記者應該仔細審閱全文內容，全盤了解之後，再根據新聞寫作要求重新改寫，而不要照單全抄，被公關人員牽著鼻子走猶沾沾自喜。

尤其是有些單位發來的公關稿，根本就是政令宣導或法令解析，除了題材一點都不具新聞性之外，如果不加改寫，根本沒人看得懂。

目前此種「最不像新聞的公關新聞稿」，最嚴重的首推各地國稅局稽徵所撰發的文稿，每日量大，有時一天傳真十幾篇，但真正具有新聞價值者，屈指可數。

試看以下由某國稅局稽徵所發來的三則公關文稿導言為例：

原住民在國有山地保留地設定取得之地上權及耕作權，於期限屆滿後未申請所有權登記前死亡，如經查明被繼承人死亡時已取得土地所有權移轉登記之權利，且請求之土地為農地並作農業使用者，其請求辦理所有權移轉登記之權益，可參照遺產及贈與稅法第十七條第一項第六款規定自遺產總額中

扣除，免徵遺產稅。

營利事業職工福利委員會發給職工之各種補助費及舉辦員工旅遊等，是否會產生所得稅之問題，財政部臺灣省北區國稅局特別說明如下：

納稅義務人將現金或銀行存款轉存親屬名下，如係無償贈與，在同一年度內贈與總額超過一百萬元時，應於超過一百萬元之贈與行為發生後三十日內，申報贈與稅，若未依限申報，或有漏報、短報情事，除補稅外，將加處漏稅額一倍至二倍罰鍰。

　　以上三則新聞稿，可以說是各地國稅局稽徵單位發來的公關新聞的典型代表，此種新聞有兩大缺點，一是沒有新聞價值，二是想刊登在新聞版面上，記者一定要重新改寫，否則從頭照抄到尾的話，就是不折不扣的官式政令宣導文，沒有讀者會看這種新聞。

第八章　如何避免採訪危險

　　從表面上來看，新聞記者工作固然自由、風光、令人敬畏，但是，在採訪過程中仍隱藏著諸多潛在性危險。曾任國際新聞協會主席的理查‧雷納德(Richard H. Leonard)表示，僅僅在一九八四年一年之中，全世界就有二十三位記者遇害、八十一人受傷、兩百零五人下獄，還有五十位記者被逐出採訪地區。總括言之，這一年合計發生兩百一十一次危及新聞採訪的事件，共有三百五十九位新聞從業人員受到威脅。❶

　　這種現象並未隨著時代演變而改善，反而情形更加嚴重；總部設在紐約的「保護記者委員會」，由美聯社、法新社、路透社等提供訊息，自一九八一年起，每年出版一本「新聞界遭迫害報告」。在其發表的一九九九年報告中指出，這一年全球共有五百多位記者遭到囚禁、凌辱、判刑，其中不幸犧牲的有三十四人，其中十人死於獅子山、六人死於南斯拉夫、五人死於哥倫比亞。

　　中國大陸這一年中，有十一位記者因為報導內容不合中共口味，被捕下獄，使大陸獄中記者總數達到十九人，全球第一。除此之外，亞洲地區有四個國家有「政策性的壓迫新聞自由」，分別是中共、馬來西亞、印度、孟加拉，另有四個國家的新聞記者不時遭受政治暴力對待，包括印尼、印度、孟加拉與斯里蘭卡。❷

　　記者出現具體傷亡統計，是在第二次世界大戰開始的，這段期間，包括新聞記者、攝影記者、廣播記者總共死亡三十七人，受傷一百一十二人，表面上看來似乎不多，但以人數比例來計算，記者

---

❶　《如何避免採訪危險》，聯合報系刊編輯委員會，民七十六年，頁三。

❷　劉屏，〈記者下獄總數，大陸列全球第一〉，中國時報，八十九年三月二十四日，第十四版。

的死傷比部隊傷亡高出四倍之多。❸

　　從以上統計數字可以發現,新聞採訪工作是一種高風險的行業,以其傷亡人數與從業人員比率之高而言,新聞事業已足堪稱「全世界最危險的行業」。❹

　　即使如此,由於新聞職業十分迷人,絕大多數的人踏進新聞採訪工作後,往往被它深深吸引,尤其它自由自在的工作特性,是其他辦公室工作所不及的,擔任新聞記者一段時日之後,對於朝九晚五的辦公室上班生涯通常很難適應,使得「一日為記者,一生為記者」的人不在少數。

　　以採訪轄區區分,在作戰地區採訪的記者工作最危險,每年總有記者因此喪生。至於地方記者,雖然採訪的區域都在本國內,環境較單純,不過,在採訪過程中,還是隨時會面臨不可知的情境,如果記者本身未提高警覺,過於大意的結果,很可能會讓災難降臨到自己身上,成為新聞事件主角。

　　臺灣地區每年天災人禍不斷,災難隨時隨地可能發生,從以下十年內臺灣所發生的各種災難資料,不難發覺災難不斷在我們四周重演:

　　◎八十八年九月二十一日清晨一點四十七分,臺灣中部發生規模七點三級強烈地震,全臺灣二千餘人罹難,一萬餘人受傷。

　　◎八十七年二月十六日晚上,華航班機在桃園大園鄉墜毀,全體乘客與機組人員二百人死亡。

　　◎八十六年八月十八日,溫妮颱風過境本省,造成全臺二十餘人死亡、數十人輕重傷;同一天,臺北縣汐止林肯大郡附近地基流失、山崩,土石滑落壓垮林肯大郡,造成十死、三十

---

❸　石永貴口述,〈系列座談制度設計〉,《記者採訪安全面面觀》,中華民國新聞評議會,民八十一年,頁九十二。

❹　《如何避免採訪危險》,聯合報系刊編輯委員會,民七十六年,頁三。

七傷。

◎八十三年臺中市衛爾康餐廳大火，六十人死亡、十一人受傷。

◎八十二年十月二十八日，臺中縣和平鄉天輪發電廠進行裝機作業，發生爆炸，六死二十五傷。

◎八十二年四月十日，臺北縣樹林鎮卡拉OK店疑似遭人縱火，樓上住戶十死七傷。

◎八十一年十一月二十一日，臺北市「神話世界KTV」遭人縱火，十六人死亡。

◎八十一年六月十七日，高雄市警匪槍戰，雙方互射子彈數百發，要犯許俊賢飲彈自盡。

◎八十一年五月十一日，臺北縣中和市自強保齡球館大火，十九人死亡。

◎八十一年四月十一日，警方與要犯陳新發槍戰，火燒現場，三名槍擊要犯屍體燒成焦黑。

◎八十一年四月十日，臺灣航空蘭嶼－臺東線班機墜毀外海，二死、六人失蹤、三人生還。

◎八十年十一月十五日，苗栗造橋發生自強號與莒光號列車相撞，三十多人死亡，一百餘人受傷，是臺灣鐵路史上傷亡最多的事故。

◎八十年十月二十八日，巴拿馬籍貨輪「東龍號」在澎湖外海沈沒，二死、十四人失蹤、二人獲救。

◎八十年一月六日，臺北市重慶北路天龍三溫暖大火，十八死、七傷。

◎七十九年十二月八日清晨，高速公路中沙大橋北二二三公里處北上車道，發生連環車禍，有十五個失事現場，六十四輛大小車輛毀損，六人死亡。

◎七十九年八月二十五日，日月潭遊艇翻覆，五十七人死亡。

◎同月三十日，桃園縣八德地下電子加工廠爆炸，十三人死亡。

◎七十九年六月十四日，高雄錢櫃MTV大火，十六人死亡。

◎同月二十三日，歐菲莉颱風侵襲花蓮，帶來四十多年來最大災難，十九人死亡、二十五人失蹤。隔日花蓮山崩，十四人遭活埋。

◎七十九年四月十二日，臺中縣外埔鄉鈜光實業公司爆炸，三十六人死亡、三十三人受傷。

從以上真實紀錄可以發現，地方記者可能面臨的危險採訪狀況層出不窮，例如山難、海難、地震、水災、火災、颱風、示威遊行、街頭暴動、警匪槍戰等，一般人面對以上事件避之惟恐不及，作為一個稱職的地方記者為了採訪新聞，不但不能退縮，反而要迎上前去，站在第一線做詳細的觀察，以便寫出第一手報導。所以，如何在惡劣的採訪環境中避開危險、全身而退，是記者必須用心修習的。

第一節　如何避免地震採訪危險

地震是一種突然且迅速的地殼震動，通常是由於地殼表面的破壞或是移動而引起，臺灣島的活動斷層帶十分密集，地層經常因為受到大陸板塊擠壓位移而形成地震，雖然臺灣終年地震不斷，不過通常都是無人傷亡的無感或小規模地震，一般民眾總以為災情慘重的地震只有電影上才有，大地震離我們似乎很遙遠。

直到民國八十八年九二一大地震發生，全臺死亡二千餘人，一萬餘人受傷，高樓、民宅傾倒無數，財產損失難以估計，是臺灣百年來災情最嚴重的天災，這時島民才驚覺，地震與我們的關係竟然如此密切。

根據統計，從西元一六六一年至今，臺灣地區共發生二十餘次規模六點五以上的強烈大地震，每次都造成許多民眾傷亡、民房倒

塌，地震災區主要都位在臺灣西部地帶。地震最可怕的其過於它無法預測，以致於難以預防，民眾只能夠在地震發生的一剎那，做好避難措施，減少身體的危害。

地震發生之後，一般民眾還可以彼此聯絡，述說心驚情況與逃生過程，慰問一番，紓解緊張情緒；對地方記者來說，如果他所居住的地區發生地震災難，通常也就是其採訪責任區，必須立即出動採訪災難新聞，無法靜坐家中談論地震話題，就算是剛才被地震嚇得肝膽俱裂，也要收拾這些心理情緒。

換言之，地方記者在地震發生後，沒有沈溺於慢慢接受心理復健的權利，而要馬上跳脫這些情緒，全心投入新聞採訪工作，將當地的災難情形詳盡的報導出來，讓社會大眾知曉。其所承擔的心理負荷數倍於常人，內心壓力可想而知，一旦有疏忽，很容易造成意外事故，所以要特別小心注意。

記者採訪嚴重的大地震，必須全身投入，而且災區物質條件缺乏，危機處處，記者在裡面辛勤工作，個中甘苦難為人知。以九二一大地震為例，從一位採訪記者事後追憶的文章，我們可以發現辛苦與危險的程度：

> 在災區一待七天，為節省時間，早午餐常一次解決，且人在災區常就近吃災民挑剩下的食物，有時可吃到慈濟送來的素食，多數時候隨便吃。身上穿的長褲，也因缺水，自然七天沒洗，創下衣物未換洗最高紀錄。中秋夜半凌晨山區氣溫陡降，一個收容中心的災民看我可憐，分享一件慈濟回收贈送的長袖夾克。

> 同仁每天傍晚都回豐原發稿，看似有個棲身之所，其實採訪處停電、停水，還是危樓，到處裂縫，鋅銅兄就屢為每次要

小解得上下八層樓倍感困擾。因前五天幾乎每晚都睡不著，所住旅館又沒有熱水，可能因感冒又睡眠不足，引發劇烈頭痛，拖到第六天洪特派見我快要不支，打電話請友人宋英雄醫師看診，測量血壓達一百四十、一百，研判是過度疲勞、緊張、腦神經痛。……，支援的最後一天到山區採訪農業損失，原本踩在廢墟都非常小心，可能因精神不濟，一不小心右腳鞋底遭尖銳物刺入，隨後沒感覺異狀，沒想到回到家中脫下鞋子，才發覺鞋內流了不少血，拇指掉了一小塊肉。

其實有災情的同仁不少，桃園市增勤兄守在東勢災區睡在車內，車子擋風玻璃整個被落石擊毀，鉾銅兄殺到谷關險遭落石活埋，而我僅爆一次胎而已，洪特派的家也被震成危樓，家具古董碎了一地。……❺

從這裡可以知道，地震發生後，一般民眾可以回家與家人在一起，處理相關事宜，記者不論家中是否受損，都要進入災區開始工作，有時一連多天都不能返家。為了能在採訪工作告一段落後安然返回家中，採訪過程豈能不小心謹慎？

壹、做好家人安頓

通常記者所居住的地區發生地震，也就是其責任採訪區，特別是鄉鎮記者，派駐某個鄉鎮，整個地區所有新聞都由其一人負責；因此，如果不放心家中建築物結構安全，認為可能會對家人造成危害，在外出採訪地震災情新聞以前，必須要先把家人安頓妥當。

例如，送往非災區、或者建物較安全的親友家中；也可以暫時

---

❺ 周宗禎，〈中縣支援採訪，代誌大條〉，《聯合報系月刊》，第二〇二期，頁六十一。

安置在公園、學校、運動場、人行走道、戶外空地等空曠之處，讓採訪工作無後顧之憂。否則一面採訪，一方面擔心掛念家人安危，容易造成分心，在災區中惹來意外事故。

貳、與同事保持密切聯繫

採訪前，一定要告知同仁所要採訪的去處、連絡電話號碼、連絡方式，如果因為災情太嚴重，造成通訊線路損壞，自己的手機或公家單位的電話無法通話，此時採訪記者要全力找尋可用的警方或其他救災單位電話、或者公用電話，每隔一段時間主動回報狀況與位置，讓同事或家人安心。

最重要的是，如果長官臨時有事情要傳達時，隨時可以和記者聯絡，進行工作上的調度指揮，有必要時，也可以針對記者做人員、物質、金錢上的支援。所以，不論採訪過程如何忙碌，都要空出一段時間做聯繫動作，檢查聯絡管道是否暢通。

參、備妥齊全裝備

記者採訪地震災區，隨時會進入震垮的危樓，為防止可能有物品掉落，一定要戴安全帽。此外，危樓內往往一片黑漆，手電筒也是必要的，它可以指引你明確的方向，避免你走向不該走的地方；哨子體積不大，可以放進口袋內，更要隨身攜帶，萬一在大樓內發生意外事故，尖銳的哨子聲，絕對比以口叫喊來得有用。

如果能準備一具小型的收音機，對新聞工作也很有幫助，你可以隨時收聽最新的新聞報導，了解地震災情最新狀況，以為因應。而且，大地震之後，經常餘震不斷，很可能氣象單位測到不久後會再發生強震，透過廣播籲請民眾離開現場，有了收音機，記者可以透過它收聽此事，協助記者脫離危險區域。

肆、注意危樓狀況

採訪地震千萬不能逞強，有些大樓雖然外觀無大礙，或是傾斜未倒塌，但內部主結構已被震垮，隨時有塌陷下來的可能，因此被救災單位以繩索圍住，現場封鎖，記者不能為了要拍攝獨家畫面，冒險進入，如果再來一個小型餘震，可能整個天崩地裂，被壓個正著。因此，必須特別注意危樓狀況，該保持距離就要保持距離，不可進入就不要進入，安全第一最重要。

當進入建築物內採訪拍照時，也要留意逃生路線與最近的出口位置，以及身邊堅固的掩體，一旦發生餘震，有時間時可奪門而出，如果情況嚴重來不及逃離，立刻就近躲在附近的掩體旁，減少身體的傷害。

伍、隨機應變，就地取材

有時候大規模的地震讓整個地區嚴重受損，形同鬼域，交通中斷、人煙稀少，不但無法對外聯絡，也沒有可供利用的物資，此時採訪記者就得靠自己一個人單打獨鬥，必須要懂得隨機應變，針對附近的環境仔細觀察，就地取材，以完成新聞採訪與寫稿為最終目標。

例如，如果記者無法自己開車進入災區，就要利用救難單位或任何可以看得到的車輛，當成自己的交通工具，以搭便車方式前往採訪地區；採訪工作告一段落，記者要發稿，找不到可以寫稿的地方，沒關係，附近如果有派出所、鄉公所、分駐所、甚至軍方等官方機構，或是私人場所，包括雜貨店、餐飲店、飲食攤、旅社、飯店、醫院、村里辦公室、廟宇等任何場所，可以向他們借用一下場地，當然態度要和善謙虛，如有必要的話，使用完後，酌予付費給對方。

九二一大地震發生後，許多外地記者前往災區支援採訪，他們通常是第一次到該處，人生地不熟，毫無外援，本著「隨機應變、見機行事、就地取材」之打游擊方法，照樣達成任務。

以下是聯合報臺南記者李銍銅事後的描述：

離開東勢王朝，一路走一路攔車，一輛臺中縣政府車輛停了下來，但東勢往豐原道路嚴重塞車，先往卓蘭再轉入后里的山間小路，沿路塵土，不見燈光，我感謝他們熱心在晚上八時將我送到豐原辦公室。

開車續行，看到路旁人穿的制服，知道是公路工程人員，就停車詢問路況，對方說得很清楚，也帶我去看崩落最嚴重的山坡……。

二十六日到大里市跑臺中王朝，大里市停電，沿路向臺中市開，整條路除了車燈，一片漆黑，看到路旁有派出所有亮燈，搬著電腦到派出所說明來意，找個位置打稿，但稿子打完了卻沒有自動電話可傳，在謝了他們後繼續開車，一直到臺中火車站前，才看到二家較大旅社，走進去向旅社人員說明來意，希望他們借我電話傳真，至於費用我會多付，但對方卻說經理不在，我們想幫你，但卻不知怎麼算電話費，少算了不行，多算又不好意思收，所以請你先到對面問一下，如果對面不讓你用電話，你再回來，我們再想想辦法。

他們的意思很清楚了，我就去了對面，對面很幫忙，用完了我問他們說多少錢？他們也說不知道，我說約用了三分鐘，就給他們一百元，說聲謝謝。❻

目前地方記者大多使用數位相機，在地震災區，幾乎每棟建築物都呈現停水、停電狀態，如何將照片借助手提電腦傳真回報社，是一大考驗。由於醫院必須隨時進行手術，大都自備發電機，如果當地有醫院，是記者最好的選擇，如果沒有醫院，旅社是第二個選擇。

且看以下另一位攝影記者的真實描述：

> ……在一片漆黑的草屯鎮上，那裡有電？映入腦中的就是醫院，惟獨醫院備有發電機，而且醫院周圍電信也是首先會搶修的，這一點我又對了。醫院附近小區域電信恢復，雖然訊號不甚穩定，但已足夠我用電腦發出照片，有電就可以沖片，掃描機也可以動作……。當夜臺中市也是停電狀態，雖然旅社有備用發電機，但友報記者從災區趕往臺中發稿時已是晚上十一點多，最後一張照片也沒發回臺北。 ❼

因此，到地震災區採訪，不但是體力的考驗，更是腦力、智慧與判斷的綜合測驗。

第二節　如何避免警匪槍戰採訪危險

在所有路線的記者中，以警政路線記者的工作量最重，也最危險，每天二十四小時要緊盯轄區是否發生社會治安事件，有時也要

---

❻　李錦銅，〈百年大地震猶如災難電影〉，《聯合報系月刊》，第二〇二期，頁六十五至六十五。

❼　林錫銘，〈大地震，拋妻棄子災區攝影採訪〉，《聯合報系月刊》，第二〇二期，頁一一七。

跟隨警方外出辦案，碰到警匪槍戰的場景更是免不了的。

尤其國內治安日益惡化、槍枝氾濫，歹徒取得槍枝、砲彈愈來愈容易，火力甚至不輸警方。警匪槍戰往往不是小規模，而是你死我活的「街頭戰鬥」，而子彈不長眼睛，警方人員有各式裝備保護，記者以肉身來擋子彈，後果可想而知，所以適當的自我保護，絕對有必要。

警政記者面對隨時可能發生的警匪槍戰，如何在槍林彈雨中保障自身安全，以下幾點是必要事項：

壹、備妥防護設施

包括安全帽與防彈背心，這是採訪槍戰的基本配備，如果記者不幸被流彈波及，這兩樣將成為保命設施，如能向警方借得警用的頭盔與防彈衣最好，否則必須設法購買。

在安全帽方面，並非普通的機車用安全帽，而是要向商家特別選購，最好是高密度、特殊材質、防撞、防摔的堅實安全帽，而且其覆蓋面要廣闊，最好可以將整個耳朵、頸部全部覆蓋住，以防流彈鑽入這些部位，即使其防彈效果不如警方專門配備，總有緩衝作用，至少比頭部遭到赤裸裸的「槍擊」好。

至於防彈背心，目前市面上有專門廠商生產，不難買到，其實際效果如何，難以得知，但可以多加比較，即使不幸被子彈穿透，也可以降低對身體的傷害程度。

貳、觀察環境、尋找掩體

記者到達現場後，一定要仔細觀察周遭環境狀況，了解主要的巷道通路連結情形與進出口，以便緊急狀況時，進退有據，不會慌亂而找不到出口；此外，更要留意現場的地形地物，找出具有屏障或較隱密的掩體，做為採訪過程的身體保護點。

　　這些掩體可以是人造物，也可以是自然物，例如，圍牆、樑柱、汽車、磚堆、草叢、工地、大樹、防火巷；或是尋找附近大樓陽臺做為制高點，現場可以一覽無遺，更容易掌握整個情況。

參、不要與警力同進出

　　要記得，警匪槍戰的兩方主角是警方人員與歹徒，新聞記者只是為了新聞採訪的第三者，千萬不要忘了自己的角色，而與警方人員混為一體，與警方人員同進出，歹徒並不知道你的身分，會以為你是警方的一員而對你開槍。

　　所以，儘可能待在雙方交戰區外圍觀戰，不要介入警方的攻擊區，一方面避免影響警方的行動，再則警方人員可能為了保護你的安全，而分散注意力；最重要的是，可以讓你不致成為歹徒攻擊的箭靶。

肆、慎選拍照時機

　　發生警匪槍戰時，總社採訪組文字記者只要負責過程的描述，現場照相全部交給攝影記者處理，專業攝影記者具有專門配備，長鏡頭、廣角鏡頭等一應俱全，經驗又豐富，拍照工作較能得心應手。地方記者兩樣工作可得全包，為了搶鏡頭，往往奮不顧身，此時最易發生意外，所以在拍照時一定要注意時機。

　　一般來說，警匪雙方在對峙時，記者可以有充裕的時間進行拍攝，此時可以找出特殊角度拍攝現場畫面；另外，當槍戰結束，警方順利逮捕歹徒，或歹徒中彈受傷，整個事情告一段落時，記者必須很快衝到現場搶鏡頭。

　　但是當警方進行攻堅行動、或歹徒頑強抵抗時，此時雙方你來我往、槍林彈雨，記者躲避危險都來不及了，如果還貿然強出頭，企圖攝取畫面，很可能就招致意外。而槍戰是發生在夜晚時，除非

確定自己躲藏地方非常隱密、堅固，否則儘可能不要使用閃光燈，而以高感度軟片拍照，以免成為歹徒攻擊目標。

第三節　如何避免火災採訪危險

災難事件種類繁多，其中，地方記者所能遇到的災難事件以火災與車禍數量最多，頻率也最高，其他的災難固然情節重大，但是有時幾年難得遇上一件。

採訪車禍新聞時，記者到場時大都已事過境遷，較沒有危險性。而採訪火災時，可能正好熊熊烈火燃燒中，即使火勢已撲滅，火場內也隱藏諸多看不到的危險狀況。所以，地方記者在採訪火災新聞時，要懂得趨吉避凶之道。

壹、了解火災現場

同是火災，發生原因不一樣，有的是單純電線走火，有的是瓦斯爆炸，有的可能是易燃性的化學物品引起，或是人為縱火。這些原因固然要等事後警方調查才能得知，但記者到達火場時，要立即弄清楚現場性質，做為採訪、拍照參考與因應之道。

如果是一般民宅、公寓、建築工地，情況比較單純；如果是大型工廠，記者就得提高警覺，問清楚裡面是否有特殊物品？會不會爆炸？有無毒性或腐蝕性氣體、液體？特別是油庫、油槽、瓦斯分裝廠等工廠，裡面有易燃性物質，其巨大的爆炸威力往往擴及數十公尺以外地區，記者千萬不能太靠近。

貳、保持適當距離

火災現場有爆炸性物質時，記者固然要保持相當距離，就是一般性的民宅、廠房，記者也要與燃燒主體保持一定距離，一方面避

免濃煙大量噴出時吸入，另一方面，這些建築物可能在燃燒中突然磚瓦、建材掉落，砸到身上而受傷。

記者在面對大火警時，千萬不要為了搶新聞、拍照片而逞強，如果發生意外，不但新聞跑不成，還得麻煩別人救護，成為搶救工作的負擔，該離遠些就離遠些，照樣可進行採訪。

參、進入火場要結伴同行

很多記者在火勢撲滅後，馬上迫不及待的進入火場內部拍照，但是對內部格局與結構並不清楚，加上撲滅後仍然濃煙密布，視線不清，不斷的繞來繞去，其中正在建造中的大樓可能升降梯或樓層之間的樓板中空，或者使用中的建築物，其簡易樓板被燒毀，或者其中有空隙，一腳踩下去的結果，可能摔下幾層樓高的地面，造成嚴重受傷沒有人知道。

所以，記者最好找伴一同進入火場，可以多幾雙眼睛觀察現場景象，萬一發生事故，還有人呼救處理；當然，能夠找消防隊員一同進入最好不過，因為他們經驗豐富，比較能避開潛在的危險。

如果是獨自一個人，切忌自以為經驗老道，而被平常所熟悉的狀況遮掩了判斷力，特別是夜間採訪建築高樓大火時，不要以為所有看來漆黑的地板都是燃燒之後的灰燼，而大意的一腳踩下去，很可能就是死亡的陷阱。

肆、備妥基本裝備

火災發生後，現場電力系統也隨之被燒毀，內部一片黑漆，濃煙密布，記者在伸手不見五指情形下在火場中摸索，看不到具體情況，如同盲人一般，十分危險。因此，要準備若干基本配備，包括安全帽、手電筒、浸濕的手帕或毛巾。

安全帽是為了防止隨時可能掉落的物品打到頭部；手電筒可以

讓你在黑暗中看清楚內部狀況，及方便找到去路與出口；浸濕的手巾則是保護你在封閉的建築物中，面對可能迎面而來的濃煙，不致於吸入過多濃煙。

第四節　如何避免颱風與水災採訪危險

臺灣位於亞熱帶地區，每年夏、秋季節交替時期，常會發生颱風，強烈颱風對國內會造成重大人員傷亡與財物損失，這種事例不勝枚舉，對居住在臺灣的民眾來說，面對颱風已是一種無法避免的日常生活經驗。

颱風不只是由於風勢強勁而帶來災害，它還會造成其他的各種不同類型的災害。例如，當它夾雜著豪雨時，在低窪地區會引起水災；當它捲起巨浪時，會造成沿海地區海水倒灌；當它的強風造成海上作業船隻翻覆、飛機起降失事，則形成海難與空難事件；當它帶來的豪雨下在山區時，會帶來土石流，以及山上的岩石崩塌，造成山難；當強風吹倒電塔或電纜線時，會造成停電、停話，而自來水公司沒電力進行淨水工作時，會因此停水；如果吹倒的電線走火，則會發生火災。

從以上可看出，颱風對民眾身家性命與財產安全的威脅十分重大，臺灣所有天災中，颱風對民眾的威脅程度最嚴重，恐怕只有難以預測的大地震是唯一可以和它相提並論的。所幸颱風的來臨可以事先預測，讓我們早做準備，減少災害的發生，這點可能比大地震好一些。

由於颱風會帶來水災，兩者可說是共生關係，只是時間順序不同，颱風發生在前，水災發生在後，採訪兩者的方式大同小異，危險因素也差不多，因此，此地將兩者一併處理探討。

壹、注意衣著與採訪配備

颱風期間，經常是狂風大作、風雨交加，在外面採訪的記者常被風雨弄得狼狽不堪，很難能夠體面的全身而回，因此，不要注意美觀，實用最重要。衣著愈簡易、輕便愈好，盡量穿短褲與短袖上衣，不要穿皮鞋或布鞋，因為將會弄得全濕，雨鞋或夾腳拖鞋是最佳選擇。

外出採訪最好不要打雨傘，颱風會將雨傘吹得變成「雨傘花」，除非確定風勢已過，否則最好穿雨衣。要記得，地方記者採訪颱風還得負責拍照，一手持傘、一手拍照，並不容易拍到好效果的畫面。

另外，一定要戴上安全帽，以防強風吹落招牌、看板，砸到頭部；也要準備大型的毛巾或浴巾，以便採訪過後擦拭被淋濕的頭髮、身體，及有關的採訪工具。

相機千萬不要拿笨重、體型大的單眼相機，更忌諱帶著各種大小不一的鏡頭，颱風時很難讓你從容的更換鏡頭，而且更換鏡頭時，也會讓雨淋濕；體型小、有伸縮作用的傻瓜相機最好用，它可以放進雨衣內，方便取出拍照。

貳、適當時機外出採訪

除非是電視新聞，講求播放畫面的身歷其境，電視記者必須要拍攝颱風吹襲、或者房屋倒塌之動態畫面；否則，在沒有特殊重大災情的情況下，一般的報紙、電臺記者通常只要進行事後的災情報導即已足夠。

為了自己安全，在颱風期間，記者應該選擇最恰當時機進行外出採訪工作，降低可能的潛在危險。

當強風暴雨正好來臨時，如果沒有重大災情與搶救工作，記者可以暫時留在屋內，利用電話與當地的防颱指揮中心、消防隊聯繫，

了解情形，等風雨稍歇再伺機而動，否則風雨交加之際，記者如無頭蒼蠅般漫無目的在外閒逛，不但找不到有用資訊，浪費時間，也容易發生意外。

參、留心腳下地形

颱風通常伴隨大雨，當雨勢甚大時，往往在一、兩個小時內造成許多地區淹水，其深度甚至出乎你的想像，記者在積水地區採訪時，一定要特別留意腳下地形，是屬於柏油路面、石子路面、抑或是爛泥巴？有無坑洞？深度有多深？這些都會危及記者生命安全。

例如，在鄉間地區或是施工地點，坑洞多，很可能積水下方就是巨大坑洞，往往一腳踩下落空而掉進水裡；如果底下是田野或魚塭的爛泥漿，不知情的記者走下去，一腳陷下難以自拔，可就糟了。

如果駐在海邊地區記者採訪海水倒灌，或是到港口採訪漁船災情，此時眼中汪洋一片、海天一色，站在防波堤或是陸地上，難以分辨水面與陸地的分際，一不留神，可能掉進大海中，性命不保，務必小心謹慎。

肆、選擇適當的採訪交通工具

颱風來臨時，各地都會成立防颱救災中心，消防隊、民間救難單位也會出動動力橡皮艇，到災區進行搶救工作，記者可以掌握這些單位的行蹤，會同前往採訪，特別是有些水深及腰、甚至一個人高的淹水地區，沒有這些特殊交通工具，記者必須涉水採訪，不但採訪作業困難，也容易發生危險。

第五節　如何避免海上採訪危險

臺灣四面環海，地方記者平日撰發與海洋、港口、沙灘、碼頭、

捕魚等有關的新聞機會很多；除此之外，當發生其他事件時，地方記者更要坐船到大海中採訪新聞，例如漁船或輪船海難、飛機墜海、緝私行動、油輪漏油，甚至隨船採訪漁民捕魚等。

一般人認為坐船採訪很「好玩」，但是，它不比陸上採訪般平穩、安全，尤其對於第一次搭船或具有暈船體質的記者來說，搖搖晃晃的船身令人無法站立，甚至吐得東倒西歪，連採訪工作都無法進行，更不要說是拍照了，如果稍有疏忽，更可能失足墜落海中，其危險性不容忽視。

一般來說，海軍艦艇、保警緝私艇等，設計精良，結構堅實，出海時也比較注意安全檢查，記者搭乘這些船隻採訪，較無安全顧慮；其次是港務局的拖船與公、民營交通船。

最令人憂心的是漁船，船隻較小，穩定性也較差，尤其在七、八級的大風浪下，有如漂在海上的一片葉子，船身起伏甚大，漁民可能若無其事照樣行走、作業，記者可就苦了，一不留神，很容易一個大浪打來掉落海中。

壹、注意穿著

當記者決定要坐船出海採訪，出發前務必要特別注意衣服的搭配，盡量以輕便、簡單為主，男記者切忌西裝革履，女記者更勿穿長或窄裙、著高跟鞋，以免自討苦吃。

搭船時間如果是夏天季節，由於白天海洋陽光反射比陸地強，早晚氣溫比陸地涼快許多，不必帶太多衣物，穿襯衫或 T 恤已足夠，至多加一件薄夾克；女記者也盡量不要穿裙子、洋裝，牛仔褲是最適合的。為防止晒傷，女生不妨穿長袖襯衫、攜帶防晒油，並在登船前，抹好防晒油。

冬天時節，海面風高浪大，溫度特低，務必要著重保暖衣物，最好是具有防水、防濕、不透風功能、附加帽子的特殊材質風衣、

大衣，如果有登山專用的防寒夾克，則最好不過。

鞋子不要穿皮鞋、高跟鞋，一方面走在船上易滑、易摔倒而發生危險；再則，這些高級皮鞋如果被海水沖到、浸到，可能因此報銷。因此，布鞋、膠底鞋、球鞋、雨鞋、涼鞋等，都是不錯的選擇。

貳、利用船隻行駛時間充分休息

很多人常有暈船的毛病，記者也不例外，甫登船的時候，船在港內平穩的水面上行駛，船身搖晃還不會太嚴重，一旦行駛到外海上，船身受到海浪影響，波動起伏加大，如果風浪特別巨大，船身搖晃會更強烈，這時候就是記者飽受痛苦之時。

如果暈船不太嚴重，在船隻行駛途中，記者可以找個通風良好、較舒服、平坦之處坐下或躺下休息，沒事不要走動，等到達目的地後，此時船隻已不再行駛，晃動也較小，記者就可以開始採訪工作。

如果隨船採訪要相當長的時間，記者在上船之前，要記得到藥房買暈船藥，並在登船前服下，另外準備萬金油、綠油精等，以備塗抹；嘔吐袋也要準備，萬一在船上要嘔吐時，不致於手忙腳亂。

參、走動採訪時，小心警覺

記者在船上，難免為了新聞採訪任務而走動，當行走在甲板上時，記得要隨時以手抓住欄杆、艙板、或其他固定物品，站立時也要找個可以依靠的堅固物體當靠背。

如果海浪特別大，可以在船上找個粗細適中的繩索，繫在自己腰際上，防止萬一大浪打來，不慎墜入海中，還有挽救機會。要是船上備有救生衣，一定要穿上，做好最周全的安全防護措施。

記者必須要在甲板上拍照時，要選擇背風處，並以船艙為掩體，避免海浪打到，站立時雙腳要微微彎曲，重心站穩，並隨著船身上下起伏而做彈性的配合，如同彈簧腿一般，不要硬梆梆。

拍照的最好時機，是等風浪較小時候。因為風浪過大，人往往被晃得東倒西歪，站都站不穩，此時要搶鏡頭，不但危險性高，而且畫面也不清楚，拍了也是白拍。

肆、慎選相機

上船時，最好用體積小、輕便、有伸縮鏡頭的傻瓜相機，不要拿笨重、配備多、大型的單眼相機，以免妨害工作效率。

在拍照時，相機記得要掛在脖子上，不要拿在手上或披在肩上。相機掛在脖子上，比較不會失手而掉落地面或海中；也不會過度搖晃，讓相機碰到船體物品而損壞；記者在船上跳上跳下時，也不會因為相機的晃動而影響身體平衡。

伍、了解海洋常識

一般記者對海洋大都缺少基本認識，一旦臨時在海上採訪，就會吃大虧；所以，平日記者如果多涉獵海洋知識，知道潮流、潮汐、潮差、漲潮、退潮等問題，情況就會好多了。

例如，某一年華航貨機空難，事後美籍飛航制人員到臺灣八里外海，找尋墜海的飛機引擎，許多媒體記者共乘漁船前往採訪打撈過程；當天出海的風浪相當大，多數記者沒有什麼航海經驗，完全不了解所謂的「潮差」。

當記者們從接駁漁船要上打撈船時，只能靠著「潮差」，亦即，讓兩艘船並在一起的時候才有辦法過去；問題是，多數記者不知道什麼時候才是兩個波浪停留在一起最久的的時候，結果光是為了過船，摔傷的記者就有三個人，另外一位美籍專家也受傷。❽所以，對海洋生態了不了解，對採訪記者工作安全確實有很大影響。

---

❽　郭人杰口述，〈系列座談經驗談〉，《記者採訪安全面面觀》，中華民國新聞評議會，民八十一年，頁二十九。

第六節　如何避免街頭活動採訪危險

　　民國七十七年政府宣布解除戒嚴令前，以及解除之後的一、二年，是國內街頭運動最頻繁的時期。以民國七十六年為例，光是這一年，臺灣的自力救濟、抗議遊行、各種運動，大大小小共有一千六百多次的街頭示威，是中國五千年歷史不曾有過的。❾

　　在這段期間內，從北到南全省各個縣市，甚至鄉鎮地區，幾乎每週都有街頭運動發生，包括解嚴運動、國會全面改造運動、司法獨立運動、立法院內外抗爭運動、二二八和平日運動、文化運動、臺獨運動、統一運動、返鄉探親運動、老兵自救運動、農民運動、工人運動、學生運動、環保運動、婦女運動等，讓派駐在各個縣、市地區的地方記者忙得暈頭轉向。

　　解除戒嚴後，國內街頭活動雖然減少很多，但是由於民眾權益意識高漲，基於政治理念的不同，或是為了爭取自身權益，偶爾還是會有群眾走上街頭，以示威遊行方式向社會大眾或政府有關單位表達他們的需求。

　　人數眾多的環境之下，情緒最容易發生彼此感染，如果加上有心人的煽動，群眾行為很容易失控，標榜和平示威的街頭遊行往往演變成街頭暴動，發生流血事件，示威群眾甚至見人就打，站在第一線的記者常成為刻意或失誤的攻擊目標，記者被拳打腳踢，或是攝影器材與汽車被砸等情事，時有所聞，顯示街頭活動極不理性，採訪記者一定要懂得自保之道。

　　長期採訪社會新聞的聯合報記者高源流，在一場座談會中，敘述採訪街頭活動的危險。他表示，早期的遊行活動完全被禁止，當

---

❾　楊青矗，〈一九八七當代批判文存〉出版後記，高信疆、楊青矗編《一九八七臺灣民運批判走上街頭》，敦理出版社，民七十七年，頁十一。

記者看見遊行隊伍而手拿相機拍照時，遊行人員會衝過來把記者圍住，問說：「你為什麼要拍照？你是不是國民黨的走狗？是不是情治單位的『捉耙仔』？」當時他就回答：「我是聯合報記者，我只不過拍你們遊行。」他說：「你為什麼要拍？」

對記者來說，採訪公開遊行是很正常的情況，但對方卻認為這是一種挑戰；因此，在街頭活動採訪上，任何一個記者可以做的動作，都有可能被對方認為是一種危險。解嚴之後，街頭活動人員對記者的態度雖然較為開放，但其中還是有人想惹是生非，對這些人來說，記者做任何動作，他都不高興，不是記者可以預防的。❿所以，記者面對街頭活動形形色色群眾時，一定要隨時提高警覺。

壹、了解遊行隊伍性質

民眾走上街頭有不同的訴求，群眾隊伍組成分子也不一樣；有的是政治抗爭，成員以各政黨成員為主；有的是為了抗議拆屋、造路、發補償費等公共工程不公；有的是勞資糾紛，員工與家屬抗議公司裁員、發遣散費等；有的基於環保訴求，反對在住家附近興建垃圾場、焚化爐、發電廠等。

由於訴求目的與成員不一，因此記者要知道隊伍性質。通常來說，訴求主題門檻愈高，為了讓目的能夠達成，手段可能愈激烈，愈容易發生暴力事件；成員分子複雜，指揮人員難控制行動，容易演出走樣，較具危險性；另外，老人、婦女、小孩不在少數的遊行隊伍，相較於中、壯年人組成的隊伍，比較溫和，和平度較高。

記者可根據隊伍性質加以判斷後，再決定採訪的「安全距離」為何。

---

❿　高源流口述，〈系列座談經驗談〉，《記者採訪安全面面觀》，中華民國新聞評議會，民八十一年，頁五至六。

貳、了解群眾心態

絕大多數的示威請願活動，都喜歡媒體大肆報導，以便引起各界的同情與有關當局重視，但是如果之前曾吃過媒體報導的虧，認為記者不站在他們立場上講話，因此將怨氣發在媒體身上，此時採訪記者就得小心了。

例如，某處有大規模違建或是違規經營行業，經過媒體報導引起政府單位注意，決定加以拆除或取締，結果對方不但全力阻撓，還走上街頭示威抗議，此時示威人員可能遷怒於前往採訪的記者，記者如果早做心理準備，採取因應措施，就較易避免受到傷害。

參、盡量站在警方線上

不論是經過申請核可的合法示威遊行，或是未經批准的非法遊行，在過程中，當地警方都會派員到場觀察、搜證，以了解是否有違法舉動，並維持秩序。如果是規模龐大、性質敏感的示威遊行，警方還會出動鎮暴警察，這些警力就成為第一線採訪記者的最好護身符。

當採訪記者發現示威群眾行為漸漸失控，極可能隨時對自己帶來危險時，就應該馬上跑到警方線上，與群眾保持距離，透過優勢警力來保護自己，不要身陷遊行隊伍中，以免成為暴民發洩的「肉盾」。

肆、尋找掩體

第參點是指群眾與警力和平對峙，或是雙方發生小規模的衝突時；如果兩方發生激烈衝突，石塊與催淚彈如雨下，此時記者無論在任何一方都不行，中間更是危險地帶，往往被兩方的攻擊物品「夾殺」，記者必須要很快在現場找到掩蔽物。

掩蔽物包括路邊公用電話亭、樹幹、垃圾桶、圍牆、樑柱、車輛等，將身體掩護妥當，以便有攻擊物品迎面而來時，有東西做為屏障。如果記者預先知道示威有可能演變成暴力事件，事先就要觀察好這些掩體位置，並備妥安全帽保護。

伍、配戴證件

街頭活動中，成員十分複雜，除了直接參與活動的群眾，也有為數不少的參與者，包括聞訊而來看熱鬧的民眾、搜證的便衣警察與其他情治單位人員，甚至別有用心，企圖製造事端的人士，這些人混在人群中，有時假冒記者穿梭來往，藉機上下其手，可能激怒示威群眾。

因此，記者最好在採訪前，將可以證明記者身分的證件，或是自己服務單位的記者證配掛身上，一旦示威群眾要追查身分時，馬上可以出示證明。

陸、立場公正、小心發問

記者採訪群眾示威活動時，要記得本身的職責與立場，保持中立、客觀的立場看待此事，即使對於整個事件有自己的看法，也千萬不要在採訪過程中顯露自己的態度；例如，同情弱勢的示威者，跟著示威群眾起鬨，或者站在警方立場，指責示威群眾的行為。

記者應該謹記自己是雙方之外的「第三者」身分，只要用眼睛冷靜觀察全部過程，做客觀報導，沒有必要在中間當調解人，以免惹禍上身。

另外，記者發問是採訪工作的最基本事項，在一般場合發問，再怎麼尖銳的問題都無大礙，但是，在示威活動中，群眾情緒高漲，對於外界人士十分敏感，記者發問就得小心謹慎。例如，質疑示威行動的合法性、過程缺失、以及其他具有爭議性的話題，都可能引

發對方激烈的反應，為自己帶來危險。

第七節　如何避免山難採訪危險

　　登山活動愈來愈熱門，除了青少年學生會結伴登山，許多社會人士也經常以登山為樂，挑戰百岳紀錄，或是到山上健行；在不可知的氣候狀況與險惡的高山環境中，不少登山民眾以及到山區遊樂的民眾，往往發生山難不幸事件。

　　例如，民國七十五年五月二十五日，南投縣竹山鎮發生崩山事件，巨石從山崖落下，造成二十八名青年學生喪生谷底，是臺灣歷年死傷最慘重的山難事件；除此之外，各種山難也時有所聞。

　　有時候採訪山難新聞不一定與登山有關；例如，民國七十年，遠東航空國內班機在苗栗三義火焰山上空爆炸，造成一百多位乘客罹難；七十八年十月二十六日下午六點五十分，中華航空一架由花蓮飛往臺北的波音七三七客機，在花蓮秀林鄉佳民山區失事墜毀，全機五十六位乘客與機員未見一生還者，都屬於山難新聞。災難事件如果發生在山區，交通與天候狀況不比平地，採訪起來往往是最高難度，對採訪記者是工作上的重大考驗。

　　發生山難事件，地方記者就要依其轄區責任歸屬，進入深山進行採訪，絕大多數記者並非登山好手，有的甚至是首次登山，採訪過程中充滿不可預料的危險與艱苦。記者除了憑藉一股工作熱忱努力往前衝，最重要的是一定要做好上山之前的準備工作，上山之後更要步步為營，小心謹慎，以免成為山難受害者。

壹、裝備齊全

　　登山必須長途跋涉，是一種長時間的體力抗戰，記者要打這場硬戰，必須裝備齊全，尤其冬天深入僻遠山區採訪，更要添加禦寒

衣物，帽子、手套也不可少，並攜帶防雨用具，鞋襪也要採用適合長程步行之用，以免腳趾凍傷、磨傷；有關食物也要另外準備，包括乾糧、麵包、巧克力、運動飲料、礦泉水等，隨時補充體力。

為了減少物品的負荷重量，山難的採訪儘可能使用具有伸縮鏡頭的傻瓜相機，且要多帶幾卷底片與電池，以備不時之需。

從以往的各種山難採訪事後檢討可發現，是否做好上山準備工作、裝備是否齊全？是採訪成功與否的最大關鍵。

以七十八年十月二十六日華航在花蓮秀林鄉佳民山區的空難為例，由於事件重大，很多報社、電臺都出動臺北總社採訪組記者前往支援當地記者採訪，為了爭取到達時間，絕大多數記者並未準備上山應有的物件，而是隻身搭乘夜車前往花蓮，到達後隨即出動採訪。

但是從山下至少要攀爬三個半小時才能抵空難現場，許多來自臺北的記者沒有任何登山裝備、缺水斷糧、有的長年缺乏運動，體力不濟、或是坐夜車未曾闔眼，甚至有人穿著皮鞋或西裝褲，吃盡苦頭，還有記者因為沒有糧食與飲水，只好吃草根解渴。**⓫**

雖然每個記者工作熱忱感人，全力往前衝，然而，記者因未準備周全的登山裝備，貿然上山的結果，導致幾乎每人都掛彩而回，上百名上山記者中，只有十餘人到達空難現場，半途而廢或下不了山者比比皆是。**⓬**

貳、步步為營

記者步行到山難現場，往往要幾個小時，而山上環境千變萬化，

⓫　陳斯華，〈崎嶇路難行，報導戰艱辛〉，《大新聞中的贏家和輸家》，新聞鏡雜誌社，民八十年，頁七十七。

⓬　林文雄，〈華航空難空遺恨，記者採訪閒關行〉，《大新聞中的贏家和輸家》，新聞鏡雜誌社，民八十年，頁六十二。

時而道路崎嶇不平、危崖絕壁，時而曲徑通幽、別有洞天；有時卻又在一片窮山惡水中豁然開朗；特別在冬天時節，山中煙霧瀰漫、雲譎波詭，常在很短時間內，從晴空萬里轉變成昏天黑地，令人捉摸不定，記者在行進中，千萬要提高警覺、步步為營。

如果地形險惡，記者必須登山涉水，越過峭壁懸崖，即使自認為對地形很熟悉，也絕對不可大意；如果不熟悉地形環境，更不可掉以輕心，要眼觀四面、耳聽八方，仔細觀察周邊景物，寧可動作慢些，也不要為了趕時間而加快速度，一失足成千古恨，拿生命開玩笑。

以華航花蓮空難的採訪為例，從事後採訪記者的回憶文章中，我們可以了解地形環境的險惡，對採訪記者生命有嚴重的威脅。

以下是一位採訪記者所描述的狀況：

……由於失事飛機在黑漆的雨夜裡，撞上山勢陡峭的佳禮灣半山腰，救人心切下，三百餘名軍警救難人員及部分花蓮駐地記者，即分批冒險摸黑上山，原以為路程不遠，大伙便輕裝就道，不料上山後，才發覺山勢如此險惡難以攀登，同時失事現場又因黑夜漫無指標，在沒有固定山路、固定地點下，搜遍每一處山區，而失事現場卻總是林深不知處。

……這段山路險惡之極，約有三分之二的路程是近九十度的峭壁，沿途要借助繩索及岩縫中突出的樹幹借力攀爬，較不陡峭的路段，則因當晚下雨造成路段泥濘濕滑，寸步難行，此外也沒有固定山路及明顯的指標，一路上皆是由領路的山青，以開山刀披荊斬棘向著大約的失事地點作直線攀爬，如果跟不上隊伍，即可能找不到山路而上不了山，強行跟上則可能步履艱難，以致同行的近五十位隊員，至半途中只剩下

十餘人左右，幾乎半數人不是迷路，就是半途打退堂鼓。

加上佳山處處懸崖峭壁，山勢筆直無著力點的地形限制影響，大部分皆是以雙腳、雙手同時著地爬行，偶爾一腳懸空即跌得人仰馬翻，致使搜救工作諸多困難，並一度受阻。同時採訪團在急促成行未有充裕時刻準備登山用具下，不僅衣褸磨破，手足也早為遍布的荊棘刺傷血流不斷，採訪過程極為艱鉅。⓭

另一位則具體的記載：

……經過二、三十分鐘的交涉、溝通、爭取後，營區負責人總算答應讓記者過去，但因為已過二十多分鐘，與前面搜救、山青人員距離拉遠，記者們在沒人帶領的情形下，只能憑著前一天第一批搜救人員走過的痕跡及留下的繩索，往上爬，穿著西裝褲和皮鞋爬山的滋味真是不好受，而且到處都是帶刺的樹枝，極陡的山坡，沿途除了記者們外，沒有第三者，還好是白天，否則一定迷路。

經過了一個多小時，總算看到了前一天上山的人下山，這些人知道他們是記者後告訴他們：你們不可能到達現場，回去算了。但大家仍不肯放棄，又過了一個多小時，還是沒看到任何失事的痕跡，因記者們都沒帶糧食或水，只好吃著草根解渴，此時有人已漸漸不支，部分記者則決定不再前進，陳一雄表示，為了不負報社的指示，他與兩位同事還是堅持向

⓭　林文雄，〈華航空難空遺恨，記者採訪間關行〉，《大新聞中的贏家和輸家》，新聞鏡雜誌社，民八十年，頁五十九至六十一。

上走。

就在繼續往上爬的時候，陳一雄不小心被帶刺的樹枝刺到眼睛，頓時十分的疼痛，且眼淚直流，但他還是到達失事地點，後來眼睛愈感吃力，一張開就疼得難過，他原來想搭直升機下山，但直升機一直盤旋沒放下繩索，他忍不了痛，只好自己摸索下山，到了晚上七時多才到山下，花蓮的醫師警告他，其眼角膜已破裂，須立刻休息，不可再讓眼睛受傷或太累，否則將有失明之虞。❹

由此可知，在險惡的高山中採訪新聞，即使步步為營都可能處處危機，一有不慎即會發生意外，採訪記者豈可大意？

參、不要脫離隊伍

不要為了早點到達山難現場而自己脫離隊伍，特別是在羊腸小徑穿梭時，不要自己走捷徑、抄小路，以免誤入歧途，耽擱採訪事小，萬一迷路，還要勞動搜救隊伍搜救，甚至消失在茫茫深山中，為不幸山難添加冤魂。

與隊伍結伴同行的好處是，不會在深山中失蹤，也可以互相照料，如果對於要行走的地形沒有把握，可以請其他人員協助，例如以牽手、綁繩索方式繞過山崖或溪流，降低自己行走的危險性。

再以花蓮空難採訪為例，以下是一位記者描述採訪當時記者彼此之間如何暫時放棄工作競爭，同心協力度過難關的情形，讓我們了解不要脫離隊伍的好處。

❹　陳斯華，〈崎嶇路難行，報導戰艱辛〉，《大新聞中的贏家和輸家》，新聞鏡雜誌社，民八十年，頁七十七至七十八。

……天剛亮，斜陡峻峭的山路在眾人同心協力的合作下，似乎也不那麼艱險了。路，好像永遠走不完，不少家屬開始哭泣、撤退，沿途的記者一面安慰，一面託昨夜搶先上山先行撤退的國軍弟兄們仔細照料。

在新聞同業們，你幫我扛相機，我替你送底片下山的情形，也到處可見，在又累又渴、前途茫茫的大自然裡，每個人念著工作，也隨時關懷彼此的安危。……兩個人緊靠在一起維持體溫，守著清晨第一道曙光，塵世間名利之爭已不再重要。**⑮**

肆、採訪前，先觀察現場

記者抵達山難現場，不要只顧著搶拍鏡頭或訪問人員，應先觀察地形，確定不會再發生第二次的危險後，再做採訪工作，並盡量離開山壁遠些；因為，很可能由於先前的下雨讓山壁土石內部充滿水氣，陽光照射後內部熱氣蒸發，造成土石鬆散而隨時崩落，如果站在下方，人員很可能受到傷害。

在現場採訪或拍照時，千萬不要以為危險已過而失去戒備，要以謹慎戒懼之心處之。如果可以，可請隨行人員擔任警戒，有緊急狀況，立即示警，馬上逃開，還有保命機會。

伍、隨時找機會休息

經過長途的奔波行走、採訪拍照，體力很容易透支，在回程途中，常因為體力不濟、精神恍惚，比來時更易出事。因此，當採訪

---

⑮　何永證，〈人性的光輝，花蓮空難側記〉，《大新聞中的贏家和輸家》，新聞鏡雜誌社，民八十年，頁六十六。

告一段落時，基於安全起見，記者要利用時間休息，養足精神再出發，不要東逛逛、西聊聊，浪費無謂的時間。

　　而且，就算回程體力還夠用，可是到達山下後，工作只完成一半，記者還得要發稿、沖洗底片、傳照片，有一堆事情要做，沒有充分休息，腦筋很快變得遲鈍，不但寫稿不靈光，還可能錯誤百出，讓山難的新聞採訪效果大打折扣。

第二單元　報導部分

第九章　新聞報導結構

　　同樣寫作，寫新聞與寫一般文章有很大差異性，會寫文章的人，如果不在新聞報導寫作上加以訓練、學習，寫出來的新聞報導型態勢必很另類，雖然讀者或許還是看得懂，只不過恐怕要看得很吃力，編輯也可能因為找不到新聞重點，下標題下得很辛苦，對讀者與編輯都會帶來不便。

　　地方記者在報導地方新聞時，對於新聞結構所要注意的事項，與寫其他新聞大同小異，包括導言的運用、本文的表達、寫作的型式等，都與一般新聞無太大區別；甚至我們可以說，新聞報導的寫作有其一套無形的「公式」，只要常寫、寫久了，就了然於胸、運用自如，不論記者遇到何種型態的新聞事件，只要將這套內化在記者內心裡的「公式」套上，撰寫新聞時，即可快速落筆、一氣呵成。

第一節　新聞的結構

　　一則新聞報導的結構，主要區分成「導言」與「本文」兩大部分，「導言」是指新聞的開頭部分，從此之後一直到結束的新聞內容，則屬「本文」。以人體來比譬，導言有如人的頭部，本文則形同身體，兩者合為完整的人體，少了其中之一，即成為有頭無尾，或者有尾無頭的怪物。

構成一則完整新聞的這兩大部分,其性質與重要性有極大不同,以重要性來說,導言通常比本文來得重要許多;因為,新聞的後面內容（本文）是由導言引出,沒有導言就沒有本文,有時候一則不是很重要的新聞,為求精簡起見,甚至只保留導言,而將本文全數刪除,照樣可表達這則新聞的意思。

具體來說,一個符合新聞寫作要求的好導言,包含新聞事件的最主要部分,讀者只要看完導言,即可知道此一事件大概內容。反之,如果將本文保留,去除導言部分,新聞有結局而無開頭,讀到後來將令人不知所云。

當然,是否要刪除本文、只保留導言,是屬於編輯臺的作業權責,有其版面上的實際需要與特別考量,非撰稿記者所能干預與決定;然而,做為一位記者,在寫一則完整的新聞時,必須包括導言與本文,這是最基本的工作要求,如此,才能清楚、周全的呈現一則新聞的完整面貌。

「導言」與「本文」兩者的特性與應用方法並不相同,在新聞中的作用也有差異,分述如下:

壹、導　言

「導言」是從英文 "Lead" 一字譯成,它是指一則新聞中開頭的部分,它在整條新聞中所占的字數不多,旨在表達整個新聞事件的重點,當讀者看過導言之後,大致就可以了解此則新聞要講什麼、新聞內容為何;一個成功的導言愈精簡愈好,以發揮對新聞的畫龍點睛、提綱挈領之效。

在此,我們可以了解導言的意義;所謂導言,即是在新聞報導的開頭段落裡,以最少的字數,顯示新聞事件的精華或內容大綱者。

"Lead" 這個字從何而來?如今已不可考,但是它與「倒金字塔」式的寫作型式有絕對關連則無庸置疑;報紙出現「倒金字塔」的寫

作體裁，則與戰地新聞採訪有關。來自戰地的消息務求快捷，此其一；其次，後到的消息每每推翻原來的消息，如果還是墨守著原來的寫作方式不變，則難以達成任務。具體來說，美墨戰爭（西元一八四六年～四八年）之前，新聞報導的寫作型式並無一定成規，後來出現「以時間為順序」的寫作體裁，性質和我國史書的紀事本末相當；最後出現有導言的「倒金字塔」寫作體裁。❶

大多數的人都以為導言就是新聞的第一段，其實不然；嚴格來說，導言是新聞的「開頭」部分；因此，新聞的第一段必定是導言，但是導言不一定僅僅是新聞的第一段，必須視新聞事件性質與新聞寫作的表達而定。

有些新聞事件的性質十分複雜，有很多不同面向，無法在第一段中全部將這些內容全部交代清楚，此時即可以將最想表達的部分寫在第一段，其他性質不同的部分，寫在第二段或第三段，成為「輔助導言」。所以，導言的寫法具有相當彈性，記者在寫稿時要予以活用，才能發揮最大功效。

貳、本　文

本文是一則新聞的身體，與頭部比較，身體的體積龐大許多，由此可知，本文的內容比導言既多且雜。本文的作用主要有二，其一是補充導言所未曾提到的內容，讓新聞事件更完整；其二是將導言所表達的內容，再做進一步說明，讓所報導的新聞事件更詳細。

做為一個稱職的地方記者，固然要學習如何寫好新聞導言，更要了解如何寫好新聞本文，最重要的是，要知道如何「切割」導言與本文，也就是將應該放在導言的內容，放在導言內，應該放在本文的內容，放在本文內，讓導言與本文各得所需。

---

❶　程之行，《新聞寫作》，臺灣商務印書館，民八十二年十二月初版，頁一三二。

　　如何將一個內容複雜的新聞事件，其中某些部分放在導言，其他部分放在本文，並不容易，這是記者必須不斷學習的事；不少記者容易犯的一個毛病，是認為新聞事件中的很多部分都很重要，因此企圖將一大堆的內容全部「擠」進導言內，使導言變得臃腫不堪，結果導言不夠精簡，新聞頭重腳輕，既無法表現導言特色，也讓後面的本文內容與導言重複，讓讀者看得頭昏腦脹。

　　因此，記者要懂得充分利用本文，該放在導言的就放在導言，否則就盡量移到本文，以彌補導言之不足。導言之所以要求愈精簡愈好，主要是因為還有本文可加利用。換言之，有了本文，記者可以讓一則新聞報導層次分明，讓新聞更加詳細、清晰，讀者看新聞時，可以清楚而完整的了解整個新聞事件。

第二節　導言的特色

　　如果我們將一則新聞比喻成為一般的商品，導言就如同販賣商品的廣告招牌，它必須將商品特色充分的表現在這塊招牌上，讓路過的人們能為絢爛的招牌深深吸引，對商品（新聞）有初步的興趣，進而設法一探究竟，再決定是否要購買它（閱讀新聞）。所以，記者在寫導言之前，必須要動腦筋，斟酌如何寫導言才能吸引讀者注意。

　　對讀者來說，每天打開報紙，面對的是無數的新聞報導，內容五花八門、形形色色，令人眼花撩亂，不知要從何看起。如果導言能夠很快的吸引讀者注意，並引起讀者進一步往下閱讀新聞內容的慾望，則是一則成功的導言。

　　美國新聞學者畢茲(Pitts)認為，　讀者接觸導言的主要焦點是興趣，當讀者再往下讀新聞時，導言也應該發揮實際的功能，對整則新聞能夠提出中心思想，所以導言對讀者的趣味性與實用性應該兼顧。對記者而言，導言是記者寫新聞時，針對所採訪到的事件如何

進行表達的重要憑據，一篇新聞報導以它為出發點，導言寫作完畢，其他的本文才有著落。❷由於導言是一則新聞的指標，性質十分重要，所以，記者在寫新聞過程中，以寫導言最花時間，往往要深入思索、再三重複修改才能定稿，只要導言擬定妥當，新聞本文很快就能依序鋪陳下去，整篇新聞可以很順利的開展來。

俗話說：「萬事起頭難」，寫新聞也是一樣，一篇新聞報導最難寫的是導言，好的導言要能夠深深吸引讀者，有一股想繼續往下閱讀新聞的感覺；記者想要撰寫好的新聞導言，應該注意表明新聞特點、生動有趣、簡潔明白等三個要點：

壹、表明特點

傳統的新聞導言寫作方式，往往要求記者謹記「五 W 一 H」公式，即將 Who（何人）、What（何事）、When（何時）、Where（何地）、Why（為何）、How（如何）等「六何」，全部在導言中交代清楚，這「六何」就是一個新聞報導裡所包含的要素。

Who（何人）：新聞事件的主體，它可以是一個人、團體、組織、單位，或者任何有生命的動物與無生命的物體。它是新聞報導指涉的對象，　是構成新聞報導中最重要的要素，　沒有這個對象，　就沒有新聞報導，其他的新聞要素，都圍繞著它而產生意義。

What（何事）：發生在主體上的事情，或是主體所做的事件。

When（何時）：事件發生的時間。

Where（何地）：事件發生的地點，有時地點還不只一處，而涉及好幾個地方。

Why（為何）：事件發生的原因，有時原因可能很單純，只要幾

---

❷　Beverely Pitts, "Model Provides Description of News Writing Process", *Journalism Educator*, Spring 1989, pp. 13–19.

句話即可交代、理解；有時內情十分複雜，往往
要長篇大論敘說，才能知其因果。

How（如何）：事件發生的經過與最後導致的結果。

隨著新聞寫作體裁的不斷演進，此種「五 W 一 H」的導言寫作
要求，已不符現時需求，記者不能硬梆梆的把這一公式套用在導言
中，而要依據新聞事件的性質，找出它最大的特點來做為導言內容。

換句話說，記者所採訪到的每個新聞事件，都一定包含著「五
W 一 H」的基本要素，在寫新聞時，記者很難將這些要素全部擠放
在短短的導言內，否則不但無法顯露事件的特色，更造成導言冗長，
不利讀者閱讀。因此，記者在寫導言之前，應該審慎評估新聞事件
的最大特點是「五 W 一 H」其中的那一項、或那幾項，再把這些特
色用做導言內容，以凸顯此一事件的最大特點。

以下舉例說明之：

一、何　人(Who)

當所要報導的是一個身分特殊的人物，例如，是一位地方名人，
或是具有特殊職業、專長、年齡、紀錄的人等，則可以用「人」這
一部分做為導言內容，強調此人的特殊性，及其與眾不同之處。

新聞寫作實例一：

板金工人出身的洪龍人，由於個人興趣，憑著靈巧雙手，在
短短六年中塑造出一件件令人驚嘆、深具傳統風味的陶藝品，
成為府城第一位素人陶藝家。

說明：文中可看出，洪龍人並非地方名人，他只是從板金工人
變成陶藝家的一位普通民眾，但由於「板金工人」與「陶藝家」的
性質差異太大，加上他是府城「第一位」素人陶藝家，這些都與「個

人」有關，所以導言中從「人」的角度切入，強調他的特殊。

新聞寫作實例二：

> 成大退休教授蘇雪林已九八高齡，為表達她在中國文壇上的
> 地位與貢獻，安徽省文藝出版社正蒐集其畢生創作作品，計
> 畫明年秋天在蘇教授出生地──安徽省，出版《蘇雪林文集》，
> 並慶祝其百歲誕辰。

說明：蘇雪林教授是我國學術界名人，國人均知其名，臺南記
者獲悉大陸的出版社有意出版蘇教授文集，寫新聞時，即以蘇教授
為焦點，直接在導言中寫出此事，是典型的「何人」導言寫法。

二、何　事(What)

如果一個事件具有相當程度的重要性、趣味性，能夠吸引大眾
注意；或是與民眾日常生活有密切的關係，則要以事情內容為導言
內容，讓民眾立即知道此一件事的內容。

新聞寫作實例一：

> 住家門口前與巷道的廢棄車輛，影響居家環境與交通順暢，
> 令人生厭，嘉義市環保局決定即日起加強查察與拖吊工作，
> 如果民眾發現這些無主車輛，可以提出檢舉，環保局將依規
> 定程序處置。

說明：無主的廢棄車輛到處丟，不但影響環境美觀，也妨礙交
通，它不只是環保問題，也是交通問題，一般民眾對此事都很關切，
地方環保單位要積極整頓路邊廢棄車輛工作，是民眾的福音。所以，
在導言中明確指出環保局所要做的這件事情，讓民眾立即知道這項

訊息，以便向環保局提出檢舉。只是，此則新聞導言中，並未寫出受理此事的環保局承辦單位電話號碼，民眾如果要檢舉，還得向查號臺查詢，增加不便，記者應該順手將電話號碼直接寫在導言上，讓有需要的讀者利用。

新聞寫作實例二：

道路分隔島缺口過多，帶來大量交通事故，新竹市警局交通隊決定進行改正措施，封閉五十五處缺口，將可有效改善車禍現象。

說明：這件事情是屬於地方交通單位的內部作業，但因為封閉道路分隔島缺口後，對改善車禍會有幫助，可以減少民眾傷亡，對民眾權益有密切關係，所以在導言中直接寫出這件事，日後民眾如果發現有工人正在封閉分隔島缺口時，也可了解為何要封閉。

不過，「事」與「人」往往有關連，同樣成為新聞重心，不易分割，雖然導言中寫出「何人」，焦點卻在「何事」，如以下「例三」。

新聞寫作實例三：

世界最高的人——希爾，昨日來臺灣訪問，並在下午立即住進臺中金氏世界紀錄博物館為他準備的專屬套房。

說明：這件新聞報導主要是在告訴讀者，有一位當今世上身高最高的人已到達臺灣，並進行訪問；它最具新聞價值的是「身高」，而非人名，導言中寫出他的名字叫「希爾」，目的在於帶出他是「世界最高的人」，就算不寫名字，也無損於這個新聞事件的完整性；所以，此一導言是屬於「何事」導言寫法，而非「何人」導言寫法。

三、何　時(When)

一則新聞通常都會涉及時間因素，民眾在閱讀新聞時，可以知道此一事件在時間歷史長廊中所在的位置，讓此一事件與在其他時間點所發生的事件連結起來，使之更具意義；因此，時間在新聞中具有十分重要的地位。

尤其，當一個事件的時間因素對整個事件具有特別的意義時，更要將時間在導言中寫明。

新聞寫作實例一：

臺南市政府中斷一年多的民眾時間，將在明天恢復實施，往後市長固定每週三下午在市長室接見陳情民眾，直接解決市民各種疑難雜症，歡迎市民向馬上辦中心登記。

說明：此則新聞重點在於地方政府要恢復中斷一段時日的「民眾時間」；所謂「民眾時間」，也就是地方首長直接會見民眾的時間，聽取民眾陳情事項，並當場交代有關單位著手辦理，是一種切合人性、有效率的良好措施，與民眾權益有密切關連，因為時間是此事件最重要的部分，因此在導言中直接表明此一措施何時恢復，以及每週何時是「民眾時間」。

新聞寫作實例二：

高雄區八十七學年度高中聯招委員會昨日成立，決議今年考生集體報名日期為六月十七至十九日，個別報名十九日，七月八、九日舉行考試，二十一日寄發考生成績單。

說明：每年暑假是全國的考季，各種升學考試接二連三舉行，

成為學生與家長最關心的話題。因此，對於聯招會決定何時舉行報名、何時考試，以及何時開始寄發成績單，都是考生與家長最想知道的，必須在導言中交代清楚。

四、何　地(Where)

地點時常是一個新聞的重心，因為許多的展覽、表演、比賽、講座、會議、園遊會等活動；車禍、火災、竊盜等社會案件，以及停水、停電等，都涉及一個地方或整個地區，對該地居民具有特殊意義。

更廣義的來講，任何新聞一定都有它發生的地點，不可能憑空而來，「何地」的重要性可想而知；如果新聞指涉的地點對整體事件具有特別意義，或者對民眾具有某種程度的價值感，則必須要在導言中交代清楚。

新聞寫作實例一：

張永和油畫展，本月二十五日起在苗栗縣立文化中心文心藝廊展出，到元月五日止。

新聞寫作實例二：

苗栗通霄西濱海洋生態教育園區再添巨蟒，這隻三百八十四公分的巨蟒，將駐進蛇類專用的保溫箱內，度過寒冬。

說明：以上兩則新聞是很典型的導言寫法，前者報導一則畫展消息，地點在當地文化中心一處藝廊；後者則是一家遊樂區增添一條巨蟒。這兩則新聞都在導言中直接寫出地點，讓想觀賞畫展或想參觀巨蟒的民眾一目了然，如果未在導言中交代地點，讀者將看得

一頭霧水，非完整的導言。

五、如　何(How)

　　一個新聞事件的開始發生，或發生之後，可能過程複雜，也可能涉及的層面廣泛，民眾無法了解這個事件的來龍去脈，以及到底怎麼啦；所以，一開始看新聞報導，民眾就很想知道這事件的「如何」部分。

　　在此種情況下，記者就要把這個事件「如何」發生，或者最後到底「如何」直接寫在導言中，對於若干情節較複雜的事件，可能在導言中用掉不少字數。因此，以「如何」為主的導言，字數通常會比較多，寫作時要特別注意精簡。

新聞寫作實例一：

　　昨日高雄地區的大雨，造成許多低窪地區嚴重積水，街上交通一度受阻，鐵、公路交通大抵正常，高雄機場則因雷雨而一度關閉，部分路口交通號誌故障，很快即修復，千餘具電話與數百用戶電力損壞，工程單位最慢明天以前全部修妥。

　　說明：每當發生大雨時，一定會對當地造成許多影響，諸如積水、停電、停話、道路中斷、交通阻塞，時日一久，還會引起菜價上漲；對於第二天看報紙的民眾來說，最想知道的是，昨日發生的大雨，到底對地方上帶來那些災害？結果「如何」了？記者應該將相關災情彙整後，集中於導言中交代，解答讀者迷惑。

新聞寫作實例二：

　　中秋節將要來臨，為了消費大眾身體健康著想，新竹市衛生局日前進行市售月餅採樣，昨日公布檢驗結果，二十件中有

二件不合格。

說明：過年過節前，民眾都會購買節日商品以歡度佳節，地方衛生機構也會到市面上蒐集樣品進行檢驗，消費大眾對於這些檢驗的商品結果如何？衛生有無問題？以為採購的參考，「如何」也就成為導言的重點。

六、為　何(Why)

一個事件的發生原因，也可以做為導言，在導言中直接寫出發生這個事件的原因為何？這件事為何會發生？但是，記者在以「為何」為新聞導言時，必須要確實了解其原因為何。

亦即，事件的原因與結果一定要有明確的因果關係，雙方關係具體而清楚，不能只憑臆測做下判斷，以免牛頭不對馬嘴。

新聞寫作實例一：

三級古蹟臺南市德記洋行，因年久失修，外表剝落、木梁嚴重腐蝕，基於安全與美觀，市府昨起開始整修，預計四百工作天，期間停止對外開放。

說明：此一新聞的重點在於德記洋行這個古蹟市政府要加以整修，整修期間對外封閉，透過新聞報導告知民眾勿前往參觀，以免撲空，算是一種服務性的訊息。導言中當然也可以用「何事」導言，告訴民眾古蹟整修、封閉這件事，但如此一來，讀者將無法了解為何德記洋行要整修、封閉？將原因直接寫上，整修與封閉的因果關係一清二楚，讀者可以馬上恍然大悟。

新聞寫作實例二：

為配合省公路箱涵埋設工程，明起中壢地區將停水四十八小時，自來水公司呼籲用戶事先儲存用水，期間並請小心火燭，以免發生火警。

說明：大區域與長時間的停水，對民眾日常生活會帶來相當的不便，是民眾所矚目的新聞事件，目前許多媒體均將停水、停電、停話、停氣等與公共設施有關的消息做明顯處理，影響範圍大者，更以地方版頭條處理，告知民眾早做準備。此則新聞除了在導言中告訴民眾停水地區與停水時間之外，並直接寫出為何要停水的原因——省公路要埋設箱涵，民眾可以馬上了解停水的原因。

貳、生動有趣

民眾閱讀報紙，除了要獲得資訊，也想從中得到日常生活的調劑，讓生活不至於太枯燥；因此，在報導新聞時，一定要盡量做到以生動活潑的寫作方式，來達成傳達訊息的目的，做為新聞開頭的導言更要如此，以便吸引讀者注意，進而有興趣閱讀新聞內容。否則，導言太過沈悶，枯燥又無味，讀者連看第一眼的興趣都沒有，如何讓讀者繼續往下看新聞？

新聞寫作實例一：

你想有一個夠防震的住家嗎？考慮貨櫃屋吧，它堅硬的外殼可以抵擋住強烈大地震，機動性也高，九二一地震之後，中部地區不少民眾都以它為「第二住家」呢。

說明：八十八年發生的九二一集集大地震，讓國人聞震色變，

防震性強的房屋商品受到民眾青睞，以鐵皮製造的貨櫃屋夠堅固，地震也奈何不了它，成為民眾保住身家性命的另類選擇；導言中以生動的語氣介紹貨櫃屋，並結合地震背景因素，很容易吸引讀者眼光注意。

新聞寫作實例二：

她是鄉民代表，也是一家工廠的董事長，最令人驚訝的是，她同時是一位送報生；當你清早在茄萣鄉路上發現一位中年女士騎著腳踏車送報紙時，可千萬不能輕視她，因為她或許就是現任茄萣鄉民代表林秋吟，不為賺錢，而是以送報來鍛鍊她的身體。

說明：民國七十年，筆者在高雄縣茄萣鄉擔任記者，當時林秋吟女士不但是鄉民代表，還在通往興達港的路邊，與先生開設一家飼料工廠，擔任董事長，經濟狀況良好；因此，當筆者獲悉她竟然大清早起來送報紙，驚訝萬分，而對她做採訪。這則事件新聞性夠，頗具趣味性，所以導言不能寫得嚴肅枯燥，否則將遮掩它的新聞價值。

參、簡潔明白

我國知名幽默大師林語堂曾說：「演講如小姐穿迷你裙，愈短愈好。」寫作導言也是如此，最忌拖泥帶水、含糊不清，一句話可以說完的，絕不用二句話來說明。不少記者在寫作導言時，常有不夠精簡、明白的毛病，同樣的情況，不斷以類似的形容詞句加以描述，造成導言字數無限膨脹，不但使導言臃腫不堪，讀者也無法知道新聞重點為何？

新聞導言的字數以多少字為宜？並無一定標準，奉行不渝的一

種觀念是——愈精簡愈好，能以八十字交代的，絕不要寫一百字，能以六十字交代的，不要寫八十字；但仍得視新聞特性與事件的複雜程度，有些內容十分複雜的新聞事件，記者很難在導言中用短短幾十個字將之表達清楚，端看記者如何切割新聞層面、對新聞重要性的判斷與取捨功力而定。

當然，記者不可為了一味追求導言的精簡，而忽略導言應該具備的完整性，太過精簡的導言就變成標題一般，有頭無尾或有尾無頭、甚至去頭去尾，成為四不像，令人不知所云；所以，如果真的需要多寫幾個字表達時，不妨就多加幾個字吧。

新聞寫作實例一：

三十年來，桃園縣復興鄉後山昨晚首度下雪。

說明：民國八十八年十二月底寒流來襲，全臺籠罩在一片天寒地凍中，十二月二十三日，包括合歡山、阿里山、陽明山等許多地方都開始下雪，連高度不高的桃園縣復興鄉達觀山、拉拉山、華陵村等後山地區也下雪了，當地居民表示，這是當地三十年以來首度的下雪景象，十分難得。因此，導言中直接以時間因素，直接寫明復興鄉下雪了，其他有關下雪的情形，留在本文中再做敘述。

新聞寫作實例二：

臺南市國小中午便當，本學期漲價了，每個從三十元漲為三十五元，漲幅六分之一。

說明：學生便當漲價，家長的支出就要增加，這則新聞對於家中有小孩在國小唸書的民眾來說，應該會引起普遍關切；因此，為何漲價？漲價是否合理？漲價的決定過程為何？漲價後，菜色是否

相對豐富？口味是否合乎學生需要？質量有無問題？這些有關的內容當然都有必要探討，但宜在後續的本文進一步披露，導言中只要寫出便當漲價此一事實即可，否則把以上內容都放在導言內，將造成導言的雜亂。

第十章　導言寫作型式

導言的寫作型式，依照新聞事件的性質與記者所要凸出此一事件的特點，而具有多種變化，沒有一定型式，大體上有以下幾種：❶

壹、提要式導言(the summary lead)

將新聞中最重要的事實，在導言中表達出來，是最常見的一種新聞導言寫作型式。

新聞寫作實例：

> 為了全力反對鄉公所在村內設置垃圾掩埋場，鄉民代表××
> ×昨日強調，將發動全體村民明日到鄉公所丟雞蛋。

貳、直接訴說式導言
(the direct appeal lead)

其型式是直接向讀者說話，以引起他的切身感受，屬於比較感性的一種導言型式，但仍不違背正確的新聞原則。

新聞寫作實例：

> 根據醫學統計，抽菸會增加罹患癌症的機率，不但對生命帶來威脅，還會影響全家人的幸福，值得癮君子正視。

---

❶ 錢震，《新聞論（上）》，中央日報，民七十年，頁二一一至二一六。

參、理解式導言(the comprehensive lead)

記者把採訪到的全部事實加以理解後,所寫的類似結論的導言。

新聞寫作實例:

由於天氣寒冷,影響民眾出門意願,使得臺中市各大百貨公司推出的周年慶生意大受影響,與去年同期比較,營業額減少約三分之一。

肆、疑問式導言(the question lead)

記者在導言中提出疑問,進而導引出新聞主題,目的在引起讀者注意。

新聞寫作實例:

你相信一支手錶價值新臺幣三千萬元嗎?目前正在高雄市××鐘錶公司的一項全省巡迴展,裡面就有如此昂貴的手錶,令人大開眼界。

伍、背景說明式導言
(the circumstantial lead)

此種導言主要是將一件事情的背景情況特別強調出來。

新聞寫作實例:

為了配合年終結算,臺南市××百貨公司明日將調整賣場營業時間,其中超級市場將延至下午三點營業,希望民眾注意。

陸、引證式導言(the statement lead)

就是將新聞中最動人或最重要的詞句，在導言中引證出來。

新聞寫作實例：

桃園縣長呂秀蓮昨日呼籲全體縣民，為迎接二十一世紀的到來，希望全體民眾共同努力，做好垃圾分類工作，讓桃園縣成為環保模範生。

柒、掌故式導言(the anecdote lead)

先講一個類似或有關的小故事，作為導言。

新聞寫作實例：

國父孫中山先生歷經十次革命才成功，臺南縣佳里鎮青年李和明本著國父革命精神，先後十次向公司同事陳玉梅求婚，日前終獲首肯，以誠心獲得佳人芳心。

捌、驚駭式導言(the astonished lead)

將新聞中最驚人的部分，作為導言。

新聞寫作實例：

桃園縣蘆竹鄉一處人煙罕至的山坡地，昨日上午被人發現一具無頭屍體，全身已發爛，警方已展開調查，希望早日查出死者身分。

玖、懸疑式導言(the suspended lead)

導言採用懸疑式的寫法，提出問題，但不馬上說出答案，吊足讀者胃口，讀者必須繼續閱讀本文內容，才會進一步知道答案。這種導言適合用在內容不尋常的軟性新聞中，透露一點端倪，讓讀者不得不繼續探尋下去。

新聞寫作實例：

一隻小小的老鼠，竟然造成新竹科學工業園區一家工廠五千萬元的損失，令人無法想像。

拾、對比式導言(the contrast lead)

將兩種極端情況，例如美與醜、高與低、好與壞、老與少、貧與富、黑與白、大與小、冷與熱等強烈的對比，在導言中表達出來，讓讀者明顯感受到這則新聞的巨大衝突性，藉以出現戲劇性的效果。

新聞寫作實例：

正當全省各地民眾計畫歡度農曆新年時，九二一大地震的大批災民仍無安身之處，如何過年？他們一片茫然。

第十一章　新聞寫作型式

　　寫新聞不同於寫文章，寫文章可以依照作者本身習慣與喜好，決定如何藉著一篇文章內容，表達他的思想與感情，屬於不限型式、彈性甚大的自由創作，寫新聞則有它的標準型式，雖然記者本身有時也可以超越這些標準型式加以發揮，但是多數時候，記者都離不開這些寫作型式。

　　這些新聞寫作型式係經長久演變而來，當然有它的功用，一方面便於編輯作業，另一方面，這些寫作型式能夠表達新聞事件本質，讓讀者在最短時間內知道新聞事件內容。

壹、四種常用的寫作型式

一、倒金字塔式(the inverted pyramid pattern)

　　這是最普遍的新聞寫作型式，是指將最重要的新聞內容寫在最前面，次要的寫在第二段，其他再依序寫在後面，前面所說的新聞有所謂的「導言」與「本文」兩大結構，即是指此種新聞型式。因為它的精華放在最前面，依序遞減，形成一種倒述的結構，形狀如同金字塔倒立，所以名為「倒金字塔」式。

　　出現倒金字塔式的新聞寫作，有其環境背景，它起源於美墨戰爭時期。全美第一條實驗性電報電纜，由華府到巴爾的摩，在十八世紀四十年代鋪設完成，在此之前，美國記者傳送戰地新聞給報社，係僱用人力或車船傳送，新聞見報往往是好幾天以後的事。一八四五年美國與墨西哥因為領土之爭發生戰爭，戰爭初起，迫使美國報紙使用電報傳送新聞稿，以追求新聞的時效性。❶由於電報通訊時

---

❶　Roberts, J. M. (1976), *The Hutchinson history of the World*, Hutchinson of

常受阻，使報社不得不要求戰地記者在新聞一開始時就報導最重要
的內容，如此就算通訊中斷，也不會影響主要事實，成為倒金字塔
導言寫作的濫觴。

一八六五年四月十四日，一位美聯社駐華盛頓記者，在報導林
肯總統遇刺的第一條新聞中寫下「總統今晚在戲院遭槍擊，可能傷
勢嚴重」，開導言寫作之先河，因此奠定倒金字塔式新聞寫作基礎。❷

許多記者都以倒金字塔式來從事新聞寫作，它成為流行的原因，
主要有以下幾個因素：

㈠方便閱讀

一份報紙每天刊登的新聞事件十分眾多，尤其我國報禁開放後，
一份報紙往往幾十大張，新聞則數更是驚人，報紙充滿各種資訊，
令人眼花撩亂、目不暇給，此種倒金字塔式新聞寫作將最重要部分
放在導言中，讀者想知道事情全貌，只要把導言看完即可，如果有
興趣深入了解事件，則可進一步閱讀後面部分，對讀者讀新聞有極
大方便。

㈡節省時間

工商社會中，每個人相當忙碌，要做的事件繁雜又多，時間有
限，讀者閱讀報紙也是一樣，必須在最短時間內看完他想要看的新
聞，無法對一則新聞慢慢的從頭瀏覽到最後，倒金字塔式新聞寫作
將重要事項全部在導言中交代清楚，讀者可以花最少時間獲悉事情
面貌，節省不少看報紙時間。

㈢滿足好奇心

讀者想去閱讀一則新聞，就心理層面來說，是他對這則新聞充
滿好奇心，透過閱讀內容來獲得心理滿足；倒金字塔式新聞寫作將
事件最重要的一點放在導言，讀者不必讀到最後才知道事情原委，

London, p. 1127.

❷　劉建順，《新聞學》，世界書局，民七十年，頁一七四。

很快的能滿足好奇心，可說是最具人性化的寫作方式。

㈣方便編輯作業

編輯作業包括下新聞標題與組版兩大部分，就前者來說，倒金字塔式新聞寫作因為已將所有重要的事件寫在導言中，編輯只要看完導言即可了解事件的內容，再隨意瀏覽一下後面段落，就可下標題，八九不離十；特別是在有截稿壓力時，分秒必爭，面對著一篇數千字的長稿，編輯根本不可能從頭看到尾再下標題，此時導言就是最好的下標題指引。

就組版而言，編輯組版時往往為了安排版面，必須刪除新聞稿長度，如果採用此種新聞寫作方式，編輯只須保留前面部分，從後面逐一刪除段落，十分方便；否則，還得再三查看內容、反覆研究要刪除何部分？徒然浪費時間，也不會在搶時間時，草率從事、去菁存蕪，傷害了新聞價值。

不過，倒金字塔式新聞寫作除了將最重要的事件內容寫在導言上，後面的段落往往還要呼應導言內容，將導言中所提過的部分再做進一步的描述；也因此，造成後面本文段落常常不斷的重複導言內容，讀者重複閱讀，難免厭煩。

所以，目前比較著重新聞寫作要求的記者，在報導一般性的新聞時，都將倒金字塔式新聞寫作加以改良，它的寫作方式是，導言中仍然交代最重要的部分，後面的段落依新聞重要性逐一鋪陳，不再重複導言所說的部分，一直寫到全文結束為止；換言之，新聞愈前面愈重要，愈後面愈無新聞價值，一口氣從頭說到尾，絕不重複導言內容，使報導更精簡。

二、正金字塔式(the upright pyramid pattern)

與倒金字塔式相反，將不重要的內容寫在前面，最重要的部分寫在最後面，屬於老式的新聞寫作型式，其目的無非是要故弄玄虛，

讓讀者必須把新聞全部看完，才能知道新聞的最後結果。由於新聞的前面較不重要，愈到後面愈重要，敘述形狀有如金字塔，因而名為「正金字塔」式。

　　一位英格蘭傳教士兼探險家大衛‧李文斯頓(David Livingston)，一八六六年隻身前往東非，結果失蹤在叢林中，引起轟動。當時的美國紐約前鋒報和英國倫敦每日電訊報採取一項聯合行動，一八七一年派遣記者亨利‧史坦萊前往東非進行深入的調查採訪，花了六個月時間，終於在一大群黑人中找到李文斯頓，他發了一篇數千字的新聞稿報導這件大事。❸

　　這個新聞稿沒有導言，是典型的正金字塔式新聞寫法，以下是新聞的第一段與最後數段：

　　（中非坦喀伊加湖烏吉吉一八七一年十一月二十三日訊）只不過經過兩個月，我在感受已起怎樣的變化！兩個月，……。

　　阿拉伯人和我打賭，我將看不到坦喀伊加；納齊布之子錫克直稱我是狂徒一個，因為我不想聽從他的話，我找來的人一個個逃跑了……！對上面那些話的唯一回答是：李文斯頓，這位英勇旅遊者現在已站在我身邊。他在努力寫信，告訴他在英國、印度和美國的朋友們：我安好而體健。

　　使人驚奇的是，許多作那種預斷——所有我的計畫、我的決心真將圮於一旦嗎？但為使你們立即知道有關詳情，且簡述如下：
　　在九月二十三日，我沿翁耶顏比西行，……。
　　好，現在與烏吉吉相距只有一哩的路程了，……。探險進行

❸　程之行，《新聞傳播史》，亞太圖書，民八十四年，頁一六一至一六二。

得太慢。我想解答一個問題，但他在那裡？他已經逃到別處
去了？

突然間，一個人……，一個黑人在我耳邊用英語高叫：「你好
嗎？」

「哈，你是誰？」

「我是李文斯頓博士的僕役。」他說，當我想問另一個問題時，
他像發瘋似的，拔腳跑向一個小鎮。

我們終於進入小鎮。數百人將我團團圍住，我有不少的話想
說。這是一個迎向勝利的進程……。

一群最受尊敬的阿拉伯人站在那裡，我走近時，發現在他們
中間有一張老年人的白面孔。他戴著一頂綴有金扣環的小帽，
著紅夾克……他著什麼顏色的褲子，我一時不曾注意到。我
和他握手。我們同時除下小帽，我說：「我猜，你就是李文斯
頓博士？」

他說：「沒有錯。」

結局使整個任務光輝而燦爛。

這篇正金字塔式的新聞寫作，讀者必須要看完數千字的報導，
才能在最後段落知道記者是否有找到該名傳教士，以及兩人見面的
過程。對現代人來說，恐怕沒有時間與興致，現在如果重新報導這
個事件，寫法應該是：

花了半年時間，歷經千辛萬苦，本報記者昨日終於在中非地
區的烏吉吉村落，找到失蹤多年的李文斯頓傳教士，他平安
無恙……。

正金字塔式新聞寫作型式，隨著工商社會發達、讀者時間緊湊，

愈來愈沒時間看新聞，以及編輯作業的需求而沒落。因為資訊氾濫，讀者時間有限，無法一一的從頭到尾把新聞看完，必須在最短時間內知道新聞的最後結果；對報社編輯部門來說，也要很快的在導言中了解新聞事件結果，才能下標題；當版面有限，編輯要刪除新聞稿時，如果以正金字塔式寫新聞，將難以下手。

三、折衷式

此種方式的新聞寫作型式，是將倒金字塔式與正金字塔式兩者合而為一的方式，成為兩者的折衷式；換言之，是在新聞第一段先寫最重要的內容，以後段落不以重要性來排列，而是以事件發生的次序或其他邏輯做為寫作順序。

新聞寫作實例：

（桃園訊）中華民國八十八年全國運動會明日下午開幕，為迎接這項盛事，桃園縣各界總動員，在許多地方安排十多項各種類型的展覽與動態活動，很適合民眾全家一遊。

配合全國運動會所舉辦的環保、藝文、科技、農林漁牧等展演活動，時間都集中在全運會的二十五日至三十日之間；其中，在縣立體育館有「跨世紀體育民俗文化村」、桃園農工有「跨世紀全國農林漁牧特展」、體育館有「跨世紀縣政成果展」、桃園縣立文化中心與縣府周邊有「跨世紀全運藝術節」、中壢市公所旁邊有「跨世紀環保特展」、「一九九九跨世紀工商科技博覽會」。

縣府表示，「跨世紀體育民俗文化村」有體育民俗文物、體育用品、體育器材等展出，還有運動科技館，分成昨日館、今日館、明日館三大主題。「跨世紀全國農林漁牧特展」有室內和室外的主題展，以及上百種國產農特產品展售。「跨世紀縣

政成果展」呈現桃園縣重大建設。「跨世紀環保特展」和「一九九九跨世紀工商科技博覽會」，前者有環保科技、環保產品、環保設備、資源回收再利用等主題館；後者則展示主題科技區、科技生活應用、機械人展等。

「跨世紀全運藝術節」二十五日上午開幕，分為動、靜態展出兩部分，靜態展出有文化中心各樓層有五族服飾展、桃園百錦攝影展、美展、中國花藝展、裝置藝術展等；動態展則是二十五日、二十六日舉辦「遊百錦知識之旅」，請多位學者專家帶領民眾參觀桃園人文與自然景觀。

另有一項「選手之夜」活動，週日在桃園巨蛋體育館演出，節目主持人曾國城、裴海正，邀請偶像歌手徐若瑄、阿雅、動力火車、周俊偉、無印良品、辛隆等人現場演唱，民眾需持票進場。

四、平鋪直敘式

當一個新聞事件內容沒有特別重要之處，或是新聞事件有幾個重要部分，每個重要性的程度都相差不多，很難在導言中凸出某個特點時，則採取這種寫作方式；此種寫作方式多半出現在較不重要的小新聞，以及資料性較多的新聞報導中。

新聞寫作實例：

（本報訊）年終將屆，年終獎金的發放成為大家關心的焦點，受到經濟不景氣與九二一大地震影響，多數行業年終獎金大幅縮水，特別是遊樂區，只有科技廠商等少數營業情況不錯的行業，還能維持不錯的年終獎金。

在百貨公司方面，來來百貨桃園分公司早在一個月前即公布發一個月年終獎金；剛忙完周年慶的統領百貨，業績達成預

定目標，員工除了拿到一筆不錯的周年慶獎金，年終獎金至少可領二點五個月；太平洋崇光百貨中壢店也是甫結束周年慶，比原定目標有成長，除了分發獎金之外，年終獎金可拿到兩個月；新竹市中興與遠東百貨，面對太平洋崇光百貨進駐競爭，業績雖無大幅進展，年終獎金不致縮水，中興百貨在一個半月至兩個月之間；遠東百貨則發放八十五天至九十天日薪。

科技廠商方面，新竹科學園區許多廠商今年業績比去年好，其中尤以半導體為代表，包括台積電、聯電、華邦、茂矽、世大等，年終獎金仍維持在一至兩個月之間，但發放的股票與紅利會比去年多。

遊樂區部分，受到九二一地震影響，許多遊樂區生意一落千丈，新竹縣六福村樂園去年年終獎金三個月，今年尚未決定，但應該不會比去年高；苗栗香格里拉樂園去年年終獎金半個月，今年可能會縮水不少；小叮噹科學遊樂園、ㄅㄆㄇ猴園也都未決定，但情況不樂觀。

貳、新聞寫作的基本規則

寫作是一門學問，也是一種藝術，在此種界定下，寫作應該是沒有一定規則可言，全憑個人的學問深淺與紮實程度，以及對藝術的修練，來發揮個人的寫作功夫，新聞寫作應該也是一樣。

然而，與一般文學創作不同的，新聞也是一種事業，新聞寫作的目的是將採訪所得以文字表達出來，讓社會廣大讀者能明白新聞事件的來龍去脈，以及個中意義。最基本的，新聞寫作一定要有事實根據，不能如文學創作般的可以天馬行空、盡情揮灑，所以，在新聞的寫作上仍和文學創作有相當差異，為了讓讀者普遍了解新聞

事件內容，及避免讓新聞報導的事件與事實失真，新聞寫作有它基本的遊戲規則，新聞記者寫新聞必須遵照這些規則。否則，輕者對新聞事件交代不清，讀者看得一頭霧水，重則倒黑為白、以因為果，勢必引起天下大亂。

記者新聞寫作應遵守以下十五條規則：❹

㈠一切新聞寫作的目的，都是在以富於趣味而切合時宜的方式，傳播消息、意見與觀念。新聞寫作必須正確、簡潔、清楚而易於了解。

㈡記者應使用比較簡短的句子，並使其段落分明。每一段落中，由一句或兩三個句子構成已足夠。文體要保持統一連貫，首尾呼應。

㈢如屬可能，每一個觀念應用一句來表達。為達成此一目的，必要時可將形容詞或片語寫成獨立的句子。

㈣短而熟悉的字，優於長而冷僻的字。使用不常見的字時，應為讀者加以解說。

㈤力求使用生動有力的動詞。可能時，使用主動詞來替代被動詞，少用形容詞，用的時候，它要確實能發生「形容」的效果。

㈥記者應力求寫作的具體化。與其說「一個很高的女子」，不如說「她身高六呎四」；與其說「發言者大為激動」，不如說「他一面狂叫，一面拍桌子」。

㈦作者應該將一件新聞事件，與他報紙所服務的社區，或特定讀者群聯繫起來。

㈧力求將統計數字賦予有意義的說明，可讓讀者獲得比較清晰的概念。

㈨新聞寫作最簡單的方式，是分為兩個部分，即是導言與主體。

❹　彭歌，《新聞三論》，中央日報，民七十一年，頁一五五至一五八。

㈩凡是寫一條最新或重大的新聞，其中事實必須有負責可靠的來源。如果這些來源不能發表，應該把原因告訴讀者。

(十一)在報導演說、專訪或公開聲明等一類的材料時，凡這一發言者所發表的話，必須直接指明是他說的。在報導某人被捕時，應限於報導警方所宣布的罪名。

(十二)新聞必須加以解釋。在解釋過程中，首先仍是報導事實，然後告訴讀者事實的意義。但寫新聞的人無權要別人根據這些新聞，採取某種行動，那是新聞評論化。

(十三)凡必要時，可以摘引有意義的原文，例如一份書面聲明中的某幾段，但對於顯失公正的原文，引述時要特加慎重，有時會導致大錯。凡引用原文時，應另起一段。

(十四)一條新聞中如發現有任何疑點之處，在未能查證清楚以前，都不應遽予發表。新聞工作中永不容許有「這個可能不會錯的」想法。

(十五)新聞寫作禁例：

◎不要寫令人困惑的、違反自然的、刺激性的文字。

◎不寫顛三倒四的句子。

◎不要寫得太超過，包括不故意拖長、不過分誇張，應適可而止。

◎不要把個人觀點放在新聞裡，寫一般新聞應出自「第三人稱」口氣。

◎不要在同一條新聞中，改變動詞的現在式與過去式。

◎大部分的新聞都是已發生的事件，應該用過去式。

以上是一位美國新聞學者，以他多年的新聞工作與教學經驗，再參照美國若干新聞媒體印行的工作手冊綜合而來，雖然是美國地區的新聞寫作規則，但內容其實也適於臺灣地區的地方新聞工作者，頗值得參考。

第十二章　新聞報導種類

　　新聞記者採訪結束後，接著要進行新聞報導，也就是寫新聞，寫完新聞才能真正使新聞工作暫時告一段落，新聞報導與新聞採訪同樣重要，甚至可以說比新聞採訪更重要；當一個記者擁有十分傑出的新聞採訪技巧，獲得很有價值的新聞資料，卻不能將它好好寫成一篇新聞時，就糟蹋了這個新聞事件。

　　從另一角度來說，如果會寫新聞，就算今天沒有採訪到重大新聞，卻可以透過特殊新聞角度，以生花妙筆將事件報導出來，使平淡無奇的事件變得趣味盎然，讓許多讀者為它深深吸引，照樣可達成新聞報導的目的。

　　打個比方，新聞記者如同廚師，廚師要到市場採買材料，如同記者採訪新聞，廚師買菜回來作菜，好比記者採訪回來寫新聞。如果一位廚師買到十分豐富、新鮮的蔬菜，卻不會作菜，胡亂配菜、隨便加調味料，火候也控制不佳，作出來的食物勢必令人難以下嚥；反之，廚師作菜功力一流，就算買到的菜色不夠豐盛，在其精心巧思下，也可以透過匠心獨具的搭配，作出色、香、味俱全，令人食指大動的料理。

　　當然，做為一個夠水準的廚師，最好是既能採買、又會下廚，新聞記者也是一樣道理，一個良好的新聞記者既要會採訪，也要會寫作，缺一不可，才能因應競爭激烈的新聞工作挑戰。

　　就如同廚師作菜有多種手法一般，記者處理新聞材料也有不同方式，記者在做新聞報導時有許多種類，必須視新聞內容與事件的性質而定；面對日益複雜與變化快速的社會發展，地方記者仍應多加學習、嘗試不同的新聞報導手法，除了因應現時與未來的可能需要之外，也可以讓地方記者從這些新聞報導中，找到更寬廣的表現

空間，發揮自己的新聞報導實力、提高新聞報導品質，讓新聞報導更具有可讀性，造福讀者。

壹、純淨新聞報導(straight news)

　　所謂「純淨新聞報導」，是指我們最常在報紙上看到的一般性的新聞報導，也是傳統的新聞寫作方式，它的主要訴求即是新聞學所再三強調的「客觀」報導，不夾雜個人意見，純就事實加以描述，讓讀者透過閱讀新聞報導了解事件真相，並由讀者自行做出新聞事件的價值判斷；上面所陳述的倒金字塔式新聞寫作，即屬於此種類型新聞報導。

　　儘管有人對於所謂的「客觀」報導不以為然，認為每位新聞記者的個性、理解力、生活習性、思想觀念、價值觀、成長背景、教育環境、情緒、聰明智慧都不相同，對於同一件事情的看法與分析判斷一定會有差異，不可能對相同的事件寫出相同的報導，而且在下筆時，報導中的每一個句子的表達、文章的鋪陳、段落的切割、內容的取捨、事件的強調等，都是個人主觀的運作結果，就算本身企圖要做到完全的不帶偏見、平衡、公正，還是無法達到純粹客觀的境界，這不是個人本身的問題，而是身為一個人「活在當下」的必然現象；因此，客觀報導是個不可能出現的理想。

　　雖然客觀報導有上述所說的限制與困難，但記者不能因此而放棄客觀報導的理念，必須儘可能的做到客觀報導，因為有了客觀報導，新聞媒介的運作才具備標準化的基礎，記者的新聞報導才不會雜亂無章、漫無章法。客觀報導可以免除許多可能發生的偏見與根深蒂固的錯誤，也比較不會侵犯他人隱私與涉及誹謗。

　　從新聞事業的長遠發展與廣大影響力來看，客觀報導是絕對有必要的；正由於客觀報導的重要性與對新聞事業的價值，使得純淨新聞報導歷久彌新，長久以來一直是新聞報導的主流。

　　對於國內的地方新聞記者來說，純淨新聞報導可說是最常用到的新聞報導型態，因為地方記者所面臨與採訪到的新聞事件，通常內容比較單純、瑣碎，格局也小，少有國家大事，很少用到其他較深入、較具變化性的新聞報導方式。

　　加上目前國內各地新聞記者人力有限，地方記者平日為了應付地方版的文字需求而忙得不可開交，根本沒有時間針對某種議題做長時間的深入採訪，也就無法進行其他型態的新聞報導，只好每天採訪一些說大不大、說小不小的地方新聞事件，再以純淨新聞報導方式將之報導出來；因此，臺灣的地方新聞十之八九都屬於純淨新聞報導。

　　國內報紙的純淨新聞有時會以「綜合報導」方式來呈現；所謂「綜合報導」，即是當兩個以上不同記者所發來的新聞稿，其內容或事件性質相近，談的都是類似的題材，為了讓報導內容更具完整性、節省版面以及突出新聞氣勢，因此將兩則以上的新聞合併成一則新聞。

　　「綜合報導」的特性與功能和下面要談的「連線報導」頗為類似，都是將兩篇以上內容與性質相近的新聞合併成一篇的新聞報導，兩者最大差異是「綜合報導」通常是非計畫性作業，往往要等到記者所寫的新聞稿傳來之後，才視其內容決定是否要做「綜合報導」；至於「連線報導」，則通常屬於計畫性作業，由上級長官事先通知相關記者進行採訪，最後再予合併文稿。

貳、連線報導

　　報禁開放以後，國內媒體競爭激烈，加上報紙張數增多，有足夠新聞版面，報紙為了滿足讀者需求，不再受限於純淨新聞報導，而將純淨新聞做進一步改良，成為「連線報導」；因此，目前「連線報導」已成為國內許多報紙報導純淨新聞的另一種表現手法。

　　所謂「連線報導」，亦即「串聯報導」之意，將多篇新聞稿串聯為一篇。具體做法，即是報社有計畫性的指示全省許多地方記者，在同一天共同採訪某一特定新聞議題，每位記者針對自己的採訪結果各自撰發新聞，再由專人將每位記者的新聞稿予以綜合整理成為一篇新聞報導。此種方式呈現出來的新聞即是「連線報導」，其最大特色是可以在一篇新聞報導中，呈現出不同地區的不同民眾對同一議題的看法。

　　從新聞的表現方式與功能上來說，連線報導可說是一種「廣度報導」，也可說是一種內容較深入、經過改良的「純淨新聞報導」。相對於國內現存地方新聞的單純、淺顯特質，深度報導在地方新聞中可說是稀有動物，連線報導雖然不是深度報導，不過它涵蓋範圍十分廣泛，至少可彌補純淨新聞內容深度不足之缺失。

　　並非每種新聞事件都可採用連線報導，其基本前提是：此一新聞事件必須具有共通性，其影響層面涉及許多地方，如果只是報導某一個地方或某些地區的狀況，而不報導其他地區相關情形，則新聞報導很容易發生以偏概全、見樹不見林的現象，無法完整呈現新聞全貌，可能讓新聞報導失真。換言之，連線報導是希望透過各個地方不同的採訪結果，將事件整合在一起，以便拼湊出事件的完整輪廓，與純淨新聞比較，它具有相當的完整性。

　　連線報導是不同地方記者合作下的產物，為了防止新聞角度偏差、內容紊亂，造成「牛頭不對馬嘴」，在進行連線報導時，都由報社上級單位統一指揮，清楚的交代所要採訪的新聞議題內容、寫作角度與應注意事項等，寫完的新聞稿初步由各縣、市特派員整合，傳送報社地方採訪中心或地方新聞組，再由專人將全部連線稿合併成一則完整的連線報導，可說是「編採合一」制最具體表現。近年來，國內報紙採用連線報導的情況比以往明顯增加，往往隔幾天就出現連線報導，而且內容絕大多數與民生議題有關。連線報導可視

事件的重要性與涵蓋性，進行「全省連線」或地區性的連線報導。

例如，八十八年十月間，國內政壇傳出政府有意開放農地興建農舍，這項政策對我國未來的農業發展與農民權益都造成很大影響；因此，國內一些報紙立即請全省許多農業大縣的地方記者，分頭採訪當地農會、農民、民代的看法，以全省連線報導方式呈現各地對此政策的民意，相較於只報導某一地區的農民看法，連線報導較能顧及不同地方民眾的反應。

另外，全省各地有線電視系統業者每年費率都要經地方政府核定，據以做為向收視戶收費的標準，這些費率公布之後，往往引起業者與民眾的反彈，業者通常覺得太低，民眾則認為太高。因此，許多報紙也都透過地方記者分頭採訪當地業者與民眾對費率的看法，以連線報導方式刊登，如此可以完整而具體的呈現全省各地有關情形。

參、解釋性新聞報導 (interpretative reporting)

十九世紀末，純淨新聞報導為美國新聞界的報導主流，強調新聞的客觀，由於新聞報導流於公式化，零碎且乏味，民眾讀來不知底蘊。第一次世界大戰爆發，美國報紙與通訊社奉行表面的事實報導，讀者竟對於潛在性的戰爭危機茫然無知。

因此，一九二三年創辦《時代雜誌》的亨利‧魯斯，便鼓勵記者去探求事件的背景與意義，亦即除了報導事實之外，還要進一步做為事件的「闡釋者」。一九二九年，美國發生「經濟大恐慌」，因為報紙未在事前作出深入觀察，了解當時經濟動向、起因，及可能的延續時間，使民間手足無措。

這兩次教訓使報業人士深深體會到，除了純淨新聞報導，提供新聞背景與相關資料同樣重要，客觀性的新聞報導只能作為一個原

則，任何事件只求將顯而易見的事實加以報導，新聞即無深度可言。何況，解釋也必須要以事實為依據，並不違反新聞的客觀原則。 ❶

　　從以上得知，解釋性新聞報導的出現有其時代背景需要。由於社會快速發展，趨於複雜化，分工日細，所謂「隔行如隔山」，雖然民眾教育水準大幅提升，很多專門性的知識與術語大眾仍不明瞭，純就事實報導的純淨新聞已不能滿足民眾需求，而要求進一步針對報導的事實加以解釋，讓讀者了解事件的來龍去脈，促使解釋性新聞報導興起。

　　這種新聞報導的最大功用，是對讀者提供更詳細的事件發生原因與背景資料，協助讀者了解新聞事件的真正意義；此外，當我們在報導一則新聞時，針對其中的新知識、專有名詞、特殊人物、時間、地點、事件等，做進一步的介紹與解說，能讓讀者很快獲取這一方面的資訊，則是解釋性新聞報導的另一功用。

　　換句話說，解釋性新聞報導可以針對一個單字、一個名詞、一個片語、一個事件、一個人物做解釋，也可以針對整個新聞事件內容做闡釋；可在同一個新聞中解釋，也可以另寫一則新聞加以解釋。

　　舉例來說，報導一則「目前市面上的菜價節節高昇」的新聞，是純淨新聞報導，進一步說明「菜價為何節節高昇？原因何在？」則屬解釋性新聞報導。另外，早年「愛滋病」剛出現時，社會大眾對它十分陌生，對於其學名「後天性免疫不全症候群」更是鴨子聽雷，記者報導新聞時，就有必要對這兩個專有名詞做進一步解釋，讓讀者了解它的成因與相關知識，更是解釋性新聞報導的具體呈現。

　　美國新聞學者約翰‧霍亨伯格(John Hohenberg)，提出解釋性新聞報導寫作的幾個特徵： ❷

---

❶　彭家發，《特寫寫作》，臺灣商務印書館，民七十九年，頁一四三至一四四。

❷　John Hohenberg (1983), *The Professional Journalist*, New York: CBS

㈠當一條新聞報導本身已做出必要的解釋時，可以不必另外重
　複再做解釋。

㈡除了主新聞之外，當記者進行另一條解釋性新聞報導時，不
　要重複主新聞中所敘述過的內容，而要針對其意義與背景資
　料等進行解釋與說明。

㈢解釋性新聞如果寫在新聞中，應該先將事實寫出來，然後在
　適當之處針對事實做意義上的解釋；如果事實具有多種不同
　的意義，無法做單一解釋時，一定要根據事實，把各種不同
　意義分別敘述出來，讓讀者自己做判斷，記者自己不可妄下
　斷語。

㈣對報紙記者來說，解釋性新聞報導可以寫在主新聞裡面，如
　果有必要，可以另外寫成一則分析性的新聞；在電子媒體中，
　它可以在一面播報新聞時，一面進行解釋敘述，也可以在新
　聞播報結束後，另闢新聞節目單元，進行解釋分析報導。

㈤此種新聞報導通常是記者署名的，以示負責態度。當新聞中
　出現「知情人士表示」、「有關人士指出」等未具名的消息來
　源時，內容必須真的從對方而來，並非記者自己杜撰。

肆、深度新聞報導(depth reporting)

　　與解釋性新聞報導比較，深度新聞報導更著重於新聞事件內涵，
前者只要分析事件背景，後者還要讓讀者了解事件的來龍去脈，以
及它對民眾所具的意義、可能的影響、應該如何因應等。換言之，
它要對於一則具有新聞價值的事件，做多種不同角度的分析，以呈
現它的價值與意涵。

　　具體來說，深度新聞報導是將新聞帶入讀者所關心的範圍以內，
告知讀者重要的事實與豐富的背景資料、相關的原因，其意義有三：

College Publishing, pp. 343–344.

一是給予讀者新聞事實的完整背景；二是寫出新聞事實和報導新聞發生時周遭情況的意義所在，以及由此等意義所顯示的新聞最可能的演變；三是進一步分析以上兩點所獲致的資料。❸

深度新聞報導是「五W」、「一H」等「六何」的具體延伸，它將這些要交代的內容再加以擴大，讓內容更詳細、周全。

在有關於「人物」(who)的報導上，它不只要報導當事人，更要涉及全體有關的人員，不論直接或間接。

在「事件」(what)的發展上，一般的新聞報導只要報導事件的主體即可，深度報導要進一步追查事件的細節與特點。

在「時間」(when)的表達上，一般報導大都交代事件發生的當時，深度報導還要探討過去與未來，讓時間能連貫起來。

在「地點」(where)上，一般報導通常強調發生事件的所在地，深度報導則要追查與此一事件有關的地點，及可能受到影響的地點。

在新聞發生的「如何」(how)方面，一般報導大都著重於事件的發生過程與結果，深度報導要詳查整個事件發生的來龍去脈，弄清楚因果之間的前後關係。

在「為何」(why)方面，一般報導通常只要知道此一事件為何發生即足夠，深度報導不但要知道最近的原因，還要探究其遠因，以及所有可能涉及的因素。

以上一個例子再做譬喻，報導「目前市面上的菜價節節高昇」是純淨新聞報導，說明「菜價為何節節高昇？原因何在？」是解釋性新聞報導。進一步說明「菜價節節高昇合不合理？是自然因素還是人為操控？國內當前的果菜市場交易制度，是否會對菜價上漲造成不良影響？有無改進必要？國外交易情形為何？這次的漲價可能會持續到什麼時候？民眾要如何因應？是否有必要以肉類或其他物品代替蔬菜？」則是屬於深度新聞報導。

❸　彭家發，《特寫寫作》，臺灣商務印書館，民七十九年，頁一四七。

　　深度新聞報導的方式與解釋報導方式一樣，可以寫在主要新聞裡面，也可以與主要新聞配合，單獨做深度報導。後者是記者在報導某一現場新聞時，發現新聞內容太繁雜，不能在同一條新聞中將全部細節統統表達出來，所以在主體新聞之外，把無法容納的若干點另外寫成新聞或特寫，成為一種單獨的側面報導，與主體新聞同時發表。❹

　　國內報紙地方新聞採用深度報導的情形愈來愈多，它通常透過兩種手法表現，一種是專題報導，另一種是系列報導，以下分述：

一、專題報導

　　顧名思義，所謂「專題報導」是專門針對一個新聞議題所做的新聞報導，它的主題只有一個，記者集中焦點去報導它，挖掘它的內容、蒐集各種相關資料，將之報導出來。

　　專題報導通常在幾千字以上，有時甚至上萬字，視新聞議題大小而定，由於其素材多，記者可以充分發揮；為了清楚的呈現事件不同面貌與輪廓，及讓讀者方便閱讀，所以專題報導很少一篇從頭寫到底，而是由記者將一個事件分割成幾個不同的角度報導，使新聞事件能面面俱到的呈現完整面目。

二、系列報導

　　此種新聞報導如同連載小說，今天登一篇，明天再登一篇，至於要登幾篇？視所要報導的事件複雜程度與重要性而定，一般來說，大約在五至十篇左右，太多篇的系列報導，一方面讀者很難對新聞內容有連續性的印象，到最後變成新聞報導不知所云，傳播效果不佳；再者，記者在切割新聞內容時，也容易變得繁瑣，往往不斷重複先前報導過的內容，形成內容灌水、組織鬆散，不利可讀性。

---

❹　李茂政，《當代新聞學》，正中書局，民八十年十一月，頁二四二。

　　不論專題報導或系列報導，都屬於計畫性的新聞報導，事先要經過周詳規畫。尤其是專題報導，更要有前置作業，依序是決定報導議題、提報採訪計畫，奉核可後，再決定採訪人員、寫作篇幅、每篇字數、刊登時間等，如果報導獲得外界熱烈回響，還要進一步採訪有關單位的說法與反應，將之配合報導出來，讓事件有個圓滿結局。

伍、新新聞學(new journalism)

　　所謂新新聞學，是指用小說筆法來報導新聞，它融合小說的創造力與新聞記者的採訪技巧，一反新聞過分依賴新聞來源提供消息的傳統，由新聞記者到新聞發生現場深入觀察，並作詳盡分析。它重視的是寫作的格調與描述的品質，容許記者在報導中投入新聞事件，作主觀的敘述，而非傳統性的記者必須置身事外，作客觀報導。❺

　　強調此種新聞報導寫作方式的人士認為，新聞報導絕對無法作到完全的客觀，必然會夾雜自己的感情、思想、情緒與價值判斷。因此，記者在報導新聞時，應該採取主觀性的創作技巧來表達此一事件的面貌。例如，採取兩人對話方式、以個人觀點描述細節、以戲劇性的筆法來陳述過程、背景的說明等，以凸顯所要報導的主題。

　　身為一九六〇年代「新新聞學」創始人之一的《紐約時報》暢銷作家蓋塔勒西(Gay Talese)，曾於民國八十九年一月到臺灣訪問，他當時強調，他想倡導的是，記者不能懶惰、要堅持、要面對面採訪、要寫出真實且美的報導內容。「新新聞學」是寫真實人、事、物的事實寫作，和虛構的小說不同，不是編造、騙人的。❻

　　他忠告現今的媒體記者「不可懶惰」，不管是走路、騎單車、搭車，都要到受訪者的面前，讓對方看著你，信任你是值得他花時間

---

❺　李茂政，《當代新聞學》，正中書局，民八十年十一月，頁二四二。

❻　聯合報，第十四版，民八十九年一月十二日。

談話的對象。連錄音機都不可取，因為錄音只是紀錄對方的話，缺少中間的思維，記者必須培養聽的藝術。寫作也不能直接抄錄受訪者的話，作者須有自己的聲音，順其文字，增加文學的優美性。

　　由於新新聞學允許記者以第一人稱融入新聞事件來做報導與評論，違反傳統新聞寫作對「客觀」的要求，所以遭到不少反對，認為這種寫作方式將鼓勵記者做誇大、聳動、甚至不實的報導。因為寫新聞與寫小說不同，前者必須以事實為依據，後者則可以為了加強表達技巧，對情節予以虛構、編織，做無限制的形容，使讀者分不清那些是小說？那些是新聞？最後將嚴重損害新聞事件的真實性。

　　新新聞學報導極少在國內的地方新聞中看到，主要是這種新聞報導在國內並非主流新聞報導型態，絕大多數記者對此種報導的寫作方式並不熟悉；而且採用這種新聞報導有它某種特定題材的限制，不是每則新聞都可以使用新新聞學報導，國內地方所發生的新聞事件通常內容單純，只要幾句話就可交代清楚，少有適合新新聞學報導的寫作題材。

陸、調查性新聞報導
(investigative reporting)

　　所謂「調查性新聞報導」，是指記者利用調查手法得知新聞事件的內幕之後，再予以報導出來，由於它所採訪的是少為人知的內情，而且絕大部分是反常的事件，所以又稱為「扒糞新聞報導」。

　　採用此種手法最具代表性的例子是美國《華盛頓郵報》報導的「水門事件」，它導致美國總統尼克森因此下臺，兩位記者伍華德(Bob Woodward)與伯恩坦(Carl Bernstdin)，　也以此報導獲得普立茲新聞獎。

　　調查性報導早在一八八〇年就有記者使用過，當時紐約世界報記者比利(Nelli Bly)偽裝成精神病患者進入瘋人院內，揭發紐約瘋人

病院的惡劣情況。一九○○年期間，調查性報導多次揭發美國工廠、機構的各種弊端。我國女記者孟莉也曾經化裝採訪妓女生活，以「流鶯曲」數篇特寫，引起廣泛注意。❼

　　由於這種新聞報導需要花費極多的時間進行調查研究，才能獲得全部有關的詳細情況，而且此類新聞多屬於特殊、不尋常的內幕披露，報導之後往往深深吸引一般民眾眼光，引來廣大回響，後續新聞也多，因此也稱之為「研究報導」或「一個時代的深度報導」。❽

　　從事調查性報導的新聞記者，通常要具有十分敏銳的新聞鼻，能夠從尋常的生活事件與一般機構的業務運作之中，嗅出不尋常的味道，然後透過各種可運用的方式蒐集資料，反覆偵察、找尋證據，最後整理資料，將事件完整的報導出來，此類新聞性質大都屬於能引起大眾普遍關心的題材，希望透過報導引起有關單位重視，進而加以改善。例如環保汙染、環境衛生、貧民窟、色情場所、醫療設施、健保措施、交通問題、消費問題、同性戀等議題。

　　以前述菜價上漲為例，如果記者的新聞鼻夠靈敏，在菜價上漲期間，察覺發現某種蔬菜目前是盛產期，不該漲價卻漲價，或者某種蔬菜雖非盛產期，但漲價過分，極不合理，進一步展開追查，發現原來有黑道分子或利益團體介入，強勢操控價格，牟取暴利，記者最後以具體證據將此一事實報導出來，讓消費者恍然大悟，也讓政府有關單位展開清查，則屬於調查性新聞報導。

　　要做此種新聞報導的基本技巧是，首先對某一事件起疑心，經過深思熟慮，並提報上級，與長官交換意見，覺得可以做進一步報導之後，再尋找基本的背景資料，理出一般頭緒，作可行性的規畫。

　　例如，事件可能會是怎麼回事、那些參與人可能出問題、事件可從何種角度去探討、對社會具有何種意義等。接著直接或間接觀

❼　彭家發，《特寫寫作》，臺灣商務印書館，民七十九年，頁一三八。

❽　錢震，《新聞論（上）》，中央日報，民七十年，頁二九九。

察相關事件的現場，可以到資料室尋找統計資料、傳記、指南、索引、簡報、圖表等資料，也可以到現場蒐集相關物證、訪問有關人士、訪問相關學者，等各種資料與訪問都完成之後，即可開始寫作。❾

　　國內的調查性新聞報導，很少由一位記者負責採訪，因為它牽涉層面廣泛，一個人難以擔當，通常是二位以上記者分頭採訪，如果採訪的議題涉及的範圍甚廣，甚至要數位或十數位記者通力合作進行調查採訪，時間往往要花上幾個月，最後再綜合寫出來。

　　調查性新聞報導記者要付出相當心力與時間，國內地方記者人力有限，所以調查性新聞報導在地方新聞中並不多見。不過，其內容比一般新聞深入且完整，最重要的是，它能帶來改革性的影響；如果策畫周延、議題誘人，調查性新聞報導很容易獲得新聞獎項。

　　例如，民生報就曾結合屏東、高雄、臺南、嘉義、雲林、彰化、臺中、苗栗、新竹等十位地方記者力量，共同進行一項大規模的「臺灣沿海濕地調查報導」，從構思、連繫、採訪、寫作、修改、刊登，共花費半年時間，這是國內媒體首次針對全省濕地現況展開的調查採訪工作，內容深入、完整，引起國內環保單位、學者普遍矚目，所以獲得八十六年新聞專題報導金鼎獎殊榮。另外，聯合報臺北縣採訪辦事處，也以「五股垃圾山追追追」系列報導，獲得八十八年吳舜文地方新聞報導獎項，也是屬於調查性的深入報導。

　　值得注意的是，一個成功的調查性報導很容易讓記者一炮而紅，對記者具有相當的吸引力；因此，記者在做調查性報導之時，必須心態健全，不能只為了求名得利而做此事，而應該以伸張正義、為民喉舌自居，真心努力探討社會缺失，謀求改善。另外，也不能對事件有先入為主的觀念，否則「為反對而反對」，容易在蒐集資料與報導過程中形成偏見，讓報導失真。

---

❾　彭家發，《特寫寫作》，臺灣商務印書館，民七十九年，頁一四一。

柒、精確新聞報導(precision journalism)

「精確新聞報導」是指利用民意調查、內容分析、實地實驗等社會科學研究方法來報導新聞，讓新聞內容能更正確的反映與解釋各種社會現象；❿其最大特色是由於有具體數據，所以比其他新聞報導更具科學化。

它的起源甚早，早在一八一〇年，美國北卡羅萊納州一家報館，即進行全州郵寄問卷調查，探詢農產品以至民生福祉的情形，一八二四年，已有部分報紙以此種方法預測總統選舉，後來民意測驗日益發展，精確新聞報導應用日廣。⓫

具體來說，這是一種結合社會科學研究的新聞報導，它對人類的行為設計問卷，展開訪問，最後進行統計，並分析其結果，將之報導出來，由於內容比一般新聞更準確，因此得名。

臺灣地區第一次進行的精確新聞報導，是台灣新生報在民國四十一年二月進行的對日和約民意調查；此後，聯合報在四十三年做過一次簡體字民意調查；四十五年六月一日，台灣新生報成立「民意測驗部」，是臺灣地區第一個正式的民意調查機構，該機構在五十一年六月結束，期間共進行將近百次的民意調查，不過，調查結果公布在報紙與雜誌的，只有三十六次。⓬

嚴格來說，臺灣新聞機構所執行的民意調查，符合社會科學研究方法要求的，一直到七十三年才姍姍來遲。七十二年八月，聯合報成立「海內外新聞供應中心」，從七十三年開始，該中心每遇到重大新聞事件，便立即進行民意調查，並將調查結果寫成新聞，刊登

❿　羅文輝，《精確新聞報導》，正中書局，民八十年，頁一。

⓫　彭家發，《特寫寫作》，臺灣商務印書館，民七十九年，頁七十九。

⓬　鄭行泉，〈我國民意測驗溯源〉，《報學》第七卷第二期，中華民國新聞編輯人協會，民七十三年，頁八八。

在聯合報上，該中心是台灣新生報成立「民意測驗部」之後，臺灣地區新聞機構成立的第一個民意調查機構。

七十九年九月，聯合報成立「聯合報系民意調查中心」，專責策畫與執行民意調查。中國時報則在七十四與七十五年選舉期間，成立臨時性的民意調查小組，邀請大學教授協助設計與執行系列選舉民意調查；七十六年，中國時報在專欄組內正式成立民意調查小組，屬於特案新聞中心。如今，民意調查已成為兩報選舉新聞的最大特色。**⓭**

就新聞演進來看，精確新聞報導可說是解釋性新聞報導的延伸，兩種新聞報導方式都企圖對新聞事件提供進一步的解釋，讓新聞能夠正確、深入的了解各種社會現象；兩者最大不同之處，在於記者從事精確新聞報導時，強調使用社會科學研究方法，而不依靠少數消息來源提供消息。因為，如果記者只靠少數新聞來源提供消息，不但讓記者容易受消息來源擺布，也可能使新聞媒介無法發揮監督、守望的功能，新聞記者角色變成只是傳遞事實，無法挖掘新聞事件背後所隱藏的真實。

雖然精確新聞報導在臺灣有愈來愈多媒體使用，但是媒體為了爭取時效，有時在問卷的設計上未盡周詳，而為了其特定立場，有時在報導上也出現「選擇性」內容情形，故意強調與其立場符合的結果資料，隱漏與其立場相左的結果。

因此，媒體在報導民調新聞時，應該列出以下資料，才算是完整的報導：㈠訪問時間；㈡訪問方式；㈢抽樣誤差；㈣抽樣母體；㈤樣本數與完成率；㈥誰支持與執行這項調查工作；㈦寫出問卷中所有問題；㈧新聞報導是依照調查的全部或是部分結果寫成。**⓮**

精確新聞報導在臺灣的地方新聞中很少看到，主要是除了臺北

⓭　羅文輝，《精確新聞報導》，正中書局，民八十年，頁四十一。

⓮　同上注，頁三二四。

市之外民意測驗工作在臺灣其他地方並不發達，高雄市、臺中市等大都會城市，偶爾政府單位會委託民調機構針對市政建設或計畫、方案進行民調之外，其他地方政府很少會把經費用在民調工作上，而私人民調公司即使在地方上做民調，也大都選擇臺北市召開記者會來公布結果，地方記者也就少有機會報導此類新聞。

選舉期間是唯一的例外，不少地方人物在競選中央級民意代表，甚至地方民意代表時，為了提升形象，顯示自己與眾不同，往往請民調公司對於當地政府的施政滿意度做民意測驗，再舉行記者會公諸於世，一方面藉以提高自己的問政層次，再者根據民調結果，做為攻訐政府官員的依據，反對黨候選人尤其熱中此事。

小　結

儘管新聞報導的種類有以上多種型式，不過對於地方新聞記者而言，使用最多、最普遍的還是純淨新聞報導，其次是深度報導與解釋性報導，其他的新聞報導型態，除非新聞事件性質特殊、內情複雜，或是上級長官特別策畫，或者基於某種特定目的，例如為了參加某一新聞獎項而特別規畫，否則地方記者平日難得有機會碰到這些新聞報導寫作。

然而，所謂「工欲善其事，必先利其器」，地方記者平日在寫作時，就應該對於自己的文筆做自我要求，規定自己在多少時間內寫完多少字，讓流暢的文筆保持最佳狀態，一旦有需要時，隨時可以上戰場，應付上級各種不同的要求。此外，地方記者更要隨時找機會，向上級長官爭取其他的新聞報導型態，例如深度報導、調查性報導等，磨練自己的文筆，讓自己的新聞工作能力更上一層樓，而非一直在原地踏步。

第十三章 新聞的用字遣詞

寫新聞報導和寫作一樣，都是一個字一個字拼湊起來，單字組合成一個句子，幾個句子組成一個段落，幾個段落組成一篇文章，從文章的敘述中表達出我們所要表達的東西。因此，單字與詞句是一篇新聞報導最基本的原料，如同興建房子一般，單字、詞句是磚頭和水泥，磚頭與水泥如果品質不佳，則所蓋出來的房子勢必不是好房子，一定問題百出。

不過，與寫一般文學的文章比較，新聞寫作對文字與詞句的要求有所不同，從事文學寫作，可以讓作者盡情的發揮想像力，內容可以天馬行空、毫不受限，文詞的使用也可任憑描述、海闊天空；新聞寫作正好相反，它強力要求文詞的精確，依事實進行報導，是一就是一，絕不寫成二，加油添醋的情形絕不容許在新聞報導中發生。

也就是說，新聞記者有如社會大眾的眼睛，為全體民眾觀察新聞現場，再透過新聞報導將新聞現場加以還原，讓沒有機會到場觀察的一般民眾，也能了解發生何事？

不過我們都有經驗，不同的幾個人觀察同樣的現場，事後讓每一人各自描述，每個人所描述的內容一定會有出入，即使對整體現象描述大同小異，可是在細節部分絕對會有所差異。換句話說，記者在還原真相時，很可能不是真相，在過程中即可能失真，這即是傳播理論中所說的社會真實、主觀真實與媒介真實之間的差異。

這種現場還原失真的現象，往往不是記者本身刻意造成的，而是文字表達上一種無可避免的限制。因此，身為一個地方記者，一定要自我提醒這種隨時可能會發生在自己身上的失誤，讓文字與詞句的表達能夠更精確無誤，以降低新聞報導傳遞訊息可能的錯誤機

會。

記者在報導新聞時，寫作上應注意以下幾個方面：

壹、使用大眾最容易了解的字

新聞報導面對成千上萬的群眾，不是每位讀者都受過高深教育，如果新聞上面的文字過於艱澀難懂，不但讀者讀不下去，就算勉強看完整篇報導，可能對內容也不會真正明白，甚至誤解意思。

中國文字種類繁多、學問深奧，相同的意思可以使用多種不同文字表達，站在讀者立場，記者在寫新聞時，務必要盡量使用每個人都能了解的文字來表達內容，千萬不要在新聞報導中賣弄自己的國文程度，讀者看了還要查字典才能了解意思，何況並不是每位讀者都有時間與興趣來查字典。

那些字是讀者容易了解的呢？它有幾個特點：

一、容易唸出來的字

例如，「怨懟」不如寫「怨恨」、「愧怍」不如寫「慚愧」、「怙恃」不如寫「依賴」、「怛惕」不如寫「憂苦」、「拗強」不如寫「倔強」、「攙扶」不如寫「扶持」、「瞽者」不如寫「盲人」、「鍼砭」不如寫「規戒過失」、「勗勉」不如寫「訓勉」。

二、容易寫出來的字

例如，「饔飧不繼」不如寫「三餐不繼」、「睚眥」不如寫「怒視」、「詰屈聱牙」不如寫「艱澀難唸」、「瞋目」不如寫「生氣」、「接踵而至」不如寫「緊跟而來」、「邂逅」不如寫「不期而遇」、「饋贈」不如寫「贈送」、「鮮少」不如寫「很少」、「胡謅」不如寫「亂說話」、「拙荊」不如寫「妻子」、「顫慄」不如寫「發抖」。

三、容易清楚意思的字

以下是常常見到的新聞報導：「新竹市家扶中心昨日上午九時，假市立文化中心舉行院童聯歡活動……。」從文中整個意思來看，讀者也可猜出來「假文化中心」就是「在文化中心」之意，但為何不直接寫出來呢？用「於文化中心」也比「假」，更容易讓人知道意思。

其他的還有，「齊大非偶」不如寫「門不當戶不對」、「霽顏相對」不如寫「和氣相處」、「煥蔚」不如寫「光明」、「霽顏」不如寫「怡悅」、「擿伏」不如寫「揭發」、「荒誕不經」不如寫「不合常理」、「魯仲連」不如寫「和事佬」、「安謐」不如寫「平靜」、「杜撰」不如寫「虛構」、「飛揚跋扈」不如寫「橫行霸道」、「霑醉」不如寫「酩酊大醉」、「酩酊大醉」不如寫「酒後大醉」。

我們再比較以下文字：

> 他想不開，因而自尋短見。
> 他自殺。

> 他長年以來酷愛杯中物。
> 他很愛喝酒。

> 一個使君有婦、一個羅敷有夫。
> 男已婚、女已嫁。

> 兩造對簿公堂。
> 雙方上法院理論。

> 在眾目睽睽下逃之夭夭。
> 在眾人面前逃走。

貳、精簡扼要

新聞報導不是文學創作,有多少內容就寫多少字,精簡扼要最重要,不必再三堆砌內容,以免體裁過於虛胖,變得不切實際,而且廢話過多,讀起來也感覺拗口,令人頭痛。

不少記者有壞習慣,認為新聞長就是好,比較有被編輯採用及作大的機會,喜歡對新聞內容大灌水,不斷的再三重複情節,或是對某一場景以各種類似的形容詞來描述,表面上看來好像情節很複雜,其實要表達的只是一點而已,明明五百字即可交代的新聞,經過疊床架屋之後,變成一千字,如果將文稿去掉一半,照樣無損新聞的完整性,只是浪費新聞版面,並讓讀者看得辛苦罷了。

因此,新聞報導不是「長就是好」,力求精簡是新聞寫作的基本原則之一,雖然此一原則每個人都懂,真正做到的記者卻不多,翻閱報紙即可發現此種普遍的現象。

舉以下的例子:

刻正在某學校舉行的書法展,吸引許多民眾參觀。

解說:「正在」就好,意思一樣,何必多加一個「刻」字?

林姓村民昨晚用餐過後,突然暴斃死亡,一命嗚呼哀哉……。

解說:「暴斃死亡」、「一命嗚呼」、「嗚呼哀哉」都是死亡的意思,寫一個就足夠了。

某動物園內的一隻小鱷魚,昨日逃離籠子,園方已向警方報案,並希望路人如果發現牠,一定要立刻將牠捕捉起來……。

解說：「一定要立刻將牠捕捉起來……」，讀起來相當拗口，改成「請
　　　設法捉住牠。」簡單又明瞭。

　　　……村民要求鄉長召開村民大會，鄉長卻表示，目前的這個
　　　時候他沒有空。

解說：「目前的這個時候他沒有空」，是一種很浪費篇幅、又令人看
　　　了頭昏腦脹的寫法，改為「此時他沒空」，即精簡扼要多了。

　　要讓新聞具有可讀性，除了內容主題吸引人之外，文字的表達
上更要求精簡，它可以讓新聞主題清楚有力，凸顯報導的新聞主題
特色。
　　以下我們再以幾個例子做比較：

　　所有那些受到這次地震災害的災民都領到救濟品。
　　所有地震災民都領到救濟品。

　　成功國小昨日舉行校慶活動，由該校校長李××親自主持。
　　成功國小昨日校慶，由校長李××主持。

　　兩部車子都完全的被撞毀。
　　兩車全毀。

　　決定前往臺中的日月潭參觀。
　　決定參觀日月潭。

> 市政府決定於星期五那天開會決定。
> 市府週五開會決定。

> 眾人對這件事情表示感到十分的氣憤。
> 眾人對此事感到十分氣憤。

> 警察局將舉行會議加以討論。
> 警察局將開會討論。

> 總計會議時間長達兩個小時之久。
> 會議達兩小時。

參、使用最恰當的字

　　許多記者在報導新聞時,往往有意或無意的對事件做價值判斷,並透過文字或成語表達出來,殊不知這些文字表面上看來意思差不多,卻隱含著正面或負面的看法。讀者在閱讀新聞時,很容易受到影響,在不知不覺中產生對新聞報導中事件或人物的好惡觀感。記者在撰寫新聞時,一定要選用最恰當的文字來表達。

　　例如大家熟知的王安石名句:「春風又綠江南岸」,其中的「綠」字,即是王安石再三斟酌的結果,一改再改,從「到」、「過」、「入」、「滿」等字,一直使用到「綠」字之後,才做最後的確定,而此「綠」字也的確傳神的表達出整個字句的精髓。

　　古人對詞句不斷反覆的修改,以致讓文章流傳千古,精神令現代人折服,但是一個記者每天要跑新聞、又要寫新聞,面臨強大工作壓力,當然不可能有如此時間琢磨推敲。以上例子只不過想讓記者建立一個觀念,即使是一個字,也可以對一個句子產生重大影響,在寫新聞過程中,用字千萬不可馬虎,如何選用最恰當的文字,是

記者應該要具備的工作責任。

　　以下列舉國內地方記者寫作的真實範例，這也是一般記者很容易發生的新聞寫作狀況，可發現如果文字或成語用得不恰當，不但不能表達真正意思，反而變得不倫不類，甚至造成負面效果：

　　　　一位男子飼養一隻善解人意的母貓，兩人的感情甚好，形同父女……。

解說：貓是動物，不管再如何的善解人意，也不可能變成人類，怎能說是「兩人」？只能說是「雙方」；此外，雙方感情再好，也不能以「情同父女」來形容，因為動物與人類的關係不是人倫關係。

　　　　張姓民眾十分孝順，一面唸書，一面工作，賺錢扶養年紀老邁的父母……。

解說：「眾」是指多數，中國字的用法中，三個人以上才能稱之為「眾」，例如群眾、聚眾滋事，如果只是一個人，應寫張姓「市民」或「鄉民」、「村民」；另外，對於無經濟能力的人，給予經濟上的援助，這才是「扶養」，一般來說，長輩對晚輩才叫「扶養」，子女對父母所盡的孝道是應該的，應改為「奉養」。

　　　　某縣長昨日上午巡視縣內國中小學，了解營養午餐辦理情形……。

解說：「巡視」通常用在國家元首，例如總統、副總統到地方了解事物，其他的政治人物下鄉，只要用「視察」即可。

　　　　　　針對這件事情，他向媒體解釋……。

　　　　　　道路交通擁擠，駕駛相當抱怨……。

解說：　以上兩則新聞所犯的錯誤類似，均是名稱不完全。前者方面，「媒體」指的是一種傳播事業，例如報紙、雜誌、廣播、電視、電影等，這些事業體本身不是記者，不會採訪人物，真正的採訪者是新聞記者，因此，正確寫法是他向「媒體記者」解釋。後者的「駕駛」是動詞而非名詞，所以抱怨的應該是「駕駛人」。

　　　　　　桃園地區第四臺業者集體漲價，引起當地收視戶不滿……。

解說：　國內有線電視未合法化之前，業者違規營業，是當時台視、中視、華視三臺之外的營業行為，因此通稱為「第四臺」。有線電視合法化之後，不應再以「第四臺」稱之，應該寫「有線電視業者」或「有線系統業者」。

　　　　　　昨日深夜本地發生車禍，肇事車輛逃逸無蹤，有目擊人士向警方供稱該車的顏色是深紅色……。事件被害人向警方供稱……。

解說：　警方向嫌疑犯問口供才叫「供稱」，目擊者與被害人並不是嫌疑犯，所說的話不是口供，不應寫「供稱」。

　　　　　　經過半年施工，昨日某道路整修完畢，對地方交通影響甚鉅……。

解說：「影響甚鉅」是一種具負面觀感的用法，例如「連環大車禍發生，對交通影響甚鉅」，或是「鄉民隨處倒垃圾，對景觀影響甚鉅」，道路開通或整修是好事情，不該用「影響甚鉅」來形容。可改為「對地方交通有正面影響」或者「可改善當地交通」。

李姓計程車司機在車上撿到乘客金融卡，到郵局企圖提領金錢時，不料被錄影機拍攝下來……。

解說：企圖盜領金錢是不法行為，被拍攝入鏡是咎由自取，豈可用「不料」？

目前正是虱目魚盛產期，養殖魚塭四處可見歡樂收割的景觀……。

解說：「收割」係指農作物的收成，不應用在漁獲上。

某國中一位同學昨日發生車禍身亡，今日教室中洋溢著一股不尋常的氣氛。

解說：「洋溢」是用在歡樂或高興的場合，比如說，「洋溢著青春氣息」、「洋溢著歡笑」，此種悲傷景象應用「瀰漫」或「充滿」為宜。

從以上可以發現，使用不恰當的文字，對句子的意思會造成極大的不同，讓讀者對新聞報導產生誤解，甚至是意想不到的誤導。

肆、多用具體描述，少用形容詞

記者在寫作新聞時最容易犯的一個毛病，就是形容詞過多，有些甚至嚴重濫用，一篇幾百字的新聞報導，從頭到尾都是形容詞，見不到具體描述，使得新聞報導空有骨架，沒有血肉，成為內容空洞的作品。

一個事情的發生，每個人所看到的重點和角度並不相同，使用過多形容詞最大的缺點，在於讓一個可能具有多方討論空間的事件，在記者筆下成為「非黑即白」的兩極化面目，事實上，在黑與白中間還存在許多的灰色空間，卻因為記者使用了形容詞，讓這些灰色空間成為不存在的東西。

有些形容詞內容非常含糊不清，用在文學創作上並無妨，但新聞報導係忠實的反映社會真實，如果將這些形容詞用在新聞報導上，將有礙於真實的呈現，使人弄不清楚到底是真實還是創作？

例如，「偉大無比的」、「神奇的」、「震撼人心」、「歷年來僅見」、「唯一所見」、「最大規模的」、「盛況空前」、「空前絕後」、「無以勝數」、「近年罕見」、「獨一無二的」、「絕無僅有」、「難得一見」等，這些極端的形容詞往往很難證實它的真實性到底如何？記者為了讓編輯檯能注意到其寫的新聞稿，刻意誇大語氣，常常「語不驚人死不休」，與真實性有一大距離。

這些形容詞應盡量少用，如有必要，可描述現場具體情況，讓讀者了解它「偉大」的情形。亦即，在寫新聞報導的時候，記者應該以「白描」的手法，客觀的描述事件現場情形，盡量將事件還原為現場情況，把讀者帶到新聞現場，至於價值判斷，則由讀者看完整個事件的描述過程後，再自行下決定。

以下舉例說明：

這是一個感人肺腑的故事……。

案發後，他十分凶悍的對被害人說……。

針對外界傳言，他激動的強調……。

昨日在臺南市中山公園內舉行的一場義賣活動，令人備感溫
馨……。

住在大定村的陳姓男子昨晚搶奪婦女皮包，路人合力將之圍
捕後，送往警局，他在警局內卻無悔意……。

昨晚某寺廟舉行法會，現場民眾人山人海、萬頭攢動，擠得
水洩不通……。

解說：以上是一般地方新聞報導中常見到的新聞報導手法，其中「感
人肺腑」、「十分凶悍」、「激動的強調」、「備感溫馨」、「卻無
悔意」、「人山人海」、「萬頭攢動」、「擠得水洩不通」等，都
是形容詞，記者在一開始的導言中，就對整個新聞事件做個
人的價值判斷。其實，要報導的這個故事是否「感人肺腑」，
不是由記者自己來感覺，而是將事實報導出來之後，由讀者
自行來感受，或許對某些讀者來說，他認為一點都不感人，
更不要說是「感人肺腑」了。

其他的例子也是一樣，歹徒是否十分凶悍；對於傳言，他是否
激動的強調；義賣活動是否令人備感溫馨；作案的歹徒在警局有無
悔意；參加法會是否人山人海等，都讓讀者自己來判斷即可，記者
只需寫出對方講話的內容，以及義賣與法會的過程即可。

再舉一個例子，一般在形容一個人很生氣的樣子，通常使用「暴
跳如雷」、「大發雷霆」、「七竅生煙」等成語，許多記者寫新聞時，
也往往脫不離此一模式；但這只是一種公式化的寫法，很難令人印
象深刻。

早年一位採訪省參議會（省議會前身）的記者，卻因為具體的

描述參議員郭國基質詢時砲轟官員的模樣十分傳神,讓郭國基因此一砲而紅,從此「大砲」變成郭國基的外號。

這位記者在花絮中描述郭國基轟人時的表情為:「面紅耳赤、青筋暴露、口角飛涎,脖子間暴漲起來的青筋,粗的好似自來水管,細的也與紅藍鉛筆一樣的大小⋯⋯。」❶

雖然文中的描述顯得有些誇大,但是他使用具體的描寫,文字十分生動、歷歷在目,即使幾十年後讀者在看此一新聞時,腦海中仍不自覺浮現郭國基臉部表情,想像對方生氣的樣子,比起只會以成語來形容的記者,確實是強多了,此種具體的描述,是記者寫稿時應再三學習訓練的。

伍、用典要精確

中國成語量多繁雜,一般人寫文章時,很喜歡使用成語、典故,只要短短幾字,就可交代一切,廣具化繁為簡功效。

但是中國文化博大精深,遠超一般人想像,有的成語、典故涵義精深,表面上看來是此種意思,其實另有所指,使用成語、典故之前,記者一定要確認自己對其涵義真正清楚無誤,似懂非懂的成語、典故,寧可放棄不用,或改採其他類似的詞句,以免鬧笑話。

例如,「步人後塵」是一個具有負面意涵的成語,因為走在別人後面,身上一定滿是塵埃,是不好的意思,如果想讚美他人,千萬不可使用這句成語。「徐娘半老」也是負面的意思,如果記者要表達某女士很會保養,外表看起來比實際年齡還小,絕不可用「徐娘半老」形容她,否則稱讚成了罵人。

再看以下例子:

---

❶　金生麗,〈臺灣採訪話舊〉,《報學》第二卷第八期,臺北市編輯人協會,民四十九年,頁五十五。

年關到，計畫共築香巢的未婚男女比平常多，使得婚紗攝影禮服店生意興隆……。

解說：「共築香巢」意指已婚男人在外與不是自己太太的女人同居，此處應該寫「共結連理」為宜。

已八十餘高齡的陳姓老爺爺，最近異想天開的報名參加老人大學，希望幾年之後順利取得文憑。

解說：「異想天開」指的是做人不切實際，眼高手低的企圖達成某種目的，是負面的意涵，此位老爺爺有上進心，活到老學到老，精神可嘉，不應以此形容。

這棟百年古宅保存良好，建築物完整，尤其是畫在門上的百壽圖，至今仍栩栩如生……。

解說：「栩栩如生」是用來形容與人或生物有關的圖像、畫像、模型，但是「百壽圖」不是生物或人類，而是一百種不同造型的「壽」字組合，不適用此句成語，如改為「色澤鮮艷」較恰當。

不只是用典要力求精確，用字也是如此，以下是經常出現的謬用：「沙」魚寫成「鯊」魚、待價而「沽」寫成待價而「估」、美「輪」美「奐」寫成美「侖」美「煥」、防「患」未然寫成防「範」未然、「廟住」或「住持」寫成「主持」、巧「言」令色寫成巧「顏」令色、「氣結」與「氣絕」弄混、「堪」輿寫成「勘」輿、「孔」急寫成「恐」急、有機可「乘」寫成有機可「趁」、「聲請」與「申請」弄混、「角」落寫成「腳」落、「餽贈」與「回饋」弄混、「兩」肋插刀寫成「二」肋插刀、不明「就」裡寫成不明「究」裡、功虧一「簣」寫成功虧

一「匪」、「煞」車寫成「剎」車，「殺」風景寫成「煞」風景、一「剎」那寫成一「煞」那，或一「殺」那、力有未「逮」寫成力有未「殆」、「緋」聞寫成「誹」聞、「誹」謗罪寫成「毀」謗罪、「餬」口寫成「糊」口、「貿」然寫成「冒」然、再接再「厲」寫成再接再「勵」、「藐」視寫成「渺」視、「窒」礙難行寫成「滯」礙難行、轉「圜」寫成轉「寰」、「喝」水寫成「吃」水。這些都是對字詞不求甚解而出現的錯誤。

另外，「枉顧」、「罔顧」、「罔然」、「枉然」各有不同的意思，「防治」與「防制」也是用法有異，記者在寫新聞時，一定要認清它們的用法與意義，才不會出錯。

陸、注意語氣

語氣往往涉及記者對所報導事件之價值判斷，可能無意，也可能是有意，同樣一個文詞放置在句子中的位置，就可產生不同的意思。另外，文詞的強度、隱含的意義也要留意，記者在使用時都要特別注意。

例如以下：

今天這場一百公尺比賽，他只跑了十三秒。

解說：暗示他今天表現不錯，跑的時間比以前有進步。至於「以前」是指何時，並不具體，而是一種籠統的比較。屬於「成績具體，時間模糊」的概念。

只有今天這場一百公尺比賽，他跑了十三秒。

解說：暗示在最近這段時間（可能是比賽期間，也可能是一週內或

一月內），只有今天這場比賽他跑了十三秒，至於成績是好是壞，並不知道，可能成績比以前差，也可能比以前好。屬於「成績模糊，時間具體」的概念。

只有他在今天這場一百公尺比賽，跑了十三秒。

解說：意指還有別人與他比賽，但成績都不同於他。到底他跑得快或慢？並不清楚。屬於「成績與時間均模糊」的概念。

今天這場一百公尺比賽，他跑了十三秒。

解說：這是表面的描述事實，陳述他的成績是多少，未與他以前成績比較，也未和別人比較。文中並未強調成績與時間的概念。
　　以上句子看來都差不多，不同的是有無用「只有」這兩個字，以及「只有」的使用位置，但是其所隱藏的意涵相去甚遠，如果使用在新聞報導上，讀者看起來會有不同的體會。
　　再看以下：

某婦人今年初才離婚，最近又要結婚……。
王姓議員昨日兒子娶媳婦，客人卻只來了三十桌……。

解說：前述的「才」離婚、「又」要結婚、「只」來了三十桌等，雖只是一字，卻令人有嘲諷的感覺，可能會引起當事人抗議，最好取消不用。

即將參加下屆立委選舉的王某某，昨日到縣選委會辦理登記，竟然有三百多名支持他的民眾陪同他前往登記……。

解說: 記者或許要表達的意思是，陪同辦理選舉登記的人數竟如此
多，可能以前當地候選人大都只有幾十人陪同登記而已，但
是讀起來卻讓人感覺王某平日獲得的支持度不高，此次竟然
出現三百多名民眾陪伴登記，令人不可思議。如此一來，將
造成誤解，如果對方要找麻煩，記者可就頭大了。

形容詞的語氣使用是否得當，尤其重要，同樣的一個現象，使
用不同語氣的形容詞，將令人有一百八十度的觀感。例如，形容一
個人「一路走來，始終如一」，可以用「擇善固執」、「堅持到底」，
也可用「冥頑不靈」、「我行我素」；此外，「堅持理念」與「一意孤
行」、「優柔寡斷」與「深思熟慮」、「輕舉妄動」與「行事果決」、「口
若懸河」與「油腔滑調」、「未雨綢繆」與「輕舉妄動」等，都可用
來形容類似的一件事或一個人，卻是代表不同的正、負面意涵，記
者在使用時，務必要妥善考慮。

第十四章　災難新聞的報導

　　從廣義來說，災難新聞是屬於社會新聞的一環，每當發生災難事件時，新聞媒體通常都以顯著篇幅處理，尤其是發生很多人員傷亡的重大災難事件時，舉國關切，此時事件往往成為新聞焦點，媒體無不全力動員，做深入而廣泛的採訪與報導。

　　由於災難新聞發生時，動輒人員死傷慘重，並且造成財產鉅大損失，重大的災難不論是人為或自然因素造成，都是舉國關注的話題，做為地方記者，如果採訪責任區發生災難事件，正是顯示自己採訪功力之時，務必要全力以赴，因為這是自己上臺當主角的時候，所謂「養兵千日，用在一時」，此時有無數的眾人正要欣賞你的演出呢，千萬不能漏氣。

第一節　災難新聞無可避免

　　從地理環境而言，臺灣地處亞熱帶，以及位於環太平洋地震區，每年發生的地震、颱風、豪雨等天然災害不斷，加上過度開發，濫墾濫建，以及各種人為方面的疏失，使得重大災難事件層出不窮。舉例來說，最近幾年即有民國八十五年的賀伯颱風對中部地區的災害、八十六年臺北縣的林肯大郡倒塌、八十七年桃園大園空難、八十八年九二一大地震等，都帶來極嚴重的災害，引起國人相當矚目。

　　媒體報導災難新聞，迅速提供相關資訊，讓民眾了解災難詳細狀況，有效動員各界力量進行災難救治與重建工作，發揮媒體正面功效；但是另一方面，媒體如果未能扮演好應有的角色，則會產生負面影響；例如，為了全力採訪新聞，深入災區、破壞現場，以致妨礙救災的進行；對於受難者與家屬缺少同理心，讓他們對記者採

訪，造成心理上的壓迫與生活上的不便；對災區狀況見林不見樹，形成新聞報導的破碎性，而非事件的全面性等。

　　災難新聞隨時可能會發生在全省各個角落，一旦發生，是地方記者採訪工作的一大挑戰，因此，平日一定要有充分的準備，才能因應新聞採訪需要。

　　由於國內幾起重大災難發生後，媒體人員的採訪工作出現不少缺失，引起社會大眾批評與學者嚴重關切，臺大新聞研究所特別在九二一地震發生後，舉行兩次研討會，該所張錦華教授事後特別加以整理，提供媒體人員在報導災難事件的參考，內容詳細而具體，值得借鏡，以下敘述之。❶

第二節　災難新聞報導原則

災難新聞的報導，依不同場景與新聞角度，有以下幾個原則：

壹、基本原則方面

㈠對於災難、哀傷或令人震驚之事件，必須以同情及審慎的態度，進行訪問與報導。其目的在於尊重受害者之痛苦與家屬感受，避免因新聞報導，受到二次傷害。

㈡報導重大災難與混亂狀況，記者應該盡量提供平衡的、完整的、正確的報導，並有責任避免引起不必要的焦慮和不安。

㈢重大災難造成混亂、失序，媒體宜提供冷靜、清晰的資訊，才能協助民眾重建生活秩序，面對未來。

---

❶　張錦華，〈媒體報導災難事件的原則〉，《新聞鏡週刊》第五九三期，民八十九年三月二十日至二十六日，頁四十六至五十。

貳、災難現場採訪方面

㈠記者採訪活動不應妨害救災,也不可忽略自身安全,部分災難現場是十分危險的。

㈡基於安全與救災需要,記者應遵守現場警戒線之設置,避免進入警戒區內採訪、攝影等。

㈢記者到達現場時,應先與現場指揮官與發言人聯繫,了解現場狀況,配備必要的安全裝備,採訪設備與車輛不得妨礙救災與交通。

㈣電視記者裝扮不宜過分華麗,言談舉止宜對災難現場表示同理心與關懷。

參、訪問災難受創者及其家屬方面

㈠災難現場所救出之傷患,記者應待其身心狀況稍微恢復之後再採訪,避免造成驚嚇或延誤送醫,更不要勉強受創者接受任何採訪壓力。訪問可透過他們的親友,或諮詢人員,不應藉此機會造成偷窺。

㈡不應該對災難受創者提出壓迫式的問題,如「你哀傷嗎?」「你以後要怎麼辦?」應在受訪者同意下,改以複述災難經驗的問題,如此較有助於減輕壓力,也較適宜。

㈢對受災兒童的訪問,應事先溝通,並徵詢其監護人同意,訪問時應避免閃光燈或錄影機、麥克風等對著孩子,錯誤引導或強迫兒童觸發痛苦情緒,以免造成災童心理復建工作的負面影響。

肆、提供協尋民眾及救援資訊方面

大災難發生後,家庭成員可能失去聯絡,急需媒體協尋親友,

災民也急需各種救援資訊，例如避難處所、糧食飲水發放數量與地點、供水、供電時段區域等，媒體應盡量提供相關資訊。

伍、謠言查證方面

重大災難現場必然甚為混亂，缺乏完整而明確的資訊，災區民眾極易受到謠言的影響，甚至引發動亂與妨害救災。媒體有責任查證訊息，降低受災民眾的困惑與不安。即使告知民眾「消息無法查證」，也有助於防止謠言散布。

例如，九二一地震後，曾謠傳搶劫事件，造成災民惶恐不安，之後證明並無此事。

陸、尊重族群與性別方面

㈠對族群與性別有關的事件，應特別注意防止原有弱勢族群刻板形象，造成誤會或擴大負面形象。例如，謠傳外勞搶劫時，即應審慎報導與查證。再如徵集救災物資時，完全忽略女性災民要求特定奶粉品牌，即遭致譴責女性災民需求過當，卻未能進一步了解其養育幼兒之需求。

㈡傳統新聞報導較忽略弱勢族群的聲音與需求，因此，對於災難中的弱勢族群與女性，應特別注意給予發聲的機會，並尊重其生活經驗與需要。

柒、避免新聞靈異化方面

不宜將重大死難現場做靈異化的描述，例如，形容死傷慘重地區為「鬼影幢幢」，將災區恐怖化，避免造成災民負面情緒與心理。

捌、畫面及影像處理方面

應避免過度呈現令人驚懼害怕，或不忍卒睹的畫面，例如罹難

者殘肢遺骸等血腥淒慘之畫面。

玖、謹慎處理「心理健康」相關訊息方面

㈠一般人對「心理疾病」視為禁忌和有失面子，報導時應讓民眾了解大部分的反應現象是正常的，以協助人們以較開放的態度面對，並解決問題。同時，也讓民眾了解，如果情況持續嚴重，仍應尋求必要的協助，並告知民眾有那些專業資源可以提供協助。

㈡對於個案報導，應尊重心理醫師的專業倫理，不宜勉強透露個案隱私內容。

㈢與心理衛生相關的消息，最好是根據心理衛生專業人員的意見，以免誤導或負面影響。

㈣對受災者應保持同理性的哀傷，而非急速的導引其改變對受災原因的認定，例如，過速的引導其從天災歸因到人禍。

㈤大型災難造成的心理創傷，不限於受災者，救援者和關心的公民，都會經驗不同程度的創傷，媒體也應該關切。

㈥報導時應該分辨民眾在歷經重大災難後，情緒上容易立即出現的「急性身心反應」，與具持續長期的「創傷後壓力疾患」的差異，不可在災難發生初期，輕率渲染所謂「創傷後壓力疾患」，因為這是災難發生一個月後才會出現的心理症狀。

拾、重建資訊的報導方面

媒體應持續報導重建資訊，有助於維繫國人持續關懷與行動。

拾壹、其他報導原則方面

㈠責任歸屬與解決：報導時宜審慎，避免判斷偏頗，造成災民的情緒轉移。要對天災人禍提出較有效的檢討，促成組織專

家團，並隨團報導，以獲得較專業的診斷與解決方案。

㈡對政府的批評：災難報導往往包含對政府措施的批評，由於
雙方觀點不同，容易引起衝突，若媒體平時多蒐集國際重大
災難處理方式與經驗，則可提供較具體的建議，對救災與重
建較有實質助益。

㈢記者不要過分集中在受災最嚴重的地區進行採訪，應避免過
分干擾災民生活。

㈣防災資訊的報導：媒體應充分報導各種防災資訊，例如平時
應準備防災物品，地震後應立即關閉瓦斯、電源、躲在大型
傢俱旁、離家前關閉電源、拔掉電器插頭等。

第三單元　地方新聞分類採訪寫作

　　地方新聞與首都新聞的分類，其實大同小異，首都中央該有的機關單位，地方大概都有，差別只在於名稱、職權、層級、權力運作範圍的不同。例如，在臺北市的立法院與國民大會新聞，到了地方縣、市，就變成縣議會、市議會新聞，到了鄉鎮地區，即是鄉民代表大會、鎮民代表大會新聞。

　　同樣的道理，中央有行政院，縣、市有縣、市政府，鄉、鎮有鄉、鎮公所；中央有警政署、刑事警察局，縣、市有縣、市警察局與刑警隊；中央有教育部，縣、市有教育局；中央有環保署，縣、市有環保局；中央有衛生署，縣、市有衛生局，鄉、鎮有衛生所；中央有體委會，縣、市有教育局體健課；中央有文建會、縣市有文化局、文化中心。

　　換句話說，中央機關是決策單位，各種政策由中央機關擬定之後，一路交辦下來，由各縣、市、鄉、鎮地區之下層機關執行。所以，在地方採訪新聞，對於新聞採訪路線的分類，大抵上是依中央機關的分類模式。

　　不過這是指縣、市地區而言，如果更基層，例如在鄉、鎮地區採訪，記者職掌並不畫分如此清楚，因為公家機關不多，平常也沒有特別重大事件，通常不會有新聞採訪路線區分，而是以行政區為畫分方式,且通常是以分局警勤責任區做為記者責任區的畫分標準。例如，某一分局的警勤責任區為某三個鄉鎮地區，則分派在此的地方記者就負責這三個鄉鎮的新聞採訪工作，而且不只要採訪警政新

聞，凡是這三個鄉鎮發生的大大小小事件，都要採訪，等於新聞採訪工作全包，工作性質的畫分與在中央與縣、市地區採訪的記者，有極大不同。

　　地方新聞依性質的不同，主要分成府會、選舉、警政、醫藥、衛生、環保、文教、交通、消費、體育、社團等路線，這些單位的業務性質都不同，記者在採訪時所要運用的技巧，以及寫作重點與應注意事項，也都有差異，必須彈性運用，手法絕對不能太過僵化。如何採訪與寫作這些不同性質的新聞，以下分述之。

第十五章　府會新聞

　　府會新聞可說是廣義的地方政治新聞，因為這些單位是地方政治人物出沒與政治事件產生的地方。

　　對地方新聞採訪單位來說，府會新聞可說是地方新聞的重點，因為地方政府的任何措施都和地方民眾發生直接關連，至於地方民意機關召開會議，所討論與議決的事項，也往往是民生議題。許多地方上重大決議、派系紛爭、衝突、醜聞、政黨折衝，都從中產生。因此，報社通常對府會新聞頗多重視，常以醒目篇幅大肆報導，採訪府會新聞的記者如果好好發揮，極有表現空間。

第一節　府會新聞的範疇

　　「府會」就是「政府」與「議會」的合稱，府會新聞在地方上是指地方政府與地方議會的新聞。具體而言，在縣、市，指的是縣政府與縣議會、市政府與市議會，在鄉、鎮地區，指的是鄉公所與鄉民代表大會、鎮公所與鎮民代表大會，這些機關所發生的新聞就是府會新聞。

　　要採訪地方府會新聞，最基本的是記者一定要弄清楚地方政府與地方民意機關的組織與職權。縣、市政府與鄉鎮市公所，以及縣、市議會和鄉鎮市民代表會，彼此之間組織與職掌有很大的不同，以複雜程度來說，前者勝於後者許多，採訪的記者千萬不可大意。

第二節　地方政府組織與職權

壹、縣市政府組織與職權

依「臺灣省各縣市實施地方自治綱要」第二十六條規定：「縣市設縣市政府，置縣市長一人，由縣市之選舉人選舉之，任期四年，連選得連任一次。」臺灣省於三十九年四月公布上述之後，縣市長即開始由縣市公民直接選舉。

至於縣市政府內部組織，依臺灣省各縣市政府組織規程準則，除一律以主任秘書為幕僚之外，縣、市分別以轄區人口為標準，來設置內部組織。縣政府人口在一百五十萬以上者，設民政、財政、建設、教育、工務、農業、國宅、社會等局、兵役與地政科、秘書、計畫、人事、主計等室，共十四個單位。人口五十萬以上，未滿一百五十萬者，設民政、財政、建設、教育、農業、社會等局、兵役與地政科、秘書、計畫、人事、主計等室，共十二個單位。人口未滿五十萬者，設民政、財政、建設、教育、農業等局、兵役與地政科、秘書、計畫、人事、主計等室，共十一個單位。

市政府則設民政、財政、建設、教育、工務、國宅、社會等局、兵役與地政科、秘書、計畫、人事、主計等室，共十三個單位。縣市政府並得視業務需要，設工程隊、違建拆除隊、地籍測量隊。此外，縣市政府一律設警察、衛生兩局，及稅捐稽徵處，為縣市政府之附屬機關。

職權方面，依「臺灣省各縣市實施地方自治綱要」第二十七條規定，縣市政府職權有三項：一是辦理縣市自治事項、二是執行上級政府委辦事項、三是指導監督鄉鎮縣轄市自治事項。

貳、鄉鎮市公所組織與職權

依現行地方自治規定，鄉鎮縣轄市設鄉鎮縣轄市公所，置鄉鎮縣轄市長一人，任期四年，連選得連任一次。臺灣省係從民國三十九年四月，舉行第一次鄉鎮縣轄市長由公民直接選舉。

內部組織方面，鄉鎮與縣轄市分別規定，鄉鎮公所除設置秘書一人外，人口四萬以上者，設民政、財政、建設、農業、兵役五課及人事室、主計室。人口一萬以上未滿四萬者，設民政、財政、建設、兵役四課及人事管理員、主計員。人口未滿一萬者，設民政、財經、兵役三課及人事管理員、主計員。

縣轄市公所除設主任秘書之外，另設民政、財政、建設、工務、兵役五課，及秘書室、人事室、主計室。至於區公所組織，為市之分支機構，與鄉鎮縣轄市不同，依規定，設秘書一人，民政、經建、兵役三課，及人事、主計人員。

鄉鎮縣轄市區以內，並分里辦公，設村里辦公處，置里長一人。另置村里幹事，人數係以一村里一幹事為原則，少數戶數較少的村里，得不置幹事，其村里事務由鄰近之村里幹事兼辦。要特別注意的是，村里是鄉鎮縣轄市之內部組織，非下級機關。

鄉鎮縣轄市公所的職權，包括：一、辦理鄉鎮縣轄市自治事項；二、執行上級政府委辦事項。另外，鄉鎮縣轄市內之警察分駐所、派出所、戶政事務所、衛生所，對協助鄉鎮縣轄市公所執行上級委辦事項，應兼受鄉鎮縣轄市長之指導。鄉鎮縣轄市之附屬機構、轄內之國小與人民團體，也應受鄉鎮縣轄市長之監督。

第三節　地方民意機關組織與職權

壹、縣市議會組織與職權

　　縣及與縣同級的市,設立縣市議會,為憲法明文規定。憲法第一百二十四條規定:「縣設縣議會,縣議會議員由縣民選舉之。」第一百二十八條規定:「市準用縣之規定。」

　　臺灣省各縣市於民國三十九年八月至四十年三月,次第成立第一屆縣市議會,採屬人主義,以各縣市人口數計算選出。依七十年七月發布的臺灣省各縣市議會組織規程,縣市議員其應選出名額標準為:居民二十萬人以下者,每滿一萬人選出一名;超過二十萬人,超過部分,每滿二萬人增選一人;超過五十萬人者,其超過部分,每滿三萬人增選一人;超過八十萬人者,其超過部分,每滿五萬人增選一人。

　　縣市議會的職權,依相關規定有以下幾項:㈠議決縣市自治事項;㈡議決縣市單行規章;㈢議決縣市預算及審議縣市決算報告,但對於縣市預算不得增加支出之提議;㈣議決縣市與其他地方自治團體間之公約;㈤議決縣市所屬事業機構組織規程;㈥議決增加縣市民縣市庫負擔事項;㈦議決縣市財產之經營及處分;㈧議決縣市政府及議員提議事項;㈨接受人民請願案;㈩其他依法賦予之職權。

　　縣市議會定期會每六個月開會一次,應在每年五月、十一月分別召集之。縣市議會經縣市長或議員三分之一以上請求開會時,應於十日內召集臨時會,但每十二個月不得多於五次。

　　定期會時,縣市長應提出施政報告,並接受議員質詢,各科室與直屬機關,也應各就主管業務提出報告,並接受議員質詢。

貳、鄉鎮市民代表會組織與職權

臺灣光復後，三十五年三、四月間，成立第一屆代表會，當時除鄉鎮縣轄市外，尚有區民代表會。三十九年，臺灣省實施地方自治後，區民代表會結束，只留下鄉鎮縣轄市民代表大會。

依規定，各鄉鎮縣轄市設鄉鎮縣轄市民代表大會，任期四年，連選得連任，代表會設主席、副主席各一人。至於應選出名額，居民在四萬四千人以下者，每滿四千人選出一名；超過四萬四千人者，其超過部分，每滿八千人增選一名；超過十萬人者，其超過部分，每滿二萬人增選一名。

代表會開會期間，得設二至三個審查小組，分別審查民政、財政、教育、建設等部門議案。

代表會的職權，依相關規定有以下幾項：㈠議決鄉鎮縣轄市自治事項；㈡議決鄉鎮縣轄市單行規章；㈢議決鄉鎮縣轄市預算及審議鄉鎮縣轄市決算報告，但對於鄉鎮縣轄市預算不得增加支出之提議；㈣議決鄉鎮縣轄市與其他地方自治團體間之公約；㈤議決鄉鎮縣轄市所屬事業機構組織規程；㈥議決鄉鎮縣轄市公益捐之徵收；㈦議決鄉鎮縣轄市財產之經營及處分；㈧議決鄉鎮縣轄市公所及鄉鎮縣轄市民代表提議事項；㈨接受人民請願案；㈩其他依法賦予之職權。

鄉鎮縣轄市民代表大會定期會，每六個月開會一次，應在每年五月、十一月分別召集之。經鄉鎮縣轄市長或代表三分之一以上請求開會時，應於十日內召集臨時會，但每十二個月不得多於五次。定期會時，鄉鎮縣轄市長應提出施政報告，並接受代表質詢，各科室與直屬機關，也應各就主管業務提出報告，並接受代表質詢。

第四節　府會新聞採訪與寫作要領

有句話說「府會一體」，表示地方政府機構與議會關係至為密切，由於兩者屬於互動關係，業務的運作常常牽扯不清，政府官員與民意代表的利益常糾葛一起，除非記者人力充沛，地方政府與議會各由一位記者採訪，否則絕大多數報紙都將府會新聞安排同一人採訪；然而，採訪地方政府與採訪地方議會，不管在性質上、方法上、重點上與應注意事項，都有很大的不同。以下敘述之：

壹、地方政府機關

一、了解各單位的業務性質與功能

如前所述，我國的縣政府依人口數來設置內部組織，最少十一個、最多十四個單位；市政府則有十三個單位；縣市政府並得視業務需要，設工程隊、違建拆除隊、地籍測量隊。鄉鎮與縣轄市公所雖然單位較少，但也從三課到五課不等，另外還加上人事與主計單位。

至於院轄市層級的地方政府其組織更大，單位也更多。以高雄市政府為例，光是一個建設局底下就有第一至第六科，以及公共車船管理處、監理處、漁業處、市場管理處、風景管理所、家畜衛生檢驗所、屠宰場、車輛行車事故鑑定委員會等，這些單位下面還有單位，如同千層塔一般，令人目不暇給。

可以說，以縣市政府為採訪對象的府會記者，所要面對的各種大大小小單位，從幾十個到上百個之多，它們各有不同的業務與功能，線上記者一定要一清二楚，以免要問整修道路的新聞，不知向工務局採訪，反而錯跑到建設局了。

要避免鬧笑話,最方便快捷的辦法是向地方政府的新聞室人員,索取整個機關單位的組織層級表與業務職掌法規, 仔細閱讀清楚,如果遇有某事件不了解其性質, 不知該找何單位詢問, 可以向新聞室人員打聽,因為他們最清楚不過了。

二、以民眾立場檢視政府措施

地方政府是地方自治的行政機關, 它必須為當地的建設與各種生活設施做妥善的規畫, 謀求地方民眾更完好的生活品質與生活空間, 讓後代子孫永續發展。因此, 它的種種政策措施不能與民眾脫節, 不能不食人間煙火, 也不能老是畫大餅, 看得到而吃不到。

採訪政府單位新聞也是一樣, 記者內心要時時惦記著民眾, 站在民眾立場, 隨時檢視政府作為是否符合民眾需求, 政策與方案是否能落實在民眾生活上, 對民眾具有什麼意義, 如此新聞才有生命力。例如, 當地方政府規畫一個案子時, 記者即要探討政府何以要規畫此案、目的何在、此案對地方民眾將造成何種影響、案子如果實施比未實施以前, 對民眾有何好處, 有何不良影響、民眾對此案有何看法、接受度與配合度如何、案子內容有無值得商榷之處等等, 新聞報導才有意義與實用價值。

有的地方政府好大喜功, 經常花費鉅資請顧問公司規畫內容驚人的建設案, 如果真正動工, 經費至少幾十億, 甚至上百億, 地方政府根本無此財源, 結果規畫完之後, 全案即束之高閣, 等下一屆首長換人, 再重新規畫新案, 徒然浪費金錢, 這種不成熟、只會畫大餅的案子, 對民眾毫無意義, 記者要懂得分辨, 沒必要浪費版面。

三、走入地方基層

採訪地方政府新聞, 最忌炒冷飯, 尤其地方政府通常設有新聞或公關單位, 每天有專人針對地方首長行程、活動內容發公關新聞

稿，甚至連照片都備妥，如果記者每天只是例行性的到新聞室取資料，內容重新照抄一次，交差了事，此類新聞將顯得枯燥、乏味不堪，毫無生機，對新聞採訪工作也無意義。

要讓地方政府新聞具有生命力，最重要的是記者必須走入地方基層，公關新聞稿只能當成新聞線索，到場實地觀察採訪，往往會發現新事物。例如，公關稿表示某國中小學正進行校園工程，未來完工後，可提升學生上課品質。記者如果親自到施工中的學校走走，可能發現施工單位未做好安全防護措施，學生下課後在工地四周玩樂，很可能發生意外，記者從校園工程安全角度撰發新聞，就是一個很好的新聞作品了。

再比如，官方發布某重大興建工程進度表的新聞，記者如果實地採訪，可能發現施工不當，為附近民宅造成損壞；或是施工單位自行封閉道路，讓交通受阻；或者挖斷自來水管線，使周邊民眾缺水。這些新聞都遠比公關稿來得重要和有生命，採訪起來也較有勁。

因此，地方基層才是採訪市政、縣政、鄉政等新聞的主軸所在，線上記者必須走進去了解、接觸、觀察、體會，而非只是坐在辦公室內吹冷氣、喝茶、聊天、拿新聞稿。

四、注意有後續發展的新聞事件

很多與民生有關的案子，記者不能只在第一天報導即罷手，而要盯住它的後續動態。當政府實施某一方案之後，如果它具有延續特性，記者要隨時注意發展情形，並報導它衍生出來的種種現象，反映現實狀況。

例如，某縣、市政府宣布從某天開始，加強取締騎機車民眾在路口直接左轉的行為；或是某幾條道路，某日起實施單行道管制，違反者將取締。類似此種交通執法措施對民眾影響極大，記者不可能事先只發預告性新聞即足夠，而要從實施當天起，即密切注意其

發展，包括警方取締方式、違規民眾數量、違規民眾反應、對路邊商家生意造成的影響與商家反應等，很可能由於民眾反彈，並向地方民代申訴，引來民代干涉，讓警方改變取締方式，甚至強力阻撓，最後使方案無疾而終也說不定。

除了與民生有關的法案，其他的重大建設案、醜聞、糾紛、衝突、弊病等，也都具有後續發展特性，線上記者要隨時掌握最新發展。

五、注意首長身邊的人物

地方首長每日工作忙碌，來無影，去無蹤，特別是發生重大事件時，往往視記者為蛇蠍猛獸，避之唯恐不及。因此，記者平日就要對其身邊的人物下功夫，事到臨頭時，會有意想不到的用處。

例如，機要是縣市長的心腹，往往比主辦單位更能了解政策進度與內涵，尤其是政策與事物的關鍵點，更是一清二楚，每天有各種等級的機密公文經過其手，只要他肯透露一二，新聞報導就可捷足先登。與機要人員交往之道無他，尊重、誠懇、勤於問候、加上不偏不倚的工作態度，即可取得對方信任。

首長司機也要用心交往，他們即使不能給你訊息，但首長的行程、去處，他們當然清楚，在某些時候採訪毫無頭緒，連新聞人物在那裡都不知道的情況下，只要司機肯告訴你，新聞採訪就有了起頭。而且，司機又是一種枯燥的職業，送上司到定點後，他們在一起，話題常免不了的談到對方老闆，所以，他們知道的事，不比機要少，多和他們打交道，在關鍵時刻透露一點口風，將受用不盡。❶

六、適時提出善意的批評

地方政府的作為與民眾發生直接關連，媒體應扮演好監督角色，

---

❶　《聯合報編採手冊》，聯合報編輯部，民八十八年，頁三十五。

針對政府不當的作為提出適當批判，不可一味的歌功頌德，成為政府的傳聲筒。

不管地方政府如何信誓旦旦的表明它如何的為民謀福祉，在執行過程中，往往會脫離民眾需求，因為沒有一個政府是完美無缺的，再好的政府都需要批評，才能不斷進步。線上記者如發現政府的政策出現缺失，即要請教專家與熟知內情的專業人士，確定問題所在之後，再下筆針砭，才不會發生錯誤。

當然，批評一定要就事論事，且基於善意，尤要客觀公正，不可為反對而反對，或在不清楚狀況之前，即遽下判斷，免得失去記者的專業性。

新聞寫作實例一：

（臺南訊）臺南市政府為方便市民租售房屋，特別成立住宅資訊服務站，但是開辦以來效果甚差，業務幾呈停擺現象，無法正常服務社會大眾，主要是市府唯恐影響民間業者生意，不敢大力宣導，民眾認為此種心態應該改進。

政府為推廣住宅資訊業務，提供民眾即時且正確的住宅交換資訊，指示各地方政府設置住宅資訊服務站，由內政部統籌規畫，開發共同性住宅資訊系統應用軟體交各地使用，系統內容包括：國宅社區基本資料、列管國宅用地基本資料、國宅銷售資料、都會區購宅意願調查等。其中住宅交換資訊服務系統，係提供出租、出售房屋資訊，給欲承租或購買房屋之民眾，讓民眾充分掌握訊息，迅速達到出租、承租或買賣房子的目的。

市府國宅局推出此業務三年多以來，僅受理一百四十件左右，平均一個月才三點五件。民眾表示，洽辦此項業務時，承辦人員都會要求當事人填具申請表，內容除了當事人姓名、電

話等基本資料之外，還有建物層數別、格局、面積、土地與
房屋坐落、建號等，內容十分詳盡，但由於使用者不多，所
能提供的資料少得可憐。

例如，最近他至市府國宅局要求提供這項服務，全部資料上
只有六件出租案，難有選擇空間，與民間業者類似業務相去
甚遠，市府的此項業務可說是形同虛設，顯示承辦人員不用
心，市民很難具體受惠。

國宅局有關人士表示，此一業務推展不開主因，在於宣導不
夠，絕大多數民眾仍不知此事，但是該局也不想大力宣導，
因為目前市面上有很多民間公司開辦這項工作，市府如太過
積極，恐會落人「與民爭利」口實。

承辦人員進一步說，惡性循環是另一原因，由於效果不佳，
去過一次的民眾以後不會再去，使得資訊愈來愈少。

新聞評析：

租售房屋是很多民眾都會遇到的事，地方政府推出這項業務，
很顯然的是要服務地方民眾，此種與民眾生活息息相關的新聞，是
府會記者要努力發掘的。

這項立意良好的措施，卻因為執行單位推展不力，知道的民眾
不多，使服務功效大打折扣，記者在報導這件新聞時，站在民眾角
度來看此事，將缺點指出來，希望承辦單位檢討改進，確實來服務
民眾，是正確的撰稿角度。

如果想再深入些，記者可以進一步撰寫「特稿」，針對業務單位
人員所謂「不想大力宣導」，「唯恐與民爭利」等不正確的心態，加
以剖析，或者探討在民間租屋業務如此發達的情形下，市府是否有
必要再推出此業務？

　　一件事情一定有正、負兩面，當然，此則新聞如果業務單位辦得好，使用者眾，記者也可以從正面角度加以報導，對業務單位的辛苦宣揚一番，不一定非得從負面進行批判，端賴所採訪的內容而定。

新聞寫作實例二：

　　（臺南訊）臺南市政府全力推動社會福利工作，明年將是開花結果的一年，包括老人長青公寓、社會福利綜合大樓、綜合性殘障福利服務大樓等全國首創之三大社福機構，都將在年中陸續完工啟用，市府計畫以公設民營方式營運，以節省人力及提高營運成效，造福使用民眾。

市府社會局長洪銘倫表示，府城社會福利工作績效在全省各縣市一向居冠，為了全方位進一步推動南市社會福利工作，市府從三年前開始，即針對各個不同族群所需，規畫興建上述三大社會福利機構。由於市府財源有限，因此積極向內政部爭取經費補助，總補助金額達七億餘元，金額之高為全省各縣市僅見。

此三大機構兩年前先後動工興建，工程十分順利，如今高樓平地起，每棟大樓的外觀相當雄偉，未來使用的民眾一定感到很舒適。洪局長指出，老人長青公寓總工程費三億五千萬元，內政部補助兩億三千萬元，計畫興建地上七樓，地下一樓，目前已完成第一期硬體工程，預定明年六月全部完工，九月落成啟用，將來可提供老人安養、住宿、休閒、文康、育樂等多功能服務，並計畫開辦日間托老、營養午餐、老人保護、長青學苑等業務，對府城老人具有多方面效益。

老人長青公寓的經營方式，本月內將由內政部與有關專家學者組成的審核督導小組，針對公設民營委託營運計畫內容，

開會研商，原則上以自給自足為主要經營模式。

至於社會福利綜合大樓，工程費兩億六千萬元，內政部補助一億七千餘萬元，預定明年十月完工，十二月落成啟用，以兒童、青少年、婦女為服務對象，並規畫示範性的托兒所。

另一個臺灣地區首創的綜合性殘障福利服務大樓，總工程費兩億九千萬元，預定後年三月完工，五月落成啟用，規畫的功能包括日間托育中心、庇護工場、示範按摩中心、有聲圖書館、復健物理治療、就業輔導轉介等，大樓內部設施，市府將繼續爭取內政部獎助，或請民間企業、財團法人贊助，讓它功能更完整。

新聞評析：

社會福利措施是近幾年來政府主要的施政工作之一，由於與社會大眾權益有直接關係，每個人可能都會用到，所以採訪府會新聞的記者，一定要特別注意地方政府有關社會福利的工作狀況，並隨時掌握進度，包括規畫內容、工程進度、啟用時間、對民眾可能帶來的影響等。

此則新聞報導地方政府進行三大社會福利大樓的施工情形，三棟大樓啟用後，受惠的民眾涵蓋老人、兒童、婦女、青少年、殘障人士等社會上認定較弱勢的族群，人數眾多，見報後，相信可吸引這些民眾閱讀，題材不錯。

不過，文中使用「全國首創」、「各地居冠」等字眼，宜盡量避免，因為主辦單位為了求功，往往對媒體記者誇大其辭，使用「唯一」、「獨有」等最高級形容詞，事實卻不然，除非經過專家學者或學術單位認定，否則字眼上最好緩和些。

貳、地方民意機關

一、廣結善緣

跑好新聞的最大因素之一，在於良好的人際關係，跑地方政治新聞尤其如此。地方上的政治人物通常結交三教九流人士，各種訊息從四面八方湧來，使他本身如同新聞中據站。因此，地方政治人物往往也是一個消息靈通人士，線上記者應與政治人物保持良好關係，特別是重量級的政治領袖與意見領袖，很多消息都比別人早知道一步，可成為記者取之不盡的新聞來源。

記者與政治人物廣結善緣，並保持連繫，除了一般性的政治消息容易取得之外，遇有敏感事件，不容易打探內情時，也可以從地方政治人物口中獲得若干資料，或者透過引薦，向第三者查詢；另外，在會議召開之前，某些政治人物與政黨可能有私下協商之交易暗盤，內情不為人知，對方如果可透露一點口風，在目睹會議過程你來我往的場景時，記者觀察的重點也會不同，下筆時就更容易拿捏分寸了。

二、了解議會組織與政治生態

採訪議會新聞的記者，當然要了解議會組織、各黨團組織、議事規則及程序，這是最基本的要件，否則寫出來的新聞一定會鬧笑話；除此之外，當地的政治生態也要深入探索。

臺灣的地方派系林立、彼此傾軋，表現出來最明顯的地方就是最基層的民意機關，不論是議會或代表會，在議事廳運作的狀況，往往就是各派系、政黨政治角力的過程，由於各有不同背景與立場，又面對著眾多選民，使得議事運作成為一門高深學問，如果光看表面，可能看不出它隱藏起來的真正意涵，看到的只是這些民意代表

一場活生生的表演秀而已。

所謂「內行看門道，外行看熱鬧」，民意代表在議場上的行為、動作、提案動機，常常不如表面般的單純，做為採訪民意機關的線上記者，必須具備比一般人更深厚的政治修養，才能免於被政治人物玩弄，才不會讓自己寫出來的新聞成為被利用的工具。

所以，記者有空時要多和地方政治人物聊聊，了解地方派系發展始末、其中癥結，以及政治人物之間的交往情形，或許可以發現，在開會期間爭吵最厲害的兩個人，可能私底下是很好的朋友，甚至有事業上的往來呢。

三、注意與民生有關的重大議題

議會機關的定期大會，主要是議員透過質詢來討論地方政府提出的各種方案，在眾多法案中，一定要懂得篩選和民眾生活有關的議題，此種議題不論是通過或否決，都要做深入報導。

例如，由於治安惡化，民眾身家安全遭受威脅，某縣政府因此編列一筆經費，計畫發給每戶人家二千元，做為添購防盜器材之用，案經議會議決通過，而且非常順利，一點爭議都沒有。如果記者只依預算書上的內容，再加上議會的討論過程發稿，可能寫不到兩百字。

此案與每一戶家庭都有關係，可說是典型的民生議題，因此，記者應該利用會議結束之後的時間，詢問業務主辦人員，此案的構想從何而來、何時開始實施、如何領錢、只實施一年，還是每年都實施、如果每年都有，預算有無問題、如果只是一年，意義何在、如果將這筆錢集中起來，在社區聘請保全人員，效果會不會比較好、如果民眾不更換防盜器材，要如何處理等等。如此，不僅只是報導此案通過而已，還進一步解答許多民眾想要問的問題，才是發揮媒體應有的告知功能。

四、保持中立

地方議會裡，除了黨團之外，還有各種次級問政團體，彼此之間的利益常常糾纏不清，記者在此種混亂的環境中，務必要保持中立身分，千萬不要偏袒某一黨派。

其實，不只跑議會新聞，跑任何新聞，記者都要保持中立，只不過，由於常年與地方政治人物相處，既要與對方建立交情，又要求對方透露內情，或是自己的政治立場與對方相同，也可能同情對方政治理念，久而久之，記者很容易受到感情上的感染，逐漸的倚向對方而不自知。因此，隨時保持心理上的警覺性，自我檢視，是非常重要的。

五、不要有聞必錄

議員在會議中發言的尺度很寬，而我國真正有修養的民意代表不多，許多議員都藉著大會修理官員，不是惡意刁難，就是出言不遜，故意作人身攻擊。就算針對政府案子進行討論，內容也往往乏善可陳、拖泥帶水。

因此，記者整場會議聽下來，必須自己整理新聞重點，找出具有新聞性、和民眾有關係的部分，做為新聞報導內容；千萬不可以有聞必錄，從頭抄到尾，以免遭到不肖民意代表利用，成為作秀的宣傳工具，也可以提升版面的新聞品質。

此外，議員與官員之間的答詢內容，應同時顧及，新聞寫作時力求平衡，不可偏袒某一方；議員質詢內容有損及他人名譽者，更須特別慎重處理，免得報導出來後，要承擔誹謗刑責，為自己惹禍上身。

除了以上，若干細節也要注意：

㈠不得為議員寫質詢稿，再在報上登載，此舉嚴重違反職業道

德；更不得以此方法運作新聞。

㈡議員的臨時傳真稿，只可參考，不能照發，因為真偽不明。而在事後議員傳真的反應稿，往往是為了打個人知名度，並無實際新聞價值。

㈢議員經常利用議會召開記者會，如果事情重大，應就事件內容請相關記者查證，不能記者會公布什麼，就照發什麼。❷

㈣議員發言內容是否不當？是否為自己牟利？要視他講的話是否有道理。議員來自於不同選區，一位議員為他的選區民眾爭取利益，是正常表現，不能因此說他「自私自利」、「具有濃厚的地域心態」；也不能因為他從事建築業，為建築業者發言，就說他替自己講話，而要視其講話內容是否合理？

㈤民意代表有責任替政府預算嚴格把關，盲目的通過固然有失職責，一味反對到底也不應該。記者在下筆評論前，不能只靠自己的直覺觀察，而應該請教其他專業人士意見，綜合他人看法後再評論，比較不會失之偏頗。

㈥對於某些具有新聞性的質詢事件，在會議結束後，記者最好向發言的民代做進一步請教與說明，然後再據以向有關的政府單位人員詢問反應，如此新聞報導將更為深入周延，甚至有意外的新發現。

新聞寫作實例一：

（桃園訊）今年七月就要開業的台茂家庭育樂購物中心，因為聯外交通隱憂，引起地方民代抨擊，縣議員李訓求昨日在縣議會提案，要求縣府在台茂未處理交通問題之前，暫緩讓業者開業。

桃園縣長呂秀蓮說，縣府是否有能力要求台茂暫緩開業，有

❷　《聯合報編採手冊》，聯合報編輯部，民八十八年，頁三十七。

待商榷，但縣府將再邀請相關單位，研究工商綜合區帶來的交通衝擊。

李訓求等多位議員昨日在縣議會提出緊急動議表示，南崁地區交通早就有瓶頸，台茂尚未完成交通流量評估就準備營業，南崁主要幹道如中正路鄰近，並無停車場，路邊停車嚴重，一旦台茂開業，車潮與人潮大量湧入，勢必造成南崁地區交通癱瘓。

呂水田縣議員也指出，大園鄉到桃園市的主要幹道就是台茂前方的南崁路，目前來往兩地，開車時間就要近一小時，台茂營業無異是堵住大園鄉民對外出路，盼縣府三思。縣議會更作出決議，要求縣府考量南崁居民的交通需求，在未改善動線前，暫時不准台茂營業。

台茂家庭娛樂購物中心位在桃園縣蘆竹鄉南崁地區，主體建築為地下一樓、地上七樓，商場中包括萬客隆、電影院、服飾專賣店等，設置三千三百個汽車、一千多個機車停車位，是臺灣第一個在工商綜合區成立的購物中心。

新聞評析：

地方民代為民喉舌，只要不是為私利而發言，地方民代在地方議會的有關建議、提案、發言、質詢，都是記者要報導的對象，至於新聞報導要到達何種程度？則要視其內容與地方民眾的關連程度而定；與民眾關係愈大、影響民生日常生活作息愈嚴重的，當然要做詳盡且深入的報導。

以此則新聞為例，大型工商綜合中心的開業，固然會帶動地方繁榮、增加民眾休閒與購物去處，但也會造成交通、噪音方面的負面影響，地方民代未雨綢繆，在還未開業以前，即提醒地方政府要

求對業者做好交通改善措施，免得營業後帶來交通癱瘓。此則新聞
對地方民眾來說，是值得關心的議題，媒體在報導上宜多加著墨。

例如，可以請消費記者配合，詢問業者有無因應交通衝擊的措
施？請交通記者詢問交通隊的因應方案；也可以請教專家學者，根
據外國經驗，說明國外業者在開業時所遇到的問題、解決之道等；
或是詢問附近民眾的看法等，集中起來做專題報導，讓焦點更集中，
也可創造新聞話題，樹立新聞上的權威。

新聞寫作實例二：

（臺南訊）海安路地下街工程積極施工中，市議員邱文明昨
日公布一份民意調查結果，顯示受訪民眾對這項工程內容大
都不了解，對施工安全防護措施、工程項目、進度、品質等，
不是沒意見，就是持負面看法，顯示市府對工程內容應該加
強和民眾的溝通及說明。
這次的調查包括兩大部份，一是針對未來地下街工程商場之
攤位承租戶進行調查，郵寄問卷二百六十份，回收五十五份；
另外是針對海安路沿街鄰近商家進行調查，發出問卷兩百份，
因為以實地調查，有效問卷為兩百分。
在對地下街工程內容了解程度方面，攤位承租戶不了解與很
不了解的占絕大部分，其訊息來源透過說明會取得的少之又
少。對施工安全防護措施滿意度方面，鄰近商家不滿意者最
多，有七十九人，很不滿意有十七人，沒意見有六十六人，
滿意與很滿意只有三十七人。整體而言，民眾不滿意的理由
包括：灰塵太多、工事凌亂、任由攤販與車輛進出等。
在工程品質方面，承租戶沒意見最多，其次是不滿意與很不
滿意，鄰近商家也以沒有意見最多，占半數以上，不滿意和
很不滿意合占七十三人。沒有意見的原因是因為規畫書未公

閒，品質看不出來；另外，有不少人認為自己外行。不滿意的原因是工地太亂，而且未管制停車與營業攤販。

對於興建完工後，該路段兩百公尺內不准停車，受訪者大多認為有必要如此。限制該路兩邊建物高度，受訪者多表沒意見。

邱文明議員指出，調查結果可發現，施工區應盡量留給住家、行人、車輛出入方便；工程進度也要加快；規畫報告與施工進度則要公開；工程噪音應改善；做好施工品質管制措施等。全部調查結果將送市府施工改進之參考，以維護市民權益。

新聞評析：

民意調查寫作，在新聞學上稱之為「精確新聞」報導，因為它以社會調查方法獲得具體數據，比較能夠正確的反映民意。不過，民調以選舉期間最熱門，而且大都集中在臺北市，平常時候地方上很少有民調新聞，一旦出現民調訊息，調查主題又是一般人關心的，記者就應該用心審視內容，好好發揮，因為在版面上通常會獲得明顯處理。

它是一則民調新聞，旨在了解相關民眾對臺南市地下街工程的反應情況，調查者是一位市議員，因此屬於跑議會的路線。類似此種重大工程，與民眾的關係密切，是屬於下游的、生活化的新聞，就新聞性而言，題材相當不錯。

其實，採訪記者可以根據民調結果，進一步詢問市府有關單位的看法和解釋。例如，為何規畫報告與進度不公開、灰塵太多與工事凌亂的問題是否能改善、為何要任由攤販與車輛進出、為何要限制道路兩邊建物高度等。以新聞方式呈現，或以特稿來分析、批評，讓事件更完整。

第十六章　選舉新聞

　　透過選舉來選拔政治人物，是民主政治國家的最基本方式，我國是民主國家，免不了的要舉辦選舉。根據中央選舉委員會的資料統計，我國的公職人員選舉，上自總統、直轄市長、立法委員、國大代表，一直到省市議員、縣市長、縣市議員、鄉鎮市長、鄉鎮市民代表、村里長，一共有十種選舉，有時候一年要舉辦好幾次，使得選舉新聞每隔一段時間就會出現在新聞版面上。

　　以民國八十七年為例，從年初、年中到年終，共舉行三次大小不同的選舉，首先是一月二十四日舉行縣市議員與鄉鎮市長選舉，接著在六月十三日選舉村里長與鄉鎮市民代表，年底期間的十二月五日，又舉行立法委員、直轄市長與直轄市議員選舉，可說是整年都處在選舉的氣氛中。

　　由於國人對政治的熱中，使得每一次的選舉活動都蔚為熱潮，在媒體的推波助瀾下，民眾更加如癡如醉，尤其愈大選區的選舉，例如總統、副總統選舉，以及立法委員選舉，更是舉國瘋狂，成為「全民運動」，電視有關選舉的叩應節目接連不斷，報紙更是以巨大篇幅刊登選舉新聞，在選舉投票日之前的幾個月，民眾早就沈醉在選舉熱潮裡。

　　正由於我國民眾普遍對選舉活動的熱愛，記者在報導選舉新聞時就要格外謹慎，在遣詞用字、文字的表達、內容的敘述等各方面，無不要再三斟酌，確定沒有問題再落筆，否則分屬於不同政黨支持者的廣大讀者，會以「放大鏡」的解讀方式來閱讀新聞報導，就算記者的無心小錯誤，也會被認為是「故意為之」，為記者本身或報社帶來相當的後遺症。

第一節　選舉新聞路線畫分方式

　　由於選舉並非每天都有，所以地方上並沒有固定的採訪記者，而是在選舉即將展開以前，即分配採訪記者，屬於任務編組，在選舉結束後，此一編組也隨之取消。

　　然而，要如何對地方記者畫分路線呢？嚴格來說，並沒有一定標準；有的是以候選人為畫分標準，有的則是以行政區為畫分標準，要看當地記者人力和採訪行政區層級而定。具體來說，地方記者人數愈多、採訪行政區層級愈高，每位記者分配的候選人愈少；反之，則愈多。以下敘述之：

壹、縣市地區

　　在縣市地區，即在縣市政府所在地採訪新聞的記者，平時以路線（機關、單位）為新聞畫分標準，對於選舉新聞路線的畫分，大抵上是以候選人為畫分標準；例如，某記者負責某幾位候選人新聞，其他記者則負責其他某些候選人新聞。因此，如果當地記者人力愈充足，相對每位記者分配到的候選人就比較少；記者人力少，則每位記者要負責較多的候選人。

　　此種畫分方式，好處是記者能夠徹底的了解候選人整個競選過程的來龍去脈，包括從他開始投入選舉的準備工作、人員組織、選戰策略、候選人特性、選舉風格、宣傳理念，以及過程中的大大小小事情，寫起新聞來比較能夠理解事件發生的背景和原因，新聞內容較深入具體。

　　缺點是為配合候選人的競選活動，記者必須跟著到處跑，往往影響其他一般新聞的採訪工作；而且，這些選舉活動有時沒有新聞價值，跑了半天，卻無從發稿，讓記者還要面臨一般稿源壓力；此

外，如果負責的候選人人數較多，記者根本分身乏術、顧此失彼，只能讓大活動不致漏失，而無法深入採訪。

貳、鄉鎮縣轄市地區

在這些地區採訪新聞的記者，平日根本無所謂路線的畫分，因為他一個人必須負責某個行政區，甚至數個鄉鎮的新聞採訪，轄內的所有新聞都由他一人「全包」；選舉新聞也是如此，採行政區畫分標準，只要有候選人出現在他採訪的行政區內，他都要負責。

例如，當鄉鎮市長選舉時，某記者負責的地區有五人登記參選，則這五位候選人的競選動態，他都要負責採訪報導；立法委員選舉時，該縣立法委員候選人到其轄區進行競選活動，他要負責採訪；總統大選時，某候選人到該鄉鎮拜票，他也要負責。

此種採訪畫分方式優點，在於比較不容易漏掉候選人的選舉新聞，任何一位候選人進入自己轄區做競選宣傳，記者可以馬上掌握，並且當成一般新聞處理，較無還要負責其他新聞採訪的壓力。缺失是非屬於本地候選人的競選活動，只是點到為止，表演一番隨即離開，記者缺少事件一脈相傳的背景印象，只能寫一些表面上所看到的東西，新聞內容片斷，且缺乏連貫性，難有深入表現。

第二節　選舉新聞的重點採訪對象

壹、選委會

任何的選舉，都一定有選委會，它是官方成立的選舉組織，負責當地選務相關工作，例如候選人領表、登記、學經驗資格的查驗、選民人數的統計、選票的印製、發放、投開票所地點的決定、投開票工作人員的選定、投開票過程的監督、票數統計與清查核對、廢

票的確認、選舉申訴與糾紛的處理等，在縣市附屬於縣市政府，在鄉鎮縣轄市，則附屬於鄉鎮縣轄市公所。

選委會的性質與地位十分重要，等於是某一地區選務工作的總指揮與總策畫，選委會主任委員由地方首長兼任，遇有選務紛爭，選委會除了必須折衝仲裁之外，必要時還得往上級選委會呈報，依選舉法規來解釋，解決紛爭。

由於不管任何大大小小的選務工作，選委會都要負責處理，所以，報社都會指派某一記者專門主跑選委會新聞，顯示其重要性；線上記者在選舉開始前，一直到結束後，都要與選委會保持密切連繫，遇到重大事件或選舉熱頭上，記者一天到晚跑選委會是正常的事。

貳、候選人

候選人是選舉中的主角，是整個選舉過程中最重要的角色，一切新聞都圍繞著他而產生意義。所以，地方上一旦有選舉活動，記者幾乎全天緊盯著候選人進進出出，希望從其身上挖掘具有新聞價值的事件。

記者對候選人要注意的事項很多，從選舉尚未正式展開時，即要特別注意可能有那些人物會參選，等進入領表與登記階段，要注意有那些人辦理、誰第一個、登記時的狀況、資格上有無問題；登記截止之後，選委會公布候選人名單，確定那些人參選，可以開始對候選人做背景介紹或政治理念、政見的專訪；抽籤決定選號順序時，更要報導候選人對號碼的一番說詞。

除此之外，候選人周邊人物，包括家人、朋友、師長、鄉居、同事等，也是可以採訪的對象，請他們談談候選人的生活小事與點點滴滴，此種軟性新聞常是讀者喜歡看的題材。

參、競選總部

競選總部是候選人的中繼站，是候選人、競選伙伴和幕僚加油充電的地方，也是服務選民、展示自己人脈的場合，在選舉過程中，競選總部常常是全天候營運，即使深夜也燈火通明、熙來攘往，熱鬧非凡。

一般來說，大選區的選舉、財力雄厚的候選人，除了成立競選總部之外，在其他鄉鎮或外圍地帶也會設立分部，亦即競選辦事處或服務處。不過，就新聞性來說，競選分支單位少有重大新聞事件，記者要獲得較具價值的新聞內容，仍得在競選總部採訪，如果能與工作人員打成一片，取得對方信任，常可以從義工、工作人員、幕僚人員口中，獲得不為人知的內幕消息。

肆、地方檢察署

嚴格來說，地檢署的新聞並不是屬於選舉路線，也非選舉期間才有記者採訪，而是常設路線，屬於司法路線，此單位在選舉期間通常仍由司法記者採訪。在競選期間，候選人彼此檢舉、提出告訴的情形特別多，使地檢署成為記者熱門的採訪對象。

國內選舉惡質化積習成風,選舉常常不是以具體政見訴之選民，而是候選人之間互做人身攻擊、挖瘡疤、搞黑函，弄得烏煙瘴氣。在選舉期間，常有候選人向地檢署按鈴控告某人涉及誹謗、造謠、寫黑函等，或檢舉某人學歷造假、資歷不符規定；有關買票、賄選的檢舉，或被司法人員主動查獲的情形也不在少數；開票結束後，也會有只差少數選票即當選的候選人，認為過程有問題，請求重新驗票，這些都深具新聞性，記者隨時要注意事件的產生與發展。

伍、選　民

選民決定候選人是否當選，是選舉活動的最後裁判，所以，國內許多媒體與民調公司都會針對選民做問卷調查，以了解選民對候選人與議題的態度；不過，這些調查工作大都在臺北市進行，也由總社採訪組記者撥發，地方記者少有機會碰到。

地方記者可以針對選民結構、人數的增減、對選舉活動的看法、對候選人的意見、支持情形、政見會的反應與參與人數等進行採訪後，加以報導，雖然比不上問卷調查來得精確，仍可在某種程度上，反應選民心聲。另外，選舉中常有所謂的「幽靈人口」現象，某戶人家突然從外地遷來大批人口，此類問題引人矚目，是值得記者深入追查的重點。

陸、選舉宣傳活動

選舉宣傳是競選的重頭戲，候選人的選舉花招百出、光怪陸離情節，都從中產生，一位觀察入微的記者，可以從選舉宣傳中，獲得許多獨特新聞角度的事件，寫出可讀性的報導。

選舉宣傳可以分成「看得見」與「看不見」兩種手法，有些候選人在有意投入選戰前，即使離辦理登記還有一段長時間，就開始各種宣傳的動作，敏感的記者可以推測出他有意參選的計畫，這是屬於「看不見」的手法；至於「看得見」的宣傳，即是在登記參選、成立競選總部之後，才開始進行宣傳。

更深一層來說，一般選民所看到的宣傳，都屬於「看得見」的表面部分，仍有很多未出現在檯面上的競選手法，例如買票、栽贓、抹黑、協商、交易、暗盤等，在不為人知的地方進行，即屬於「看不見」的部分，記者如果有本事採訪到這些內幕消息，即顯示出其神通廣大，足以傲視同業。

柒、投票過程

選舉投票日，意味著選舉即將結束，選民的投票過程將選舉活動帶到最高潮。由於一位記者所負責的投票所往往十幾個，甚至幾十個，因此，事先一定要做採訪規畫，打聽那些投票所住著特殊身分的選民、那些投票所性質特殊，選擇重點地區前去採訪，才不會漏失重要新聞。

投票當天要注意的除了特殊選民，例如重量級政治人物、百歲人瑞、穿結婚禮服的新人、抬著擔架、坐著輪椅、肢體殘障者等之外，另外要注意特殊的投票所。例如，有些投票所設在監獄、廟宇、魚塭、工寮內、深山中，或是任何想像不到的地方，相當有趣。

此外，天氣狀況、民眾在投票所四周圍觀情形、投票是否踴躍、是否有衝突事件、是否有撕毀選票、代人投票、冒領選票等不法行為、是否有選民被移送法辦等，都是要特別注意，有必要加以報導的部分。

捌、開票過程與結果

開票過程是整個選舉中最扣人心弦的部分，各選委會與原來是投票所的開票所擠滿人群，一方面觀看開票情形，更多的是候選人派出的人馬，在場監督是否有異狀，一旦有不利於己方的事件發生，即刻回報，馬上採取行動。也因此，在重要開票所與選委會四周，都會布滿警力與拒馬，大有劍拔弩張、一觸即發之勢，氣氛至為緊張。

記者要注意開票所選民總數、投票總數、投票率、各區之間的比較、與上屆選舉的比較、開票過程選民反應、開票結束時間。開票有了具體結果之後，那些人當選、當選的原因、當選感言、落選的原因與感言、有無重新驗票的申請、是否有發生抗爭等，都是記

者報導的題材。這些新聞內容與寫作角度，絕大多數的報社都會事先預做規畫，以免到時候手忙腳亂。

第三節　選舉新聞採訪與寫作要領

臺灣大大小小的選舉幾乎每年都有，在眾多的地方選舉新聞中，雖然不乏有內容、有深度的報導，但也可見內容膚淺、錯誤百出的新聞，相同的選舉新聞，在不同新聞媒體中，可以出現多種不同面目，令讀者無所適從。

選舉新聞出現錯誤，與真實情況有十萬八千里差距，有的是記者無心之過，可能缺乏經驗、專業訓練不足、時間緊迫，或疏於查證而造成，有的卻是有意的結果，例如刻意配合自己媒體立場、獲得候選人的好處、對候選人抱持同情態度等。不論何種因素，都會扭曲事件原貌，誤導廣大讀者，進而對民主政治帶來不良影響，值得新聞從業人員引以為鑑。

以下是地方記者在採訪選舉新聞與從事報導寫作時，必須注意的：

壹、公平待遇每位候選人

候選人實力有強有弱，記者心中十分清楚，但是千萬不可心存「大小眼」，認為某位候選人較有當選的可能，或政治理念與自己相符，就對他特別禮遇，在新聞分量上予以加強報導，實力較差的，或和自己理念不合的，則偶爾見報，意思意思一番。

事實上，記者有時也會有看走眼的時候，開始時某人可能氣勢薄弱，中場卻是人氣愈來愈旺，到最後異軍突起，擊敗對手而當選，讓眾人跌破眼鏡，此種事例不勝枚舉。但是，記者採訪新聞不能以成敗論英雄，不論是否有當選的可能，以及政治理念與自己是否相

符，記者在競選過程中，都要一視同仁，讓每位候選人有公平說話的機會，讓選民做為選舉投票的參考。

貳、避免被利用

選舉活動在國內愈來愈多，有的人有競必選，從地方選到中央，累積出相當經驗，為求勝選，花招百出，令人眼花撩亂，甚至刻意設計各種新聞事件，只求上報為自己造勢，記者要懂得分辨，適時篩選，沒必要隨著候選人的旗幟起舞，被利用還不知道。

儘管有人認為，記者與候選人之間，本來就是一種相互利用的生態；但是，這是指情況不清楚、宣傳與作秀有時難以分辨的時候，如果情況確實相當具體而清楚，記者就應該懂得避免，即使寫新聞，也要在旁邊註明是選舉花招，讓上級長官做為編排的參考。

例如，有的候選人為了造勢，率領群眾包圍縣市政府、警察局、法院，橫衝直撞，挑戰公權力；有的批判政府官員、行政首長貪汙、違法，卻又提不出證據；有的自導自演苦肉計，表示住家或競選總部被縱火、被砸、被人開槍，或是工作人員被毆；或是宣稱自行查獲某候選人的賄選行動與證據，卻對過程交代語焉不詳。這些情況如果記者自己不判斷，照單全收，據以發稿，將成為候選人的工具，甚至發生擺烏龍事件。

參、再三查證，平衡報導

選風日下，候選人為求勝選，往往不擇手段，黑函與檢舉信滿天飛，攻訐與耳語不斷，彼此大打口水戰，文宣品更是推陳出新，充斥在大街小巷，面對著無數的選舉傳聞，記者務必再三查證，確定無誤再發稿；如有涉及其他候選人或一般人士，記者也要進一步求證，做平衡報導。

選舉新聞最容易出差錯的，包括造勢新聞、檢舉新聞、暴力新

聞、文宣新聞，以及賄選新聞，內情真真假假、撲朔迷離，有時同一個事件，有多種不同的說法，有如羅生門，令人捉摸不定，記者的查證工作一定要慎重。

當一個案情真相未明時，記者寫稿時，仍是以官方說法為準，例如縣市政府、鄉鎮市公所、地檢署、法院、警察局、派出所、選委會、調查局等，比較不會出狀況。

肆、與候選人保持適當距離

在選舉過程中，記者是候選人極力拉攏的對象，利用聚餐、喝酒、唱卡拉 OK、送禮、刊登競選廣告、擔任文宣、人情請託等各種手法，與記者建立交情，以便寫新聞時，多多「隱惡揚善」、「手下留情」。因此，記者心中要有一把尺，自我審度是否與候選人走得太近，免得新聞寫作受到干擾。

事實上，候選人對記者的拉攏行動，很少在選舉之後才開始，因為此時候選人大都忙著選舉，分身乏術，早在有意投入選戰前，即開始動作。作法通常是請一位自己比較熟識的記者出面邀約，其他記者礙於情面，不得不出席，在觥籌交錯、酒酣耳熱中，候選人與記者彼此有初步的印象，等選舉正式展開再來請託，就容易搭上線了。

但是，並非每位記者都賣對方面子，仍有為數不少的記者認為「吃歸吃，寫歸寫」，這是兩碼子的事，出了事情，新聞照樣見報，基本上，主要視私底下的交情而定。不論如何，所謂「拿人手短，吃人嘴軟」，在選前敏感時刻，記者與有意參選者聚餐，能夠不去最好不去，保持適當距離是有必要的。

伍、以平常心處理選舉官司

不論選舉規模是大是小，每位候選人的唯一目的就是求得當選，

因此在選舉過程中也就無所不用其極，各種抹黑、攻訐、造謠事件層出不窮，其中有真有假，局外人根本弄不清楚，在這種情況下，候選人最後往往求助於司法途徑解決，讓司法界的選舉相關案件應接不暇；記者面對選舉官司，要慎重而妥善處理，要懂得適可而止，不要介入太深，除非案件性質特殊，否則記者沒必要看得太嚴重。

　　選舉期間在媒體上最容易出現的新聞，除了各類的造勢活動之外，幾乎就是各候選人之間的相互批評與攻訐，以及因此引發的選舉官司，讓法院生意興隆；這些選舉訴訟案件，主要包括瀆職、誣告、妨害名譽、違反選罷法、賄選等，這種選舉官司滿天飛的現象，幾乎成為臺灣選舉的常態，為選舉文化的一部分，實不足為奇。

　　這些選舉官司通常都是候選人的選舉花招之一，發展的過程常常是「雷大雨小」，目的在為自己造勢，少有例外，記者千萬不可太認真，很多案件在選舉期間喧騰一時，選後卻無聲無息，少有具體結果；記者在採訪選舉官司時，除是全國關注的大案件，否則只要秉持著「不漏新聞」的心態，以平常心處理即可，沒必要跟著候選人起鬨，大肆報導，免得成為被利用的工具。❶

---

❶　法界人士表示，政治人物的所作所為，多是「得受公評的事項」，面對一些口水戰，許多告訴、告發人其實心裡都知道，對方行為根本不構成犯罪，但為了在媒體和大眾面前「證明自己的清白」，只好做個動作。

　　對這些人而言，「按鈴申告」就已達成他們的目的，並不會在乎訴訟結果，因此，選後再傳喚這些人來作證，他們也不會來，要求提供資料，也不配合，造成案件舉證不足，檢察官很難調查出明確的事實。許多臺北地方法院的法官也證實的確會有這種現象，並指出：「這多半都是在作秀」。

　　以上見黃兆徽，〈選舉秀場官司滿天飛，雷大雨小船過水無痕〉，《新新聞》週刊第六八A期，民八十九年三月十九日至二十三日，頁五十至五十二。

陸、保持冷靜心，認清自己身分

選舉熱潮期間，民眾往往身陷其中，每個人的心都是興奮、高亢、激烈、瘋狂的，但是身為記者，一定要保持一顆冷靜的心，不可如一般民眾般的沈迷於選舉氣息，認清自己是媒體工作者，有責任把客觀、真實傳達給大眾，不要迷失方向。

此種道理說來簡單，做起來卻不容易；例如民國八十九年三月十八日投票的第十屆中華民國總統、副總統選舉，競爭空前激烈，國內部分媒體記者的心，一天比一天發燒，他們有的是全憑著自己的意識型態與愛惡，對不同候選人作出或褒或貶的報導；有的是受候選人操弄，失去獨立思考與判斷能力；有的則和一般選民一樣，把某位候選人當成偶像、英雄，拚命幫他搖旗吶喊；有的記者乾脆投身某陣營，參與他們的運作，幫他們策畫文宣，或上節目幫該陣營辯護、說話。

曾有一位自承幫某位候選人助選的媒體記者，在被質疑其公正時表示，他是利用下班以後的時間，偶爾到該陣營幫點小忙，與其工作並無衝突。問題是，記者的工作時間是二十四小時，不像公務員那樣，可以把上、下班時間畫分得很清楚，更何況記者的角色是一個觀察者與報導者，如果變成參與者和介入者，豈非角色混淆？❷

因此，記者如何在激烈的選舉過程中，勿忘自己身分，保持冷靜的頭腦，憑著心中的一把尺，秉持春秋之筆，提供正確的資訊供選民作出正確的選擇，是隨時要自我提醒的。

柒、其他方面

——選舉十分敏感，選情千變萬化，記者在撰寫新聞之前，必須要

❷ 艾瑾，〈選戰熱潮中必有的冷靜〉，《新聞鏡週刊》第五九二期，民八十九年三月十三日至十九日出版，頁三十二。

盡量找當事人查證清楚，避免旁敲側擊。當事人講出來的話才能做為寫新聞的依據，記者間接取得的二手傳播資訊，容易出差錯，替自己惹來麻煩。

──候選人競選總部、後援會，以及候選人本身傳來的新聞稿，絕不能有聞必錄，涉及他位候選人時，記者更務必要向當事人查證，以免落入陷阱。

──選舉期間，候選人與助選人以言詞互相攻擊是很正常的現象，記者報導時，用語一定要精確，是助選人說的，就不能寫成是候選人說的，是支持民眾講的，就不能寫成是助選人講的，張冠李戴的結果，容易引來後遺症。

──對於敏感的內容，記者本身一定要親自耳聞才能報導。有的候選人經常自己發出新聞稿，引用他人的說法來支持自己的論點與立場，但是被引用者是否說過這些話，沒有人知道，記者千萬不能光以此做為寫稿資料，如果可以詢問到這位人士，就應該去詢問，否則寧可不用。

──記者不能隨著候選人起舞，在撰寫競選總部成立的新聞時，除非具有新聞價值，否則不要將每位到場祝賀者的言詞全部寫在新聞內，只要說明時間、地點與相關場景的描述即夠。

新聞寫作實例：

（臺中訊）中華民國第十屆總統與副總統大選，昨日舉行投票，許多民眾扶老攜幼前往投票，民國八十四年自大陸來臺依親，高齡一百零五歲的林玉平老太太，在七十七歲兒子的攙扶下，投下她有生以來第一張的總統選票，見證臺灣的民主政治。

昨日上午臺中市風和日麗，許多投開票所一早就出現投票的民眾，有的大排長龍，秩序井然；林玉平老太太因為行動不

便，坐著輪椅，由兒子陳國良在後面推著，到設在國立臺中圖書館的第十五投開票所，投下神聖的一票，她覺得十分不可思議，對整個投票過程感到很新鮮。

定居在臺中市的大陸民運領袖吾爾開希，在去年領到中華民國身分證，昨天也神情愉快的投下總統選票，他並且針對日前中共國務院總理朱鎔基的恐嚇式談話表示，臺海安全並非取決於那位候選人當選，而是視中共內部變化狀態與中美關係的改變，臺灣同胞不應為朱鎔基的喊話而影響投票選擇。

昨天臺中市的整體投票秩序大致良好，但也傳出一些小狀況，有民眾檢舉里鄰長站在投開票所四周，指引選民投票給特定候選人，警方獲悉之後，立即前往處理，由於當事人否認有不法行為，警方也找不到具體證據，只好將之驅離；也有人向警方檢舉有散發傳單拉票情事，但都未查獲而不了了之。

新聞評析：

選舉新聞最重要的一環，是投票過程，由於選民眾多，投開票所分散各處，採訪時必須掌握重點，例如特殊的選民、特殊事件、投票糾紛等，不能像無頭蒼蠅般的到處亂竄。

這則新聞是典型的選舉投票新聞，除了描述投票日的天氣狀況與選民投票情形，主要是報導兩位身分較特殊的選民，一位是百歲人瑞，一位是大陸民運領袖，讓平淡無奇的選舉新聞摻雜若干趣味；記者只要事先向選務工作人員打聽，就可以知道那個投開票所有那些特殊選民，記者在投票期間在場等候，就可以拍到這些特殊選民的投票動作，並順便請其發表選舉的意見與觀感。

投票過程中的紛爭不少，大部分是選民檢舉某些人在投開票所附近進行拉票行為以及做其他的宣傳行為，除非有重大違法事實，

這些檢舉絕大多數是因為查無實據而不了了之；有關檢舉的情形與
警方處理方式，記者都要予以注意，並加入新聞寫作中，豐富新聞
內容。

第十七章　警政新聞

什麼樣的人會有以下這些奇怪的行動：他爬到別人的屋頂，躲入水塔中偷窺；他攀登尚未完工的九層高樓的工程竹架，向下照像；他從水溝爬出來，為了傳遞「戰利品」；他被搜索的治安人員逼到陰暗的角落，然後又佩帶著偽裝的胸章，大模大樣的混入治安人員中；他藏在樑上，爬在九層樓的水泥椿上，用望遠鏡仔細瞭望；在深夜，在軍警重重包圍的戒嚴地區，軍警在搜索追蹤，而他們在逃與躲的情況下，達成任務。

以上是情報員偵查情報嗎？還是小偷偷竊財物？都不是，而是警政記者在採訪某一重大命案的現場表演的真實工作狀況。❶對一般行業，甚至一般新聞採訪路線的記者來說，採訪警政路線是一個難以想像的經驗。

警政新聞也就是一般人俗稱的「社會新聞」，（但不等於社會新聞，將以另外章節討論）因為社會上各種大大小小案件與五花八門的事件，不論性質如何、在那裡發生、有那些成員，到最後都會「萬流歸宗」──由警方處理。因此，警政新聞可以說是大千世界的縮影，人世間各種千奇百怪、令人匪夷所思的事件，都會在各地的警察機關不斷上演。

警政新聞可說是所有新聞中最具刺激性與挑戰性的，警政記者每天看盡人生百態，思想往往比其他人來得成熟與世故；對於喜歡追求生活和感官刺激的人來說，讓他跑警政新聞再適合不過了，只要短短幾年，就可經歷一般人一輩子都難得碰到的光怪陸離事件，保證大開眼界。

由於警政新聞向來是媒體的重要環節，中外皆然，其對社會整

---

❶　陸珍年，《化身採訪》，中國時報，民五十九年，頁十九。

體的影響力十分深遠、鉅大，本章將以較多篇幅加以介紹、探討。

第一節　警政新聞對記者的重要性

不是每一個警政新聞的採訪過程，都如同上述描述般的刺激；對一個記者來說，警政新聞是最好的「採訪訓練所」，一位記者只要過了這一關，採訪其他路線的新聞大致上已不成問題，對新進記者來說，警政新聞是最好的磨練路線，記者如果沒有跑過警政新聞，將是一種遺憾。

採訪警政新聞時，各種犯罪、色情、暴力、災難事件隨時會在此上演，而且不限時間，一天二十四小時內，任何時間都有可能發生案件，沒人能事先預料下一分鐘會有什麼事情出現。採訪警政新聞的記者必須緊盯著警方人員的一舉一動，不能有所疏忽，否則很容易漏新聞，生活隨時處於緊繃狀態。

一但發生事件之後，記者馬上就要出動採訪，而所要採訪的事件有難有易，遇到不易採訪到的新聞，記者要見機行事，運用各種人脈關係、手法、策略，迂迴轉進、取得內情，將內幕詳情報導出來，採訪過程的緊張與刺激，有時候比案情還曲折複雜。

因此，記者採訪警政新聞難度特別高，每天都是挑戰，必須隨時保持高度警覺，運用靈活手法、見機行事，才會有傑出表現。所以有人認為，只要採訪警政新聞沒有問題，則採訪其他新聞也就不用太擔心了。意思是說，警政新聞是所有新聞路線中最困難的，如果一位記者沒有被警政新聞難倒，也就不會讓更容易採訪的其他新聞難倒了。

此種說法雖然見仁見智，不過由於採訪警政新聞往往不眠不休、勞心勞力，比採訪一般新聞辛苦許多，多數記者通常都不願長期跑警政新聞，只願淺嚐即止；報社也通常安排新進記者採訪警政路線，

警察機關可說是新進記者的「新兵訓練中心」，過了這一關，即意味著大致可以出師了。

例如，歐洲日報總編輯陳祖華即認為，記者只有經過社會新聞的磨練，才能學到熟練的採訪技巧，養成穩健沈著的個性，動如脫兔，靜如處子，成為一位優秀的記者。因此，他在擔任聯合報採訪主任期間，對於新進記者多半分配社會新聞採訪路線。❷

儘管一般記者對警政新聞視為畏途，避之唯恐不及，只要一有機會就立即調離到其他新聞路線，但是還有人跑警政新聞一輩子，不願離開它，主要是被它的刺激性給深深著迷，有如吃鴉片般的上癮，認為採訪其他新聞索然無味，雖然壓力大，也寧可終生和警政新聞長相廝守，真可謂「寒冬飲冰水──冷暖自知」了。

對於一位有志於新聞採訪工作的人而言，如有機會，最好能歷練一下警政新聞路線，接受考驗，雖然辛苦，但事後卻也回味無窮。

第二節　警政新聞的採訪對象

一般人總認為，採訪警政新聞就是要採訪犯罪新聞；其實，犯罪新聞只是警政新聞的其中一部分，由於民眾愛看此類新聞，使一般的新聞媒體加重分量於犯罪新聞上，讓其他的警政新聞少有表現機會。警察機關依層級與性質，可分成許多不同單位，承辦各種不同業務，每個單位都是警政記者必須顧及的範圍，如此，才能擴大新聞採訪方向，讓採訪工作發揮最大功效。

警察機關依工作性質，主要可分為以下幾方面：

---

❷　陳祖華，〈自責與自省〉，張作錦主編《一同走過來時路》，聯經出版事業公司，民八十年，頁二四九。

壹、刑事單位

包括警察局刑警隊、分局刑事組，專門偵防、查緝當地已發生或未發生的各種犯罪事件。這是警政記者最主要的採訪單位，從早到晚，每天都可看到記者在此進出，即使沒事，也有記者與刑警泡茶聊天，一方面建立交情，另一方面，也可能遇到最新發生的刑案，以便爭取在第一時間內採訪，有的記者甚至把刑事組當成自己的「第二個家」，在裡面休憩、梳洗，好像自家人一般。

刑警與記者關係密切，彼此對於對方的工作性質十分熟稔，進而建立起難以言喻的默契，當發生重大刑案時，儘可能在最大範圍內配合對方工作，給予對方方便，以便能在工作上交差。

貳、交通單位

例如警察局交通大隊、交通隊、縣市政府交通局等，主要工作在於道路交通執法與行車秩序的改善。早年交通單位在警察機關內是不起眼的一個部分，也少有記者熱中採訪；近年來，國內交通問題逐漸受到大眾關心，變得十分重要，各地警察局紛紛在交通隊增加人力，使交通隊的業務日益繁雜與吃重，成為刑事單位以外的一個熱門採訪單位。

尤其在過年、過節前，各地交通隊都會針對市區或郊外熱門地區，擬定交通維護措施；或是不定期實施大規模的交通違規取締計畫，以及道路標誌、標記、標線、號誌改善方案，這些都和民眾行的權益有密切關連，一舉一動都值得記者留意。

由於交通隊的許多業務性質，與民眾行的問題有直接而密切的關係，與犯罪、偵防等典型的警察工作少有關連，因此，有時候地方新聞採訪單位將交通隊畫為「交通新聞」類別，屬於交通記者主跑的路線之一。在「交通新聞」章節中，我們會做詳細解說。

參、消防單位

包括消防隊、消防局。由於火警常會導致家破人亡，使得消防單位工作至為重要，特別是三更半夜時分，線上記者都會留意無線電對講機是否有火警訊息傳來，以便隨時赴火場採訪。

其實消防工作並不只是發生火警前往灌救的當時，也在於平時的準備、訓練、督導等，包括防火宣導、建築物的消防設施檢查、消防隊員滅火訓練、消防器具的添購與改良、消防演習、開放辦公場所，邀請民眾參觀等。

目前消防單位與記者的互動，與以前不可同日而語，發生大火時，往往有值班人員逐一通知記者前往採訪，或是與義消人員同等待遇，發給每位記者一個呼叫器，在呼叫義消前往灌救的同時，記者也同樣收到訊號，可以同時到達現場做第一手採訪報導。

肆、其他單位

包括鐵路警察、航空警察、國道警察、公路警察、保安警察、港區警察、交通裁決所、派出所、分駐所、資訊、民防、保安、少年、勤務、經濟、行政、外事、戶口、督察、保防等，分別掌理相關業務，這些單位平日較少有重大事件，也不是每個地方都有，大多數的警政記者較少會注意；不過，如果記者願意花一些時間深入採訪，還是可以找到題材不錯的新聞線索，而且往往是獨家新聞。

然而，警政新聞可以說是廣義的社會新聞，不只是以上單位所辦理的犯罪、火災、車禍、交通案件而已，各種天災人禍固然是警政新聞的主軸，但是計程車司機拾獲鉅款、一隻豬有兩個頭、貓咪會唱歌、鴨子會看門等怪異事件，消息也可能從警察單位傳出，範圍甚廣，都是警政記者要注意的。

第三節 警政新聞的採訪要點

壹、廣泛性的建立關係

採訪任何新聞都要與採訪對象建立良好關係，跑警政新聞尤其重要，而且所要建立關係的範圍要更加廣泛，消息才能從四面八方湧來。

一般人總認為，採訪警政新聞只要和刑警保持密切關係即可，這是「犯罪新聞掛帥」的觀念；嚴格來說，仍然不夠，如此只能保證採訪犯罪新聞不致漏失，但是對其他方面的警政新聞，可能是致命傷。除了刑警之外，其他的行政、交通、保防、消防、督察、戶口、外事等單位的員警，以及負責收發公文的小妹、工友、派出所基層員警等，都是警政記者要建立關係的對象，如此不只是犯罪新聞可以顧及，其他有關的警政消息也不會漏缺，面面俱到、大小通吃，才能成為全方位的警政記者。

貳、勤快的工作精神

建立關係固然重要，勤快卻是跑警政新聞的不二法門，就算關係不比別人好，只要比別人勤快，照樣也可以跑出傑出的警政新聞，也就是「勤能補拙」的道理。

警政新聞何時發生沒有人知道，連刑警也無法預先得知，如果記者一天到晚守在警察局內，把警局當成自己家，則警局內部的一舉一動都在他面前上演，還有什麼消息瞞得了他呢？就算有某位記者和員警關係甚佳，但是碰到重大案件，員警本身已忙得暈頭轉向了，根本不會有時間通知該記者，等到這位記者趕到時，勤快的記者已經採訪得差不多了，兩方的新聞表現也就可想而知了。

所以，一些勤快的警政記者往往以警局為「第二住家」，白天跑新聞，晚上在警員寢室和員警同眠；筆者以前在臺南市跑警政新聞時，曾有單身記者長年睡在警察局新聞室內，隨時掌握第一訊息，並與員警一同出動辦案，把生活融入警政工作中，採訪成果自然傑出，成為同業中的佼佼者。

如果不能做到「以警局、派出所為家」，至少也要多花時間和基層員警接觸，陪伴他們一起坐值班檯、一起坐警車外出巡邏、共同吃消夜、在辦公室泡茶聊天，如此可以增進彼此的感情，也可以掌握採訪責任區的狀況，當有民眾報案時，就可以獲得最新消息。

參、發生重大事件，第一時間到現場

記者採訪某些新聞，如果未及時到場，事後往往可以補救，採訪警政新聞可就不如此輕鬆了，尤其火災、重大車禍、空難、警匪槍戰、凶殺命案等，記者必須在第一時間趕到現場，親眼目睹現場狀況。因為，身歷其境的記者寫起新聞才會有臨場感、生動而逼真，比其他人更深入。

當一件重大刑案發生，例如命案，如果警方能夠很快的偵破，則會對外界公布案情，記者可以在輕鬆情形下採訪全程，得來全不費功夫；但是如果未能順利破案，辦案員警忙得暈頭轉向，不但沒有閒功夫向記者透露案情，甚至會認為記者問東問西，實在是礙手礙腳、妨礙他們辦案。記者如果到達現場，情形就不同了，可以從現場狀況中做詳細描述，彌補辦案人員透露案情之不足。

從新聞的描述中，可以發現記者是否到現場採訪，以及採訪經驗功力的高低。經驗少的記者，描述的往往是表面現象，或許也可能寫了數千字，但是內容十分空洞，屬於外行看熱鬧。有經驗的警政記者，可以根據現場的觀察，推論兇手有何特徵、行兇手法、時間、經過等，而且和刑警的推論常常吻合，可說是八九不離十，新

聞當然有可看性。

說句實在話，記者新聞稿中所寫的「辦案人員表示」、「員警透露」、「警方推測」，其實絕大部分都是記者自己的看法，只是藉著警方之口說出來，可是記者的推論必須要有根據，不要太離譜，以免鬧笑話。所以，無論如何，對於重大案件，警政記者務必要在第一時間到場採訪，萬一無法趕在第一時間到場，就算現場已成為灰燼，也要到場親身觀察、體會一番，寫起新聞絕對不一樣。

肆、注意工作中的蛛絲馬跡

警政記者與警察人員的關係，有時像共生體，互相依賴、彼此扶持往上發展，有時卻又如同諜對諜一般，防範對方有不利自己的地方。基於新聞採訪目的，警政記者必須隨時提高警覺，從工作中找到端倪，做為新聞線索。

警方平日對記者可以無話不說，可是當有重大案件發生，警方還在偵辦中，唯恐記者知道壞大事，有時是處處提防、對公文遮遮掩掩，或者也可能沒話找話、故作輕鬆狀，敏感的記者會因此嗅出不尋常的味道，只要稍加留意工作中的蛛絲馬跡，往往會有意想不到的發現。因此，對於警察機關首長、辦案人員在辦公室的動向、言談、舉止、神情，以及其私人坐車、偵防車的牌照號碼、使用情形等，記者都應該設法了解，尤其是發生重大案件之後，更要確實掌握清楚，才能跟得上案情發展，隨時領先同業。

警政新聞消息來源有很多管道，甚至連字紙簍也可以成為獨家新聞的寶庫。早年即有警政記者從警察局的偵訊室字紙簍中，找到許多用完的複寫紙，上面留有字跡，重新拼湊後，發現有「合會公司」、「非法貸款」、「一千萬元」、「××毛織廠」、「二百餘萬」、「結交顯要」等文字，經過進一步追查，發掘出一件某單位涉嫌非法貸款的重大案件。❸由此可看出，只要留意，到處都有新聞線索，真

可說是「天地間皆是新聞」呀。

第四節　媒體報導犯罪新聞應遵守之原則

重大的犯罪新聞，往往是社會大眾注意的焦點，不論何種性質的媒體都會全力以赴，大肆報導，雖然滿足讀者知的慾望，卻也常常因為媒體為求新聞表現，帶來其他方面的後遺症，使得社會大眾、甚至媒體從業人員本身，不時出現要求媒體自律之聲。

壹、媒體報導白曉燕命案缺失

例如，發生在民國八十六年四月十四日的白曉燕遭陳進興等三歹徒綁架遇害事件，事件甫發生時，大部分新聞媒體基於新聞道德，都能嚴守分際，並未提前將案情曝光，但後來在新聞採訪競爭過程中，不斷出現媒體以緊迫盯人、追蹤採訪方式，影響警方辦案，以及被害家屬的生活作息，引發社會大眾對若干新聞內容再三批判，爭議餘波盪漾許久。

這段期間內，包括電視與報紙報導白案新聞內容，引起爭議的包括以下：❹

在採訪工作方面

㈠報紙記者與電視SNG新聞採訪車，持續聚集包圍被害人家屬住宅四周。

㈡記者尾隨拍攝家屬預備交付贖金之過程。

---

❸　陸珍年，《化身採訪》，中國時報，民五十九，頁七十二至七十六。

❹　吳學燕，〈警察機關與媒體互動模式之探討〉，《犯罪新聞採訪報導的倫理與法律——從白曉燕案談起》，政治大學傳播學院研究暨發展中心，民八十八年，頁十四至十五。

㈢記者搶拍受害人家屬認屍時之悲戚面容。

㈣記者監聽相關人員行動電話內容。

在報導內容方面

㈠在警方尚未正式公布案情之前，部分媒體搶先報導。

㈡報紙與電視刊登受害人被剁指之殘忍照片與畫面。

㈢詳細刊播受害人似遭受性侵害內容。

㈣跟監警方行動，阻撓辦案。

㈤新聞媒體依時間順序，以文字或圖表詳細報導歹徒來電內容與要求付贖款方式、地點等過程。

㈥詳細報導嫌犯藏匿地點、揣測當時情況，或猜測嫌犯做案動機及手法，且使用正面字句，描述嫌犯行為。

㈦詳細報導警方喬裝、埋伏、搜查與追緝等辦案方式與過程。

㈧以小說或戲劇手法呈現新聞報導。

㈨報導有關靈媒等訊息內容。

㈩電視以配樂與剪輯方式，呈現聳動或恐怖訴求。

(十一)將嫌犯未成年小孩面貌曝光。

貳、犯罪新聞報導原則

媒體在報導犯罪新聞時，如果不遵守一些遊戲規則，則會帶來併發症，輕者影響警方辦案、為社會帶來不良風氣，重者可能危及被害人與家屬性命，落得「我不殺伯仁，伯仁為我而死」之不幸下場。因此，新聞記者面對重大社會案件，遵守一些新聞報導規則是有必要的。以下是國內有關媒體採訪報導犯罪事件之原則。

一、中華民國新聞評議會所訂定之原則

㈠處理綁架、劫持新聞，應以被害人生命為首要考慮，在被害人脫險或死亡前，不得報導。

㈡在確認被害人脫險或死亡之前，記者的相關消息來源，應以檢警調單位正式發布之消息為主，不得採訪拍攝受害人家屬及跟隨檢警調單位偵查辦案。

㈢記者不得跟隨採訪拍攝受害人家屬繳付贖金。

㈣在被害人脫險後，或檢警調單位正式對外公布後，新聞採訪報導應尊重受害人及家屬的感受，亦皆不得詳述受害人與家屬的隱私。

㈤新聞報導不得刊播被害人受迫、裸露或屍體等照片。

㈥對於綁架案件中受害人，如遭性侵害部分，不得詳細報導。

㈦3不得以文字或圖表說明犯罪過程及手法,或以正面詞句描述嫌犯或其犯行。

㈧報導內容不得以小說或戲劇手法呈現。

㈨3報導內容以善盡告知之責任為主，不得重複渲染。

㈩報導應不違反科學精神或提倡迷信。

(十一)新聞採訪報導應尊重嫌犯家屬個人隱私。

二、臺灣新聞記者協會訂定之原則

民國八十六年五月十四日,臺灣新聞記者協會發函國內各媒體,要求認同處理綁架案新聞之原則。

㈠處理綁架新聞人應以被害人生命安全為首要考量，在被害人脫險或發現受害前，報導可能危及被害人生命安全時，不予報導。

㈡當發生綁架案件，警方擔心媒體採訪或報導可能危及受害人安全時，得經由向媒體告知相關案情，而要求媒體訂定「新聞採訪報導及報導自制協定」,協定之簽訂與否由媒體透過協議決定。在警方提出要求後，媒體達成簽署或不簽署協議之決定前，線上記者應暫停採訪行動。

協定主要內容包括：

1. 採訪、報導之自制範圍。

2. 協定期間警方應負之告知義務。

3. 有關協定解除之條件。

㈢當案件之被害人已獲保護、發現受害，或可判斷被害人不會因採訪活動或報導而有生命之虞，協定得經簽署協議之團體會商解除。案件長期未偵破時，亦得由媒體要求簽署協議團體協商解除「新聞採訪及報導自制協定」。

㈣協議之簽訂，原則上由縣市警局或刑事警察局與記者聯誼會出面簽訂，無適合記者組織時，警方得要求記協出面協調簽訂。

㈤警方於自制協定有效期間，應定時詳實向媒體報告偵辦經過。

㈥自制協定簽署後，其內容對未簽署之媒體同樣具有約束力，未遵守協議之媒體將受到公開譴責。協定內容即使有部分媒體違背，非經協議解除仍繼續有效。

第五節　警政新聞寫作要領

廣義的社會新聞不只是警政新聞而已，還包括人情趣味新聞，但對國內傳播媒體來說，犯罪與災難新聞是當前警政新聞的骨肉。為滿足讀者感官上的刺激，不論平面或電子媒體都以長時間、顯著版面，報導重大的犯罪與災難新聞，使血腥、色情與暴力事件充斥其間，各種弊病層出不窮，例如新聞審判、揭人隱私、詳細報導犯罪過程、教人犯罪手法、內容誇張、渲染、聳動、嗜血、捕風捉影，為社會大眾帶來不良影響。

此種風氣固然與媒體政策有關，但身為第一線的新聞採訪人員，也不能脫離責任。在報導警政新聞時，要能本著良知與道德勇氣，

儘可能的自我約束，勿忘應負的社會責任，善盡文字把關工作。以下是寫作警政新聞時，應極力遵守的：

壹、勿詳述犯罪手法

民國八十六年以來，國內各地陸續發生重大刑案，包括新竹少年監獄騷動、桃園縣長劉邦友等八人遭槍殺、民進黨婦女部主任彭婉如遇害、陳進興等三人綁架殺害白曉燕與強暴多位婦女案等，在媒體大肆報導下，都對國人造成相當震撼；媒體報導這些犯罪事件都有共同特徵──詳細描述歹徒犯罪手法與過程。

媒體對犯罪情節描述得太詳細，將對社會治安造成後遺症。許多歹徒犯案之後被捕，常供稱其作案手法是看報紙、電視學來，也就是有樣學樣，記者寫稿豈可不慎？

除非是特殊案件，例如金光黨詐騙民眾，記者將行騙手法詳細報導出來，可以讓民眾知所警惕，避免上當，具有正面社會教育意義之外，其他的命案、暴力等犯罪事件，只要寫出重點即可，沒有必要鉅細靡遺。當然，這部分必須取得上級長官的諒解，否則，記者其實也無能為力。

貳、勿誇大渲染

新聞報導必須力求真實，有幾分證據就寫幾分話。可是在媒體惡性競爭下，為了滿足閱聽人的需求，新聞報導內容往往對事實盡情渲染，與真實面目脫離甚遠。根據中華民國新聞評議委員會統計，近年來該機關所接獲的陳訴案，屬於社會新聞的比例愈來愈高，社會新聞事件經常就是犯罪、災難、暴力等偏差行為，更易流於渲染誇大。❺

---

❺　陳淑鈴，〈社會新聞記者與警方互動關係〉，《社會新聞的採訪與報導》，新聞鏡雜誌社，民八十六年，頁十六。

對警政記者來說，最依賴的新聞來源是偵辦刑案的刑警，對於一般的小案件，警方人員尚可透露案情，對於重大刑案，在「偵查不公開」原則下，辦案人員難以對記者提供詳細案情，記者每天面臨交稿壓力，為了向報社交差，只好各憑本事四處打探，道聽塗說、捕風捉影、誇大其詞的新聞報導也就難以避免了，使警政新聞正確性出現嚴重缺失。

曾任省府警政廳長王一飛表示，警察與記者的關係是十分矛盾的，他們愛記者，因為記者的報導有時有助案情的偵查，有時會鼓舞警察同仁的士氣；但也怕記者，因為記者會因一、二句話就大作文章。他認為，警察機關建立發言人制度是有必要的，由發言人代表警方發布消息，才能免除警務人員不勝記者其擾的煩惱。❻

然而，在新聞媒體「我有你無」的競爭心態下，發言人制度其實無法滿足記者的需求。最重要的是，記者應建立正確的工作態度，依採訪事實來做為報導依據，不要為了使報導能夠獲得報社重用，把「可能」當做「事實」，將「彩排」當做「演出」，將寫「社會新聞」當做寫「推理小說」，內容盡情渲染，此種可說是不負責任的工作態度。

參、勿新聞審判

「法律之前人人平等」是一句大家耳熟能詳的話，落實在實際生活上，也就是除了罪行經過審判過程而確定，否則任何人在法律之前都是無罪的。在此原則下，即使某人因犯案遭警方逮捕，也只是一個「嫌犯」，而非「罪犯」，記者在此人尚未遭司法機關定罪之前，不能以具有煽動性的文字對他進行審判。

有部分警政記者在耳濡目染下嫉惡如仇，對凡是遭警方逮捕的

---

❻　陳淑鈴，〈社會新聞記者與警方互動關係〉，《社會新聞的採訪與報導》，新聞鏡雜誌社，民八十六年，頁十九至二十。

人即視如匪寇，新聞稿中不斷出現「惡名昭彰」、「土匪」、「惡霸」、「惡貫滿盈」、「難逃法網」、「必遭天譴」、「惡有惡報」、「傷天害理」、「大快人心」、「老天有眼」、「十惡不赦」、「天怒人怨」、「人神共憤」等字眼，影響司法審判。事實上，並非每個嫌犯最後都被定罪，也可能因抓錯人、逼供刑求、證據薄弱或其他種種因素而被判無罪，甚至連未起訴就放人。

只是，許多一般性的案件，新聞報導常常是有頭無尾，或是虎頭蛇尾，一開始被大肆報導，最後無罪、放人時卻不見報導，當事人的權益只能因為新聞審判而受到侵害，未獲保障。

肆、勿侵犯隱私權

「中華民國報業道德規範」新聞報導第三條：「除與公眾利益有關者外，不得報導個人私生活。」此舉主要在保護個人隱私，因此，記者在報導當事人個人故事時，應只限於本人，應避免刊登家屬或親友之姓名、照片與個人資料，免得損及相關當事人個人權益，並造成二度傷害。

警政記者在報導色情或特殊案情的事件時，往往以「滿足讀者知的權益」為由，大挖內幕，包括犯罪當事人、被害人和其家屬有關的地址、照片、家庭狀況、財務情形、與朋友的往來、求學與工作情況等；即使未指名道姓，一般人也可從種種特徵中猜出對象，毫不顧及隱私權的保障。

當然，在報導「本人」時，也要看對象，不是說新聞只要報導「本人」就沒有問題；依法律規定，未成年身分應受保障，對於強暴事件的受害婦女，記者也要保密其身分，不能因為是「本人」，就鉅細靡遺地將各種情節寫出來。

特別是「性侵害防治法」實施後，政府對於受害女子的保護措施非常嚴謹，依規定，媒體在報導性侵害犯罪事件時，不得報導或

記載性侵害事件被害人之姓名,或其他足以識別被害人身分的資訊。因此，被害人或加害人的背景、住所、上班公司、學經歷、綽號等資料，或其他的涉案情節，令人看過即可得知被害人的相關資訊，都要過濾；如果是父親強暴女兒案件，在新聞報導中只要寫出父親的姓氏，如果姓氏十分特殊，使人可以猜測到被害人的身分，此時就要省略不提。

另外，為了加強保護嫌疑犯人人權措施，警政署於民國八十九年四月三十日，指示刑事局即日起推動此一措施，凡偵查中的嫌犯對象及逮捕的涉案人，一律不公布姓名、年籍，並不得安排嫌疑人供媒體拍照、攝影。此一措施將在刑事局試辦成熟之後，由全國警察機關遵照實施。❼此舉目的也在於保護嫌犯的隱私權，避免事後調查要是警方抓錯人，嫌疑人已遭受媒體曝光之侵害。

伍、勿混淆記者角色

文化評論家陳昭如指出，當媒體遭到各界指責之際，總是祭出「民眾有知的權利」、「提供完整正確的資訊，是新聞記者的職責」之類的說法，作為辯解，看似冠冕堂皇，實則違反公共利益，「充分反映出當前多數媒體對自身角色的混淆與模糊化」。❽社會新聞路線的記者，由於為了求表現、搶獨家，往往不擇手段，更容易使記者角色模糊化，值得自我警惕。

例如，民國八十六年二月二十四日，臺南市婦產科醫生謝政憲遭人綁架，歹徒打電話勒索三千萬元，後來減為五百萬，家屬進行付款之際，警方發現謝已遭槍殺焚屍，歹徒也未現身取款。二十七

---

❼　〈嫌犯姓名、年籍將不公布、不供拍照〉，聯合報，民八十九年五月一日，第一版。

❽　薛心鎔，〈獨家報導與現場直播沖昏了新聞媒體的頭〉，《媒體你我他》，新聞鏡雜誌社，民八十七年，頁三十九。

日，警方查獲八名嫌犯，主嫌蔡智仁則攜有烏茲衝鋒槍逃逸。

二月二十八日，臺南市中華日報對蔡嫌進行專訪，次日以第一版頭條的位置與第三版全版的篇幅，刊出專訪內容與相關新聞。開頭便說：「臺南市婦產科醫生謝政憲命案的在逃主嫌蔡智仁，二十八日透過本報獨家專訪，述說犯下命案的動機……。」並配有一張蔡嫌手持雙槍，坐在草叢中的照片。

另外，在第三版有一篇「記者VS.殺人犯」的報導，說明「危險任務／筆對槍／鬼門關前探真相」的經過。文中提到，當天下午二時許，蔡打電話至報社，「希望透過本報公信力，派記者與他接觸，讓他說明案情經過之部分有誤差的內容。」「強調不得報警，否則將至報社開槍。」

接電話的記者考慮到「蔡智仁對媒體報導有關墮胎之事相當不諒解，如果記者前往採訪過程中，一旦刺激到對方，是否會引來殺身之禍，但若不去，對事情的真相就很難釐清，更有虧記者職守，這諸多可能的變數，就在電話一起一落之間必須立即表明去或不去的立場。」這是「在短短的數秒間必須立即下決定」的事情。

這篇「獨家專訪」見報後，轟動各方，也引來批評。首先強烈反應的是臺南市醫師公會，三月三日派代表到報社抗議，認為「在死無對證下，蔡嫌透過媒體陳述未經證實的內容，本已不當，媒體竟還進一步大幅報導，不但替蔡嫌殺人找藉口，將犯罪合理化，更是對社會造成不良示範，直接挑戰治安當局。」

臺南市醫師公會要求中華日報三天內以頭版全版篇幅，向社會公開道歉，否則不排除向地檢署按鈴申告，……。

中華日報由副社長與總編輯出面表達遺憾和歉意，說明報社「非常謹慎處理此事，報導原則要求注意新聞專業判斷，不要刺激蔡嫌和社會公平性。」對於「報導未盡周延，引發社會責任問題……，願意接受公評，而報社內部也已針對此事作自我檢討，將會對此案再

作全盤詳盡報導，同時提供版面讓醫界和謝醫師家屬表達心聲。」

社會各界對此事的看法則大同小異，大都認為報社應有所為、有所不為，此事是媒體對社會的不良示範。例如，當時內政部長黃主文在立院答覆立委質詢時，認為「媒體應該思考這樣的報導方向是否會誤導青少年，塑造錯誤的英雄觀，形成有為者亦若是的不良示範？」

徐佳士和馮建三兩位學者三月四日在聯合報發表意見時表示，新聞從業人員在受性命威脅下，已屬受害者，首要的動作應該是報警，而非完成一則無助於公眾利益的獨家報導，在處理的同時，必須考量有沒有必要以大篇幅、重要版面報導一個亡命之徒的心聲，或刊登其帶有「英雄色彩」的照片，刊登時並且要注意新聞平衡的原則。

尤英夫教授三月五日在自由時報指出，縱使是槍口下的被迫採訪，也沒有登出的義務，就算有刊登出來，也無須以頭版或三版全頁刊出。新聞媒體為了搶獨家報導，早已把新聞倫理放一旁，即使搶到很多讀者，又對社會產生什麼正面的影響？犯罪新聞應該報導，但要適度，違背新聞倫理的作法，顯然是濫用新聞自由。

中華日報的獨家專訪事件，對國內媒體來說並非個案，類似事件時有所聞。一位民眾三月五日在中央日報投書，強調：「媒體淪為犯案者叫囂的工具已不只一次，去年（八十五年）劉邦友血案嫌犯老三，在 TVBS 接受專訪、某省議員之弟在媒體放話，要追殺臺中某財團負責人、報紙大幅刊登白曉燕案要犯陳進興信件，及昨日電視媒體播放蔡嫌要狙擊法務部廖部長的錄音帶，不只是臺灣媒體發展的最壞示範，也動盪社會善良、安定的人心。」❾

主要原因在於，國內媒體陷入惡性競爭，走偏鋒成為時尚，碰

❾　薛心鎔，〈獨家報導與現場直播沖昏了新聞媒體的頭〉，《媒體你我他》，新聞鏡雜誌社，民八十七年，頁三十九。

到聳動、異常、偏激、作怪的新聞，便如獲至寶，報導特別起勁。媒體這些弱點很容易被人利用，只要投媒體所好，便可達到目的，「獨家專訪蔡智仁」只是反映出國內媒體人員此種心態罷了。

正因為社會新聞報導不當時，對廣大社會造成的傷害特別嚴重，因此，做為一個警政記者，一定要保持冷靜的工作態度，了解自己的身分和角色，不要認為新聞報導是在為流氓請命、為黑道主持正義，形同執法者，不但混淆新聞工作者的角色，甚至遭人利用還沾沾自喜。

陸、其他有關細節

除了以上，還有下列要留意：

——勿稱許罪犯。有的記者在描述犯罪手法時，喜歡用「這是一種智慧型犯罪手法」、「歹徒藝高人膽大」等字眼，讓罪犯內心沾沾自喜，認為自己很有本領，甚至誘使青少年英雄崇拜，模仿犯罪手法。

——對於有爭議性、案情混沌不明的事件，報導時不要集中在某單方面，要綜合報導多種不同說法，或多種觀點，以免讓未來報導陷入死角。

——以正確的態度對待新聞事件，多解釋事件發生的原因、未來如何防範類似事件再發生、民眾應以何種心態視之等，教導大眾對事件正確的認知。

——記者報導災禍新聞時，要以悲天憫人心情為出發點，切忌用字輕佻，給人幸災樂禍之感。

——自殺新聞要特別慎重處理，企圖自殺事件，以不報導為原則，也不必詳細描述自殺手法，免得造成模仿後遺症。

——新聞照片內容應加以取捨，避免讓血腥畫面出現在報紙版面與電視畫面。

——對於重大社會案件的秘密證人，應予保密，不可刊登其姓名，或刊登讓人有指認機會的特徵。

——警方實施「春風專案」，目的在加強保護少年與兒童安全，針對少年與兒童有深夜不歸、停留不當場所或吸菸等不良行為，予以勸導保護的一種措施，對象並不包括青年，新聞寫作中不應出現「青少年」字眼。

——新聞採訪過程中，勿影響警方辦案。有些記者在警方對嫌犯做筆錄時，擠在旁邊看熱鬧，順便抄寫筆錄內容，讓警方人員不勝其擾。根據一項調查，多數記者不認為會妨礙警方偵訊，卻有約三成的警方人員認為，記者影響偵訊程度是「頻繁」或「很頻繁」。❿ 所以，盡量不要做個令人討厭的記者。

新聞寫作實例一：

（中壢訊）通緝犯蕭信義，昨日下午與友人持十萬元支票到中壢市省道旁的中國信託商銀兌領現金，發現警員在場，心虛的開車逃逸，途中撞倒一位女騎士，並將她卡在汽車底盤下拖行近一公里，後來被計程車司機與民眾攔下，痛毆一頓送警處理。

警方調查，三十三歲的蕭信義，夥同在逃的「小龍」，去年十二月二十日下午三時，將熟識的徐姓中古車商以賣車為由，騙到家樂福中壢店，強押徐到八德市和平北路北二高橋下空地，威脅之下搶走徐身上的二萬元現金，並令徐簽下面額十萬元的支票兩張。被害人記下蕭嫌的車號，事後向警方報案，警方依支票到期日，昨日到銀行埋伏，看見蕭嫌與盧姓友人到銀行，首先制伏盧某，要逮捕蕭嫌時，蕭嫌卻駕車逃逸。

❿　陳淑鈴，〈社會新聞記者與警方互動關係〉，《社會新聞的採訪與報導》，新聞鏡雜誌社，民八十六年，頁十八。

目擊者後來告訴警方，蕭嫌從銀行門口駕駛灰色轎車離去時，車速甚快，連闖多個紅燈，首先在中央東路與延平路撞倒兩名機車騎士，後來一名蔡姓女子騎著機車正要回家，被蕭嫌汽車撞倒後，人被卡在汽車的底盤下面，路人高呼喊叫，希望對方停車，蕭嫌卻置之不理。

蕭嫌車行至中壢藝術館附近的建國北路時，被見義勇為的顏姓計程車司機以超車方式將之攔下來，蕭嫌棄車逃逸，仍被多位路人合力逮捕，十多位路人並將蕭某的汽車抬起，把蔡女救出，送往林口長庚醫院急救，目前無生命危險，蕭、盧兩人則被警方依殺人與強盜罪嫌移送法辦。

新聞評析：

此種犯罪新聞是採訪警政新聞最常見的，也是地方警政記者最容易取得的新聞。因為對警方來說，逮捕歹徒是值得對外宣揚的功績，沒有必要對記者保密，所以往往會主動告知記者，就算沒有告訴記者，記者到警局時，如果時間恰巧，也會遇到警方向嫌疑犯偵問筆錄，記者不愁會漏新聞。

要特別注意的是，警方問筆錄的同時，記者不要圍在旁邊忙著抄筆錄，如此將會妨礙警方的辦案工作，這是很令人討厭的行為。等警方問完筆錄，記者再抄下筆錄內容，整個新聞內容都在裡面。

蕭某與盧某雖然都因犯案而遭警方移送地檢署偵辦，但尚未被起訴、判決確定，所以新聞中千萬不能稱他們為犯人、罪犯，而要稱為「嫌犯」，警方所移送的犯罪行為稱為「罪嫌」；至於與事件有關的民眾，記者應視相關程度與性質，決定是否在新聞中透露姓名與身分。此新聞中見義勇為的民眾，以後可能會引起歹徒報復，如果不會影響新聞完整性，記者最好保留他們的身分。

新聞寫作實例二：

（豐原訊）九二一大地震過後，一些不法分子紛紛利用機會行騙，昨日豐原分局接獲民眾報案，表示接到一封署名「全民健康保健中心」的信件，要收件人接獲信件後匯錢到該中心，否則將移送法院。警方認為這是騙局，請民眾千萬不要上當。

昨日一位地方民眾向豐原分局報案，指稱他日前接獲一封內容奇怪的信件，內容表示「因九二一震災之故，本單位資料重整，保健人如對所繳納金額有異議時，仍應先行照額繳納後，待該單位核對無誤後，全數退回。」

文中指出，要繳交的金額是去年十月的保健費和二個月的滯納金，共計一千兩百餘元。如果民眾不繳納金額，逾期將移送法院強制執行。信件最後署名「全民健康保健中心」，地址為臺北郵政某信箱，至於要民眾匯款的戶名為「邱××」。

警方初步查證後，認為是新的騙術，因為國內並無「全民健康保健中心」，保費也不可能設在私人戶頭內，警方將進一步向健保局查明清楚，希望民眾不要受騙，暫時先勿理會此信。

新聞評析：

新聞主要的功用之一在告知，讓社會大眾得以趨吉避凶，此則新聞正具有此功用。

社會上的行騙手法形形色色，民眾稍一不慎就被騙，這種訊息以警局最多，警政記者獲悉這種訊息後，一定要知無不言、言無不盡，毫不保留的加以披露出來，讓社會大眾知道「原來最近出現這種詐騙方式」，有了警覺心，就不會受騙。

當然，此則新聞不該就此打住，因為還有後續，例如，警方追查的結果為何？是否通知臺北警察單位，依據信箱號碼做進一步追查？是否有人已經匯款給對方？其他民眾是否也接獲類似的詐騙信件？都可以做為未來新聞採訪線索。

新聞寫作實例三：

（銅鑼訊）日前臺灣發生的一次明顯的有感地震，造成苗栗縣銅鑼鄉一處派出所內的一只石英鬧鐘，竟然指針倒著走的奇特現象，看到的村民無不嘖嘖稱奇，認為天下之大，無奇不有。

位於銅鑼鄉的雞隆派出所，主管楊海祥表示，六月十一日凌晨二點二十三分本省發生的規模五點八的地震，當地也感受到明顯搖晃。該所劉姓備勤員警當晚睡在所內，他事先將鬧鐘調到早上八點鈴響，但清早五點多鬧鐘就大聲作響，他被吵醒後，發現天還未亮，於是繼續睡覺。

那天一整天大家並未注意該鬧鐘有何異狀，到了晚上十一點多，另一名員警無意中發現該鬧鐘竟然時針、分針與秒針都倒著走，真是不可思議。

楊主管說，這只鬧鐘一年多前在夜市購買，一直都很正常，也從未摔過，但是自從那天的地震發生之後，就出現此種「倒行逆施」的怪事。消息傳出後，村民紛紛到派出所觀看，派出所整日熱鬧非凡。

鐘錶公司人員解釋，這應該是石英鐘內磁場的軛片受損，造成磁場轉向指針倒轉，過去也曾發現這種指針倒轉的情事。

目前這只石英鐘被該派出所人員視為「鎮所之寶」，認為是難得的寶貝，應該全力維護它的運轉，所以連電池都不敢更換，恐怕換了電池以後，恢復正常，那就太可惜了。

新聞評析：

跑警政新聞，不見得都要寫殺人放火、強盜搶劫等犯罪事件，稍加留意，可以發現許多饒富趣味的新聞充斥在警察機關內外，可讀性比犯罪新聞強多了，這則新聞是最好的說明。

時鐘正常運轉不足為奇，倒著走才稀罕，這種道理大家都知道，但此種新聞可遇不可求，記者平日必須花時間與功夫到各警察單位走走，與員警熟識，待時機成熟，就是收割的時候。

以此新聞為例，內容很有趣，深具可讀性，它發生在偏遠的鄉間派出所，記者如果沒有深入到這些最基層的單位跑新聞，就不可能會獲得新聞線索。跑其他路線新聞也是同樣道理，只要採訪功夫下得深，任何路線的記者都可以得到許多線上周邊的軟性訊息，這些訊息常常是獨家新聞，讓你遠遠跑在同業的前頭。

第十八章　司法新聞

　　司法新聞在一般人的觀念中，總以為只是報導有關法院審判過程與判決結果新聞，其實，這只是司法新聞的一部分而已，屬於狹義的解釋；在地方上分配採訪司法新聞的記者，所採訪的對象除了各級法院之外，還包括地檢署與調查站；因為，這三個機構性質相近，都是負責偵防犯罪、揭發不法、懲惡揚善的工作，差別的只是工作內容與程序的先後不同。

　　所以，採訪司法新聞應採廣義的解釋，包括法院院長、庭長、推事、書記官、檢察長、檢察官、通譯、法警、調查員等。凡是在這些機關內所發生的新聞，不論人與事，都是司法記者所要採訪的對象。對地方記者來說，不是每個地方都會有司法路線，只有縣市記者才有此機會，因為司法機關只有縣市政府所在地才有，不會設在鄉鎮地區，所以採訪鄉鎮地區的記者不可能會分配到司法路線。

　　從新聞觀點看，記者採訪司法新聞主要著眼於其中產生的許多事件，都具有報導的新聞價值，其中不少犯罪事件，更與一般大眾有密切關係，記者將之報導出來，可以讓民眾勿觸犯罪刑，或受騙上當，有其教育意義，司法記者可以說是法律代言人，具有嚴肅的意涵。

　　另一方面，司法記者也是司法機關與社會大眾的橋樑；因為，一般人的心目中對司法機關仍抱持濃厚的距離感，「一生中最好不要上法庭」成為許多人謹記在心的民間對話；民眾對司法機關不但敬畏，更多偏見，「有錢判生，無錢判死」、「法院是國民黨開的」等等說法，令大眾認為本來應該遵守行政中立、依證據審判的司法制度，卻與行政糾纏不清，司法機關內幕重重。在此情形下，司法黃牛應運而生，以各種手法欺騙沒有法律知識的民眾，讓司法制度因此蒙

羞，更讓民眾不敢親近，形成惡性循環。

因此，司法記者可以透過新聞報導，讓民眾了解司法條文意義、審判過程、判決理由、司法機關組織與從業人員的點點滴滴，讓民眾不再對司法充滿恐懼，進而了解司法審判都要有法律依據，不是司法人員自己決定要如何運作而已，如果司法人員違反遊戲規則，民眾也是可以依法提出檢舉，以保障自身權益。

第一節　司法新聞的採訪對象

壹、法　院

法院是司法新聞最主要的新聞來源，任何案件一經起訴，經過審判之後，最後的判決結果如何，不管有罪或無罪，都由法院公布；因此，法院的判決書是司法記者最主要的新聞來源之一。

我國法院採三級三審制，即地方法院、高等法院、最高法院。一般民事訴訟與刑事案件，都先由地方法院審理，所以地方法院為第一級。當事人如對地方法院判決結果不服，得向高等法院請求再審理，高等法院是第二級。如對高等法院裁決仍然不服，還可向最高法院請求審理，最高法院是第三級。

雖然法院是三級三審制，但是並非每位地方上的司法記者都要採訪這三個機關，要看採訪轄區內是否有這些單位；例如，最高法院設在臺北市，地方記者就不可能採訪得到；高等法院分院也只有臺中、臺南、高雄、花蓮與金門縣市才有，唯獨地方法院是全省各縣市都有，這才是地方司法記者最主要的採訪單位。

貳、法院檢察署

是代表國家行使追訴權的機關，從採訪工作角度來看，其重要

性不亞於法院，因為除了民眾自訴外，地檢署是一切犯罪新聞的來源，地檢署作用在於摘奸發伏、偵查犯罪活動。檢察官除了被動的受理警察機關移送的案子之外，還可以主動指揮警察等辦案人員進行犯罪偵察，發現有犯罪事實時，即可以對嫌犯提起公訴。

如同法院般的，檢察署也分成地方檢察署、高等檢察署、最高檢察署三級。上級檢察署可以指揮下級檢察署辦案，最高檢察署可以指揮高等檢察署辦案，高等檢察署可以指揮地方檢察署辦案，這是與法院最大不同的地方。

參、調查站

隸屬於法務部的各縣市調查站，係依法執行犯罪調查的機構，由於與司法單位關係密切，因此其新聞通常也畫歸於司法路線，以收採訪寫作連貫之效。

調查站對於維護國家安全、保障社會治安、保護人民權益有很大貢獻，每年在各地方的調查站，都會傳出破獲毒品走私、貪汙瀆職、重大逃漏稅、經濟犯與各種重大刑案，顯示它在治安工作上的重要地位。

肆、其他單位

包括少年輔育院、看守所、監獄等，是受刑人接受法律制裁與收容的場所，另外還有觀護人協會，係輔導已出獄者的單位，其中常常傳出感人的人情味新聞，是司法記者採訪工作應觸及的地方。

第二節　司法新聞的消息來源

壹、文書資料

是指法院或地檢署公布的書面資料；不論檢察官或法官，對於其所偵查或審理的案件，每告一段落時就會公布具體情況，例如起訴或不起訴、有無犯罪、如果有罪，刑責為何等，這些起訴書或判決書每天都會放在記者室供記者取拿，是司法記者最主要的新聞寫作依據。

貳、檢察官

檢察官是地檢署主要的消息來源之一，記者可從檢察官知道目前所偵辦的案子性質為何？進度如何？是否有具新聞價值之特殊事件？檢察官的案件主要來自四個方面：一是由警察局、調查站移送的案件；二是上級檢察機關直接交辦的案件；三是民眾自訴或到法院按鈴申告的案件；四是檢察官在外驗屍時，發現可能涉及謀殺等犯罪事件，主動偵辦。

雖說「偵查不公開」，但是如果記者與檢察官建立相當交情，仍可從對方口中獲悉正在偵辦中的特殊案件，其中不乏具有爆炸性內容，只要對方略說一二，就足夠記者寫篇震撼性的新聞了。

例如，聯合報桃園召集人兼司法記者林文義，民國八十八年二月二十六日披露的中壢某唐姓牧師性輔導女教徒醜聞案，屬於地方司法路線的重大獨家新聞，即是因為與承辦檢察官建立良好交情，一點一滴掌握案情，在適當時機撰發新聞，是司法記者與檢察官良性互動關係的具體例子。❶

---

❶　林文義，〈唐台生性輔導女教徒醜聞獨家──談媒體與司法機關良性互

參、推事開庭過程

推事是俗稱的「法官」，負責審判業務，除非是特殊案件，否則審判是公開進行的，最重要的是判決結果。因此，記者可以去翻閱開庭記錄，了解那天有重要的案件要審理，開庭時可以在場聆聽採訪。過程中如果不清楚某些細節，在退庭之後，記者可以到辦公室進一步請教，以免發生錯誤。

肆、調查員

調查員是各地調查站的尖兵，工作性質與記者很類似，都是到處找消息、問線索的第一線人員。如果對方肯透露消息，記者就可比其他人更早獲得內情，成為新聞寫作題材。

但是對多數地方上的司法記者來說，調查員是很難纏的採訪對象，因為他們在職業訓練下，具有相當的警覺性，平日對業務守口如瓶，除非有特殊因素或特殊交情，否則記者很難從調查員口中獲知案件內容，多數時候都是調查站破獲某案件之後，再通知媒體記者前往採訪，每位記者獲得的消息內容大同小異，記者要想有優異表現，必須下相當功夫。

伍、書記官、法警與家屬

書記官與法警每天在法院內上班、走動，聽得多、看得多，對於案件的了解比一般記者熟稔，是記者應該結識的對象，在某些關鍵時刻，如果助一臂之力，對採訪工作將有其大方便。

例如，由警方或調查站移送的案件，如果嫌犯隨著案件移送，則會在法警室先辦理登記手續，此時記者即可在法警室登記簿上找

動關係〉，《聯合報系月刊》第一九六期，民八十八年四月號，頁十八至十九。

到資料。但是對於重大的案件，警方或調查人員都會事先和承辦檢察官聯絡好，不到法警室登記，以免大批記者「堵」到，造成困擾，而直接將嫌犯送往檢察官處偵辦，等到要交保或收押時，再到法警室登記。如果記者與法警或書記官建立良好交情，則可以在密不透風的保護措施下，獲悉一些內情。

　　另外，檢察官在開庭偵訊時，記者不能進入，如果庭外有當事人家屬、親友等，記者也可以用適度的關心，向其打探一些資料，端賴手法如何運用。

第三節　司法新聞採訪與寫作要領

　　一般人都認為唸法律系的學生才適合跑司法新聞，使得許多非法律科系畢業的記者，視司法路線為畏途，這種心態是可以理解的。因為法律是一門相當專業的學問，就算在大學唸了法律的學生，都不見得真正懂得法律知識，更何況是法律門外漢？

　　但是，就像跑政治新聞不一定是政治系學生，跑經濟新聞也不一定是經濟、財經系學生一樣，記者採訪新聞其實很大部分都是「學而知之」，一面採訪、一面學習，長期有系統的鑽研，最後變成專家。做為地方上採訪司法新聞的記者，更要具備學習精神，在採訪與寫作上一定要具備專業知識，才能有所發揮和表現。

　　以下是幾點要注意的：

壹、充實法律知識

　　寫法律新聞不能胡編亂講，否則會鬧出許多笑話，記者一定要有基本的法律知識，最起碼要有一本六法全書，遇到不懂之處，可以馬上翻閱法律條文，不清楚的地方，更要請教律師、檢察官、法官、司法單位首長等，記者可以趁機和他們建立關係，也可獲得許

多法學知識，一舉兩得。

　　要了解的除了法律條文以外，還要包括法院的組織與司法人員的職掌。例如，與地方司法記者關係最密切的地方法院，管轄案件包括民事、刑事第一審通常、簡易之訴訟案件，以及不服簡易庭判決、裁定、上訴或抗告案件，其他還有少年、交通、財務執行、民事強制執行、流氓感訓、勞資爭議、選舉罷免等案件。對於通常與簡易訴訟程序案件，以法官一人獨任行之，但案件較重大者，或簡易訴訟程序上訴或抗告案件，需由法官三人合議行之。

　　記者之所以害怕採訪司法新聞，無非是對於法律知識一知半解，對法院組織更是暈頭轉向，每天看見進進出出的各種人員形形色色，新聞在那裡，實在搞不清楚，只要下功夫了解基本事項，就不會顯得手足無措了。

貳、了解案件的偵辦與審理基本程序

　　記者必須要了解法院處理案件的流程；例如，地檢署專辦刑事案件，除了司法警察機關移送案件或函送案件之外，民眾也可以按鈴申告，地檢署受理案件後，除了特殊重大犯罪案件由檢察長指定專案檢察官承辦，其餘則由電腦平均分發給各檢察官承辦，檢察官依偵察結果，予以起訴、不起訴、職權不起訴（雖有犯罪證據，但情節輕微者）、簽結（例如被告身分不明，或欠缺犯罪之具體證據者）等處分。

　　刑事案件如經檢察官起訴，則移送地方法院審理，如有在押被告者，則一併移送，法院如果判決有罪，被告可以上訴二審或三審；檢察官對於經法官判決無罪的案件，可以上訴。民事案件則由當事人直接向法院遞狀起訴。

　　依我國的訴訟制度規定，刑事案件民眾不必付費，但是民事案件則要繳交裁判費用，即訴訟標的的百分之一，例如，請求償還一

百萬元，須繳交一萬元的裁判費。

　　因此，包括約談、拘提、搜索、扣押、偵訊、羈押、起訴、不起訴等法律名詞與其意義，記者一定要弄得一清二楚。

參、改寫文件資料

　　新聞寫作一定要力求口語化，司法新聞尤應如此；一些司法記者每天例行公事，就是拿到起訴書、判決書等資料後，據以抄抄寫寫一番；但是，這些文件資料是檢察官或推事，依據本身的專業知識與立場所撰寫，有特定的用語與字彙，不是新聞稿，如果記者依樣畫葫蘆，讀者看了將是一頭霧水，編輯也難以下標題。

　　例如，「難謂其有過失」、「意圖不法所有」、「犯行洵堪認定」、「怙惡不悛」等，如果記者原句引用，讀者勢必難以閱讀。

　　因此，記者在根據這些資料撰發新聞稿時，不可全然照抄，而要消化之後，依據新聞的寫作格式和新聞用語，重新改寫成正統的新聞稿，包括導言、內文等鋪陳，都要符合新聞寫作要求。

肆、重大案件親自到場採訪

　　一個重大的民事、刑事案件，在開庭過程中，法庭上所發生的一切事件，都可能構成主要的新聞特色與報導重點，包括法官的庭諭、當事人與律師的說法與反應、旁聽者的觀感與秩序等，都存在著具有新聞價值角度的內容。也可能一個案子在庭上作辯論時，發生重大變化，導致令人想像不到的結果，如果記者不在場，將失去報導的精彩性。

　　因此，記者對於重大案件的開庭不能忽略，必須親自到場聆聽採訪，詳細記載每個人的關鍵詞彙，尤其在宣示判決時，更是全案的高潮，記者對於現場情況要仔細觀察記錄，找出具有報導價值的部分。

也要注意案子的後續發展，因為在一審之後，還可能有進展，例如上訴、再審、非常上訴等，即使案件本身沒有任何進展，但執行情形、相關事件的牽涉與演變等，都有新聞價值。例如，某人車禍肇事，被判決應賠償受害者一大筆錢，很可能拿不出錢而輕生，或鋌而走險，搶劫銀行，引發另一事件，都是讓人側目的新聞。

伍、正確使用資料

寫新聞一定要正確，寫司法新聞更應如此，否則記者很容易吃上誹謗官司。有關案件的名稱、內容、事實、敘述、數字，千萬不能有一點差錯，將原告當被告。

特別是對於當事人的身分介紹，記者要查證清楚，確定無誤再發稿，不要發生張冠李戴的情事，國內同名同姓、相同地址、職業的情形很多，稍有疏忽，即惹禍上身。

陸、加強民事報導

多數記者只著重刑事案件的報導，忽略民事案件，其實，民事案件與民眾的權利和義務關係至為密切，是值得加強報導的對象。

民事案件包括離婚、破產、債務、買賣、租賃、損害賠償、強制執行等，在法院事項中占據相當分量，一般人在日常生活中很可能會碰上，其過程與內容為何、民眾要如何避免、有無新的改變等，都會引來民眾關切，但新聞報導中卻少被注意，十分可惜。

柒、注意特殊判決

判決書與起訴書是司法記者最主要的新聞來源，這些文書資料內容大多平淡無奇、了無新意，即使新聞見報也引不起讀者閱讀興趣。記者必須能夠「慧眼識英雄」，找出與眾不同的判決內容，才能引人注意。

「法律運用之妙，存乎一心。」同樣的行為，在執法人員眼中可能與一般人看法不一樣，而出現截然不同的解讀，判決結果與民眾觀感大異其趣，此種「令眾人跌破眼鏡」的判決，由於違反一般常情與經驗法則，具有新聞價值，是司法記者必須特別注意報導的題材。

當發現此種特殊案例時，記者不只要依據文書內容寫表面的報導，還要進一步詢問其他法界人士的意見，綜合他人多種不同觀點看案件，才能讓案件呈現多元化的面貌，也使新聞內容更周延。

捌、注意司法人員相關訊息

司法人員身分特殊隱密，一般民眾少有機會和他們打交道，使他們的職業染上一層神秘色彩，與他們有關的訊息是讀者喜歡的題材，記者可以從司法人員工作與日常生活習性中，發掘報導題材，滿足讀者的好奇心。包括，司法人員的戀愛史、緋聞、家庭生活、下班後的休閒娛樂、嗜好等軟性新聞，都是可報導的範圍。

例如，八十九年一月底，報紙曾披露檢察官與執業律師三度師生緣，最後結為連理的傳奇經過；同時間是另一則某檢察官工作壓力過大，不幸英年早逝的新聞，都引起讀者矚目。

新聞寫作實例：

（斗六訊）馬來西亞籍男子劉國威，和我國籍男子張豐榮、陳志文，去年底連續持十二張偽造的匯豐、渣打、花旗銀行信用卡，到全省各地刷卡購物，再低價脫手得款三十六萬元，三人後來被警方查獲，雲林地院昨日依偽造文書罪，處劉、張二人各一年四月徒刑，陳志文另行審理。

判決書中指出，二十七歲的劉國威是在去年八月二十二日入境我國，並和張豐榮（四十八歲）與陳志文共組成信用卡詐

騙集團，由陳志文提供十二張匯豐、渣打、花旗等銀行發行的信用卡，自十月九日起至十二日止，分別在臺北縣、臺南市、高雄縣等地，刷卡購買行動電話、服飾、香水等物品，再由張某以低價出售，所得由三人平分。

去年十二月二十一日晚上，三人在雲林斗六鬧區，要將不法所得三十六萬元兌換成美金時，警方發現可疑上前盤查，起出四張偽造的信用卡，進一步查出全案，三人坦承不諱。

法官向發卡銀行查證時，證實查扣的四張信用卡都是偽造。法官認為，被告持偽造信用卡消費，特約商店以讀卡機讀取核對磁條，顯然被告對磁條所存的電磁記錄用意有所主張，觸犯行使偽造準私文書罪。

新聞評析：

以上這則新聞是最常見的司法新聞，整個過程是：民眾因為不法行為遭警方逮捕，移送當地檢察署偵辦，檢察官查明有犯罪事實，提起公訴，最後經法官判決確定，此則新聞即是司法記者根據地院發布的判決書而寫成。

判決書中會將犯罪者的犯罪過程做詳細的交代，記者一定要注意將法官的司法專門用語，改寫成一般通俗化、大家都看得懂的新聞，切忌從頭抄到尾，讓讀者不知所云。

如果司法記者每天只是拿這些文件來改寫，雖不會漏新聞，但久而久之會感到毫無新鮮感，也沒有新聞採訪樂趣可言，十足的浪費生命。因此，應該設法從司法人員身上下功夫，找些正在偵查中、具有震撼性的案件來報導，才不負做為一位司法記者的存在價值。

第十九章　文教新聞

　　文教新聞是文化與教育新聞的合稱，文化新聞也即文藝新聞，因此，舉凡藝術、文化、教育、學術等各種可以提升人文素質與心靈品味的各種訊息與活動，皆是文教新聞的範疇。

　　文教新聞沒有打打殺殺的內容，講的大都是有關人們真、善、美的一面，與其他新聞比較，屬於軟性訴求，活動內容通常能夠事先預知，採訪競爭性不強，是屬於四平八穩的採訪路線，如果沒有企圖心，長年下來，往往變成例行工作。因此，文教記者最好能夠自行找新聞線索，開發新聞方向，才不會感到枯燥無味。

第一節　文教新聞的採訪範圍

壹、文教行政工作

　　文教工作在地方上要有推動與執行機關，這些負責文教行政工作的單位是文教記者採訪的重要一環，一定要熟悉了解。地方上執行文教行政的單位，主要是各縣市教育局，掌管幼稚園與國中小學所有的教育工作，其下包括學管、國教、社教、體健等課。

　　當中央教育機構（教育部）發布教育政策與命令後，縣市教育局要依據內容貫徹實施，此時文教記者就可以追蹤報導當地執行情形與結果；例如，小班教學、常態分班、取締補習、嚴禁體罰等，是教育單位三令五申的措施，各學校是否落實，是教育局的責任，也是文教記者長期報導的新聞題材。

貳、學校機構

各級學校機構是地方上文教的主要組成單位，包括學校教職員工與學生，形成龐大的人口，各種活動與新聞事件層出不窮，是文教新聞的重點項目。

學校是執行各種教育政策的機構，許多教育上的問題，例如一個新政策擬定之後的執行情形，以及新教材、新教學方法、新教學器具等之實驗結果，都要到學校實地採訪才能得知。學校的硬體建設與校園活動，也是文教記者要注意的，尤其後者包括學生領袖、社團動態、學生才藝表演、藝文展演、學生生活、學生與學校當局和老師間的抗爭、糾紛等各種風波，都常引起社會各界關注。

例如，民國八十九年一月，新竹交通大學一位合唱團女學生，在網路上發表一首「交大無帥哥」的曲子，引起男學生抗議，侵入並破壞報導此一新聞的聯合新聞網，此一事件經報紙報導之後，在當時廣受各界矚目。

此外，各校的畢業典禮是每年的例行活動，一個勤快的文教記者不會輕易放過前往採訪的機會，因為在畢業典禮過程中，記者可以發掘許多感人、有趣的小故事，甚至成為全國版的新聞，是文教記者必須要把握的機會。

參、藝術機構

包括各地的文化中心、文化局、圖書館、美術館、藝術館、社教館、展覽館、藝廊、畫廊等，名稱雖然不同，但都是用來做為藝文活動展示與表演的場所，舉凡音樂會、歌舞表演、電影欣賞、相聲、講座、雕塑展、畫展、書法展等，尤其是有大型的藝文活動時，經常吸引數千人甚至上萬觀眾欣賞，地位十分重要。

肆、聯考新聞

聯考新聞是文教新聞一年一度的重頭戲，雖然每次的聯考只是短短幾天，卻是地方文教記者大顯身手的時刻，特別是如果當地發生考生違規舞弊或特殊人情趣味事件時，新聞很容易被做大處理，或是登上全國版。

目前升學管道多元化，不過以甄選或甄試方式升學的學生仍然占相對少數，絕大多數還是要透過聯考方式升學，每次數萬學生的共同競爭狀況，都引起社會大眾與學生家長矚目，值得文教記者用心採訪。

伍、文化團體與藝文營業場所

地方上的文化團體，例如文史工作室、社區文化工作隊、社區發展協會等民間文化組織的業務運作，古蹟、寺廟等建物辦理的活動與其特色，以及托兒所、育幼院、補習學校、函授學校、補習班等文教營利事業單位有關的招生手法、競爭狀況、收費情形、性質、內容、業者間的糾紛等，都是地方文教記者採訪的範圍。

第二節　文教新聞採訪與寫作要領

壹、取材生活化

文教新聞包含的範圍極廣，它可以是內容十分空洞的教育理念、教改計畫、藝術觀念、作品介紹，也可以是內容具體而實用的訓練課程、硬體建設、藝文設施、藝文展演、活動資訊等，地方文教記者應該盡量選擇與學生教育或民眾日常生活有關，可供實際利用的內容，作為新聞素材，避免以不切實際、不成熟的教育空談、文化

政策、教改方案，以及曲高和寡、聳動駭人的藝術品為報導題材，這些東西與地方學生和一般民眾距離太遠，報導出來無太大意義。

貳、注意重大文教建設

文化教育不只是心靈提升的工作，也是硬體設施的加強與改善，所謂「工欲善其事，必先利其器」，有了完善的硬體建設，才能讓文化教育工作在舒適良好的環境中順利推展。因此，近年來政府不斷編列經費，進行地方上的文教硬體興建，文教記者要隨時注意當地重大的文教建設。

其中包括從幼稚園、國中小學，一直到高中、大專院校等各級學校，以及文化中心、演藝廳、展示館、藝術館等單位，其有關新硬體設施用地取得、設計、規畫、發包、興建、完工、啟用，舊機構的功能、損壞、維護、整修等情形，都要注意報導，並且進一步了解這些文教設施對當地學生與民眾的教育與生活，帶來什麼樣的影響、利用情況如何、是否改善地方民眾的文教環境，還是變成養蚊子的場所？

參、注意地方政治對教育單位的糾葛

臺灣地方政治生態複雜，民意代表素質良莠不齊，地方勢力直接介入學校用品採購與校園工程時有所聞，甚至國中小學校長列席地方議會備詢，有時會遭受語言上的羞辱。此外，目前國內各地縣市長介入地方教育甚深，縣市長往往掌握地方教育的人事、經費大權，許多中小學校長面臨政治立場選邊站的困擾，使國民教育淪為政治服務的工具。

特別是精省之後，原省教育廳主管的業務，例如國中小學校長與主任的甄選與儲訓，均移由各縣市政府主辦，但各縣市標準不一，有的甚至以黨派為考量，造成作業上的紊亂；例如中部某地區就曾

發生國小只缺四個校長，卻一口氣錄取四十位校長的奇特事件，引起教育界人士議論紛紛。❶

　　這些現象對於地方教育正常的軟硬體發展，潛藏著不良影響，一般民眾對其內情多不清楚，文教記者比較有機會接觸此類訊息，應儘可能將之報導出來，凸顯我國地方教育的困境，以期藉著社會力量來導正此種不良歪風。

肆、掌握節日動向

　　文教新聞與節日有極密切關係，就學校機關來說，當遇上節日時，學生與老師一定放假，停止任何與上課有關的活動；另一方面，節日期間，卻是各種藝文單位大顯身手的時候，各地的文化中心、美術館、藝術館、社教館、展覽館、藝廊、畫廊等藝術機構不但不休假，還會推出音樂會、歌舞、電影、相聲、講座、雕塑、繪畫、書法等各種藝文活動，讓民眾度過休假日。

　　由於文教活動經常配合節日作息，文教記者一定要特別注意節日動向，特別是長假部分，例如寒暑假、春假、端午、中秋等三大節日，以及其他的連續假期，了解當地文教單位如何策畫節日活動、與節日之間如何進行互動等具體狀況，包括學校如何放假、當地教育局對學生有何呼籲、家長應該如何安排學生度過假期、藝文場所在節日中有何活動可供民眾參與、學生與家長在長假中應該注意那些事情、專家學者對學生和家長有何忠告等，都是文教記者可以發揮的新聞題材。

伍、注意重大教育措施

　　國內教育問題一籮筐，教育部面對著民意代表與民眾強大壓力，

經常擬定重大教改方案，這些新方案涵蓋面及於全國各地，對於全國眾多學生在校接受教育的方式與升學型態，帶來重大影響，地方文教記者要隨時注意這些重大教育措施的內容，進一步了解地方教育單位執行情形，以及家長看法、對學生所造成的影響等，反應地方輿情。

例如，精省之後，從民國八十九年二月一日起，全臺灣各地一百七十所原來的省立高中、高職與特殊學校，均改為國立，直屬教育部，這是我國教育史，甚至是全世界教史上的大事。因為，世界上除了新加坡等極少數國家之外，很少由中央政府直接掌管高中職。

面對此一重大教育新措施，地方文教記者應深入了解改制之後，對於當地高中、職學生有何影響，是否預算會減少，進而影響學校器具與硬體建設、教育品質是否會縮水等，除了聽聽教育人士說法，也要長期觀察這些重大教育措施所造成的實際影響。

陸、掌握藝文活動訊息

藝文活動訊息與節日有相當程度的關連，當節日與假日來臨時，藝文活動就特別多；除了節日中的活動訊息，平常日子的藝文訊息也值得文教記者隨時掌握其動向，因為，並非所有的民眾都只有在節日中才有時間參與藝文活動，許多退休的老先生、老太太，經常利用平常日子參與藝文活動，打發閒暇時光、增廣視野，並學習藝文技能，開創生命的第二春，這些藝文活動是他們的精神食糧，文教記者絕對不能疏忽。

除了供人觀賞的一般性的展演訊息，具有參與性、教育性、研習性質的藝文活動也要注意。例如，許多地方政府紛紛辦理老人大學、長青學苑，已成為地方上十分重要的教育活動，地方上老人的反應、報名與學習情形、最年長的年齡、全勤獎得主等，都是很好的報導題材。

柒、重要活動務必到場採訪

除了報導時間、地點、名稱等表面性的藝文活動訊息之外，藝文活動中經常隱藏許多具新聞價值的題材，文教記者應該事先了解這些活動的性質、內涵、參與人員、主辦人員等相關資料，加以篩選後，再依其重要性決定是否到場採訪。如果活動性質十分特殊、主題獨特、現場有名人出席等因素在內，則意味著活動具有新聞性，有相當的分量，主跑的記者應該抱持好奇心前往採訪，以免錯失重要新聞。

例如，一場由知名人士主持的講座，可能造成大爆滿，讓許多人在場外不得其門而入，導致秩序大亂，主辦單位或許因此臨時架設電視牆應急；重量級人士也可能在演講場合中，發表具有爆炸性的內幕訊息；在講座或其他藝文活動過程中，也容易隨時發生感人或是意外事件，記者如果不到場採訪，就無法掌握這些突發狀況，漏失重大新聞。

捌、注意民眾權益

任何文教建設與措施，都是為了讓學生與民眾獲得更良好的文化與教育福利，牟求更良好的文教環境，但是這些措施與手段，也可能由於規畫不當、人員疏忽等因素，與當初的計畫脫節，原本立意良好的案子，反而損害了民眾的權益，讓大眾未蒙其利，反受其害。

換言之，不是所有的文教計畫都是完美無缺的，文教記者在撰發新聞的時候，一定要從民眾與學生的權益出發，發現有計畫不當、執行有缺失的情形，務必秉持客觀態度，在徵詢專家學者意見之後，將之報導出來，千萬勿是非不分的附和官方計畫。

玖、宣揚地方傳統文化

地方上的文史工作室是藝文單位的其中一環，隨著「落實本土化」觀念高漲，臺灣許多縣市與鄉鎮地區紛紛出現文史工作室、文化發展協會等團體，為保持及傳承當地文化特色而努力，地方文教記者應該多宣揚這些單位所做的努力與理念，以建立屬於各地不同的文化特色。

此外，地方也有很多具有傳統文化色彩的民俗活動，例如迎神賽會、廟會、媽祖繞境、花燈、趕集、牛墟、祭典、建醮、燒王船、放天燈、放水燈、放蜂炮等，遇有節日時，各地都會舉辦各式各樣極具特色的慶祝活動，文教記者可以大肆報導，一方面鼓勵民眾參與，再者也可以為保持地方傳統文化盡一分心力。

新聞寫作實例一：

大學聯考昨日登場，嘉義考區昨日秩序良好，未傳出考試弊案，許多家長頂著大太陽陪考，十分辛苦；負責嘉義考區試務工作的中正大學提醒考生，今天考試提前從上午九時開始，考生千萬不要搞錯。

嘉義考區今年考生共有六千九百二十一人，第一天分別在嘉義高中與嘉義高商舉行考試，前者有八百多名考生，後者有一千九百多名考生應試。試務單位表示，昨日兩考區自然組數學缺考人數共有七十六人，化學缺考八十五人，物理缺考人數為九十五人。

為防止考試舞弊事件發生，電信警察昨日一整天以不定點方式，來回穿梭各考場，考試秩序大致良好。不過在嘉義高中應試的一名王姓女生，因為緊張心急，一時找不到考場教室，經工作人員協助，才順利找到；另外有一名男考生到達考場

後，才發現准考證遺失，由試務工作人員辦理補發；嘉義高商也發生一位考生帶錯准考證，家長趕忙回家拿，及時送到，令他虛驚一場。

氣象單位昨日認為這幾天可能下雨，試務中心擔心一旦下雨，家長為了躲雨而影響考生考試進行，所幸老天爺幫忙，昨日不但未下雨，還出大太陽，考試進行十分順利。

新聞評析：

報導聯考新聞不難，因為它是公開的活動，一切可供報導的新聞資料都在現場，記者要注意的是其中的特殊事件，例如：考試舞弊行為、准考證遺失與補辦經過、考生找不到考試教室、考生跑錯考試學校、特殊考生應試情形、缺考人數、家長陪考狀況、天氣好壞等。

此則新聞旨在**報導大學聯考情形**，聯考過程中所要注意的內容幾乎都包含在內，要知道這些新聞內容，除了天氣與陪考情形是記者直接觀察即可得知之外，其餘資料只要詢問試務單位即可，試務單位都會設有新聞發布中心，統一蒐集、整理考試特殊狀況與缺考人數等資訊，供記者報導。

聯考是文教新聞的重頭戲，有的縣市考區分散數個學校，一位文教記者難以兼顧採訪，此時地方新聞採訪辦事處往往會請其他路線記者支援採訪，解決採訪人力問題。

新聞寫作實例二：

（花蓮訊）八十九學年度花蓮縣公私立幼稚園收費標準確定調漲，公幼全日制每學期學費調增四十三元、半日制增加二十七元；每月代辦費用全日制增加三十元、半日制增加十元。

八十九學年度私幼學雜費標準全日漲八百三十六元、半日漲一千八百九十三元。

八十九年學度公立幼稚園每學期學費全日制最高收費標準六千元，每月代辦費用包括活動費、材料費、點心代辦費、午餐代辦費用全日收費上限為二千二百一十元，半日為九百四十元。

私幼每學期學費全日最高收費標準調整為一萬七千八百三十元，比去年增加三千八百三十六元，半日為一萬一千元，比去年漲二千六百九十三元。教育局解釋私幼調漲是因為廚工將列入人事開支所致，但每月代辦費用調降，全日每月降六百元、半日制每月降一百六十元。

縣內公立幼稚園應在九十學年度全面採全日制，各類身心障礙兒童申請入學各園不得拒絕，每班以招收一人為原則，收一名身心障礙兒，應減少該班人數二人，各幼稚園教師應加強學前特教能力。

新聞評析：

家中有子女在學的民眾，對於學費問題一向很重視，有關學費新聞是文教記者的採訪重點之一，這類新聞主管的地方教育單位都會主動發布，供線上記者發稿，讓民眾了解學校相關費用的變動情形。

此類新聞雖然重要，但由於只是保持不會漏新聞，成就感不高，最好的方法就是記者能夠親至各幼稚園或國中小學看看內部設施，包括教室、餐廳、廁所、操場等，針對其品質、安全性、衛生狀況、教學方法等優缺點進行報導，這些才是具有生活化價值的新聞，其中絕對可以發現不少可供報導的題材，有心人不妨一試。

第二十章　醫藥衛生新聞

　　醫藥與衛生新聞原本是兩個不同的採訪範疇，前者是指公、私立醫院與藥局等和民眾身體疾病、看診有關的行業；後者則是衛生局、衛生所等公家衛生機構。由於都和民眾的身體健康、衛生保健有關，雙方業務上有連帶關係，所以國內新聞媒體習慣上將兩者合併為同一路線，指派一位記者負責採訪，以收新聞報導內容互補與周延之效。

第一節　醫藥衛生新聞的重要性

　　人的一生總免不了遇到生、老、病、死，不管何種狀況，都與醫藥衛生脫離不了關係，一個人即使身體再強壯，也會有到醫院看診的時候，也無法避開衛生單位的種種衛生保健措施，醫藥衛生與大眾可說息息相關。

　　早年國內醫藥衛生不發達，醫院少、藥房不多見，地方衛生機構的業務也未進入狀況，國人經濟不寬裕，一般大眾只能顧及三餐溫飽，有關衛生與醫療保健的事情，少有人注意。

　　隨著國民所得提高，社會大眾比以前更注意身體健康，身體稍有不適，即到醫院檢驗，也開始做固定健康檢查，醫院一家一家出現，規模一家比一家大；另一方面，工商發達造成生活環境與人們心思的複雜，使都市病、文明病、工業病、心理病接踵而至，許多新型疾病民眾聞所未聞，一旦流行即使大批人受到感染，造成民眾恐慌，這些都使得醫藥衛生與人們關係愈來愈密切，有關這方面的新聞，總是引起讀者廣泛注意。

　　醫藥衛生新聞如今已成為地方新聞中的一條主要採訪路線，顧

名思義，只要和醫藥衛生有關的，都是採訪範疇，包括縣市衛生局、鄉鎮縣轄市衛生所、群體醫療中心、行政區衛生所、公私立中西醫院、診所、安養院、療養中心、藥局、檢驗所、保健中心、製藥廠、醫療器材行、動物醫院等，均是醫藥衛生記者所要採訪的對象。一位負責盡職的記者如果採訪醫藥衛生新聞夠久，即能和醫生建立深厚交情，隨時取得最新醫療資訊，成為醫療保健好手，是很實用的一條採訪路線。

　　由於醫藥與衛生在本質上仍有差異，以下我們將兩者區分，個別介紹新聞採訪與寫作情形。

第二節　醫藥新聞採訪與寫作要領

壹、慎重報導醫學上新發現

　　在醫藥新聞報導中，和讀者權益關係最大、最受重視、引來最廣泛回響的，就是醫學上的新發現，包括對某種疾病的新治療方法、新技術、新儀器、新藥物。此類新發現，往往讓以往被認為無藥可救的患者，重新燃起一線生機，或是節省治療過程、時間、金錢，減少病人在手術中的痛苦。因此，各個縣市的大型醫院如果有醫學上的新發現，都會舉行記者會，公開發表。

　　要特別注意的是，有愈來愈多的醫院懂得宣傳的重要，往往會誇大內容，自稱「手術是全國第一次」、「器材是全國最新、最昂貴」、「藥物是國內首度使用」、「治療的病患人數最多，突破××人」等，其中可能有不少自吹自擂的成分在內。

　　對於這些醫學上的新發現、新紀錄，記者切不可有聞必錄，而要向其他醫院詳細查證，這些說法是否可靠無誤、成功的臨床個案有多少、失敗的個案有多少、是否有後遺症、是否真的是「全國第

一」，或許早在幾個月前，國內其他醫院已發表過這項手術。如果查證結果無法確定其真實性程度，寫新聞時宜有所保留。

貳、隨時注意重大訊息

全民健保實施之後，減輕民眾看病負擔，但是健保措施經常變動，影響民眾看病權益，對於這類重大訊息，醫藥記者要注意其對民眾造成的實際影響。

例如，在報導新藥、新手術、新療法時，要確定是否健保有給付，以免病人興沖沖的治療之後，才發現要付出龐大的費用，反而損害民眾權益。

參、掌握流行性疾病

流行性疾病由於感染人數眾多，影響區域廣泛，最能引起讀者矚目，一旦確定是流行性疾病，即使發生在小鄉鎮，都會變成持續性的全國版新聞，地方醫藥記者必須隨時掌握，因為它有相當廣泛的新聞表現空間。

在報導此類新聞時，千萬不可渲染誇大，或是猜測，一定要有事實根據，依照醫生提出的具體數據客觀報導，以免引起社會上的恐慌，最重要的是要詳細說明感染區域、人數、症狀、預防方法，讓群眾知所防範警惕，此類新聞通常會延續一段時日，記者一定要每日盯緊其發展狀況。

肆、慎重處理醫療糾紛

醫療糾紛在國內時有所聞，醫藥記者偶會遇上此類新聞，家屬往往以陳情書、檢舉函、記者會等方式陳述情形，醫生或院方則另有一番說辭，重大的醫療糾紛往往拖延很長時間，牽涉龐大的賠償費用，甚至刑事責任。

醫療糾紛涉及專業的鑑定程序,記者在處理新聞時要極為慎重,絕對不可只單方面的寫家屬或院方的說法,務必力求平衡報導,在鑑定結果未出爐以前,也不要自下斷語,否則很容易惹禍上身。

伍、廣泛發掘人情味故事

人們進入醫院是不得已,不是自己生病,就是親人生病,顯示醫院是大家避之唯恐不及的地方;但是,在這種地方,常有人情味的事情傳出,讓人感受到人性的溫暖,是醫藥記者努力發掘的重點。

例如,有人放棄在都市行醫賺大錢的機會,長年在鄉下開業服務民眾;更有不少外籍人士,在偏遠地區默默從事醫療工作,犧牲奉獻的精神,連國人也望塵莫及;有人長期在醫院當義工,陪患者生活,為他們洗澡、餵飯;有人每週到醫院捐血,數十年如一日;有父母割下腎臟,給小孩做換腎手術;有幼童罹患絕症,堅強的和死神搏鬥;有醫院院長和醫生,在耶誕節喬裝成耶誕老人,分發糖果給住院病人,還以歌舞娛樂。此種人情味的新聞散發人性的光輝,和醫院的冰冷空間,形成強烈對比,具有相當可讀性,報導出來常獲得讀者廣大共鳴。

陸、新聞要有誘因

報導醫藥新聞一定要有誘因,不能與當地民眾毫無關係就加以報導,如此並非醫藥新聞,而是屬於醫藥常識、醫藥政令宣導文章,根本沒有新聞價值,即使不報導也無所謂。

舉例來說,在撰發一篇有關心臟病的新聞報導時,不能只寫心臟病的成因、症狀、患者主要年紀、防範之道等,這些訊息了無新意,只是心臟病的宣導文章,而非新聞,應該要有新聞報導的誘因。例如,如果當地醫院統計最近心臟病患者突然激增、或是年紀有下降趨勢、有其他異常現象、或是有新的治療技術,此類訊息與以往

大不相同，即具有新聞報導的誘因，具有新聞報導價值。

同樣的，在報導流行性感冒新聞時，也要有當地流行性感冒患者增加等不尋常現象之新聞誘因，才能順勢推出報導，不能光只介紹流行性感冒的種種訊息。

柒、解釋專門術語

醫藥是一門相當專業的領域，擁有許多各式各樣的專門術語，例如診療器具、手術、疾病、藥物等名稱，對醫藥界人士與線上記者可能不足為奇，可是如果不做進一步解說，一般大眾可就看得莫名其妙了。

因此，醫藥記者本身應該隨時充實醫藥方面的常識與知識，對於特殊專有名詞和術語，在新聞稿中要做進一步的說明，如果有比較通俗的用法，則應該選擇一般人容易了解的術語；例如，寫「後天性免疫不全症候群」，不如用「愛滋病」或"AIDS"來得讓人了解。千萬不要一廂情願的以為讀者都懂這些東西，再三使用艱澀醫學術語，反而加深讀者與醫學的隔閡。

新聞寫作實例一：

（臺南訊）臺南市自九月開學後，進入急性腸胃炎大流行風暴，臺南市立醫院小兒科及一般小兒科診所急性腸胃炎病患數量，占所有病患的五分之一至二分之一，醫師呼籲家長教導小朋友勤洗手、少去公共場所。

臺南市立醫院小兒科醫師陳淑玲表示，九月至今，該院小兒科門診及急診，每天約五十名小朋友因上吐下瀉就醫，從小嬰兒到學齡兒童，全都吐得臉色蒼白，最近臺南市小太陽診所，也有五分之一的小病人是急性腸胃炎。

這一波的流行多從嘔吐開始，而且吐比拉肚子的情況更屬害。

陳淑玲指出，致病菌大多以腸病毒為主，治療方面，建議小病人先空腹休息四至八小時，不要吃東西或喝水，以免越吐越厲害，讓腸胃休息過後或孩子餓了，再空腹服藥，半小時沒吐，再開始給予少量多餐的飲食，內容以稀飯、米湯取代牛奶。

如果急性腸胃炎不如預期般回復，或有併發症，需考慮是否是細菌性腸炎、腸套疊、腸阻塞、急性闌尾炎等腹部疾病。因此呼籲家長，說服小朋友躺著接受醫師檢查，以確定病毒。腸病毒大多是藉由糞口傳染，陳淑玲因此希望家長教小朋友多洗手以隔絕糞口傳染，少去公共場所，注意飲用水，最好煮沸飲用，作好預防措施。

新聞評析：

此則新聞是屬於具有新聞誘因的新聞報導，由於臺南市發生流行性腸病毒事件，許多小朋友受到腸病毒感染而生病，臺南市醫藥記者因此報導當地小朋友受感染的情形，以比例說明感染的嚴重性，希望提醒家長注意此事，減少感染的可能性。

由於多數民眾不清楚腸病毒，所以記者有義務仔細說明，包括其症狀、感染途徑、可能產生的併發症、預防方法，以及家長如何處理患腸病毒的小朋友等，具有相當的實用性。

新聞寫作實例二：

（路竹訊）全臺今年第一宗爆發日本腦炎疑似案例已出現，路竹鄉衛生所昨天提出呼籲，提醒家長家中有出生滿十五個月幼兒，應趕快接種第一劑疫苗預防。

衛生所人員表示，日本腦炎的病媒是三斑家蚊、環紋家蚊等

傳染，蚊子從被感染的動物，如豬、牛、羊、狗、貓、馬等吸吮日本腦炎病毒後，三天後病毒就大量增加，七至十二天就具感染的能力。人們一旦被感染日本腦炎後，輕微者會頭痛、發燒，或呈現無菌性腦膜炎，嚴重者會昏迷、痙攣，產生神經性後遺症，以至死亡。

據表示，日本腦炎屬於病毒感染，以蚊子為傳染媒介，以兒童為主要感染族群，幼童應按時接種疫苗，出生滿十五個月後應接種第一劑，然後隔半個月再繼續接種第二劑，滿兩歲後在三個月後再追加接種一劑。

衛生所人員強調，日本腦炎也會感染大人，民眾尤應在炎夏季節特別注意環境清潔，避免家裡四周有死水囤積，讓蚊蟲孳生。

新聞評析：

跑醫藥衛生新聞不怕沒東西寫，此新聞即是一例，但新聞性遠不如上一則。

當全臺第一宗日本腦炎疑似病例出現之後，線上記者馬上以這一新聞為引子，撰發屬於該地區的新聞，以當地衛生所人員立場，呼籲家中有幼兒的民眾，記得接種疫苗。

此種方式當然也算是新聞的一種，但如果分析新聞價值，卻顯得不夠分量，因為此新聞沒有必然要撰發的誘因，因為當地並無相關疫情或疫苗狀況出現，此則新聞只要更換另一個地名，就變成另一則新聞，可以看出它不具獨特性，沒有屬於當地自己的訊息。

嚴格來說，它不是醫藥衛生新聞，而是衛生機構的宣導文，除非當天版面缺稿，否則不易見報。

新聞寫作實例三：

（臺東訊）一名年逾七旬老婦腹部腫脹有如即將臨盆的孕婦，日前在子女陪同下前往醫院求診，發現腹內有一直徑超過二十公分的卵巢囊腫，幸好沒有惡性腫瘤的組織，經過手術取出這個重達兩公斤半的巨大腫瘤，病患復原良好；醫師推估腫瘤至少有二十年以上時間。

省立臺東醫院婦產科醫師提醒婦女，若有下腹腫脹不適、不正常的陰道出血和月經異常等症狀，應盡速前往婦產科檢查；此外，國內卵巢癌在婦女癌症罹患率名列第三，通常初期並沒有任何症狀，等到病人感覺到症狀時，往往已經擴散，值得重視。

日前臺東醫院婦產科門診來了位七十二歲高齡的阿美族老婦人，這名老婦人的腹部隆起非常大，下腹脹痛已有數年，甚至更久，就宛如一位懷孕至少三十週的孕婦。

老婦說之前就醫，醫生曾告知有骨盆腔腫瘤，需要住院開刀，但由於自己心生畏懼，躲回臺東山裡，不肯接受治療，直到最近症狀加劇，還有不正常陰道出血，才在家人陪同下，前往醫院接受治療。

老婦人一躺下，醫師就看到她下腹明顯突起，觸診起來為一巨大囊腫，後來在腹內發現有個直徑超過二十公分的卵巢囊腫，是一般正常卵巢體積的十數倍大，再進一步做電腦斷層掃描，診斷為漿液性卵巢腫瘤，並無惡性徵兆。

新聞評析：

年紀很大或很小的民眾，出現奇怪的病症，這種屬於「不尋常」

事件，是跑醫藥衛生記者必須要注意的新聞，此種病症如果是全國或全世界罕見的，一定會提到全國版面上，更是線上記者漏不起的大新聞。

以此新聞來說，它的新聞性有以下幾點：病患年紀大、囊腫體型大、留在體內時間久遠，所以構成其新聞價值。

此類新聞通常由醫院蒐集資料之後，再通知記者，以記者會方式公布，線上記者不會漏新聞，但也不易表現。其實，如果線上記者跑新聞肯花時間與醫師或工作人員、行政人員交往，培養感情，往往會早一步獲得內部消息，搶先一步披露，就是一則內容很不錯的獨家新聞了。

第三節　衛生新聞採訪與寫作要點

壹、了解地方衛生機關組織與職責

各縣市衛生局是醫藥衛生記者主要採訪的對象，衛生局旗下有不同的單位，各有不同職掌，記者必須要了解它們的業務性質，才能順利的進行採訪工作。

國內目前除了臺中市與高雄市衛生局，以特定名稱來表示其組織性質之外，其餘各縣市衛生局都是以數字來做為組織名稱；舉例來說，臺中市衛生局與高雄市衛生局旗下分成疾病管制、企畫、醫政、藥政、保健、檢驗、食品衛生等七課，其他各縣市衛生局則分成第一課至第七課，第一課負責防疫保健，第二課營養及職業衛生管理，第三課醫政管理，第四課藥政管理，第五課護理保健，第六課衛生保健，第七課食品衛生，與臺中市與高雄市衛生局各課負責的業務，在排列順序上大抵相同。

除此之外，衛生局還設置總務、會計、人事、政風室，以及慢

性病防治所等單位；縣級行政區在各個鄉鎮地區，另外設置衛生所，市級行政區則在各個行政區，設置衛生所，衛生所的功用是推行各項公共衛生與醫療保健業務，舉凡一般的體格檢查、預防注射、慢性病防治、健康諮詢、家庭計畫、產前檢查等，都屬衛生所業務範圍。

線上記者一定要熟知衛生局各課室與衛生所的業務性質與功用，遇到相關新聞時，可以知道找何單位詢問。例如，想了解新生兒、幼兒、學童、老人等之預防接種情形，或是當地國小學生寄生蟲防治狀況，就要找第一課；想了解社區消毒工作情形，要問第二課；想知道衛生局取締密醫、查察違規醫療廣告執行情形，就要詢問第三課；對於中藥、西藥、醫療器材、化妝品的管理，以及路邊攤販販賣藥品之取締，即屬第四課權責；有關學童視力保健、口腔保健，以及高血壓、糖尿病、結核病等業務規畫、統計與分析，是第五課業務；對於游泳池、三溫暖水質之檢驗、各類食品之抽驗、消費者檢舉食品之送驗等，是第六課要做的工作；第七課業務則是食品工廠、公共飲食場所、健康食品、學校食品衛生、食品中毒等之輔導與管理。

貳、宣導正確醫療衛生觀念

即使教育發達，國內許多民眾仍具有不正確的醫藥衛生觀念，導致成藥風行、密醫橫行、土法煉鋼式的各式民俗療法大行其道，減肥與塑身業蓬勃發展，醫藥衛生記者對這些不正確的觀念，有導正的責任。

另外，民眾對環境清潔、飲食、運動、居家衛生等，應具備什麼樣的正確態度，也是醫藥衛生記者應該宣導的重點。

參、新聞訊息力求實用價值

　　地方衛生單位是服務地方民眾的機構，其所擬定的措施，應該能夠讓民眾在日常生活中利用，記者在發布消息時，要知道選擇，要以實用性的訊息為主，有關政令宣導式的訊息，內容如果沒有新鮮處，可以捨棄不用。

　　例如，衛生局一味鼓吹新生兒施打疫苗的好處，只是一種政令宣傳，還不如公布最新排定的新生兒疫苗注射日程，來得對讀者更有實用價值。寫新聞說明登革熱的發生背景與症狀，還不如寫當地登革熱指數情形，以及是否可能會發生登革熱、衛生單位有無噴藥等防範計畫、地方民眾應如何配合等來得實際。

肆、掌握發稿時效

　　地方衛生機關專責地方衛生把關大任，隨時護衛民眾的身體健康，許多措施都與時間有關，記者必須注意寫稿的時效性，具體掌握時間，不要事過之後再發稿。

　　例如，每逢年節前，各地衛生局、衛生所都會例行性的到市面上抽樣檢查食品衛生情形，了解是否有添加防腐劑、色素等不當添加物，包括春節的年貨、元宵節的湯圓、端午節的粽子、中秋節的月餅等。這些檢驗結果必須在節日前公布才對讀者有意義，記者如果等到節日結束再撰寫檢驗情形，讀者無從作為購買參考，則毫無意義，根本就是浪費版面。

　　相同的情形是對於游泳池水質的檢驗，在暑假期間，衛生單位也會檢查公、私立泳池水質衛生狀況，公布出來供泳客參考，記者發稿同樣要爭取時效。

伍、維護民眾利益

地方衛生單位的作為，應與民眾需要緊密契合，如果衛生單位的作業不符民眾權益，記者應該挺身而出加以舉發、糾正。

例如，如前所述，衛生單位的公共衛生檢驗業務具有時效性，有些衛生機關作業緩慢，要到節日當天、甚至節日結束後，才公布食品檢驗結果，或是暑假即將過去，才公布泳池水質檢驗結果，此時，絕大多數民眾已買好商品，游泳也已一段時日了，讓民眾無法及時利用這些訊息。

對於這種不重視消費者權益的單位，記者要站在民眾立場，維護民眾利益，催促主辦人員趁早作業，如有必要，則撰文予以批判一番，督促其改進。

新聞寫作實例一：

（彰化訊）天氣逐漸炎熱，彰化市衛生局最近開始注意登革熱病媒蚊的活動情形，該局調查人員發現協和里的埃及斑蚊指數高達五級，接近最高的六級標準，呼籲當地民眾加強住家環境衛生清理工作，以免發生登革熱事件。

過完年後，彰化地區的白天氣溫普遍較高，正是病媒蚊逐漸恢復活動的好時機，加上臨近縣市最近發現登革熱病例，在此二個因素下，彰化市衛生局近日針對登革熱病媒蚊進行調查工作。

衛生局人員說，登革熱病媒蚊包括埃及斑蚊與白線斑蚊，前者的活動指數最高為六級，後者為八級，從指數的級數中，可做為衛生單位與民眾對蚊類的防範參考。最近衛生局所做的調查中，最值得注意的是西區協和里，其埃及斑蚊指數高達六級，白線斑蚊的指數則為零，兩者相去甚遠。

衛生局下週將陸續對南區、東區、北區、中區的幾個里，展開調查工作。該局表示，去年彰化市共發現登革熱疑似病例二十件，只有一件確定，民眾是在泰國感染。為保持好情況，市民必須持續加強積水容器的清理工作，尤其是指數過高的區域，更要特別注意。

新聞評析：

每到夏天，臺灣許多地方都會傳出登革熱事件，這篇新聞報導當地登革熱的現象，以衛生局人員立場提出呼籲，希望民眾加強注意登革熱防範，除了掌握到新聞報導的時效性之外，還具實用價值，相信居住在附近地區的民眾，一定會仔細閱讀。

這類深具生活化的新聞是衛生記者採訪與報導的重點，因為新聞具有延續性，新聞報導之後不可就此打住，而要隨時盯住衛生局人員的調查工作，當對於某區調查工作有了具體結果時，就立即詢問調查人員有關詳情，予以披露，特別是調查發現指數特別高、有可能會發生疫情的區域，記者更要做詳盡的報導。

新聞寫作實例二：

（橋頭訊）橋頭鄉衛生所昨天舉辦幼童潔牙比賽，九所公私立幼稚園、托兒所精選二十八名潔牙代表參賽，爭取美齒小天使的寶座。衛生所表示，希望各幼稚園美齒小天使成為種子部隊，宣導其他小朋友正確潔牙，保有一口健康美麗的牙齒。

衛生所人員陳文傑表示，齲齒、牙周病困擾現代人，為了建立國人牙齒保健習慣，衛生所決定向下扎根，從幼稚園階段開始宣導，辦比賽讓小朋友研習正確的潔牙方法，養成正確

潔牙、刷牙的好習慣。

橋頭鄉九所公、私立幼稚園、托兒所合計推派二十八人參加潔牙比賽，醫師示範正確刷牙方法，讓參賽小朋友吃糖後刷牙，再塗上牙菌斑試劑檢查，比誰刷得最乾淨。

陳文傑指出，定期口腔檢查是維護牙齒健康的好方法，建議小孩每三個月檢查一次、成人每六個月檢查一次，監督小孩養成正確的刷牙習慣，均衡攝取營養，讓家人都能擁有一口健康美麗的好牙齒。

新聞評析：

地方衛生所舉辦的活動，只要內容不要太沈悶，都是新聞。此則新聞報導的是鄉衛生所舉辦的幼兒美齒比賽，有其新聞價值與趣味性，當然可以報導，但新聞不可能做大。

由於一般人一輩子難得被媒體報導，比賽優勝的幼兒姓名與單位可以寫在新聞內，供其剪報留念。要特別注意的是，新聞一定要配合照片，記者可以請優勝人員排排站，張大嘴巴、露出美齒，做近距離的特寫，才是成功的作品。

第二十一章　體育新聞

　　俗話說：「強國必先強身」，近年來在政府大力推動下，國人運動風氣日盛，不但以慢跑、游泳、打球、上健身房等各式運動健身，遇有大型運動比賽，更是經常吸引大批民眾參與，往往造成萬人空巷，精於運動的比賽選手也因此成為眾人欣羨的明星級人物，在體育幾乎成為全民運動的熱潮下，體育新聞變得愈來愈受讀者矚目，在眾多不同性質的新聞中，占有一席之地。

　　目前國內已有全天候報導運動消息的專業性有線電視臺，各家報紙也都開闢體育版，專門刊登國內、外體育新聞。不過，臺灣地區每天發生在各地的大小體育活動甚多，不可能全部都刊登在體育版上，一般來說，這些能在體育版見報的新聞，大都是性質較為重要、有特殊紀錄、容易受到讀者普遍注意的體育消息，如果是較小規模、具有地方性質的體育活動新聞，則放在地方新聞版上，供當地讀者閱讀。

　　報紙總社有體育記者專門採訪體育新聞，地方上的體育活動並非天天都有，規模也都不大，所以並無專門的體育記者，而是由其他路線的記者兼任，基於性質的相似，地方體育新聞大都由文教記者兼任，這是指小型的體育活動而言，如果是大規模的體育賽事，例如全國運動會（精省前為區運會），或是具有世界性、國際性質的比賽活動，地方記者無法全盤了解整個比賽的來龍去脈與選手背景，寫來較不專業，為求新聞品質的深入與正確，通常都由總社體育記者親到地方採訪。

第一節　體育新聞的重要性

對競爭有興趣是人類與生俱來的天性，因為人類自遠古時候，就和別人、大自然與各種野獸彼此競爭，勝利才能存活，這即是「物競天擇，適者生存」的道理。所以，只要是競爭的行為，都會引起人們注意，特別是對於那些憑著體力、智力在競爭中脫穎而出的優勝者，更是受到眾人崇拜，將之視為英雄，演變至今，運動場上的頂尖好手已成為明星階級，十年努力，一朝成功，即可名利雙收。

每次體育比賽總是吸引無數觀眾觀賞，對選手品頭論足，對比賽過程評估分析，說明人們對體育活動的興趣。新聞媒體刊登體育新聞，主要在於滿足讀者需求，除此之外，報導體育新聞還隱喻著民主精神與刻苦耐勞情操，透過公平的比賽規則與公開競技，讓人了解公平競爭與遵守規定的重要性，運動員也唯有藉著堅忍不拔的精神與吃苦的毅力，堅持到最後一分鐘，才能獲得最後的勝利成功。

另外，透過體育新聞報導，也可讓眾人知道鍛鍊體格、強健體魄、保持運動風範、維護健康的重要，所以，還有提倡運動的另一層意義。因此，地方體育記者不只要注意大型運動比賽，更必須顧及小規模的競賽、零星的體育消息、當地運動選手的動態、具有健康效果的室內與戶外體育活動等，倡導全民運動與正確的體育觀念。

第二節　體育新聞的分類

體育新聞的採訪範圍極廣，除了我們常見的球類、田徑、游泳、體操、慢跑、技擊等狹義的比賽活動之外，還包括登山、釣魚、模型船、溯溪、滑草、搖控飛機、攀岩、滑船、滑翔翼等廣義的戶外活動。這些運動與活動都具有專門知識與規則，各有各的玩法，一

位體育記者以一生之力，也難以精通每一個項目，由此可知採訪體育新聞並不容易。

地方上的體育新聞，主要有下列幾種區分方式：

壹、以性質區分

可分成動態體育新聞與靜態體育新聞：

一、動態體育新聞

包括各種在地方上舉行的比賽、研習、訓練等活動，以及與體能有關的戶外運動，這是地方體育記者主要的新聞採訪對象。

目前全國每個縣市地區都有體育委員會、各運動單項委員會與協會，負責推展當地的體育活動，例如籃球、排球、舉重、棒球、游泳、壘球、槌球、慢跑、外丹功、太極拳等委員會或協會，定期或不定期舉辦聯誼賽、友誼賽、選拔賽，其他與體能訓練或運動有關的各種冬令營、夏令營、研習營等活動，往往成為地方年度的運動盛事，都屬於動態體育新聞。

另外，全市、全縣、全鄉、全鎮的運動比賽，參加的選手以當地民眾為主，從比賽中，選出優秀、有潛力的運動選手，也是動態體育新聞不可或缺的項目。

二、靜態體育新聞

包括地方體育人物介紹、優異的比賽表現、體育組織的形成與人事改選、體育有關的會議、比賽規則的修訂、體育發展的規畫、人員的培訓、經費的籌措、體育人員的表揚與懲處、體育設施的興建、維護與整修、體育運動器材的汰換與添購、運動場所的開放與關閉、收費辦法修訂等。

貳、以規模區分

可分成大型體育新聞與中小型體育新聞：

一、大型體育新聞

只要冠上「世界」、「國際」、「全國」等字的比賽，幾乎都屬於大型體育新聞，例如世界杯撞球錦標賽、國際田徑邀請賽、全國運動會、全國羽球錦標賽、全國中正杯舉重比賽、全國軟式網球賽等。

地方上不容易碰到由地方記者負責採訪的大型體育新聞，如先前所述，這些具相當分量的比賽，總社都會派遣體育組的文字記者與攝影記者到場採訪。但是也有例外，如果正好總社體育組記者人手不夠，或者比賽雖然是國際性、全國性，但屬於冷門項目，分量不足，體育組記者不想到場採訪，也會請地方記者支援採訪。

二、中小型體育新聞

地方上體育活動規模大都屬於這種類型，例如全市、全縣、全鄉、全鎮運動大會，或是由各運動單項委員會舉辦的比賽，或者是幼稚園、國中小學的校際運動比賽。此類比賽很少會出現驚人的成績，溫馨、趣味、聯誼、休閒、以賽會友的性質居多，是地方體育記者最容易遇上的體育活動。

參、以場地區分

可分成學校體育新聞與校外體育新聞：

一、學校體育新聞

就地方上來說，學校所舉辦的體育活動可說是最密集頻繁，平時除了自行訓練校隊選手，每年也都會舉辦學校運動會，或者校際

之間的比賽；另外，學校因為體育設施較為完善，經常做為地方性的運動比賽場所，包括田徑場、游泳池、體育館、網球場、羽球館、足球場、籃球場等設施，都是校外單位借用的熱門比賽場地。

因此，如果是學校舉辦的運動，或者校外舉辦，但借用學校做為比賽地點，均可稱為學校體育新聞。一般來說，鄉鎮地區因為較少有大型的運動場所，借用當地學校做為比賽場地的機會，比縣市地區來得多。

二、校外體育新聞

除了學校，地方上的體育委員會、各運動單項委員會、運動器材行、熱心體育人士等，也會依其計畫和需要，擬定各種比賽，此種非學校辦理，也與學校無關的體育活動，即為校外體育新聞。

此外，並非所有地方上的運動比賽都會借用學校運動設施，如果學校的運動場地不夠完善，或是當地有其他夠水準的比賽場地，或是學校中根本缺乏某類的比賽場地，則比賽移往校外舉行，也屬校外體育新聞。

例如，高爾夫、滑草、帆船、獨木舟、攀岩、登山、保齡球、射箭、衝浪、划船、小綿羊機車、風浪板、潛水、溯溪、滑翔翼、撞球等，學校中少有這類比賽場地，非得到某些特定地點舉行不可。

第三節　體育新聞採訪與寫作要領

壹、熟悉競賽規則

熟悉比賽規則是體育記者最基本的條件，因為，玩任何遊戲（比賽）都要知道遊戲（比賽）規則，體育記者雖然未直接參與比賽，但他主要目的在於把整個比賽過程完完整整的報導出來，讓讀者知

曉，不能出錯，可說是比賽中的一員，體育記者如果不清楚規則，將導致整個遊戲大亂，甚至顛倒黑白。

　　一個體育記者不知道競賽規則，比選手或裁判不知道規則，更能產生不良影響，輕則讓讀者對新聞報導產生不信任感，重則對讀者造成誤導作用。所以，地方記者在採訪某項比賽之前，如果還不了解規則，就要趕快買書或問人，惡補一番再上陣，免得看了比賽「霧煞煞」，寫出來的新聞沒人看得懂。

貳、現場觀賞比賽過程

　　體育新聞是個很「活」的東西，採訪記者一定要親自到場觀看整個比賽過程，紀錄過程中每一個情節、特殊狀況、現場氣氛、觀眾反應等，寫出來的報導才會讓讀者看來有身歷其境的感覺；有些懶惰的記者未到場看比賽，只在事後拿成績單，再根據自己想像或別人的說法，閉門造車撰發新聞，這些新聞報導內容不但容易錯誤百出，讀起來也令人有隔靴搔癢之感。

　　特別是對於重大的比賽，以及其中有優秀選手可能隨時打破紀錄，採訪記者更不可缺席，除了拍攝畫面，也可以利用休息時間或比賽結束時，針對特殊狀況訪問選手與裁判意見，或是對特殊表現的選手，進行專訪。

參、請教專家

　　體育項目種類繁多，奧運與亞運的比賽項目共有四十多種，加上其他非奧、亞運的比賽項目，至少也有七、八十種，這些項目的比賽紀錄、運動規則隨時都在變動，任何一位專業的體育記者不可能完全熟悉，對於偶爾一次採訪運動比賽的地方體育記者來說，對於比賽選手背景、遊戲規則更彷彿霧裡看花，摸不著邊際了。

　　因此，最簡捷快速的辦法就是請教專家，在跑新聞之前徹頭徹

尾弄清楚比賽規則、那些選手可能會破紀錄等有關詳情。專家等於是體育記者的活字典，應謙遜請教，千萬勿不懂裝懂，明明外行，硬要裝內行，最後鬧出笑話。尤其在發生比賽糾紛時，雙方各執一辭，各有各的理由，此時更要多詢問幾位不同的專家看法，綜合之後報導，才能不偏不倚，讓新聞報導具專業水準。

肆、建立資料庫

只要多看、多問，把比賽規則弄得滾瓜爛熟，採訪體育新聞並不太難，但是要做一個專業、權威的體育記者，則必須要下功夫，平日努力蒐集體育資料，建立完善的資料庫，做到「別人沒有的資料我有，別人有的資料，我不但有，還更詳盡、周全」，如此就成功了。

地方體育記者由於是兼跑性質，很少會建立個人體育資料庫，遇到要查證時，只好四處問體育界人士、專家學者，浪費許多時間，有時還不一定能立即找到人。有了屬於自己的資料庫，一旦發生破紀錄或重大體育事件時，就可以馬上查證，也容易了解新聞事件的重點為何？寫起新聞將更深入、順手。

與總社體育組記者比較，地方體育記者所要建立的資料庫內容有所不同，層級太高的比賽資料，例如奧運、世運、亞運等紀錄資料，地方性的運動比賽不太容易用到，除非自己特別有興趣、時間夠，否則可以不必理會，焦點可以放在全國與當地紀錄，以及和當地體育有關的人、事、物方面的剪報資料，即已足夠。

伍、解釋與分析背景

國內以運動為內容的專業性體育頻道不少，不但從頭到尾現場直播，有時還再三重播，並有專人解說。所以，目前報紙的體育新聞寫作方式，已捨棄傳統「記流水帳」的模式，不再從頭寫到尾，

而是著重分析與解釋背景資料。

因此，要做一個專業的體育記者，除了提供一般性的比賽內容報導之外，更要做到深度報導，針對比賽過程與人物進行分析解釋，讓讀者了解比賽的意義、影響勝負的關鍵、過程中最重要的因素、比賽結果對其他比賽會帶來什麼影響等，才能樹立記者的權威性。

陸、留心數字

體育競賽整個過程比的其實就是「數字」而已，看誰跑的最快、丟的最遠、跳的最高、誰的得分多、誰的得分少。所以，體育記者一定要對數字特別留意，寫新聞時要再三核對數字是否正確，即使是零點一秒的失誤，也不應該。

柒、凸顯比賽特色與現場氣氛

撰寫體育新聞時，不能平鋪直敘，打棒球從第一局寫到最後一局，打籃球從第一節寫到最後一節，田徑賽每一樣成績都交代清楚，如此將引不起讀者閱讀的興趣，而要凸顯比賽中最重要的特色，也要詳述現場氣氛，把讀者帶進比賽場地中，也就是要講究「臨場感」。

一場運動比賽中，有眾多的選手、許多教練、不同的競賽過程、不同的時間點、不同場景、大批觀眾，這些都是採訪記者要仔細觀察的項目，從觀察中篩選溫馨感人的、有人情味的、扣人心弦的、緊張的、刺激的、衝突的、有爭議性的情節發揮，才能引人入勝。

捌、建立廣泛的人脈關係

跑地方競賽性的體育新聞少會發生漏失新聞情形，因為任何一項比賽活動都是事前作業，主辦單位一定會展開宣傳、通知媒體，每位記者都會知道比賽性質、時間、地點，屆時前去採訪即可。想要跑出獨家體育新聞，就必須從非預告性的方面下手，因此，建立

廣泛的人脈關係就顯得十分重要。

很多具有人情味、趣味性的體育內幕消息，都是靠良好的人際關係而來，包括各地體委會與單項運動委員會主委、總幹事、職員、教練、選手、球友、球迷、基層行政人員、選手親友、運動品專賣店老板或員工等，體育記者如能廣結善緣，一定能在一般性的比賽活動新聞之外，找到可供盡情揮灑的一片天。

新聞寫作實例一：

（龜山訊）中等學校擊劍錦標賽，昨日在桃園縣龜山鄉公所大禮堂舉行，由於選手成績可列入高中或大學術科甄試分數，各校選手無不全力以赴，高雄縣梓官國中在個人鈍劍項目中，獲得女子前三名，男生第二、三名，是表現最好的國中隊伍。高中組方面，臺北縣海山國中獲得男子組第一、二名，令人刮目相看。

負責大會場地工作的成功工商表示，今年共有十八所高中、十三所國中報名比賽，比以往增加許多，這次龜山鄉公所不但補助經費，還借出三樓大禮堂，規畫出八個場地同時進行比賽，讓選手不必東奔西跑，使比賽很順利進行。

比賽為期四天，分成鈍劍、銳劍、軍刀男女組，包括個人賽與團體賽，選手要經過初賽、複賽、決賽共八、九場比賽，才能爭取冠軍機會，選手的體力與毅力備受考驗。

首日個人鈍劍各組一至三名名單，分別是：高男組海山高工王挺聿、趙信賢、岡山高中葉庭塊、世界工家邱政國，高女組左營高中李曉婷、新民高工吳彩鳳、岡山高中楊佳華、劉佩珊，國男組國昌國中陳郁仁、梓官國中蔣來福、國昌國中林建志、梓官陳家瑋，國女組梓官國中于宓玄、廖珮琳、蔣秋紅、蘇澳國中吳宜珊。

新聞評析：

　　在地方跑體育新聞，最容易遇到的是地區性的運動比賽，例如市運、縣運、鄉運、鎮運，以及各種運動單項比賽。當然，地方記者偶爾還是會遇上全國性的比賽，雖然是全國性，但可能因為分量不足，總社體育記者不會到場採訪，此時地方記者就得自己披掛上陣了，此則新聞即如此。

　　這則地方體育新聞，內容寫的是首日的比賽結果，除了交代表現較佳的學校之外，還介紹若干比賽背景，例如比賽地點、鄉公所的參與協助、比賽時程、分組情形等，讓未到場參觀的讀者了解比賽的基本資料，當然最後要交代首日得獎的選手名單，內容才算完整。此種連續多日的比賽，記者在發完第一天的新聞後，以後每天都要發稿，不能因為比賽無特殊之處，就不發稿。

　　比賽中要特別注意的是表現特別傑出的選手與參賽單位，例如某人在不同比賽項目中，獲得多個冠軍，或是某校在多個項目中，包辦前三名，或者第一名均由某校選手囊括。如有這些現象，可以對教練、選手進行專訪。

新聞寫作實例二：

（雲林訊）雲林縣棒球委員會七月二、三、四日辦暑期棒球夏令營，即日起受理國小四年級到國中學生報名，共八十個名額，有意者動作要快。

雲林縣棒球委員會表示，夏令營活動連續三天上午八時到下午五時在縣立體育場舉行，男女兼收，分級分組教學，不論會不會打球都可報名參加，國中生有四十個名額、國小四到六年級有四十個名額。

每人報名費原為二千元，棒球委員會補助一半，學員只付一千元（包括三天訓練、午餐、衣帽、飲水、保險等費用）。報名請洽雲林縣棒委會，電話××××號，也可就近向附近的國中小學報名。

新聞評析：

這則新聞算是體育新聞，但也可畫歸為社團路線新聞，因為新聞主體是棒球委員會，屬於民間團體。

在地方上，類似的新聞稿件相當多，許多公家與民間單位舉辦各種招生、研習、講座等活動時，為了讓地方民眾知道這些訊息，都會主動發布新聞稿，請媒體記者發稿，特別是報紙，因為報紙地方版的力量強大，訊息見報與不見報，在宣傳效果上有天壤之別。

因此，報社在各縣市的採訪辦事處每天都會接獲大批各界傳真來的這類型新聞稿，是典型的「公關新聞」，其重要性說大不大、說小不小，卻與民眾生活有很密切關連，可以讓民眾安排自己的休閒生活。為了容納這些新聞，各報紙地方版大都會設計「生活圈」、「生活看板」等欄塊，集中這些訊息刊登，每則新聞統稱之為「簡訊」。

一般來說，這類訊息大都以「簡訊」方式處理，即以短短的兩、三行文字做簡單說明，像此則寫成新聞方式，並不多見，除非當天版面夠大，才有可能一字不漏的全數刊登，否則都會被改成「簡訊」。

第二十二章　環保新聞

　　環保新聞在早年是個十分冷門的路線，不但讀者不會去關切，在新聞媒體中也難受重視，與環保有關的新聞往往占據新聞版中不起眼的一角，有的報紙甚至在地方新聞上，並未畫分環保新聞路線。因為，當時大家經濟不富裕，只知道忙著賺錢養家活口最重要，誰會注意環境清潔衛生如何，只要能順利活著，與環境有關的事情都是其次。

　　隨著臺灣經濟起飛，國人生活水準大幅提升，物質生活不虞匱乏之後，才逐漸將注意力轉到環境品質方面；尤其民國六、七十年間，臺灣陸續發生戴奧辛導致畸形兒、烏腳病事件、稻米受到汞汙染、鎘汙染等許多重大環境衛生公害事件，在發現國人經濟水準的提高，原來其中有很大部分是犧牲環境資源所換來之後，讓國人不斷省思此種代價是否值得？是否會危害我們下一代的永續生存？

　　在媒體加強報導，以及各種環保團體不斷宣導之下，如今國人的環保意識早已水漲船高，各縣市政府也都設立環保單位，積極運作環保業務，加強環境衛生，並取締各種危害環境衛生的公害行為，各新聞單位也都將環保新聞畫分成採訪路線的其中一類，主派專人採訪環保新聞，使環保新聞成為新聞媒體不可或缺的報導要項，其新聞重要性與地位，是早年新聞從業人員所想像不到的。

第一節　環保新聞的分類

壹、環保機關

環保機關是地方記者在採訪環保新聞時，最主要的採訪對象，

這些環保機關包括各縣市環保局，以及附屬的垃圾焚化廠、垃圾掩埋場、水肥隊、清潔隊與各清潔分隊等。

　　上述有關的環保單位，專責地方環境清潔衛生，各單位依照本身業務分配，擬定環保方案、執行環保措施。具體而言，環保單位負責的環境清潔任務範圍，包括空氣、水質、噪音、輻射、廢棄物、土壤、壽性化學物質、公廁等各種汙染有關的預防與防治，成為環保新聞最主要的來源。

貳、環保團體

　　民眾環保意識的抬頭，與環保團體大力宣導有很密切的關係，地方上各式各樣的環保團體，他們隨時鼓吹正確的環保觀念、辦理各種宣導環保活動、舉發地方政府單位不當的開發措施、遏止違害環境的行為，環保團體的種種作為，是採訪環保新聞必須即時掌握的。

　　特別是國內地方上的環保團體水準一年比一年提高，其成員除了熱中環境保護的一般社會大眾之外，還包括其他專業人士，例如大學教授、醫生、律師、工程師、中小學教師等，他們的所作所為，都對一般大眾造成相當影響，環保記者平日要和他們建立良好關係，做為採訪工作上的資源。

參、環境衛生

　　環境汙染在現代社會中日益嚴重，如何保持環境衛生也就變得格外重要，有關環境衛生的新聞，乃成為環保記者不可或缺的一項要件。

　　環境衛生新聞包括消極與積極兩方面，就前者來說，主要是報導與當地環境衛生有關的新聞、教導民眾認識環境衛生的重要，以及如何才能避免自己對水、空氣、噪音、廢棄物等造成的汙染；就

後者而言，則教導民眾如何加強環境衛生清潔，以積極的作為來改善所居住地區的環境清潔衛生。

肆、生態保育

生態保育是環保觀念中十分重要的一環，因為大家都已了解，人們必須與自然生態和平共存，不能為了自己生存而破壞大自然，這才是自然界「永續發展」的正確觀念；因此，有關生態保育的資訊，是環保記者不應忽略報導的。

生態保育主要包括大自然與動、植物的保護和輔育，在臺灣地方上，有許多特殊的環境生態，例如，魚塭、紅樹林、水筆仔、賞鳥區、濕地、招潮蟹、防風林、海岸等生態的變化與現象，以及大型工業區開發、垃圾場、發電廠興建等，對生態的危害等，均值得記者加以報導。

伍、環保教育

要想建立正確的環保觀念，必須透過環保教育，目前實施環保教育的單位，除了環保機關之外，還有環保團體、學校、公益社團等，新聞媒體具有強大的影響力，自然也要參與其中，宣導各單位推展的環保教育理念，加強環保教育新聞的傳播。

環保教育首重觀念正確，不正確的環保觀念，不但無法為自己與社會帶來福祉，反而阻礙社會進步、妨礙自己權益；因此，在環保教育新聞報導上，要特別注意使用者付費、資源回收、環保抗爭、垃圾分類、防範汙染源等正確的觀念。

第二節 環保新聞採訪與寫作要領

壹、注意環保法令

環保與社會脈動有相當密切的關係，當社會發展到達某一程度時，就會產生新的環保問題，為了防止環保問題的產生，立法單位因此會訂定新的法規，以因應時代需求，所以環保法規的汰舊換新速度頗快，環保記者要隨時掌握，以免寫新聞時引用錯誤。

尤其與民眾生活有關係的水汙染、空氣汙染、噪音汙染、廢棄物汙染等，各種有關的取締、罰則等規定，環保記者更要隨時蒐集，以備不時之需。

貳、了解環保單位業務性質

地方環保記者主要的採訪單位是各縣市環保局，環保局各科室業務單純卻複雜，環保記者每天進進出出採訪時，一定要搞清楚各單位的職掌與作業狀況、業務性質等，才會有具體的發揮。

舉例來說，各地環保局第一課主要辦理環境教育宣導、環境影響評估、毒性化學物質管理、病媒防治等業務，第二課掌管水、噪音與空氣汙染的防治，第三課負責土壤汙染、事業廢棄物管制與資源回收；另外還有清潔隊、公廁、水肥與掩埋場等單位，各自負責有關的業務。

這些業務所負責的工作都有週期性，每隔一段時間就會擬定方案加以執行，記者如果具體了解各單位工作性質，就可以依據時間表來採訪、撰發新聞。

參、深入現場採訪

環保工作不是紙上談兵，而是要具體落實在民眾的日常生活中，每一業務都有它的實際面，記者不應該只發布業務單位的計畫就認為大功告成，而要進一步的到現場採訪，了解環保單位訂定方案的執行情形與民眾反應，才能真實的掌握現況。

例如，為了防止登革熱事件產生，各地環保局在夏天都會噴灑消毒水，並蒐集家戶容器，以計算病媒蚊指數，雖然業務單位事後會公布調查情況，但有責任心的記者應該與業務人員共同下鄉，實際採訪其工作狀況，並訪問民眾有關防治病媒蚊的作法，報導出來的新聞才會有臨場感。另外，環保人員也常會出動到外地，執行取締烏賊車、圍捕流浪犬、取締露天焚燒垃圾者、稽查排放烏煙的餐廳等，都值得環保記者隨同前去採訪，或許會有意想不到的收穫。

肆、隨時請教專家

環保是一門相當專業的學問，不論是生態保護、環境衛生、公害事件等，都包含有各種專業知識，記者對其中內容如果不清楚時，不要裝懂，寫出錯誤百出的外行文章，一定要請教專家，了解來龍去脈與緣由之後再下筆。

所謂的環保專家不只是環保局內部人員而已，有些更專業的項目，記者應請教在大學相關科系任教的環保學者，所以，這些學者的名單與聯絡電話，記者平日就要蒐集。

伍、勿介入環保糾紛

環境衛生固然重要，但記者不是環保人士，也非與環保衛生有切身利害關係的當事者，在採訪環保紛爭時，千萬勿介入，以免影響新聞報導客觀中立的立場，記者只要把事實呈現出來，讓大眾知

道其中詳情，任何的環保糾紛都留待有關單位或專家學者來解決。

環保糾紛常常是立場不同造成，沒有所謂對錯，無任何關係的第三者很難有客觀的論斷。例如，地方政府要在某鄉鎮興建垃圾場，以解決垃圾無處傾倒的問題，引來當地民眾反對，採取激烈抗爭手段，成為國內典型的環保糾紛；記者只要報導此事即可，沒必要再做評論，免得引來不必要的麻煩。

陸、擴大報導範圍

環保新聞的層面很廣泛，環境保護與衛生只是其中一小部分而已，環保記者不該只將新聞採訪對象偏限在環保機關上，而要延伸採訪觸角，只要與環境有關的任何項目，都將之納入報導範圍，以擴大讀者視角。

環保新聞的主要目的在於提倡正確的環保觀念，維護環境的整潔衛生，讓我們生存的世界能夠永續發展。因此，記者在擴大報導範圍時，應該不要忘記自己身負環保教育責任，在適當時機灌輸民眾正確的環保資訊與生態保育觀念，讓自己成為「大家做環保」的主力。

新聞寫作實例一：

（基隆訊）天氣進入炎熱期，為避免病蟲滋生，基隆市環保局將從本月中旬進行環境噴藥工作，預定六月中旬完成，該局希望民眾能主動整理附近住家的環境，勿以為只要噴藥即可高枕無憂。

基隆市環保局每年在天氣炎熱之前，都會展開環境噴藥工作，昨日該局業務主辦人員已擬定今年的噴藥計畫，同時呼籲市民注意配合事項。根據計畫，今年的環境噴藥工作將從本月十六日展開，預定六月十七日結束，每天上午與下午分二梯

次進行，每梯次各噴一個里。

環保局指出，環境噴藥使用消毒車作業，如此可以增加速度，但角落與巷道狹小地區，因為車子無法進入而無法進行，因此，將以消毒車與人工背負式同時雙管齊下。環保局強調，並非每個地區都會噴藥，因為不是每處地區環境都很髒亂，工作人員會請熟悉地方環境衛生的里長帶隊，在有必要的地方噴藥。

環保局特別提醒民眾，不是只要噴藥之後就沒有問題，最重要的是民眾要隨時整理住家內外與附近環境整潔；而且除非真的有需要，否則最好不要噴藥，因為消毒水對人體絕對有害，所以，自己動手整理環境最保險。

新聞評析：

定期噴灑藥水，消滅病媒蚊蠅，防止牠們帶來傳染病菌，是地方環保單位的重點工作項目之一，此種工作與季節更替有很親密的關連，採訪記者只要對季節變化稍具敏感性，就可以很容易掌握環保局的業務，進行採訪與發稿，此則新聞即是一例。

此則新聞並無特殊之處，它只是報導了環保局即將展開的一項工作，讓民眾了解環保局工作最新動向，進而對居家環境衛生比較安心；較特別的是，文中進一步的想到民眾權益，以環保局人員立場，提醒民眾不要以為噴了藥水就可高枕無憂，最重要的是民眾一定要自己動手整理環境清潔，以不說教的方式，教導民眾正確的環保常識，是記者應該學習的報導手法。

當然，環保人員到地方進行噴藥時，記者一定要前往，一方面可以拍到生動的相片，更可從中了解民眾維護住家環境的情形，報導起來將更深入。

新聞寫作實例二：

（南投訊）七月一日起，南投縣環保局將主動攔查告發未接受排氣定檢機車，處三千元罰鍰，逾期未繳納罰鍰將強制執行，資料送監理站後禁止異動，請車主及時辦理排氣檢定。

縣環保局表示，全縣機車約二十六萬輛，估計未參加排氣定檢的車輛約十分之一，大部分是老舊機車。七月一日起，未接受排氣定檢仍上路的機車，環保局將告發未貼檢驗合格標籤的機車車主，罰鍰三千元。

環保局說，七月一日起，縣府不再委託業者街頭勸導機車參加排氣檢測服務，車主不再享一週內改善的寬限期，尚未參加定檢、未貼檢驗合格標籤的車主，只要上路被發現，一律告發不予寬貸。

環保局指出，全縣二十八處機車排氣定檢站，七月一日起增加九個定檢站、三個移動檢查站，方便機車排氣定檢，請民眾在七月一日前受檢，以免受罰。

十八日上午九時到下午四時，環保局將在縣政府廣場舉辦電動機車宣導及免費機車排氣定檢活動，會場展示三期環保機車、電動車，另安排電動機車試乘，參加排氣定檢車主請帶行照受檢，受檢者可參加摸彩活動。

新聞評析：

　　汽、機車廢氣檢測是地方環保單位的重點工作項目，為環保局防治空氣汙染的主要業務，環保局每年都會不定期排定加強路邊檢測時間，並且以新聞稿通知記者，雖然此種新聞與民眾關係密切，報紙一定會刊登，但記者寫起來並無成就感。

　　因為這只是告知性的預發新聞，所以，記者最重要的一定要取得業務單位排定的路檢時程表，並在第一天跟隨前往實地採訪，了解他們攔車、檢測的方法與過程、車主的反應狀況等路邊檢測時所發生的相關問題，寫起新聞才有臨場感，當然也更深入。

第二十三章 交通新聞

　　國父說過：「交通是建設之母」。臺灣近年來經濟發展快速，建設一日千里，與交通四通八達有密切關係；對地狹人稠的臺灣來說，隨著交通設施的不斷興建，人與人之間的距離已大大縮短，利用鐵、公路與航空交通，住在都市與鄉村地區的民眾可以迅速往來聯絡，城鄉差距愈來愈小，「命運共同體」的感受則愈來愈強烈。

　　由於交通的發達，將人類生活推到另一個新的層次，交通已成為人們日常生活中不可或缺的一部分，特別是每當節日、假日或連續假期時，各地人們或返鄉、或訪友、或出遊，紛紛從住家往外發展，不論是自己開車或是搭乘有關的交通工具，對交通的感受此時達到最高峰，不管心中感受是好是壞，任何人都不能否認交通對每個人的影響與生活的重要性。

　　從以上分析，我們可了解交通對於人們實際生活的確有密切影響，因此，做為一個地方新聞採訪單位的交通記者，採訪新聞時首先要有正確的觀念，即要建立「交通新聞是可供人們利用的訊息」，而非「僅供參考」而已。如此，寫出來的新聞才具有新聞價值。

第一節　交通新聞的分類

壹、依單位

一、交通事業單位

　　包括鐵路局、公路局、航空公司、客運公司、海運公司、輪船公司、氣象站等公、民營營利與非營利交通事業單位；在縣、市與

鄉鎮地區來說，主要的採訪對象有火車站、公車站、客運與巴士業者、遊覽車公司、航空站、航空公司、貨運公司、快遞業者、電信局、郵局、氣象局測候所、監理站等。

二、警察局交通單位

各縣市警察局的交通局或交通隊，可以歸為警政記者路線，也可畫分交通路線。

近年來，國內交通問題特別受到大眾關心，尤其在過年、過節期間，國人紛紛外出郊遊，各地方交通隊都會擬定交通防範措施，平時則擬定道路標誌、標記、標線、號誌改善方案，以及交通違規取締計畫，和民眾權益有極密切關連。

貳、依性質

一、靜態交通新聞

地方上的靜態交通新聞，主要是交通事業單位與警方交通隊規畫與交通有關的各種方案，包括行政措施、交通建設兩大類。

就行政措施來說，每當過年等節日來臨以前，鐵、公路局、客運公司與航空公司等，都會擬定加班作業與票價調整方案，同時公布何時開始預售票；平常日子，也會有增減路線、班次、車輛汰舊換新等動作。警察局交通隊或縣市交通局為改善交通秩序與行車品質，內部的行政業務單位平時會加強交通號誌、標誌、標線的規畫與汰換，以及訂定駕駛人與路人的交通違規取締方案，遇有連續假日時，更會擬定易塞車路段替代道路計畫，供路人利用；各地監理站、郵局、電信局等，也會有加強便民服務，以及提升內部作業品質的種種規畫。

就交通建設來說，各交通事業單位基於業務實際需要，會不定

期進行硬體設施的規畫興建，例如開闢交通站臺、擴大辦公廳舍、重修營業櫃臺、月臺的整修、機場跑道的維修等。

二、動態交通新聞

地方上動態的交通新聞，其實與靜態的交通新聞是一體兩面，主要是交通事業單位與警方交通隊在規畫與交通有關的方案之後，在某特定時間所執行的具體措施，動態新聞往往是靜態新聞的後續發展，兩者關係至為密切。

舉例來說，當交通隊規畫加強駕駛人與行人交通違規取締方案後，在其計畫時程內，則派遣大批警力在各路口執行取締工作，即從原先的靜態新聞，轉為動態新聞；相同的情形是，鐵、公路局與航空公司在宣布節日售票加班計畫之後，從計畫開始的日子起，其售票情形、民眾的排隊狀況、購票者的反應等，即屬動態新聞。

比較特殊的情形是，火車出軌、空難、海難、連環車禍等重大交通事故，雖然分屬於鐵路局、航空公司、海運公司的營運範圍，表面看來應為交通記者負責，但此種事件卻被歸類為災難新聞，非為單純的交通新聞，往往由多位不同路線的記者集體採訪，而且主力通常放在警政記者身上，交通記者此時反成為配角。

第二節　交通新聞採訪與寫作要領

壹、熟悉各單位不同特性

交通新聞的採訪對象雖然都與「交通」、「行」的有關，但各單位的業務性質有頗多差異，重點不盡相同，線上記者必須花時間研究每個單位的業務性質，確實了解各單位的業務特性，才能在新聞表現上得心應手。

　　在所有地方上的交通事業單位中，以電信局和郵局的業務最單純，一年碰不到幾次大事，偶爾業務單位會針對新擬定的便民措施，或是營業據點開張、遷移、關閉等事項，主動向新聞媒體發布新聞稿；其次是鐵路、公路、航空交通相關單位，包括火車站、臺汽客運、統聯客運、遊覽車、長途巴士、短程客運、市內公車、航空公司、機場、航空站等，以過年、過節有關售票情形的新聞最重要，平日通常只是一些不大不小的靜態新聞。各地氣象局測候所負責天氣預測與地震監測發布工作，除非遇到颱風或大地震，平時難得有記者會去串門子。

　　與以上單位比較，業務最繁雜的首推各縣市的監理站、監理所，以及交通隊，光從每天進出這些單位的無數人潮來看，即可了解他們的工作繁忙程度，記者只要用心觀察、研究他們的業務性質，不怕找不到可報導的東西。當記者對各個交通單位業務特性有詳細的了解後，即可以針對不同的業務屬性逐一探詢，挖掘有價值的事件來報導。

貳、掌握節日

　　「節日」可說是交通事業單位的主要生命泉源，在節日期間，就是交通單位大顯身手的時刻。因此，交通記者務必要掌握節日脈動，除了一般的週日，特別要注意週休二日、寒暑假、連續假期、三大節日，尤其是中國三大節日的交通狀況最為國人關心，交通新聞是眾人關心的焦點，三大節日的交通新聞往往登上全國版，地方交通記者千萬不能漏失當地特殊的交通事件。

　　節日來臨時，就是眾人出外的時候，買車票與機票的人數倍增，因此，交通記者要注意各地的火車站、臺汽客運、統聯客運、航空公司等有關加班班次、時間、票價等情形；在節日期間，由於外出的車輛暴增，經常造成路上交通嚴重阻塞，甚至交通事故也比平日

增加許多，為維護各地交通順暢，各縣市交通隊都會擬定交通疏導計畫，內容包括規畫行車動線、加強違規取締措施、替代道路方案、派出員警在要路口指揮交通等措施，這些都是交通記者應該要報導的內容，提供給民眾做為外出時的參考。

另外，在某些特定節日期間，對其他交通事業單位的業務會有不同的意義；例如，在教師節、耶誕節、新年期間，民眾都會有寄賀卡的習慣，或者以電話互相道賀，是電信局與郵局業務高峰時期，如何因應如潮水般湧來的信件與通話業務、是否有擬定便民與優惠措施、業務單位對用戶有何呼籲等，也是交通記者予以報導的對象。在吃尾牙與天冷時節，許多民眾免不了大吃大喝，這段時間內，交通單位都會加強路邊攔檢，進行酒精測試取締作業，與民眾權益有密切關連，也是交通記者應該廣為宣導、告知民眾的資訊。

以上都說明節日與交通的特殊關係，做為地方上的交通記者一定要謹記在心，掌握節日特性，在新聞報導上強烈出擊。

參、勤跑勤問

未跑過交通新聞的人，總以為地方上的交通新聞是枯燥、冷門的東西，實在乏味，其實不然，交通單位的種種措施都與社會大眾有密切關係，認為交通新聞乏善可陳，是因為未花功夫、未用心深入探訪之故，只要勤跑勤問，交通新聞可說是取之不絕的寶藏。

一般人到交通單位，都只看到表面上的作業情形，只知其然，不知其所以然，如能深入一探究竟，可發現其中別有洞天，很多都具有新聞報導的價值。

舉例來說，先前提到業務比較繁雜的為各縣市監理站、監理所，以及交通隊，前者主管大眾汽、機車車籍與牌照的異動、拍賣、變更、車輛檢驗、稅金徵收、汽車違規講習等各種有關的業務，站內每天人潮熙來攘往，熱鬧非凡；後者除了第一線的交通警員，隨時

要到路口執行交通管制、指揮、取締之外，行政業務單位也常常動腦，想辦法如何改善道路標誌、標線、號誌品質，以及如何擬定交通違規取締措施、如何拖吊路邊違規停放車輛、如何讓市區交通更順暢等，這些都是民眾看不到的，每一項業務還可衍生出不同的細節項目，而且這些業務通常具有延續性，只要確實掌握，新聞真是寫不完。

肆、走進現場

就內容來說，交通新聞是一種很活、深具真實性的資訊，業務單位首先要擬定有關的業務方案，然後在計畫的時間落實方案，前者只是空殼子，後者才是有血有肉的軀體，記者如果不走進現場採訪，就寫不出有生命力的交通新聞。

因此，不管是交通疏導計畫、交通違規取締措施、加強路邊違規停車拖吊方案、交通工具運輸計畫、發行預售票、違規講習、車牌拍賣、交通號誌改善、路面改善、違規裁決、車輛檢驗、車輛稅單的寄發和稅款的徵收、便民措施的實施、設施的興建與汰換、考照、無主物與無主車輛拍賣等種種交通業務，記者一定要到場了解其實際狀況，觀看整個過程，寫出來的新聞才不會與實際脫節，也會更深入且具體。

新聞寫作實例一：

（臺南訊）臺南市道路分隔島缺口設計過多，帶來大量交通事故，交通隊將積極改進，今年度初步決定封閉北安路等八處路段，共五十五處缺口，加上先前封閉的缺口，共達八十八處，預計可以有效的減少車禍現象。

有關人員表示，道路中央分隔島如果缺口太多，容易因為民眾迴轉不當而發生意外，這部分在臺南市已獲得具體證明。

依臺南市警察局交通隊八十八年度交通事故統計資料顯示，民眾在分隔島迴轉不當，造成的交通車禍件數達一九二件，帶來十二人死亡、一二七人受傷，嚴重影響行車安全。分析其肇事路段，多發生在路面較寬敞的北安路、明興路、中華東路、中華北路、健康路、林森路與長榮路口等。

為改善這種現象，市警局交通隊從去年七月份即全面檢討南市道路分隔島缺口設計缺失，並會同工務局與各區公所辦理第一次會勘，共發包封閉安明路段沿線十九處缺口，這項工程已在今年元月份全部完工，之後該路段的車禍肇事比率已明顯降低。

為持續改進分隔島缺口交通安全，市警局交通隊在今年三月展開第二次會勘，封閉中華西路、濱南路等十二處缺口，並改善二處、縮小一處缺口，此工程正辦理發包中。由於分隔島缺口交通事故仍不斷發生，交通隊繼續針對去年度分隔島缺口肇事率高的八條路段：北安路、明興路、中華東路、中華北路、中華南路、健康路、林森路、長榮路，於七月辦理第三次會勘，決定擴大辦理分隔島缺口改善工程。

新聞評析：

這條新聞是屬於靜態的交通新聞，新聞來源是交通隊的業務單位，為了減少交通事故，各地交通隊的業務單位都會默默的進行交通道路設施工程改善工作，根據車禍發生情形，從專業角度研判發生的原因，然後展開道路硬體補強措施；這條新聞中所報導的封閉道路分隔島缺口，只是其中一項工作而已，還有很多方面都是長期的作業，只是一般大眾不知道罷了。

類似此種交通新聞，與社會大眾行的安全有很大的關係，有必

要讓民眾知曉，交通隊在規畫這些計畫時，並不會發布新聞稿，一定要記者自己主動前往業務單位，和業務人員聊聊天、問些問題，才能夠得知。

如果記者能夠獲得這些新聞，往往是獨家，採訪交通新聞成就感也就從此浮現；當然，這些新聞都有持續性，在報導交通隊的封閉分隔島缺口計畫之後，記者還要掌握其封閉作業時間，會同施工人員前往現場採訪封閉的作業情形，過一段時日之後，也要追查封閉後的車禍件數，是否比封閉前明顯減少？如果沒有明顯改善，原因何在？交通隊是否還有另外的改善方案？一路探訪下來，就會有寫不完的新聞。

新聞寫作實例二：

（臺南訊）臺南市政府委託民間拖吊路邊違規停放車輛，明天上路，每天有十部拖吊車從上午七點到晚上十點執行任務，拖吊違規停放的汽、機車，交通隊呼籲車主早日改變隨意停車的習慣，以免受罰。

交通隊同時表示，民眾如果發現有車輛隨意違規停放，也可以打電話向交通隊或拖吊公司檢舉，以便前往處理，電話分別是×××號與×××號。

負責拖吊工作的政昌公司，拖吊停車場位於西門路四段三四一巷五號，也就是違規車主領車的地方。為了拖吊工作，該公司從日本進口八輛汽車拖吊車，二輛機車拖吊車，還招考十一位司機、四位會計、六位拖吊助理人員，參與拖吊作業。這些人員最近還到交通隊拖吊小組實地演練拖吊與收繳罰單等技巧，準備工作已就緒。

政昌公司表示，依合約規定，該公司負責拖吊的區域，是西門路以東，以西仍由交通隊拖吊小組處理。因此，民眾如果

發現自己車輛遭拖吊要領回時，一定要留意所停車的位置，不要跑錯地方領車；當然，拖吊現場都會留下文字告知車主，車主可以仔細查看。

為方便車主一天二十四小時都能領車，政昌公司每天晚上十時過後，都會安排值班人員駐守在停車場警衛室，車主領車時，只要按電鈴，即可辦理手續。

新聞評析：

執行違規停車拖吊工作，是許多縣市政府交通隊的重責大任，也是民眾很關心的項目，為了效果，有愈來愈多地方政府委由民間業者執行。臺南市的這項工作明天要上路，記者今日見報告知廣大車主，是正確的作法，時效性掌握良好，如果晚一天見報，或執行拖吊當日才發稿，新聞價值就大不相同了。

此種經常性的工作，記者一定要特別注意它的發展，尤其拖吊首日，以拖吊初期更要注意，包括成效如何、路邊商家與車主有何不同反應、車主是否有和執行人員發生衝突、是否有車主檢舉車輛遭刮傷、車內物品不見等現象。

事實上，違規車輛拖吊是吃力不討好的工作，不論態度再好、再仔細，被拖吊的民眾一定是抱怨不已，很容易和執行者發生衝突，甚至成為地方議會民代抨擊的焦點，記者務必要盯緊。

以此新聞為例，由於民間業者拖吊成果甚佳，有時連地方民代的車輛也不小心拖吊，執行期間飽受議會與地方民眾抨擊，兩年多之後，即遭取消，回歸交通隊處理，期間的風風雨雨，都是新聞題材。

第二十四章　消費新聞

　　人們其實是活在一個消費的時代裡，每個人每天一早張開眼睛，一直到夜晚就寢，不論吃的、喝的、穿的、用的、住的、行的，都離不了消費；換言之，除了離群索居，否則只要住在人群的世界中，任何人都必須消費，這是存活世上的根本代價，消費新聞的重要性可想而知。

　　尤其臺灣經濟起飛之後，國人賺錢能力大增，所得有增無減，賺錢的目的無非就是花錢，讓自己的生活環境與生活品質提升，進而過得舒適些。所以，教導民眾那裡有物美價廉的東西、如何花錢對自己最有利、在消費過程中，如何替自己省錢等訊息的消費新聞，在最近幾年地位明顯提升，由於讀者喜歡看消費新聞，使得國內各家媒體都將消費新聞的比重不斷增加，與十多年前不可同日而語，消費記者有愈來愈寬廣的表現空間。

第一節　消費新聞的界說

　　廣義來說，消費新聞也就是與金錢活動有關的新聞；因此，它也可稱之為「工商新聞」或「經濟新聞」，三者之間的性質其實很難區分，只不過，「工商新聞」、「經濟新聞」較著重於公司、行號、產業等營運者為角度的工商行為，以其做為新聞報導主要內容；「消費新聞」則著重於一般社會大眾的消費立場，以消費者的消費行為、消費習性、消費方式等，做為主要的新聞報導內容。

　　概括來說，前者以「經營者」為重點，後者以「消費者」為重點，目前國內報紙除了「經濟日報」與「工商時報」係以業者為主要報導對象之外，其餘報紙的消費新聞，大都以一般消費大眾為讀

者訴求。所以，站在讀者立場，「消費新聞」的稱呼，應該是比「工商新聞」或「經濟新聞」來得更為貼切一些。

如前所述，消費新聞係與金錢活動有關，其採訪範圍十分廣泛，舉凡商品行情、物價波動、工商活動、金融業務、市場狀況、民眾消費、產業建設、股票市場、進出口貿易、及其他各種有關的經濟活動，甚至連農業、漁業、勞工，都是報導對象。

由於人類活動離不開經濟、消費，所以，新聞媒體在很早以前就開始報導經濟新聞；歐洲商人在十五世紀就開始傳布經濟新聞，英國第一家專門刊載經濟新聞的報紙，出現於十七世紀，我國上海新聞報，在一九二三年首創經濟新聞欄。❶臺灣的報紙絕大多數都有全國版的工商新聞或經濟新聞版，但較偏重於業者的活動、產業狀況、政府有關的財政與經濟措施等上游新聞，與地方上較偏重於民眾消費行為之下游消費新聞，兩者之間性質截然不同。

隨著經濟型態多元化、國際化、複雜化、迅速化、密集化，與消費有關的領域不斷的擴充，新式消費型態再三出現，與傳統面貌大不相同，做為一個消費記者，已不能只以報導傳統消費新聞為滿足，而要隨時吸收新知、注意時代潮流動向，掌握消費最新資訊，才能滿足消費大眾需求。

第二節　消費新聞的分類

地方消費新聞的採訪報導性質，大致分成以下幾類:

壹、工商動態

這是地方消費新聞最常見的部分，內容包括一般商家之籌設、興建、規畫、開張、營業、宣傳、促銷、遷移、展覽、新商品介紹、

❶　王洪鈞，《新聞採訪學》，正中書局，民八十六年，頁二五五。

新服務內容的宣布、人事異動、集會、倒閉、休業、合併等事件。

這些事件大都是業者依其立場發表訊息內容，與一般民眾沒有深刻關係，記者即使發稿，新聞也不會登得太大；不過，仍有不少內容和地方民眾消費有密切的關連，例如，大型商家的開張或倒閉、特殊促銷手法、重大折扣、大型活動、特定時間營業時段的變更等，記者要對訊息加以選擇、過濾之後，針對和民眾有關係的部分加以報導。

貳、商品行情

商品行情也就是商品價格，其波動最為消費大眾關心，消費記者遇到此種訊息時，務必要深入查問清楚，擴大報導。

當商品行情沒有任何異動訊息時，新聞性較小，當它漲價或跌價時，就是意味著不尋常的現象，特別是民生用品，例如汽油、電力、瓦斯、水、衛生紙、米、酒、沙拉油等價格有明顯的異動時，地方消費記者一定要掌握有關訊息，密切注意當地此類商品的發展狀況，除了報導行情的起落之外，也要留意市場上的銷售狀況與消費大眾的反映；例如，是否有造成搶購風潮、商人或民眾是否有囤積現象、商人是否趁機哄抬物價，以及其他不法行為等。

參、地方金融機構

包括農會、漁會、信用合作社、銀行、票券公司等金融機構，他們的會員代表、理事、監事、理事主席、總幹事等之改選、人事異動、派系傾軋，以及存放款數字之變動、會議的舉行、利息之調整、業務手續的改良、營業時間與地點之更動、業務項目之增減、弊端的舉發、業者間的業務往來情形與合作計畫、民眾異常提領等，都在報導之列。

另外，當鋪與非法的地下錢莊、借貸公司等在地方上活動情形，

平日雖可不必加以特別注意，但遇有特殊時期，例如利率上漲、經濟蕭條、股市崩盤、失業率增加時，可以報導這些業者的業務狀況，以反應另一種地方基層經濟景象面貌。

肆、股票市場

國內股票市場已成為令人不可忽視的經濟活動之一環，每日成交額從數百億到一、兩千億，股票人口也達數百萬人，玩股票已是一種「全民運動」，所以，股票市場的動向是消費記者必須隨時注意的一環。

對地方消費記者來說，要採訪股票市場動態一定要到證券公司，目前國內證券公司數量驚人，幾乎是五步一家、十步一戶，不但充斥縣、市地區，即使連鄉鎮地區也可以看到其影子；當股市交易熱絡，進出證券公司的股票族如潮水一般時，就是地方消費記者要加以報導的時刻；例如，當地證券公司的營業額狀況、業者吸引投資人開戶的優惠手段、業者彼此競爭或合作的情形、民眾在股票市場交易的各種千奇百怪行為、民眾玩股票一夜致富或一夕之間傾家蕩產等傳奇故事。

伍、百貨公司、量販店等大賣場

百貨公司與量販店等大賣場在國內一家一家開設，其據點從都市開到鄉間，對地方民眾的消費習性與傳統商家營運狀況，均造成革命性的影響，是地方消費記者絕對不能錯過採訪的重要單位。

百貨公司與量販店、大賣場以其驚人的財力，展現出其異於傳統商家的營業型態，其賣場廣大寬闊、環境舒適、動線完整、商品眾多、價格低廉、宣傳強勢、活動內容新穎且豐富，對消費者而言，具有相當的吸引力，已成為地方消費大眾購物與休閒的主要去處，並對地方中小型商家造成巨大衝擊。

在大者恆大之下，未來百貨與大賣場在民眾心目中的消費份量，只會增加，不會減少，有關業者的銷售手段、業者的合併與休業等市場的演變，都是地方消費記者要隨時注意的項目。

第三節　消費新聞採訪與寫作要領

壹、具備專業知識

一般人以為軟性的消費新聞很容易採訪，記者只要注意吃喝玩樂的東西，以及最新流行商品就可以勝任，其實不然，報導以上新聞只能說僅成功一半；從另一層面來說，消費新聞也就是大眾化、通俗化的經濟新聞與工商新聞，消費記者面對的是三百六十行，各行各業都充滿專業術語，記者如果沒有具備基本的專業知識，遇到必須採訪的時候，對事件一知半解，報導新聞勢必難以深入，也不容易抓到精髓。

例如，在採訪股票市場新聞時，記者就必須熟知市場的運作模式、遊戲規則和專業語彙，包括開戶、交割、過戶、開盤、收盤、漲停、跌停、違約交割、除息、除權、基本面、政策面、消息面、利多、利空、當日沖銷、成交筆數、成交金額、做多、做空、融資、融券、本益比、全額交割股、績優股、投機股等，它們所代表的意義為何；有關國稅局、稅捐處、銀行、農會、漁會、期貨公司、票券公司、投資公司、信託公司、開發公司等機構的專業術語，如活期存款、活期儲蓄存款、定期存款、支票存款、公債、共同基金、營業稅、所得稅、贈與稅、重貼現率、利率、受益憑證等，記者也要熟知並活用。

另外，建設公司、租賃公司、仲介公司、房地產、當鋪、電腦、保險，地方消費記者也隨時會遇上必須採訪的狀況，其中都夾雜著

許多專門知識與用語，記者不但要知其然，更要知其所以然。

　　因此，記者平日應該多閱讀相關資訊、報導、刊物，或詢問業者，加強對採訪路線的了解，尤其是新進記者，要多參考別人的報導角度和對事件的看法，以他人的經驗做為自己採訪的基石，讓自己的採訪工作很快進入狀況，才不會寫出外行的文章。

貳、過濾公關新聞稿

　　除了政府單位之外，營利事業場所可以說是散發公關文稿的最大來源，消費記者幾乎天天都會接獲大量來自四面八方的公關新聞稿，商業場所以營利為目的，這些公關稿免不了的也就充滿自我宣傳內容，其中不乏誇大其辭、自吹自擂之「膨風」文章，消費記者一定要仔細過濾，絕對不可照單全收、有文必錄，成為宣傳工具，讓所報導的新聞有廣告化之嫌疑。

　　正確的處理方法是，記者可以把這些公關稿做為新聞來源線索之一，發現其中具有新聞價值者，則進一步與對方接洽，詢問具體內容，有必要時，記者應該與業者面對面採訪，以了解其虛實，真正有報導價值者，並加以拍照，做擴大處理。

參、從消費者角度撰發新聞

　　具有報導價值的消費新聞與業者的自我宣傳，有時其實不容易區分；但是，也不是那麼困難，記者只要從消費者角度來做為報導與否的依據，大致八九不離十。

　　所謂從消費者角度出發，也就是如果該訊息具有實用性、對消費大眾有指引功用、能夠提升消費者的權益、對消費者有好處，即具有報導價值。例如，某一商家販賣的物品具有特色、別處買不到、價格特別低廉、正值產季的地方特產、正進行折扣大促銷、口味特殊、將舉辦可讓民眾參與的活動、營業手法和經營理念與眾不同的

新商家等，這些都具有實用性之內涵，有新聞報導價值。

　　反之，如果訊息與消費大眾無關，只是業者內部的現象；例如，今年公司營業額比去年增加或減少多少、來年的營業展望與營運計畫、何時改選理監事、公司內部人事更動、商業組織開代表大會或年會等，與民眾的生活少有關連，此類新聞不報導也罷。

　　此外，記者也要隨時評估業者的商業行為是否失當，有無違背消費者利益。例如，業者雖然推出衣服清倉大拍賣，卻可能是不良品或非當季商品；業者出售的食物價格比別人低廉，可能是過期食品或即將過期；百貨公司超市的熟食區，香味四溢，令人食指大動，卻可能未做好周邊環境清潔工作，以至於蒼蠅滿天飛；建設公司對外宣稱預售屋已賣出九成，卻可能不到二成；某房屋商品價格特低，或許因為偷工減料，或是建地原來是墓地。

　　類似以上事件，多數消費者可能無法詳查，記者如果知道內情，可以在不違背平衡報導原則下，從消費者角度加以報導出來，維護消費大眾權益。

肆、立場超然

　　地方上的商業場所，由於競爭十分激烈，業者為求新聞多多見報，高級主管與公關人員無不極力拉攏記者，聚餐、喝咖啡、吃飯、唱歌、打球、送小禮物等手段不一而足，有些記者免不了「拿人手短，吃人嘴軟」，對於某些業者特別偏愛，遇有好消息多寫一些，有壞消息則避重就輕、手下留情，甚至向對手吹毛求疵，以取悅某特定業者，遇有重大活動，記者甚至還主動獻計，以便讓業者製造新聞，破壞新聞媒體超然立場，新聞報導也就無法客觀公正。

　　消費記者在採訪新聞時，很容易受採訪對象討好，一時之間飄飄然而忘了我是誰，對不同採訪對象有明顯的好惡，會做公關、搞噱頭的公司，新聞報導就受特別照顧，在短時間內再三撰發同一家

業者或相同產品新聞，交際手腕差、不會和記者打交道的，新聞則受冷落，這種心態對讀者與業者都是不公平待遇，也影響新聞的可讀性與權威性。

消費記者與採訪對象建立交情、做好關係是應該的，只是要嚴守分際，在公、私生活中區分清楚，與業者保持適當距離，千萬不可因為與對方有特殊交情，就特別厚愛，在報導新聞時，一定保持立場超然的態度，不要受公關人員或業者的迎合手法而左右。

伍、擴大報導層面

消費新聞五花八門，俯拾皆是，許多地方消費記者卻偏好百貨公司、大賣場新聞，原因是這些公司公關新聞稿多，新聞得來容易，地點也近，採訪方便，使消費新聞變成工商服務新聞，影響讀者的消費視野，也侷限記者本身的採訪範疇，這是懶惰心態造成，實不足取。

不論是縣市或鄉鎮地區，總會有許許多多特殊的商業活動與商家，他們可能規模不大，也可能位在巷內不起眼處，一般人很少知道，卻具備相當特色，報導出來，可以豐富地方民眾的消費生活，讓民眾有多種不同的消費選擇，增進生活情趣，是地方消費記者要努力發掘的對象。

就消費性質來說，食、衣、住、行、育、樂、休閒、寵物等，無一不是與消費有關，記者不應只著重於某些項目，而要涵蓋每一項目，滿足消費大眾需求。電話號碼簿將每一行業分門別類編碼，消費記者所要採訪的行業與對象都在其中，是新聞採訪最佳指南，值得多加利用。

陸、掌握社會脈動，爭取報導時效

臺灣地區狹小，訊息流通快速，民眾彼此感染，流行性的消費

習性幾乎不存在著城鄉差距，即使身處鄉間，地方消費記者也務必隨時注意社會脈動，掌握最新資訊，在第一時間裡，報導轄區內有關消費最新消息，包括消費行為趨勢、整體流行現象、特殊新產品等，供讀者了解。

例如，當股市熱絡時，可以報導當地民眾參與股票活動的情形；當蛋塔在臺北等都會區盛行時，可以發掘地方上是否也受到感染，出現蛋塔專賣店，以及民眾反應如何；當全省各地麥當勞販賣玩偶，造成搶購時，地方記者可以了解當地麥當勞店，是否也有大批民眾徹夜排隊買玩偶的現象；當學生瘋狂養殖水母時，地方記者可以詢問當地是否有繁殖水母的養殖場，當地民眾養殖水母情形如何；當全省許多銀行出現人潮，大排長龍要購買紀念金幣時，記者可以了解當地銀行的民眾排隊情形；當衛生紙計畫漲價時，記者可以報導當地商店衛生紙是否因民眾搶購而缺貨，以及民眾的採購行為；當電腦與網際網路盛行時，地方記者可以詢問當地是否出現網路咖啡店或網路餐廳，以及電腦賣場的電腦銷售、業者間的競爭情形；當國內民眾人手一支手機時，地方記者可以了解當地手機的銷售是否也隨著發燒。

消費訊息瞬息萬變，稍縱即逝，記者如果不能在熱潮中加以報導，而是在熱潮冷卻後再報導，則失去新聞價值。因此，消費記者不能只了解自己路線的事情，而要將新聞鼻盡量擴大，隨時注意社會現象，因為有很多消費新聞其實是人們日常生活作息、思想習慣的反射，而非單純的公司活動與業者的宣傳手法而已。

柒、了解地方產業

所謂「靠山吃山，靠海吃海」，地方產業往往是當地民眾賴以為生的主要經濟來源，屬於地方經濟之一環，與民眾有切身利害關係，是消費新聞的一類，千萬不可忽視。

地方產業反應當地環境特色，外地民眾往往因此而被吸引到當地遊玩，順便購買，是地方豐富的觀光資源，記者如果把握特色加以報導，將是絕佳的宣傳文章，對帶動地方經濟有正面效益。臺灣某些地方的產業，在長期宣導下，已成為豐富的人文特色，例如，基隆廟口小吃、新竹的米粉、貢丸、臺北縣深坑的臭豆腐、大溪豆干、桃園復興鄉拉拉山的水蜜桃、苗栗大湖的草莓、臺中太陽餅、宜蘭鴨賞、嘉義火雞肉飯、臺南擔仔麵、白河蓮花、麻豆文旦、屏東西瓜與蓮霧、西部沿海地區的漁業養殖與近海漁業等。

地方產業有的是自然資源，例如漁獲與農作，有的是人工製作，例如各種地方小吃，前者有季節性，後者有節日性，終年生意高低不斷循環，記者只要把握產業生命週期特性，即不難發揮，要特別注意的是產業的特殊狀況。例如，當產業數量暴增或銳減，以致造成市場行情特別低廉或特別昂貴時，就屬於「不尋常」的新聞特性，要做深入且詳細的報導。

捌、注意地方角度

在總社採訪組，財經新聞與消費新聞係屬於不同記者的採訪路線，在地方上，這些新聞卻都由消費記者負責，地方消費記者在報導消費新聞時，一定要採地方角度，亦即要捨「上游」的財經新聞，取「下游」的消費新聞，盡量報導當地民眾對某些消費事件的看法與反應，才能凸顯地方消費新聞報導特色，也才會有報導的意義與價值。

許多與金錢有關的財政或經濟政策，不論是都市或鄉村民眾，都受到直接影響，地方記者要掌握當地情形，針對當地現象發稿。例如，政府宣布調高或調降汽油、電力、自來水、瓦斯價格；計畫徵收證所稅；有意提高所得稅扣除額；調高或調降銀行利率，以及其他有關的各種財政措施，地方消費記者不能只寫這些措施的內容

或實行時間，因為這是總社財經記者的寫法，而要詢問當地民眾對這些措施的看法、對地方民眾所造成的影響、地方民眾的因應措施等，具體反應當地狀況，才是正確的寫法。

玖、掌握節日步調

消費新聞與節日有十分密切的關係，兩者有如共生體，消費記者只要確實掌握節日步調，跟著節日走，就不怕沒有新聞寫。

只要稍加留意即可發現，每到節日來臨前，各商家總是大肆宣傳與節日有關的商品，並舉辦各種表演、特賣、折扣等活動，進行全力促銷，這些節日商品與業者的促銷手法，都是消費記者報導的焦點。

除了春節、端午節、中秋節等中國傳統三大節日，是國內商人大顯身手的時候，其他的節日也常被商人炒得熱呼呼，因為其中藏有無限商機；例如，母親節、父親節、二月十四日西洋情人節、三月十四日白色情人節、農曆七月七日中國情人節、教師節、耶誕節等，甚至春假、寒假、暑假、中元普渡、冬至、尾牙等，也都被商人用來當做生意促銷的日子，在節日即將來臨前，記者就要開始注意相關訊息。

拾、使用聯想法

消費新聞無所不在，記者如果不注意，很容易顧此失彼，寫了這個，忘了那個，使用聯想法，可以減少這種失誤。

所謂「聯想法」，是以一個事物為新聞報導主軸，從其身上聯想出可報導的相關事物，最後將有關的事物一網打盡；舉例來說，當農曆新年快要來臨前，就可以從「過年」為主軸，聯想出食、衣、住、行、育、樂等各方面許多具有報導價值的相關事物。其中包括百貨超市、量販店、大賣場的年貨商品；地方傳統市場小攤子特殊

風味、自做的臘味；百貨公司、服飾店、精品店、路邊攤的服飾特
賣；過年前民眾家庭大掃除使用的清潔用品；到戶外旅遊前的車輛
保養與檢查；風景遊樂區與戲院、歌廳、舞廳、保齡球館、KTV 等
營業時間、票價、展演活動與新推出的遊樂器材；計程車與理髮、
美髮業的價格調整；鐵、公路與航空交通的預售票時間、加班班次、
票價調整情形；過年花卉的價格與花市營業時間；百貨公司與量販
店過年期間的營業時間，以及推出的應景表演活動等。

　　從以上可看出，聯想法可以將一件可供報導的新聞主體事件，
做無限的推演，從而衍生出許多相關訊息，使報導題材從「點」、「線」，
最後到達「面」的境界，讓新聞資訊更加豐富，不只用在消費新聞，
其他新聞也可比照辦理，會有意想不到的效果。

新聞寫作實例一：

　　（埔里訊）連日大雨造成埔里地區菜價節節高漲，絕大多數
蔬菜零售價比雨前上漲五成至一倍之間，漲幅較大的原因主
要是業者哄抬所致，傳統市場的菜價尤其混亂，消費者買菜
一定要貨比三家，免得吃虧。
中部地區從上週三開始下雨，迄今正好一週，蔬菜零售價格
也在這段時日逐漸水漲船高。不過，由於受損的農地大都位
在平地，高山蔬菜區的蔬菜並未受到大損傷，因此菜販表示，
這兩天蔬菜到貨量只比雨前減少兩、三成左右，沒有很嚴重，
零售價格相對的呈現有限度的上漲，最近比起初期時的哄抬，
已有明顯下降。
昨日埔里地區傳統市場蔬菜零售價格，比起下雨前上漲五成
至一倍之間。菜販提醒買菜的消費大眾，一定要特別注意蔬
菜行情，避免受到不肖業者哄抬價格。
本地傳統市場昨日菜價與下雨前比較，情形如下：高麗菜每

臺斤從二十至二十五元漲為三十至四十元、花椰菜從三十至三十五元漲為五十至六十元、茄子從二十至二十五元漲為三十至三十五元、苦瓜從二十至二十五元漲為三十至四十元、絲瓜從二十至二十五元漲為四十至四十五元、長豆從三十至四十元漲為五十至六十元、芹菜從二十至三十元漲為五十至六十元、空心菜從十五至二十元漲為三十至四十元、大白菜從二十元漲為三十至三十五元，數量較少的豌豆，維持在每臺斤一百四十元至一百五十元之間，未有大變動。

目前菜價雖呈現有限度的上漲，但因為消費大眾預期菜價嚴重上漲的心理影響，加上部分菜販趁機哄抬價格，造成不少民眾誤以為菜價十分昂貴，買菜交易量減少許多。

業者指出，如果天氣再不好轉，菜價行情將維持半個月以上，這段時間民眾到市場買菜，切記要多比較幾個不同攤位，或到不同市場詢問，互相比較價格後再購買，以免被不肖業者當成冤大頭。

新聞評析：

蔬菜是消費新聞裡很重要的一項，因為一般民眾不會每天購買其他商品，卻幾乎每天都會買菜。因此，記者有義務與責任提供菜價最新訊息，讓消費大眾做為採買時的參考，特別是在連續幾天的颱風或大雨過後，蔬菜價格往往飛漲，此時記者就要把握時效性，採訪菜價問題，供民眾做為買菜的參考。

市面上販售蔬菜主要有兩個地方，一是超級市場，一是傳統的菜市場，記者只要到這兩個地方詢問，即可掌握具體情況，但是兩者之間的採訪難易程度相差很多，採訪超市簡單多了，因為業者都會標出各種蔬菜重量與價格單位，記者一目瞭然。

　　傳統市場卻不然，每家菜販所開的菜價都不一樣，即使是同一菜市場，不同的菜販，賣的菜價也絕對不一樣，就算是同一菜販，早上八點的菜價，與中午十二點的菜價，也一定有差異，因為中午時間接近收市，菜價一定比剛開市時來得低。所以，記者不能只問一家，而要多問幾家，才能了解行情差異。

　　寫菜價新聞有幾點特別要注意：

㈠寫菜價的重量單位，要比照消費者購買的單位，亦即要以「臺斤」為單位，而非以「公斤」或「公噸」為單位，民眾才能據以比較價格。

㈡由於蔬菜不是工廠生產的統一規格，每一菜販開出的價格都不同，因此價格不能「寫死」，要詢問多家菜販後，寫出其行情範圍，即某種蔬菜每臺斤從「幾元」至「幾元」，才是正確寫法，而不能只寫「幾元」。十之八九的記者，都犯有把菜價「害死」的毛病，失真嚴重，必須特別注意。

㈢當地果菜市場的蔬果交易價格，只能做為新聞參考或新聞部分內容，不能做為新聞主要內容，因為果菜市場的交易價與市場零售價相去甚遠，只能了解菜價的漲跌趨勢，非民眾實際交易價格，對消費者沒有具體意義。

㈣菜價不能詢問中盤商或大盤商，一定要詢問賣菜的小販（零售商），因為他們才是把菜賣給消費者的最後一手，真正的菜價由他們決定。為了建立關係，記者最好詢問固定幾家菜販，讓他們了解新聞報導對他們不會造成傷害，取得信任之後，以後詢問菜價都會無往不利。

㈤不能光注意價格，也要注意品質，蔬果「上品」與「下品」由於品質的差異，每臺斤的售價絕對不同，記者也要進一步描述其品質如何，不能只做「價格決定論」。

新聞寫作實例二：

（嘉義訊）消基會嘉義工作室目前正配合臺北總會，於嘉義地區口進行大規模的商品售價市調，以便未來政府實施新調降的關稅稅率後，了解廠商是否反映成本而真的降價。該單位也希望未來消費者提供這方面的資訊,共同監督不肖廠商。消基會嘉義工作室成立半年以來,經常配合臺北總會的決策,進行市場調查工作，但規模以此次最大。

該工作室人員表示，不久前政府通過進口關稅調降政策，今年實施後，許多進口商品將大幅降價，讓消費者減輕消費負擔，對廣大的消費大眾有莫大福利。但是，此一政策未來實施後，很可能會發生商家陽奉陰違的情形，亦即，進口關稅雖然調降，進口商品卻還是維持原價，消費者享受不到真正好處。

消基會因此未雨綢繆，在關稅尚未調降的此時，先行做市場調查，了解商品售價，等關稅調降之後，再做一次調查，比較前後之間的售價情形，如此即可明白商人是否有真正反映成本? 以保護消費大眾福利。

嘉義工作室的全體義工們，最近幾天都馬不停蹄的前往各百貨公司、量販店與大型商家，進行實地調查，調查的商品多達兩百餘項，包括食品、飲料、清潔用品、衛浴用品、餐具等，整個調查工作將在明日結束，整理之後，再將表格送交臺北總會處理。

該工作室強調，市售商品五花八門、數量眾多，以該單位有限人力，難以做完善的監督，必須全體消費大眾參與，未來如果消費者發現商品售價有不合理的現象，希望隨時向該單位反映，以便督促廠商改進。

新聞評析:

消費者團體是採訪消費新聞記者不能疏忽的一環,在本省許多縣市都有這種組織,目的在維護消費者權益。其中組織最完善、功能最強、最能爭取消費者利益的,首推消費者文教基金會(簡稱消基會)。

消基會在本省各主要縣市地區都設有分會,分會的義工人員依據臺北總會的指示來推動業務,其中最常做的一項工作,是在當地進行價格或商品品質等市調,臺北總會最後將各地調查情形統計、彙整後,再對外公布整體數據。

地方記者可以不等臺北總會在臺北市召開記者會,公布全國調查資料,而在地方義工展開相關業務時,予以搶先披露,此則新聞即是如此。

由於消費者團體是公益團體,希望能有更多民眾加入他們服務行列,為了提高形象,以及打知名度,這些團體通常很歡迎媒體前往採訪、報導,而且對於記者的問題常是知無不言、言無不盡。由於他們的業務和廣大民眾有密切關係,新聞題材「賣相」甚佳,記者如果勤快些,常常到他們辦公室聊聊,不怕沒有新聞寫,工作上一定會有不錯的表現。

第二十五章 其 他

地方新聞除了分成以上幾個大類，還有一些新聞也屬於記者採訪範圍，其重要性雖不若上述，有時具有新聞價值，有時其訊息在實際生活中可供民眾利用；具體來說，他們並不是常常有重大的新聞，為節省採訪人力與配合實際狀況，這些新聞往往不構成單獨新聞路線，而是由其他路線的記者兼跑。包括以下幾項：

壹、社團新聞

地方上有很多各式各樣、不同性質的社會團體，例如工會、工業會、商會、商業會、同鄉會、宗親會、同學會、婦女會、救國團、獅子會、扶輪社、後備軍人中心、協進會、文教基金會、協會、同濟會、張老師、生命線、職業公會與工會等，其中不乏會員眾多、活動頻仍、民眾利用機會繁多者。

這些社團的活動訊息，不但會員、社員注意，它們舉辦的大型活動，也常吸引一般大眾參與，因為可以安排自己的休閒生活，或是攜家帶眷共同參與，是地方新聞中甚具分量的一環。

新聞寫作實例：

（宜蘭訊）考季來臨，宜蘭市生命線協會五月份接獲有關精神心理方面的協詢電話，增加一倍以上，其中大多是考生家長電話請求協助，主要詢問有關子女多元入學方面的疑惑；生命線協會今年特別以主動出擊方式，在考季前後舉辦紓解考前壓力講座、考場服務和考後的求援等活動。

宜蘭市生命線協會表示，該協會依照過去經驗，考季前後總會接到許多協詢電話，今年從五月份協詢電話量增加將近一

倍，總計六百零一個個案中，有關精神心理方面就占了百分之三十六之多。

其中還有一個特別的現象，就是打電話求援者大部分是學生家長，主要原因就是在「望子成龍、望女成鳳」的心理期待，家長往往不了解今年推出的各項多元入學方案，心中焦急不已，學生則因為目前正專心準備考試，大都會在考後產生諸多疑慮而求援。

醫院精神科醫師指出，去年國人十大死因中，自殺案件從排名第十，提升至第九，每年約有二千多人死於自殺，每年考季前後門診人數也會增加，因此，建議考生家長最好能以平常心面對，不要給子女太多壓力。

林姓社工員建議家長，聯考雖然重要，但不要讓聯考壓得家長及學生相互喘不過氣，考生只要盡心盡力、家長只要真誠陪伴，只要盡力就好的心態因應，壓力自然會紓解。

宜蘭市生命線協會今年首度以主動方式宣導和舉辦活動，本月十七日下午二時，將與醫院合辦一場「考前壓力管理」免費講座，由大學專任輔導老師主講，為所有考生及家長解惑及提供考前注意事項，有意參加者請電洽該會報名。

新聞評析：

生命線在全省各地都有其服務據點，它的社會服務功能十分強大，每年都吸引無數民眾前往請求指點迷津，解決生活上的難題，隨著社會變化腳步的加速，前往要求協助的人士有增無減，因為求助內容形形色色，這些求助個案可以說是大千世界的縮影，也是新聞記者很好的新聞來源。

不過，生命線、張老師類似團體，工作人員對於一些較為敏感

的個案通常保密，以免案主身分曝光，帶來困擾。所以，記者能夠取得的消息，通常是一些例行性的數字統計，以及重大事件期間，例如大地震之後、聯考前、放榜後，對於社會大眾有關心理調適方面的忠告。

儘管如此，仍可反映當前社會若干現象，以此則新聞為例，該單位五月份接獲有關精神心理方面的協詢電話，增加一倍以上，較特別的是，其中大多是考生家長電話請求協助，主要詢問有關子女多元入學方面的疑惑。

因此可以看出，聯考症候群的現象確實存在於聯考來臨前，特別是今年許多家長因為不了解政府的新式入學方式，所以前往求助，這是與往年最大的不同，具有新聞性，因此寫在導言上將之凸顯，是正確的方式。

值得討論的是，文中所謂的「求助電話數量增加一倍」，到底是與什麼做比較？是上個月、還是一到四月的平均值，抑或去年同期？記者並未寫清楚，成為內文的一個語病，必須特別注意。

貳、農林漁牧新聞

與農業、林業、漁業、畜牧等有關的養殖、栽種、生產、收成、發展、災害、疾病、計畫、推動、改革、研究發表等新聞；主要採訪對象包括農會、漁會、魚池、養殖場、繁殖所、苗圃、農改場、縣市政府漁業局、以及農業局的林務、水產、農務、畜產等課。

新聞寫作實例：

（苗栗訊）苗栗縣獅潭鄉民整修住家附近的傾倒樹，意外發現四隻落巢的臺灣藍鵲幼鳥，交給苗栗縣野鳥學會照料，成為鳥會成立七年來首次臺灣藍鵲繁殖發現紀錄。野鳥學會志工精心調配食料、仔細灌食照料，希望這四隻臺灣特有的「長

尾山娘」能夠順利長大，重回山林。

苗栗縣野鳥學會總幹事溫春福表示，臺灣藍鵲是臺灣特有種，羽色鮮艷、紅嘴、紅爪、尾羽長，列為保育類動物。臺灣藍鵲常小群出現在中、低海拔的森林中，性兇悍，愛吃水果也吃昆蟲、其他鳥類及兩棲類小型動物。

溫春福說，苗栗縣野鳥學會成立七年，資深鳥友曾在頭屋、獅潭山區發現臺灣藍鵲蹤影，但不曾看過臺灣藍鵲雛鳥的長相，鳥友曾經試圖尋找臺灣藍鵲繁殖巢穴，觀察紀錄雛鳥生長過程，但多年來始終無法如願，沒想到因民眾整修樹木，意外發現臺灣藍鵲巢穴，成為首宗臺灣藍鵲繁殖發現紀錄。

溫春福指出，這四隻臺灣藍鵲幼鳥出生大約十天，尚不知索食，需要人灌食，鳥會調配蟲、鈣粉、人工飼料，定時灌食，悉心照料，希望藍鵲早日長大，重回山林生活。

鳥會辦公室除了四隻臺灣藍鵲幼鳥，還有一隻已收容半個月的樹鵲，辦公室五鵲同住，白天鳴聲不絕，志工充當「褓母」，忙著照料、餵食牠們，好不熱鬧。

新聞評析：

此新聞可算是農林新聞，也可算社團新聞，因為它講的是野鳥學會如何獲得及照顧鳥的事情，如果消息來自於地方上的農林單位，就是不折不扣的農林新聞了。

文中主角是臺灣藍鵲，一般人對牠不清楚，所以透過鳥會專家，說明臺灣藍鵲相關的生態習性，讀者從而得知其稀有性，這也是此則新聞的價值所在，因為如果不是如此稀罕，就不具有報導價值了。

除了知識性之外，本則報導還透露出人情趣味角度，從描寫鳥會人員如何照顧牠們、如何和牠們互動，令人感受到人與動物之間

一股濃密的溫馨情誼，讀來不覺枯燥，反而興味盎然，是很不錯的
軟性筆調，值得學習、模仿。

參、勞工新聞

　　各地方縣市政府都會設有勞工局或勞工科，專門辦理與勞工有
關的工作，例如勞工福利、勞工傷害、輔導就業等事宜，以保障勞
工權益，是勞工新聞主要採訪之處；此外，在第一線的工廠，記者
也可以採訪到許多勞工方面的新聞,挖掘許多不為人知的勞工故事。

　　政府開放外勞後，外勞人口大量進入國內，成為新興勞工，其
中一定有不少有新聞價值的故事，記者可以從中發掘具有人情味的
新聞，例如雇主與外勞之間溫馨感人的情節，以免內容太過沈悶。

新聞寫作實例：

　　（臺東訊）六月畢業季節，大量社會新鮮人即將投入就業市
場；臺東地區本週特別安排兩場大型企業現場求才活動，其
中週六係一場以身心障礙者為對象的就業嘉年華會，將有十
八家廠商提供一百六十五個工作機會，供身心障礙者選擇。
近二年來，勞工局共舉辦四場身心障礙者就業嘉年華會；勞
工局說，身心障礙者為社會上就業能力薄弱的一群，全縣領
有身心障礙手冊者有三萬九千餘人，雖然公私立機構已僱用
二千六百五十人，仍有為數不少者面臨就業困境。
他說，縣府持續每半年舉辦一次身心障礙者企業現場徵才活
動，今年第二場於二十四日上午九時至十二時在啟智學校舉
辦，已有十八家廠商提供一百六十五個工作機會，凡持有身
心障礙手冊尚未就業或應屆畢業生均可參加。
他強調，縣府針對進用身心障礙者機構訂有獎勵措施，凡僱
用一名連續三個月以上，且每週工作二十小時以上，僱主可

核發每名五千元獎勵津貼,還可參加績優機關表揚和相關經費補助。

另外一場由退輔會訓練中心和臺北區就業服務中心舉辦的「快樂找頭路」,明天在退輔會訓練中心舉行,總計有三十一家廠商,提供一千二百二十九個就業機會,意者可於上午九時至下午三時前往參加。

新聞評析:

就業輔導是地方政府勞工局一項很重要的業務,每年都會不定期舉辦就業輔導活動,也就是企業徵才活動,對失業與計畫轉業的民眾有很大幫助。

此種活動,勞工局都會主動向新聞媒體發布訊息,記者沒有所謂漏新聞的顧慮;但是,報導此類新聞一定要注意兩方面,一是時效性問題,發稿時間一定要比活動提前幾天,讓求職者預做準備;此外,徵才活動當天,記者最好到場採訪,了解求職情形,包括那些行業最熱門、特殊廠商、特殊求職者、求職者的看法等,寫出來的報導才會生動。

肆、戶外旅遊休閒新聞

此類新聞性質不易區分,有時單獨自成一類,有時畫分為消費新聞(因為涉及金錢花費),有時畫歸交通新聞路線(因與交通運輸有關),或者因為主管單位的性質,而畫歸其他路線的新聞。不管如何畫分,隨著隔週休二日制的實施,其新聞角色愈來愈重要。

其最主要採訪對象是各地方的公民營風景點與遊樂區,包括自然景觀與人工設施,例如六福村、小人國、澄清湖、南橫、墾丁等;廣義上,甚至學校、古蹟、漁港、古道、夕陽、展覽、活動、園遊

會等，只要是能鬆弛身心、打發時間、帶來歡樂的，都包含在內，提供民眾週末假日休閒去處。

新聞寫作實例：

（埔里訊）九二一大地震發生後，南投縣風景遊樂區生意銳減，對業者生計造成重大影響，鑑於暑假將屆，業者近日特別推出優惠促銷方案，希望能夠吸引各地遊客，重建地方觀光產業。

業者表示，九二一地震為南投許多風景遊樂區設施帶來重大損失，目前多數業者雖已整修完成，但日前區內又遭土石流災害，讓生意更加清淡，業者的經營更形困難。

最近即將放暑假，業者為了爭取暑假旺季，因此擬定優惠措施進行促銷，內容包括：九族文化村在七、八月的暑假期間，門票優惠一百元，調降後的全票為五百五十元、學生票四百五十元；牛耳藝術公園全票調降四十元，成為一百六十元；兒童票調降二十元，成為一百元；住宿四人房從四千元調為二千四百元，二人房從三千元調為一千八百元。東埔溫泉暑假期間的優惠方案，山產行打九折，飯店平日七折，假日九折。

埔里鎮觀光產業的優惠辦法，包括：台一教育農園購物與門票一律八折；台糖公司埔里食品部產品，九折優待；金都餐廳九折或送紀念品；埔里酒廠贈送紀念品；木生昆蟲世界全票一百二十元；山王大飯店與鎮寶大飯店，住宿平日六折、假日九折。

新聞評析:

戶外旅遊新聞的地位愈來愈重要確是不爭的事實，因為它指點民眾到何處遊樂，民眾在週末假日很需要它的訊息。

此則新聞是最典型的旅遊新聞，它告訴讀者，南投地區的風景遊樂區業者在暑假期間推出優惠促銷方案，門票、餐飲、住宿均有優待，請民眾把握機會前往一遊。

此類型新聞內容大同小異，主要是介紹優惠方案內容，想要寫得好，就一定要比別人深入、周延、完整；亦即，記者要盡量蒐集當地主要的風景遊樂區資料，供讀者選擇，別人寫五處風景遊樂區，我寫十處，雖然要花多一些時間，但對讀者的價值絕對不一樣。

由於此類新聞具有實用性，讀者常會剪下報導按圖索驥，內容一定要正確無誤，尤其是優惠時間起訖、價格等，不能寫錯，更不能張冠李戴，否則會引起讀者怨氣，報紙的可信度也會因此被讀者大打折扣。

伍、影劇新聞

地方上的影劇新聞並不多見，因為國內影星、歌星的活動與住所，絕大部分都在臺北，任何造勢活動與記者會，大都安排在臺北舉行；就算明星們下鄉拍片或舉辦大型演唱會，其新聞也大都是臺北總社的影劇記者負責。

地方記者會發影劇新聞，最有可能的是當地的百貨公司或大型商家，進行開幕式或周年慶，請明星到場宣傳助陣，地方記者才有機會發稿；另一種情形是歌星出片打歌，全省巡迴舉行歌友會或簽名會，或是參加工地秀，記者即可就近採訪。

不論那些狀況，地方上的影劇新聞幾乎都依附在某種特定目的的商業活動上，並非單純的影劇新聞，其較傾向於消費新聞。因此，

影劇新聞常常是地方消費記者的專屬採訪任務。

當然，也有例外情形，例如民國 89 年 7 月，歌手孫燕姿到中壢太平洋 SOGO 百貨舉辦歌友會時，被一名持假槍男子衝上臺騷擾，即成為社會新聞，記者除了要採訪百貨公司有關演唱會的情形，也要採訪警方偵察的狀況，而後者是警政記者的路線；此外，吳宗憲未婚（其實已婚）生子風波付出之後，又有傳言指出其在高雄左營也有私生子，高雄記者紛紛抓去採訪，也是因為藝人身分而延伸出來的社會新聞，已非單純的影劇新聞了。

新聞寫作實例：

（新竹訊）藝人徐若瑄與陳孝萱，昨天不約而同翩臨新竹，前者是為姊姊出閣當伴娘，後者則身著千萬星鑽珠紗，為婚紗禮服業者走秀，兩人在新竹引起不小騷動。

陳孝萱昨天為新竹某家婚紗禮服作代言人走秀時，精神奕奕，她身著兩套由名設計師陳國富設計的星鑽珠紗禮服，婚紗禮服純手工剪裁，富中東風味，上半身鑲滿星光熠熠的名鑽串珠，價值千萬元，穿在陳孝萱身上，艷光逼人。

徐若瑄姊姊徐佩瑜，昨天則嫁入歌手陳富榮（陳傑洲）新竹縣新豐鄉家中，徐若瑄當美麗的伴娘，陪伴姊姊走過人生最浪漫的一刻。陳家昨晚在新竹市卡爾登飯店擺設宴席，招待親朋好友。飯店特別商借價值三百萬元仿歐洲骨董車的英國古典車，作為禮車。

徐若瑄陪姊姊在新竹出閣消息傳出後，昨天上午十時不到，有部分影迷到卡爾登癡癡守候，希望一睹其丰采。不過，徐若瑄一直手拿相機替姊姊拍攝結婚畫面，低頭迴避影迷，讓枯等在外的影迷無法索取到簽名。待姊姊上車後，徐若瑄不發一語馬上驅車跟隨離去。

新聞評析：

地方記者寫影劇新聞往往可遇不可求，如同先前所說的，絕大部分是商業性的宣傳活動。像這則新聞，兩位知名藝人同日到相同地區，機率少之又少。

其中，陳孝萱係為商業宣傳而到新竹，徐若瑄則是為其姊婚禮而去，性質截然不同，由於兩人都是明星，都具新聞價值，因此，值得當地記者前往採訪。

第二十六章　實例探討

　　國內各媒體派駐在本省各鄉鎮、縣市的地方記者，人數少說也有幾千人之多，每日發出來的新聞稿件數量無以計數，可說是國內新聞媒體的傳播主力，在這些新聞稿件中，不乏寫作角度、遣詞用字、文法、語氣等各方面，拿捏不當者。

　　這些錯誤絕大多數是無心之過，由於過錯並不明顯，很可能其他記者在寫類似新聞時，也會產生相同的錯誤。可以說，這些第一線地方記者所寫的新聞稿，即是新聞工作者最佳的教材。目前國內大型報社等主要媒體的地方新聞主管單位，都有專人針對地方記者撰發的新聞進行評比、檢討，希望做為其他同仁新聞工作上的參考與借鏡。

　　筆者因此蒐集這些地方新聞實際例子，依新聞路線分門別類，進行實例探討，以減少實際工作上的錯誤。

壹、府會新聞

㈠有民眾向記者反映，當地一處公園常有不良分子在內遊蕩，甚至吸食毒品，還向民眾勒索錢財，希望有關單位能重視此事，加以處理。

　　記者認為公園屬市府農林課管理，前往詢問意見，農林課人員表示該單位無權取締，民眾如遇見不法情事，可向警方報案，記者根據農林課的說法加以發稿。

檢討：此種新聞寫了也是白寫，難道民眾遇上治安事件，不知向警方報案嗎？記者應該找當地管轄的警方單位，聽聽警方的說法，再寫新聞才是。

㈡某縣辦理第四次都市計畫通盤檢討,進入最後階段,「火車頭」
副縣長某某表示, 此次通盤檢討將不會步一通、二通與三通
的後塵。

檢討: 將副縣長掛上「火車頭」的外號, 道理何在? 是否會引起縣
民認同? 不無疑問, 去掉這個外號, 不會影響文章內容的完
整, 可以不用。至於「一通」、「二通」、「三通」等, 可能是
記者對「第一、二、三次都市計畫通盤檢討」簡稱, 但一般
讀者看不懂, 還是將全部名稱寫出為宜。

㈢為了解活動中心施工進度, 市長陳××昨日前來大南里施工
現場, 聽取施工人員簡報……。

檢討: 地主稱呼到訪的來賓動作, 稱之「前來」, 對讀者而言, 並非
全部都是地主, 應該用「到」、「到達」, 或是「前往」。另外,
有的記者對於芝麻大的官員到某地, 動輒稱呼「蒞臨」, 也是
不當的寫法。

㈣支持市長的在野派議員, 昨日對於市府提出的興建活動中心
預算案, 全力支持, 因此順利獲得通過。

檢討: 在野派一定是與執政派不同,如果這些在野派議員支持市長,
與其他在野派議員有不同立場, 則應該寫成「少數派」議員
較妥當。

㈤鄉民代表鄭××昨日在鄉民代表大會中認為, 每次開會的時
間太短, 質詢無法深入, 提議將開會時間提早到上午九點開
始, 顯示其問政的勤快。

檢討: 記者總希望以新聞稿來建立和地方民代的關係,此固無可厚
非, 但捧場也要看內容。以此新聞來說, 地方議會開會都是

從上午九點開始，他在規定的時間問政，是基本職責，不能認為就是勤快。

貳、選舉新聞

㈠國大李××，昨日宣布競選下屆××鄉長……。

檢討：「國大」是「國民大會」簡稱，不能冠在人的身上，應改成「國代李××」，「國代」才是「國民大會代表」的簡稱。

㈡某立委候選人為了紀念他已故的尊翁，昨日成立基金會，將以兩百萬元成立清寒獎學金。

檢討：文中的「尊翁」並不適當，寫已故的「父親」，比較洽當。

㈢某地有位市長計畫競選連任，但因涉案被檢方起訴，尚未判決，其對手以此大作文章，打算以文宣加以醜化，但是文宣還未印製。有位記者發稿寫著

現任市長李××有意競選連任，但因涉及刑案，即使未來當選，也可能當選無效……。

檢討：對方是否判刑確定，目前不得而知，也可能獲判無罪，記者不能以假設語氣認為對方未來會如何。如果競選對手文宣未印發，記者很可能吃官司。

㈣民進黨雲林縣××鄉黨部主任林××，與該黨××縣黨部主任委員陳××是小學同學，昨日兩人相見歡。

檢討：國民黨縣市委員會，也就是通稱的縣市黨部，其負責人稱為「主任委員」，鄉鎮市黨部(即民眾服務分社)的負責人為「主任」；民進黨則是一律通稱「主任委員」；新黨因為黨員人數較少，縣市競選及發展委員會負責人稱為「召集人」，鄉鎮市

則尚無正式的黨部組織，寫新聞時不能弄混。因此，此則新聞的民進進黨鄉黨部「主任」，應改成「主任委員」，或簡稱「主委」。

㈤選舉即將來臨，地方人士認為，此次選舉，本地可能會發生同額競選的情形。

檢討：「同額」是指參選者和應當選者人數相同，所以，「同額」的話，不必競選即可當選，也就不可有「同額競選」詞彙，因此應該改成「同額選舉」才是正確。

參、警政新聞

㈠一位民眾在中部山區發現「人體屍骨」，警方人員趕往現場，結果認定是一塊外觀很像骷髏的石頭。記者導言上寫明「人體屍骨」，好像發生命案一般，之後一路描述下來，到最後一段才公布答案，令人虛驚一場。

檢討：新聞導言要把最重要的內容寫出來，而非看到最後才知道實情，讓讀者有受騙上當的感覺。

㈡男子王××，昨日大白天手持武士刀在鬧區遊蕩，引起民眾驚駭，報警將之逮捕，偵訊後，依違反槍砲罪條例移送法辦。

檢討：「違反槍砲條例」的寫法過於精簡，屬於記者自創名詞，顯示記者太過懶惰，不想多寫幾個字；此種專有名詞不該省略，應全文寫出「違反槍砲彈藥刀械管制條例」；有的記者常將「違反麻醉藥物管理條例」，簡寫成「違反麻藥條例」，與前者有異曲同工之妙，也要避免。

㈢本地警方人員，昨日上午據報，在某酒店查獲偷渡來臺的三

名大陸妹，正陪客人飲酒作樂。

檢討：非法偷渡來的大陸人士日益眾多，許多記者都以「大陸妹」稱呼這些女子，這不是正統的名詞，最好寫「大陸女子」為宜。

㈣一位男子持水果刀進入民宅搶錢，當場被警方據報逮捕。這只是一件小的治安新聞，一位記者以四百字交代，但是第二天比較另一家報紙新聞，卻以一千多字處理，比這位記者寫的增加不少內容，原來，這位歹徒是女性被害人的表弟。

歹徒是無業游民，一直未曾過去表姐家中，日前首度到表姐家中做客，發現其環境甚佳，幾天之後，單槍匹馬頭戴安全帽進入表姐家中行搶，還把表姐打了一頓。

檢討：嫌犯與被害人有親戚關係，新聞性當然不一樣，線上記者如果不深入了解案情，就不會發現具有新聞價值的一面，值得警政記者警惕。

㈤昨日深夜某地發生車禍，肇事者案發後駕車逃逸，不久有一位目擊者向警方供稱，肇事的是一輛白色的自客車……。

檢討：與案情有關的嫌犯被警方找來問口供，所說的內容稱為「供稱」，目擊者與被害人或是一般大眾，所說的內容不是「供稱」，寫成「指稱」、「表示」、「指出」，就不會有問題。

㈥陳嫌到友人家中喝酒之後，酒後亂性而猥褻友人七十歲的老母，被其友人當場逮個正著，送交警方偵辦。內文交代這位陳某只有二十八歲。

檢討：七十歲的老婦還引起兒子友人的淫念，讀者一定很想知道這位動手動腳的男子年紀，特別是只有不到三十歲，更具新聞

性，屬於一種強烈的對比。應該將年紀寫在導言中。

㈦男子李××，昨晚到隔壁鄰居家中行竊，被主人發現，企圖
　逃走時，一時心急不幸掉落水溝中，被逮個正著。

檢討：偷東西是不法行為，豈能說是「不幸」？

㈧男子張××幾個月前發生外遇，昨晚返家後不滿妻子質問，
　將對方打得遍體鱗傷。

檢討：張某到底有無外遇，未經證實，不得而知，因為這是太太的
　　　說法，不能在導言中將此認定為事實。應該引述太太的話，
　　　「張某之妻指控其夫因為外遇，昨晚返家後……。」此舉旨在
　　　避免日後兩人如言歸和好，找上記者理論，可就麻煩大了。

㈨男子王某前晚手持兩把菜刀，到鄰居蔡某家中理論，兩人爭
　吵不久，王某突然以右手的菜刀朝蔡某砍過去，結果用力過
　大，菜刀脫手而出飛到屋內牆壁上，王某立即以右手接住左
　手的另一把菜刀，蔡某見狀，馬上退到臥室，順手拿起放在
　門邊的木棍揮向王某，王某則以菜刀奮力抵抗……。

檢討：寫新聞不是寫武俠小說，尤其導言以精簡為原則，沒必要將
　　　兩人衝突情節做如此詳盡的描述，應適可而止。

肆、司法新聞

㈠由於法官、法醫與公設辯護人的共同努力與明察秋毫，嘉義
　地院最近有三件遭檢方起訴的案子，在法院審理後，均被判
　決無罪……。

檢討：此種新聞寫法有強烈的主觀成分；因為檢方起訴被法官判無
　　　罪的案子很多，而且，法官一審判無罪，檢方可以上訴，萬

一第二審改判有罪，豈不是變成「法官、法醫與公設辯護人
都不夠努力，以及不明察秋毫」？

㈡……，因被告惡行重大，檢察官要求法官對被告判處有期徒
刑十五年。

檢討：寫司法新聞最重要的是要弄清楚法律專有名詞，其中「判刑」、
「求刑」、「刑求」三者不可弄混。「判刑」是法官宣判時，對
被告所諭知的刑度；「求刑」則是一種建議性質，檢察官在起
訴某一個被告時，如果認為被告的犯罪情節特殊，可以在起
訴書中載明，向法官請求判處某一刑度，即是「求刑」。「求
刑」不一定都是要求處重刑，檢察官也可視被告情況，請求
法官從輕量刑。

當然，法官可以不受檢察官建議的約束，但如果法官的
判決刑度和檢察官求刑有很大差異時，除非法官在判決書所
敘明的理由能讓檢察官信服，否則通常來說，檢察官往往會
不滿這種刑度而提出上訴。

至於「刑求」，則是司法或治安單位人員在偵查案件時，
以暴力、威脅、恐嚇、疲勞問訊等不正當手段，逼迫被偵訊
者承認犯罪情節，或取得供詞。

此則新聞較專業的寫法，應改為「檢察官對被告具體求
刑十五年有期徒刑。」

㈢……經檢察官調查後，認為被告犯行洵堪認定，昨日提起公
訴。

檢討：司法起訴書與判決書中，有很多硬梆梆的法律用語，記者寫
新聞時不能照單全收，應該加以改寫成大眾用語，「犯行洵堪
認定」即是一例；其他還包括「意圖不法所有」、「難謂其為

無心之過」等。

伍、文教新聞

㈠……，這些成績較差的學生，只能被學校安排就讀垃圾班。

檢討： 國內許多國中未實施常態編班，造成所謂「資優班」、「升學班」、「技藝班」或「放牛班」的名稱，但是他們不是「垃圾」，只是成績差而已，記者不能在新聞稿上自創此種很容易引來非議的名詞。

㈡大學聯考昨日開始繳交志願卡，本地高中畢業的學生某某，成績優異，名列某醫學院第十名佳績。

檢討： 昨日只是開始繳交志願卡，尚未放榜，如何知道考上某醫學院，還名列第十名？

㈢本地立案的某某補習班所培訓的學童，參加本市兒童幼教聯誼會主辦的海峽兩岸國小心算選拔賽，成績輝煌，共有十名學童入選為國手，未來將由該補習班班主任王某某領隊，代表本地赴南京參加決賽，希望能為國爭光。

檢討： 很明顯的，這則新聞大力為該補習班鼓吹、做廣告，有宣傳之嫌。此次比賽是由地方上的民間團體主辦，入選並非「國手」，即使未來在南京比賽中獲勝，也非國際性的比賽，談不上「為國爭光」。

㈣臺南縣××國小在家長面前用竹棍教訓學生……。

檢討： 國小是一個單位，如何能用竹棍教訓學生？應該改成「臺南縣××國小老師（或行政人員）在家長面前用竹棍教訓學生……。」

㈤羅東鎮××國中二年五班周姓老師，在教室飼養一隻貓，對
　牠非常喜歡，兩人彼此間的感情有如父子一般。

檢討：貓是牲畜，不是人，不能說成「兩人」。另外，雙方的感情再
　　　好，至多也到朋友一般的境界，不可能達到父子關係，記者
　　　的形容過火了一些。

陸、醫藥衛生新聞

㈠登革熱大流行，××衛生單位最近又發現三個確定的登革熱
　病例，患者分別是住在某路二段二八七巷的六十歲朱姓老翁、
　某路五段三巷的四十三歲趙姓婦人、某街一七七巷的三十歲
　孫姓男子……。

檢討：雖然如此可以提醒住在附近民眾注意，提高警覺，防患登革
　　　熱病媒蚊滋生，但是也會因此讓患者身分曝光，因為讀者可
　　　以從姓氏與居住地猜測出來，導致患者生活遭受困擾。因此，
　　　患者地址沒必要寫得太清楚，姓氏也可以省略，不會影響新
　　　聞的完整性。

㈡由於最近正是腸病毒感染旺季，衛生所主任錢××昨日提醒
　家長，一定要避免讓家裡小孩在公共場所感染腸病毒。

檢討：這句話有明顯語病，避免讓家裡小孩在公共場所感染腸病毒，
　　　意思難道是可以讓家裡小孩在其他場所感染腸病毒？應改為
　　　「避免帶小孩出入公共場所，以免感染腸病毒。」

㈢楊姓國小學生前晚身體不適，家人將他送往××醫院急診，
　由於急診室人員不聞不問，半個多小時之後才來了解病情，
　造成楊小弟病情惡化而昏迷，家屬昨日提出強烈指責，要求

院方賠償⋯⋯。

檢討： 醫療糾紛案件十分敏感，記者寫稿內容可能被拿來做為文章，在沒有專業單位做調查前，記者千萬不能寫下肯定式的語句。此則新聞的語句，係記者以家屬的說法來撰寫，所謂「不聞不問」、「半個多小時之後才來了解病情」、「病情惡化而昏迷」等，都是家屬的說詞，尚未經過證實，記者此種寫法，認定家屬說法為事實。

　　正確的寫法是，「家屬指出，當時急診室人員不聞不問，半個多小時之後才來了解病情，造成楊小弟病情惡化而昏迷⋯⋯。」

　　當然，此則新聞記者一定要詢問醫院說法，提出解釋，做平衡報導，否則記者可能會有麻煩。

柒、體育新聞

㈠⋯⋯有不少來自鄉下學校的選手，赤腳上場比賽，表現甚佳，一點都不輸給都市小孩。

檢討： 這句話有嚴重的語病，來自鄉下的小孩不一定什麼比賽都輸給都市小孩，更何況是運動比賽，鄉下小孩體能一般來說，應該強過都市的小孩，不輸給都市小孩，本來就很正常，沒必要在文中特別強調。

㈡昨日的足球比賽高潮迭起，××隊將士用命，在最後關頭奮起直追，隊員在亂軍中踢進一球，終於破蛋⋯⋯。

檢討： 有些文字該寫完整，就要寫完整，不可省略。「破蛋」從文中來看，意思是「打破鴨蛋」，但是此種自創的名詞如果單獨使用，讀者會以為是「打破的蛋」，仍不宜使用。

㈢為了製造比賽熱烈氣氛，主辦單位昨日在開幕式中推出歷年來規模最大的千人大會操與大會舞表演……。

檢討：許多記者寫稿總喜歡以最高級來形容盛狀；例如全國最大、最高、最久、最多、歷年來唯一……。此種最高級的形容最好避免使用，除非經過專業單位與專家認定，而且對社會大眾或新聞性是有正面意義的，否則不加形容，對內容的完整性是不會有影響的。

捌、環保新聞

㈠某鄉公所正大力推廣垃圾不落地措施,如今已過了一段時間,仍有不少鄉民很皮，不願配合。

檢討：「皮」非新聞稿中的正統用法，寫出「民眾配合度低」即可。

㈡某縣政府計畫在溪南地區設置焚化爐，引起全體鄉民全力反彈，表示將抗爭到底。

檢討：許多地方環保建設的新聞報導中，記者很習慣以「全體民眾極力反對」、「全村民一致表示」等字眼，此種「全體」、「一致」字眼應盡量避免，或許有少數人贊成也不一定。因此，宜改成「大多數」、「大部分」等文字，以尊重少數人的意見和立場。

㈢為了反對鄉公所在村內設置垃圾掩埋場，村民昨日組成巡邏隊，誓死抗爭到底……。

檢討：記者寫稿常「語不驚人死不休」，村民真的會「誓死」抗爭嗎？用極力反對、反對到底即夠矣。

玖、交通新聞

㈠明起一連三天連續假期，為避免發生大塞車，交通隊已在各
交通要道規畫好交通管制措施，呼籲明日要上路的汽車司機
注意交通員警的指揮。

檢討：「司機」是指以開車為業的車輛駕駛人，包括計程車、客運、
大小貨車、公車等，明日要上路的不只是職業車輛，還有更
多的私家汽車，不能只稱呼「司機」，而應該寫「駕駛人」或
「用路人」。

㈡市警局交通隊昨日表示，全市去年砂石車肇事案件共有十件，
今年一至六月共發生四件，肇事情形已明顯降低。

檢討：一個是去年全年的數字，一個是今年一至六月的數字，兩者
時間不一樣，如何比較？即使今年上半年件數減少，不代表
下半年可以維持相同情形，很可能發生「後來居上」的現象
也說不定。因此，這種比較實無意義。

㈢一位記者描述道路品質差，寫著「最近通往六福村遊樂區的
道路很不穩定，常讓前往的遊客車輛搖晃不已……。」

檢討：天氣可以用「不穩定」形容，不該形容道路狀況，宜改成「道
路不平」或「道路坑洞多」。

拾、消費新聞

㈠臺南市××百貨公司昨日舉行周年慶促銷摸彩，不少民眾連
最小的獎品也未摸到，極度不滿的私下指責業者耍花招，故
意欺騙消費者……。

檢討：指控必須要有證據，尤其是此種不具名的指控，對業者信譽

是一大傷害，記者如果提不出是誰指控，則會被認為是自己的看法，業者如提出告訴，記者將難以善後。這種不具名的指控，是記者寫稿的大忌，不可草率為之。即使有人具名指控，記者也要詢問業者的說法，讓業者有解釋機會，才是平衡報導的基本原則。

㈡本地第四臺業者競爭十分激烈，已有業者採取降價手段以為促銷，讓消費大眾受惠不少。

檢討： 以前在只有三家無線電視臺時，地方有線電視業者屬於非法，外界通常以「第四臺」稱呼；如今業者已合法經營，新聞再以「第四臺」稱呼，對業者不公平，也可能引起抗議。所以，應該寫成「有線電視業者」。

㈢籌備多年的××量販店，昨日上午十時正式開幕，由於準備大批十元商品，造成消費大眾搶購熱潮。

檢討： 「正式」開幕、「正式」舉行落成典禮、「正式」啟用，這些「正式」兩字是一種累贅，因為已經是一種既有的動作，豈有「正式」或「非正式」之分？應予取消。

㈣臺南市肉品市場在經過中秋節三天連續假期後，昨日恢復營業，首日並開出紅盤。

檢討： 只有在農曆過年假期之後的首次交易，漲價才叫「開紅盤」，其他假期過後交易漲價，不能以「紅盤」稱呼。

㈤××精品店昨日慶祝開幕周年，舉辦特賣會，由於商品售價確實比市面上低很多，造成消費者大搶購。

檢討： 市面上的百貨公司、量販店、大賣場或是一般商家，進行商

品促銷時，都向外界宣稱其商品價格最便宜，記者也常依業者說法發稿。其實，商品售價沒有人去做全面性的統計比較，不能確定這家商品價格是否真的是比市面上低很多，尤其所謂的「市面上」是指那些範圍，包括路邊攤、夜市嗎？有誰保證其售價比它們低？所以，記者沒有必要隨業者的說法起舞，只要寫出有特價品、特賣、促銷等活動即可。

拾壹、其他新聞

㈠「昨日某空軍基地開放園區，進行飛行表演，其中法國製造的幻象2000戰機，吸引大批民眾參觀，並拍照留念。」記者並附了一張照片，仔細一看，進氣口在座艙的下方，原來是美製的F－16戰機。

檢討：多數記者並不熟悉軍事裝備，所以，最好在場請教軍方人士，弄清楚武器的型號與名稱。

㈡「某某百貨公司總經理陳某某，下週要娶媳婦了。」進一步看內文，原來是他的兒子要討老婆。

檢討：臺語的「娶媳婦」即是指兒子要結婚，但是在大陸若干省份，「娶媳婦」是表示自己要討太太了。為了避免混淆，改成「陳某某的兒子，下週要結婚了」，就更清楚了。

㈢一位記者報導，一名當地鄉民代表身體十分健康，平日慢跑之後生龍活虎，回家後還和太太「做愛做的事」，其他女性民代獲悉此事，對這位民代不禁「刮目相看」，並對其妻羨慕不已。

檢討：此種題材並不適合當成新聞，私下流傳還無所謂，公開披露則未免不雅；此外，此事有誰看到了？許多男性往往誇大自

己的性能力，實際情形卻不是那麼一回事。

㈣某記者報導一家慈善團體，因為經費困窘，計畫舉行園遊會
　來向各界募款，其中有一家「熱心的粽子店」，主動向該單位
　接洽，要提供粽子義賣。

檢討：這句話有語病，因為粽子店不是人，不會主動與對方接洽事
　　　情。應該改成「熱心的粽子店業者，主動表示願以義賣方式
　　　協助籌募經費」，則通順多了。

㈤九十五歲的郭老太太，是高雄××鄉最年長的原住民，可算
　是該鄉國寶級的人物。

檢討：國內的百歲人瑞並不罕見，九十五歲應該還算不上是「國寶
　　　級」人物，不必刻意冠上這個頭銜。

附　　錄

中文書目

毛鳳樓（民77）:〈空運報紙十八年〉,《六十年來的中央日報》,中央日報。

王洪鈞（民86）:《新聞採訪學》,正中書局。

王彥彭（民80）:〈沒有錯,不調職〉,張作錦主編《一同走過來時路》,聯經出版事業公司。

王惕吾（民80）:《我與新聞事業》,聯經出版事業公司。

王惕吾（民82）:《常務董事會會議紀錄》（66～70年）,聯合報。

王惕吾（民82）:《常務董事會會議紀錄》（74～76年）,聯合報。

石永貴（民81）:口述〈系列座談經驗談〉,《記者採訪安全面面觀》,中華民國新聞評議會。

朱信文（民62）:〈什麼是新聞?〉,《新聞學理論㈠》,臺灣學生書局。

吳滄海（民76）:《臺灣的地方新聞》,瑞泰出版社。

吳學燕（民88）:〈警察機關與媒體互動模式之探討〉,《犯罪新聞採訪報導的倫理與法律──從白曉燕案談起》,政治大學傳播學院研究暨發展中心。

李金銓（民82）:《大眾傳播理論》,三民書局。

李茂政（民80）:《當代新聞學》,正中書局。

李瞻（民65）:《臺澎地區報紙讀者看報習慣和報紙功能的研究兼談政府行政消息和報業有關問題》,政治大學新聞研究所。

李瞻（民81）:《政府公共關係》,理論與政策雜誌社。

李彪（民85）:〈觀察臺灣的角度變了:中國時報成立中南部編輯部

實務操作報告〉，蘇蘅主編《新聞學與術的對話IV——臺灣地方新聞》，政治大學新聞系。

何永證（民80）：〈人性的光輝，花蓮空難側記〉，《大新聞中的贏家和輸家》，新聞鏡雜誌社。

何振奮（民80）：〈那種愛報的心〉，張作錦主編《一同走過來時路》，聯經出版事業公司。

沈征郎（民80）：〈廿七年採訪豐富之旅〉，張作錦主編《一同走過來時路》，聯經出版事業公司。

林文雄（民80）：〈華航空難空遺恨，記者採訪間關行〉，《大新聞中的贏家和輸家》，新聞鏡雜誌社。

林笑峰（民82）：《新聞編採實務》，文雲出版社。

馬驥伸（民85）：〈觀察臺灣的角度變了〉回應文，蘇蘅主編《新聞學與術的對話IV——臺灣地方新聞》，政治大學新聞系。

胡文輝（民84）：〈臺灣報業編採實務現況及演變趨勢探討〉，《海峽兩岸報業經營研討會論文彙編》，臺北市報業公會。

翁秀琪（民82）：《大眾傳播理論與實證》，三民書局。

莊勝雄譯（民82）：《公共關係策略與戰術》，授學出版社。

陸珍年（民59）：《化身採訪》，中國時報。

高源流口述（民81）：〈系列座談經驗談〉，《記者採訪安全面面觀》，中華民國新聞評議會。

郭人杰口述（民81）：〈系列座談經驗談〉，《記者採訪安全面面觀》，中華民國新聞評議會。

徐炳勳譯（民82）：《套出真相——問與被問的攻防術》，卓越文化。

徐佳士、潘家慶、趙嬰（民66）：《改進臺灣地區大眾傳播國家發展功能之研究》，政治大學新聞研究所。

黃天才（民86）：〈新聞通訊事業〉，《90年代我國新聞傳播事業》，中國新聞學會。

習賢德（民85）:〈臺灣地方新聞的另一種體驗:試析兩報三臺地方記者的人力結構及新聞品質〉,蘇蘅主編《新聞學與術的對話IV——臺灣地方新聞》,政治大學新聞系。

曹聖芬（民74）:〈如何使新聞工作專業化〉,《新聞評論選集》,中央日報。

陳世敏、潘家慶、趙嬰（民68）:《臺北市主要日報地方版內容分析》,中華民國新聞評議委員會。

陳世敏（民85）:〈代序——瞭解我們的社區〉,蘇蘅主編《新聞學與術的對話IV——臺灣地方新聞》,政治大學新聞系。

陳守國（民85）:〈臺灣地方新聞品質的另一種體驗:試析兩報三臺地方記者的人力結構與新聞品質〉回應文,蘇蘅主編《新聞學與術的對話IV——臺灣地方新聞》,政治大學新聞系。

陳斯華（民80）:〈崎嶇路難行,報導戰艱辛〉,《大新聞中的贏家和輸家》,新聞鏡雜誌社。

陳祖華（民80）:〈自責與自省〉,張作錦主編《一同走過來時路》,聯經出版事業公司。

陳亞敏（民76）:《新聞採訪作業實例》,聯經出版事業公司。

陳國祥、祝萍（民77）:《臺灣報業演進四十年》,自立晚報。

張立志（民80）:〈熬到爺爺了,還是記者〉,張作錦主編《一同走過來時路》,聯經出版事業公司。

張作錦（民85）:〈臺灣地方新聞從業人員研究〉回應文,蘇蘅主編《新聞學與術的對話IV——臺灣地方新聞》,政治大學新聞系。

張逸東（民85）:〈地方新聞與社區參與〉回應文,蘇蘅主編《新聞學與術的對話IV——臺灣地方新聞》,政治大學新聞系。

項國寧（民87）:〈報禁解除與媒體發展〉,《蛻變、展望、新世紀——開放報紙媒體十周年專輯》,行政院新聞局。

彭歌（民71）:《新聞三論》,中央日報。

彭家發（民77）：《傳播研究補白》，三民書局。

彭家發（民79）：《特寫寫作》，臺灣商務印書館。

程之行（民82）：《新聞寫作》，臺灣商務印書館。

程之行（民84）：《新聞傳播史》，亞太圖書。

楊青矗（民77）：〈一九八七當代批判文存出版後記〉，高信疆、楊青矗編《一九八七臺灣民運批判走上街頭》，敦理出版社。

楊孝濚（民67）：《社區報紙之功能及實務》，東吳大學社會學系社會研究中心。

楊孝濚（民72）：《傳播社會學》，臺灣商務印書館。

臧國仁（民88）：《新聞媒體與消息來源——媒介框架與真實建構之論述》，三民書局。

蔡格森（民83）：〈訪談資料〉，《國內媒體自我審查及自我評鑑現況調查研究報告》，附錄二，中華民國新聞評議委員會。

歐陽醇（民57）：《新聞採訪與寫作》，香港：碧塔出版社。

歐陽醇（民74）：《實用新聞採訪學》，華欣文化中心。

歐陽醇（民79）：《採訪寫作》，三民書局。

鄭貞銘（民78）：《新聞採訪的理論與實際》，臺灣商務印書館。

劉一民（民78）：《記者生涯三十年》，傳記文學出版社。

劉建順（民70）：《新聞學》，世界書局。

劉毅夫（民54）：〈我的幾次採訪回憶〉，《採訪集粹》，臺北市新聞記者公會。

潘家慶（民81）：《新聞媒介與社會責任》，臺灣商務印書館。

錢震（民56）：《新聞論（上）》，中央日報。

賴光臨（民80）：〈不必等到公元兩千年——談新聞事業的新開創〉，《媒介批評》，政治大學新聞系主編，臺灣商務印書館。

應鎮國（民66）：《採訪與報導》，臺灣學生書局。

曠湘霞（民80）：〈公共關係與新聞記者〉，《媒介批評》，政治大學新

聞系主編，臺灣商務印書館發行。

嚴伯和（民81）：《地方報業面面觀》，中華日報。

羅文輝（民80）：《精確新聞報導》，正中書局。

蘇福男（民87）：〈社區刊物傳播，帶動社區工作改造〉，《閱讀社區
　　——臺灣二十四個社區營造故事》，財團法人青年社區成長基金
　　會編著，中華文化復興運動總會青年社區成長委員會出版。

蘇蘅（民84）：〈臺灣發行全國的報紙如何界定地方新聞——以中時、
　　聯合、臺時、民眾的北市、北縣新聞為例〉，《臺灣傳播問題的
　　生產與消費層面：傳播者、新聞記者》，政治大學新聞教育六十
　　周年學術研討會。

蘇蘅（民85）：〈地方新聞解析：談理論及實務研究整合的途徑〉，蘇
　　蘅主編《新聞學與術的對話IV——臺灣地方新聞》，政治大學新
　　聞系。

蘇蘅（民85）：〈臺灣全國發行報紙地方版新聞的比較——以中時、
　　聯合、臺時、民眾的北市、北縣版為例〉，翁秀琪、馮建三編《政
　　大新聞教育六十周年慶論文集》，政治大學新聞系。

《聯合報系編採手冊》（民72）：聯合報。

《如何避免採訪危險》（民76）：聯合報系刊編輯委員會。

中文期刊

丁文治（民51）：〈地方通訊的十大難題〉，《報學》第一卷第八期，
　　臺北市編輯人協會。

于洪海（民61）：《目前臺北市主要日報新聞內容雷同程度及原因》，
　　政治大學新聞研究所碩士論文。

尹萍（民66）：〈美國地方報紙的經驗〉，《新聞評議》第二十六期，
　　中華民國新聞評議委員會。

王石番（民61）：〈美國的社區報紙〉，《新聞學研究》第九期，政治
　　大學新聞研究所。

王洪鈞（民85）：〈臺灣新聞事業進入新紀元〉，《中華民國新聞年鑑》
　　八十五年版。

艾瑾（民89）：〈選戰熱潮中必有的冷靜〉，《新聞鏡週刊》第五九二
　　期。

邱文通（民89）：〈民生報改版紀事〉，《聯合報系月刊》第二一二期。

邱進益（民80）：〈為總統與新聞界搭一座橋：總統發言人的角色與
　　功能〉，《報學》第八卷第四期，中華民國新聞編輯人協會。

邵玉銘（民80）：〈談政府發言人的運作〉，《報學》第八卷第四期，
　　中華民國新聞編輯人協會。

易行（民66）：〈重視地方事務〉，《新聞評議》第三十期，中華民國
　　新聞評議委員會。

林文義（民88）：〈唐台生性輔導女教徒醜聞獨家——談媒體與司法
　　機關良性互動關係〉，《聯合報系月刊》第一九六期。

林錫銘（民88）：〈大地震，拋妻棄子災區攝影採訪〉，《聯合報系月
　　刊》第二○二期。

杜聖聰、彭蕙珍（民89年3月9日）：〈臺灣記者設計江澤民，兩岸烽
　　火連三月出爐〉，《勁報》，第六版。

金生麗（民50）：〈臺灣採訪話舊〉，《報學》第二卷第八期，臺北市
　　編輯人協會。

尚道明（民88）：〈災區報辦掀熱潮，傳遞人間溫暖情〉，《新新聞周
　　刊》第六六八期，民八十八年十二月二十三日至二十九日。

胡遜、朱俊德（民66）：〈地方版問題多〉，《新聞評議》第二十五期，
　　中華民國新聞評議委員會。

姚朋（民40）：〈論鄉村報紙——反攻後我國報業努力的一個方向〉，
　　《報學》創刊號，臺北市編輯人協會。

李鋅銅（民88）：〈百年大地震猶如災難電影〉，《聯合報系月刊》第
　　二○二期。

袁世珮（民89年1月20日）：〈搭勒西談新新聞學：寫出真實人事物〉，
　　聯合報，第十四版。

袁良（民51）：《中美報紙編採制度之比較研究》，政治大學新聞研究
　　所。

孫如陵（民65）：〈從報業特性論地方報〉，《報學研究》，臺灣學生書
　　局。

祝基瀅（民49）：《臺灣鄉村讀者讀報習慣調查》，政治大學新聞研究
　　所碩士論文。

陶令瑜（民89）：〈記者轉行當機要〉，《新新聞週刊》第六九一期，
　　民89年6月1日至7日。

徐佳士（民62年11月25日）：〈從一個實驗談起——社區報紙能在臺
　　灣生存嗎?〉，聯合報，副刊「各說各話」專欄。

張錦華（民89）：〈媒體報導災難事件的原則〉，《新聞鏡周刊》第五
　　九三期。

黃兆徽（民89）：〈選舉秀場官司滿天飛，雷大雨小船過水無痕〉，《新
　　新聞週刊》第六八A期，民八十九年三月十九日至二十三日。

黃德祥（民89年2月1日）：〈省立高中職改隸，凸顯地方教育困境〉，
　　中國時報，第十五版「時論廣場」。

黃森松（民64）：《鄉村社區報紙與鄉村社區發展——兼論小眾媒介
　　是否能在臺灣鄉間生存》，政治大學新聞研究所碩士論文。

項斯嘉（民48）：〈擴版後臺北各報版面分析〉，《報學》第二卷第四
　　期，臺北市編輯人協會。

陳淑鈴（民86）：〈社會新聞記者與警方互動關係〉，《社會新聞的採
　　訪與報導》，新聞鏡雜誌社。

崔岡（民80）：〈編採合一制的全面實施〉，《中華民國新聞年鑑》八

十年版，臺北市新聞記者公會。

陳申青（民83）：〈淡水河以外的土地——漫談臺灣的地方新聞〉，《高雄傳播學院季刊》第二集，高雄傳播學院。

葉國超（民70）：《社區居民接觸社區報紙與其社區整合的關係——一項以美濃週刊為例的研究》，政治大學新聞研究所碩士論文。

楊海宴（民49）：〈縣市記者的工作特性〉，《報學》第二卷第七期，臺北市編輯人協會。

無夢（民66）：〈記者法、地方記者、地方政府機關〉，《新聞評議》第二十七期，中華民國新聞評議委員會。

鄭行泉（民73）：〈我國民意測驗溯源〉，《報學》第七卷第二期，中華民國新聞編輯人協會。

潘家慶（民55）：〈美國的地方報紙〉，《報學》第三卷第六期，中華民國新聞編輯人協會。

潘家慶（民56）：〈地方報紙的特性與功能，並檢討中國地方報發展的困擾〉，《報學》第三卷第八期，中華民國新聞編輯人協會。

潘家慶（民56）：〈中國地方報紙的設計〉，《報學》第三卷第九期，中華民國新聞編輯人協會。

潘家慶（民63）：〈社區報紙對本系同學的一項新挑戰〉，《新聞學人》第三卷第二期，政治大學新聞學會。

潘家慶（民72）：〈臺灣地區的閱聽人及媒介內容〉，《新聞學研究》第三十一集，政治大學新聞研究所。

錢塘江（民47）：〈地方新聞報導的發展與改進〉，《報學》第二卷第八期，臺北市編輯人協會。

錢塘江（民54）：〈臺灣光復初期的採訪工作〉，《採訪集粹》，臺北市新聞記者公會。

劉屏（民89年3月24日）：〈記者下獄總數，大陸列全球第一〉，中國時報，第十四版。

賴光臨（民80）：〈檢驗七十年代報業的發展〉，《中華民國新聞年鑑》八十年版。

謝柏宏（民89）：〈網路媒體招兵買馬，記者流動新浪潮〉，《新新聞週刊》第六七一期，民八十四年一月十三日至十九日。

中國時報（民83年7月12日）：〈改版啟事〉，第十三版。

民生報（民88年9月28日）：吳光中：〈回顧悲慘畫面怎可說成精彩片段〉，影劇版，第二版。

聯合報（民68年11月11日）：〈中山學術文藝獎：雜誌圖書金鼎獎頒獎〉，第二版。

聯合報（民83年6月16日）：〈聯合報地方版，增版充實內容〉，第一版。

聯合報（民89年5月1日）：〈嫌犯姓名、年籍將不公布、不供拍照〉，第一版。

英文書目與期刊

Adams, W. C. (1978), "Local Public Affairs Content of TV News", *Journalism Quarterly*, 55.

Beverely Pitts. (1989), "Model provides description of News writing process", *Journalism Educator*, Spring.

Bond, F. F. (1955), *An Introduction to Journalism*, N.Y.: The Mac Mallan Company.

Franklin, B. & Murphy, D. (1991), *What news? The market, politics and the local Press*, London and N.Y.: Routledge.

Gans, H. J. (1980), *Deciding What's News? A Study of CBS Evening News, NBC Nightly News, Newsweek, and Time*, N.Y.: Vintage Books.

Garneau, G. (1994), "Stop Blaming Illiteracy", *Editor & Publisher*, June25, 127(26).

Gieber, W. & Johnson, W. (1961), "The City Hall Beat: A Study of Reporters and Sources Roles", *Journalism Quarterly*, 38(3).

John Hohenberg (1983), *The Professional Journalist*, New York: CBS College Publishing.

Lazarsfeld, P. F. & Merton, R. K. (1948), "Mass Communication, Popular Taste and Organized Social Action", Schramm, W. and Roberts, D. F. (eds.), *The Process and Effects of Mass Communication*, Urban: University of Illinois Press.

McQuail, D. (1992), *Mass Communication Theory: An Introduction*, Beverly Hills, CA: Sage.

Morton, L. P. & Warren, J. (1992), "Proximity: Localization vs. Distance", *PRnews Release*, 69(4).

Roberts, J. M. (1976), *The Hutchinson history of the World*, Hutchinson of London.

Schramm, W. & Ludwig, M. (1951), "The Weekly Newspaper and Its Readers", *Journalism Quarterly*, 28.

Thomas, W. I. & Znaniecki, F. (1918), *The Polish Peasant in Europe and American*, 4, Chicago: The University of Chicago Press.

Wirth, L. (1948), "Consensus and Mass Communication", *American Sociological Review*, 13.

後　記

　　與總社採訪組中心的工作環境比較，地方記者在人力、物力、資料庫等方面的資源嚴重缺乏，工作時間長、截稿壓力大，升遷管道也不暢通；儘管如此，國內各媒體派駐各地的記者，不論在都市或鄉下，也不管在海邊或高山，他們都本著專業精神，全力以赴，每天撰發大量新聞供總社選用；就記者人數或是發稿量、甚至新聞表現而言，地方記者如今已是各媒體的主力，這是不容否認的事實。

　　目前國內遇有重大事件發生時，總社每每派遣所謂的「明星記者」或「大牌記者」到現場進行支援採訪，他們的新聞占據大部分全國版面，搶走地方記者風光，絕大多數地方記者還是默默進行分內的採訪工作，作所謂「配合性」的報導，少有怨言，精神令人欽佩；但從這裡卻明顯反映出，媒體一直存在著「總社情結」，認為重大新聞事件發生時，唯有總社採訪組記者才有能力勝任，對地方記者工作能力存疑。

　　另一個現象是，編輯檯作業時，平日對於相同的新聞，往往以總社採訪組記者文稿優先採用。

　　很多地方記者都有經驗，當地發生某一個事件寫成新聞，新聞並未見報，十天半個月後，由總社記者所寫的同樣的事件新聞，卻在全國版以巨大篇幅見報，這種情形不勝枚舉；道理何在？不難想像——因為編輯檯相信總社記者的表現，無形中賦予總社記者的新聞分量。

　　除此之外，官方與民間的全國性新聞獎也呈現出「大小眼」的心態，少有地方新聞報導獎項的設計，對廣大的地方新聞記者，都是不公平的待遇。

　　其實，許多總社記者先前都曾當過地方記者，不少地方記者也

曾在總社跑過新聞，所以，兩者之間的工作能力應該是相當、平行的，而非有明顯的差別；如果有差別的話，應該是總社記者內心那股揮之不去的「優越感」作祟吧！

即使到現在，許多媒體的總社記者仍視地方為「化外之地」，視地方記者為「二等記者」，他們到地方採訪新聞時，往往一副「高人一等、不可一世」的態度，甚至事前一聲招呼也不打，逕行到地方採訪新聞，地方記者要等到與對方「不期而遇」時，才發現一條新聞兩人採訪，既浪費無謂人力，也不尊重地方記者，看在地方記者眼中，令人難以恭維。

正如本書所說，臺灣目前地方記者素質已非當年，包括學經歷、採訪、寫作等各方面水平，早已令人刮目相看，表現值得肯定，總社記者心態應該早日調整，不該存有「我比你強」的不正常心態。

若干地方記者在面對來自臺北總社的記者時，常不自覺出現「矮人一截」情結，其實大可不必，地方記者不該妄自菲薄，而要自我肯定價值。務必要了解，地方記者和臺北記者只是工作環境不同而已，工作能力與工作表現並無差異。

筆者在此特別強調，地方新聞讀者眾多，不會因為新聞在地方版見報而降低新聞的重要性，因為，有無數的地方讀者每天都要閱讀地方新聞，做為他們日常生活的指引，地方記者的身分無比重要。

地方記者寫新聞時，務必要謹記，必須提供正確無誤的新聞給廣大的讀者，地方新聞報導的基本要求與最終目標都是「正確、正確、正確」，沒有正確的新聞內容，其他的新聞專業都是空談。因此，不要道聽塗說，不要加油添醋，不要誇大其詞，不要無中生有，「有幾分證據，寫幾分話」，做到這些，就可達成「正確」的目標。

本書最後，筆者願以發生在國內的兩則新聞報導事例——「蛋糕」與「原子筆」，與大家共勉，因為它說明，新聞報導錯誤，不只會發生在地方新聞記者身上，也會出現在臺北總社記者筆下。

民國六十九年五月十七日，故總統蔣經國先生在中央委員會工作會議上，向全體委員述說兩個誇大其詞的新聞報導。他說：

> 最近有一個報紙登載，有一個地方賣蛋糕，一個賣五萬五千元，我看了以後，對我們來講是一個刺激，也是一個新聞，那有人拿五萬五千元買一個蛋糕？就是他吃下去也不會消化。我派人去查有沒有這個事情，查的結果，是一個餅店老板為做廣告起見，用五吋的木板子，外面做成蛋糕的樣子，有人問他：這個大蛋糕有人買嗎？他說：這不是蛋糕，裡面是木板子。這個人又問：假若有人要買，要多少錢？他說：大概要五萬多塊錢。於是新聞報導：臺北市出現五萬五千元一個蛋糕……。

他繼續說：

> 有個報紙登載我到南投去，送給高中二年級一位姓錢的學生三支金筆，究竟有沒有這個事情呢？有的。因為這個小孩子很窮，他很孝敬他的祖母，我第一次看到他時，他在初中唸書，我說你考取高中時，我送你一支筆，他現在已是高中二年級，這一次我經過他家門口，就送他一支黃色原子筆，還有兩支是原子筆筆蕊。因此報導說：蔣經國送高中二年級姓錢的學生三支金筆。這就是我們有許多事情誇大，這是很可怕的……。我不是不主張暴露缺點，但是千萬不要誇大其詞，誇大其詞有害而無利。❶

---

❶ 〈哲人日已遠，典型在夙昔〉，《為新聞界把脈》，新聞鏡雜誌社，民七十八年，頁四。

　　從新聞發生地區判斷,「蛋糕」新聞應該是臺北總社記者所撰發,「原子筆」則應是南投當地記者所寫,顯示不管是臺北市還是地方記者,寫稿都會發生錯誤或渲染誇大,此種現象,甚至引起國家最高元首注意,那種行業有這種「榮幸」呢?記者從事新聞報導豈能不慎乎?

三民大專用書書目——新聞

書名	作者		服務機構
基礎新聞學	彭家發	著	政治大學
新聞論	彭家發	著	政治大學
傳播研究方法總論	楊孝濚	著	東吳大學
傳播研究調查法	蘇蘅	著	輔仁大學
傳播原理	方蘭生	著	文化大學
行銷傳播學	羅文坤	著	政治大學
國際傳播	李瞻	著	政治大學
國際傳播與科技	彭芸	著	政治大學
廣播與電視	何貽謀	著	輔仁大學
廣播原理與製作	于洪海	著	中廣
電影原理與製作	梅長齡	著	前文化大學
新聞學與大眾傳播學	鄭貞銘	著	文化大學
新聞採訪與編輯	鄭貞銘	著	文化大學
新聞編輯學	徐昶	著	新生報
採訪寫作	歐陽醇	著	臺灣師大
評論寫作	程之行	著	紐約日報
新聞英文寫作	朱耀龍	著	前文化大學
小型報刊實務	彭家發	著	政治大學
媒介實務	趙俊邁	著	東吳大學
中國新聞傳播史	賴光臨	著	政治大學
中國新聞史	曾虛白	主編	前國策顧問
世界新聞史	李瞻	著	政治大學
新聞學	李瞻	著	政治大學
新聞採訪學	李瞻	著	政治大學
新聞道德	李瞻	著	政治大學
新聞倫理	馬驥伸	著	文化大學
電視制度	李瞻	著	政治大學
電視新聞	張勤	著	政治大學
電視與觀眾	曠湘霞	著	中視文化公司
大眾傳播理論	李金銓	著	香港中文大學
大眾傳播新論	李茂政	著	政治大學
大眾傳播理論與實證	翁秀琪	著	政治大學
大眾傳播與社會變遷	陳世敏	著	政治大學
組織傳播	鄭瑞城	著	政治大學

三民大專用書書目——社會

社會學（增訂版）	蔡文輝 著	印第安那州立大學
社會學	龍冠海 著	前臺灣大學
社會學	張華葆 主編	東海大學
社會學理論	蔡文輝 著	印第安那州立大學
社會學理論	陳秉璋 著	政治大學
社會學概要	張曉春等著	臺灣大學
社會心理學	劉安彥 著	傑克遜州立大學
社會心理學	張華葆 著	東海大學
社會心理學	趙淑賢 著	
社會心理學理論	張華葆 著	東海大學
歷史社會學	張華葆 著	東海大學
鄉村社會學	蔡宏進 著	臺灣大學
人口教育	孫得雄 編著	
社會階層	張華葆 著	東海大學
西洋社會思想史	龍冠海 張承漢 著	前臺灣大學
中國社會思想史（上）、（下）	張承漢 著	前臺灣大學
社會變遷（增訂新版）	蔡文輝 著	印第安那州立大學
社會政策與社會行政	陳國鈞 著	前中興大學
社會福利服務 ——理論與實踐	萬育維 著	陽明大學
社會福利行政	白秀雄 著	臺北市政府
老人福利	白秀雄 著	臺北市政府
社會工作	白秀雄 著	臺北市政府
社會工作管理 ——人群服務經營藝術	廖榮利 著	臺灣大學
社會工作概要	廖榮利 著	臺灣大學
團體工作：理論與技術	林萬億 著	臺灣大學
都市社會學理論與應用	龍冠海 著	前臺灣大學
社會科學概論	薩孟武 著	前臺灣大學
文化人類學	陳國鈞 著	前中興大學
一九九一文化評論	龔鵬程 編	中正大學

三民大專用書書目——政治·外交